U0623994

世上逢君
有中逢花

KUWEI
酷威文化
图书 影视

花神录

（上）

柏夏　著

江苏凤凰文艺出版社
JIANGSU PHOENIX LITERATURE AND
ART PUBLISHING

第一卷

暗香·疏影

第二卷

杏花·天隐

第三卷

桃林・芳菲烬

每个人的生命都是一场结局注定

且有去无回的旅行。

那么我希望，旅途中你能尽兴。

因为无论走到何种终点，

途中那些闪着光的灿烂瞬间，

都将在你的记忆里光华璀璨，永不消亡。

那是我们存在过的意义。

楔子
见素医馆

宣武国，女帝辰嫚五年。

宣武国在历经文献之乱后，武延夺权，一掌天下。武延登基后十年，薨，史称献帝。其子武兴即位，又三月暴毙，史称哀帝。其弟武隆登基，又五年，其母辰嫚怒其不争，哀其耽于玩乐、不问国事，遂废之。而后辰嫚自立为皇，女帝登基，天下始定，百废待兴。

在京都太平府南大街第三条巷子的末尾处，有一家医馆，名为见素。平时巷子里极少有人经过，许多年下来，周遭的铺子走的走，散的散，最后只剩下这一家。

医馆生意寥寥，常年冷清。坐诊大夫名唤问药，是个年纪轻轻的小丫头。替她抓药的是一个约莫十岁大的药童，名叫书香。传说掌柜的姓狄，但见过她的人并不多。因店里常年无事，她便成日都在睡觉，一直要睡到日薄西山了才起床。

听过狄姜这个名字的人都知道，她是个彻彻底底的黑心人，药材卖得比别家贵了三倍不止，但见素医馆货物十分齐全，无论来人需要什么药，狄姜都能拿出来，这便成了见素医馆直到现在都没有关门的原因。

见素医馆坐北朝南，通体木质结构，分为前厅和后院。前厅分上下两层，上层是供人休憩的卧室，下层便是正厅之所在，看病、抓药、访客全在这里。后院除了一间卧室、一间柴房之外，还有一棵大榕树。榕树终年青翠，将整个后院笼罩其中，冬来暖和夏来凉爽。狄姜就是因为这大榕树才看中了这间院子，遂将院子买了下来，几年来过得甚为舒心。

坊间传言南大街的这条支巷临近午门，怨气深重，一般人都不愿意生活在这里。狄姜倒是不怕这些，因此落得个清静，更是欢喜得不得了。

医馆旁边新开了一家棺材铺。这天晌午，棺材铺开张之时鞭炮炸响，惊醒了梦中的狄姜。狄姜住在二楼，推开窗户便能看见一身着青灰道袍的男子负手而立，他剑眉星目，轮廓坚毅，面无表情地站在门口的台阶上，对着身前的男童道："长生，待会儿把施法的器具都搬到地下室去，小心别摔坏了。还有那些符咒，一个字都错不得，可记住了？"

"徒儿记住了。"长生应了一声，便继续搬着棺材板往里走，一会儿工夫便不见了踪影。只留下年轻的道长站在门口，望着狄姜的方向，似在思索。他觉得有一道目光正含笑看着自己，但他看不见她。两道目光在时空中交会，却又彼此错过。

"咚咚咚。"这时，门外传来三声敲门声。

狄姜知晓是问药来了，便应了一声："进来。"

问药穿着鹅黄色的纱衣，走进来后，径直坐在了狄姜身边，一脸苦大仇深地说道："掌柜的，旁边来了个道士，我们该怎么办？"

"能怎么办？"狄姜似乎并不担心，她一脸倦怠地瞧着楼下的道士，淡淡道，"若井水不犯河水，就相安无事。"

"若井水犯了河水呢？"

狄姜眯起眼，笑了笑："那就收了他。"

"当真？"问药舔了舔舌头，"我可好久没出手了，真是想念得紧啊！"

狄姜睨了她一眼，便合上窗户，打着哈欠将她向外赶："天色尚早，容我再睡会儿。"

"姑奶奶，这都大中午了！"

"我是什么人你还不清楚吗？若每天不睡满八个时辰，可是连饭都吃不下的呀！"狄姜表情夸张，含笑应她。

"你真是懒死算了！"

"懒死，也未尝不是一个好归宿。"

问药"哼"了一声，又道："新邻居来了，咱们不去拜会拜会？"

"不急，很快我们就会见面了。"狄姜笑了笑，催促着问药离去。

问药狠狠瞪了她一眼，转身下了楼。

待狄姜确定问药已经下楼，再没有人会来扰自己清梦了，才回到床上放下了床帘。厚重的床帘将光亮隔绝在外，她很快便又进入了梦乡。梦里，她听见有人对自己说："身常行慈，口常行慈，意常行慈。众生度尽，方证菩提。"

而她只是笑着答道："佛不度人，只度己。"

第二日一早，钟旭自梦中闻到一股异香，惊醒后，便立即拿起木剑追着香味而去。经过北大街时，香味愈来愈浓郁，就在此时，巷口突然冲出来一名锦衣女子，径直向着钟旭倒来。

"道长，我好晕。"

女子柔软的身子靠在钟旭身上，钟旭急急收住长剑，确保没有伤害到身前的女子才稍稍放下心。这一遭，他险些被自己的剑气所伤，虎口微微发麻。

钟旭有些不耐地低头打量着伏在自己面前的锦衣女子，只见她约莫二十上下，鹅蛋脸，身穿水绿色的精致衣物，青丝拢在脑后随意绾了一个小髻，却没有一丝碎发垂落。她右手提竹篮，篮子里装着一个酒坛，左手捧着一个晶莹剔透的玉杯，杯子里还盛了些透明的液体。

异香不是从她身上发出，想来，她不过是哪家的卖酒女罢了。

钟旭蹙眉，十分急迫地将她向外赶："贫道有要事在身，不便拖延，你快让开！"

"可是道长，人家真的好晕。"女子作势又向他靠来，整个人软软地倚在他身上，"这样的三伏天，想来是中暑了。"

"胡说八道！寒冬腊月哪里来的三伏天？我看你分明是酒后乱性！男女授受不亲，快离我远些！"钟旭说着，接连推了她两把。

可说来也奇怪，她整个人就像是粘在了他身上，任他怎么推都推不开。

"快让开，莫挡着我做事！"钟旭急道。

"道长，救人一命胜造七级浮屠，您就看在我是弱女子的分上，行行好吧。"身前的女子不依不饶，"何况我家就在前边，你送我回去，不会耽搁你多少时辰的。"

钟旭看了一眼天色，见还是正午时辰，何况这女子就像一块糖紧紧粘住自己，怎么躲都躲不开，他索性收起长剑，扶起她："好吧，我先送你回府。"

"你家住何处？"钟旭道。

女子睁大了眼睛，不假思索地答道："见素医馆。"

"见素医馆？"钟旭闻言，眼神发生了明显的变化。他丝毫不掩怀疑的意味，蹙眉道，"我来往此地许多次，可从未听闻有这样一间医馆。"

"就在前边，我给你指路。"女子苍白的面上浮起盈盈一笑，毫不避忌地将头枕在钟旭肩上，引来周遭过路人连番欣羡。

太初盛世，太平府民风开放，对此并无多少置喙，何况她本也不是朱门大户，没那许多规矩。钟旭却有些被吓到。他久居青云山，一心修道，哪里有心人间风月？这是他下山以来遇见的第一个同他说话的女子，且还是一个如此奔放的女子。他的眼睛直直地盯着前方，丝毫不愿低头看她。

二人走着走着，前方人家愈见稀少。

"还没到吗？"

"哎呀，头好晕，我要晕了。"女子深呼一口气，两眼一翻便没了生气。

"姑娘！"钟旭惊得目瞪口呆，连忙去探她的鼻息，见她只是昏迷了才放下心来。他推了她几把，见她毫无反应，只得将她背在背上。他向路人打探见素医馆的方位，可惜一路走来，没有一个人听闻过这间医馆。

眼看太阳西落，夜幕降临，钟旭看着远方天幕，心中一凛，暗啐一口："算你走运，下次可就没这么好运了！"

钟旭走着走着，将西市逛了一个遍都没发现医馆"见素"，最终只得背着她回了自己的棺材铺，岂料他刚走到门口，背上的绿衣女子就抬起了头，指着前边喜道："哎呀，多谢道长，我到家了。"

"到家？"钟旭凝眉，顺着她手指的方向看去，居然在拐角处看到了一家店铺，铺子上挂着一排红色的小灯笼，在夜幕中发着荧荧火光。钟旭走过去，在侧面发现了医馆的正门，只见一块牌匾横亘在门上，上书两个哑金大字：见素。

钟旭看着面前的朱漆大门，揉了揉眼睛，仔细一看才确定真的不是自己的幻觉！这家医馆就在棺材铺的正对面！

可明明晌午还没见，怎么这会儿对面就出现了一间医馆？

"哪里来的怪物！"钟旭将女子放下，抽出长剑指向她。

"怪物？哪里有怪物？"狄姜眨了眨眼睛，随即拂开他的剑，又从篮子里拿出一壶酒递给他，"新酿的梅花酒，来一杯吧？"

钟旭冷哼一声："我乃修道之人，酒这种东西从来都不碰。"

狄姜笑意更甚了："从前你最爱的就是酒，如今倒真是改头换面了。"

"从前？你认识我？"钟旭一愣，旋即斩钉截铁地摇头，"不可能，你认错人了。"

狄姜笑着摇了摇扇子，高深莫测地点点头："许是如此，不过相逢即是有缘，道长，以后可要多多指教。"

钟旭眯起眼打量她，任他心性再老实，现在也该知晓眼前这个女子有古怪，但是他素来只与魑魅魍魉为敌，凡人的事情并不多插手，于是双手抱拳道："天色已晚，姑娘早些休息，钟旭告辞。"

钟旭说完之后便快步离去，直到他走进棺材铺点亮了一盏红灯后，狄姜才转身回了屋。铺子里，书香在捣药，问药在看书，狄姜一见，心中又是一乐："哟，今儿问药不再捣药居然看起书来了，书香不看书反倒开始收拾药材了，真是稀罕事！"

书香淡淡瞥了狄姜一眼，继续捣药。而问药像打开了话匣子："掌柜的，你可回来了！这一下午都去哪儿了？这书呆子偏说我每日捣药烦着他看书了，我今儿就让他示范示范，怎样捣药能不出声儿！"

"于是你开始看书了？"

"那可不，他非说我一捣药就妨碍他看书，会读不进去，我偏不信。我现在就读给他看，让他知道这是他的问题，不是我的问题！"

"那你读进去了吗？"

"当然了！"问药自负一笑。

狄姜"嗯"了一声，准备上楼，临走前似乎是忍不住想起了什么，道："那个……虽然我不想掺和你们的纷争，但是我想说，问药，你的书拿反了。"

"什么？"问药脸上一阵红一阵白。

书香听到这儿，没有忍住，大笑出声。

"笑什么笑！药捣完了？"问药一书砸过去，书香立即收起笑意，继续低下头面无表情地捣药。

夜晚，狄姜用过晚餐后，才想起将篮中的酒坛拿出来。她将酒坛摆在桌上，向它吹了一口气，霎时间，房内漾起一团迷雾，迷雾之后渐渐显现出一个人影。

那身影娉婷摇曳，仪态万方，她向狄姜幽幽行了一个躬身礼，柔声道："谢姑姑搭救。"

"哎，你先别急着谢我，今日我救你一命，也许来日我也会有需要你的时候，到那时或许我还要感谢你才是。"

"只要姑姑开口，小女子万死不辞。"

"没有那么严重。"狄姜摇着羽扇，呵呵一笑，"走吧，去你想去的地方。"

"当真？"女子双眼一亮，神情激动，"我还能去见他？"

"当然能，为什么不能？"

"他们说……我会害死他。"

"他们是何人？"

"那些道士。"

"他们的话怎么可信呢？你听我的话，做你想做的事情吧。"

女子走后，狄姜面带微笑，从酒坛里倒出一杯酒送到嘴边抿了一口，笑道："梅花珍酿，诚不欺人。"

一

暗香·疏影

香中别有韵，坚毅不妥协。清极不知寒，骄傲不自怜。

第一章
春来

今天立春，是百年难得一遇的岁朝春。家家户户都在剪燕子、贴宜春，连狄姜也不例外。

狄姜是个大夫，在太平府南大街的尽头开了一间不大不小的医馆，名曰"见素"。见素医馆门庭落寂，人烟稀少，每日到店里的客人并不多。她还有一个邻居，名叫钟旭，他和徒弟一起在医馆对面开了一间棺材铺。当然，他并不似一般的棺材铺掌柜，还有一个副业，替人处理阴司债务。

狄姜时常跟他说："人的罪孽要么是前世种的因，要么是今世结的果，你替他们挡了煞，最终这煞气会全数返报在你的身上，到时，恐怕连神仙都救不了。"

钟旭闻言，每次都会一挑眉毛，骄傲地同她说："我的事情神仙不敢管，自会有人管。"

狄姜也总是笑问他："谁呀？"

钟旭这时多半是"哼"一声，向她扔去一个白眼："说了你也不认识。"

每次说到这儿，狄姜都只能悻悻地点点头，回他一句"哦"，草草结束了对话。

或许在钟旭心里，医馆和棺材铺本来就是死对头，加上第一次莫名其妙的见面，他坚定地认为他们之间是无法共存的。狄姜面对他因为行业而衍生出来的敌意，表示无辜极了。

"掌柜的，快看我剪得好不好？"

问药的话让狄姜从思绪里抽身，她转过头，便见问药手中拿着春花，献宝似的递到自己眼前，还不等她说话，就听书香在一旁嗤笑道："那哪是燕子？倒像只烧鸡。"

狄姜仔细一看，点了点头，发现确如书香所言，问药的燕子身长尾短，活脱脱像足了一只被拔光毛的鸡。

"你的才是鸡！我倒要看看，你剪得有多好！"问药撇过头，将书香手中的折纸抢下，打开来便见一只雏燕跃然纸上，灵巧可爱，煞是乖顺。

这一来，就连火药桶似的问药都不禁连连咋舌："行啊书香，去年还跟狗啃泥似的，今年怎就剪出花样儿来了！"

"是掌柜的教导有方。"书香淡淡地回了一句，又拿了另一张红纸来剪。

问药盯着他看了一会儿便觉得无趣，又凑到狄姜跟前，拿起一张剪好了的窗花问："掌柜的，为什么你剪的燕子要么是成双成对，要么是比翼齐飞？"

"不好看吗？"

"好看啊！"问药连连点头，"只是……未免有些凡心未消的意思，莫非您想情郎了？"

"你怎么会这么想？"狄姜一惊，放下手中的活儿。

"你看书香的，就全是一只一只的。"问药指着书香。

书香听到这儿，抬起眼看了问药一眼，冷冷道："那是因为掌柜的还没教。"

"难道连你也觉得春燕该是一对一对的？"问药看向书香，书香却没有答话，而是继续低头忙活他的事情。

这时，狄姜出来打圆场，她微微一笑道："我只是觉得这样显得热闹。好了，够用了，先把这些剪好的燕子都贴到窗户上去。"

"好嘞！"问药将事先准备好的糨糊糊在窗上，狄姜和书香就跟在她后面一张一张去贴窗花。

贴春燕是古来的习俗，传说能唤来春天，引得百花盛开。看着一只只燕子出现在自家的窗户上，狄姜别提有多高兴了。它们每一只都栩栩如生，代表着年味和情怀，承载着大伙儿对新一年的期望。

狄姜贴好之后，轻轻推开窗户，看了眼对面冷清的棺材铺，对问药说："一会儿你挑几只品相好的燕子送到棺材铺去。"

"给那个臭道士？"问药瞪大了眼睛，"为什么？"

"人家师徒二人守着个棺材铺也怪冷清的，两个大男人肯定不会剪燕子，大家都是邻居，抬头不见低头见，如此也是应该的。"

"知道了。"问药不情不愿地拿着几只剪好的燕子送去了棺材铺，过了好一会儿才回来。岂料，她一回来便十分聒噪地大声嚷嚷道，"你们猜，我刚刚在棺材铺遇见谁了？"

书香很是淡定，眼皮子都不抬地继续扫他的地，就像没听到一般。

屋子里只有主仆三人，虽然问药平时就很冒失，但见她如此兴奋，狄姜也只得配合一下，问她："谁呀？"

问药煞有其事地清了清嗓子，才道："我朝第一美男子，辰皇第六子，武王爷武瑞安！"

"哦？"狄姜有些惊讶，武王爷的名号连少问世事的她都曾有耳闻，可见名气之大，也不怪问药会如此激动。

"你们猜瑞安王爷去棺材铺做什么？"问药又道。

"当然是买棺材了。"

"肤浅！"问药眼眸一转，在狄姜对面坐下，狄姜替她倒了杯茶，笑道，"别激动，来，喝点儿水。"

问药哪有空喝水，将水杯推到一边，倾过身子对狄姜说："瑞安王爷的母后可是当今圣上，家中无妻妾更无子嗣，他怎么会自己跑来订棺材？退一万步说，真的有重要之人过世，派个家丁太监婢女什么的来处理不行吗？怎么会在大过年的时候，自己一个人乘夜前来？"

"你确定那是武王爷？"

"当然了！他可是我朝思暮想的人啊……我怎会看错！"

"哦，恭喜你见到了心上人。"狄姜没当回事，低头拿起桌上一方绣帕开始做女红。

问药见状立刻夺过她的绣帕，一字一句道："瑞安王爷订了一副棺材，嘱咐连夜送到山里去！"

"到底还是去买棺材的。"狄姜掩嘴一笑，不想她再烦扰自己，于是顺着她道，"你还听到些什么了？"

"我送了燕子就被赶出来了，没听他们说了什么，不过这棺材肯定有问题！"

"若真有问题迟早也要传到我这儿来，你急什么？"狄姜笑笑，打了个哈欠，"我有些困了，有什么新鲜事明日再说与我听，我先去歇息了。"

"睡睡睡，你就知道睡！"问药翻了个白眼，拦住狄姜的去路，哪知狄姜稍稍一躲便从她身旁绕了过去。

"什么都没听到就如此激动，这些年都白修炼了。"书香听不下去，忍不住翻了个白眼。岂料这句话立马招来问药一拳，书香吃痛，却也不跟她计较，轻轻说了句"孺子不可教"便出去了。

问药这才想起继续去追狄姜，边走边道："掌柜的，你别走！说不定我们就有生意了！"

狄姜只当作没听到，"啪"的一声关上了门，将问药关在了外头。问药在门口又嘟囔了几声，见狄姜如何都不感兴趣，只得放弃，一脸失望地回了房。

问药的脚步声远去，世界好不容易都安静下来了，狄姜才轻轻推开窗向下望去。此时，正巧一华服公子从棺材铺走出来。他一袭紫衣，低调内敛，身姿卓绝，气宇不凡，一张桃花面生得连狄姜都禁不住心头猛跳。

"生了这样一副绝世姿容，也不怪女子主动往上贴了。"狄姜沉吟，想起问药常年在自己耳边八卦的那些内容。

传闻武王爷是当今女皇辰曌的第六子，从不参与朝政，唯一的喜好便是流连花丛，经常闹出些花边趣闻，在坊间流传。但说来也奇怪，与他有过一段故事的女子没有一人不对他念念不忘，嘴里头只道他的好，就算他喜新厌旧爱上旁人，也无人说他的坏话。男人能做到他这个分上，真是叫人佩服。

狄姜看着武瑞安的背影若有所思，却不想这一切都被钟旭瞧在了眼里。她回过神，便见钟旭一脸嫌弃地看着自己，眼神里好似在说："以色取人，轻浮浅薄。"

狄姜一挑眉，笑着朝他舔了舔嘴唇。干裂的嘴唇得到了润滑，缀在白净的面上，显得娇艳欲滴。

钟旭见状大惊，急匆匆地跑回了铺子，"啪"的一声重重关上了门。

"这钟老板啊，真是可爱得紧。"见他如此认真，狄姜不禁笑出了声。

接下来两日很清闲，铺子里没什么客人，独独城外五里坡的狸夫人来取了些安胎药。

狸夫人一人抚育十数子，狄姜不好意思多收她的钱，而狸夫人也不愿白占便宜，第三日便差长子给狄姜送了些陈年的果子酒。

"替我多谢狸夫人，我就不留你在此地用晚餐了。"狄姜看了眼对面的棺材铺。狸长子心里明白，于是很快便告辞离开了。

等他走后，狄姜立即打开酒坛尝了一口，一时间酒香四溢，煞是醉人。

"这酒光闻便知是珍品，狸夫人当真是有心了。"书香淡淡道。

"谁说不是呢？这酒若卖出去，千金都值得的呀。"狄姜点头，一脸满足地表示赞同。

"给我也试试。"问药立刻取来酒盏，想要尝一尝。

狄姜拂开她的手，道："这些年来好东西没亏待过你们，这个我给钟老板送去。"不顾问药幽怨的眼神，她很快就走出药铺，来到了棺材铺里。

"钟老板？"狄姜唤了两声，并没有人来接待她。她四周溜达了一圈，见棺材店里确实没人，长生也不在，该是出去送货了。狄姜也不客气，只当这是自己家里，径直走向了里屋。

里屋里，钟旭正与一尼姑对坐相商。

"瑞安王爷吩咐的事情贫尼实在做不到，还望……"尼姑说到一半，见狄姜来了便立刻闭上了嘴巴，只道了句"阿弥陀佛"便静静地立在一旁。

钟旭见状回头，蹙眉道："你怎么来了？"

"客人送了些好酒，拿来与你尝尝。"狄姜摇了摇手中的酒坛。

"不用，贫道不吃酒，您请回吧。"钟旭断然拒绝，恨不得将自己与狄姜的距离拉到十足远。

狄姜就当听不懂钟旭的话似的，又走近了两步，将酒放在桌上，笑道："咱们是邻居，何必这么见外？总要多走动走动才好。"

狄姜刚想打开酒坛，钟旭便将酒坛扔回她的怀里，道："贫道高攀不起，您还是快走吧。"

"哪里是高攀了，你不也是掌柜的？"狄姜仍不死心。

钟旭叹了口气，指着一旁的尼姑道："我们乃是出家人，你且还在十丈红尘中，身穿云锦，喝酒吃肉，与我们实在不是一路人，狄掌柜请不要再与我开玩笑了。"

"你这是哪里的话！我虽穿云锦，可你怎知我心中不以清贫为伍？我虽饮酒食肉，你又怎知我心不向佛？正所谓'酒肉穿肠过，佛祖心中留'，古人留下的话必然有几分道理。"狄姜笑着举起杯，递给那名叫流云的尼姑，"师太，莫要太拘谨了，您要不要也来上一杯？"

"你太不懂事了！"钟旭忙拂开狄姜的袖子，怒道，"回去！别杵在这儿丢人！"

狄姜见他俩脸都绿了，想是真生气了，只得悻悻地抱起酒坛，转身出了铺子。

狄姜回到铺子里，便见问药刚送走一个客人。那人打扮得十分规整，不像是个普通的下人。果然，等他一走远，问药便献宝似的走近了贴着她的耳朵道："我说什么来着，瑞安王府肯定会出事！"

"那是谁呀？"狄姜问。

"王爷府中的管家，邀我去王府给昭和公主诊病，我说掌柜的不在给推到了明日。"

"他自己进来的？"

"是。"

"嗯，我知道了。"狄姜将怀里的酒放在桌上，"便宜你们了，少喝点儿，明日要做正事。"

问药一见果子酒原封不动地又回来了，两眼立刻泛起精光，心里哪还有什么正经事，满脑子里只有酒了。

"多谢掌柜！"问药抱起酒坛转身就进了里屋，留下书香一人在角落里整理药材，好在他并不嗜酒，眼皮子都没见抬。

"这寒冬腊月的，真是困得紧。"狄姜打了个哈欠，见铺子今天也该没什么生意了，便决定回去补个觉。谁知她一夜无梦，不知不觉竟然睡到了第二日中午，若不是问药来叫，她只怕要睡到下午去。

"掌柜的，我昨儿个打听了下，听说这昭和公主武婧仪很是刁蛮，近些日子更是变本加厉，闹得府里鸡犬不宁，已经死了好些人了！"

"哦？"狄姜抬了抬眼皮。

"昭和公主与瑞安王爷乃一母同胞的亲兄妹，前些日子武婧仪被当朝大将军龙茗退了婚，便一直住在瑞安王爷的府里，想来是忧思成疾了。老管家说宫里的太医早就来瞧过，太平府的大夫也快看了个遍，就是没一个人能瞧出个所以然来。"

狄姜想了想，道："想是招了不干净的东西吧，否则，也寻不到咱们这儿来。"

"去瞧瞧再说。"

"好。"

问药背上药囊，与狄姜一齐穿过东西市，走了半天终于在闹市区的尽头见到了红墙绿瓦的瑞安王府。二人依着院墙而行，走了好一会儿才走到正门，这是辰皇钦赐给武王爷的宅邸，极尽奢华之能事，活脱脱是一个缩小版的大明宫。

武王府承袭着皇家园林一贯的前宫后苑建造方法，严格按照森严的等级制度来建造。大门前方，刻有"武王府"三个大字的牌匾明晃晃地挂在横梁之上，六开的大门正中只有武王及同级或以上官员能进出，两边的可进出下级官员，最边上的两扇小门则是进出府中下人。狄姜和问药只能绕过大门，从另一侧开着的小门进出，这里是平民及府中下人会客时之用。

与倒夜香之人同级。

小门边站了两名带刀侍卫，其中年纪较长的侍卫见了她们便率先问道："是见素医馆的狄大夫吧？"

狄姜点了点头。

"管家知会过，快请进。"侍卫让开了道，随即领着二人向里走。

"多谢。"

狄姜和问药跟着侍卫一路走来，这才知道武王府建造在镜和湖边，东边是前宫，后苑便是围着湖建造了一圈四合院，将湖环抱在中间。湖中心更有一座人工小岛，岛上有亭台别院，树木葱郁，由东西南北四条白玉廊桥连接，显得视野开阔，景观层叠深远。工人们独具匠心，将这一天然湖景和人造园林巧妙地结合在一起。

问药的眸子越瞪越大，险些就要从眼眶里瞪出来，她从未见过如此奢华的府邸，一时间便没能抑制住内心的激动，她紧紧拽着狄姜的手臂，惊呼道："掌柜的，这武王府也未免太豪华了吧！"

侍卫走在前头，不住地回头看问药，眼中带着几分隐晦的笑意。狄姜虽然也觉得园林很震撼，但想想若和问药一般，实在是有些丢人，于是只轻咳了一声，点点头，没有接话。

"前面就是昭和公主暂居的楼东小院了。"侍卫道。

"多谢小哥。"

三人继续前行，穿过一条长廊，便来到了湖边一座二层小楼前，岂料三人刚走到楼梯口，便听二楼传来一声巨响，伴随着女子尖锐的嘶喊，狄姜与问药吓得驻足不前。

"滚！本公主好得很！不需要你们诊治，都给本宫滚！"

"狄大夫别紧张，没什么大事。"侍卫一脸的风轻云淡，笑呵呵地安慰她们，然后继续领着她们往前走。紧接着，又听二楼传来一阵急促的脚步声，狄姜与问药不敢再靠近。很快，便见三个上了年纪的老者连滚带爬地从楼梯上走了下来，他们身后还跟着几个背包的药童。

"看来管家说的遍寻名医所言非虚，这才一会儿工夫，加上我就有四个大夫了。"狄姜扬了扬嘴角，勉强勾起一抹笑，想缓解一下紧张的气氛。

对面几个大夫见问药也背着个药匣子，便知晓是同行，也没有多说什么，只是露出一脸同情，然后急急地从她们身边绕了过去。背后管家刘长庆扬着手，手里还拎着三个钱袋子，大声嚷道："赵大夫，钱大夫，孙大夫，你们的诊金还没拿呢！"

三个大夫像没听到，只顾着逃命，狄姜问药面面相觑，都觉得奇怪。

究竟上面有什么，吓得他们连诊金都不要了？

等最末尾的那名大夫走近了，狄姜才发现他的头上有一个碗大的血窟窿，鲜血正"噌噌"往外冒。

"流这么多血，他会不会死掉？"问药蹙眉。

狄姜摇了摇头，表示不清楚，但看那大夫健步如飞，想是心中的惊吓比身体上的疼痛更可怕。

"狄掌柜，这边请。"侍卫指了指二楼，丝毫没有要一同上去的意思。

"您不跟我们一起？"

侍卫坚定地摇了摇头："公主的闺房，我不能去，也不敢去！"

"好吧……"狄姜说完，将问药推到前面，让她先走。

管家站在楼道上朝二人行了一礼，嘱咐道："希望二位大夫能尽力医治公主殿下，王爷自有重赏。"

"当然！我们一定能治好公主，一切包在我们身上了！"问药一脸自信。

刘管家面色淡然，扬起嘴角敷衍地笑了笑："那就多谢了。"

想来这样的话他已经说了许多次，但都成了白说，因为至今都没有大夫能治好公主的病，于是他也没把狄姜和问药这样的女大夫放在眼里。狄姜看出了他的敷衍，也不多与他争辩，径直跟着问药上了楼。

上楼后，入目所及一片狼藉。公主的闺阁大门朝内敞开着，屋里屋外遍地都是残渣，皆是粉碎的陶瓷、琉璃碴儿。

公主是有多想不开，才会将这些珍宝都砸了个干净？

狄姜看着满地宝贝，很是心疼，她推了推问药，问药便大步走进了屋子。

狄姜跟着她走进去，一边走还一边观察，生怕飞出个什么玩意，将自己的脑袋也砸出个血窟窿。等她们进了屋，见能砸的都砸完了，剩下的都没有杀伤力，这才放下一颗心来。

"你们是何人？"前方传来阴森森的女声，狄姜这才将注意力放在公主的身上。

"你是昭和公主？"狄姜瞪大了眼睛，眼见此人坐在窗边，披头散发、双目圆瞪，十足的疯婆子打扮，街上随便抓一个泼妇来也比她强上许多。除此之外，昭和公主的身上还布满了黑气，一丝一缕将她缠绕得紧紧的，包成了一个团，竟连一丝皇气都看不见。

狄姜和问药都惊呆了。她们知道，那些黑丝皆是来自地府的气息，伴随着挥之不去的深深的怨气，会将她折磨得不似人形，形容枯槁，最后自然便逃不过一个死字。

"你们是何人？"武婧仪冷哼一声，又问了一遍。

问药这才回过神，答道："我们是见素医馆的大夫。"

"大夫？"武婧仪一听来人又是大夫，立即发了狂，大叫道，"本宫没病！为什么皇兄总说本宫病了！本宫没有病！！你们都给本宫滚！！！"

狄姜倒吸一口凉气，这不叫有病，什么是有病？

问药看不下去了，懒得同她绕弯子，索性开门见山道："对，你的确没有病，死人怎么会有病呢？"

"你……你在胡说什么？"武婧仪面色一白。

"我在说什么你自己心里清楚。"问药一脸淡然，端的架势比狄姜还要足。

"你！"武婧仪怒气冲冲，随手想拿什么扔过来，找了片刻才发现身边已经没有能砸人的东西了，最终也只得伸出食指凌空戳着她们，浑身颤抖，"你们给本宫滚出去！本宫不想听你们废话！滚！"

"我们滚可以，但是下次来的肯定就不是大夫了。你知道武王爷很疼你，待他寻遍坊间还不能治好你的病，那下次来的就不会是寻常人了。"

问药说完，武婧仪突然就平静了，她静静地站着，冷冷道："不是寻常人，还能有谁？"

"道士。"问药说完，武婧仪便笑了，且笑得十分猖狂。

"道士？阎王爷我都不怕，还怕那些招摇撞骗的道士？"

"招摇撞骗的有，货真价实的也有，迟早都会遇到的。"

"哼，那我等着便是。"武婧仪说得毫不在乎，可原先充满攻击性的神色已经不见了，取而代之的是一片惨白，比死人的脸色还要苍白。

"我叫问药，是见素医馆的坐诊大夫，这是我们掌柜的。"问药走过来站在狄姜身后，将她推到武婧仪面前。

狄姜不再沉默，对武婧仪友好地笑了笑："自我介绍一下，我叫狄姜，也是个大夫。"说完，顿了顿又补充道，"我不医人，只医鬼。"

武婧仪一脸狐疑，看着狄姜的脸有一瞬间的疑惑，总觉得在哪里见过。但一时之间又想不大起来。

这时，狄姜悠悠转过头，看了眼窗外的寒梅，寒暄道："这个时节正是梅花盛开之际，楼东小榭的梅花开了，梨园的梅花也开了，可煞是好看呢。"

狄姜一提起"梨园"，便见武婧仪面色一变。

"你到底是谁？"武婧仪指着狄姜，满脸惊惧。

"姑娘，听我一句劝，人的一生有很多的不如意，也有很多很多的遗憾。但那些遗憾大多都是自己的选择，你可以选择风轻云淡，也可以选择噩梦缠身，可无论怎样的结局到头来都不是别人给你的，而是你自己选择的。"

武婧仪闻言皱起了眉头，她虽然没有反驳，但显然也没有将狄姜的话放在心上。

狄姜本来便不指望自己说两句对方就能接受自己的忠告，于是笑了笑，道："不管你和昭和公主有什么仇怨，你若想长久地在这个身体里待下去，就只能学着做武婧仪。否则，瑞安王爷无论用什么法子都会让自己的妹妹回来，到时只怕你就什么都没了。"

"我现在还有什么吗？"武婧仪自嘲地笑了笑，满目凄凉，"我不过在苟延残喘，如今已是孤注一掷，我有什么好怕的？"

武婧仪不再自称本宫，她在狄姜面前几乎就是透明的，便不再端着这副公主的架子。

狄姜看出了她心中所想，便道："我不管你想做什么，我会给你七天的时间。七日后，我会来带你走。"

"你凭什么！"武婧仪拍案而起，冲到狄姜面前瞪着她的双眼。

狄姜并不回避，盯着她的眸子微微一笑："到时，你就知道了。"

说完，狄姜不再说话，径直走出门去。

问药见状，又对武婧仪强调了一次，道："七日后见。"说完，她也跟着退了出去。

二人离开后，武婧仪就像变了一个人，她不再狂躁，不吵不闹，她就那么安安静静地坐在那里，双目怔怔地发呆。

过了一会儿，她才又如梦惊醒一般，冲着楼下喊道："来人！本宫要梳妆！"

狄姜和问药出门后，发现侍卫已经不在了，整个院子里空无一人，气氛很是沉重。这与前宫五步一兵十步一岗的模样有很大的出入。

"怎么一个人都没有？"问药打了个寒战。

"想来都被武婧仪吓走了吧……她脾气这样火爆，谁敢留在她的院子里？"狄姜摇摇头，"我们自己寻路出去便是。"

"这王府里未免也太奇怪了！"问药嘟囔了一句，向前走去，狄姜跟在她后头，低着头不知道在想什么。二人一前一后走了大半晌后，仍旧没见到小院的出口，路上也一个人都没遇到。

"掌柜的，我们莫不是遇上鬼打墙了？"

"胡说。"

"这里刚刚好像来过。"

"断不可能。"

"真的……"问药小声地嘟囔，但见狄姜稳如泰山便不再多说。其实狄姜也发现不对劲了，但她知道这绝不是鬼打墙。这世上还没有什么墙能困住她。

"现在的情状只有一种可能。"

"什么？"

狄姜顿了顿，道："我们迷路了。"

是的，王府太大，她是路痴。

"掌柜的，您真镇定。"

"那是自然，否则怎么当掌柜的？"狄姜骄傲地扬了扬头，尤其在这种时候，在手下人面前绝不能露出半分迟疑。

"掌柜的，刚刚在屋里，您一点儿都不担心像那个大夫似的脑袋上被砸个血窟窿？"

"进屋之前我就打量过，那屋里能砸的都被砸光了，有什么好怕的？"

问药点头，细一回想觉得她说得甚为有理："掌柜高瞻远瞩，实在令人佩服。"

狄姜笑了笑，信步走在王府里，闲聊之余突然发现她们已经迷路迷了个彻底，竟然不知不觉走到了王府的后花园。

后花园里住的大多是女眷，外人不得进入，但是瑞安王爷至今未娶，也没听说有哪家的姑娘能在此留宿，于是偌大的花园里居然没有人声，狄姜更觉得诧异了。

"这与市井传闻相背离啊……"

"瑞安王爷多情不假，但是也仅限于多情，他可不会什么人都往府里带的！"问药高兴得手舞足蹈，好奇道，"掌柜的，我们去看看瑞安王爷的房间吧！"

问药作势往前奔，狄姜连忙拉住她："私闯王府的罪名我们可担待不起，我们还是快些离开吧。"

"往哪儿走？"问药一愣，"反正已经迷路了，索性就当作王府一日游了。放在平日里，这种地方我们可进不来，多好的机会啊，对不对？"

狄姜眯起眼，竟觉得她说得十分有道理，但是她素来不喜多事，怕久留此处会出什么乱子。现下走也不是留了也不是，犹豫间，忽然听见对面的楼阁上传来一阵丝竹声。

丝竹声入耳，如春风拂面。

"真好听。"

"嗯。"狄姜郑重地点了点头。

狄姜惜才，对这世间一切美好的事物都很好奇，何况他既能吹出这样完美的笛声，想来本人也应当有着不俗的外表才是。

"吹笛之人技艺不俗，我们去看看。"狄姜领着问药，循着笛声走去。

二人一路走来，狄姜脑子里一直在幻想面前出现个绝世佳人，却不想走到了道路尽头，出现在她们面前的吹笛之人正是不久前才分别的昭和公主，武婧仪。

狄姜这才惊觉，原来她们之前在楼东小榭的前院，绕了一大圈居然来到了后院，而此时的武婧仪不过是将头发梳理整齐，便全然变了一副模样。

她的黑发如墨如瀑，直顺地垂在肩上，一袭白色纱衣让她举手投足间都充满了仙气，就这样一身简单的装束，便使她不复之前的癫狂，现在就连称她一句绝代倾国也不为过了。

"公主就是公主，甭管身体里住着谁，只要脸蛋摆在那儿，怎么都好看。"问药止不住地称赞，连狄姜也不禁看呆了。

此时，笛声戛然而止。武婧仪发现了角落里的狄姜和问药。

"你们怎么又回来了？"武婧仪的面色瞬间变得冰冷，"你们还想怎样？"

"公主别误会，我与您约了七日那便是七日。"狄姜笑了笑，连忙解释道，"公主殿下，我们迷路了，还望差个人来为我们指条出府的明路。"

武婧仪指着花园尽头的小路："这里的下人都被我打跑了，不会有人来的。你们只管向东走，遇岔路左转便是。"

"多谢公主殿下，那我们告退了。"狄姜矮下身子朝她福了一礼，问药有样学样，行完礼之后她们便匆匆往外走，不一会儿便从后门出了府。

"掌柜的，若是毁了她，倒真是可惜了。"问药看着墙内不远处的二层小楼，面上写满了同情。

狄姜点点头，很是赞同。

她素来喜欢美人，却发现自古美人都很薄命。

若她就这样没了，也着实是可惜了。

见素医馆里，书香已经将晚饭布置齐整，等着狄姜和问药回来。哪知她二人刚一进铺子，都异口同声道："没什么胃口，今日不吃了。"

书香点点头，也不问为什么，又原样把晚饭端进了厨房，自己在里头吃完之后才出来。而此时，狄姜和问药都已经回到各自的房间里，进入了梦乡。

第二章
不灭灯

第二日，狄姜难得起了个大早，走下楼时见书香和问药正在吃早饭，于是向他们打招呼："早上好。"

书香和问药见到狄姜都是一脸惊讶。

"掌柜的，今天太阳打西边出来了？"

"太阳好好地在东边挂着，说什么傻话。"狄姜睨了她们一眼，"吃完快些去开铺子，今日有贵客登门。"

"贵客？谁呀？"问药好奇。

"来了你就知道了。"狄姜顿了顿，又补充道，"是你感兴趣的人物。"

"当真？"

"我何时诓过你？"

"经常啊……"

"出家人不打诳语。"狄姜嫣然一笑，半点儿开玩笑的意味都没有。

问药叹了口气，对书香说："掌柜的又在玩角色扮演的游戏了。"

"扮演什么？"

"扮演出家人啊。你看看她，哪里有一点儿出家人的样子？还老说自己是出家人，我都替她脸红！"

书香没说话，问药见无人讨论，也觉得无趣，便放下了碗筷："我吃饱了！你们慢用。"说完，便向大堂走去。而书香则依旧很淡定，眼皮都没抬地自顾自吃着粥。

"竹柴的手艺是越发精进了，连馒头都能做得这样松软好吃。"狄姜拿起一个馒头，咬了一口便止不住地赞叹。

"嗯，他兴趣所至，金石为开。"书香皱眉点了点头，看那副模样估计是想起了刚来太平府的那阵黑暗时光。

彼时主仆三人刚来太平府，书香和问药都不会做饭，狄姜又十指不沾阳春水，于是结结实实饿了好一阵子肚子。当他们在后院发现竹柴的时候他才刚刚成形，连一句完整的话都说不清楚，若不是他躺在柴火堆里瑟瑟发抖，书香险些便将他当作一般柴火烧掉了。

后来书香教他说话认字，接触了一阵才知道，原来这些年他一直都被遗忘在角落里，连他自己也不知道究竟被遗忘了多少年。他在厨房里眼看着铺子的主人换了一代又一代，长年累月受到食物的熏陶，耳濡目染下做饭成了他最大的兴趣爱好。狄姜理所当然地让他当起了大厨，他们的生活水平很快便得到了显著的提高，到现在已经幸福值满溢了。

"掌……掌柜的！"就在这时，问药突然一脸慌张地跑进来，将狄姜的思绪唤了回来。

"怎么了？这样慌慌张张的，见鬼了？"

"不……不是！"问药连忙摇头，惊道："是瑞……瑞安王爷来了！"

"哦？这是好事呀。"狄姜微笑，"我都说不打诳语了，没骗你吧？"

"可是咱们店里不是只有非人才能进吗！"

"准确来说，是和非人有关的人。武婧仪身带鬼气，是武瑞安的亲妹妹，他们现下正住在一起，能踏进我们医馆也不足为奇。就如同前些日子的管家一样。"狄姜纠正了问药，便站起身往店里走去。

刚一掀开帘子，便见武王爷端坐在问诊台前。依然是一身绛紫色的常服，虽色彩内敛低沉，但配上他如玉的眉眼，如何也低调不起来。坐在哪儿，哪儿便如日月星辉，耀眼到让人无法忽视。宣武第一美男子的名头诚不欺人。

"民女参见瑞安王爷，王爷万福。"狄姜笑意盈盈地迎上去，在他身前福了一礼。

武瑞安抬起眼，眸子里闪过一丝诧异："你就是狄大夫？"

"民女狄姜，是见素医馆的掌柜。"

"狄大夫免礼。"武瑞安将狄姜扶起，又道，"狄大夫好年轻，与我想象中不符。"

"怎么，我不像大夫吗？"狄姜"扑哧"一笑，"在王爷心中，我应当是什么模样？"

"老成持重，温文尔雅。"

"除了'老'字不妥，其他民女都算担得起。"狄姜点点头，一本正经。

"是是是，狄掌柜说得不错。"武瑞安听了后豁然大笑，随后又道，"狄大夫知道本王会来？"

"知道，也不知道。"

"此话怎解？"

"令妹的病可有好转？"

"好了大半，只是……"武瑞安迟疑了片刻，"只是与从前还是有些出入。"

"想是没好透，还需吃几服药。"狄姜虽一脸淡然，却始终眼带笑意，这让武瑞安深感亲切，安心不少。

他点了点头，道："本王也是这样猜想，婧仪自从被龙茗悔婚起，精神状态便不佳。其他大夫甚至连太医都无法靠近她，这许多天来也只对狄大夫不反感。今日本王便是特地来请狄大夫替婧仪好好调养调养身子。"

"行医济世本是狄姜该做的，今日就算王爷不来我也会再去府上。一会儿我先开七日的药给公主送去，七日后如无意外，应是药到病除。"

"那就全权交给狄大夫了。"武瑞安一脸惊喜，连连答谢。

狄姜见桌上连杯茶水都没有，连声唤道："问药，看茶。"

"不必了。"武瑞安抬手，示意问药不要麻烦了，又道，"本王还有要事处理，先告辞了，药本王随后派人来取。"

狄姜点点头，俯身恭送他离开："王爷的吩咐，狄姜一定不负所托，王爷慢走。"

"一切拜托狄大夫了。"武瑞安说完，便站起身向门口走去。

狄姜目送武瑞安走出了巷子，这时恰巧对面的棺材铺开了门。

钟旭收拾横板的间隙，一不小心与狄姜四目相对，狄姜见状，立刻给了他一个大大的微笑。而钟旭依旧一副旁人欠了他五百两的表情，点了点头便继续收拾门板去了。

狄姜也没心思逗他，她还要忙着给武婧仪抓药。这时书香走了出来，她便对书香道："上回罗老板送来的当归还剩下不少，新年之后他又要送来许多，你便将余下的都送去给昭和公主吧，记得磨成粉，外行人也分辨不出来。"

"是，掌柜的。"书香点头，开始在柜子里找当归。

狄姜想了一会儿，又叫住书香补充道："记得方子上别写当归，你就写老山参配冬虫，再来点儿他们听都没听过的，什么天山雪莲一类的，表面要做得漂亮些，价格按十倍收，瑞安王爷他不差钱。"

"知道了。"书香一脸黑线，在诊台坐下，开始写方子。

钟旭站在棺材铺门口，将这一切都瞧了去，他的面上别提多色彩斑斓了，看得狄姜心里直乐呵，忍不住便冲他笑了笑，道："钟老板，我跟你说啊，和瑞安王爷做生意可千万别客气，难得的皇家买卖，开张一次管三年哪……"

只听"嘭"的一声，钟旭直接转身关上了店门。

"他怎么了？"狄姜回头问书香。

书香摇头叹气，只管埋头写药方，没有理会她的提问。狄姜刚想再问，却见街角处出现了一抹熟悉的身影，身穿绫罗织锦，步态不凡，来人正是武瑞安王爷。

"王爷怎么又回来了？"狄姜怕他要盯着自己抓药，于是立刻抓了几把当归，佯装成捣药的模样。可武瑞安走近了只是与她点了点头，算是打过招呼，然后便径直走进了对面的棺材铺。

"堂堂王爷，有什么事需要三番五次进一间小小的棺材铺？"问药在一旁，一脸好奇。

狄姜笑了笑："他当然不会是为了买棺材，只怕是为了钟旭的副业吧。"

狄姜知道，这世间有真本事的道士不多，钟旭便是其中的佼佼者。

过了一会儿，恰在书香将药材包好时，瑞安王爷便从钟旭铺子里走了出来，二人站在廊檐下又寒暄了两句便分道扬镳，很快，钟旭便带了长剑不知去向。看他面上那副样子，就像突然间多了一个杀父仇人，此刻，正要去手刃仇敌。

狄姜见状，心中一凛，连忙上前走到武瑞安面前停下："王爷，您的药材已经备好了，您是这会儿亲自拿回去，还是一会儿我让人给送到王府去？"

"给本王吧，婧仪早些吃药，早些好起来要紧。"

"王爷说得极是。"狄姜笑靥如花，将一整包当归递了过去，同时还附上了一张天价的账单。

"多谢狄大夫。"武瑞安看也没看便将账单收进了袖口，"诊金待本王回府后派管家送来。"

狄姜笑弯了腰，连连道谢："多谢王爷。"

"本王还有事，先走了。"

"是，狄姜恭送王爷。"狄姜说完，突然想起了什么，又叫住他，"敢问王爷可知钟老板去何处了？我与他约好了一起用午饭，这会子居然不见人了，真让我有些不知所措呢……"

"原来狄大夫与钟掌柜事先有约，是本王失礼了。"武瑞安蹙眉，神色里带了几分歉意，"刚才本王派他去出云庵办些事，一时半会儿怕是回不来了。"

"这样啊……自然王爷的事要紧，吃饭随时都可以。"狄姜躬身行礼，"民女不耽误王爷正事了，狄姜告退。"

"那本王改日再设宴答谢二位。"武瑞安点了点头，未再多语，转过身子便大步离开了。

等武瑞安一走，问药便上前问狄姜："掌柜的，咱们什么时候约了钟旭，我怎么不知道？"

"你不知道的事多了。"狄姜睨了她一眼，"去准备准备，随我去出云庵。"

"尼姑庵？无端端的去那做甚？"问药瞪大了眼睛。

"求姻缘。"狄姜信口胡诌，但问药当了真。

"什么？"问药听闻，下巴都快惊掉了，"掌柜的您开什么玩笑？求姻缘该去月老祠，出云庵哪有那个功能？"

"别废话了，快去后院取些香烛来。"

"是……"问药见狄姜很是着急，纵然现下有十万个为什么也不敢再问，皱着眉头不太情愿地去了柴房。片刻后，她从灰堆里拿了一整套的祭祀用品出来，又仔细将它们在竹篓里摆置规整后，便提着竹篓随狄姜出了门。

二人刚一出城门，天上就飘起了绵绵细雨，衣裳上变得湿湿黏黏，连撑伞也没什么用处。护城河外，鸦雀此起彼伏地叫唤，叫得人毛骨悚然。狄姜厌烦地扫了一眼护城河，发现河岸边杂草丛生，竟连一只水獭都见不到。现下恰逢雨水时节，本应有水獭祭鱼，这是自然界的河神祭祀，祈求今年风调雨顺。这在往年最是寻常，而今年一只也没有遇见。

问药心中隐隐有些不安，直觉告诉自己今年并不会是一个太平年，于是对狄姜道："掌柜的，这还没到中午，天光居然已经这样低了，是不是有什么不妥呀？"

"山雨欲来风满楼，黑云压城城欲摧啊……"狄姜感叹了一句，便从竹篓里拿出一只灯笼来，灯笼撑开便自己亮了，遇水也不灭。

问药惊奇："这是个好宝贝，我还以为丢了。"

"没有丢，这么好的宝贝，一直在我手里攥着呢。"

二人打着灯笼，一路无话，默契地往前走着。走了约莫半个时辰，雨水渐渐大了起来，伴着东风在黑压压的天空中淅淅沥沥地落下来，田边小径行人很少，除了狄姜与问药，远处只有出云庵大门边的两盏灯笼放出一点儿光芒，在这黑夜里显得格外明亮。

狄姜领着问药走过去，刚一进庵堂便有一个姑子围上来，递了三枚香给二人。

"阿弥陀佛，多谢师太。"狄姜双手合十，虔诚地点了点头。

出云庵建了没多久，狄姜还是第一次来这里，她拉着问药跪在蒲团上，一抬头，却发现殿上供着的菩萨很有些眼熟。菩萨右手持宝珠，左手自然下伸，指端下垂，手掌向外，仰掌舒五指而向下，结了个与愿印。

"好像……是不成空明王菩萨的本誓标识。"问药在她边上淡声道。

狄姜望着金像，张大了嘴，一脸茫然。

明王即冥王，传说中的地府三君主之一，统领全族信仰，无鬼不尊崇。但因她深居简出，极少露面，常年端坐地底，两耳不闻窗外事，既不帮人实现心愿，也不著书育人助人早登极乐，凡间为她雕塑立像者并不多。能在这里遇见，倒是惊奇。

果然，下一刻便听姑子道："阿弥陀佛，出云庵供的是渡无量劫以来发善心的不成空明王菩萨，能给予众生坚定信念，让他们自我实现愿望，使众生所祈求之人生都能顺遂安康，是一位与众不同的菩萨。"

狄姜愣了愣，随即恢复常态虔诚地双手合十，向雕像低了低头，笑道："是个好菩萨。"

姑子听见狄姜不咸不淡明显是敷衍的回答，面上有些挂不住，她面露不快，淡声道："阿弥陀佛，施主请自便，贫尼要去诵经祈福了。"

"师太您忙。"狄姜见她走开倒是松了口气，寺庙庵堂这样的地方她其实并不太想来，若遇到以佛法开示世人的得道高僧也便罢了，最怕遇到榆木疙瘩，一心想着传播世人虚妄的满愿，倒叫世人白白浪费了心思。

"那是什么？"狄姜眼尖，看见大殿的礼佛牌位旁有一个不太显眼的位置，放了一块奇怪的牌位，比旁的略小了些，上面写的并非死人的生辰名讳，而是这些日子频繁出现的武王爷武瑞安。

问药也发现了此间的不妥，蹙眉道："掌柜的，你有没有发现瑞安王爷近些日子有古怪？"

"嗯？"

"他虽与常人一般模样，可我总觉得他身上有不同旁人的气息，阴森森的，可具体是什么我说不上来。"

"死气。"狄姜一语点破，并不打算隐瞒。

"对！"问药一拍掌，"就是我们平日所见的死气，但是……又不完全是，掌柜的，你可要救救他呀！"

"你知道我不医人，只医鬼。"狄姜双手合十，对着大殿上的菩萨虔诚地磕了个头，笑道，"何况生死有命，富贵在天，王爷潇洒半世，自有他的命数，你急什么？"

"我不急，我就是可惜……"问药挠了挠脑袋，眼巴巴地看着狄姜，妄想从她口中得到些什么来满足自己的好奇心。可狄姜并没有再理她，站起身捐了些香火钱，随后便向后院走去。问药无奈，也只得快步跟上。

一路上，狄姜没发现别的不妥，只遇到了几个在打扫的姑子，她们也没有为难二人，见到狄姜和问药便双手合十道了句"阿弥陀佛"，随后便继续忙自己的事去了。

二人穿过二殿进入后园，便见满院子的梅花竞相绽放，红艳似火，开得十分妖艳。

"我还没见过这样的梅花。"问药看了一眼便呆住了，拍了拍自己的脸颊，惊道，"我不是眼花了吧？这还是梅花吗？怎么比杜鹃还红！"

狄姜叹了口气，道："因为梅树下埋了幽鬼啊。"

狄姜说完，心中升起一股不祥的预感，暗自心惊道："连我都能看出这其中的鬼气，钟旭岂会不知？"狄姜念及此，赶忙走进梅花林中，寻找那个执剑的道士，只盼他还没有下重手，暂且留下她的魂魄。

雨下得越来越大，越往梅林深处，花香愈甚，更混合着猩红的气息，叫人汗毛倒立，问药跟在她后头，止不住地捋衣衫。

约莫半刻钟后，她们才在山脚下发现钟旭。

只见钟旭一身白衣飘飘，身后那柄长剑已经出鞘，剑尖指着他身前站着的一名身穿红嫁衣的女子。红衣女子步态虚浮，飘在空中，双目血红，青面獠牙。

不是鬼魅是什么？

"掌……掌柜的，那个女鬼怎的如此面善？"问药结结巴巴地说道，显然被吓了一跳。

"这其中有蹊跷。"狄姜点了点头，她也发现了其中的不对。

那女鬼虽然面色青绿，与嫣红的双唇形成了鲜明的对比，可就算颜色骇人，她的五官也仍旧依稀可辨，精致秀美，分明就是此前在王府见过的昭和公主！

不等狄姜细想，却听钟旭口中念念有词，长剑离手飘在空中，向着女鬼的眉心而去。

"不好，他想除了她！"狄姜心中一惊，说时迟那时快，她想也不想就冲了上去，径直扑在了钟旭身上，将他撞了个满怀。与此同时，问药手中的灯笼飞了出去，女鬼红光一闪便消失在了空气中。

"道……道长，对不起，我刚刚见到你实在是太激动了，以至于没有看见路上的石子，害你摔跤，真是对不起！"狄姜压在钟旭身上，一个劲儿地低头道歉。

"怎么又是你！"钟旭嘴角颤抖，眉心皱得紧紧的，想是气得不轻。

"我来上香……"

"下雨天你上哪门子的香！"

"今日是……是问药娘亲的死祭！我陪她来的。"狄姜瞪大了双眼，一边指向问药，一边真诚地看着钟旭，情感之真挚，叫普通人看一眼便会心软。问药站在后面，一脸木讷地点头："对，是我娘亲的祭日。"问药从出生起就没见过娘亲，于是瞎说也不心虚。

可钟旭不是普通人，他的心肠比石头还硬。

狄姜见他没反应，又道："你看，我们香烛冥钱都带齐了，没想在这儿竟然遇到你，真是好巧啊，一起去找流云师太喝杯酒吧？"

"你自己喝去！"钟旭一脸不耐，"你先给我起来！"

"哦，好吧。"狄姜一脸悻悻，结果撑地的手一滑，整个人又一个不小心扑在了他怀里。

"道长，这回我真不是故意的！"狄姜惊呼。

"那你承认此前都是故意的了？"钟旭蹙眉，再没给她好脸色，一把将其推开，狄姜一个不慎便跌坐在了地上，雨水打湿了她的裙摆，弄脏了衣裤。

"你怎么如此野蛮！"问药见状，连忙将狄姜扶起，狄姜摇摇头，示意问药自己没事。

狄姜本还想说些安慰钟旭的话，但见他一脸冰寒，想说的话便全然都说不出口了。她知道这时候无论说什么都是虚的，她确实阻止他做事了。

"你认识她？"钟旭冷冷道。

"嗯？什么？"狄姜眨眨眼，决定装傻装到底。

"刚刚那个女子，是你的旧相识？"

"女子？哪里来的女子？你在尼姑庵里等一个女人吗？"狄姜左顾右盼，假意寻觅，但面上还是那一百分的真诚。

"你……罢了！"钟旭冷哼一声，再未看她一眼，自顾自执了长剑便施展轻功飞了出去。白衣翻飞，衣袂飘飘，一眨眼就消失在了无边夜色里。

"那么急匆匆的做什么，生活是用来享受的，这样来去匆匆能发现什么美好？问药，走，我们也回去。"

"是……"问药颔首，搀着狄姜施了一次缩地术，迈开步子落下脚，这一瞬间的工夫，周遭的景致便换了一副模样。二人突兀地出现在太平府的南大街上，好在周围没有人，否则她们的凭空出现肯定要惹人惊诧了。

狄姜瞪了问药一眼："下次不要这么莽撞了，给人撞见不好。"

"我还不是担心掌柜的你吗……"问药蹙眉，指着狄姜的手腕道，"掌柜的，你的手流血了。"

"血？"狄姜闻言一惊，低下头便见左手腕下一片猩红。下一刻，她只觉两眼发黑，不消片刻便失去了知觉。

"掌柜的！"问药大惊，连忙去探她的鼻息，发现她只是昏迷才稍稍放心，于是背起她就往铺子里跑，经过钟旭的棺材铺时，长生还好奇地看了一眼。

"看什么看！还不是你家掌柜害的！"问药吼了他一句，长生立刻被吓得关紧大门，临关门前，那眸子里迸发出的害怕，就像是看到了豺狼虎豹，避之不及。

问药回到铺子，书香见二人这副模样，连忙迎上来："出什么事了？"

问药背着狄姜上了二楼卧房，将她放在床上后便急匆匆地下楼拿药，边走边道："我也不知道怎么了，只知道掌柜的突然就晕了！你快看看她怎么了，我去给她的手腕找些金创药！"

"好。"书香说完，右手摸了摸狄姜的脉搏，又撑开她的眼皮看了看她的瞳孔，最后将食指放在她的鼻下探了探鼻息后，才舒了一口气，道，"掌柜的只是睡着了。"

"睡着了？"问药拿来水盆，将手帕浸在里头洗干净，然后拧干了递给书香。

"嗯，还在打鼾呢。"书香淡定地接过手帕，在狄姜的手腕处轻轻擦拭，睡梦中的她眉头都没有皱一下。

"掌柜的心真大，我什么时候能像她一样就好了。"狄姜手腕的血污被书香清理干净之后，问药又在她的伤口处细心地撒上了止血的药粉，随后包上纱布。

"相信我，你不会想变成她的。当一个人没有了期待、没有了未来，只能活在回忆里，那么她才会这样无动于衷，将自己置于万事之外。"书香高深莫测地说完，收拾了药粉和绷带，便回房睡觉了。

问药听得似懂非懂，便懒得懂了，悄声退了出去，回房休息了。

第二天一大早，天刚微亮，一阵爆竹声便响彻了太平府南市。爆竹声结束后，便听丝竹哀乐从不远处传来，伴随着和尚诵经的声音，吵得人心烦意乱。

狄姜一夜无梦，再次转醒就是被这些爆竹声吵醒。她拖着疲乏的身子，睡眼惺忪地打开窗户，便见平时全然碰不着面的街坊邻里纷纷从窗户里探出半个身子。

"谁呀，大早上的让不让人睡觉了！"

"谁家居然敢在南市办丧事？"

狄姜倒是很淡定，她知道太平府南端靠近皇城后门，这里很少有人鸣爆竹奏哀乐，就算有红白喜事也多是低调进行，敢在此处大肆张扬的恐怕都是非富即贵的主子，那么叫嚣和埋怨都是没有什么用处的。

就在这时，楼下的药铺大门从里打开，书香穿戴整齐地走了出来，手中还拿了一把扫帚。狄姜见他起这么早还扫大街，心中直赞："书香真是越发乖巧了，再看看那问药，真是个十足的懒鬼，睡起觉来雷打不动，连这阵仗都没把她叫醒，看来一时半会儿是醒不了的。"

狄姜敲了敲窗户，书香循声向上看，便见狄姜正倚着窗户对自己笑。

书香只字未提昨晚的事情，只道："掌柜的早。"

"早。"狄姜笑着点点头，又道，"你去看看，前头谁家在办丧事。"

"是。"书香点点头，放好扫帚便出了门。

狄姜也梳洗了一番，便下楼去看店了。哀乐将这一带的居民都吵起来了，就连对面的棺材铺也开了门。长生将一具具棺材搬出来，在门口一字排开去，紧接着钟旭也走了出来。

"早安哪，钟掌柜。"狄姜朝他扬了扬手臂。

钟旭本来是不愿意搭理她的，但见她手腕处包扎的痕迹露了出来，才不自然地向她点了点头，算是打过招呼了。

狄姜一喜，见他愿意搭理自己了，心中暗笑道："这算是个好的开始了，对吧？"

她正想着，书香便回来了。

"掌柜的，是梨园在办丧事，为上个月去世的戏子阮青梅。"

"上个月去世这个月才办？"

"听说是武王爷吩咐的。"

狄姜点点头，示意他自己知道了。二人的对话被街对面的钟旭听到了，他冷冷道："丧礼都是做给活人看的，现在做这些，于死人又有什么打紧。"

钟旭说完，狄姜不禁对他刮目相看，佩服道："钟老板做的是死人生意，这话说得真是超凡脱俗。"

狄姜由衷地向他竖起了大拇指，却不料换来他一记白眼。钟旭冷哼一声，斜睨了她一眼便带着长生离开了。狄姜看着师徒俩一大一小却又十分相似的严肃的背影，一个没忍住便倚在门上笑得花枝乱颤。

钟旭感觉到了她在笑自己，回过头去狠狠瞪了她一眼，他的眼眸子里写满了莫名的鄙夷，仿佛恨不得将狄姜剥了皮拆了骨。

狄姜被他的眼神吓着了，只觉他也未免太不友好了些。

"书香。"狄姜敛起笑容，小声唤了一句。

"在。"

"你说，钟旭他是不是不太喜欢我？"

"他不是不喜欢你。"书香头也不抬，一脸淡漠，"而是讨厌你，非常讨厌。"

"有那么夸张？"狄姜一惊。

"一点儿都不夸张。"

"哦，我想去静静。"狄姜说完，便不再理会铺子里的事，转身上楼回了自己的屋子。

回房后，她不禁靠在窗边发起呆来。回想这许多日的邻居生活，狄姜真觉得冤哪。每每自己有好吃好喝的，总都想着给钟旭一份，可他为什么这么讨厌我？他对流云师太很恭敬，对旁人也很正常，似乎就是对我很不一般，那一副爱搭不理的模样，可着实叫人伤感哪……这可如何是好？

就在这时，狄姜突然觉得背后一凉，同时嗅到房间里有一个不同寻常的气息，那并不属于生人的气泽，更像是来自阴间的如鬼魅般的冰寒和腥臭。

狄姜回过头，便被角落里的女子吓了一跳。

只见女子身穿嫁衣笔挺地站立，双目无神地看着前方，也不知道她是在看自己还是看窗外，周遭的气氛因她变得沉重，连空气都似在颤抖。可她的神情始终如公主那般清高孤傲，定定站在那儿，不哭不闹。不是武婧仪又是谁？

狄姜扶着桌子，在桌旁坐下，从一开始的震惊中平息下来后，问道："你是昭和公主？"

"你看得见我？"武婧仪低头看着狄姜，眸子里多了些明明灭灭的光芒，看不出来心中在想什么。

狄姜点了点头，道："公主险些被钟旭捉去，我以为你逃了，却不想你躲进了不灭灯中。"

武婧仪沉默了一阵，才黯然道："算本宫欠你一个人情。"

"人情？"狄姜笑了笑，"你现在人不人鬼不鬼的，哪里还有人情？"

"……"

武婧仪咬了咬下唇，没有回答。

狄姜见她这副惨兮兮的模样，也不忍心再刺激她，于是话锋一转，又道："前几日，我在王府见过你。"

"那不是本宫。"

"不是你？"狄姜故作惊讶，"那是何人？"

"是阮青梅那个贱婢。"

"梨园的梅姐儿？"

武婧仪点点头，眸中满是愤恨："阮青梅是梨园的戏子，对皇兄很是钦慕，有一阵跟皇兄走得很近，后来……"

"后来怎么了？"狄姜道。

武婧仪摇了摇头："原也是我欠了她的，本想助她完成最后的心愿，却没想她拿了我的肉身去，居然是要害皇兄性命！若早知如此，我是如何也不会答应将肉身借给她的！"

狄姜喝了口茶，心中有了些谱。除了武婧仪是自愿让出肉身这一点让狄姜有些意外，旁的与自己原先设想的也差不了太多。

阮青梅是新红起来的戏子，前两月算是红遍了太平府，后来有一日，她在最红的时候自缢身亡。听说她将自己吊死在梨园的正南门，一早上起来吓倒了不少人。这事传了许久，狄姜当时还为她唏嘘不已，没想沉寂了一阵，现下却要与她过招，想想也算是奇缘一桩了。

"书香，去把问药叫起来。"狄姜朝楼下唤了一声。

很快，却听书香道："问药不在房里。"

"不在房里？"狄姜蹙眉，这丫头平时有几分懒散，原以为她还在睡觉，却不知她竟早就出了门去。不过，说曹操曹操到，狄姜心中尚还在奇怪，便见问药一蹦三跳地走进来，她看见武婧仪也不惊讶，就像早已知晓似的。

"是你把她塞进不灭灯的？"狄姜问。

问药吐了吐舌头，算是默认了。她偷偷瞥了角落里的武婧仪一眼，又对狄姜道："掌柜的，有新鲜事，听不听？"

"就算我不想听你也会说的，说吧，你又知道些什么了？"

问药清了清嗓子，故意放大了声音："听说龙大将军要娶妻了。"

问药说完，便见武婧仪浑身一颤，她抬起眼眸看着问药，眸子里满是疑惑。

狄姜自然知道她为何如此，武婧仪与龙茗的婚事早已传遍了太平府，只怕她身上这身嫁衣也是与龙茗成婚之用。市井传言说武婧仪和龙茗的婚事还是她自己向女皇央来的。据说那日在大殿上，昭和当着文武百官的面也毫不畏惧，坦言自己非龙茗不嫁。女皇面上挂不住，又最是心疼这个小女儿，于是只得同意，当即在百官面前宣布了这门婚事。而后，龙将军班师回朝的消息传来，二人的婚礼便被提上了日程。

龙将军是寒门出身，毫无背景，能娶到女皇的掌上明珠算得上是几世修来的福气。这事一度成为美谈，大家都以为会是皆大欢喜的结局，岂料龙茗刚一回来便退了公主的婚。女皇曾应允龙将军一个愿望，龙茗坦言自己要娶的另有旁人，女皇左右为难，被气得一病不起后索性随龙茗去了。龙将军正式退婚之后，武婧仪便跟着性情大变。

"你猜新娘是谁？"问药又道。

"谁？"

"武婧仪的丫鬟，柳枝！"问药满口讥讽之意，显然是说给武婧仪听的。

狄姜微张双唇，面上写满了惊讶，再回头去看武婧仪，见她也是一脸的莫名，不过狄姜留意到她双手的指节都掐得死死的，左手虎口处的一枚梅花印在黑暗中散发着幽幽的光。

武婧仪的痛苦昭然若揭，狄姜瞪了问药一眼："去把柜子上的灰扫了，多少天没打扫过了？也不怕客人来了笑话。"

"是，我现在就去！"问药笑得十分得意，这与站在桌前的浑身颤抖的武婧仪形成了鲜明的对比。虽然武婧仪身姿笔挺，任何时候都保持着公主的仪态，但不难发现，她的眼神里充斥着愤怒和不甘，右手指节已经掐进了肉里。

狄姜仔细瞧了瞧，发现她左手虎口的梅花印像是一枚烙疤，灼烧的时候恰好烙了个梅花的形状，倒也不难看。不过，烙的时候应当很疼吧？想到这里，狄姜不禁打了个寒战。

狄姜问她："如果龙将军真的娶了柳枝，你会如何？"

武婧仪沉默了很久很久，久到狄姜快要睡着了才听她幽幽道："从小到大，父皇身边有那么多女人，本宫看着她们斗，看着母后斗，看着母后日日不眠孤灯到天明。本宫看了那么那么多，若让本宫学她们一样对男人曲意奉承，婉转承欢，本宫做不到。"

"这话说得倒有趣。"狄姜掩嘴轻笑道，"你是公主，是先皇和当今女皇的掌上明珠，自然想要什么就有什么，哪里需要曲意奉承了？假若你什么都没有，还不是要跟旁人一样绞尽脑汁地往上爬，否则你这身绫罗绸缎，还有这些珠玉佩环从何而来？"

"有些人穷其一生都在追求绫罗绸缎、珠玉环佩，可有些人不一样。"武婧仪看着狄姜，一字一顿道，"这些于本宫而言都是过眼云烟，本宫绝不会为了一个男人去伤害另一个女人。"

"公主豁达，民女佩服。"狄姜本还想反驳，后来想想觉得没那个必要。不管她说的是真是假，狄姜只知道她一直这样鬼气森森地待在自己房中，会让自己很难受，她只想赶紧把她打发掉。

狄姜又问："你在这世间留不住几日了，可还有什么心愿未了？"

武婧仪沉默了，过了好半天才抬起头，她说："本宫想再见龙茗一面。"

狄姜想了想，便点头道："好，我带你去见他。"狄姜伸出手，从怀中摸出一块血玉递到她面前，"到这里面来。"

武婧仪虽有疑虑，却还是伸出了手，在她的手指尖碰到血玉的那一刹，只见红光一闪，她的身影便消失得无影无踪。此刻只有狄姜和她知道，她虽身在血玉中，双眼却仍能看见这世间百态。狄姜带着武婧仪出了铺子，问药死活要跟来，她也便随她去了。

"管好自己的嘴，不要乱说话。"一路上，狄姜不忘提醒问药。

问药点头如捣蒜："我就跟着看热闹，掌柜的只管当我不存在，我肯定不坏事。"

"但愿如此。"

狄姜和问药绕了一段路，来到武王府前，此时，"昭和公主"也正要出门，与她们遇了个正着。

"民女狄姜，参见公主。"狄姜很自然地向她问安，"武婧仪"一看到她们便蹙紧了眉。

"七日之约未到，你们怎就来了？"

"恰巧路过，公主不要多心。"

"是吗？""武婧仪"眯起眼。

"狄姜给公主殿下开的药，不知殿下有没有按时服用？"

"你还好意思跟我提药？不过是些不值钱的当归，却收了一百两金子，你不怕本宫治你个欺君之罪吗？"

"公主真是冤枉啊！"狄姜故作心惊地眨了眨眼，一脸无辜，别提多委屈了。

"收起你的眼泪，你我明人不说暗话。"回答她的是"武婧仪"的一声冷哼，她现在也没心思在这上面与她做过多纠缠。

狄姜见她如此，便赔笑道："公主这是要去哪儿？"

"与你何干？""武婧仪"凤眼微闭，一脸孤傲。

"今儿天气不错，公主要是无聊便与我走走？"

"武婧仪"看了眼乌云密布的天，眼看便是要下雨的模样，她眯起眼瞧了狄姜半晌，最终还是点了点头，道："本宫且看你在玩什么把戏，带路！"

"是！"狄姜笑靥如花，领着她去了城东的金器铺子。

"这里的金器最是出名，民间的女子置办嫁妆都是来这儿，童叟无欺。"狄姜一边走一边介绍。

"你也知道这是民间女子的用度？本宫所饰之物除了母后平日所赐，但凡珠玉皆由御用司珍一手制作，哪里看得上这些玩意？""武婧仪"说到这儿，突然怔住了，这时，狄姜只觉自己心头的那枚血玉也是猛然一跳。

狄姜顺着"武婧仪"的目光向上看去，便见金器铺子的二层阁楼上，站着一双如玉的人儿。

"龙将军好眼光，这副金步摇是宫里出来的，配柳姑娘真是好看得紧哪！"金器铺的佟掌柜笑得脸上开出花儿来，而他对面的人并不买账。

"不妥，这太富贵了些。"男子摇摇头，将步摇拿下来放回托盘里。

男子声音沉稳，眉目刚毅，瞧上去英姿飒爽，霸气十足。

狄姜感觉到怀里的血玉扑通扑通地跳，心下了然：原来这便是新晋的贵子，龙茗龙将军了，确实是人中之龙，让人见了一眼便无法忘怀，佟掌柜的头顶才不过到他的肩膀，而他身边的女子便更显娇弱了，那就是龙茗的未婚夫人柳枝了？

只见柳枝身穿翠绿的衣裳，衣裳外披着一件雪白的狐皮大氅，一看就知造价不菲名贵不已，指不定还是龙将军从哪个猎场上亲手打来的。但是任她的衣裳再是金贵，她看上去也不过是个寻常女子，又哪来的传言中的三头六臂？

"柳儿，这里的金器都配不上你，我们去别家看看。"龙将军话语中充满了宠溺，与和佟掌柜对话时的态度截然不同。

柳枝更是柔弱娇羞，她点了点头，轻声细语道："奴婢但听将军吩咐。"

龙茗叹了口气，拍了拍她的脑袋："我说过多少次了，以后你就是我明媒正娶的唯一的夫人，怎的这么久了还是以奴婢自称？怎的还是只会听旁人吩咐？"

"你是旁人吗？"柳枝面含微笑，又道了句，"你是柳枝的夫，柳枝听你的也是应当的。"

龙茗大笑了两声，执了柳枝的手向下走来。

二人说完，狄姜心中大悟，原来这就是柳枝的手段啊，好一个弱柳扶风、纤若无骨，真是惹人怜爱……狄姜不自觉地摇了摇头，心下道：不过也只是惹人怜爱罢了，眉目姿态都只能算是中上之姿，配不上龙将军。

此时，只听身边的"武婧仪"一声冷笑："你特意带我来看他们恩爱的？"

"巧合罢了。"狄姜耸肩，是耶非耶。

狄姜和"武婧仪"正说着，便听身前传来一声惊呼："公主？！"

狄姜抬眼看去，便见柳枝一脸惊恐地看着自己，不，确切地说是看着身旁的"武婧仪"。

柳枝的笑容僵在脸上，面色苍白如纸。

狄姜见状，心中惊诧不已，直叹这又是一个会变脸的。

"柳枝参见公主，公主万福！"柳枝说完，"扑通"一声就跪下了，"公主！求您大发慈悲，成全我们！"

真是速度啊……狄姜与"武婧仪"皆是一惊，她下跪的速度之快，让所有人都措手不及。

"柳儿，你干什么？快起来！"龙茗满目心疼，连忙去扶她，柳枝却接连推搡，坚决不起身。

"公主不原谅奴婢，奴婢就不起来。"

"武婧仪"尚在惊诧中，柳枝见她不搭理自己，便索性磕起头来，响头一个接着一个，直磕到人的心坎里。

柳枝道："公主，我知道您有气，但是请您有气都往我身上来，不要责罚龙将军！"

"本宫何时要责罚他了？""武婧仪"清醒过来，一脸莫名。

"那您怎会来此处？"柳枝快要哭出来了，急道，"若不是您知晓我们在此置办婚礼所用，您怎会来东市？您生下来就是千金之躯，要风得风要雨得雨，奴婢从小就跟着您，对您只有一百万分的忠心，您想要什么就有什么，而我只有龙将军了！求您看在我伺候您十年的分上，成全我们吧！"柳枝噼里啪啦说了一大串，那一副颤悠悠的模样，活像武婧仪平日便多有欺负她，才能让她害怕成这样。

狄姜听不太明白，不过见她左手上那一道猩红刺目的梅花烙印，只觉得煞是可怖……那一定是锥心裂骨的疼。

"柳儿，你快起来！"龙茗又去扶她，柳枝依旧拒绝，坚持跪着。

"武婧仪"见状，冷笑一声，淡然道："呵，明明被退婚的是我，你这从犯兼受益人倒似比我更失意，天下哪有这个道理？你喜欢跪就跪着好了。"

"你求她做什么，辰皇早已应允，我的婚事我说了算！"龙茗很是激动，索性将柳枝一把抱起，那心疼的模样生怕她会在自己手中化掉一般。

美人如斯，梨花带雨，就连狄姜也不禁有几分心疼……如果不是因为自己知道其中原委的话，她肯定也是要站在柳枝那边的。

狄姜回头看了看一脸坚毅的"武婧仪"，不禁摇头叹息，心中直道这二人的水平根本不在一个级别上啊……且不论这个"武婧仪"是谁，单看自己心头狂跳的血玉，也知道若柳枝向真的她请求原谅，只怕她会忍不住上去踹两脚吧，到时龙茗可要更加厌恶她了。

"公主恕罪，内子不太舒服，龙茗先告退了！"不等"武婧仪"回答，龙茗便径直抱着柳枝，大步离开了。

狄姜和"武婧仪"面面相觑，相顾无言。待二人走远看不见了，"武婧仪"才冷笑一声："这就是昭和公主喜欢的男子？也不怎么样嘛。"

狄姜笑了笑，止不住地称赞："龙将军高大英俊，器宇轩昂，一眼便知是人中龙凤，梅姐，你何出此言呢？"

"你果然知道我是谁。"阮青梅目光凛冽，神色恶毒。

狄姜点点头："曾有过一面之缘。"当日新酿的梅花酒，正是救了她一命。

青梅下意识摸了摸自己的面颊，疑道："你有鬼目？"

狄姜却只是笑，并不答话。不多时，闻讯而来的瑞安王爷便带着一众家仆来到了金器铺。看那风急火燎的模样，瑞安王爷定也知道武婧仪不是什么善茬，遇上龙茗和柳枝指不定要闹出什么乱子，所以才会如此疾色匆匆。等他走近了见"武婧仪"只是心气平稳地站在铺子里，这才长舒一口气，放下心来。

"婧仪，你的身子还没好透，不要随便乱跑！"武瑞安关切道。

"皇兄！"阮青梅一见到瑞安王爷，整个人都像开了花一般贴上去，她很自然地挽起他的手，撒娇道，"人家在府里待久了闷得慌，只是想出来转转，这不有狄大夫陪着我吗？无碍的。"

"没事就好，下次可不要这样了。"武瑞安说完，看了狄姜一眼，向她点了点头。狄姜也随即朝他福了一礼。随后，他又对阮青梅道："你身子还没大好，快些随我回王府吧。"

"好！"

"王爷请留步！"二人刚想离去，狄姜便叫住了武瑞安。

武瑞安回过头："狄大夫有事？"

"没什么要紧的，就想问王爷一句，您可曾认识梨园的梅姐？前些日子刚红起来就自戕了的，阮青梅。"

"本王不认识。"武瑞安轻轻摇了摇头，眼中平静无波澜。

"是，狄姜随口一问，王爷莫要放在心上。"狄姜点点头，弯曲双膝，笑道，"狄姜恭送王爷公主。"

"嗯。"武瑞安很自然地离开了，阮青梅的面色却不是那般好看了。只见她目露凶光握紧了拳头，紧咬着下唇，回过头狠狠地剜了狄姜一眼，那眸子里的愤恨别提有多凶猛了。

"别忘了七日之约。"狄姜用口型道了一句，也不管她看没看懂，说完，便朝着与她相反的方向往铺子走去，但狄姜明显能感觉到背后的锋芒一直到自己转进小路才消失。

"呼，吓死我了。"

"可不是，我一路都没敢说话！"问药拍了拍胸脯，显然也被阮青梅的眼神吓得不轻。

狄姜心有余悸，决定去卖茶的赵掌柜铺子里讨杯茶压压惊。

"掌柜的，我能说话了吗？"茶肆里，问药喝完，一脸可怜地看着狄姜。

狄姜"扑哧"一笑，道："你还真能忍住。"

"掌柜的吩咐，我自然能忍住。"

"好吧，你说。"

"那我可直说了啊。"问药长舒了一口气，道，"掌柜的，我看瑞安王爷印堂发黑，步态虚浮，话语中底气不足，脚下更是有一枚通体墨黑的拘魂印，只怕是活不过七日啊……"

问药话音刚落，狄姜胸口的血玉便是猛然一颤。

"所以呢？"狄姜面不改色，问道。

"掌柜的你也发现了？"问药瞪大了眼睛。

"你都能看出来的东西，我会瞧不出来？"

"原是我班门弄斧了。"问药恍然，吐了吐舌头，"我还以为你们都只顾着龙将军和柳枝去了，只有我观察到了呢。"

"世野情事原是你最爱的。"狄姜纠正她，说完，又付了茶钱，便领着问药回去了。

见素医馆里，书香仍旧坐在桌边看书，连狄姜问药回来了也没注意到。狄姜也不打扰他，径直带着问药上楼回了房，随后便将武婧仪从血玉中放了出来。

"狄大夫，皇兄他真的要死了吗？"武婧仪看着狄姜，眼眸中带着几分她看不透的神情。

狄姜点了点头，并不打算瞒她。

武婧仪听闻后，陷入了深深的沉默，但神色看上去并不惊讶，倒像是一早就知晓了。

问药站在一旁，对于她的神色也很是困惑。

"你先去打听打听，梅姐究竟是怎么死的。"狄姜对问药说道。

"是！"问药闻言立刻来了精神，八卦什么的更得她的心。

"不用打听了。"武婧仪阻了问药的去路道，"梅姐是因我而死。"

"你？"狄姜转头，看向武婧仪，而她依旧是站得笔挺，任何时候都端足了公主的气势。

武婧仪点了点头："她恋慕王兄，我以为她为了攀附权贵不知羞耻，便讽刺了她几句，本想让她知难而退，却不想她面子薄，当晚便寻了短见。"

"……"狄姜沉默了片刻，摇头叹息道，"你的身体可能拿不回来了。"

狄姜原以为她会哭，却不料武婧仪神色坦然，淡淡道："一早就知道了，拿不回来也是本宫的命数。"

武婧仪的语气里平静无波，如一潭死水，这让狄姜很诧异。她见过无数临死前的人，无论是生人还是魂魄，无一不是哭天抢地，直叹自己还有许多许多的事情没有做完，不想生死大事于她这养尊处优的公主而言竟可以这样平静地诉说。

武婧仪："本宫出生那日便有大国师为本宫算过命数，他也一直试图为我们改命，可他说，本宫命途多舛，看不到未来。"

狄姜恍然，原来如此。

狄姜："公主节哀。"

"本宫不怕死，本宫只是懊悔害了自己亲皇兄，没想千防万防，防了许久的生死劫，竟是自己带给他的。"

"生死劫？"狄姜皱眉。

武婧仪点头："国师曾预言哥哥活不过十七，十五日后，就是哥哥十七岁生辰。"

"倒也未必。"狄姜脱口而出，但下一秒她就意识到自己说了不该说的。

武婧仪眼睛放光，满含希望地看向狄姜："狄大夫有办法为哥哥续命？"

"事在人为，他还没死不是吗？"

"怎样才能救他？"

"嗯……用旁人的命，一命填一命，此人还必须是自愿的。"

"……"武婧仪听完，又是很长的沉默，末了她才抬起头，"用我的。"

"你？"狄姜眯起眼，笑了笑，"你自身难保。"

"那有什么办法？"

狄姜摇了摇头，并不答她，转而吩咐问药道："你明日送些老山参去瑞安王府，暂且吊住他的性命。记住，诊金往十倍收。"

"是。"问药点头，立刻下了楼去。

"其他的，走一步看一步。"狄姜说完，不等武婧仪再多言便将她赶回不灭灯中扔出房去。她已经两宿没睡过好觉，实在是累煞了……

第三章

生死劫

第二天一早，狄姜本还在做好梦，便听楼下突然传来一阵乒乒乓乓的声音，就像许多器皿一齐碎裂一般。她怒气冲冲地披衣走下楼，本想看看是谁在店里撒野，却不想见到问药正在大堂发脾气。

"别砸了！再砸你就给我收拾行李，回山里去！"狄姜朗声道了句，而问药正在气头，并没有听见她说的话。恰在这时，书香从后堂走来，狄姜连忙拉住他，问道，"问药怎么了？"

"不知道。"书香摇了摇头，"她一大早就出门了，回来就成了这副模样。"

狄姜长舒一口气，是可忍孰不可忍，隔空一巴掌便拍在问药的脑门上，问药被她打得头晕眼花，过了许久才终于恢复了清醒。

"掌……掌柜的！"问药一惊，"您怎么就起床了？"

"楼下噼里啪啦的，我想睡也睡不着啊！"狄姜瞪了她一眼，"砸够了？"

问药愣愣地点点头："掌柜的，你来得正好，快给我评评理！"不等狄姜发难，问药率先三步并作两步跑到她跟前，义愤填膺道，"今早上我去给瑞安王府送山参，居然被管家给轰出来了！"

"哦？怎么被轰了？"

"两个家丁，将我扔出来了！要不是大街上有人，我肯定把他们俩扔到城外乱葬岗去！对我也太没有礼貌了！"

狄姜扶了扶额，道："我的意思是，你怎么跟管家说明来意的？"

"我直说我来给王爷送救命的老山参呀……"

"救谁的命?"

"自然是王爷的命!"

"哦,换成是我也将你赶出来。"

"为何?"问药浑然不觉。

狄姜又是叹气,道:"武瑞安印堂发黑我能看见,你能看见,可旁人瞧不见。瑞安王爷现在好端端的在那儿,你跑去说他命不久矣,可不是触人霉头。"

问药愣愣地看了狄姜半晌,最终一拍脑袋:"原是我说错话了。"

"不怪你,是我没有说清楚。"狄姜倒了一杯茶,在桌旁坐下。

"那我什么时候去才合适?"问药又问。

"你很在意武瑞安?"狄姜淡淡地问道。

问药毫不避讳地点了点头:"王爷那么漂亮,我当然喜欢!"

狄姜和书香面面相觑,不置可否,书香心里肯定也在吐槽她一把年纪了还为这世间皮相所迷。狄姜咳嗽了两声,道:"正月十一日是与梅姐约定之日,我同你一块儿去。"

"是。"问药重重地点头后便眉开眼笑地去收拾药材了。

见她那副高兴的模样,狄姜忍不住又问她:"你怎的突然又这般开心了?"

"瑞安王爷不会死,我就开心。"

"谁说武瑞安不会死了?"

"您呀。"

"我何时说过?"狄姜蹙眉。

"掌柜的不要谦虚。"问药眯起眼,一脸谄媚地笑道,"只要您肯出手,死人都能救活,您的一句话可比什么都管用。"

"你听岔了。"狄姜呵呵一笑,"我从始至终只说了句为他'续命'而已,可从未有把握将他治好。他犯的是命格,不是病。好了,你现在该担心的是赔我的罐子,武王爷的事情且放一放。"

"掌柜的……"问药看了看一地的狼藉,惨兮兮地悄声道了句。

“撒娇没用，砸的时候怎么不想想后果？年轻人做事不要太冲动。”狄姜打了个哈欠，对书香道，"书香，算算她一共砸了多少，回头告诉我。"

"是。"书香很认真，走到架子旁开始数罐子。

"掌柜的，我错了，求您原谅我！我才不要去护城河挖泥鳅！"

"放心，这次绝不是挖泥鳅。"

"我也不要去帮王婶拔萝卜！"问药跟在狄姜后头，止不住地求饶，狄姜懒得再搭理她，索性将门"啪"的一声重重关上，示意她再不闭嘴，有她好受的。

问药无奈，只得乖乖闭上嘴。她知道，从来扰狄姜清梦者，都被杀无赦了……

时间匆匆而过，到了约定之日，一早就有人来敲门，门板被几人拍得"啪啪"响，街坊都被叨扰了。狄姜打开窗户，便见楼下站着武王府的老管家，在他身后还跟着两名家丁，看那架势若她们再不开门，他就会叫人拆店了。

"谁呀？"楼下传来问药的声音，紧接着店门从里打开来。

问药刚探出半个身子老管家便"啪"的一声跪在她面前，哭诉道："大夫，救救我家王爷呀！我们王爷……"老管家说着竟然哽咽起来，"我们王爷怕是不好了，宫里的太医都来瞧过，国师已经诵经三日也不见好转，我想起大夫前阵子送了续命的药来，是我有眼不识泰山，请您大人不记小人过，去瞧瞧我们王爷吧！"

"行了行了，你这样被我们掌柜的看到，她又要骂我了！"问药连忙搀起他，"一会儿等我们掌柜的起床了就去王府，你们先走吧。"

"劳烦大夫去叫一下你家掌柜的，您不跟我们去，我们无法交差啊！"

"这……"问药有些为难，经过前几日砸店事件，掌柜已经好几日没有给她好脸色，她这会儿若再去扰她清梦，只怕会吃不了兜着走。

狄姜见天不怕地不怕的问药犹犹豫豫，心中竟觉得有些好笑，那日的气便烟消云散了。她长叹一声，便以最快的速度洗漱完毕然后下了楼去。

"掌柜的，您居然这么早就起来了！"问药一脸惊喜。

狄姜点点头："把药材准备好，我们去武王府。"

"是！"药材问药在早几天前就备好了，一行人匆匆赶到武王府，才刚过卯时。

武王府里一片嘈杂，前厅里坐满了诵经的和尚，数十名太医坐镇后殿，每人身后都围着一个小炉子，炉子里煎的药材各不相同。但看那架势，若瑞安王爷悉数喝掉了，恐怕不死也去了半条命了。

管家领着狄姜和问药径直去了寝殿。寝殿中，瑞安王爷躺在高床软枕上，面色灰败，印堂处的黑云比上次见他时又深了几分，这会子怕是连凡人也能瞧出不对劲。狄姜假意瞧了几眼，便嘱咐问药将事先备好的老山参递给了管家："将这个六碗水煎成一碗，给王爷服下。"

管家接过便道："可保王爷无虞？"

"暂且无虞。"

"好……"管家不容有疑，拿了药便送去太医所在的大殿，将药材拿给他们————过了目。

太医们仔细研究过，如实说："此药无毒，但具体功效臣不好说。"

"这时候只能死马当活马医了。"问药催促了一声，管家这才端着山参去熬药。狄姜看着他们忙活，心中却在盘算其他，右手中指食指与大拇指相互交叠，心中默数此前看过的武瑞安的生辰八字，一边算一边摇头。

"掌柜的，你在做什么？"问药推了推狄姜。

狄姜摇摇头，叹息道："奇怪……我还是算不到武王爷的命盘。"这样的情况可不多见。

问药面露不忍，痛心道："王爷还有几日好活？"

"三日。"

"您的药没有用吗？"问药不死心，想在狄姜嘴里知道只言片语，可她终究是要失望了。

"这药他吃还是不吃其实并不打紧。"狄姜并不打算隐瞒问药，于是向她透了个底，"武王爷的命我只能算到初十五，这意味着这两天他吃不吃药都不会死，但过了十五就不好说了。"

"唉！我只能再见他三日了……"问药右手撑着面颊，看着床上的武瑞安，一脸痛心。

"走吧，我们去看看老朋友。"

"嗯？"

"阮青梅。"

问药眼睛一亮："是她害了王爷对吧？我这就去把她灭了！"

"一会儿你别添乱，乖乖待着！"

"哦……"问药愁眉苦脸，做了个封住嘴巴的动作，默默跟在狄姜身后。

狄姜趁众人不注意，寻了个空子便领着问药去了昭和公主所在的楼东小榭。

楼东小榭里本就没有多少伺候的仆人，这时更加少，他们大多都被调去前殿照顾瑞安王爷和满院僧侣。狄姜和问药相视一眼，便一前一后上了阁楼。推开寝殿的大门，便见"武婧仪"正坐在窗前梳妆。不，现在应当称她为阮青梅，梅姐。

梅姐穿着大红色的衣服，头上梳着高高的发髻，其上缀满了花朵，而面上更是覆着一层厚厚的红白相间的油脂，妆容艳丽并不是寻常的模样，更像是梨园的戏子正准备开腔献唱。

"你们来了。"她头也不回地继续描眉。

狄姜笑了笑："你我约定的七日之约，今日是最后期限。"

"哦？这么早就来了，真是迫不及待啊！"

"结果是一样的，早一些晚一些，没什么不同。"狄姜耸肩。

"对你而言没有不同，对我来说不一样。"梅姐放下笔，定定地看向狄姜，她的眸子里带着一股莫名的情绪，狄姜看不透。

"大胆妖孽，居然暗害王爷，今日你若束手就擒我便饶你一命，否则别怪我辣手无情！"问药怒目而视，对着阮青梅大喊了一句。

狄姜通身一震，问药那凶神恶煞的模样让她联想到了问药的真身，这瞬间她竟有一种背脊发凉的错觉。若问药一气之下真的对阮青梅出手，那可怎么得了？

狄姜在心中天人交战心急不已，梅姐却并不当回事，她冷笑了一声，道："武瑞安和武婧仪那般对我，我只不过拿回一点儿应得的，你们急什么？等他饱尝过黄泉路上的凄苦滋味，我自会放过他。"

"你不要脸！"问药怒骂道，"你身为下贱却心比天高，还有一颗受不得委屈的脆弱内心，你的死是咎由自取，怪得了谁？"

阮青梅冷笑一声，看也不看问药。

"你这是何苦？"狄姜看着她，不似问药那般仇视，而是十分平和地对她说道，"自戕在地府就是大罪，你又妄图伤害皇嗣，到了地府怕是要下十八层地狱，永世不得超生的。"

"呵，我这一生该享受的都享受了，该受的苦也都受了，还怕下十八层地狱？我这口恶气不平，何以安心离去？"

"瑞安王爷将你风光大葬，他对你并非无情。"狄姜道。

"那是他信了流云庵姑子的鬼话！"阮青梅拍案而起，"他是为了给武婧仪治病才对我好！若不是她流云说因为我武婧仪才会出事，他哪里想得起来我是何人！"

"若他不记得你是谁，又怎么会在你的丧礼上特意叫人赶制了梨园春与你？"

"什么？"阮青梅愕然抬头，"什么梨园春？"

"金线绣成的戏服，可不是你最喜欢的一套行头？"

阮青梅睁大了双眼，眸子里的情绪十分复杂："你如何知晓？"

"我无所不知。"

"你究竟是何人？"阮青梅的面色愈加疑惑，直盯着狄姜想要将她看穿。

而狄姜只是微笑，其他的一个字都不肯再多说。

最后倒是问药又忍不住了，大骂道："我们掌柜的名讳你不配知道，还是速速离去，不要逼我出手！"

"那要看你有没有本事了！"阮青梅眼中的迟疑不消片刻便又恢复成了恶毒的模样，她恨恨道："瑞安王爷对我有情也好，无情也罢，我要做的事，谁都不能阻止！"

"我要他们兄妹，血债血偿！"阮青梅目露凶光，笑得一脸狰狞。

下一刻，她的身形一闪，眨眼便消失在了二人眼前。

"掌柜的，要不要追？"问药龇牙咧嘴，作势要去追，狄姜连忙将她拦下。

"很快便到雨水时节，近日不见水獭祭鱼，不闻鸿雁高飞，这些都是大凶之兆，小心莫要露了身份。"

"可是，就这么放她走了？"

"只要武瑞安还在府里，她总会回来，我们守株待兔便是。"

"还是掌柜的高明。"问药点了点头，一脸钦佩。

狄姜高深莫测地笑了笑，直叹自己实在不是有多聪明，她只是懒……春困了懒得动，懒得折腾，既然结局摆在那儿，又何必多此一举？瑞安王爷的解药从来就不是药材，而是一命换一命。

"哎！这是什么？"身后传来问药惊疑的声音。狄姜闻言回头，发现不过片刻的工夫，问药已经将梅姐的床铺翻了个遍，似乎还有些收获。她献宝似的将一个半新不旧的布偶娃娃递到狄姜眼前。她瞧了一眼，便见布偶上写着瑞安王爷的名讳和生辰，但似乎并不像是夺命的法咒。

狄姜摇了摇头，连忙将它推了出去："此等秽物，不要拿给我。"

"掌柜的你还怕这个？"问药瞪大了眼。

"我不是怕，只是不想看见。"狄姜眼神缥缈，淡声道，"自古以来厌胜之术害了多少人？原先以为可以害旁人，可到头来最终害的也是自己，这玩意能不沾染就不要沾。"

狄姜说完，问药便连忙将它扔了出去，末了十分嫌弃地拍了拍手，道："看来真是梅姐诅咒的王爷了。"

"或许吧。"狄姜叹了口气，没有回答。

翌日，雨水时节，挨家挨户在祝祷之时，龙大将军府邸的爆竹响彻了半边天。

今日是龙将军的大婚之日，他我行我素，坚持娶了柳枝为妻。一个素衣丫鬟，突然成了当朝炙手可热的大将军的正妻，此事也成了一桩轰动太平府的大事，受关注度仅次于武瑞安重病。在去王府复诊的路上，狄姜、问药、书香三人经过了将军府，恰巧看到那冷清的门槛里，龙茗与柳枝正在夫妻对拜。他们的父母双亡可谓座上无高堂，得罪了女皇天家可谓出门无天地，这样无牵无挂的两个人，也只有真爱才能让他们如此不管不顾吧？

"只怕他们有命恩爱无福享受啊。"书香在一旁，冷冰冰地接了一句。

　　狄姜点点头，并不看好他们。朝中官员大多碍着女皇的情面，不敢前去祝贺，于是大婚这日一整座将军府都空空荡荡的，观礼的只有将军府内的寥寥数人，还有龙茗的三五名至交好友。但就算只有这么几个人，龙茗和柳枝仍笑得很欢心，那甜蜜幸福的模样，叫旁人看了都不禁感动得落泪三分。他们能够最终修成正果，大家都知道他们受了外界怎样的压力和阻挠，有人羡慕柳枝的好福气，也有人暗骂龙茗不识好歹得罪了皇家。

　　"昭和公主比柳枝漂亮太多了！他怎么就娶了个小婢子？"

　　"漂亮有什么用？我听说昭和公主的脾气可不太好！"

　　"凭什么只有公主才配得上大将军？我看他们就很好！"

　　围观的群众在窃窃私语。狄姜和书香都是一脸冷笑，问药却一反常态，在一旁羡慕得一塌糊涂："柳枝真是嫁了个好郎君，这是她几辈子修来的福分哪！"

　　狄姜摇摇头："未来的路只怕会比从前任何时候都要走得更加艰难。"

　　"为什么？"问药疑惑，"女皇素来说到做到，说了不会插手他的婚事就不会插手，这会儿武婧仪自身难保，连瑞安王爷都缠绵病榻生死未卜，还有谁会来打扰他们？"

　　"我不知道。"狄姜笑了笑，"但是有句古话叫鹊巢鸠占，还有句古话叫各归各位，正所谓因果循环报应不爽，究竟是人是鬼，最终都会被打回原形的，不是吗？"

　　"什么意思？"问药追着狄姜问，狄姜却不再搭理她。

　　"你听懂了吗？"问药又问书香，但书香也不理会她。

　　问药一路气嘟嘟的，不知为什么，她就是不喜欢那个作威作福的千金公主，非要争个长短不可。

　　问药嘟囔着："她是公主了不起？合该所有人都捧着她？还不许出个龙大将军娶自己心爱的女人啊？"问药不依不饶，一路追着问，狄姜和书香都觉得头疼。

　　狄姜索性将心头的血玉扔给问药，道："你自己问她去。"

　　"谁啊？"问药还没说完，一接过血玉，脑子里就响起了武婧仪的声音，只听她冷冷道："所以我祝他们百年好合，永远都不要再出现在我面前，行吗？"

问药没想到是非的中心就在身边，愣愣点头："你放得下就行。"

武婧仪没有答她。

问药本以为武婧仪会不依不饶要他们好看，却没想到她其实并不打算再与他们有交集，这就像一部高潮迭起的话本，女主角突然去世，然后戛然而止，让看戏的人好一顿抓心挠肝。问药像是被人看穿似的，想要安慰武婧仪几句，又道："虽然龙将军这样的人才万里挑一，但您是公主，想要什么样的男人没有啊，何必去抢别人的夫君，对吧？"

武婧仪还是没有回答。

"他们再甜蜜过的日子也不会比您好的，对吧？"

"咳！"

"咳咳……"狄姜和书香一齐咳嗽了两声，武婧仪则始终没有再说话。

问药悻悻地住了口，见没人理她，于是尴尬地挠挠头，终于安静了下来。

几人来到瑞安王府后，发现屋子里的太医已经撤了一半去，只留下几个资深年老的在看护，而院子里国师派来的僧人愈加多了，狄姜却始终没有见到国师本人。她心中相当好奇这当朝术法第一人会是长的什么模样，三头六臂还是法力通天？光想想都让人激动不已呢。

"掌柜的你在笑什么？"问药道。

"嗯？"狄姜一愣，"我没笑啊。"

"你笑了，眼里精光乱飞呢。"

"你看错了。"狄姜说完，在问药手里拿过血玉，道："我还有事情要处理，你先去看看王爷，书香跟我走。"

"好！"问药一听要见到王爷，也不管狄姜有什么事了，要知道在她心里，现下天大的事也没有瑞安王爷重要啊。

于是狄姜带着书香去了昭和公主所住的楼东小榭。闺房中，狄姜将血玉打开，武婧仪的魂魄便飘了出来。

"你确定要留在这里？"

"嗯。"武婧仪坚定地点头。

"这里僧人众多，恐怕逗留对你无益。"

"本宫不怕灰飞烟灭，只怕见不到皇兄最后一面。"

"那好吧。"狄姜默许了她留下，挥了挥手，帮她隐匿了气息，以确保不会被旁的不长眼的道人误伤。武婧仪没有再多言，只是一个人静静地端坐在窗边，双目幽幽地看着窗外，目光高远，不知道在想什么。而将军府离此不远，哪怕雨水和着祝祷声一浪接着一浪袭来，也挡不住将军府的丝竹礼乐声。

"今天是龙将军大婚之日，公主不想与他见见？"狄姜带了些叹息道。

武婧仪摇了摇头："本宫之前在金器铺已经见过他了。"

"那作不得数。"

"梅姐当日的表现并无不妥，他的眼中没有本宫，本宫又何必苦苦纠缠？"

"也是……"狄姜叹了口气，不知该怎么安慰。

武婧仪收回目光，转过头怔怔看着墙壁上挂着的一把琵琶。琵琶是木制的，没有上漆，并不像名贵的物件，仔细看看倒像是外行人做出来的，其上两根弦装错了位置便是很好的证明。第一次见到它时，狄姜本以为那是梅姐的琵琶，但看这会子公主的神情，这应当是她的心爱之物。

"这样粗制滥造的琵琶，公主居然特地将它从公主府带出来，又放在瑞安王爷的府中，真是奇了。"狄姜心下奇怪，暗自记下。

前殿传来一阵乒乒声，人声嘈杂，像是出了什么大事。武婧仪首先想到了瑞安王爷的病症，于是匆匆起身，道："哥哥危在旦夕，本宫去看看他，狄大夫请自便。"

"好。"狄姜点头。

等武婧仪飘远之后，狄姜便取下了墙上的琵琶。琵琶背后如她心中所想的那般，刻着一个人的名字，除此之外还有一句诗——"身无彩凤双飞翼，心有灵犀一点通"，字体飘逸灵秀，煞是好看，而诗的旁边，龙茗两个大字刻得龙飞凤舞，与娟秀的诗句形成了鲜明的对比。分明不是出自一人之手。

"书香。"

"在。"

"将琵琶送去龙大将军府上，落帖就写昭和公主的名讳。"

"是。"书香看了两眼，未多说话便抱着琵琶下去了。

狄姜根据这些年与问药相处，感觉到自己对世俗情事的敏锐度得到了显著的提高，只看一眼便知道这其中必有猫腻。

狄姜此时很是好奇，龙将军见了这把琵琶后究竟会有何反应？

接下来三日，瑞安王爷的身体每况愈下，到十五这日已经水米不进，药也灌不进去。这三日里，狄姜一直被留在府中侍疾，不得出入，外头是个什么光景全然不知，而梅姐去了哪里更成了一个谜。

十五这日上午，哀乐齐鸣，狄姜主仆三人被关在一旁的房间里，不得外出。

"外头怎么了？"狄姜躺在床上，侧身看着趴在窗边的问药。

"好多人啊！全是侍卫！"问药伸长了脖子往外看，才在窗户缝里看到了一些些蛛丝马迹。

书香嗑着瓜子，淡声道："应该是辰皇来了。"

问药一拍脑袋："对啊，儿子病了这么久，做母亲的肯定是要来探望的！"

女皇驾到，闲杂人等回避。"闲杂人等"里，自然包括了狄姜这些从民间请来的医师术士，因为在上位者看来，她们是见不得光且登不上台面的，于是狄姜几人便一直候在房里。

禁足的旨令没到中午就结束了，听闻女皇在瑞安王爷床前悲恸了半日，随后便因国事繁忙而离开。与她一同离去的还有满院的和尚姑子，就连太医也尽数离开，取而代之的是白布经幡和前院里一口足以装下三十人的金丝楠木鎏金棺椁。

女皇也放弃自己的儿子了。

"这场病来得太蹊跷。"管家朝着狄姜抹眼泪。

狄姜还没回答便听问药抢先道："若能找到其中的缘由，或许还有救。"

"当真？"管家眼放精光。

狄姜却摇了摇头，道："不要听问药胡言乱语。"

"掌柜的……"问药很是委屈。

狄姜连忙骂道："你能说出个所以然来？就连我都不知道这其中的缘由，

你从何而知？"

"真的没救了？"问药满含希冀。

"没有！"狄姜斩钉截铁道。

管家见问药是信口雌黄，于是也不再理会二人，独自一人背过身去，身体止不住地抽搐。

"刘管家，你不要太难过了，或许还有转机……"问药上前去拍了拍他的背。哪知问药这么一说，刘管家哭得更凶了。

狄姜曾听问药说过，管家刘长庆是先皇的贴身太监之一，他一路看着瑞安王爷长大，后来武瑞安封武王赐了宅子，之后刘长庆就一直在王府照顾王爷。如今白发人送黑发人，心中自是痛心疾首。但常言道：月有阴晴圆缺，人有悲欢离合。这一切都是命数，狄姜看惯了也就不觉得有多煎熬了。

现下没了和尚念经，耳根子清净之后，狄姜倒是好受了许多，毕竟她与常人不同，见惯了生死，自然知晓什么有用什么没有用。

第四章

不悔

傍晚时分，一个不速之客闯了进来。一点儿也不夸张，他真的是硬生生闯了进来。刘管家与问药还坚守在瑞安王爷的病榻前，只听"哗啦——"，一连串的瓦片碎落之声传来，回头便见钟旭直直地从房顶落了下来，他的手中还擒着一个女子，正是被梅姐附了身的昭和公主武婧仪。

大家连同角落中武婧仪的魂魄都被这突如其来的变故吓得不轻，只见他落地后，便用绳索将梅姐五花大绑地扔在地上，动作简单粗暴，毫不怜香惜玉。

"公……公主！"刘管家见了，险些吓晕过去，连滚带爬去到她身边，谁知还没碰到武婧仪的身子，一把剑便横在他的身前。

"这身子里住着的不是你家公主。"钟旭冷冷道了句。

狄姜却没来由地被他这句"你家公主"四个字给逗乐了，她一个没忍住，面上便露出了些许笑意。

"你怎么在这里？"钟旭瞥见了狄姜，一脸疑问。

狄姜指了指身边的药箱："我来给瑞安王爷医病呀。"

"原来如此。"钟旭点了点头，便不再理她，转而一剑指向梅姐道，"快些解了瑞安王爷的死咒，否则我要你魂飞魄散！"

"呵，我怕什么魂飞魄散？"梅姐嘴角流下一丝鲜血，笑道，"我连自己的命都不要了，还怕被你再杀一次？"

"敬酒不吃吃罚酒，那你就不要怪我狠下杀手了！"钟旭抬起剑，刚想刺下去，狄姜连忙拦在他跟前："钟老板吃错药了？连昭和公主都敢杀？"

"这哪里是昭和公主，这分明是个生魂！"钟旭怒目而视。

"生魂是何物？"狄姜装作不知。

"就是死人的魂魄，因一口恶气留在世间不肯离去，你快些让开，过了子时就来不及了！"

就在狄姜与钟旭打太极的工夫，梅姐看到角落的武婧仪，忙向她求救："若我说我没有伤害王爷，你信也不信？"

武婧仪盯着她的脸半晌，最终透过自己的脸，看到阮青梅坚毅无比的神色，最终却还是点了点头："我信。"

"那你快让他松开我，否则你们一定会后悔的！"梅姐用力挣扎，可钟旭的法咒岂是随便能挣脱开来的？

狄姜担心梅姐再挣扎下去会伤了武婧仪的身体，于是推了推钟旭，道："钟道长，你先松开她吧，不管里面住着谁，她的身子也是昭和公主！"

"是啊，请道长手下留情！"刘管家在一旁满脸心疼，生怕他不小心伤着公主的身子。

此时，角落中的武婧仪也跟着点了点头："请道长为她松绑。"

钟旭瞥了众人一眼，冷冷啐了一句："妇人之仁！"说完，抬手给梅姐松了绑。随后，他看了眼角落的武婧仪，又扬起木剑，在二人之间斩了一剑。便见被梅姐侵占的武婧仪的身体通身一软，恹恹地倒在了地上，待她再睁开眼时，她的目光已变回了清冷孤傲。

武婧仪回到了她的身体里，梅姐则在她的身边飘荡。

"多谢道长相助。"武婧仪柔柔道了一句，语气里倒是听不出有多开心。

狄姜想了想，也是，她的皇兄正在生死关头，她就算回到自己的肉身，又如何能开心得起来？

武婧仪夺回身子之后，立刻走到武瑞安的床边，在床沿上坐下，双手摩挲着他的面颊，伤心之情溢于言表。而梅姐少了束缚，倒是平静了许多，她安静地飘在一旁，但目光也始终没有离开床上生死不明的武瑞安。

一时间屋内无人说话，气氛降到了冰点。

不知道过了多久，梅姐突然对武婧仪道："我确实曾因你的一句话羞愤自尽，但是，自从那晚你愿意将身体让给我，让我能与王爷多相处一段时光的那一刻起，我就不恨你了。"

"本宫何德何能，竟能平了你的恨？"武婧仪闻言微怔。

说实话，她的内心很矛盾。从前，她害怕是自己的一时心软，而使得阮青梅有机可乘来加害皇兄，如今见阮青梅的模样，又怕自己再次冤枉了她。

梅姐不理会她的讥讽，又道："我承认，我曾经非常恨你。在我初亡的那几日，我心有不甘，魂魄便终日徘徊在王府之外，但王府有王气庇护，我丝毫都进入不得，直到有一日国师造访，我听到他在轿子里与徒弟聊天，才知道瑞安王爷命中有一死劫，需人心甘情愿地一命填一命，此人还需终日伴在他身侧，自然而然沾染他的气息，所以……"

梅姐说到此处，武婧仪睁大了眼，似乎猜到了七八分的原委。此时，满屋子的人也都是一样的情状，钟旭面露疑惑，狄姜神色微讶，就连问药都充满了同情。

"我不怕你笑话，我虽讨厌你，但我是真心喜欢王爷。"梅姐笑容苦涩，带了些许自嘲，她耸了耸肩，又道，"瑞安王爷万花丛中过，片叶不沾身，想要长久地留在他身边，除了身为一母同胞的亲妹妹的你之外，没有别人。所以，在你试穿嫁衣的那日，我跟着夜香师傅的马车入了皇宫，我本想寻个机会窃了你的身体，却不想你居然看得见我。我寻了个谎话，对你说我想借用你的身体和瑞安道别，想再抱一抱王爷……我本以为你会拒绝，却不想你居然很快便答应了。"阮青梅叹息道，"那时你即将大婚，竟也不怕我不还你身子。"

谈及此，武婧仪也是自嘲一笑："那日本宫刚缝制完自己的嫁衣，但那时，本宫已知道自己被龙茗退了婚。本宫命中带煞，天生的鬼目，能看见许多旁人看不见的东西，于本宫而言，脱离那副身体也不失为一种解脱……"

狄姜闻言一惊。

鬼目对凡人来说意味着终日惶惶不安，走在路上可以被迎面而来的鬼魅惊吓，睡觉也比旁人更容易鬼压床，甚至连如厕……都比旁人辛苦许多。假如到了中元节，想来更是食不下咽，夜不安眠。位高如公主，却过得都不如寻常人，她这样都没有发疯，也是有着非同常人的定力。

狄姜心中，对武婧仪的欣赏又多了几分。

"可是，你为何要将本宫禁锢在道观之中，还引得钟旭来杀我？！"这时，武婧仪突然话锋一转，对阮青梅怒目相向。

"我只是不希望旁人来阻拦我的计划。"阮青梅似有似无地看了狄姜一眼。

狄姜面色坦然，不急不躁。

"我怎可能阻止你救皇兄？若是如此能救皇兄，我宁愿拿自己的命去！"

"我只当您是高高在上的公主，纵然与王爷感情要好，也从未想过您会为了王爷舍弃自己的性命。毕竟，当时的您已经与大将军有了婚约，哥哥再好，您真能舍下将军吗？至于后来的退婚，又是另一回事了。"梅姐目光中带了些同情。

"那你有没有想过，如果王爷知道你为了救他的性命而害了他亲妹妹的性命，他能不能心安理得地活下去？"

"他永远都不会知道。"阮青梅笑了笑，眉目中轻松又自在。在座所有人都看得出来，她的眼里只有武瑞安，只要能救他，她不会在意旁人的性命。这是一个为爱痴狂的女子，却也是个不择手段的女人。

"虽然我讨厌你，但我理解你。"这时，武婧仪话锋一转，黯然道，"毕竟，我也曾有过心爱之人。但我与你不同，我永远不会为了一己之私而伤害旁人。"

"您和龙将军究竟怎么回事？"问药是个是非罐子，对这个很是关心。这个疑问对在场所有人来说都是个谜，就连狄姜也很好奇，她怎么会喜欢一个寒门出身且从未谋面的少年将军，比龙茗更出挑的人只怕也是求着想要娶她的。

武婧仪长舒了一口气，道："本宫自小就因鬼目，每活着一天便是多一日的煎熬。五年前，本宫遇到百鬼夜行，不慎落入水中，是龙茗救了本宫。后来，本宫发现只要待在龙茗身边就看不见鬼魅。那时的他还只是个武馆的学徒，一无所有但是对生活充满了热情，那是本宫从未体会过的快乐，那半个月，是本宫这辈子最心安的日子。"

"后来呢？"问药道。

"后来本宫回宫后出宫不便，便时常叫柳枝去接济他，却不想他们日久生情，而本宫反倒成了横刀夺爱之人。再后来的事情相信你们都有所耳闻，本宫被当朝退婚，成了举国最大的笑柄，还有什么可说的？"

"是我对不起你。"这时，梅姐幽幽道了一句。

"这与你何干？"

"若不是当日你将身体让给我，你或许还有与他解释的机会。"

"解释？"武婧仪又是一笑，"解释什么？你让本宫去和自己的婢女抢男人？还是让本宫去和自己的婢女做平妻，抑或棒打鸳鸯拆散他们，然后鹊巢鸠占只为图一时心安？"

"本宫不愿意。"武婧仪眉目骄傲，面上的神色容不下半分的阴谋诡谲。

狄姜内心惊讶不已，世人都道辰皇的掌上明珠昭和公主不同寻常，却不想是这般襟怀坦荡，狄姜不禁在怜悯的同时又对她多了几分钦佩。

"公主……"梅姐面容一怂，眼眶泛红，心中酸苦溢于言表。从前她只当武婧仪不知人间疾苦，现在算是明白了，谁家没有说不出的愁肠？她贵为公主，也有所得有所不得。她与自己一样，也是一个有着"求不得"之人。

"千万别哭，本宫自己都没觉得有什么难过，你又拿什么资格哭？"武婧仪自负一笑，随即眉目一黯，接了句，"何况，若不是当日本宫讥讽你身为下贱却心比天高，妄想攀附皇家，你也不会寻短见了，本宫一命偿一命，不想欠了你。"

其实那日，她表面是在说梅姐，实则是指桑骂槐，想要与柳枝示警。谁知柳枝全然不在意，梅姐却听进了心里去，这也使她歉疚不已。

"是我自己想不开，怪不得任何人……我现在已经不是个人了，未完成的事情只剩下最后一件了。"梅姐说完，目光望向窗外，眸子里的黝黑深邃不见底。

狄姜顺着她的眉目看去，便见窗外一片死寂，红色的暗云席卷了苍穹，一群群乌鸦在王府上空盘旋，低压压地飞过似乎随时要闯进屋里来，但始终都绕开了去，气氛说不出的诡异。就连问药看见此景也不禁双手抱着胳膊，连连喊道："好冷。"

"是啊，屋里明明四周都架着暖炉，怎的还这般阴冷？我再让人添些炭盆来。"刘管家说完，走出房去。

就在这时，街上传来更夫打更的声音，木梆子响了三声，子时这个字眼跳入了众人耳中。

问药、狄姜对视一眼，眸子里在说："瑞安王爷活不过十五，这是我们都知晓的事情。"

狄姜看向床上的武瑞安，只见他眉目紧闭，毫无生气，这样毫无征兆的急病真是让人摸不着头脑。问药扯了扯狄姜的衣袖，有些害怕地看了她一眼，小声道："他们说，是因为辰后作孽太多，所以她的儿女都不得善终。"

"哪里来的辰后？她已经是女皇了。"狄姜瞪了问药一眼，示意她不要乱说话，随后看了看武婧仪，见她没有听见便也不再责骂问药。何况，照现在这个情形来看，武瑞安的情况似乎也只有这个说法能解释得通。

"子时一刻了。"钟旭冷冷地提醒了一句。

狄姜点点头。

钟旭听不懂爱恨情仇，他关心的只是不让鬼魅害人，而如今看来武瑞安的病症确实与梅姐毫无干系。

那武瑞安的生死劫究竟从何而来？

就在此时，门口飘进一缕青烟，狄姜和钟旭皆是一惊。与此同时，梅姐悠悠道了句："我希望王爷醒来之后，你们不要告诉他我的事情，我希望未来的日子，他能活得坦坦荡荡，内心再无挂怀。"

狄姜和钟旭一开始都听不太懂这句话的意思，但很快就知道了。梅姐说完，面容便化作了武瑞安的模样，她顺势躺在武瑞安的身边，面上甚是平静。

武婧仪很惊讶，刚想说什么，问药手疾眼快地捂住了她的嘴。

武婧仪很快反应过来，随后便双膝微曲，深深地向梅姐福了一礼。

"公主殿下跪天跪地跪女皇，今日却与我行礼，这辈子，我活得不冤了。"梅姐心中想着，随即笑了，笑得很灿烂。但很快，她便痛苦地站起身，身体似乎被什么东西牵引，不自觉地往门外走。

"时辰到了。"这一声，旁人也许听不见，但狄姜听得见，而且她也能看到，在梅姐的身边有两个穿着白衣的鬼差。鬼差左手执着铁链镣铐，右手持着引魂幡。

"武氏瑞安，上路。"鬼差之一凄然地道了一句，那声音冷到骨子里，叫这屋内的温度又下降了许多，而狄姜始终当作什么也看不见，低着头看着脚尖。

梅姐不能再说话，她再说话就会泄露身份，她看着众人，眉目里始终带着微笑。此时狄姜才终于明白，阮青梅跟在武瑞安身边从来就是为了等这一刻，用自己的命，一命换一命。

梅姐消失了，从此无影无踪。

两名鬼差带走梅姐前，经过狄姜身边，回头向狄姜行了一礼。狄姜却始终低着头，双手轻轻挼着有些散乱的头发，当没看到。

"他们，好像在与你行礼问安？"钟旭的声音在狄姜耳边响起。

狄姜转头，便看见钟旭的眼神里充满了疑问。

"谁在与我行礼问安？"狄姜一脸莫名。

"鬼差。"

"鬼差？！"狄姜声音提高了八度，双手很自然地裹紧了衣裳，"鬼差在哪儿？你不要吓唬我，被鬼差问候，是说我要死了吗？"

"你……看不见就算了。"钟旭舒了一口气，拿起剑便离开了。

狄姜看着他的背影，嘴角不自觉地扬起，目光里皆是好笑。

钟旭，若有一天你恢复了记忆，你当如何待我？

真希望，你能快些想起来。

梅姐彻底消失了。当晚，太平府便云开雾散，下了今年的第一场初雪。三日后，原本该离世的武瑞安王爷却一日日地好了起来。狄姜回想那一夜鬼差勾魂时，便是梅姐留在瑞安身边，化作他的模样替他挡下一劫。可是武瑞安的命梅姐救得了一次，却救不了第二次。

狄姜曾两次算过他的命格，一次在今年初十五便断了线，而十五之后三日，她再为他算命便再也算不到他的命盘。但可以肯定的是，他的生死劫一个连着一个，可到时哪里还有第二个梅姐呢？

门口传来一阵阵女子的尖叫声，大街上挤满了武瑞安的追求者，她们听说瑞安王爷痊愈的消息后，险些将门槛踏破。太平府民风开放，自开国皇帝始，到现在的宣武朝，对女子的约束愈见减少，有心者甚至可以考取功名入朝为官。

狄姜站在楼台上，看着那些女子，一个两个为了武瑞安近乎疯狂，她突然就不担心了。

是了，以瑞安王爷的魅力，就算一个梅姐倒下了，自然还会有千千万万个梅姐站起来，何愁没有挡劫之人？

"狄大夫表情何以这样痛苦？"

武瑞安的话将狄姜从思绪中拉了回来，她侧头一笑，道："我只是在想，王爷有那么多女人，门外等着探望的队伍都快排到午门口了，您应付得过来吗？"

"这有何难？"武瑞安一挑眉，"我交往过的每一个女人，都会让她们觉得宾至如归。"

"啊……这样啊。"狄姜不明觉厉，总觉得这话有哪里透着几分不对，细思之下才明白，也许此人就是如市井所传那般，空有一张倾国的妖孽脸，脑子里装的却全是糨糊，成语什么的随口拈来，也不管词达不达意。

她想，武瑞安真正的意思应当是："每一个与我交往的女子，我都会让她们觉得幸福和快乐。"

在离开王府前，狄姜去探望过武婧仪一回。她去的时候，昭和公主正端坐在闺阁中看《孙子兵法》，见着狄姜来，还不等她开口便让她免了礼，又将她拉到桌旁坐下，亲自沏了一杯梅花茶。

武婧仪笑道："塞翁失马焉知非福，梅姐上过本宫的身之后，本宫竟许久没有再见到怨鬼魂魄了。"

"于是有心情研读兵书了？"狄姜喝了一口茶，只觉梅花香气沁鼻，茶温适宜，在这腊月天里正是暖人，身上很快就热了，仿佛窗外纷纷扬扬的白雪与自己并不在一个世界里。

"随便看看，打发打发时间罢了。"

"莫非公主想从军？"

"女子从军也未尝不可，上阵杀敌兴许不如男人，但这里就未必了。"武婧仪指了指自己的太阳穴。

狄姜亦笑着点了点头："谁说女子不如男？辰皇英武，便是当世女子的典范。"

狄姜说完，便见武婧仪的面色并不是那么好看，良久才又听她道："母皇自然是奇女子，可本宫志向并不在此。"

狄姜知道武婧仪被鬼目困扰许久，外界传闻辰后为了登基无所不用其极，报应等不到下一世，便全都应验到了几个子女身上。想来，武婧仪也是深有体会，所以并不想让双手沾染那么许多的鲜血。

狄姜转头，看见桌上放了几封拜帖，落款皆是龙大将军的名讳，又问道："公主要去见龙将军吗？"

武婧仪摇了摇头："他一连三日送了九封拜帖与本宫，本宫一封都没有看过。"

"为何？"

武婧仪咬着下唇，不作言语。她十指紧扣，右手上的梅花烙泛着刺人的红光，连连刺得狄姜头疼，她强迫自己不去看它。

过了好一会儿，才听武婧仪缓缓道来，她说："柳枝和龙茗日久生情，本宫其实早已知晓，柳枝在玩什么把戏本宫又怎会看不出来？在龙茗班师回朝时，本宫便第一时间赶去见了他，而他不分青红皂白，只是指着本宫的鼻子说'您是公主，要风得风要雨得雨，您终日玩乐，不知人间疾苦，您只要招招手，自会有成千上万的男人排队等着你，你又何必来玩弄我'。"

狄姜听了，微微张开了双唇，很有些吃惊。一来吃惊于公主鬼目，居然敢独自去怨气冲天的军中；二来吃惊于龙茗对待公主毫无顾忌，这样的人不知会得罪多少人，他若留在太平府估计也活不长久。

"后来他离开了，本宫却昏迷过去，本宫醒来的时候已经过了三个时辰，醒来时才发现自己竟还躺在那片草地上。整整三个时辰，他可以全然不闻不问。本宫不太记得自己是怎么回来的了，但那时还是想要嫁给他，那时本宫相信只要自己对他好，他就能明白本宫并不如他想象的那样是个什么都不懂的公主。直到后来本宫看见他和柳枝在一起，本宫才发现这么多年来竟然爱错了人。"

"唔，谁年轻的时候没有爱过几个错误呢？"狄姜又喝了一口茶，淡淡道。

"呵，是了，他只是一个错误，他看到的只有表面。他啊，没有用过心的。"

"您打算再也不见了？"

"错误还需要再见吗？"武婧仪笑着反问狄姜，而狄姜竟觉得无言以对。

"本宫的时间，不是陪他玩我爱你你爱她这种小游戏的。"

"公主能看开自然是好……"狄姜点了点头，心中却在盘算其他。

说来也奇了，她本算着二人命里该有姻缘，是三世修来的夫妻，而龙茗如今已经娶了柳枝，公主也再不想见他，此刻看上去倒像是无解了。

罢了罢了，红尘俗事，看戏即可，莫要太当真了。

狄姜起身与公主道别，随即便回了店里。

第五章

花神录

接下来好一阵都相安无事，直到七日后出云庵的流云师太送来拜帖，说是奉了昭和公主的诏令，命出云庵为阮青梅做一场七日的水陆法会，让狄姜和钟旭也去帮忙。在狄姜看来，梅姐也是让人怜惜的，她自然不会推脱。她拿了拜帖便将店门一关，带着书香和问药去了出云庵。

在庵堂里，狄姜见到了老邻居钟掌柜。

钟旭每每看狄姜都是一副她欠了自己几百两银子的神情，不，其实他好几次都是想当作没看到她，而狄姜偏偏不依不饶，硬是要让他无法忽视自己，于是换来了一记又一记的白眼。她后来还硬拉着钟旭跑到一旁去和流云师太喝茶，聊得热乎了便问出了困惑自己许久的问题。

"流云师太，天上菩萨众多，出云庵里为何独独供了地底的那一尊？"

"那不仅仅只是菩萨，她还是地府三君。"

"地府三君？"钟旭闻言也来了兴趣，正襟危坐。

流云点点头，又道："三君，一曰鬼君，二曰太霄帝君，还有一个就是长年活在十八层府底的不成空明王菩萨。鬼君司掌整个地府；太霄则驭十方阴兵鬼差，所有有怨者皆由他一人赏罚，算是地府的元帅；而不成空明王菩萨便是发善心，以一己之力荡平饿鬼道，将地府众多孤魂超度，誓言地府不空，绝不离开。她舍己为人的精神叫人十分钦佩。若世上儿女皆能如是为人，怕就没有这诸般苦扰了。"

　　流云师太说完，身边的人皆是一脸崇敬。狄姜看了一眼钟旭，就连他都神情肃穆，于是也只得跟着称赞："不成空明王菩萨普度众生，牺牲小我成就大我，实是令人钦佩。"

　　钟旭却又是一蹙眉，纠正道："'小我'二字形容菩萨怕是不妥。"

　　"有何不妥？"

　　"她并不是普通凡人。"

　　"那她也与凡人一般，只有一颗心。"狄姜微微一笑。

　　钟旭翻了个白眼，连连摇头，只觉得跟她讲不通。流云师太却不参与二人的斗嘴，她见时辰不早了，便拿来一个生辰牌位，其上书写着阮青梅的名讳和生辰死忌，她将牌位仔细地放在佛龛之上，与众多牌位摆在一起。

　　"水陆大会之后，贫尼会每日诵经祈福为她超度。"

　　钟旭点点头，双手合十向她鞠了一躬："师太心善，一切就拜托师太了。"

　　"其实没有这个必要。"狄姜很煞风景地打断他二人道，"心结需要自己解开，自己看开了，就不需要人度了，梅姐走得坦然，我们无须白费工夫。"

　　"阿弥陀佛，狄施主想得通透，贫尼自愧不如……"流云师太面露恭敬，紧接着又道，"你面容恬静，行事温婉，虽然偶尔有些诡诈，倒也不像个凡人，反而更像是……普度众生的菩萨。"

　　面对她的称赞，狄姜有些不好意思，刚要开口，便听钟旭指着她的鼻子大骂："她若是菩萨，我就把脑壳切下来下酒吃！"

　　狄姜"扑哧"一笑，道："我不是菩萨，我只是个大夫。何况，您不是不喝酒吗？怎的还要下酒菜？"

　　"你……"钟旭语结，很快又回过味接着反驳，"大夫端的是悬壶济世，你顶多是个商人，奸商！"

　　狄姜闻言又是一声嗤笑，流云师太亦是扶额叹息，笑骂了他一句："看人不要看表面，要看心。"

　　对于这句话狄姜很是赞同，狄姜双手合十朝流云师太敬了一礼，短短几句就确定了二人之间惺惺相惜的关系。三人又坐了一会儿，钟旭便起身离开了，狄姜见他离去，也跟着他往外走，然而钟旭似乎很不想与狄姜走在一起，从庵堂出来后便独自一人快步走在了前头，一会儿工夫便不见了踪影。

狄姜有些失望，但也只能随他去，毕竟在钟旭眼里，她只是个不会武功不会法力混吃等死的大夫。

狄姜见今日天光尚早，于是不疾不徐地和书香问药走在山中，权当是饭后散步了。

三人又走了小半个时辰，便见一头雪白的高头大马被系在一根树干上。

"这马儿我认识，是龙将军的坐骑！"问药率先激动得大喊，随即四下张望道，"龙将军也来了？新婚以来还是第一次见他露面，怎么，他也来给梅姐做法事不成？"

"很显然他是来见昭和公主的。"狄姜睨了问药一眼，又道，"昭和公主办的法会她自己却没有到场，我本还有些奇怪，如今见到龙将军的坐骑我便不觉得奇怪了，或许她是在半路上被有心的旧人给拦下了呢？"

狄姜领着书香问药在附近转了一圈，最后在山崖前见到了他们。

只见龙茗一身戎装，气场强大，而公主面无表情，寒冰凛冽的气势竟也不输于他。三人在不远处看着，看到龙茗想去牵公主的手，昭和却是低头，行了一礼。二人近在咫尺却似远在天涯。

龙茗说了许多，而昭和从始至终只说了一句："你已经负了一个，不可再负一个。"

那日夕阳西下时，日头将龙将军和昭和公主的影子都拉得很长很长。

"走吧。"狄姜轻轻道了句。

"还没看完呢！"问药并不想走，狄姜却揪着她的耳朵硬将她拎了回去。后来怎么样了她们不知道，问药想方设法旁敲侧击地问了好几次，狄姜都不告诉她。

不久后，朝堂便传来消息，龙大将军自请驻守边关，独留下柳枝在将军府中。往后的日子里，在旁人看来柳枝自然是一家主母，高高在上，只是那独守空房的个中滋味怕也只有她自己才知晓了……

日子匆匆向前行，正月很快就过去了。一日，问药和书香正在门外扫雪，狄姜坐在屋檐下看着新年这一派祥瑞的景象，看到门前两株梅花盛极而败，落在地上染成了一片猩红，突然心血来潮道："我来写一本《花神录》吧。"

"花神录？"书香和问药皆是蹙眉。

狄姜点点头："古来文人雅士都喜欢编故事，我也想试试。"

"故事还需要编吗，一捡便是一箩筐。"问药侧头，很是不解。

"哎，那也要值得写的才可以写呀。"狄姜摆了摆手，一脸嫌弃，笑她不解风情。

"那正月梅花花神，掌柜的打算写谁？"书香问道。

"你猜呢？"狄姜笑了笑，又道，"我的梅花花神必是香中有韵，坚毅不妥协，清极不知寒，骄傲不自怜。"说完，她也不管二人懂还是不懂便独自上楼回了房。她迫不及待地想要开篇了。

回房后，狄姜倚着窗栏，随即从腰间摸出一本册子，她微微一拂袖，封面上便出现了明晃晃的三个大字——花神录。评选花神似乎是每一个文人雅士都喜欢做的事，她也不免俗，今年给自己的目标是写一本花神录，可她日日寻觅，始终都寻不到合适的人，今日突然来了灵感自然是不能放过了。

狄姜伸出右手招来一支毛笔，笔杆通体白玉，笔头亦是雪白的绒毛。她翻开花神录第一页，在册子上添了几笔，"武婧仪"三个大字便印在了第一页上，关于她的故事也慢慢跃然纸上。

她的花神录，今儿总算是开篇了。

与此同时，楼下传来扫雪的二人的对话。

"你说咱们掌柜的花神录里，正月梅花花神是谁呀？"问药说完，紧接着又自问自答道，"你瞧我这脑子，这种问题都没必要问。"

"哦？那你说说看，会是谁？"书香道。

"当然是梅姐了！"问药一脸的理所当然，"她不计前嫌舍己为人，该是要上榜的！"

书香撇了撇嘴，不置可否。

"怎么，你有不同意见？"问药挑挑眉。

书香摇了摇头："不敢。"

"有话就说，我不怪你！"

"当真？"书香迟疑。

"当真！"

"那我可直说了。"书香放下扫帚，正色道，"若说阮青梅不计前嫌舍己为人，这确实没有错，但是梅花，是一种在枝头凌霜傲雪不畏严寒绽放的花，阮青梅曾因为一句戏言便含恨自尽，她便担不起凌霜的名头。再说救王爷，她用自己的命换了他的命，世上多少为了爱情牺牲自己的人？我想，虽然不多，但是也不少吧，难道人人都能封花神吗？"

狄姜在窗边，听着书香的话，不自觉地轻笑点头，握着白云笔的手亦在"梅花花神必香中有韵，坚毅不妥协，清极不知寒，骄傲不自怜"上画了一个圈。

"再说昭和公主。"书香缓缓道，"公主自小有鬼目，能看见许多旁人看不见的东西，生长在幽宫之中，害怕自是不必说。可她再难受，也从未想过要自戕，更在遇到龙茗之后，鼓励他成为少年将军，让他成为能与自己般配之人，为他铺好了道路。而后又在柳枝离间二人时，给了龙茗自由选择的机会，最终哪怕是牺牲自己的爱情，也保全与自己从小到大情同姐妹的婢女柳枝，这不算是配得上清高之名吗？再说当日阮姑娘来借她的身子……"

"停！不必再说了！我明白你的意思了。"问药一脸震骇，似乎全然没往深层的地方去想，如今被书香这样一说，才算是醍醐灌顶。

楼上的狄姜见书香完全能够理解自己的意思，便开心得轻笑出来，她只觉得心情很好，好到不自觉地轻轻摇着头，嘴里不自觉地哼起一支莫名的曲子，也不知道过了多久，在窗台坐得难受了，便伸了个懒腰，爬上床去做梦了……

这一夜，她在梦里听见了武婧仪的笑声。

她抚弄着虎口的梅花烙印对自己笑道："以前从没觉得它有这般好看。"

梦里的自己对武婧仪点了点头："是了，从前梅花烙是你的噩梦，如今它是你的护身符。从此免你忧思苦疾，免你受山精鬼魅所扰。"

"您究竟是谁？"武婧仪在自己身前虔诚的跪拜道，"您的眉目我似乎在哪里见过，但我如何想也想不起来了，请您告知法号与弟子，来日弟子也好供奉您于高堂之上，让您香火不绝，百世流芳。"

自己却只是摇了摇头，迷惑道："我有很多的名字，也有很多的模样，但或许正因名字太多、模样太多而忘记了原本的自己。如今，我也想知道自己究竟是谁……"

二

杏花·天隐

花千树，今夕何处。

良人顾，一笑终身误。

第六章

弧光林

几日后，天光放晴，积雪初融。

狄姜推开窗，便见钟旭在自家院子里扫雪，一枝含苞待放的红杏从他家院墙的瓦片上开了出来，她看到了不禁连连称奇，扯着嗓子冲他吆喝："钟老板，你家的红杏出墙啦！"

钟旭背部一僵，一把扔掉了扫帚，气得连眉毛都在发抖。

狄姜这才发觉又说错了话，于是连忙将头缩回来关上了窗户。再后来，狄姜便有好几日都没有见到他。棺材铺倒是每日都营业，可只有个不知趣儿的长生在店里，实在不好玩。

"你家掌柜去哪儿了？"这日，狄姜忍不住问长生。

长生甚少与人交流，其次知道钟旭不喜狄姜，于是看见她就躲。

但狄姜不依不饶，将他堵在自家门前许久，一副再不开口就让他"名节不保"的模样。长生这才巴巴地开口："我家掌柜的受王爷所托，与王爷一道护送阮姑娘的骨灰回乡。"

"哪个乡？"

"状元乡。"

"噢……"狄姜暗自心惊，状元乡这名字真是土中透露着霸气。而更让她吃惊的是钟旭，别看他表面一副铁石心肠的模样，其实是外冷内热，连对不相干的死人也照顾有加，怪不得这几日都不见他，原来他早已出了太平府……

狄姜想了想，转身对书香道："你去告诉问药，把铺子关了，咱们去春游。"

"春游？"书香一脸迷惑。

狄姜点头："状元乡半月游。"

二月初的天气春寒不散，春晨起得早了，走在路上便觉雾气重重，沾衣欲湿，一路上都能瞧见前一夜下雨后打落的一地白杏花。狄姜主仆三人并排走在太平府的大街上，书香一人背着行李，问药则在身侧打着灯笼。一路都没瞧见几个人，鬼魅倒是有几只，不过他们没将三人放在眼里，她们也便当作没有见过它们。

"钟旭刚离了太平府不过几日，精怪们便都出来活动了。"问药嘟囔了一句。

"谁说不是呢。"狄姜点头，拉低了幂篱帽檐，继续朝前走。

出了城门再走二十里便是一片树林，林子里的树都光秃秃的，看不出一丝生机。

"掌柜的，这天气怎么春游啊，到处都是寒气。这离阳春三月还有不少日子，咱还是回家睡觉吧。"问药拿帕子捂着口鼻，一脸的嫌弃。

狄姜睨了她一眼："昨儿个听说能出来玩，你可是乐开了花儿，嚷嚷得满大街都知道我们要出门去，这才半日就喊累了？"

"那会儿我没想到外头会是这样的光景嘛……"问药一脸委屈。

狄姜叹了口气，安慰道："出了这片树林就好了，弧光林里因为钟旭已经清静了不少，但问题总还是有的，我们在酉时之前出去便可。"

问药闻言，抬头看了看乌云密布的天空，有些忧心道："我们出来的时候太阳刚出来，这会儿应该也才正午，怎么天色就这样暗了？实是阴气太重啊……"问药连连摇头。

狄姜不再理他，径直朝前走，又走了小半个时辰，天色已经全然黑了。

"这么快就酉时了？"问药裹了裹身上的衣裳，看样子浑身发冷。

书香倒是面不改色，思索了片刻，接道："在这片林子里，时间有时候会和外头脱了节，通俗一点儿的说法就是，我们遇到鬼打墙了。"

狄姜心中有些惊讶：半夜遇到鬼打墙不稀奇，可她们进林子时不过才正午，乃阳气最盛之时，鬼魅竟然已经猖獗至此？她不知道这其中出了什么问题，但肯定不同寻常。

"啊！那是什么！"这时，突然听见问药一声怪叫，与此同时，她手里的灯笼应声落了地，没有人的意念支撑，不灭灯的烛光忽然就灭了。

四周突然陷入一片黑暗，似乎有无数只手从四面八方伸来。

"掌柜的，您不是说钟旭把这林子都给清干净了吗？！怎……怎么还这么邪门？"问药颤悠悠的，平时五大三粗的模样全然不见了影子。

"你先给我下来！"狄姜怒吼了一句。因问药整个人趴在她身上，害得她险些要喘不过气来，将她从自己身上掰开后，身边突然又亮了起来。狄姜转头，只见书香一脸从容地拾起灯笼，不灭灯在他的手中，烛光比问药提灯时更大了几分。

"平日里数你叫得最凶，这会子又数你最孬！"狄姜忍不住将问药训了一通，便见她耷拉着脑袋也不敢再说话。狄姜见她已经知道错了便不忍心再继续说她，转而问道，"你刚刚瞧见什么了？能把你吓成这副模样？"

"死人！"问药霍然抬头，夸张地怪叫道，"好多好多的枯骨，堆成了一座山。"

"哪来的骨头？"书香提着灯笼，四下看了好几遍。

狄姜在问药面前拂了拂袖子，叹了口气："走吧。"

"掌柜的，真的有骨头，你相信我！"问药这会儿胆子又回来了，忙得四下打量，最后连自己也迷惑了，嘟囔着，"奇怪，刚刚明明看到了。"

"在这样的天气看错了很正常。"

狄姜率先迈开腿，从书香手里接过不灭灯，走在前头开路。不消半个时辰，三人就走出了弧光林。弧光林外，太阳西移，阳光打在她们面上，让她们有一瞬间的恍惚看不清前方的路，待反应过来时便见成片成片的杏花，道路两旁竟是成片的杏花林。

"哇，真漂亮。"问药啧啧称奇，狄姜也十分意外，弧光林人迹罕至，这片杏花林也没有多少人知道，所以才能保存得这样完好。

"掌柜的，二月花神是杏花，您打算写谁呀？"问药道。

狄姜摇了摇头："目前还没有什么眉目。"

"照我说您就是杏花花神，都甭需要写旁人了。"

"此话怎解？"狄姜调笑问药，本以为她说不出个所以然来，没想到她很快便侃侃而来。

问药清了清嗓子道："听说以前有一位姓董的名医，他看病从来不收钱，治好了病便让病人在他家附近种上五棵杏树，久而久之，董家附近便多了一片杏林，杏花树结出来的果子也被他用来救济穷人，然后他就成仙了。"

"哦，你说的是董奉呀。"狄姜心中有了谱，提起他才惊觉确实许久没见过了，改日要登门拜访，与他联络联络感情。

问药见狄姜神色有异，又道："掌柜的，你认识？"

"董杏仙是医者的榜样，我如何能不知？至于他认不认识我，那就是后话了。"

"迟早掌柜的也能与他一般闻名天下！"问药一本正经地点点头，"在我心中掌柜的也是行医济世的能人，心肠比菩萨还好。"

"你呀，多读读书，少去听些戏。"狄姜笑着摇了摇头，"董杏已是前人的杏花花神，而我的杏花花神，还没想好是什么模样。"

"哎，杏花还真不好写，一提起杏花，谁人都是一句'一枝红杏出墙来'，难道要写个不守妇道的人做花神不成？"

"再说吧，我饿了，我们先吃些东西。"狄姜指了指前方不远处的面摊道。她闻着从老远处飘来的肉香味，不自觉便食指大动，于是提起裙子一路小跑过去。

"真香啊！"狄姜凑到面摊前，大手一挥，"来三碗！加量！"

"好嘞。"

话刚说完狄姜就后悔了，她这时才发现老头锅里的面都是鲇鱼的胡须，一旁恒温保存的盖浇菜里全是蛇虫鼠蚁，各种类别不胜枚举，看一眼便叫人五脏六腑地动山摇。还不等狄姜说不要了，便见掌柜的端了三大碗放在最末尾的桌子，还示意他们过去坐。狄姜这才注意到面摊里的各路人马，有些缺胳膊断腿，有些眼睛凸出了眼眶，吊在鼻子旁边，无一不是张着血盆大口，往嘴里塞鲇鱼须。

"掌……掌柜的，我们一定要吃吗？"问药小声问完，狄姜又看了一眼五大三粗的掌柜，见他正一脸狐疑地看着自己这一行三人，于是只得硬着头皮道："今天就这么一顿，不吃也得吃，快吃！"

"知道了。"问药说完，强行吞了一口口水，颤悠悠地开始吃面。

狄姜见问药并不是很抗拒，便故作慈母样，将自己的面也推到了她跟前，道："你三日没吃饭了，多吃点儿，都是你的。"

狄姜说完，书香也有样学样，道："姐姐，我的也让给你，我不怕饿。"

"你们……"问药刚想作呕，狄姜便一脚踹在她脚背上，问药眼中噙满了泪水，见狄姜的神色，便只能继续吃。而那掌柜的似乎很喜欢他们，一直盯着问药吃完了才肯离开。

"嗝——"问药打了一个响亮的饱嗝，空气里立刻飘散起一股奇怪的味道。

狄姜和书香立即捏起鼻子不想面对她，就在这刹那间的工夫，四周突然就空了，桌椅碗筷还在，可人去楼空，只剩下他们三人在这荒山野岭面面相觑。

"掌柜的，那是些什么东西呀？"

"魅。"狄姜说完，又补充了一句，"盘桓许久的意念便成了魅，会害人的。"

"那他们怎么不害我们？"

"我们的体质本就亦正亦邪，鬼魅见到我们，我们也是鬼魅，凡人见了我们，我们也只是凡人，这就是我在这世上屹立百年不倒还无人来找麻烦的秘诀。"

问药朝狄姜竖起大拇指："掌柜的这风吹两边倒的本事真是叫人称奇！太厉害了！"

狄姜微微一笑，不甚骄傲。

荒山野岭里，人烟愈来愈稀少，加上三人走的本也不是大道，一路上与她们为伍的除了日月星辰，便是山精鬼魅。诚如狄姜所言，他们看见三人也只当是同类，没人来与他们叨扰。

"它们见了我们都不好奇吗？"

"好奇？"狄姜笑了笑，"在它们眼里，我们与它们是一样的，何况，这个世上像你这样的闲人其实并不多，大家都有自己的事情要忙，不论是鬼还是人，都有自己的生活，哪有空去管旁人？"

问药努了努嘴，又道："掌柜的，认识你这么久，你的本尊到底是什么人啊？不像是狐狸，但有些狐族的魅惑，似乎，还有些莲花的出淤泥而不染，总之什么都像一点儿，但又没有妖气……你不会是仙人吧？"

"我不是人，也不是仙。"狄姜漫不经心地答了她，便走到溪水边，就着溪水洗了把脸，早春水温冰凉，透人心脾，狄姜禁不住地打了个激灵，"好冷。"

"非人还怕冷？"问药疑惑。

"非人也可以选择以凡人的方式生活。"狄姜面不改色。

"也对……"问药点了点头，见狄姜不想再说下去，就知道她跟以前一样，不想在这个问题上多做解释。这么多年来，她在这个问题上问了也不下千次，可不论问几遍也依旧得不到答案。问药长叹一口气，很是失落。

这时，却又听狄姜淡淡道："其实不是我不想回答，而是我也不知道自己到底是个什么形状，这世上，或许也没有人能给我答案，索性就不要想了吧。日子能过一日是一日，能开心一天是一天，你说呢？"

问药和书香都愣愣地点头，露出似懂非懂的模样。

狄姜大笑一声，领着二人继续往前走。

"掌柜的，我们今晚要睡在荒山野岭吗？"问药横着眼看着四周，除了身前有条小溪潺潺而过，其他地方都只有枯树枝和碎石头，延绵成片，根本没办法休息。狄姜思忖了片刻，知道待在这里不是长久之计，索性拉起问药和书香的手，向前迈了两步，眨眼之间，周遭景致便换了一个模样。

问药瞪大了眼睛，再次惊呼："掌柜的，您不是说不能在凡间使用法术嘛！"

"你给我闭嘴。"狄姜捂着她的嘴，嘘声道，"你想把他们都吵醒不成？"狄姜看向四周的平房，此刻正是挨家挨户就寝之时，问药这么大的嗓门，嚷上两嗓子估计村子里的人就都醒了。

问药暗暗竖起大拇指，一个劲地冲狄姜眨眼睛，狄姜这才放开她。问药刚一脱离束缚，立刻急道："掌柜的，你怎么不早说！早知道如此，在太平府就该用了，何苦还走这么多路，吃这么多苦！还害我喝了三碗鲶鱼汤！"

"吃苦是了苦，享福是消福。做人要懂变通。"狄姜横了她一眼，又对书香道，"你去前头看看，有没有还未歇息的人家，向他们讨个瓦片遮身。"

"是。"书香不多话，点了点头就往前去了。

"最好再来碗热汤！"问药又扯着嗓子喊了一句，立刻便招来狄姜的一记重击。她立即转头，可怜巴巴地望着狄姜，委屈道，"掌柜的，我真的饿了。"

"三碗鲶鱼汤都没喂饱你？"

"呕……"问药一听到"鲶鱼"这两个字，脸色立马就变了，连连伏在树干上干呕，狄姜居高临下，仿佛看见问药的脸颊都冒出了绿光。

就在书香探路的工夫，狄姜与问药将这不大的小村子看了个遍。

"掌柜的，这状元乡也太小了吧，名不符实啊！"

"谁跟你说这是状元乡了？"

"不是状元乡？"问药大惊回头，"那我们在哪？"

狄姜摇了摇头："我也不知道在哪，但离状元乡应该不远。这缩地成寸的术法本就不是很准确的术法，再者，若我们比钟旭还早到，岂非太招摇了？该低调时还是要低调啊……"

问药撇了撇嘴，不再说话。

说话间，书香回来了，他道："掌柜的，这个镇子不大，挨家挨户都没有烛火，想是都睡下了。"

"那我们去山神庙看看。"狄姜说完，便领着二人往山上去。按照民间习俗，这里可能没有菩萨庙宇，但依山傍水的地界，山神庙一定会有。果然，他们走了不到半里路，便在半山腰上看到一处亮灯的瓦房。山神庙门口点着长明灯，庙的两边用青石板修葺而成，屋顶有石棉瓦，其上还铺了不少的稻草，四周虽然陈设简陋却也五脏俱全。更奇怪的是收拾得井井有条，像是有人在此居住。

狄姜撩起经幡，走进后堂，便见一人躺在山神神像的后面，正在酣睡。

"居然有人住在这里！"问药吓了一跳，扯着书香的衣裳。

"你慌什么？"书香蹙眉，被她这一惊一乍的模样弄得尴尬不已，也正是二人的对话将草席上的人吵醒。那人不过少年模样，十三四岁的年纪，眼神里却有着同龄人没有的沉稳。他直起身子，睡眼惺忪地看着狄姜三人，面上并没有觉得奇怪，很显然他已经在这住了有一段时日，像他们这样的过客应该见了不少，所以才会如此镇定。

少年指着一旁的草席，对狄姜三人说道："棉被只有一床，生火的炉子被张大娘拿走了，你们就在那儿将就着睡吧。"

"多谢小哥。"狄姜福礼。

"不谢。"少年说完，又和衣睡下了。狄姜见他穿着单薄的衣裳，其上只盖了一层薄薄的棉被，很难想象寒冬腊月里他居然能不被冻死，心道：这抗寒能力，该是忍耐力极强，平日没少受苦。

"掌柜的，我好饿啊。"问药肚子发出一阵阵咕噜声。

狄姜知道问药没有说谎，但这样的条件也实在不便给她找吃的，于是指着睡在角落中的少年，道："你看看他，比你还小也没你麻烦，你怎么这般不懂事？"

"掌柜的，我也不想啊，可是这鲶鱼面好像消化得特别快……"

就在这时，神像后的少年突然又睁开了眼，他悠悠地坐起身，将身边两个馒头推到了身前，对狄姜道："我只剩下两个馒头了，你们三人分着吃吧。"

"有吃的了！"问药见了便两眼发光，作势要扑过去。

狄姜瞧她这副饿虎下山的模样就觉得全身无力，索性将馒头给书香和问药一人一个，自己吃不吃倒也没什么打紧，但是她对眼前的少年起了兴趣。狄姜走近了他，才发现他真是瘦得不成样子，脸颊凹陷，颧骨突出，双眼倒是十分清透明亮。但是他有着完整且干净的衣裳，谈吐也十分合宜，并不似寻常的乞丐，更像是大户人家出来的孩子，在野外迷了路。

"你怎么不回家呢？"狄姜问。

"家太远了。"少年打了个哈欠，强打起精神答她。

"你家在何处？"

"状元乡……离这有好几十里路。"

狄姜一惊，又道："你在这儿过了一整个冬天？"

少年点了点头："私塾放假后我便一直住在这里，过年也没有回家。"

"为什么？几十里路也不过三四日的工夫，家里不比这里温暖吗？"狄姜很惊讶，年三十对于凡人而言，比仙界的仙剑大会还要让人激动，他竟然一个人躲在这破庙中，实在是让人心疼。

少年这时也没了睡意，索性坐直了身子与狄姜聊天，他叹了口气，缓缓道："家里条件不太好，得空就想多赚些钱，让爹爹少些压力。"

"那你娘呢？她舍得你在这里吃苦？"

狄姜说到这儿，少年冷笑了一声，将狄姜吓了一跳。

随后便听他冷冷道："只要不被娘欺辱，外头再苦也是甜。"

"哦？被你娘欺辱？"狄姜蹙眉，都说孩子是娘亲身上掉下来的肉，哪有不疼孩子的娘？

少年又道："从我记事起，爹爹就一直被娘欺负，娘看不上爹，连带旁人也看不起爹爹，他们都说娘太要强，而爹爹给不了娘想要的，娘迟早会离开爹爹的。"

"他们又是谁？"

"街坊邻里。"

"那你娘离开了吗？"

"没有。可是，我倒希望她快些离开。"少年说着，十指不自觉便紧握成拳，他一脸恨恨道，"因为她，我和爹爹成了全村的笑柄，人人都在背后戳着爹爹的脊梁骨咒骂他。"

"骂你爹爹？"狄姜又是一惊。

"嗯。"

"为什么？"

"他们说，娘亲行事不检。"

狄姜诧异，没想到竟有人会这样说自己的母亲。而他又实在不像是在说谎。

少年又道："爹爹确实什么都没有，腿断了只能靠写书信与人赚些钱，但他很爱我们，有一分便会全部交给娘亲，比起那些有十分却只给家里人三四分的，爹爹实在太好了。你说，娘既然看不上爹爹，为什么不早早改嫁了？非要让人长年累月地看笑话？"少年越说越生气，抬起头一脸愤恨地看着狄姜，仿佛将狄姜当成了他的娘亲一般。

然而狄姜并不是他的娘，不知道他娘心里在想什么。她也不是眼前的少年，不知道他究竟经历过什么，才会让他这么讨厌生他养他到大的亲娘。狄姜想为他做些什么，于是笑道："我也要去状元乡，要不要帮你捎些东西回去？"

"你要去状元乡？！"少年突然站起来，大声道。

狄姜点了点头："明日就启程。"

"你怎么不早说！"少年气急败坏地瞪了狄姜一眼，随即跑出了屋子，一整晚都没有回来。

第二天一早，狄姜起床时看见身边的床铺还是空着的，心不禁又揪了起来：那少年一整晚在外头，会不会冻死了？

"掌柜的，我们该走了。"问药催促她。

狄姜叹了口气，一步三回头："我还是有些担心他……"

"担心什么呀！这世上可怜的人那么多，你担心得过来吗？"问药看不下去了，走过来搀着狄姜往外走，边走边道，"所谓生死有命，富贵在天，我们只能偶尔遇到了尽些绵薄之力，他跑走了就说明我们没有缘分，咱总不能什么事都大包大揽吧？否则要命格星君何用，要十殿阎罗何用？命里定下的，咱就不要去触霉头啦！"

狄姜心下想笑，面上却还是忍住了，一本正经地问她："我怎么以前没见你这般有禅意？"

"因为我饿了啊……"问药挠了挠头，笑道，"好不容易等到天亮了，咱们能去镇上吃些好东西了吧？"

狄姜无言以对，横眉冷笑道："你呀，总有一天是被撑死的！"被问药这么一闹，她便将少年的事忘了大半，三人很快便下了山。

山下的镇子不算大，约莫五百户人家，镇子中心有间私塾，其他的民房大多依山而建，一户连着一户，看起来邻里之间的关系该是十分亲密的。狄姜想起昨夜少年所言，他说状元乡连个私塾都没有，可见状元乡比起这个镇子更要小上一些了。三人找了一家面摊，坐下点了五碗面，狄姜一碗，书香一碗，问药三碗。

狄姜看着问药狼吞虎咽，一脸不忍地对书香道："接下来还要赶三天的路，一会儿你去镇上买些干粮带着，以防路上没有驿站，问药又一再喊饿。"

"是。"书香得了令，很快便吃完了面，然后一人去了镇里的包子铺买馒头，而狄姜和问药吃完了便坐在村口的树下等书香。

太阳升在半空中，日头照在二人身上，周身暖意四起，照得人睁不开眼。就在二人享受暖阳的当下，狄姜忽然瞥见一个熟悉的身影啪嗒啪嗒地跑过来，想是一路快跑所致，他的小脸红彤彤的。来人正是昨晚山神庙中的少年，他在狄姜跟前停下了脚步。

"大姐……"少年刚说完，又立即改口，"大姨？"

狄姜"扑哧"一笑："你还是叫我狄姜吧。"

"晚辈是小辈，怎可直呼您的名讳？我还是唤您一声狄姐姐吧。"少年拱手行礼。

狄姜笑着点了点头，将他扶起，心中对他的好感又上升了许多，心中直赞道："在这乡野荒山民智未开之地，少年的言行举止却十分地恭谨得宜，是个谦卑又懂礼貌的好孩子。"

狄姜笑问他："昨晚上你去哪儿了？"

"我……"少年吞吞吐吐，说了半天也没说出个所以然，只是从腰间摸出一个袋子，道，"我原先不想再见你们，觉得自己的家世被旁人知道并不光彩。但细想了半宿，只道我再讨厌娘亲也罢，毕竟爹爹还在，劳烦您将这包鸡蛋带给爹爹，让他多吃一点儿。下次回去，希望能看见他长胖了一点儿。"少年面带苦涩，又道，"我叫潘玥朗，我爹爹叫潘辛贵，你在村里随便问一人，他们都知道。"他说话时始终不敢看狄姜，似乎很不好意思。

狄姜见他这般模样，知道他面子薄有傲骨，便习惯性地没有多问，接过鸡蛋便将它妥善放在行李中。鸡蛋虽小，但情谊无价，潘玥朗在这里衣不蔽体食不果腹，却不忘攒了这么许多寄予父亲，他对他应是敬爱有加、思念甚笃。狄姜对他的喜欢愈来愈深，她素来喜欢孝顺的孩子。她郑重地点了点头，道："我会妥善地交到你父亲手中，并告诉他，你过得很好，让他无须担心。"

"谢谢……狄姐姐。"潘玥朗面色一红，仿佛自己被人看穿了一般。

狄姜又是一笑："我是个大夫，家住太平府南大街的尽头，以后你去了太平府，可以来寻我。"

潘玥朗听见"太平府"三字时眸子里闪着微光，明显对那里充满了向往，但嘴里却道："太平府实在太远了，我怕是一辈子也到不了那个地方。"

"以后的事谁能知道呢？"狄姜眼里充满了温柔，问药在一旁见了直努嘴，吃味得不行。

潘玥朗又道："可是我娘说，有她在一天就绝不允许我离开她半步，她说我就只适合种地和捕鱼。就连来这里读书，也是爹爹求了三年的结果，我出来了自是再也不想回去了，但爹爹还在那里，我终究还是要回到状元乡，陪在他身边伺候终老，否则留他一人在那儿，实在是不孝。"

狄姜心里一阵酸涩，真不知道他的娘亲究竟想要做什么，为什么会让夫君和儿子都变得这般自卑，她到底对他们做了些什么？可狄姜心中再生气，也不能在潘玥朗面前表露，更不能对此说三道四，她正色道："莫要让眼前的短浅迷了你的心智，若你不喜欢现在的生活，就往高远了去看，怎知远方没有你的一片天地？"

"我真的能去吗？"潘玥朗眸子里闪着不确定的光，但是心早已飞向了皇城。每一个读书人应当都有一个梦想，那就是考取功名、入仕为官，来日向先贤看齐，当一方父母官造福百姓。潘玥朗也不例外。

狄姜自然知道他的心思，笑道："只要你想，没有人能阻止你，不是吗？何况那是天子脚下，是天下读书人汇聚之地，去了那里，你就再不用生活在旁人的阴影下。"

潘玥朗的眸子里明明灭灭，狄姜仿佛看到了这些年他和父亲所受的屈辱，只见他重重地点了点头，朗声道："我想去太平府，我想过人上人的生活，我要邻里乡亲再不能嘲笑爹爹！"

"好孩子。"狄姜大笑了一声，便在他眼前挥了挥袖子，一道金色的印记很快渗透进了他的额心。这枚金印是出入见素医馆的凭证，有了这枚印记，从此他便可自由出入见素医馆，不受约束。

"去了太平府，记得来找我。"狄姜道。

"一言为定！"说完，潘玥朗便向狄姜告辞，一个人小跑着回了镇里。等他走后，恰巧书香也回来了，于是三人便启程去了状元乡。

一路上问药都欲言又止，过了许久想是实在忍不住了，便问道："掌柜的，你怎么能让一介凡人随意进出我们铺子呢？"

"你怎知他只是凡人？再见时，他必非笼中之鸟，而是……"狄姜笑了笑，不再说下去。

"是什么？"

"天机不可泄露。"

问药此时的心情就像热锅上的蚂蚁，急道："掌柜的求求您了，快告诉我吧！"

"时间到了你就知道了。"狄姜一脸神秘。

"哎呀，最讨厌掌柜的说话说一半了！"问药气得直跺脚，纠缠了狄姜一路，"那您只告诉我，潘玥朗的未来是好是坏？再这样下去，我非要憋死不可。"

狄姜见问药实在是烦，便道："还是那句话，吃苦是了苦，享福是消福，他现在受了多少苦，往后就有多大的福气，你可明白了？"

"哦，我懂了！"问药连连点头，心满意足，"那少年模样俊俏，为人也老实，从小就吃苦耐劳。若有飞黄腾达的一天，真是天道酬勤，皇天不负，叫人欢喜不已呀。"

"谁说不是呢……"狄姜说完，没有再接话。

她知道，命数这个东西很难讲，虽有无上的命格，可人生那么长，稍有差池，行差踏错一步结局就可能谬之千里。万一途中出了什么岔子，可不是她能插手的结果。

第七章

惊蛰

三人又往南行了三日之后，终于到达了状元乡界。

状元乡，这座隐在大山中的古老小村镇，清浅的河水穿城而过，将它拥在怀里，古城青石板一块连着一块，河水从四面八方缓缓淌来，江水萦回，四山环抱。岸边低矮的民居倒映在江水里构成了一幅天然的山水画。而要进状元乡，必经南华门。南华门横在两山之间，从它底下走过，可以看见城门久经风霜，锈迹斑驳。

入了南华门，便可见道路两旁的蜡染迎风飘荡，宛如一条条彩虹，将古城点缀得格外清新。街道两旁栽了许多银杏，小巷延绵不绝，信步走在幽长的青石板路上，一眼望不见头。与太平府的快节奏相比，在这小村镇里，这分安宁静谧便是大好的风光。三人就着江边的石墩坐下，闲适地看着前头横跨河面的石桥，倒也别有一番意趣。

江边蹲着几名少女，她们正拿着捣衣杵在河边洗衣。背篓里的衣服已经捣好，身边却还散落着许多。狄姜投去注目礼观察她们，她们大多穿着当地独有的蜡染褂子，面上缀着一双不染尘埃的眼睛，三五成群，有说有笑，脸上洋溢的都是发自肺腑的微笑。能在这样好的景致里生活，拥有的是淳朴与恬静，未必会比太平府差了什么。梅姐曾经也该是这样的女子。

捣衣女之中也有几人正打量着狄姜。她们没有坏心，只是觉着好奇，村镇人口本就不多，而狄姜三人一看就是生面孔，还是这般好看的生面孔。

问药看着捣衣女的双手皆浸泡在寒冬冰水之中，不由得心中一紧，疑道："掌柜的，她们为什么寒冬腊月天还在江边洗衣服，何不在家烧一壶热开水慢慢捣？"

狄姜瞥了她一眼，淡道："你当烧水的木柴不要钱吗？"

问药吐了吐舌头，幽怨地嘟囔着："凡人真可怜……"

"也不能这样说，你受不了寒冬腊月的江水，所以你觉得她们可怜，但在她们自己看来，这根本算不得什么，或许，她们得到的快乐比你更多。"

"这如何可能！"问药龇牙咧嘴，强辩道，"我每日好吃好喝好睡，她们怕是连老东家的糖藕都吃不起！"

狄姜"扑哧"一笑，被她这副模样弄得哭笑不得。

"怎么，我说的有错？那糖藕在太平府可是数一数二的好吃，她们尝过吗！"问药手舞足蹈，看得狄姜和书香接连摇头。

"你又怎知这里没有比那家更好吃的糖藕呢？"狄姜笑了笑，不再与她争辩这些芝麻绿豆的小事，她也不指望问药能在这样的年纪大彻大悟，出尘脱俗。

想那梅姐曾在这里出生，而后去了太平府，她吃过南大街老东家的糖藕，李家铺子的肉脯，还有和园的桂花酿，最后连王府的山珍海味也享受过，可结局呢？一句斥责便寻了短见，尸骨被烧成了一把灰，连死后的殓葬也是没名没分的外人。真不知究竟谁会更快乐些。

"你怎么又把衣服洗破了？这点儿小事都做不好！真是没用的东西！"

狄姜正瞧着捣衣女出神，忽听见河对面传来一阵女子的尖叫。抬眼瞧去，便见一貌美的女妇人揪着一个瘸子的耳朵骂骂咧咧，显然已是气急败坏，言语之恶毒，简直骇人听闻。

而那瘸子也不还嘴，由着她骂。

狄姜细细瞧了两眼，发现瘸子手上因浸泡河水而生出了冻疮，但那妇人只顾检查自己的衣服哪里破了脏了，丝毫也没看到他的伤口。

妇人检查完毕，又揪着他的耳朵骂道："还杵在这儿干吗？不嫌丢人吗？走，回家！"

"这就回去！"瘸子被她欺负也不生气，反而一直赔着笑，然后听话地拄着拐杖，半吊着身子吃力地跟在她身后，因他的耳朵被她揪着，所以整个身子呈现出一种诡异的角度，看上去特别疼。

"老潘真是不容易啊，李姐儿成日都能找出由头来骂他，十几年了，没一日消停！"

"谁说不是，所以说好看的媳妇不能娶，娶回去就跟供了尊菩萨似的。"

"是啊，还不是个安分的菩萨。"

"就是就是，老潘赚的钱全给他媳妇了，每日打扮得花枝招展的，也不知道穿给谁看呢！"

围观的人群都嬉笑地看着，言语中皆是替瘸子不值。

狄姜听着捣衣女的对话，只觉得男人做到他这个程度，已经不是丢人而是可怜了，她表示深深的同情。

"长得这么美，没想到嘴巴如此恶毒。"书香摇头叹息，狄姜也不禁扼腕叹息。

问药则已经撸起袖子，义愤填膺一声吼："哪有这样的泼妇！看我去教训她！"

狄姜见状，连忙将她拦住："人家的家务事你不要过问。"

"可是，他都快被她给骂死了！"

"人怎么会被骂死呢？"狄姜笑了笑，"没听乡亲们说吗，他们在一起吵了十几年了，若真能分开早就分了，这么多年，该是习惯了。若要死，他也不会是因为李姐的辱骂，他自己都习惯了，你又拿什么身份去生气？"

"还不许我路见不平拔刀相助了？！"

"哦，你还能在这里住一世，护他一生不成？"

"我……"

"人家夫妻不管是吵架也好，相敬如宾也罢，都是一种生活态度，他们怡然自得，需要你个外人说三道四？莫不是你在红尘待太久，也变成凡俗邻里了？"

"好好好，我不管了还不行嘛，我看老潘迟早被这个毒妇折腾死！到时候掌柜的您自个儿后悔去吧！"

"生死有命富贵在天，一切都是命数，你且不要着急。"

"哼，掌柜的都是理，我说不过你！"问药气得将头别到一旁，不再搭理狄姜。

这时，话不多的书香拉了拉狄姜的袖子，问道："掌柜的，这篮鸡蛋怎么办？"

"送到潘家就算完了。"

"潘家……或许就是刚刚那个老潘？"书香一脸淡淡。

"呀，我怎么给忘了！"狄姜一拍脑袋，这才恍然想起，"潘玥朗的爹可不就是个瘸子！"

"原来他就是潘辛贵……怪不得潘玥朗不肯回家，有个这般泼辣的娘亲，谁敢回来！"问药忍不下去了，拉着狄姜和书香便往前追去。

这时，山里飘起一层薄雾，烟雨意浓的薄雾在这小山村里荡出了几分古朴微漾。从江上的拱桥眺望古城，便见雾蒙蒙的一片，没有尘土，没有污浊，只有如梦似幻的流水仙山。而李姐儿和潘辛贵却连影子也瞧不见了。

"掌柜的，快算算他们去哪了！"

问药十分着急，狄姜连忙道："随便找一人问路便是，何必动用算术？"

"哦，我这就去问！"问药快步跑开了，没过多久便又回来了，她道，"我打听到了！潘辛贵就住在村尾的杏树下，房子最破的那间便是！"

狄姜点点头："我们这就过去。"

问药领着狄姜和书香往山脚下去，一路上问药叽叽喳喳个没完，大多就是在抱怨说："潘辛贵这人还真是人尽皆知，旁人听到这名字就掩嘴笑，真不知道他造了什么孽，娶了这么一房泼辣的媳妇儿，惹得全村人都看不起他……"

"所谓匹夫无罪，怀璧其罪。"狄姜道，"潘辛贵看上去模样普通，还瘸了一只腿，却娶了一个如花似玉的娘子，这怎能不招人嫉恨？何况，这位如花似玉的美人儿还不太安分的样子……"

"所以就招人嫉恨？"

"可不是？妇人嫉妒李姐儿的美貌，男人就羡慕他的艳福，久而久之，老潘就成了大伙的宣泄口，不然，你让他们一腔的羡慕嫉妒恨往哪儿发泄？"

"我怎么就不觉得那李姐儿有多美？根本就是个毒妇！老潘真可怜……"问药噘着嘴，一路都在发牢骚。

三人一边闲聊一边往前走，走着走着便来到了村尾的杏树下。

杏花艳了半边天，落了一地的杏红。杏树下便是一方低矮的茅草屋，屋外的院子里种了许多花花草草，但因季节的缘故大多都还只是花苞，只有头顶那满园关不住的杏花惹人瞩目，点亮了此处唯一的风景。

"这李姐儿是个爱花之人。"狄姜道。

问药冷笑着点了点头："她倒是挺有情趣，不过这意头还真可笑，可不就是'满园春色关不住，一枝红杏出墙来'吗？"

"好了好了，别说了，有没有这回事还不一定呢，连我们都以讹传讹，那老潘不是太可怜了吗？"狄姜打断问药，示意她不要再以己度人，惹口舌是非。况且因为这个花房的原因，狄姜对李姐儿的印象有所改观。她对李姐儿第一印象是泼辣，本以为只是个长得好看些的村妇，却不想第二印象便是懂得享受生活，在这样一个小村镇里，她吃不饱穿不暖，却还能有着这样的审美和情趣，着实令人惊讶。

三人走近茅屋，便听屋里传来一阵乒乒乓乓的声音，似乎锅碗瓢盆落了一地。与此同时，空气里传来李姐儿尖锐的叫骂声："还不都怨你，若不是你没用，我能被他们调戏吗？"

"是是是，全都怨我。请夫人消消气，为我气坏了身子不值得。"老潘的声音唯唯诺诺，活像许久没吃饭似的。

狄姜从篱笆外往里瞧去，便从窗户里瞧见老潘半跪在李姐儿旁边，正收拾着屋里一地的残局。

"你说你怎么就这么没出息？"李姐儿一脸嫌弃，恨不得吃了眼前人。而潘辛贵却全然没有脾气，依然赔着笑，道："这天寒气重，夫人要打要骂都先过会儿，让我先去给娘子烧壶热水暖暖脚。"

"知道我冷还这么多废话，还不快去！"

"是是是，我这就去！"

潘辛贵点头哈腰，立即提着铁壶一瘸一拐地退了出去。李姐儿则坐在床边，唉声叹气。狄姜看着她姣好的侧颜，虽然有些白璧蒙尘，但五官面庞却是极精致的，气质也并不似普通的农家妇人，她微微有些奇怪道："这李姐儿有些奇怪，她身上的气泽与常人有些不同……"

狄姜还在思忖这气泽的细节，却听问药在一旁阴阳怪气道："当然不同了，荡妇之气嘛！"

"你又知道了？"

"长了眼睛的都看出来了！"

狄姜连连摆手，摇了摇头："看人要用心，眼睛不抵什么用。"她说完，不等问药回答，便清了清嗓子，朗声叩门道，"请问有人在家吗？"

"谁呀？"李姐儿扯着嗓门喊道，"老潘，去看看谁来了。"

"我这就去！"潘辛贵应了一声，很快来到三人面前。他打开篱笆，问道，"你们是？"

狄姜微微一笑，点头行礼："在下狄姜，受人之托，给你捎了些东西。问药。"她说完，便示意问药将鸡蛋篮子递给潘辛贵。

潘辛贵接过篮子，打开上头的麻布瞧了一眼，立即大惊道："不知三位受何人之托？这么多鸡蛋我万万受不起，我们可没有什么亲朋好友！"

狄姜心中一酸，心想，他们的日子究竟过得多清苦？一篮子鸡蛋就能把他吓成这样？

狄姜又道："我们路过前方的村镇，在那里遇到了潘玥朗，是他托付鸡蛋于我。"

"是我儿托你们来的？"潘辛贵又是一惊。

狄姜点了点头："他让我转告你，希望你平日里能多吃一些，养好身体。"

"我儿，我儿……"潘辛贵颤抖着身子，眼眶微微发红。

"他很想你！"问药见他这样，急着安慰道。

"我也甚是想念玥儿，他过得好不好？"潘辛贵说完，立即让开了路，激动道，"看我，太激动了都忘了让你们进屋喝盏茶，恕我招待不周，快请进来。"

"多谢款待。"狄姜并不推脱，侧身走进院子，她也想好好看看，这个种满了花草的院子里，究竟又有着怎样多娇的春色。院子里没有让她失望，所有的东西都摆放得井井有条，花盆上也鲜少有灰尘，显然是经常悉心打理的。

"这些花儿很漂亮。"狄姜赞道。

"是，我夫人平日里就喜欢摆弄这些。"潘辛贵说完，提着鸡蛋进了屋。

"夫人，是玥朗给我们捎东西啦！"潘辛贵献宝似的将鸡蛋放在桌上。李姐儿看了一眼，刚想说什么，看见跟在他身后的狄姜三人，突然便变了脸色，眼一横，道："他们是谁？"

"他们是玥儿的朋友。"

"不像是我们这儿的人。"李姐儿脸色更加阴郁，看向狄姜道，"你们从哪里来？"

狄姜微微点头施礼，微笑道："我们是太平府人士，来此游玩，多有打搅，望……"狄姜话还没说完，便见李姐儿一拂手，整篮鸡蛋向他们飞来。狄姜侧身一躲，篮子便落在地上，蛋黄蛋清散落一地，让狄姜心中无比心疼。

"你干什么？！"问药指着李姐儿鼻子骂道。

李姐儿怒气冲冲地站起身，将三人向外赶："滚！都给我滚！我才不稀罕他的鸡蛋，真想我们就自己回来！找这些三教九流的捎东西算怎么回事！都滚！"

狄姜被她推搡了两下，鞋袜和裙摆都沾上了污秽，问药想要还手，却被狄姜拦下。

"这是李姐儿的房子，我们是外人，主人要赶我们走，我们没有理由留下。"狄姜并不想与她争执，于是带着问药和书香离去。

"我不希望玥朗和外人有干系！"临走前，狄姜听见李姐儿在屋里大喊，她仿佛能看见李姐儿脚边跪着的老潘，正低眉顺目地恭维她："是是是，娘子说的最有理。"

李姐儿气急败坏地将屋门重重关上，而潘辛贵从她们进屋到离开，都没有再说过一句话。

"这都什么人啊！我要是有这么个娘，我也不会回家！呸！"问药在屋外跺脚，就连狄姜也不禁摇头叹息："这一家人还真是奇怪……"狄姜长叹了一口气，带着问药和书香灰头土脸地从潘家离开。

从潘家离开后，三人便在村里找了家客栈休息。说是客栈，其实只是家小小的旅店，约莫四五间房。掌柜的姓孟，是个寡妇，五十岁了还是孑然一身，膝下无子，闲来无事便将自家的房子改造成了旅店，供往来行人歇脚打牙祭，也聊以慰藉自己的孤独。

状元乡地势偏僻、人烟稀少，平日里没什么人往，所以旅店的房间大多数时间都是空着的，但床铺却十分整洁，想来孟掌柜十分爱惜自己的房子，闲暇之余就打扫打扫。能在这荒山野岭住上这么干净的房子，狄姜也是十分惊喜，立即让问药和书香打了一桶热水洗了个热水澡，换下了连日赶路的脏衣袍。狄姜泡在浴桶里，一边擦拭身子一边唉声叹气："唉……"

"掌柜的怎么了？"

"没什么，就是憋得慌。"

"其实我也是……"问药也愁眉苦脸。

"本以为帮潘玥朗带东西是在做善事，却没想到不仅没让二人开心，反而让他们的矛盾加深，不知不觉做了件火上浇油的蠢事，这世道真是好人难做啊……"

"是啊。"向来话少的书香亦点了点头。

"连素来沉默不喜发表意见的书香都开口了，可见老潘生活之不易啊……"狄姜趴在浴桶上，双目平视前方，一脸的恨铁不成钢。问药亦趴在桌子上，双手撑着头，叹息地点了点头："老潘真是太可怜了。"

"唉！"三人一同叹息，心里都是同样的哀其不幸，怒其不争。

"掌柜的，潘玥朗一定会有出息的，对吧？"问药凑近狄姜，一脸的希冀。

狄姜不忍再瞒她，于是点了点头。

"他爹呢？能荣华加身吗？"

狄姜摇了摇头："天机不可泄露。"

"掌柜的太敷衍了！"问药蹙眉。

狄姜怕她再继续纠缠，于是淡淡道："我算不到他的未来。"

"又是算不到未来！这世上还有你算不到的事情！"问药抗议，"您之前也说算不到瑞安王爷的未来，可他不是好好地活下来了吗？我看他比以前更加英俊了，那气息……简直无法形容。这次，你也一定可以救老潘的对不对？

他会跟着儿子享尽荣华富贵的对不对？"

"瑞安王爷的事我确实不清楚，我也并非万能。"狄姜摊手，打断问药接下来的话，"何况像老潘这样的夫妇世间有许多，你一时看不惯，过几日也就忘了，别忘了我们此行的目的。"

"您不是说带我们来春游吗？游山玩水而已，哪有正事。"问药见狄姜不想帮潘辛贵，于是也跟她装傻。

狄姜懒得理她，翻了一个白眼便裹了浴袍起身上床。

"掌柜的，你就睡了？！"问药跑过来，揪着狄姜的被子。

"不然呢？"狄姜横了她一眼。

"给我们传道授业解惑呀！"

狄姜摆摆手："与你们聊天太无趣，我更愿意与周公聊天。"

狄姜抓住被子的一角，与问药抢夺，而问药却迟迟不肯放手，于是狄姜索性松开手，只听"扑咚"一声，问药便四脚朝天摔在地上。

"我不是故意的。"狄姜抢先说道，"而且我真的与周公有约。"

"周公是天上的神仙，哪是我们可以结识的？掌柜的自己想睡觉，也不找个好些的理由！我不理你了！"问药从地上爬起来，气得掉头就走。书香面无表情，走过来放下床边的幔帐，又吹熄了床头的蜡烛，道："掌柜的早些休息，我退下了。"

"你去吧。"

狄姜赞赏地点了点头，心道："就喜欢这种干实事还话不多的侍童，他与问药一静一动，倒是极为互补。"狄姜心满意足地沉沉睡去，梦见自己与一身着白色衣裳满脸络腮胡子的男子下了一整晚的棋。

棋下到最后是狄姜输了。

男子问她："许久不见可有礼物？"

狄姜想了想，从袖子里摸出一大包花生扔给男子，还故意强调说："这是我亲自摘来，亲自炒的，下酒吃最是合宜。"

男子心满意足地接过花生，摸着胡子哈哈大笑："那是老夫三生有幸了。"

翌日，狄姜起床的时候，冬日的太阳已经升到了正中。三人走出客栈，便见日头高挂在穹顶之上，暖化了四周山上的皑皑积雪，虽然山顶上还烟雾缭绕，盘桓着早春的迷蒙，但较之昨日的阴冷已经好了许多。今日是个赶集日，街道两旁摆满了商贩的小摊，吆喝声此起彼伏，倚山而建的村镇尽显生机。

狄姜见街对面的小摊上挂了一面白色的锦旗，锦旗上写了"酒酿"二字，于是跑过去，在摊位上坐下，对摊主道："来两份。"

"好嘞！"掌柜吆喝一声，立刻开盖下锅。

问药和书香紧挨着狄姜坐下，问药见状疑惑道："我和书香都用过早饭了，掌柜的要用两份吗？"

狄姜摇了摇头："我只用一份。"

"那还有一份呢？"

"等一位老朋友。"狄姜微微一笑，刚说完不久，便见不远处走来一个身穿青色袍子的年轻男子，他的身后背着一把半人高的木剑，手里捧着一个褐色的土罐子，罐子的形状与酒坛相仿。旁人见了或许以为他捧着酒坛，但狄姜知道，那里头放着的是梅姐的骨灰。来人正是钟旭。

而他的身边正是多日不见的武瑞安，他身穿一身素色常服，面色较之病榻之上有所好转，但也没好太多。可就算粗衣麻布，面色蜡黄，也依然无法掩饰他的美貌，一路上引了不少人侧目，其中大多是女子。

问药一见了他便两眼放光，立即迎了上去："王爷！竟然在这里见到你，我想我们一定很有缘。"

狄姜亦言笑晏晏地朝他们扬了扬手帕："哟，钟老板，你怎么也来这儿了！"话音刚落，便见钟旭通体一震，他四下张望了一番，最后才在角落的凉亭下看见了狄姜。

"你怎么也在此处？"钟旭惊道。

"这不是奴家问您的话嘛，您怎么反问我了！"狄姜灵机一转，指着问药道，"问药的远方表亲病了，我来给他治病。"

"哦？不知是什么病需要劳烦狄掌柜大驾至此？"

"腿疾。"狄姜边说边叹息，"断了一条腿。"

钟旭看着狄姜，眼里充满了质疑，嘴里却道："狄掌柜悬壶济世医术精湛，叫人佩服。"

"是啊是啊……"狄姜笑着点了点头，十分坦然。她面色如常地说着，问药却不禁拉了拉她的衣袖，冲她挤眉弄眼，在她耳边低声道："掌柜的，我哪有什么表亲！"

"你权当老潘是你远房亲戚便是，反正你也很是心疼他，认一房也无碍。"狄姜低声笑道，说起谎话来连眼皮都不带眨。

"您可不是说不能管凡尘俗事嘛？"问药急道，"您要是治好了老潘，不就算是擅改了他的命格，到时候遭天谴怎么办？"问药在一旁瞎着急，狄姜见她立即要露出马脚，便在桌下踩了她一脚，让她不要废话。问药不敢再多嘴，于是低着头看着脚尖，眼睛里很有些委屈。

狄姜也不管她，随即又对钟旭笑道："道长您呢？何故会长途跋涉至此？"

"我受王爷之托，陪他一起殓葬阮青梅。"钟旭看了眼身后的武瑞安，手里握紧了骨灰坛子。

武瑞安此时也注意到了狄姜。他远远地朝狄姜点了点头，微笑了下，便算作见礼。狄姜没在意，也只是点了点头便移开了眸子。

她的目光都聚集在钟旭身上，半点儿也没看武瑞安。倒是问药一个劲地在狄姜耳边说："这王爷看着真面善，莫不是上辈子见过？"

狄姜呵呵一笑："长了这样一张脸，与谁都面善。你可别想多了。"狄姜说着，招呼钟旭到自己这桌坐下，又是谄媚地一笑道："奴家多点了一碗酒酿，钟老板吃了暖暖身子？"

钟旭头一次被一个女子这样捧着，面色有些古怪，但想起这人历来便是如此，也没多想，还是在狄姜对面坐下。武瑞安亦是落座。

狄姜将酒酿递到了钟旭面前，然而钟旭却又将碗推了回来。

"道长不喜甜？"狄姜疑惑。

"咳咳！"书香咳嗽着推了狄姜一把，她这才恍然想起道士不饮酒。

狄姜连连摇头叹气："真是可惜了，这家的酒酿十里飘香，闻着就醉了，你却吃不得。"为了证明似的，狄姜将那多出来的一碗也吃了。一颗心全扑在了钟旭身上，全然忽略了对面的武瑞安。还是问药想起他来，又给武瑞安添了一碗酒酿。

而钟旭则铁青着脸，给自己要了一碗小米粥。

狄姜靠近了钟旭，坐在他身边吃，且毫不避忌地盯着他看。他实在被她盯得烦了，才蹙眉道："狄掌柜有何事？"

"也没什么事，就是几日不见，想念得紧，想多看看你。"

"……"

钟旭不再说话，索性低头喝粥不理会她。

从狄姜这个角度便只能看到他紧蹙的眉头，她又道："道长为何愁眉不展？"

"习惯如此。"

"哦。"狄姜点点头，不再打扰他用餐，等他差不多快吃完了才又问道，"道长打算哪日为梅姐下葬？"

"明日。"

"明日可是惊蛰呀！"狄姜惊呼。

"是。"钟旭淡然点头。

武瑞安疑惑："可是有何不妥？"

狄姜转了转眼眸子，道："也没什么大问题，只是该要惊动地下的虫子了。"

二月惊蛰，春雷动，百虫从冬眠中苏醒，阳气日盛一日，天气日渐回暖。对凡人而言，这是春耕之始，是好事，可于修炼的精怪而言恰恰相反，这是整年里天雷最多的日子。每年都有十之八九到了修为的精怪在天雷劫里殒命，只有不到一成的熬过去，等待来年的天劫。如此年复一年，待熬过百年雷劫，才能得到飞升。

"掌柜的。"问药额头冒汗，一脸惊惧。

"怎么了？"

"我怕……"

"怕什么？"

问药指了指头顶，狄姜瞬间会意，她大笑地摇了摇头，用只有主仆三人能听得见的声音说道："按照你这个修炼的速度，过个一两千年，雷劫也与你没什么关系，你就放宽心吧。"

书香"扑哧"一笑，被问药瞪了一眼。

钟旭闻声抬头，眸子里写满了疑问。狄姜不想太过失礼，不禁掩面而笑，可这在钟旭和武瑞安看来，她们就更加奇怪了，眼放精光、眉飞色舞，宛若盘丝洞里的女妖物。钟旭看了直摇头。

"狄大夫慢用，钟旭告辞。"钟旭自顾自吃完，懒得与三人寒暄，在桌上放下些许铜板便起身离去，半点儿不做停留，动作快到就连武瑞安都是一愣。武瑞安坐在原处，手持甜酿，继续喝也不是，跟着钟旭走也不是。

"钟掌柜别急着走呀！"狄姜追上去，他却当没听见。

狄姜快步跑上前，拦住他："道长为何这样着急？"

"家中还有黄口小儿，不懂世故，处理完毕我需速速回府。"钟旭一脸不耐，眼神里充斥着"我可不像你，整日游手好闲四处坑蒙拐骗"这般神色。

狄姜叹了口气，只得得点了点头，做了个"请"的手势，对他道："钟掌柜说的是，那狄姜就不耽误您了。"

钟旭双手抱拳，铁青着脸与她点了点头，然后背着包袱离开。

"哎，他还是这么无趣……"狄姜打了个哈欠，对书香道，"去付钱吧，我们该走了。"

书香听话地起身付账。问药看着王爷，十分不舍："掌柜的，王爷还没吃完呢。不如等王爷吃完了，咱们带他一块儿玩？"

"玩？"狄姜睨了她一眼，"我们有正事要做。"

"什么事呀？"问药一脸疑惑。

"我刚刚不是说过了吗？去给你的远方表亲治病，腿疾！"

问药一听，立刻两眼放光："掌柜的，您当真的打算出手救老潘？"

"嗯。"昨夜下棋的时候她就一直在想，老潘的腿其实是可以治的。

"我就知道掌柜的刀子嘴豆腐心，明明很关心老潘却故作冷漠，对吧？"问药抱起狄姜，一脸谄媚，差点儿就要亲到狄姜的脸。

狄姜一把推开她，嫌恶道："你想多了，我只是不想被钟旭小瞧了去。"

这也是实话。被人说游手好闲，着实丢脸。

狄姜说完，与武瑞安遥遥俯首作揖，便算作告别，转身离去。书香紧跟在她身后离开。问药在狄姜和武瑞安之间迟疑了一下，还是跟上了狄姜。

武瑞安放下甜酿，一人看着离去的主仆三人，目光很有些复杂。

这狄大夫看着年纪轻轻，却十分沉稳，他还是头一次遇到年轻貌美女子对着自己的脸无动于衷的。

还真是……有趣。

第八章

医鬼

镇子不大，走过几条小巷再过一座桥，道路尽头便是老潘家的那棵红杏树。远远看去，却觉得今日与昨日有些不同。仔细瞧来才发现，这家的杏花一夜之间皆尽凋落，枝头上竟连一朵红杏都瞧不见，而那一地的杏花红，让人看着觉得不舒服，仿佛这是一场盛大的花葬，埋葬了花下的一切。路旁的红杏依旧开着，没有昨日潘家那棵那样的红艳，却也没有如今日一般皆尽凋落。

问药前去叩门，三声过后却依然没有人应门。

狄姜叹了口气，想要推门，书香却拦住她："掌柜的，主人可能不在家，我们要硬闯吗？"

狄姜道："他在，只是没听到罢了。我们去后院找他。"

"万一那疯婆子也在可如何是好？"

"若真打起来，我们还怕她不成？"问药最是不怕事。狄姜也抬了抬眼皮，点头："善也。"旋即一意孤行地推开门。入眼便见大门边上放了两个半人高的麻布袋，四周的花坛边亦扎满了白色的幡布，三人皆是一脸惊骇。钟旭在药铺对面开了家棺材铺，专卖丧葬用品，她们当然知道这些白色经幡是用来做什么的。

"莫不是老潘被那婆娘打死了？"问药震惊地打开麻布袋，发现袋子里头装的都是红杏花，这才稍稍放下心来。狄姜打量着倚靠在树干旁的木梯，还有旁边放着的竹篙便知晓，眼前这些杏花是被人打落，而非自然落下。

"他们为何把红杏都敛了？"书香问。

狄姜摇摇头："我也想知道。走吧，去后院寻老潘便知。"

狄姜带着书香问药向后院走去，刚一跃过竹栅栏，便见老潘半跪地靠在篱笆的一角，生死不知。问药忙走过去探了他的鼻息，见他呼吸无碍才放下心来，但很快又义愤填膺起来："这得累成什么样，才能在这种天气里累晕在外头，怪不得没听见咱们的叩门声！"

"放心吧，他没有生命危险。"狄姜叹口气，见着三五个麻袋妥帖地摆放在后院里，又道，"一夜的工夫要将这些红杏收集起来并不容易，他应该只是太过劳累罢了，也不知道他在这儿睡了多久，不要冻坏了身体才是……你俩把他抬到屋里去，稳当一点儿。"

"是！"问药和书香合力把老潘放回床上，边走边道，"他好轻啊，一点儿也不像个男人。"

"他这些年过得确实不太像男人。"狄姜点点头，她环视一周，发现李姐儿并不在房里。房间里收拾得一尘不染，只有梳妆台前零星散落着几个小盒子，盒子有好几个都没来得及盖上盖子，显然李姐儿忙着出门没有时间收拾这些胭脂水粉，便留了下来让老潘收拾。

问药也看出了这些细枝末节，她把老潘放置稳妥盖上棉被后，便叉着腰气冲冲道："简直太过分了！怎么会有这样不守妇道的女人！把丈夫留在家打扫院子，自己却四处潇洒？"

狄姜又是淡淡地叹了口气，看着床上的老潘冻得发白的嘴唇，现在也再不能说出一句"旁人的事，轮不到我们品论"这样的话了。他简直单薄苍老到让人心疼。

"掌柜的，我们给他留点儿银子吧。"问药满脸天真地说，"老潘多些私房钱傍身，李姐儿就不会看不起他了。"

"这不是银子能解决的事。"狄姜摇了摇头，冷静道，"把他的裤子脱了。"

"啊？什么？脱裤子？"问药一惊，面色一红，"这……"

"你脑子里在想些什么？"狄姜敲了敲问药的头，又对书香道，"去把他的断腿露出来，我要看看他的腿。"

书香应了，很快将老潘的裤子褪下，又仔细地用棉被盖住其他部位，确保他不会着凉后，对狄姜道："掌柜的，开始吧！"

"嗯。"狄姜在床边坐下，右手分别在他腿上的阴谷、鱼腹、解膝穴按压了三次，指尖所触及之处，传来的质感柔软且无力。

"筋骨退化，肌肉萎缩，这几棍子把腿骨打得粉碎，真是回天乏术啊……"狄姜摇了摇头，又道，"当时治疗的时候还能保住他这条腿，可见医者也是用了十分的心思。"

"对普通医师来说回天乏术，可对您来说只是小事一桩呀，对不对？"问药一脸谄媚地看着狄姜，狄姜没好气地瞪了她一眼，便又继续观察起老潘的腿。狄姜将老潘的腿屈膝，又接连按下膝眼、梁丘二穴，心中便有了主意。

"去烧一盆炭火，取金针烧至火红。"狄姜对书香和问药道。

"是。"二人得了令，问药立即出门找炭盆，书香则在随身药箱中拿出了一整套的一百二十八根金针木盒。木盒子上雕刻了三朵莲花，但莲下的花藤却妖娆怪异，各不相同，像是它们的枝叶托着莲，又像是它们被莲所镇压。

不一会儿，问药便搬着一小盆炭火跑进来，抱怨道："这潘家也太奇怪了，柴房里放满了炭却没有炭火盆，找来找去就这么一个小暖炉。"

狄姜取来一看，才发现问药手里是半个铜质的暖手炉。暖手炉精工细作，雕刻繁复，像是大户人家的小姐闺房里用的物件，她淡淡道："老潘家里穷用不起炭，但是再穷也不会苦了李姐儿，于是买了个小暖炉，每晚给李姐儿暖暖手脚罢。"

"老潘对媳妇也太好了些，李姐儿太不知足！"问药恶狠狠地咒骂，心中替老潘的不平又多了几分。

狄姜不无赞赏地朝床上的老潘点了点头："是个会疼人的，只可惜……"

"只可惜什么？"问药疑惑道，"只可惜是个瘸子？"

狄姜笑："可惜的事情可多了呢……"

"是啊是啊，最可惜的就是娶了个不知足的婆娘，成天的被人压榨。"问药翻了个白眼，气得跳脚。

狄姜不理会问药的絮叨，从木盒里数了第七十到七十五号金针，将它们拿起来放在炭火上烧至火红，然后迅速刺进老潘腿上的穴位，封住他奇经八脉。后又立即抓住问药的手，用一号金针刺破她的食指，用她的鲜血在老潘的腿上写下她的生辰八字。血光入骨，顷刻间侵入骨髓，另一道寒光紧接着一闪而过，外表的皮肉上便只依稀可见点点红痕，若不仔细去瞧，根本注意不到。

"掌……掌柜的，您这是？"问药大惊道。

"借你的命。"

"借命？"

狄姜点点头："他的腿是没治了，但是用你的腿当他的腿用便可健步如飞了。"

问药豁然开朗，放下心来，赞道："原来如此，掌柜的好厉害！"

"你且忍一忍，当几天瘸子而已，没什么大碍。"

"什么！"问药又是一惊，"您是说，老潘拿了我的腿去用，而我要变成瘸子？！"

狄姜点点头。

"这如何使得！"问药的脸黑得快要滴出墨汁来，抓着狄姜的手告饶，"掌柜的，您不能牺牲了我呀！书香是个男人，比我更加合适不是？！"

书香闻言，眉心突了突，显然想要骂她，但还是忍住了。狄姜却淡定地看着问药干着急，满眼好笑道："你不是很同情老潘吗？怎么，这点儿牺牲都不愿意？"

"我想帮老潘，但是我也不想当瘸子呀！"

"世人就是如此，嘴上的心疼谁都会，若真要牺牲自己的利益，比谁都跑得快。"

"我……"问药无法反驳，就像突然感受到自己的腿疾一般，立时双腿发抖道："掌……掌柜的，我觉得自己的腿好软啊！"

"你不是腿软，你是害怕。"狄姜睨了她一眼，道，"此法要过四个时辰才起作用，你现在腿软纯粹是被自己吓的。"

"真……真的吗……"问药欲哭无泪。

狄姜拍着她的肩膀笑道："别担心，你的生命没有大限，老潘的一生与你相比不过弹指一挥间，你就暂且瘸一阵吧，我会让书香好生照顾你的。"

"掌柜的……"问药面上的表情如丧考妣。

狄姜见了实在不忍心再逗她，于是大笑道："好啦好啦，我与你开玩笑罢了。"

"那我的腿？"

"放心吧，你的腿无碍。"狄姜摆了摆手："这是共享，不是剥夺。"

问药长舒一口气，破涕为笑："真是吓死我了……掌柜的可真会开玩笑！"

"给老潘穿好衣服，过会儿他就该醒了，可别让这些东西吓着他。"狄姜指着铺了一地的金针。

书香点点头，知道狄姜的治疗已结束，便仔细地收拾起来。他办事心细妥帖，不用狄姜说便能知道其中的要领。书香仔细地将用过的四根金针分别再入炭火烧红，而后浸入水中以供清理，整个过程面上没有一个多余的表情，嘴里也没有半个不该说的字。

狄姜不无赞赏地点点头，心道，比起问药的毛躁，书香的沉稳内敛简直让人惊叹。

"老潘，我回来了。"就在这时，忽听门外传来李姐儿尖锐的叫声："你在干吗呢？大门都不关，嫌咱家里平时不招贼惦记，半点儿警惕都没了？"

三人闻言皆是一惊，很显然李姐儿今天心情并不好，配上她尖锐的声音，问药只觉耳膜都要爆炸了。狄姜则相对沉稳，暗自在心中盘算一会儿该怎么跟她解释这件事情，可还不等狄姜想出对策，便见李姐儿已经走到了屋门口。

"你们怎么在我家里？！"李姐儿见了问药三人，面上写满了不悦，直到见了床上昏迷不醒的老潘，更是面露凶狠，她大怒道，"老潘子你是死人啊？怎么净把这些不三不四的人往家里带！连家都看不好，我要你何用！"

李姐儿说完，见老潘并不回答，而是直挺挺地躺在床上，这才发现不对劲。李姐儿走近了发现老潘双目紧闭，毫无知觉，突然脸色一沉，大恸道："老潘！老潘你怎么了！"可老潘依旧安稳地睡在床铺上，毫无反应。

"你们把他怎么了！他是不是死了！"李姐儿转过头，恶狠狠地对床边的问药骂道。

"死了？"问药冷笑道，"你是巴不得他死了，不过很可惜，他非但不会死，醒了之后还能健步如飞！"

李姐儿蹙眉："你这话是什么意思？"

"很难理解吗？我们掌柜的可是太平府出了名的医生，医术了得，什么疑难杂症都能治。不就是一条腿吗？掌柜的动动手指头就能让他恢复如初！"问药说完，李姐儿非但没有露出开心，反而更加地生气。

"你你你！你们这些骗子，到我家究竟有什么目的！"李姐儿拿起门边的笤帚，对三人喝道，"你们先是假冒玥儿的朋友送来鸡蛋，现在又假意给老潘治病，你们究竟存了什么心思？！"

"我们能有什么心思，图你家财还是你的美貌啊？"问药笑了笑，"家徒四壁也就罢了，你也到了迟暮之年，成天臭美给谁看啊？"

"你！你管我美给谁看，反正不是给你看！赶紧从我家滚出去，我不需要你们给老潘治病！"

问药闻言，直接气得从床上跳起来，她冷笑道："啊，我忘了……你当然不希望老潘能健步如飞了。他如若腿脚好了，你就不能天天欺负他了，到时候老潘把这些年积压的怨气都发泄出来，看他不打死你个不要脸的浪婆娘！"

"问药！休得胡言！"狄姜见问药越说越离谱，连忙喝止她。

问药冷哼了一声，虽然面上不服气，但还是听话地立在一旁，不再刺激李姐儿。可李姐儿这时却已经被问药的话气得七窍生烟，她拿起笤帚便对着问药的头招呼过去："你给我滚！这是我家！哪容得了你个小丫头片子在这里撒野！给我滚！"

只听"啪"的一声，问药的头上便应声多了一个大包，霎时间肿得老高。问药瞪大了眼睛，似乎没想到李姐儿还真敢下手打她，打也就罢了，自己居然还真被个凡人给打出了血泡，这对她来说简直是个奇耻大辱！简直是可忍孰不可忍！问药撩起袖子就想与她干架，可右脚刚刚向前迈出一步，却突然觉得脖子背后一凉，紧接着便两眼一黑失去了知觉。

狄姜站在问药后头，当机立断将她打晕。她可不想一会儿问药一失手，不慎将李姐儿给打死了。狄姜甩了甩手，对书香道："把问药背上，我们走。"

"是。"书香点头，走上前将问药背在了肩上，然后向外走。

"慢着——"此时，却又听李姐儿道，"你们想来就来想走就走，未免也太不把我放在眼里了？"

"哦？"狄姜一声失笑，"刚才还是您让我们离开的，不是吗？"

"那是刚才，现在可不一样了。"李姐儿将笤帚扛在肩上，笑道，"我这屋里少没少东西，我还没检查呢，我这死老伴儿究竟被你们怎么了我也还不知道呢，想就这么走了？我到哪儿喊冤去？！"

"那您想要怎样？"狄姜走近她，站在她跟前，居高临下又气定神闲地看着她。

李姐儿陡然间被她这气势吓着了，但也只是片刻的工夫，她立即又恢复了泼辣的本性，大骂道："一两银子！否则谁都别想从这儿出去！"她说完，将笤帚横在房门中间，整个人挡在后头，大有一夫当关万夫莫开的气势。

"不就是想要钱吗？书香。"狄姜轻唤了一声，书香便从袖子里拿出一锭银子，看上去约莫有三两，他将银子在李姐儿眼前晃了晃，随后一把将它扔了出去，银子在雪地里滚了两遭，最后落在了牛粪堆里。

"想要钱自己去拿呀。"书香掩嘴一笑。

李姐儿被气得面色通红，但不出所料，片刻后就转身往院子里跑。她扑倒在地上，拿木棍三两下拨开了银子，旋即顾不得脏，捧着那锭银子开心得像个孩子，对狄姜主仆三人便再也没有为难了。

到底是个山野村妇，泼辣无羁，却也好打发。

狄姜淡淡笑了笑，离开了。

三人慢慢地往回走，在客栈门口遇到了一个熟悉的身影，正是钟旭。钟旭提着竹篮，篮子里放满了香火冥纸，见了狄姜面色一滞。

狄姜也是诧异："钟老板，您自家就是卖香火的，怎么还需要到旁处购买？"狄姜认认真真地发问，却迎来了钟旭不自然的目光。

钟旭神色间有些闪躲，本不想回答，但是狄姜直勾勾地盯着他，似乎他不回答她便不罢休一般，他只得淡淡道："路上遇到些冤魂散魄，用来为它们超度了。"

"钟老板心善，狄姜好生佩服。"狄姜眨巴着眼睛，真心实意地赞他，可钟旭却面色不善，似乎并不适应狄姜的赞扬。在他心里，狄姜似乎就是一直找麻烦的女人，他看不透就不想接触，掉头就走。

狄姜在他身后直叹气："这个钟旭，每每见了我就跟老鼠见了猫似的，明明他是老虎啊！怎的这般怕我？"

书香扶着半晕着的问药，一脸木讷，不知如何作答。这时，头顶传来一个熟悉的声音："世间女子见了男子，大多掩面娇羞，而狄大夫您……似乎过于主动了。"

狄姜抬头，便见一貌美如花的俊俏脸庞，而脸蛋的主人正斜倚在窗边，含笑看着自己。显然，刚刚那一幕被他尽收眼底。正是武瑞安。

"民女见过王爷。"狄姜微微一笑，福礼作揖，"敢问王爷，依王爷您看，我该如何？"

"女人要柔软，要让人有保护欲，尤其对钟旭这种不近女色之人，更要倾尽毕生温柔，示弱才可得其怜悯。只要怜心一起，什么没有？"

狄姜回顾了一下自己的一生，发现般若诸相，各不相同，唯一欠缺的，便是"示弱"。难怪钟旭无动于衷，于是有了主意。

狄姜点头："王爷说得极是。民女明白了。"

镇上就一个客栈，吃饭住店都在这里，晚饭时分，狄姜与钟旭不可避免地又再次相逢了。钟旭依然一副爱搭不理的样子，反倒武瑞安对她言笑晏晏，让她感受到些许温暖。但，她目标不在此，也没放在心上。

狄姜靠着钟旭坐着，给钟旭夹了一颗青豆："这个菜好吃，是素的，不耽误你修行。"

"多谢。"钟旭面无表情地道谢，又把青豆默默夹走了。

顿时，满桌子人都有些尴尬。狄姜看着那被夹出去的豆子，脸上也有些挂不住了，将筷子一放，带了几分幽怨道："钟老板对素不相识的散魂野魄都能消耗法力去超度，为何每每见了我都这般嫌恶？奴家……奴家也没别的心思，就想与邻居打好关系，竟惹您这般不高兴了？就连食物也是可以随意浪费的吗？您……您对我是不是有偏见？"狄姜说着说着，双目微红，再一眨眼睛，便落下了泪来。

书香在一旁看她变脸，惊得合不上嘴。

武瑞安知道狄姜在做什么，虽然他自幼在女人堆里打滚，见惯了女人的伎俩，但一个医术了得的大夫还如此能演戏，他顿时对她充满了敬仰。心道，往日还是小瞧了她呀。

而男主角钟旭已经急得不知如何是好，双手都不知该往哪放，他惊悸之余连忙放下筷子，从怀里掏出一方手帕递给狄姜，结巴道："狄……狄掌柜，在下没有讨厌你，在下只是……只是不知该如何与女子相处。我们之间也确实无须如此亲密……"

狄姜没有接手帕，反而哭得更加凶猛，她哽咽着全身抽泣，双手握成小拳头砸在钟旭胸口："钟掌柜，您不用解释了，奴家知道您讨厌我，奴家以后再也不会出现在你面前了……"

"狄掌柜，切莫妄自菲薄！你我是邻居，本应互相扶持。"钟旭双手抓住狄姜的手腕，狄姜也顺势往钟旭怀中一倒。

钟旭浑身一僵，颤抖着牙关说不出话来。

狄姜接着抽泣道："钟老板，人家只是个弱小女子，您可千万不要讨厌我呀……"

钟旭僵在座位上，木讷地摇头："……不讨厌。"

"那您，为什么不帮我擦眼泪呀？"狄姜满含幽怨地看着他，钟旭不知所措，下意识避开，不去看她梨花带雨的面颊，左手则拿着手帕颤悠悠地抚上她的面颊，想要替她擦掉眼泪。

这时，却听"嗤"的一声，狄姜在帕子上擤了一把鼻涕。

钟旭立时清醒，左手一滞，手帕便落在了地上。

"狄掌柜自重。"他漠然地咳嗽一声，推开了狄姜。

"哎呀，这才多久的工夫，就让人家自重了！"狄姜横了他一眼，淡定地捡起手帕，翻了个面继续擦眼泪，擦完了又塞回钟旭怀里，笑道，"钟掌柜，以后我们就是一家人了，您可要多多对奴家笑笑才好，所谓笑一笑十年少嘛，不然，要不了几年，您就该满脸褶子了。"

钟旭目瞪口呆地看着狄姜，完全无法将眼前这个人与上一刻的她联系在一起。他使劲地摇了摇头，只觉得自己刚刚肯定是中邪了，要不然怎么会受不住，被她给迷惑了？

书香在一旁，看自家掌柜的恢复了原样，笑得前仰后合。

钟旭被书香这样一打岔，便趁机转了话题，问道："问药怎么没来吃饭？"

"她呀……喝多了。"狄姜面不改色。

"……"

钟旭沉下脸，冷笑了一声，眸子里好似在说："也只有你们这样不守礼仪的人家，才会让未出阁的姑娘在青天白日里喝醉了酒，真是有伤风化。"

狄姜分明也看出了钟旭的意思，于是一跺脚，嗔怒道："我们都是市井平民，就不要用贵族的眼光来审视同僚了吧。"

"你……谁跟你是同僚？"钟旭看了她一眼，扔下一句，"孺子不可教。"说完，飞快地起身离开了。

桌上，还剩了半碗饭。

狄姜看着他离去的背影，并不往前追，而是掩面一笑，花枝乱颤："这钟掌柜真有意思，跑这么快有什么用？抬头不见低头见的，一会儿还得见！"

书香端着碗在一旁，看了看武瑞安又看了看狄姜，踟蹰了许久，觉得瑞安王爷似乎也不会在意他们平民之间的小事，于是没忍住，问出了心中困顿已久的疑惑："掌柜的，您不是喜欢上钟掌柜了吧？"

"什么，喜欢？！"狄姜面色一滞，想了片刻又干笑了一声，"我喜欢他，也不喜欢他。这个我便不说透了，你自己理解吧，也算是一个课题，参透了对你大有裨益。"

"那要是没参透呢？"

"也没什么害处。"狄姜一脸淡然。

"哦……那好吧。"书香愣愣地点头，似懂非懂。

武瑞安吃着小菜拌着饭，这满桌子人，竟只有他一人事不关己高高挂起，吃得贼香。

这时，一个大腹便便的中年男子走了进来。孟掌柜立即招呼他落座，并奉上碗筷："张掌柜，可等你好久了。"客栈里就一张桌子，这人便坐下与狄姜、书香、武瑞安同食。看他驾轻就熟的模样，显然是这里的常客。

张掌柜的目光从书香身上扫过去，在武瑞安身上停留了片刻，似乎在惊讶他的容貌，但很快也移开了目光。最后目光停留在狄姜身上，他笑道："这位姑娘面善，来状元乡游玩？"

狄姜点了点头："算是吧。"

"看姑娘不像普通闺阁女子，可是生意场中人？"

"好眼力。"狄姜颜色淡然，全然不似与钟旭说话时那般谄媚，还有些拒人于千里之外的冷淡感。但张掌柜并没有被吓退，依然热情地问："敢问姑娘做什么生意？"

狄姜淡声道："死人的生意。"

狄姜本想吓吓张掌柜，却不料他一拍大腿，激动道："太巧了！原来是同行！"

"什……什么？"

"可是专做寿衣棺材，元宝蜡烛？"

狄姜心中连连叹气，面带干笑道："算是吧。"对这八竿子打不着的人，完全不想回答。武瑞安见了狄姜这副判若两人的面孔，一时间也觉得有些新奇。

"我也是呀！这十里八村的，全都仰仗我一个人供货了！说出去谁都知道我老张的名头，以后若有需要，我给你打个折！"

"好好……"狄姜尴尬地笑了笑。也就这个笑脸，让张掌柜就像得到了通行证，话匣子打开就再也关不上，整个饭桌上，便听他一人将村头的八卦讲到了村尾。

"说到咱们状元乡，那最美的一准儿是李姐儿！她认了第一，可就没人敢认第二了！"张掌柜手舞足蹈道，"她年轻时候，那叫一水灵啊！也不知道老潘怎么娶着这房媳妇的，你说一瘸子，他怎么有这福气呢！李姐儿可不是瞎了眼了？跟了我也比老潘强啊！"

"去你的，没个正形。"孟掌柜有些吃味，睨了他一眼。

可张掌柜没理解她的意思，争执道："你敢说不是？李姐儿可不是个尤物？"

"尤物那也是别人家的，与你何干？"

"我就是气不过老潘的艳福！"

孟掌柜哼了一声，不再理他，倒是狄姜又笑了笑，接道："老潘何故被你们……"

狄姜正在脑海中思索该怎样措辞，张掌柜抢先道："被我们看不起？"

"正是。"

"也不是看不起，就是嫉妒吧。"张掌柜淡笑道，"如果说李姐儿是一朵盛放的红杏花，那潘辛贵便是那花下的粪便，他滋养了李姐儿的美，让她每日艳如红杏，盛放到人人都能看到那花瓣上透着的晶莹露水，闻到她身上的隐隐幽香……可老潘终究只是一块粪便，糊不上墙的。"张老板嬉笑着说完，双眼仍是放着精光，那色眯眯的模样，仿佛已经在脑海中将李姐儿的衣服剥下，将她的身子看了个通透。

狄姜对这样嘴脸的男人没有什么好感，眉毛拧成了麻花，不大想搭理他了，一时间空气有些凝重。倒是武瑞安没放在心上，连连赞他："老板文采斐然，在这村镇里应是好学问之人哪。"

老板又道："咳，我哪有什么学问，不过说起这个，老潘他才是真正的有学问啊！"

"哦？"狄姜好奇。

"我们村代写书信之类需要提笔的功夫，可全都仰仗他了。"

"是吗？那你们还……"武瑞安欲言又止。

"还什么？"老板蹙眉，随即又咧嘴，狞笑道，"你说李姐儿啊？"

"是了。"武瑞安点了点头。

"李姐儿放荡泼辣是出了名的，老潘的学问也是出了名的，二人吵吵闹闹十几年了，老潘也由着李姐儿放肆，一个愿打一个愿挨嘛。"张老板嘿嘿干笑了两句，到底是个男人，还是个俊朗的公子，聊起天来没什么意思，不想与他再作纠缠，又转而对狄姜道，"狄姑娘几人来此处有何贵干啊？"

狄姜冷淡："为远房亲戚治病。"

"哦？原来狄姑娘除了做死人生意，还是个大夫，是我有眼不识泰山了！"张老板色眯眯地赔着笑脸，双手不自觉地往前伸去，刚要碰到狄姜的手，狄姜却恰好拿起杯子喝了一口茶。一旁的武瑞安也在同一时间伸手夹菜，两人动作统一，竟都让张老板扑了个空。

狄姜感激地看了武瑞安一眼，武瑞安微微一笑，一切尽在不言中了。

张老板却还不死心，他又顺势装模作样地夹了一口菜放在嘴里，边嚼边呗嘴道："不知狄姑娘的远房表亲是谁？或许我张某人也认识，咱们村街坊邻里的，说出来日后也好多帮衬帮衬。"

"村尾的潘家。"狄姜淡声道。

"村尾的潘家？"张老板一脸狐疑，在脑海里思索村尾是何处，他想了想，突然瞪大了眼睛，"莫不是……"

不等他说完，狄姜便点了点头："正是老潘，潘辛贵。"

"唔……是我妹子的表叔。"狄姜说着，微笑地补充了一句，"亲的。"

只见张老板双唇微张，脸已经红到了耳后根，此时他已是尴尬得说不出话来，心中只恨自己嘴贱，见了美女就管不住自己澎湃的小心肝。他现在多希望边上能有个地洞，让他能火速地钻进去，也就不会再被众人的目光所凌迟了……

亥时，书香在狄姜房里就着昏暗的烛火看书，问药仍在一旁昏睡，狄姜强撑着头，在烛火下打瞌睡，但就是不就寝。

书香疑惑："掌柜的，还不睡吗？"

狄姜睡眼蒙眬地道："再等会儿。"

"等什么？"

"等……"就在这时，忽听楼下传来一阵急切的敲门声，紧接着又听一浑厚的男声道，"狄姑娘在吗？在下潘辛贵，有急事拜望狄姜姑娘，望姑娘与在下一见。"

"是老潘吗？我怎么听见潘老头的声音了？"床上昏迷半日的问药一个鲤鱼打挺就坐了起来，正疑惑着自己身在何方，一听是老潘的声音，立刻来了精神，推开窗户向下看去，便见老潘站在客栈大门前，正用力地拍打着大门的铜锁。

"你怎么来了？"问药在窗户边喊道。

"在下特来感谢姑娘，谢姑娘治腿之恩！"

问药定睛一看，这才发现老潘两条腿站得笔直，丝毫没有了腿瘸的迹象。

"掌柜的，老潘真的好了！"问药回头，招呼着狄姜来看，说完，又对老潘道，"你等着，我去给你开门！"

问药嗒嗒地走下楼，刚一打开门，老潘就"扑通"一声在她面前跪下："多谢恩人大恩大德，潘辛贵无以为报，来世也当结草衔环，给姑娘当牛做马！"

"快起来，你的腿不是我治的，是我家掌柜治的！"问药说完，忙将老潘扶起，这时，问药才发现老潘的脸上已经被泪水糊满，此刻的他丢掉了所有伪装，全然没了寻常那份温文淡然的样子。从前的他无论被李姐儿怎么辱骂殴打，都不会动丝毫的气，始终都是面带微笑，一副泰山崩于前而不改色的样子。但自从他转醒，发现自己的腿重新恢复健康之后，他如何也抑制不住内心的狂喜，第一反应就是在村里跑了几圈，然后一路打听，最终得知狄姜下榻的客栈，于是一刻不停地赶过来，感谢她的大恩大德。

"老潘！你给我回来！"这时，后头又传来李姐儿的呼喊声，嗓门大得整条街都听得见。

街坊邻里纷纷从窗户里探出头，大多数睡眼惺忪地骂道："还让不让人睡觉了？有什么事白天说不成吗？"

"我想什么时候说就什么时候说，你们管得着吗？"李姐儿全然不理会旁人的感受，一路跑一路喊，架势大得仿佛天王老子来了也不怕。大多数人骂骂也就过去了，但是一路上，更有许多单身男子或者寡居的男人见了穿着睡衣的她便止不住地吹口哨。

"看什么看！再看眼珠子给你们挖掉！"李姐儿早已习惯了这样的目光，笑骂了一句便继续朝前跑，很快便赶到了孟掌柜的客栈门口。

"你跪在这干什么！给我起来！"李姐儿一个耳光便扇在了老潘脸上，打得他耳朵轰鸣作响。

"夫人，我……我只是想来感谢神医。"

"神医？"李姐儿冷笑一声，"我看是哪里跑来跳大神的骗子才是！你的腿究竟怎么好的，能好多久，还是个未知数。而他们……简直毫无教养，不知所谓！"

狄姜下了楼，恰好听到李姐儿这句话，她扬起嘴角，淡淡一笑。一旁的问药却没忍住，直接破口大骂："你李姐儿倒是家教好，大半夜嚷得整条街的人都看着你衣不蔽体，我都替你害臊。"

"你！"李姐儿怒目而视，但一看见旁边狄姜含笑的神色便心下乱跳。所谓会咬人的狗不叫，狄姜就是要么不动手，要么让你哭的类型。

李姐儿想起今日下午自己被她们羞辱，那滋味儿可着实不好受，偏偏这种委屈还不能为外人道也。何况这个姓狄的确实治好了老潘的腿，大家都亲眼见着了，现在谁人不会赞她一句神医再世？自己这时候去找她麻烦才是自不量力。李姐儿内心有些心虚，便不再跟狄姜主仆对着干，转而对老潘一字一顿道："你现在要么跟我回去，要么以后都别想再见到我，你知道我的脾气，我不是在开玩笑，你自己选。"

"夫人……"老潘欲言又止。

"你不要叫我！只需记住你今天的选择。"李姐儿看了他片刻，随即掉头就走。

"夫人夫人——"老潘唤了好几声，李姐儿却走得坚定决然，始终没有回头。老潘心里七上八下，最终对着狄姜磕了三个头，道："狄姑娘，我哄好了夫人，改日再来道谢。"

狄姜微微一笑，点了点头。随后，老潘立刻转身，追了上去。那双腿健步如飞，与常人并无二样，甚至更加矫健。

"老潘真是太窝囊了！"问药跺脚，对着门外看热闹的人骂道，"看什么看，都不睡觉啦？"说完，"啪"的一声关紧了大门。看热闹的人都不敢得罪问药，因为听老潘的意思，他的腿是被这两个女人治好的，神医可得罪不起，指不定以后还有需要她们帮忙的地方。于是众人纷纷关紧门窗，和衣睡觉，待天明之后，再作议论。

问药回到房里，气得喝下了一整壶的水，胸中起伏不定，最终还是压制不住怒火，对狄姜道："掌柜的，咱这治好了老潘的腿有什么意义？他还是这样怕媳妇，他媳妇还是这样的看不起他！你瞧见没？李姐儿那嘴脸，可连丝毫感激的意思都没有！咱这不是白费工夫吗？！"

"世事都讲求一个缘法，时候到了你就知道了，急不得的。"狄姜说完，打开了窗户，本来是想透透气，却不料就在这时，不远处传来"咚！咚！咚！"三声，紧接着打更夫哑着嗓子喊道："大鬼小鬼排排坐，平安无事喽——"

"三更天了。"狄姜看了眼乌压压的窗外，只见大地漆黑一片，反倒是苍穹中升起暗红，月亮躲在红云之中不肯露面，空气中升起一股肃杀之气。

"子时了……"问药颤抖着身体，惊道，"惊蛰了！"

"嗯。"狄姜点点头，关好窗户，对问药和书香道，"今晚你们睡我屋里。"

"谢……谢谢掌柜的！"问药瑟缩着，立即爬上了床。狄姜见了连忙把她揪下来，笑道："床是我的，你和书香打地铺。"

"掌柜的，你……"问药愣了片刻，很有些不开心，哭丧着脸道，"我还以为您突然转性，心疼我们了呢。"

"我确实心疼你们呀，不然怎会留你在屋里呢？你知道我睡觉，从不喜旁人打搅。"

"哦。"问药重重地点头，拉着书香回各自的屋里搬被子。拿到被子之后，书香便在狄姜床前铺好了两人的铺盖，然后自觉地睡在了外侧。问药本还想说什么，却听天空中传来雷声轰鸣，一个接一个仿佛都在自己的头顶炸响。

"掌柜的救我！"问药大喊了一句，顺势钻到了狄姜怀里。

狄姜无奈，拍了拍她的背道："这十里八乡净是山洞，被妖物盘桓也是常有之事，再者惊蛰日，一心参透天道的万妖遭劫，电闪雷鸣比往日多些也实属正常，以你的修为，雷劫落不到你身上，你担心什么？"狄姜说完，一脚将她踢下了床。

问药也顾不上痛，直接钻进了地铺里，将棉被全数裹在身上，连头都埋在了被窝里。

天空中轰隆隆的雷声此起彼伏，问药哪还有心思管狄姜说什么，她只觉得一声又一声皆落在了她的心头上，震得她五脏六腑肝胆俱裂。她全身止不住地发抖，恨不得盖十床被子在身上，把自己包裹得严严实实，仿佛这样可以带给她短暂的安全感。

相较于问药的胆战心惊，躺在她身边的书香简直可以用从容不迫来形容，他的眼眸清澈透明，仿佛一点儿也不害怕。但是他也没有睡意，就这样睁着眼睛直勾勾地看着天花板，仿佛能透过房顶，看见那一道道的天雷落在过往妖物的身上，烧得它们龇牙咧嘴，灰飞烟灭。他的唇边竟还带着些许笑意。

问药一晚上没睡着，直到天亮了雷声渐停了才沉沉睡去，书香在一旁替她掖紧了被子，然后才翻过身闭上了眼睛。狄姜躺在床上假寐，见书香兄友弟恭的模样心中很是欣慰，不多时，自己也跟着进入了梦乡。

翌日。

昨夜打了一晚上的雷，今天天阴了一整天，直到下午，大雨才从天上倾盆落下。三人就此一睡就睡到了下午，直到雨打芭蕉，淅淅沥沥的雨声才吵醒了狄姜。

狄姜心中"咯噔"一声，立即叫醒了问药和书香："快去看看钟旭可还在房里！"

问药迷迷糊糊的，还在擦眼睛，而书香立即鲤鱼打挺翻身起床，鞋都顾不得穿地跑出了门，不一会儿又跑回来，对狄姜摇了摇头："钟旭已经出门了。"

狄姜大惊，立即催促二人迅速起床更衣，自己也在水盆里随意擦了两把脸，然后以最快的速度收拾齐整，不到半刻钟，三人已经穿戴整齐。狄姜没有时间再慢悠悠地往山里走，单手掐诀算出钟旭的方位之后，便拉着二人直接到了南华山巅。

惊蛰日，乍暖还寒，尤其现在天空中还在下雨，整个山林间的空气都覆盖着一层阴郁的气息，树尖上长年累月积下的白雪压弯了枝头，时不时会落在三人头顶，从她们的脖子后面溜进去，来一个透心凉。

"好冷啊。"问药打了个冷战。书香见状，忙将身后包裹里背着的狐皮大氅拿了出来。临走前，他拿了件披风，本来是作有备无患用，现在看来倒是少拿了两件，于是狄姜只得走在中间，让二人走在她的左右，三人手挽手，同披一件狐皮大氅，这才得以稍稍抵御寒气。

不多时，三人便来到了南华山巅的尽头处，远远便看见一大片松树林下，钟旭拿着铁锹，正一铲子一铲子地在往坑外铲土。武瑞安站在他的身后，默不作声地看着。在他们的身前，是一个半人宽的大坑，纵深约有二尺，放下一个骨灰坛是绰绰有余的，但是在大雨不断地冲刷下，土坑内不能保持干燥，洞内的积水变得越来越多。而钟旭的脸上和身上也已经糊满了泥土，新旧不一，在雨水冲刷之后，又有新的泥水溅起来沾在身上。

狄姜见了心疼不已，脱了披风扔开雨伞便一路小跑过去，蹲在钟旭身边，和他一起挖泥："钟道长，我来帮你。"

"你怎么来了？"钟旭一惊。

"我……也来送送梅姐。"狄姜看了钟旭一眼，说了句谁都不信的话，便认真用双手接起坑内的积水往外边舀，洁白如玉的双手瞬间变成了泥做的骨肉，十指缝中都盛满了泥土。

问药和书香在一旁对看了一眼，也同样蹲下身子帮忙。武瑞安见他们都在动手，自己也不好闲着，往前凑了凑，但已经没有了他的位置。

"你们……其实不必如此。"钟旭皱眉，一个骨灰坛子的坑，实在没必要这么多人一起动手。但他嘴上虽然说着拒绝的话，封闭的内心却已经被三人舀水的身影破开了一个角。

从来没有人这样帮过自己。

从小到大，他做任何事情都是一个人。

他已经习惯了独自行动。

"你们走吧。"钟旭淡淡道，语气中没有丝毫感激，甚至似乎觉得狄姜有点儿麻烦。

"你当我想干？"问药看也没看他，一边用力舀水一边苦笑道，"掌柜的都在挖泥了，难道我在一旁干看着？"

钟旭无奈，只得伸手去扶狄姜，为难道："狄掌柜，我知道你的心意，你……"

不等钟旭说完，狄姜便打断他："你以为我在帮你吗？我也想梅姐走得舒服。"

钟旭迟疑地点了点头："谢……"

"你不是梅姐，不必言谢。何况你现在做的，也正是我想做的。"狄姜再次打断他，笑道，"开始吧，别停下，在这里下葬时，葬坑必须保持干净。"

"你知道什么？"钟旭面露疑惑，沉声道。

狄姜笑了笑："这里几面环山，到处都可以葬人，为何你独独选了个又冷又难走的地方？"

"这……"

"我也略懂一些道家风水之术，我知你心善，想为梅姐做一方好风水，好让她今世的亲人来世的命都能过得好一些，是也不是？"

钟旭看了眼武瑞安，道："我不过是受人之托，忠人之事。"

"那你也完全可以不受人之托。客人是您自己选的，您接了就说明您也有兴趣。何况，这瑞安王爷从头到尾连骨灰坛子都不曾碰一下，挖坟也不肯湿了自己鞋袜，脏了自己双手。他对梅姐感激是有的，但估计也不多。连他本人都不大上心，你如此拼命，反倒更说明心善。"狄姜一针见血，丝毫不避忌身后的武瑞安。

武瑞安被她当众戳穿，却也不生气，反而露出些许欣赏。

狄姜又道："这里的风水局最忌讳的就是藏水，所以今天这个墓坑里绝对不能有积水，而现在雨水下的这样大，你又没带伞，我们不帮你，你打算挖到明天吗？"

钟旭不再坚持，只轻轻说了句："谢谢。"然后便与三人一起将墓坑内的积水清理干净，将梅姐的骨灰坛放进了洞中，最后，又将一整套梨园春戏服放进墓穴之中，才在上面盖上了泥土。一个小坟堆就这样出现在南华山巅之上，墓碑正对着状元乡的十里八村，视野说不尽的开阔。说来也奇怪，做完这一切后，下了大半天的瓢泼大雨突然就停了，天边的晚霞霎时间红透了半边天。

武瑞安见了这一迹象，对着天空直呼神奇。狄姜和钟旭倒是十分平静，这座坟既平了梅姐的不甘，又收敛了整座南华山的瘴气，天朗气清不奇怪。

"狄掌柜接下来有什么打算？"钟旭问道。

"再留两日，就起身回太平府，你呢？"

"今夜便回去。"

"今夜就回去？"狄姜惊道。

"嗯。"钟旭面色一如往常的不苟言笑，但眼神中多少带了几分亲近，不似从前那般拒人于千里之外，他双手抱拳向狄姜道别，"我的任务已经完成，狄掌柜，太平府再见。"

面对钟旭突如其来的示好，狄姜有些失措，怔了片刻才道："太平府再见。

道长……路上可要注意安全。"说完，狄姜恨不得抽自己两巴掌，暗骂自己这么无聊的话也说得出口。她应该死皮赖脸跟着钟旭一起回去才是！

正在她懊悔之时，钟旭又是忽而一笑，道："狄掌柜也是，再会！"说完，钟旭便率先转身，武瑞安在他身后，倒没那么着急，一步三回头，与狄姜作揖了才不紧不慢地跟着钟旭离开。

狄姜想着好事多磨，来日方长，便也放他离去了。

回去的路上，树林里、草地上，有大片大片被天雷烧焦的痕迹，更有一参天的树被整个劈成了三块，问药看得胆战心惊，若不是狄姜扶着她，她早因腿软而迈不开步子了。

"雷劫已经过了，你且放宽心。"狄姜拿出手帕，擦了擦问药额上的汗。问药点头致谢，拿过了手帕紧紧攥在手心里，她的手心手背也布满了汗水。她颤抖着声音问道："掌柜的，昨夜书香怎么一点儿事也没有？"

"因为他是人呀。"

"人怎么会有他那样大的力气？"问药一愣。

"他……看着比你小，但是活得比你久。"狄姜说完，加了两个字，"很久。"

"哦，那又怎样？他还不是被我欺负得连个屁也不敢放？"问药说完，心虚地看了眼一旁的书香，见他毫无表示才又低头窃笑。

过了一会儿，却听书香道："那问药的原身是什么呢？"

"小蛇呀。"狄姜一脸淡然。

"哦……"书香点点头。

问药却不死心，又道："您说我是爬行动物，可是为什么我不能化作原形呢？最多只能变成这样，这指甲还是最近长出来的。"问药伸出双手，双手指尖便化作了尖利的爪子。她原本洁白的双手上布满了鳞片，像鱼鳞，又似蜥蜴的皮甲，更可怕的是十个手爪之上，十枚黑色的指甲坚硬又锋利，比她的手指还要长。那形状就像是一只千年的黑山老妖，一爪子就能让人皮开肉绽，血肉模糊。

狄姜见状大惊，一巴掌拍在她脑门上："你作死呀！光天化日怎可露出原形！"

问药吓得立即缩回了手，双手又变成了少女的形状，一瞬之间，可谓手如柔荑，肤如凝脂，之前的景象就像是一场幻觉。

"掌柜的，我错了。"问药哭丧着脸。

"下次可不许这样了。"狄姜叹了口气，一脸余惊未平。

"嗯……但是，我还有问一个问题。"问药委屈地嘟囔着。

狄姜叹了口气，淡道："你问吧。"

"既然我是蛇，为什么我会长爪子？"

"谁说蛇没有爪子？四脚蛇不就有爪子？"

"哦……原来我是只壁虎啊。"问药有些黯然，"怪不得掌柜的对我的身世绝口不提，我确实不大能上得了台面，我若是一只青丘的灵狐，或者极北雪山的知更鸟，那掌柜带着我出门一定倍儿有面儿！"

狄姜听完，大笑了几声，随即拍了拍她的头，鼓励道："你要相信，这大千世界十里八荒，也不是一人可以独大的，更加不是一群妖界的老贵族可以只手遮天的。就算你是一只壁虎，也未必没有用武之地，对吧？跟着我好好干，有我的荣华富贵，便让你一齐享之不尽！"

"谢谢掌柜的！"问药听罢，喜滋滋地朝前走。

回了客栈之后，书香洗漱完便回房补觉了，问药却被狄姜叫住。狄姜扔了两个布包给她："现在你有一个非常重要的任务，非你不可。"

问药眼放精光："是什么呀？"

"把这些衣服洗干净，熨妥帖。"狄姜指着两个布包道。

"就这？"问药瞪大了眼睛。

"当然不止这些。"狄姜摇摇头，又道，"洗完衣服之后，去街对面买些零嘴吃食，瓜子一类的，对了，尤其原味的油炸花生多买些，嘴馋得紧。"

"知道了知道了……我这就去！"见狄姜生气了，问药不敢再废话，于是匆匆出了门。

一路上，随着买的东西物件的增多，心也跟着往下沉。她在脑海里仔细地搜索着，发现自己自从跟了狄姜之后，虽然日子过得很好，不必整日里像别人那样东躲西藏，但跟他们比起来总还是差了些什么。

是什么呢?

问药想了一路,直到腰酸背痛地提着一堆东西回了客栈才想通透。

那个少了的东西,叫自由。

第九章

凶案

　　傍晚，因时间晚了，赶上状元乡一月一次的大集，三人被人流推挤，堵在桥上下不去。问药和书香满脸不耐烦，但狄姜却一派怡然，站在桥上看风景。

　　河面上往来着三两只小木船，沿岸几乎家家户户都停泊着同样款式的船只，这里水上集市很发达，逢初五便会有大集，去一次就可以把半年的生活所需置办齐整，水道连通着十里八乡，可谓比陆路更加方便。

　　狄姜正欣羡着山中生活的有趣之处，此时却见一素衣女子出现在自己的视野中。

　　她很美。

　　美到见惯了美人的狄姜也不禁看呆了。

　　女子穿着一身白衣，通体素洁，除了发髻上簪着一朵小白花外，再没有一丝旁的装饰，可谓清水出芙蓉，天然去雕饰。这时若在她身上加上些祖母绿翡翠之类的世间珍宝，都会显得多余，更别提俗不可耐的金银一类了。她就适合如此清淡的模样，更能凸显她的气质。

　　女子挽着一个小篮子，就这样信步走在岸边，吸引了过往所有人的目光。

　　"我们的李姐儿啊，怎么穿都好看！"边上传来一油腻的男声。

　　狄姜闻言，心中咯噔一声："那是李姐儿？"

　　"可不是？"

狄姜回头，发现身边正站着香烛店的掌柜张老板，才一天不见，他这眼放精光的模样，在她看来似乎更加油头大耳，粗俗不堪。

"李姐儿不说话的模样，可比泼妇骂街时美太多。"

"咳，你是女子，不懂李姐儿的可爱之处，这叫情趣，懂吗？所谓静若处子，动若脱兔，说的就是如此了。"张掌柜边说边流口水，狄姜吓得直往边上挪，生怕他一说话，便将口水喷到了自己身上。

狄姜汗颜，李姐儿这副模样显然是在戴孝，可在张老板这等人看来她却是时不时地变装以维持新鲜感，获得大家的欢喜，真是让人摇头叹息。狄姜突然觉得，李姐儿的泼辣或许是在保护自己。若不以泼辣伪装，那么谁都能骑在自己头上，若不与粗俗为伍，那么粗俗就会将她淹没。

与此同时，李姐儿似乎在桥下感应到什么，向桥上看去。

"哟，张老板啊，好久没见你了，近来可好？可想死我了呀！您可还需要代写书信？我让家里那死老倌给你好好写，再打个八折！"李姐儿笑靥如花，声音也煞是好听，清清脆脆恰如银铃，但从她一张素净的面上说出来的语调却十分粗鄙，不堪入耳。

"李姐儿啊，改日我来你家坐坐，可要赏杯好茶吃！"

"没问题。"李姐儿摆了摆手。

张老板堆着笑，同样朝她挥了挥胳膊，然后目送她离去。

李姐儿经过桥下时，深深地看了狄姜一眼，随后移开了目光，就像没看见她。

自己今日得罪她了？没有呀。

狄姜懊恼地摇了摇头，此时又听张老板在一旁叹息道："都说狄姑娘治好了老潘的腿，看来传闻不可信呀！"

"哦？"狄姜挑眉，等他继续说。

张老板见狄姜也不否认，于是笑道："传闻昨晚上老潘连夜去孟掌柜的客栈感谢您治好了他的腿疾，怎的今日却不见老潘露面？我若是老潘呀，这会儿非得召集大伙在祠堂唱出戏庆祝不可，哪有像他这样低调的？再说说李姐儿，她见了你就像见了仇人似的，你怎么可能是他家的恩人？"

张老板一边说一边靠近狄姜，左手贴着她的右手，妄想从她嘴里知道些什么，可狄姜却只是高深莫测地微微一笑，随即抽出手，拱手作揖道："人各有志，这其中的弯弯绕绕外人如何得知？我看您印堂发黑，步履虚浮，这几日恐有血光之灾，您与其操李姐儿家的闲心还不如想想自己，狄姜先告退了。"

张老板哑然，连忙拦住她："狄姑娘还会看相？"

"印堂发黑，灾祸尾随，这是童谣中都会唱的，不信你回家看看，是不是乌云罩顶了？"

"……"

张老板盯着狄姜看了片刻，立刻转身就走。

狄姜在他后头，止不住地掩嘴笑。

问药见了，觉得很是奇怪："掌柜的，我们为什么不跟钟旭一起走，在这村子里转悠许久究竟是为什么？"

"钟旭路上带着武瑞安，自是走不快的。咱们想回去，瞬间即可回去。回太平府的日子不急，何况……我还在等一个答案。"

"什么答案？"

问药等了片刻，见狄姜不回答，便自问自答道："我知道，掌柜的肯定要说'天机不可泄露'对不对？"

狄姜还是没回答，自顾自陷入了沉思。她右手掐了个莲花印，左手飞速地开始计算，边算边道："不应该呀……他应该已经死了呀……"

"他？死了？谁呀？"问药一脸迷茫。

"老潘。"狄姜淡淡道。

"老潘？！"问药大惊，"老潘死了？"

狄姜点点头："中午就已经死了。"她抬头看了看西下的夕阳，淡淡道，"可是为什么到现在还没有消息呢……"

问药闻言，失魂落魄地道："您没诳我？"

"出家人不打诳语。"

"您早就知道老潘要死了？"

"嗯。"

"所以您才医治他的腿？"

狄姜点点头，再次强调说过许多遍的话："我不医人，只医鬼。"

"……"

问药冷静了好一会儿，知道现实无可改变，便去村里的香烛铺找张掌柜买了一沓金纸，然后回到客栈在金纸上抄起了往生咒。

她成为这个村子里，第一个为老潘吊唁的人。

老潘的死讯在第二日晨时才传到状元乡，跟他的尸身一起来的还有狄姜的老邻居钟旭。

钟旭不认得老潘的家，于是将他的尸身停在祠堂，闻讯而来的村民已经将祠堂围得水泄不通，狄姜三人费了许多的工夫才挤进去。问药也不顾他人的情面，冲进去便一把掀开了地上的白布，白布下是老潘被泡得发肿的脸，显然在水中待了一夜，而他的面上青紫交错，脖子上更有一条深深的勒痕，显然是被人从身后勒死。

问药双拳紧握，大怒道："谁干的？是谁杀了老潘？！"

"实在是骇人听闻。"

"可不是，没想到咱这儿会发生这么血腥的事件。"

"年初就发生这么晦气的事，今年不好过啊……"

"一定要抓住凶手，将他绳之以法，不然咱们身边出现这样的人，谁家还能睡个好觉了？！"

问药的怒吼将群众的怒气也激了起来，群情激愤下只有狄姜、钟旭和书香还稍稍保持着冷静。

狄姜走到钟旭身边，道："钟掌柜，您怎么又回来了？"

"我在江边发现他的尸体，他告诉我他家住状元乡，请我将他送回来。"钟旭淡淡地说完，边上的村民听了立即疑惑道，"你发现他的时候他还没死？"

"已经死去多时。"

"那你怎么会听到他说话！"有些村民已经将扁担笤帚拿在手里，那架势似乎已经将钟旭定作凶手。

"……"

钟旭沉默，不想多言。

狄姜却替他开口，淡声道："因为他是个道士，能听到常人听不到的声音。"

"原来是个道士。"村民皆是一惊。

"真道士还是假道士？江湖骗子多，谁知道他是真的还是假的？"村民们七嘴八舌，最后谁都没能说准下一步该怎么做，他们只能将钟旭团团围住，然后等待村长的到来。

狄姜站在问药身后，想将她扶起来，问药却摇了摇头，蹲在地上双肩起伏。狄姜知道，她这模样又是哭鼻子了。狄姜心酸，也蹲下身去，拍着她的背道："死者已矣，你莫要太悲伤了。"

"我还以为掌柜的大发慈悲了，没想到是回光返照！"问药一脸痛心，似乎无法接受这个结果，"您也太狠心了！"

狄姜淡淡地摇了摇头，轻声道："哪怕他是回光返照，也有一定的益处不是吗？老潘的死是生死簿上早已定下的事，我治好了他的腿，这是他过去半生中日夜在祈求的事情，我让他曾经开心过，这还不算在做善事吗？"

"你……"问药无言以对，最后索性坐在地上，看着白布下的老潘，眼泪一颗一颗地顺着面颊流下，落在地上，落在衣衫上。

狄姜叹了口气，不再看她。狄姜知道，自己会救他的腿，就是因为自己知道不管救不救都无伤大雅，反而能让老潘获得短暂的开心。

狄姜扪心自问，自己善良吗？

善。

但是她也知道，自己铁石心肠。

狄姜历来尊重事情自身的发展，她不会因为知道未来会发生的事情而去插手现在的事物，她不会以一己之力去与命格相抗。她希望世事都按照事件原本的走向去发展，这是她的处事原则，也认为这才是最好的安排……

狄姜站起身，与钟旭并排站着，道："钟掌柜，王爷呢？"

"他先行离开了。"

"那您下一步有什么打算？"

"留在这儿，找出真凶。"

"钟掌柜倒是个有血性的。"狄姜闻言，有些刮目相看。

钟旭摇了摇头："我只是觉得奇怪。"

"哦？"

"我见过许多枉死之人的魂魄，却没有一个像他这般，他好像已经完成了所有的心愿，在人世已无挂碍。"钟旭说完顿了顿，又道，"若不是因为他脖颈后的勒痕，我甚至怀疑他是自杀。"

"是吗……"狄姜咬了咬下唇，心中很是奇怪。

"狄掌柜可是知道什么？"钟旭道。

"嗯？"狄姜回过神，摇了摇头，一筹莫展地摊手道，"我要是知道什么就好了，死的可是问药的亲表叔，她都哭成个泪人儿了，若不找出凶手，怎能泄她心头之愤。"

"嗯。"钟旭背上背着把长剑，站在尸体边上，除了问药外不让任何人接近，无论来人说什么也不通融，直言要等官府的人来了才作数。

大家就围在祠堂外，连村长和元老来了钟旭也不让步。

"钟小弟啊，不是我们怕官府来人，而是最近的县城离此处也有三日的脚程，这会儿能请来的最高级别的也只是十里八村的乡长呀！虽说现在是冬天，可老潘的尸体是被河水泡过的，等官府来了人，只怕那时尸体都臭啦！"

钟旭见他说的有理，便道："那就等乡长来了再说。"

"好好好，快去请！"村长派了两个脚力快的去，不多时，人赶着便到了。

乡长姓严，叫严三清，就住在隔壁村。此人长得眉清目秀，膝下有一儿一女，皆已成家，而他的夫人早早就去世了，之后也没有再娶，可谓是赤条条来去无牵挂，于是专心处理十里八村各式各样的杂务事。大家也都说他是两袖清风的好官，在这一带的声望极高，这十里八村的事务都归他管。报信的人去请他的时候，他刚从刘寡妇的家里出来。他赶到祠堂时，已近午时。

严三清满脸不可置信，冲进祠堂大喊道："老潘怎么死的？快让我看看！"钟旭一开始并不买账，见大家簇拥他叫他乡长后，才让出了位置。严三清掀开了白布，见了老潘肿胀的脸之后又立即盖上，一脸痛心疾首道："老潘是个从不发火的老好人，与人近日无仇远日无怨，怎么会有人下这么毒的手啊！"

"是啊是啊……"严三清带头一哭，连带着整个村的人都开始抹眼泪。

狄姜细细观察了一遭，发现这其中女子大多红了眼眶，感情真挚，而男人们大多也就是摇头叹息，更有几个一脸幸灾乐祸，正在狄姜想要询问他们之时，她身边的钟旭却率先飞身而起，一把将这几人从人群中拎了出来，动作可谓行云流水，又快又准。

"你们几人为何幸灾乐祸？"钟旭问的，也正是狄姜想问的。几人面面相觑，其中一络腮胡子的大汉直接一拳向钟旭面上招呼去，怒道："你是何人？有什么资格质问大爷我？"

其他几人风轻云淡地笑着，似乎在笑钟旭不自量力，谁知下一刻，钟旭便单手接住大汉的拳头，顺势一扭，他便被扭倒在地，痛得额上豆大的汗珠和着眼泪一起流下。

"谁想跟他一样下场，尽管上来试试。"钟旭说完，指着另一人斥道，"是不是你们害了他？"

那人哪里经得住吓，被钟旭一指便直直地跪了下去，他道："冤枉啊，我只是平日垂涎李姐儿美色，想着老潘去了我就有机会了，但是我有色心没色胆，看我这小身板也不像会杀人的呀，乡长救我！"

乡长被这边的吵闹声吸引，转过头咳嗽了一声，对钟旭道："这位壮士，怎么称呼？"

"钟旭。"

"哦，钟小弟啊，你是第一个发现尸体的？"

"是。"

"在何处？"

"梓江下游。"

"何时？"

"天还未亮，鸡刚起鸣。"

严三清沉默了一会儿，又道："尸体当时是什么模样？"

"泡在水里，顺流而下。"

"是吗？"严三清眯起眼，"既然天都没有亮，你是怎么在河里发现漂着的老潘呢？而且你大半夜的不睡觉，莫非在河里抓鱼吗？"

旁人都凝神细听，听到这里，几乎一半的人都认为钟旭是凶手，而钟旭却一本正经，不疾不徐道："我听见背后有人在唤我。"

"唤你？"严三清疑惑道，"唤你什么？"

"他说他叫潘辛贵，家住状元乡，希望我能将他送回去。"

严三清只觉背脊一凉，颤声道："然后呢？"

"然后我答应了他，他就消失了。"

"消失了？"

钟旭点头："他说自己的心愿已经达成。"

"这不对劲哪……"严三清抚摸着下巴，蹙眉道，"老潘死得这样惨，枉死之人怎会如此平静地离开？"

"这也正是我所奇怪的地方。"钟旭说完，冷眼看着跪在地上的瘦小男子，冷声道，"他们几人面色可疑，嫌疑最大。"

"冤枉啊！"几人都开始汗如雨下，急着为自己开脱道，"我们最多只是觊觎李姐儿的美貌，等老潘死了想上门提亲而已！"

"可不是！李姐儿平日里就死老倌死老倌地叫，真的死了我们也不觉得奇怪罢了！"

几人说到这里，人群中终于有人想起来，朗声问道："李姐儿呢？怎么不见她？"人声鼎沸，大家你看着我我看着你，这才发现女主角竟没有人去通知她。

"我刚刚去找过李姐儿，她不在家！"客栈的孟掌柜从人群中钻出来，急道，"我一听到消息就去寻李姐儿了，可她不在呀！"

"李姐儿不在？"严三清蹙眉，似乎想到了什么，沉思道，"你说老潘没有怨气？"

"是。"钟旭点头。

"那这件事情就很明了了……"严三清咳嗽了一声，清了清嗓子宣布道，"老潘身上只有一道伤口，说明下手之人快准狠，且是熟人作案，否则他怎能悄无声息地接近他，从他背后勒死他呢？"

"是啊是啊……可不就是！"众人纷纷点头附议。

严三清面露骄傲，又道："而他又没有怨气，这只能说明，杀他的人就是他的妻子！"

严三清话音一落，众人震惊。严三清立即派了五人去找李姐儿，但五人回来却说遍寻不到，于是又多着了二十人去找，加起来有二十五人，已经是状元乡三分之一的壮丁，但他们回来后，还是说一无所获。这一下，更加佐证李姐儿是畏罪潜逃，杀人犯的罪名妥妥地安在了她头上。严三清下令关闭祠堂，请人去隔壁县将此事报告县令，然后又安排了十五人加入寻找队伍，并对众村民道："一经发现犯妇，立即带到祠堂关押！"

众人得令，四散离去。

"掌柜的，您说李姐儿会去哪了？"问药擤了擤鼻子，怒道，"若被我找着了，非打死她不可！"

狄姜摇摇头，叹道："你怎这般暴力？此案还没有定论，你如何肯定是李姐儿谋杀亲夫？"

"这不是明摆着的吗？大伙都这么说！"

"大伙说什么，真相就是如此了？古往今来多少冤案，不就是因这一句'他们都这么说'，他们是他们，真相是真相，你怎可由着他人的意向牵着自己的鼻子走？"

问药冷哼了一声，嘟囔道："反正我看李姐儿就不像好人！"

狄姜没有再继续与她争辩，转而问向书香："书香，你怎么看？"

"三种可能，其一，李姐儿被凶手带走了。"书香道。

狄姜摇头："钟道长说老潘没有怨气，李姐儿应当不会出事。"

"若老潘积攒了多年的不甘，觉得二人一同赴死便是解脱，故而没有怨气呢？"

"唔……"狄姜低头沉思，末了点点头，"有道理，这也不失为一种说法。"但她的直觉告诉她，并不是这样一回事。

书香又道："第二种可能，凶手果真是李姐儿，所以老潘觉得自己死得其所，也没有怨恨，然后李姐儿畏罪潜逃。"

"这种可能我并不想相信，但这是可能性最大的。"狄姜长叹一声，"最后一种呢？"

"第三种可能是李姐儿压根不知情，她现在或许还不知道发生了什么事情，又或者知道凶手是谁，但是没办法说出来，于是选择逃。"书香顿了顿，"这时候如果是我，我一定会去找潘玥朗。"

"啊！对呀，那孩子还在隔壁县里念书！"狄姜猛地一惊，犹如醍醐灌顶，立即低声附在问药耳边道，"你速速去寻潘玥朗，看看他那儿有没有李姐儿的消息！"

"我马上就去！"问药得了令，立即飞跑出去，不一会儿便寻了个没人的地方掐法念诀施展缩地术，寻常人需要三日脚程的路途，她眨眼的工夫便到了。邻县的人还没有收到消息，但是这种事情一传十十传百，很快就会闹得人尽皆知，届时潘玥朗别说是念书了，怕是连活下去的心思都没有了……问药心中焦急，更加急切地寻找，但在这城中找了一圈，山中找了两遍，皆没有寻着他的踪迹。莫不是已经被李姐儿带走了？

问药情急之下忘了旁人的脚程根本达不到这个速度，老潘昨天暴毙，今日才在状元乡被人发现，消息如何都是传不过来的。可她如今已经方寸大乱，心中没了主意，只得立即又返回状元乡去找狄姜。

而这边狄姜、书香、钟旭三人也加入到了寻找李姐儿的队伍中，分散在城中寻找。

众人寻觅了大半日，最终是在一处幽僻的林子里寻到李姐儿的。据说发现的时候，她已经昏迷，张掌柜正在她身上，想要行不轨之事。

"好你个张全德，我看你是张缺德！"

"老潘平日对你不薄啊！肯定就是你，觊觎李姐儿美貌，才对老潘下毒手！"

"简直不是个东西！"

"大伙明鉴！我哪里是缺德啊，我这叫缺心眼！"张全德跪在地上，左右手连着开弓，一巴掌接着一巴掌，狠狠抽着自己的双颊，边抽边哭诉道，"我得了失心疯，被色欲迷了眼哪！我千不该万不该跟着李姐儿上山，但是我也没对她做过什么，不信你问她，看看我有没有越轨之举！"

"呸，她当然不会承认了！承认了你俩不就是坐实了奸夫淫妇的罪名，你当李姐儿是傻子，当我们大伙是傻子吗？！"

"冤枉啊冤枉！我真的是凌晨听见屋外有动静，开了窗见着李姐儿偷偷摸摸地往山上去才一路跟着去的，我什么都不知道呀！你们可得相信我，我最多是觊觎李姐儿的美色，但是绝没有害人之心哪！我去的时候，她正准备自尽，我是在救她……"

"肃静——"严三清朗声道，众人听话地安静下来。

严三清又道："张全德的邻居在哪？"

"这这这，我和刘婶是他的邻居。"

严三清对刘婶子问道："昨夜你可听见有什么声音？"

"不曾听见。"邻居老妇人摇了摇头。

"刘婶睡得那般死，她怎么会听见！"张全德大哭道，"刘老汉，您睡得浅，半夜还经常起夜上茅房，你肯定听见了，快帮我跟大伙说说！"

"没有，我也没听见！"

"刘老汉你这么说可就不对了，垂涎李姐儿也有你一份，怎的这时候落井下石！"张全德哭叫不已，但那刘老汉一口咬定了没听见，就是没听见，凭张全德怎么唠叨都不改口。

"你还有什么话说？"严三清冷笑道。

张全德想了想，又道："其实这条路，我一早就知道！李姐儿每年这时候都会到山上去，素衣素缟，几十年来从无例外！我只是好奇，才跟上去想看看她究竟要做什么！"

"哦？"严三清眯起眼，似乎想从他的眼睛里找出闪躲的证据，可张全德煞有其事，又道，"昨日傍晚，许多人都见着了，李姐儿穿着素衣，发髻上还簪了一朵白花，可不就是准备上山去了！"

"可有人看见？"严三清朗声问了一圈，众人皆是清一色地摇头。

狄姜听到这，反而觉得稀奇了。

昨日她站在桥上，分明见着过往许多人都盯着李姐儿看，她一身素白衣裳很是惹眼，怎么这会子集体失忆了不成？

"我看见了。"狄姜朗声道。

"狄……狄姑娘!"张全德就像抓到了救命稻草,他恨不得爬到狄姜腿边抱住她的脚,就像一个不会游泳的人在大海中遇见了一块浮木。

"狄姑娘,你要救我呀,昨日你也见着了,你还说我印堂发黑,有血光之灾,没想到今日竟落了个奸夫的罪名,这会儿我真是有嘴也说不清了!"张全德鼻涕眼泪流了一脸。

严三清沉思了一会儿,又道:"那你跟她上去,见着什么了?"

"可我……可我确实什么也没瞧见哪!"张全德有苦说不出。

狄姜见他这副模样,委实不像说谎,但是他的行迹又着实可疑。严三清和村中的族长几人讨论了一番,最后宣布道:"李姐儿还没醒,具体的事宜等她醒来再做审问,先把他二人关进祠堂,等我将此事报给县令老爷,让他派仵作来查验清楚了再一同发落!"

"是!"村中的壮汉得了令,拎起李姐儿和张全德便往里去,分别将他二人一左一右关押在了祠堂后院不见天日的石屋中。

傍晚时分,天青欲雨,乌云缀在天幕上,一片连着一片,黑压压的气氛沉重压抑,让人的胸口都似堵了一块石头,头上也悬着一把重剑。不过大半日的工夫,老潘的死已经被传得十里八村人尽皆知,传言中更将凶手的手段渲染到极尽残忍之能事。

邻村的人得了消息便跑来打听,村头的柳姨见着许久未见的大妹子,连忙拉着她坐在屋门口叨叨:"听说啊,这凶手就是香烛铺的掌柜张全德,和李姐儿通奸许久啦,之前也被老潘撞见过几次,但是人老潘腿瘸呀,只能睁只眼闭只眼!张全德见老潘一直隐忍,便没了顾忌,时常送些小把戏去李姐儿家,一来讨她欢喜,二来便是堵老潘的嘴!"

"后来呢?"

"后来咱村子里不是来了个神医狄氏吗,一会儿便将他瘸了十几年的腿给治好了!"

"果真?"

"比真金白银还真!那晚我们可都看见他在路上撒丫子狂奔呢!"柳姨唾沫星子飞了一嘴,擦了擦又道,"这老潘的腿好了当然就不干了,张全德便嫌他碍事，于是一不做二不休，索性与李姐儿合谋将老潘给害死了！”

“他也太残忍了！”

“可不是吗！这还不算完，听说老潘的尸体被发现的时候，全身都泡烂了，那张全德不仅勒死人家，还将他全身都给捅得稀烂！尸体就在祠堂，我领你去看看？”

邻村的大妹子听了吓得脸色发白直摇头，连连道：“不用了不用了，我怕十天半月吃不下饭！这事我可得跟我姨夫好好说说，让他平时检点些，别招些不三不四的人，等最后不慎丢了命去！”

“哎，快去，我一会儿找刘奶奶再打听打听，她跟凶徒做了这么许久的邻居，肯定知道很多内幕！”

“好嘞！等打听到了什么别忘了差人与我知会一声。”

“没问题！”

这事在七大姑八大姨义愤填膺添油加醋的渲染下，成了近十年来最骇人听闻的凶案，大家纷纷要求将李姐儿和张全德一起沉河，直言此等狐媚娼妇绝对不能姑息。

问药刚回来，便听到以上对话，心中的火气更甚，心下道：“不管这些人说的是真是假，这老潘家的名声可全被李姐儿败光了！我要是潘玥朗，我也不回家！”

晚些时候，问药回了客栈，狄姜见了忙问她：“可找到潘玥朗了？”

问药摇了摇头：“我在邻县寻了好几遍，四处都没有找到，问过街坊邻居也没有人知道他去了哪里。”

“唔……这样啊。”狄姜想了一会儿道，“且放一放吧，或许他已经在回来的路上了。”

“我倒希望他不要回来。”问药闷声气道，“回来见着父亲死不瞑目，母亲与奸夫被关押在一处，这得多受打击呀！”

狄姜淡淡道：“人总是要经历各式各样的痛苦，才能铸出一颗坚毅的心，所谓天将降大任于斯人也，必先苦其心志，对吧？”

“他受的苦够多了！”问药急道，“不如掌柜你算算，看看玥儿在哪，我去拦住他，将他带回太平府，叫他莫被这些污言秽语迷了心智，早早远离这些乌七八糟的事情，也算一个解脱吧。"

狄姜听了不说话，直接转过身去不理她。

书香在一边，看着这一幕连连摇头叹息。

"你叹什么气！"问药有火不能往狄姜身上撒，于是对书香吼道。

"我叹你悟性太差。"书香冷冷道完，眼皮子都没抬地继续看书。

问药倒吸一口凉气，按照书香往常的性子，他素来一副事不关己高高挂起的模样，自己与他吵嘴他也从不争论，今日居然直接像个长辈一样数落起自己来了，真是一日不打，上房揭瓦！问药怒极，一把夺过书香的书，怒道："我怎的就悟性差了？"

"掌柜说了，这都是人命中定下的劫数，享福是消福，受苦是了苦，你偏要当一把遮阳伞，为他扫平人世障碍，这不是毁人根本是什么？"

"我也是好心！"

"存好心是好事，好心泛滥就未必是好事了。"

"你们看那儿。"狄姜抬起手，指向不远处的青石板路上。

问药、书香循着狄姜手指的方向望去，便见一副巨大的棺材凭空在路上前行，他们揉了揉眼睛，确定没有看错之后，这时棺材也走近了些，他们这才发现在棺材的后边有一八九岁的童子。

童子身形单薄，与硕大的棺材形成了鲜明对比。棺材厚重，在这凹凸不平的石板路上前行尤其不易，童子的手上还挽着一个竹篓，也有他半人高的大小。他气喘吁吁，额头的束带和衣领子都已经被汗水浸湿，让人看了就心里揪着疼。

狄姜怔怔地看着这景象，淡淡道："问药，这与你的玥儿相比，谁更辛苦？"

"自然是玥儿了！"问药翻了个白眼道，"这小童子细皮嫩肉的，定没受过风吹日晒，想来平日也没有母老虎一般的娘亲打骂他，他母亲定也不会谋杀亲夫！"

"啧啧啧……"狄姜又是懒懒一笑，道，"有没有我们跟去看看便是。"

"去就去，谁怕谁？"问药说完，率先下楼，狄姜与书香便不紧不慢地跟着她走。

三人一路前行，最后又跟着小童到了祠堂前。老潘的尸体还停在祠堂正中，棺材正是香烛铺的小伙计兴哥儿闻讯送来的。这口实木棺材表面雕刻了繁杂的四兽图，寓意团兽呈祥，比旁人殓葬时用的薄皮棺材高了好几个档次，已经算是店里的镇店之宝，十里八村中殓葬的最高规格。兴哥儿将老潘入殓之后，提着竹篓问看守石屋的壮汉："我能见一见我家掌柜吗？他想来已经整日没有吃饭，于是给他备了点儿吃食，希望刘哥儿行个方便。"

被唤刘哥儿的壮汉却不答应，他轻蔑地看了兴哥儿一眼，随后抢过竹篓，只听"啪"的一声，竹篓便被壮汉用力一掷，落在地上，饭菜汤水散落了一地。

"你想要方便？那老潘的冤魂能许你吗？"刘哥儿说完又提起脚，在竹篓上接连踩了好几脚，直到竹篓变了形再不能用了才停下。他冷笑道，"他这种人连畜生都不如，哪里配吃人吃的东西？你且快快离去，否则连你一起打！"

兴哥儿站在院子里，走也不是留也不是，眼眶泛着红光，眼看就要哭出来。

围在祠堂外的人较之先前少了许多，但总还有一些守在那儿等消息的，大家见了纷纷都笑他："你家掌柜做了这等亏心事，却妄想送口棺材平一平大伙的怒气，这顶什么用？这时候你竟还想着给他求情说好话，简直痴心妄想。"

"可不是，我劝你还是早些离去，否则等潘家孩子回来，定不会善罢甘休。"众人七嘴八舌，劝说兴哥儿离去。可兴哥儿不依不饶，最后竟跪在地上一个劲地磕头："求求大家行行好，我家掌柜不是那样的人，他心肠不坏的！"

"他伙同李姐儿杀了老潘，如此丧尽天良，怎么会是好人？"

"此等败类养出来的娃必也不是什么好人！"

兴哥儿见群情激愤，不敢再说话，只一个劲地磕头，可他的这般好意和讨好在众人眼里便成了贿赂以及心虚，大家的怨气恨不得都发在他身上。

"咱今天先教训教训他！给老潘出气！"大伙七嘴八舌，拳脚相向，把小童子狠打了一顿，直到他鼻青脸肿、奄奄一息了才将他扔出了祠堂。

"杀人凶手滚出状元乡！"

"别再让我们看见你！咱这儿容不下你这样的人家！否则，见一次打一次！"

众人连番唾弃兴哥儿，他挣扎着爬起来，终于不再妄想进祠堂，他转过身，步履蹒跚地往回走，不多时便消失在了狄姜三人的视野中。

狄姜与书香心中都像压了块大石头，憋得慌。这种不被世人理解的痛楚狄姜比谁都清楚是何种滋味。她也有过被全世界误解、排挤、责难的时候，书香跟在狄姜身边，自然也清楚。

只有问药堪堪一笑，冷冷道了句："活该。"

当晚，小伙计兴哥儿便在自家门口的歪脖子树上吊死了。翌日晨时，当村民见到他瘦小的身影在空中随风摇摆时，不仅不心疼，反而嬉笑地咒骂他脸皮薄，没有种。

"真是晦气啊！"闻讯而来的村长一脸不耐，连忙派了两人来将他解下。随后又随地找了块破草皮，便将兴哥儿包着扔进了乱葬岗，从此尸身听凭风吹雨打，再无寸土遮身。旁人没有多为兴哥儿的死伤心，反而更加担心自己的安危，只觉得近日的状元乡颇不太平，大家议论纷纷，心中又是气愤又是害怕。

"村长，最近咱村子闹得凶啊！"刘婶急道。

"可不是？"村长一个头两个大，想起昨日枉死一个，今日逼死一个，说不准哪日还要处死祠堂里那两个，这一来二去怎么算都是一等一的大凶。

"要不……让村子里的人凑凑钱去请钟道长做场法事吧，否则，我可是要睡不安稳了！"刘婶试探地问了句，却得到了村长的连连点头："此法甚妙，我这就去寻他！"说完，村长便带着人赶去孟寡妇的客栈，恰好这时钟旭在厅中用早饭。

村长也不多客套，很快便说明了来意，他将兴哥儿的事情说了个大概，就在此时，狄姜主仆也恰好下楼用早饭，三人听了心中都是一阵唏嘘，狄姜和书香霎时觉得没了胃口，而问药一脸淡然，咬了一口馒头："谁让他跟错了人呢？"

狄姜没理会问药，自顾自道："这小伙计倒是心地纯善。"

"是个可怜的孩子。"书香也跟着点了点头。

问药见狄姜和书香话语里都有些可惜，这又勾起了她的激愤之情，她怒道："谁让他家掌柜的做恶人，平白招来此等变故，我说他是活该！"

"问药！"狄姜低声喝道，"你小小年纪，嘴也忒毒了。"

"我说错了？"

"死者已矣，莫要再说了，况那凶徒究竟是不是张全德还未可知，现在定论还为时尚早。"

"哪里早了？大家可都说是他！"

"他们又不是老潘，怎知凶徒究竟是何人？"狄姜疾言厉色道，"专心吃饭！若再提起此事，早饭你也甭吃了，去祠堂给老潘守灵吧。"

"守就守！我还不想吃了呢！"问药说完，站起来便往外走，狄姜和书香谁也没拦她，只一会儿的工夫，她便不见了踪影。

"不用跟着她吗？"钟旭道。

狄姜摇了摇头："让她去吧，冷静冷静也就好了。"

"嗯……"钟旭低头沉思了一会儿，突然灵光一现，似是想起了什么，急匆匆对狄姜道，"我先去准备法事了，告辞。"

"好。"狄姜点点头。

钟旭和村长起身离去，他们走后，客栈便只剩了狄姜和书香，二人一边细嚼慢咽，一边聊天。

书香想起昨日兴哥儿英勇救主的行为，兴起道："掌柜的，若哪天你犯了事被关起来，我该怎么办？"

"跑吧，能跑多远跑多远，连我都解决不了的事情……你们就别白费心思了。"

"……"书香撇撇嘴，又道，"那倘若犯事的是我呢？"

"你？"狄姜笑着摇了摇头，"你可是百科全书，精通律例。什么能做，什么不能做，你心里门儿清。全天下的人都可能会犯错，唯独你不会。"

"……也是。"书香想了想，愣愣地点了点头，发现自己竟无力反驳。

当晚，钟旭没有回来，直到日出时，狄姜才听到他的房门打开又关上的声音，想是忙了一整晚。而问药也在祠堂守了老潘一夜，狄姜和书香虽在客栈里，但心中也并不好过，一来为老潘，二来便是为了潘玥朗。她实在没办法想象，潘玥朗知道这一切后会是怎样一幅景象。

第二日，邻县的县令便带着仵作衙役赶到了状元乡，这比预期的更来早了一日，仿佛一早便知一般。县令在祠堂里临时搭起了一个公堂。大伙听说官老爷特意赶来状元乡亲自审理老潘的案子，几乎全村的人都围在了祠堂外。狄姜和书香赶到了祠堂，来了之后才发现潘玥朗竟也在围观人群之中，而问药正站在他身边，让他倚靠着自己的肩膀。

"他什么时候回来的？"狄姜慢慢地走到问药身边，轻声问道。她生怕自己的声音太大，惊扰了潘玥朗。

问药红着眼睛低声道："跟着县令一起来的，都知道了。"

狄姜点了点头，看了眼潘玥朗，发现他就这样怔怔地看着，神情痴痴傻傻，叫人好一顿揪心。

"升堂！"这时，师爷高喊一声。午时一刻，县令坐在高堂之上，他的前面放着一方木案，案上放着惊堂木和令箭，堂下两边各站了四名衙役，仵作则和师爷坐在一起，他已经验过老潘的尸体，面上的表情看似已经胸有成竹。

师爷又道："带犯人上堂！"早已等在门外的衙役得了令，立即拖着李姐儿往里走，到了堂内，便将她往地上一扔。一声惊堂木起，县令吹胡子瞪眼，朗声道："堂下所跪何人？"

"民女……罪妇李杏之。"李姐儿双手撑地，说完又改口道。

"所犯何事？"

"谋杀亲夫。"李姐儿语气平淡，仿佛丝毫不觉得这是什么大事，就像在陈述"我杀了一条鱼"。

县令气得浑身发抖，手指着李姐儿大声喝骂："本县见过各种人，但你这般模样的毒妇却是头一回见，更没有见过有谁像你这般对待自己的丈夫，真是无情无义、厚颜无耻！奸夫是何人？从实招来！本官要将他一同下狱，以正视听！"

"呵，这状元村十里八村内哪个男人不是我的奸夫，谁不想要我的身子？"李姐儿昂起头凄然一笑，清脆的女声响彻县衙，她跪于堂前，仍是不改面色。她的不卑不亢犹如苍穹之上的知更鸟，眼里透出的魅惑销魂蚀骨，她瞥了一众衙役，一个二个对上她的眸子都是立即垂下眼去，分毫也不敢与之对视。

"真是个狐狸精！"

"太不要脸了！"

"老潘娶了她真是倒了八辈子血霉啊……"

人群中爆发出惊天的怒气，问药在狄姜边上气得脸颊都红了，而她身边的潘玥朗，眼泪更是止不住地往下掉，任谁看了都是一脸心疼。在他这样的年纪，目睹母亲当着全县的人恬不知耻地坦陈罪状，谁能受得了？

潘玥朗险些晕过去，他强撑着意识，靠在问药腰上，如何也不肯离开。他似乎要将母亲这些话印在心底里，他对她的恨意已经比天还要高，比海还要深。

狄姜想的却与身边的人截然不同，她甚至有些欣赏李姐儿，心中直道："李姐儿这副模样还真是让人连连称奇，这一副风流做派，仔细瞧来倒与瑞安王爷有几分相似，二人都属于让人见了就难以忘怀的美人坯子，皮相煞是好看……"她甚至觉得，李姐儿是不是在故意求死？若不然光凭她这一副皮囊，也足够叫县令堂下开恩，私纳了她当一房小姜才是。

"肃静！"县令又是一击惊堂木，对堂下的李姐儿道，"你……你没有旁的话要说了？"

李姐儿摇头："没有。"

"你这个毒妇！不打不足以泄我心头之愤！来人！给我上重刑！"县令扔下一根令箭，随后立即上来两名衙役，将李姐儿的双臂架起，然后又有一人提着事先备好的辣椒水走上前来，他从辣椒桶里拿出浸好的鞭子，便往李姐儿的身上抽去。只听"啪"的一声，红光四溅，也不知是辣椒油还是李姐儿的鲜血。

"嘶——"狄姜发出一声冷抽，仿佛这鞭子抽在了自己身上似的，只觉全身从头到脚都透心凉。旁人看了都知道这是钻心的疼，而李姐儿却只是紧咬着下唇，一下又一下，每一鞭都强忍住叫喊的欲望。她的冷汗如雨下，和着她的血水一起，很快便浸湿了她的衣衫，看得众人的心都更加沉重，却又无比解恨。

"犯人都招认了，为何还打？"狄姜朗声道。

这在大伙看来她就像个怪物，因为现在没有人会帮李姐儿说话，狄姜就像个异类。

"掌柜的，她该打！"问药扯了扯狄姜的衣裳，让她不要再说了。而狄姜却不顾问药的阻拦，又道："根据律法，犯人招认便等秋后问斩，何苦还要受这些折磨？"

打了这么许久，县令也有些看不下去了，他摆摆手："停下吧。"众衙役退回到两边，李姐儿没了二人的支撑，立即便像死尸一般瘫倒在地，整个人只见出气，听不见吸气了。

"本县给你一晚上的时间考虑，若你明日还这般不知悔改，后天便是你的死期。"县令说完，又重重道了一句，"根据十里八村的旧俗，这可是要浸猪笼的死罪，你今晚给本县想清楚了！退堂！"县令敲响惊堂木，衙役便将李姐儿拖了下去，他也随即走出了祠堂。

严三清几人见状立刻赔着笑脸围上去，直赞他是个不可多得的父母官，为民众所敬仰。而县令却似乎并不开心，眉宇间更多的是烦躁。

"这县令还真奇怪。"狄姜看着他们渐渐走远，嘴角扬起的笑意愈加深厚，心中思疑道，"旁人都巴不得犯人认罪，他却百般地希望李姐儿翻案……真是怪事年年有，近日特别多。"

"掌柜的……"问药拽了拽狄姜的衣袖，问道，"什么是浸猪笼啊？"

"浸猪笼啊……"狄姜在遥远的记忆里找了找，道，"就是把人关在猪的笼子里放上石头，然后沉入河底，直至她死亡，也再不能离开那个肮脏的地方……"

问药打了个寒战，冷笑道："那真是大快人心了。"

一旁的潘玥朗吸了吸鼻子，转过身道："狄姐姐，问药姐姐，我不太舒服，先回家了。"

"我陪你。"问药拉住潘玥朗。

潘玥朗却摇头婉拒道："谢谢问药姐姐，不过我想一个人静一会儿。"

问药看了他半晌，才点点头："好吧，你千万不要想不开，没有什么事是过不去的。"

"我不会的，问药姐放心。"潘玥朗说完，便拱手作揖转身离去。

狄姜看着他单薄的背影，心中的疼惜跃然于胸，差一点儿就要将他收作见素医馆的第五位成员，但她好歹还是忍住了。

"狄掌柜，我们收养玥朗吧。"问药道。

狄姜摇了摇头。

"为什么？他那么可怜……"

"他再可怜也只是个凡人呀。"狄姜淡淡道，"他的生命于你我而言不过弹指一瞬，我不想来日再受生离死别之苦。"

"您有办法让他长生的！"问药满脸希冀。

狄姜摇头失笑："我又不是神仙。"

"可是……"

"好了，你去看着潘玥朗。"狄姜打断她，"虽然他心性比旁人成熟，但到底只是个少年郎，一夕之间丧父，母亲又做了这等事……经历这么大的变故，是个人都会受不了，这时候不能放着他不管。他若想一个人待着，你且离远些看着就是，莫要让他发现你，但是你须得护他周全。"

"我这就去！"问药立即朝着潘玥朗离开的方向追去。

"书香，你跟着问药，我怕她激动之下闯出祸来。"

"是。"书香得了令，立即追了上去。

眼见众人散去，狄姜独自站在原地，突然不知道该做什么了，只得回了客栈。

客栈里，孟掌柜正坐在院子里晒太阳，她的身上盖了一床毛毯，虽然乍看上去很怡然自得，但是仔细看，便能发现她的鼻子眼睛亦有些红肿，显然也是哭过的。

"孟掌柜，您怎么了？"

狄姜的突然言语，将孟掌柜吓了一跳，她来不及将自己的悲恸收起，索性对狄姜打开了话匣子："我是心疼兴哥儿和老张啊……"

"哦？"孟掌柜的话让狄姜觉得莫名兴奋，张全德在这状元乡中已然是人人喊打的存在，却没想到头来竟还有人会替他说话。狄姜又道，"兴哥儿是可怜见的，可老张……"

孟掌柜脸色一红，嗫嚅道："他虽然嘴里没个正形，但心地不坏的。"

狄姜见她这副模样，也瞧出了个大概，这孟掌柜应该是暗恋他的。孟掌柜寡居多年，张老板时常来蹭饭，一来二去有了些许感情也是正常。

孟掌柜红着眼道："兴哥儿是个孤儿，从外乡来的，来的时候身上没有一处好皮肉，也不知是谁竟那样折磨一个孩子。他背上的伤口都溃烂了，没一个人敢收留他，就连我也只是给他送过几碗饭。"孟掌柜说完，狄姜心中又是一紧。

"是不是看兴哥儿细皮嫩肉的，不像是个流浪儿？"孟掌柜凄然一笑。

狄姜点了点头："那日见了，还以为是个高枕无忧的孩子。"

"被张全德收养之后确实是高枕无忧了。"孟掌柜顿了顿，又道，"那时张全德的铺子刚开业，正好需要一个人看着，他便将他收作义子养在家中，这些年来，他们相依为命，生意也越做越好，本想着能享福了，岂料怎就出了这等事！老张平日里开黄腔开习惯了，但是他绝对是有贼心没贼胆，他若真是那种人，早就与我……与我……"孟掌柜说着，眼泪便止不住地往下掉。

狄姜见了这副模样，心中便是另一番滋味，连问她："这些话为何公堂上不说？"

"我说的话有用吗？"孟掌柜神色一黯，"他们早就认定了是老张，我素来与他交好，他们如何能信我？"

"……"狄姜叹了口气，不知该说什么了。

孟掌柜擦了擦眼泪，便坐起身叠好毛毯，道："太阳要落山了，我去歇息了，今晚就不做饭了。"

狄姜点点头："孟掌柜不必劳烦，这几日发生的事情也着实让人没有胃口。"

"嗯。"孟掌柜蔫蔫地点了点头，回了屋去。

问药和书香直到半夜才回来，恰在客栈门口遇到了正要出门的狄姜。此时更深露重，空气中有些寒凉，狄姜穿着狐裘披肩，而问药和书香都穿得有些单薄，她叹道："辛苦你们了。"

"不辛苦。"书香和问药皆摇了摇头。

问药又道："只是心疼。"

"嗯……"狄姜沉吟道，"潘玥朗如何了？"

"他在床上坐了大半天，刚刚才睡下。"问药满目忧思地问，"这么晚了，掌柜的您要去哪儿？"

"我去看看李姐儿。"狄姜轻声道，"白日里人眼太多，晚上去清静些。"

"我也去！"问药急道，生怕狄姜不带她。

狄姜想了想，便点点头，又提醒道："见了她不要太激动。"

"知道了。"问药没好气地答了一句，显然口不对心。但狄姜也由得她去，只道自己在她翻不起天来。于是三人一前两后，悄悄去了祠堂的石屋。李姐儿已经奄奄一息，她白皙滑嫩的皮肤大多都已经变得皮开肉绽，找不到一块完整的皮肉。狄姜见了，一阵心惊。

"那些衙役还真是下了狠手……"狄姜还没说完，只她一个不留神，便让问药钻了空子。只见问药三步并作一步冲到李姐儿身前，右手高高扬起又落下，便听"啪"的一声，李姐儿面上便挨了重重的一巴掌。五个鲜红的指印印在李姐儿的面颊上，让她原本就瘦弱的身子看上去更加地楚楚可怜。

"你怎么这样恶毒！"问药怒道，"老潘瘸了几十年，好不容易等到我们掌柜的将他腿疾治好，而你竟为了偷情将他杀了！他这样爱你！"

"问药！"狄姜喝止她，拦在二人之间。她本以为李姐儿会生气，哪知李姐儿却只是微笑，她淡定地抬起头，看着问药的眸子里写满了不屑。

"他爱我又如何？他这辈子终究只是一个窝囊废。"李姐儿面色淡然，说出的话却锥心刺骨，这让问药更加生气。

"你！"问药大怒，眼看她的巴掌又要落下去了，狄姜连忙拦住她："不可。"

"掌柜的……她可是个毒妇！她连爱了自己一辈子的人都能杀！她还有什么不能做的！"

狄姜还是摇头。

"掌柜的……你也太没有血性了！"问药见狄姜始终不肯松手，盯着她看了半晌终于不再坚持。

问药放下手，恶狠狠地瞪了一眼李姐儿："你就是个没有心肝的！"

"多谢姑娘夸赞。"面对她的指责，李姐儿也毫不在意，她微笑着施了一礼，然后勉强撑起身体。

"你！"问药气得七窍生烟，她大力地呼吸，试图掩盖心中的愤怒，但是最终还是失败了，她咆哮了一声，然后对狄姜道："这里空气不干净，我可不想跟这种女人共处一室，我去外面等你们！"说完，问药掉头就走。狄姜也不管问药去了哪，看了一眼便收回了眸子，然后她慢慢地蹲下身子，近距离观察李姐儿的伤势。

只见李姐儿的身上已经找不出一处完好的皮肉，有些伤口结成了薄薄的血痂，但更多的是化脓感染，伤口与衣物粘在一起，动一下就撕心裂肺地疼。狄姜心中不忍，于是伸出手去想探她的脉搏，却不料被她侧身躲开了去。

"残破之身，就不劳烦神医了。"李姐儿一脸淡漠，似乎感受不到身上四处传来的痛楚。

狄姜叹了口气，郑重道："你的伤虽然是皮外伤，但若不及时治疗，会有性命之虞。"

"如今我还怕死吗？"李姐儿冷笑了一声，说完后便不再看狄姜。她侧过身子，看着头顶上一尺见方的窗户，眼神里充满了淡漠与疏离，周遭散发的都是拒人于千里之外的气息。

那一瞬间，狄姜突然觉得她就像变了一个人。李姐儿的眉目里再也没有了往日的神采飞扬。狄姜想起老潘还健在的时候，她哪怕再是泼辣无情的谩骂，眼睛里也是充满了活力的。而老潘一死，就好像带走了她身上所有的灵气，不会再有人给她当牛做马，她也就没有力气再与人调情。她就像失去了翅膀的鸟儿，天空从此变成了奢望。她成了一具行尸走肉，双目无神，漫无目的。

现在的她，就连死也不怕了。

"我觉得李姐儿已经知错了。"一旁默不作声的书香淡淡地道了句。

狄姜点点头："你与我想到了一处。"

狄姜跟着他二人，走了一段路后又回头看了一眼，发现李姐儿还是原来的样子，呆呆地坐在那里抬头看着窗外，眼里平静无波。这一刻，狄姜真真切切地感受到，李姐儿并不是没有心肝的人，事情发生到现在，她一句为自己辩驳的话都没有。她如果想活，有半个村的男人为她鞍前马后，而她现在，摆明了一心求死。

或许，只有失去了才知道珍惜。潘辛贵在世时，她可以嬉笑怒骂任自己恣意妄为，但一旦这个人不在了，那她的生活也就变成了一个断层。过去的都已过去，她再也不能牵他的手，再也看不见他对着自己笑了。或许她已经生无可恋了……

主仆三人走在祠堂外，突然听得祠堂正门传来一串脚步声，问药刚想问是谁，却被书香捂住了嘴，狄姜也摇了摇头，示意她不要说话。

"我们去看看。"狄姜用唇语向二人说完，问药便点了点头表示明白，书香这才放开了她。那脚步声径直走进了李姐儿的石屋，三人便轻手轻脚走到墙根下，猫着身子仔细聆听，想看看此人究竟是谁。

不多时，便听一浑厚的男声道："你考虑好了吗？"

"……"

李姐儿没有回答，但狄姜三人却是通体一震。这声音，分明就是今日在堂上一脸正大光明的县官老爷！

他深夜独自一人来此处是为何？狄姜三人面面相觑，皆是一脸惊骇。她们心中虽有疑问，但其目的实则不言而喻，何况在那前院的祠堂正中，老潘的尸体还躺在那里，直叫人好一阵火冒三丈。这时三人都有些生气，尤其是问药，眸子里射出的精光简直可以杀人。

"你考虑好了吗？"县令又是沉声喝道，此句较之前一句，语气中带了些不耐。

"……"

李姐儿还是没说话。

"我问你考虑好了吗？！"县令说完，便听一阵窸窸窣窣的声音传来，在这漆黑宁静的夜里显得尤为骇人。紧接着，只听"啪"的一声，李姐儿大怒道："把你的狗爪子拿开！"

"呸。"县令吐了一口口水，还了李姐儿一巴掌，"你也不看看你是什么东西，敢这样与我说话！"

"放肆！"李姐儿啐道。

"放肆？"县令失笑，"这话该是我说才是，你个市井荡妇装什么清高？"

李姐儿冷笑一声，道："你今晚若不杀了我，明日我就让所有人都知道你的嘴脸！"

"哦？想死？我才不会让你死得这般痛快！我要让你的儿子亲眼看着你和你的奸夫一起被沉河！我给过你机会了，这是你自己选的！"

"我宁愿死也不会嫁给你这种人。"

"呵，我再不堪也比个瘸子好，不过就算明天就会将你处死，今夜，我也要尝一尝你的滋味！"县令狞笑着扑向李姐儿，墙外的三人便清楚地听见衣物被撕裂的声音。

"呀，听说祠堂里闹鬼，我们这么晚来这里，怕是会见鬼呀！"书香捏着嗓子学着孩童天真烂漫道。

问药立时会意，接道："嗨，我们不就是为了比谁的胆子大嘛！一会儿我先来，谁在棺材边上待得久，谁就是老大！"

"你们先……我……我殿后！"狄姜同样也捏着嗓子，装作胆小的模样，颤抖道。说完，还在墙角边上大力地走了几步，让房内的人以为是玩闹的孩童正要来此处玩耍。

这时，便听墙内一阵提裤子的声音，紧接着县令骂了一声，从侧门溜了出去。

问药舒了一口气，轻声道："想不到李姐儿还有些骨气。"

"可不就是。"狄姜点点头，对二人道，"走吧，今晚他不敢再来了。"

"等等！我要再问问她。"问药说着跑进了石屋。

石屋里，李姐儿正仰面躺在草堆上，双目无神，她的雪白的胸脯暴露在空气中，其上还交错着十几道鞭痕，看上去又是旖旎又是叫人害怕。

"李姐儿！"问药唤她。

李姐儿却不答话，她就像是没听见一般，直愣愣地看着屋顶。狄姜见状，连忙上前为她穿好了衣衫，穿戴齐整后，她才稍稍恢复了一点儿神采。

"李姐儿，你若有冤屈，告诉我，我们会替你申冤。"问药急道。

而李姐儿却别过了脸，不再看她，眉目中连一丝感激也没有。

"走吧。"狄姜摇头道。

"可是……"问药难受道，"如果她不为自己辩解，潘玥朗会难过一生！"

听到"潘玥朗"三个字，李姐儿的眼睛明显地震颤了一下，但也只是一下，很快她又恢复了眼中无神的模样，问药见状，这才死了心，跟着狄姜回了客栈。

今晚发生的事情可以说是出乎三人的意料，没想到县令竟然猖獗至此，就算他垂涎李姐儿的美貌，也该顾忌一下旁边屋里的老潘，老潘他尸骨未寒又是枉死，也不怕招了晦气！

而对李姐儿的奇怪就更甚了，她平日里表现出来的泼辣和凶狠似是全然没有将老潘放在心上，而这会儿怎么突然变身贞洁烈妇了？

这其中的蹊跷狄姜猜不透，就更别提书香和问药了。

"掌柜的，现在该怎么办？"问药趴在桌上，好一顿唏嘘。

狄姜也是一筹莫展，许久才道："李姐儿不肯开口，我能有什么法子？"

"眼睁睁地看着她被沉河？"

"不然呢？你去劫狱？"

"哎呀，这是个好办法呀！我怎么没想到呢！"问药立时来了精神，"我这就去！"

"回来！"狄姜喝道，"你是真不长脑子还是在搞笑？我开玩笑的听不出来？"

书香"扑哧"一声，招来问药好一记白眼。问药争辩道："可这却是唯一的办法了呀！我还不信在这小乡村里有谁打得过我！"

"真的没有吗？"狄姜睨了她一眼，淡淡道，"旁边的钟旭，可不是花架子。"

"……"

问药立时泄了气，她这才想起钟旭的法力是一等一的道教正统，自己若破了身，输赢还真没有把握。不说旁的，单说自己的法力肯定没有掌柜狄姜高，连掌柜的都时刻巴结着钟旭，钟旭之厉害，可见一斑。

"掌柜的，那你说怎么办嘛？"问药虚心求教。

"让李姐儿开口申冤，或者，让凶手自己认罪。"

"这都有些难。"

"是啊……"

就在二人一筹莫展之际，书香沉声道："李姐儿的软肋在潘玥朗，而对付凶手，可以用什刹花。"

书香说完，狄姜如醍醐灌顶："对呀，我可以去借织梦铃！"

"织梦铃是什么？"问药疑惑。

书香解释道："织梦铃是鬼君的一个法器，可以织就一段梦境，让做梦之人恍如置身现实，分不出虚妄与真假。"

"法器？！"问药声音陡然提高八度，"鬼君的法器岂是说借就借的？你认识鬼君？"

就在书香和问药争辩之际，狄姜突然冷冷道："我要去睡觉了。"语气是通告，而不是征求意见，说完，她便将书香和问药往外赶，问药还想问什么，但是狄姜却神色坚决，根本不给她开口的机会。

门"啪"的一声被重重地关上，问药和书香对视了一眼，只得各自回屋。

第十章

什刹花

白天累了一整天，主仆三人不多时便沉沉进入了梦乡，书香与问药一夜无梦，而狄姜却结结实实地梦到自己魂游地府。

一众阴差见了她，皆是俯首跪拜。她走到了奈何桥上，见着桥边来来往往站满了人，可她眼尖，一眼便从一众流连的魂魄中看见了微笑的老潘，此时的他穿着与自身不相符的衣物，深红的色泽显得衣服十分华贵，头上那顶帽子更加不是寻常人家可以佩戴的。

"老潘？"狄姜走到他边上唤了两句，可他始终不答，她细细瞧来，才发现这是老潘，也不全是他。

他只是老潘的一缕魄，没有神识，只会微笑。

"哎……"狄姜心中的疑惑更甚，便继续向前走，穿过十殿阎罗的领地便到了鬼君的御花园，她没有多做停留，径直去了他的寝殿。

鬼君的寝殿里装点着满屋的黑纱，风一吹就满屋子乱飘，狄姜穿梭其间好几次被拂过眼睛，弄得她又气又急："早跟他说过把这些都烧了，怎的还越来越多了？"

狄姜一气之下，食指一摇，指尖便飞出去一颗火星子，落在黑纱之上，整个寝殿便很快化作了一片火海。火海之中，床榻之旁，有一个闪着荧光的铃铛，铃铛手柄通体由白玉所制，光洁无瑕，两个金铃铛缀在上头煞是好看，摇动之下更是清脆悦耳，悠然动听。

"谁在纵火？！"一声厉喝传出，狄姜从铃铛声中清醒过来，还不等来人踏进殿门，狄姜便掐了一个法诀。

她的身形一闪，便从梦中惊醒。

醒来后，狄姜依然睡在孟掌柜开的客栈里，入目所及皆是凡间的种种，房间里干净整洁，家具摆放齐整，不浮夸不高雅，皆是平民百姓日常所用的物件。这比之鬼君所居之所竟更让她受用。而她的右手上已平白多了一只白玉铃铛，只要稍稍摇动，便丁零作响。

狄姜看了眼窗户，只见窗外天光微亮，已到寅时，村民很快便会起床，按照县令所说，李姐儿今日会被他们沉河。

"没时间了。"狄姜急急地催动铃铛，便听"丁零"之声不绝于耳，从耳朵里传到了心底里，她的心中念着李姐儿的模样，又将自己脑海中所想象的梦境传到了李姐儿的梦里。

此时李姐儿便见着自己被五花大绑放进一只竹制的笼中，正是杀猪之时所用之物，这笼子里有粪便有鲜血，腥臭扑鼻，叫人五脏六腑翻江倒海。与她一起被抬着的还有香烛铺的掌柜张全德，他的表情痛苦，嘴里被塞着棉布，想说话却说不出，只能发出呜咽声，眼泪鼻涕和屎尿一齐流了一路。围观的村民向二人扔着烂菜叶和野树根，连抬着他们的四名壮汉也时不时受到牵连，但他们并没有制止村民，反而对此行径大加赞赏。

人群中，独一人分外惹眼。

潘玥朗慢慢地跟着村民，不哭不闹，眼神冰冷地看着母亲，李姐儿被他的眼神灼伤，不忍再看，于是闭上眼，静静等待死亡的到来。

很快，冰冷的河水便从四面八方涌来，充斥着自己的七窍，堵住了自己的口鼻，以往不在意的空气成了最大的奢侈，她想说话却再也说不出。

她不怕死，但是却怕自己死后，潘玥朗孤苦无依。

凭着这份信念，她的魂魄终于出窍，她这才意识到自己不是得到了救援，而是死了。她眼睁睁地看着自己的尸体沉在冰冷的河水里，和一旁的张全德一样，双目圆睁，死不瞑目。

她没有多做停留，而是很快飞去了潘玥朗的身边，她只想要见到自己的儿子，知道他过得不错。她来到曾经的家中，却看见潘玥朗没有哭，而是笑，他坐在镜子前，笑得恐怖，笑得狰狞。

从此以后，潘玥朗再也没有笑过，他从一个阳光健康、积极向上的人变成了一个疯子，旁人都笑他有一个不知廉耻的母亲，他被取消了士子的资格，甚至连学堂都不允许被踏入。

他在街边行乞，捡人家不要的馊饭吃，甚至有时连馊饭都被过往的孩童玩笑着倒掉，活得连狗都不如。

李姐儿失声痛哭，却流不出泪来。

下雪天，她想将他护在怀中，双手却一次又一次地穿过他的身体，甚至在自己接近他的时候，潘玥朗还觉得更加阴冷，越发瑟缩，小嘴冻得发紫。

那一年的年三十，他坚持不下去，找了个小山便跳了下去。尸体好久好久都没有人发现，到了春暖的日子里被太阳一晒，尸体便发出阵阵恶臭，吸引了一众蝇虫。

李姐儿在世上再无牵挂，去了地府再见到了潘玥朗，而他却只是眼睁睁地看着自己，冷冷地问她："你为什么要生下我？"

"啊啊啊——"李姐儿挣扎着摇头，等再清醒时，发现自己正躺在猪笼里，还是那四个人抬着她，围观的也还是那些人群。而这一次，她却没有看见潘玥朗。

菜叶馊水泼了李姐儿一身，她身边的张全德已经哭晕过去。她这才明白，自己刚刚所经历的一切，都只是一个梦。而现在的自己却躺在猪笼里，等待她的将是沉河。

她一觉梦醒，却回到了噩梦的开始。

"不要以为那只是梦境，那是你死后真真切切将发生的事情。"狄姜的声音突然从脑海中传来，她四下寻找，最终在队伍的尾端见到了她。

狄姜就那样安静地跟在村民身后，定定地看着李姐儿，但说出的话却直击她的心坎。

"你若想毁掉潘玥朗的未来，你可以就这样死去。"

狄姜的声音再次传来，可李姐儿分明没见到她张嘴。

李姐儿瞪大了双眼，想要说话却因被堵上了嘴而发不出声音，她只能用眼神向狄姜求救。

"你对旁人说不了话，但是可以对我说。"狄姜再次引导她。

李姐儿这时才在心中大喊道："求狄姑娘救我！我没有杀害潘郎！"

李姐儿刚说完，便听"扑通、扑通——"两声接连而至，紧接着便是冰冷刺骨的河水漫入自己的周身，将自己包裹其中。临死前，她只觉自己被绑着的右手心里突然多了一个物件，大小就像是一颗核桃，她又听见狄姜说："我会保潘玥朗无虞。"

"真的吗……那就好了……那就好了……我死也安心了……"李姐儿想着想着，便失去了意识。

李姐儿和张全德沉河后，村子里当晚便开始闹鬼，不少人听到了李姐儿的哭泣声，从黝黑的夜里，从伸手不见五指的地方，从四面八方传入他们的耳朵里，"嘤嘤"的声响不绝于耳。就算内心坦荡不怕鬼的人，也被这声音搅扰得睡不着觉。

第二日，孟掌柜的客栈便被村民踏破了门槛，皆是来请求钟旭庇护的。可钟旭却一脸淡然，道："我没有闻到冤鬼的气泽，你们只是自己吓自己。"钟旭扔下这一句话后便关紧了房门，任谁来敲都不开门。

除了狄姜。

当然，狄姜他也并不想接见，只不过狄姜是趁他不察，从隔壁的窗户爬过来的。等他反应过来时，狄姜已经坐在他的床边，左手一抹，从他的床里边沾了一手血液，伸到他面前，啧啧摇头道："钟道长，你怎么受伤了？"

"不关你的事。"钟旭一脸淡然。

"怎么才过两日，又变回这般生分的模样？我还以为我们已经是好朋友了呢！"狄姜瞪大了眼，被他气得喘不上气。

钟旭见状，怕狄姜喘得晕过去，想给她顺顺气又觉着男女授受不亲，很是一阵手足无措后，只得连连摇头，安慰她道："不是，我的意思是，这点儿伤不碍事。"

"哎……原来你是这个意思！"狄姜气息重新恢复平顺，又道，"怎么受伤的？"

"解释起来比较复杂，总之……我见到潘辛贵了。"

"在哪儿？"

"在……"钟旭挠了挠头，不好直说自己是在哪里见到的，只道，"总之，我再次见到了潘辛贵的魂魄。但这一次的他始终不发一语，只站在桥头，笑意盈盈。我想，原因应该很简单，害他之人必是他最为亲近之人，他心甘情愿死在她的手上，别无怨言。"意思就是，凶手就是李姐儿。

狄姜猜到钟旭只怕是用术法去了一趟地府，见到了奈何桥上痴呆的潘辛贵，这才损耗元神，受了内伤。狄姜牵起钟旭的手坐下，探起脉来。钟旭有些无所适从，咳嗽了两声，耳根子便开始发红。

"脉象倒是正常，不像有什么病症，但这血……"狄姜说着，就站起身去脱钟旭的衣服。

钟旭大惊，一脸窘迫地推开她，急道："你做什么？！"

"我就想看看你有没有外伤，没别的意思。"狄姜一脸无辜，十分不解他为何如此大动干戈。

"我没有受伤！"钟旭推开她，理了理衣裳，收拾齐整之后便将狄姜往外赶，"我没事，狄掌柜还是去看看门外那些村民吧，他们才是生了病。"

"什么病？"狄姜一愣。

"臆想症。"

"唔……果真没有怨气？"狄姜试探地问他。

钟旭断然摇头："没有！"

"那我就放心了，你好好休息，我先走了。"狄姜说着，又打开了窗户。

"你怎么不走大门？"钟旭疑惑。

"你的门都被村民堵死了，我可不敢出去。"狄姜摊手，说完便纵身一跃，像一只母熊一般扑到了旁边的窗户上，然后吃力地手脚并用爬了进去。钟旭在她身后看着她笨重的动作，很为她捏了一把汗，生怕她一个不小心掉下去，还要自己动手去救。

但是她到底还是稳住了，钟旭松口气，关上了窗户，插上了窗闩。

狄姜回屋后便长舒了一口气，对着书香问药兴奋道："钟旭自身难保，一时半会儿怕是不会管此事，你们尽管再闹两日，等村民们受不了了，我们再做下一步打算，还有，一定要将县令留在状元乡！"

"好！"书香问药点了点头。

但凡是狄姜的命令，书香都不问对错地言听计从，而问药此番如此乖顺纯粹是为了潘玥朗，她怕他孤苦无依被人看不起，这才想方设法为李姐儿翻案，好歹不要让他落得一个受人置喙的名头：杀人犯的儿子。

这样的他，如何能在人前人后挺直脊梁？那不该是他应承受的。

从前她没有想这么多，以为给老潘出气才是最重要的。等他们夫妻相继离世，只剩潘玥朗一人时，她才发现，活着的比死了的或许还要痛苦。她不希望潘玥朗的下半辈子都活在父母的阴影里，所以当狄姜提出为李姐儿翻案这个建议时，她毫不犹豫举双手赞成。不管真假，只求结果。

这夜，村民不再听见李姐儿的嘤嘤哭泣，就在大伙都松了一口气，觉得终于能够睡个好觉之际，李姐儿和张全德的冤魂却出现在了各家各户的窗边。他们什么都不做，就那样定定地看着屋内的人。李姐儿和张全德的眼睛瞪得浑圆，眼角流淌着血泪，被河水泡发的身体让他们全身发青，更加骇人。

当晚便有许多人被吓晕过去，更有些村民直接搬了床被子睡在了钟旭的房门口，楼道里来来回回的走路声念经声，扰得狄姜也不能安眠。

"我受不了了！"狄姜掀开被子，在书香和问药回来之前，便冲出屋子，佯装惊颤道，"李姐儿一定是冤死的！我们要找出真凶，还她和张全德清白！"

楼道里的村民愣了愣，随即一一发出附和道："对！一定是这样，凶手一定另有其人！"

这比她原定计划还提早了两日，他们本计划着一系列的吓人活动，岂料才施行了两招，便惹得大家怨声载道，纷纷打心底认为李姐儿真是冤枉的。

狄姜带着村民在祠堂集合，并着人去请了村长、乡长和县官，书香和问药也闻讯赶了过来，三人眼神一交会，皆是窃喜。

这是人的通病，若事不关己便高高挂起，你一言我一语什么话都能说。可临到犯了自己的忌讳，便是比天还大的大事，处理起来都雷厉风行。

寅时，本该安眠的时辰，全村却无一人睡安稳。他们打着火把集结在祠堂前，将县令几人团团围住。

县官哪里见过这样的阵仗？躲在几名衙役身后只露出一个头来。他道："你们围着我干什么？又不是我杀了老潘！何况那李姐儿亲口承认自己谋杀亲夫，她有冤有仇也算不到我头上！"县令满脸横肉，十分激动，唾沫星子乱飞，毫不顾及形象。

众人此时也没人注意他的形容，只觉得他的话也颇有几分道理，李姐儿是自己认罪的，怎么有脸来找麻烦？大伙面面相觑，这会子真不知该向谁问责了。

"好了，过去发生了什么我们不得而知，但是真凶一定不能逍遥法外。"狄姜清了清嗓子，道，"我这有一宝物，可辨别真凶。"

"什么宝物？"

"有如此神奇的东西？"

村民皆是好奇，也真心希望狄姜所言非虚，他们的安稳日子，可全系在她身上了！

"问药，拿上来吧。"

"是。"

问药从怀中拿出一块血红的石头，骄傲地一挺胸，对县令道："这块石头是仙石，谁是凶手一摸便知。"

"从何而知？"

"这石头浸了李姐儿的怨恨，若真凶摸到便会十指鲜红，其状如血。"

"当真？"县令一脸狐疑。

问药将石头递到他面前："不信您试试？"

县令眯起眼，打量了一会儿，然后侧身对村民道："你们排好队，一个一个来！"

众人面面相觑，起先没有人敢主动上前，直到几个平日里与老潘关系好的老婶娘主动上前摸了之后，大家眼见她们的手上都沾染了鲜红，才又纷纷上前一试，很快，全村的人手指头上都鲜红欲滴。

县令见了像是舒了一口气似的，对问药笑道："你这哄小孩子的把戏我知道，你的石头上涂了红漆，只要摸了便会染红指头。真凶若心里有鬼就不敢摸了，所以手指上没有染上红漆的人就是心里有鬼，那么他就是凶手，对吧？"

"理论上来说是这样。"问药笑而不语。

大家这才恍然大悟，他们互相验证，见村里几百口人都染上了红漆，并没有什么不同。于是纷纷向问药投去鄙夷的目光，指责问药的法子儿戏，当不得真。

村民的责难声愈来愈大，怨言也愈来愈恶毒。许多人碍于狄姜神医的名声而不出声，但更多人却因为气愤而剑拔弩张，她们大多是女人，平日里早已看不惯李姐儿的作为，见狄姜几人想为她开脱更是一万个厌恶。

"你也太不把我们放在眼里了！"

"哪有这样戏弄人的！当我们三岁孩子吗？"

"你根本就是帮凶，你们来了老潘家就连番地出事！"

狄姜哑然，直叹村民们的想象力可真是丰富。

"大家安静——"县令咳嗽了一声，清了清嗓子，笑道，"既然大家都试过了我也不能独善其身，虽然我不是状元乡的人，但是也可以陪你们玩一玩这小把戏嘛。"他说着便在匣子里摸了一下，然后伸出右手三根血红的手指对大家道："你们看，我的手指也红了。现在，你能告诉我真凶是谁了吗？"

大家也都睁大了眼睛等着问药的答案，问药见大家气势汹汹顿时也慌了阵脚，她慢慢地退到狄姜身后，焦急道："掌柜的，现在该怎么办？"

"大家少安毋躁，结果明早便知。"

"明早？"县令带着三两人走过来，对狄姜主仆狐疑道，"今晚你们跑了怎么办？"

"开玩笑，我们怎么会跑！掌柜的说明日会有结果，你们等两个时辰便是了！"问药一叉腰，对着几人破口便骂。但那几个衙役也不是吃素的，见问药这副模样，直接一左一右拎起她的双手，另一人则拿出绳子绑住了她的双手。

"您这样做，未免有些失礼了。"狄姜冷眼看着县令。

县令却是一摊手，表示自己无能为力："对不住，我也不能让大伙白白受了冤屈，谁叫李姐儿她该死呢？"

"该不该死您说了不算，晨时自有分晓！"狄姜面色沉稳，微微一笑，"您若实在不放心，我们把行李放在此处便是。"

"行李值几个钱？我现在怀疑你们也是帮凶！你们就乖乖待在祠堂里，哪儿也不许去！来人——把他俩也绑起来！"师爷一招手，又上来了四五人，他们迅速朝狄姜和书香扑来。

一壮汉大力扭住狄姜的肩膀，一阵钝痛让她下意识叫出了声："好疼！"

"掌柜的！"问药见狄姜受难，怒极之下眼睛开始泛红。

狄姜见了问药这副模样，吓得脑子里一片冰凉。

对她而言，比起粗鲁的凡人，狂暴的问药实在是更要可怕许多，她宁愿在祠堂睡一晚上，也不要去给问药擦屁股！

狄姜本想拂去抓住她的人的双手，这时，却突然有一把剑从天而降落在她的身前，斩断了正在捆绑她的绳子。剑气将衙役们逼退了五六步，更有一两人直接跌在了地上，他们没有预料到这突如其来的变化，霎时变得灰头土脸。

下一刻，狄姜便见穿着一袭青衣的男子稳稳落在自己身前，为自己挡住了各路人的冒犯。

她定睛一看，来人正是钟旭。钟旭长剑出鞘，在身前画了半个圈后稳稳地落在了右手上："我乃青云山白云观第七十二代掌教钟旭，有我在此，尔等不可胡来。"钟旭目光冷冽，不怒自威，将一众人唬得一愣一愣的。

他的剑锋凌厉，让拿着绳子的衙役不敢上前。然而只有他身后的狄姜看得清，钟旭的背影有些摇摇欲坠。显然，他的伤还没好透，面对眼前里三层外三层的衙役，只怕也是有心无力。

也就在此时，人群之后，又是一阵喧哗，只听一明朗浑厚的声音从人群后传来："这么多人欺负一个女人和两个孩子，未免叫人笑话。"分明是调笑的口吻，却又因他的语气让人无法忽视。此人不是旁人，正是先钟旭一步离开的武瑞安。而他的身边，还跟着一队精兵悍服的士兵。

武王爷原本准备等上两日，却久久不见钟旭回来，知晓他牵扯命案怕是不好脱身，于是直接拿了自己腰牌，带了郡守的兵赶来了此处。

来得倒正是时候。

衙役们见了带兵而来的武瑞安，摸不清他的底细，都不敢贸然出手，便听县令大喝道："你是何人？"

"当朝辰皇第六子，武瑞安，携陈郡守之兵，来此判案。"武瑞安说着，拿出了自己的腰牌，而他身后的将士也似为他撑腰一般，纷纷向前半步，威风凛凛。

"竟是武王爷！"县令惊呼，忙带着所有衙役，行五体投地跪拜大礼。村民们见状，亦是纷纷行礼。

武瑞安没有让他们起来，反而站在狄姜和钟旭身旁，朗声道："钟道长的话就是我的意思，有我在，你们别想动他们分毫。"

县令连忙叩头："王爷恕罪，我们也并不想欺负她，只是她形迹可疑，想要她留在此处罢了。"

"她是本王的人，只怕你们留不住她。"武瑞安说完，狄姜实在是觉得受宠若惊。

他们之间只不过有几面之缘，算是萍水相逢。而钟旭呢？她一直觉得他是非常讨厌自己的，但是没想到关键时刻会出手相救。今夜实在叫人惊喜。

她一个没忍住，便冲他笑道："钟老板、武王爷，你们可真是高大英俊又威猛啊，有钱有权还有力量，真是……真是让人好生欢喜。"狄姜说着，趁机在钟旭结实的臂膀上摸了一下。钟旭还是一张冰山脸，对着前方的敌人，仿佛没有听见一般，但狄姜分明看见他的嘴角抽搐了一下。

而相比之下，武瑞安就大方多了。他微笑地点了点头，说了声："举手之劳，与狄大夫和钟道长救命之恩相比，无足挂齿。"

到这儿，县令总算听明白了，狄姜和钟旭是武王爷的救命恩人，自己跟他俩作对无异于以卵击石。

但让他没想到的是，下一刻，狄姜却又微微一笑："狄姜感念二人帮扶之恩，但，不需要。"说完，她对县令道，"我跟你们去就是了！"今夜对她来说，已经收获了许多额外的宝物，那是千金都换不来的。她心情很好，不想跟他们计较了。

钟旭闻言，却猛地回过头，像看怪物似的看着她："你说什么？"

狄姜冲他扬起一个大大的笑脸，又把脸靠在他的肩膀上微笑道："我知道钟老板你虽然嘴上说讨厌我，但是心里还是很照顾我的。你的心意我心领了，我不希望你为了我以身犯险，何况仪式已经完成，我也不怕他们会对我怎样，你且安心住在客栈，早上自会有真凶的消息。"

钟旭直勾勾地盯着狄姜，眼神里似乎在说："我真想把你的脑袋切开来，看看里头装的是不是豆腐！"

"您放心，他们奈何不了我。"狄姜再次强调。

狄姜说完，钟旭看了她半晌，见她始终是一副风轻云淡的模样，便相信了她的话。

钟旭叹了口气，收回了长剑。长剑回到剑鞘，便通体化作了一柄桃木剑，恢复到了原本的模样，剑柄处刻着狄姜看不懂的古老铭文。大伙见了都啧啧称奇，更有些村民直接跪在了地上，直呼："神迹啊……"

狄姜细细一嗅，仿佛能嗅到血的气息，再凝神一听，似乎能看见过往死在这剑下之人的惨烈哭号。她这才明白，钟旭背上的剑人挡杀人，鬼挡杀鬼。

"若是遇到佛呢？"狄姜下意识问出声。

"你说什么？"钟旭疑惑。

狄姜摇摇头："我开玩笑的。"说完，她转过身，对县令道，"我们跟你走，不必绑我，我不会逃走。"

缚住狄姜的两人面面相觑，不知道接下来该怎么做。县令倒是爽快地一挥手："放开她吧，带她们去石屋，好生看管！"

"是！"众人得了令，便将狄姜主仆三人押进了石屋。

县令留住了狄姜，却没有半点儿开怀。他还要独自面对的，是带了两百精兵的武瑞安，以及目光灼灼的白云观掌教……

狄姜三人被关在了祠堂后头，和李姐儿住的是同一间。看着石屋里四处血迹斑斑，狄姜心下很是惆怅，直道："这李姐儿的案子没审完，自己却成了阶下囚。这剧情反转之快，真是叫人始料不及。"狄姜失笑，没觉得有多难受，她只是觉得好笑。

而问药却没这般舒坦了，她本就有气，此时又见干枯的稻草上更是黑红黑红地浸了一大片，看了就胸中作呕。

"掌柜的，这里能住人吗？"问药看着狄姜，牙关打战。

"你还怕这个？"

"我不是怕，我是觉得脏。"问药呸了一声，"李姐儿的血，我怕碰了会长疮。"

"你还觉得李姐儿有问题？"

问药哼了一声，道："就算她没有杀老潘，她生前水性杨花这也是事实。"

"是事实还是捕风捉影，明早便知。"狄姜一脸淡淡。

问药噘着嘴，又道："那今晚怎么睡啊？"

"书香不是睡得挺好？"狄姜指着靠着墙的书香道，"怎么他能睡得了你睡不了？"

"他皮糙肉厚的，哪儿能跟我比啊？"问药嘟囔了一声，也有样学样地找了个干净的地方坐下。

狄姜笑了笑："睡吧，早点儿睡，不然，下半夜怕是没得睡了……"

当晚，村民回家后都没有再遇到灵异的事，累了两日的村民便很快进入了梦乡。此时，却有三个人始终没能睡着。其他村民手上的红遇水便脱了色，唯独这三人，朱漆血红，越发渗入皮肉。等到了天明之时，手中的火红愈加浓烈，渐渐绘成了一朵花儿。再过了几刻，便见一朵血红的什刹花从三人的手心中破皮而出，惨叫声霎时此起彼伏，响彻乡间。

同一时刻，村尾潘家。

潘玥朗三日来没有睡过好觉，从父亲过世那一日起，他便觉日日诛心，连日赶回状元乡。回来后又亲见母亲认罪被鞭打，他设想过父亲母亲吵吵闹闹一辈子的模样，却没想到最后是家破人亡。他已经没有多余的精力去想这一切的真相了，他独自一人回到家中，睁着眼睛过了几日，直到母亲被沉河才真正睡过去。他并不想母亲受难，但是连他自己都不得不相信，母亲就是杀害父亲的凶手，他一点儿都不怀疑。因为过去的十年里，他所能见到的日子里，母亲都是对父亲颐指气使、毫不在意的。

他昏睡两日，直到这日清晨，太阳初升，鬼哭狼嚎的叫声响彻状元乡，这才将他唤醒。

"是我派人杀了老潘！是我——"县令大声号叫，所有人都听得十分真切。

"我只是奉命行事，不要找我！不要找我！"衙役疼得眼冒金星，昏厥之前一直在喊。

而另一人则十分怨毒，她满含怒气，左手不断用指尖抠挖自己的右手心："我只是想让你嫁到外乡去，不要在状元乡里勾三搭四，我有什么错？我有什么错！杀人的不是我，我只是通风报信而已！你凭什么找我！"此女正是客栈的掌柜，状元乡出了名的老好人，孟寡妇。

潘玥朗听着几人声嘶力竭的哭号一声声地传入耳中，心猛地随之向下一沉，随即鞋都不顾得穿，便循着声音的方向跑了过去。

在状元乡的青石板路上，县令、衙役还有孟寡妇正伏在路中间，三人皆是左手托着右手腕，表情狰狞地看着自己的右手心。

他们的右手心里，是一朵开得绚烂的什刹花。

在狄姜看来是绚烂，在三人看来是张牙舞爪，而围观村民却什么都看不见。

什刹花是人心中的魔，只有自己看得见，旁人看不见。

村民只能看见三人表情痛苦，身形扭曲，却看不见也感受不到三人所承受的痛苦和精神折磨。

真相大白，全村震惊。

村民都不知道发生了什么事，只知道这三人承认了自己的罪状，而沉在河底的李姐儿和张全德确是被冤枉的！

他们如何也想不到，堂堂青天大老爷，怎么会做这等事？不过这也终于解释了为什么县城离此有好几天的路程，而他们能在第二天就赶到。定是因为他们一早就知晓老潘的死，他们就是凶手。而孟掌柜……她怕是连做梦都想不到，原本是要除了李姐儿好成全自己和老张，而老张却被狄姜阴差阳错地指认为奸夫，自己真是有苦说不出，有泪流不得。

"现在该怎么办……"村长和乡长相视一眼，最后还是武瑞安大手一挥，吩咐道："把这三个人关到石屋去严加看管，写好状纸让他们画押再做呈堂证供！"

"是！"众人一想到连日来的不安生皆是被这三人所累，一个二个都气红了眼，立刻将三人五花大绑地送进了祠堂。县官带来的人早就被吓傻了，哪里还会替他们说话？他们都眼睁睁地看着三人被押进了祠堂，一个字也没有多说。

而三个凶犯根本顾不得周遭是何种模样，他们全部的精力都在那朵盛开的什刹花上，那朵花开得鲜红如血，仿佛是拿自己心尖尖上的血液供养而生，疼得他们青筋爆裂，痛不欲生。

三人的喊叫声仍旧一刻不停，撕心裂肺、此起彼伏。村民无奈，最终只得将石屋的窗户堵上，门户紧闭，任他们在里头哭爹喊娘也不闻不问，只等上头派人来再做打算。

这厢潘玥朗怔怔地站在原地，问药见他披头散发光着脚，脚丫子已经冻得通红还浑然不觉，便立即脱下自己的鞋子给他穿上："别冻坏了身子。"

潘玥朗充耳不闻，嘴里喃喃地念着："爹娘……孩儿不孝……"说着说着，两行清泪便顺着脸颊流下。

这会儿，大家都有点儿难以面对潘玥朗，有的人过来拍了拍他的肩膀，有的人则急忙掉头走了。无论如何，他们都算是伤害过老潘一家的人。

狄姜知道潘玥朗是个坚强的孩子，不到崩溃的边缘不会这般失态，如今他的心中怕是比之前还要难过。

"玥儿，去把你娘找回来吧。天下无不是之父母。"狄姜叹息道。

"母亲……对，她还在河里！"潘玥朗猛然想起昨日的情景，他虽然没有亲眼所见，但从村民的嘴里也该知晓，浸猪笼是怎样诛心又残忍的刑罚。若李姐儿真是那般人也算她活该，可如今，她分明是被冤枉的！那是生他养他十余年的人，死者已矣，再大的怨恨也不应再任她曝尸荒野，他这就去把母亲找回来！

看着潘玥朗的举动，村民也立刻向河边跑去，这时候若没人搭把手，光凭一个十几岁的孩子怎么可能将他们捞起来？

三五个壮汉过来搭了把手，他们按照记忆中的位置去寻，终于在码头边约一丈处发现了河底有两个巨大的笼子。笼子外表却不是昨日行刑时的模样。

这时的笼子上裹满了青绿色的草藓，一簇一簇连成了片，拿竹篙去用力戳，竟戳不出一个印子来。

"我们得下河才能将猪笼抬上去！"撑篙的大汉对着岸边大喊。

潘玥朗听了心里一沉，哭喊了一句"母亲——"，便一头栽下了河。

说来也奇怪，潘玥朗潜到水底后，手指刚一触到那笼子，几乎都不需花几分力气，猪笼便随着他的手浮了起来。一个巨大的青绿色的笼子飘出水面，场面说不出的惊悚古怪，尤其大伙都知道，那里面裹着具死尸。

一旁围观的壮汉见状也都跳了下去，可他们用尽了力气才将张全德的猪笼抬出了水面。

两个猪笼相继出水后，岸边围观的村民也多了些，他们纷纷施以援手，最终将两个猪笼捞到了岸边的草地上。

"娘……"潘玥朗趴在笼子上，哭得几欲昏厥。

"这是怎么回事？"

"这草长得古怪呀！"

"我看还得去请钟道长，为我们做一场法事，超度他们。"

"是啊是啊，不然今年怕是真不太平了！"

村民窃窃私语，将所有的注意力放在了猪笼外包裹的草藓上，只觉得奇怪得紧，话语里多是觉得这正是李姐儿怨气未消的证据。

"玥儿，是你吗？"

"咚咚咚——"

潘玥朗的哭声戛然而止，他猛地直起身子，一脸不可思议地看着眼前的笼子。

"咚咚咚——"又是三声传来，这次声音大到连围观的村民都听见了，他们也都是通身一震，然后屏住呼吸，胆子小一点儿的开始牙关发抖，再联想起这连日来的所见所闻，更是害怕到无以复加。

"鬼啊——"几个胆子小的连滚带爬地往外跑。

留下几个胆大的，相视一眼，便从隔壁的台子上找来两把杀猪刀，当着潘玥朗的面，开始切猪笼上的草藓。

"娘，是你吗？你还活着吗？"反应过来的潘玥朗也上前搭了把手，他一边往外拨苔藓，一边呼唤李姐儿，生怕自己听到的声音是一场幻觉。

他们将越来越多的青藓拨开来，才发现里头的青藓并不似表面那般湿滑油腻，甚至并不散乱。它是一条一条交织而成，最里层甚至连一滴水都没有。

等全部拨开来，便见李姐儿毫发无损地躺在里面，除了头发散乱，并没有其他大碍，就连身上的伤痕也好了个六七成。

李姐儿瞪大了双眼看着笼外的潘玥朗，眼睛里噙满了泪水。

她努力地挤出一个微笑，柔声道："玥儿，你终于肯见我了。"

村民们见了此番模样，一个个都惊得说不出话来，直到潘玥朗"哇"的一声趴在李姐儿的怀里号啕大哭之后，才想起边上还有一个人在等着救援，于是立即七手八脚地去救张全德。

等割开了旁边的猪笼草后，果不其然张全德也是安安稳稳地躺在里头，只是那笼子里发出一股恶臭，再细细去瞧他的裤裆，才发现那里早已糊满了屎尿，想是一日来没少受到惊吓。

"李姐儿还活着！老张也还活着！他们没死——"

有村民去通风报信之后，几乎整个状元乡的人都围了过来，他们看见李姐儿完好无损地被潘玥朗搀扶着出了笼子，紧接着张全德也被人拉了出来，他们虽然看上去奄奄一息，但面上却十分沉静。

李姐儿是因为终于再见到了潘玥朗，而张全德却是因为死里逃生。

他当自己真真正正地从地府里溜达了一圈，等再看到这人世间，已觉得恍如隔世了。

不管怎么样，只要还活着，他就该庆幸了。

李姐儿和张全德或多或少从围观的人嘴里听说了事情的大概，虽心中有气，但实在没有精力再去找人算账。尤其是李姐儿，她只剩下力气怀抱着潘玥朗，除了流泪，其他旁的话竟是一句也说不出来。在大家的簇拥下，李姐儿和张全德都被送回了各自的家中。

"问药和书香你们俩留在这里，等他们有需要的时候搭把手。"狄姜说完，问药和书香便点了点头。

细心的书香即刻便去了柴房烧水，想着李姐儿在河里泡了一天，该喝点儿热水暖暖身子。而问药则主动退到了门口，想着等二人有需要了再进去。

问药面对李姐儿，始终还是觉得有些尴尬。

村民们将这件事传得神乎其神，就像是老天突然开了眼，给这二人指了一条活路，很快十里八村皆赶来围观这一奇迹。

李姐儿的门外有问药看守，谁都无法进去打扰。张全德家却被踏破了门槛，但他本就是好客之人，从前被冤枉被无视，这会子却成了众星捧月，他高兴还来不及呢，便口若悬河地跟大家吹嘘河底的见闻。

其实啊，他哪里真的知道发生了什么，他不过是两眼一闭昏了过去，等再醒转时，自己便躺在河边上了。

这几件事吵吵嚷嚷的闹了一整天，钟旭虽还在养伤，但三名凶犯的哀号实在可怖，他拖着病体下楼，将这一切看在眼里，就连后来潘玥朗从河中打捞出安然无恙的李姐儿他也都了然于胸。

他就这样不远不近地跟着狄姜，看着他们的所作所为。

他的脑海里有很多很多的疑问，多到数不清。他唯一可以肯定的就是，狄姜绝不会如表面上那般，是一只人畜无害的小白兔。

她根本就是一只黄雀，笑吟吟地将一切掌握在手中，悄然等到螳螂捕蝉之后，了结一切。

傍晚，等狄姜独自从潘玥朗的家中出来，刚一出门，一个转身便被钟旭禁锢在怀里，紧接着，她便看见自己的脖子上架着一柄明晃晃的长剑。

剑锋凌利，十分骇人。

"你究竟是什么人？"钟旭站在她身后，冷冷道。

"一个大夫。"狄姜说完，便觉钟旭的剑锋离自己又近了一分，只要他再逼近毫厘，自己的脖子便会血光四溅。

狄姜感受到钟旭的杀意，不得不妥协。

她扬起嘴角，微微一笑，叹道："我是一个大夫，但不医人，只医鬼。"

感觉到脖子上的长剑缓慢地离开了自己的脖子，桎梏自己的左手也渐渐放开了去，狄姜长吁了一口气，转头对钟旭笑道："我真的只是一个大夫，没有坏心眼的。"

"我知道。否则，我早已将你伏法。"钟旭语气冰冷，眸子里迸射出的光叫人不寒而栗。

"啧啧，昨日还说不许旁人伤我半分毫毛，今日就说要将我伏诛，你可真狠心。"狄姜故作紧张，但眼睛里却连丝毫的害怕都没有。她嘴上如此说，心里却是很笃定，笃定钟旭不会拿自己怎么样。

钟旭冷哼一声，将长剑收回了剑鞘。

"你师从何门？"钟旭道。

狄姜被他这么一问，旋即愣住了："师从何门？什么意思？"

"你的师父是谁？"钟旭又换了一种问法。

狄姜还是一脸茫然，摇头道："我没有师父呀。"

钟旭此时，只觉一个头两个大，眼前人一脸无辜，不像在说谎，但是她的所作所为又着实让人匪夷所思。他今日非要问清楚不可。

"你的法器从何而来？"

"法器？"狄姜又是一眨眼，笑道，"你说的是……"

"那些青草藓。"钟旭提醒她。

"哦……那个啊，那个叫回生草，江湖上的朋友送给我把玩的，不想今日还能救人。"狄姜坦然一笑，但这笑意在钟旭看来却又变成了十成十的不老实。

"此等宝物，岂是旁人说送就能送的？"钟旭拔高了音量，吓得狄姜一哆嗦。

狄姜满脸委屈："真是旁人送的，这种小玩意我还有很多呢！不信我拿给你看……"狄姜说着，从怀里这边掏一下，那边掏一下，最后又在两个袖口里拿出几件小东西，她张开十指，将这些东西一一呈现在钟旭面前，讲解道，"你看，这个是老周送的棋盘，老白给的金蛋，还有老李送的木鱼，这些都可以用来救人，只是还没遇到需要搭救的人……"

钟旭见了她一手莫名其妙的物件，根本看不明白也听不懂这些到底是用来做什么的，但是听来听去他知道了，这些东西都是用来救人的。

"行了行了，收起来吧。"钟旭扶了扶额头，很是头疼。

狄姜见他对此并不感冒，又失落道："我这些小玩意自然不能与道长的法器相提并论，可您也不能表现得这般嫌弃呀！"

"我何时嫌弃了？"

"你脸上写着呢！"

钟旭哑然，突然不想再与她纠缠了，他知道自己说不过她，于是转身就走。

"道长你去哪儿？"狄姜扯着脖子问。

"回太平府。"钟旭头也不回。

狄姜立即追上去，惊讶道："就这样回去了？"

"不然呢？有你在这里，我很放心。"

"可我只是个小女子！"

"你有这般多的宝物傍身，哪里需要我了？咳咳……"钟旭说着，突然脸色一变，手捂着胸口大声地咳嗽起来，咳着咳着，便是一口鲜血喷涌而出。

"你的伤还没好透？"狄姜连忙扶住他，关切道。

"我没事。"

"这还叫没事？"

钟旭摇了摇头："歇息几日自会痊愈。"

"我们先回去，回去再说。"狄姜见他面色发白，知道他在嘴硬，于是强行搀着他向客栈走去。

回房之后，狄姜立即扶钟旭坐在床上，然后又从自己的口袋里翻出一枚金丹。不等钟旭拒绝，便送进了他的口中，紧接着一巴掌拍在他的下巴上，金丹顺势从喉咙里滑了进去，不消片刻便溶化在了他的身体里。

"你给我吃什么了？"钟旭大惊。

"老白做的十全大补丸！"狄姜盈盈一笑，这时再去探钟旭的脉搏，较之从前已是搏动有力，她翻开钟旭的眼睑，眼睑下也不再有黑色的印记。

狄姜长吁一口气，遂放下心来。

"老白的丸子还是有些用处的。"

"老白是谁？"

"一个朋友，喜欢炼丹。"狄姜站起身，倒了一杯茶递给钟旭道，"漱漱口吧。"

"谢谢。"钟旭接过，一饮而尽。此时他就算有很多疑惑，但是也能确定，狄姜不是坏人，而是跟自己一样，醉心于道法。不同的可能只是门派有别，所以处理方式不尽相同。

他心里渐渐对她有了些许好感。

"李杏之没事了？"钟旭问道。

狄姜淡淡地"嗯"了一声："或许吧。"

"或许？杀人凶手已经伏法，经此一劫，她应当会得到心安了。"

"嗯。"狄姜依旧一脸淡然，似乎并不关心。钟旭见了她这样又不禁生出许多疑惑来。

"你不是很关心她吗？"钟旭又道。

"是呀，不然怎会救她？"

"那为何我提起她时，你又如此漠然？"

狄姜一愣，笑道："不然我该怎么办呢？我应该很开心吗？老潘已经死了，李姐儿当日本就不愿独活，我将她救起也未必是她的本意，我这样做，只是想帮一帮潘玥朗。"

"嗯……"钟旭闻言点点头，陷入了沉默。

他抬眼看狄姜，见她站在自己身旁满含笑意地看着自己，那眸子里迸射出的精光分明不像是在看一个邻居，更像是自己阔别多年的老友，眼中有千言万语，但是临到了身前，却一个字也说不出来。

钟旭为了打破这一时的尴尬气氛，于是道："我去见过潘辛贵。我觉得事情还有蹊跷。"

"嗯？"狄姜有些诧异。倒不是诧异潘辛贵，而是诧异钟旭居然与她说了实话。他去了哪里，见了什么人，这在过去，他是不会吐露的。

果然，钟旭下一刻便道："我曾在地府奈何桥头，见到潘辛贵的魂魄不全，他只留下了一魄。"

"怎么会这样？"狄姜故作惊讶。

钟旭摇了摇头："老潘应该已经去投胎了，而留下来的那一魄似乎是在等什么人。"

"你怎知他去投胎了？"

"我在地府寻不到他的气息。"

狄姜佯装惊讶，问："你确定老潘只留下了一魄，然后剩下的三魂六魄去投胎了？"

"在我看来是这样。"

"寻常人哪里敢这样做？"狄姜皱眉，"且不说阎王准不准许，就单凭少了一魄这一条，他下辈子也将是个痴呆的傻子，谁会想做一个傻子？"

"这也正是我所奇怪的地方。"

"……"

这时，狄姜突然想起，李姐儿总在路上哼过的一句词：连就连，你我相约到百年，哪个九十七岁死，奈何桥上等三年。现在老潘先去了，于是依照约定在桥上等李姐儿，然而自己完成了承诺，却只留下一缕会笑不会动的散魄？这么一来，该说老潘究竟是爱她，还是不爱她呢？

爱，是责任，是信守承诺。

不爱，是他宁愿来世做一个傻子，也不要多在奈何桥上等一等，等到见她一面。

是了，老潘等她了，但是下辈子也不想再见了。

狄姜摇头失笑，只觉这红尘中人啊，真是让人看不透。

狄姜嘱咐钟旭好好休息之后，便从他房中退了出来。现在整个客栈里，除了她主仆三人和钟旭，就再没有旁的人，连往日里常来的七大姑八大姨也不再踏足客栈，这里俨然一座鬼屋。

谁会想来这大凶之地呢？

孟掌柜的所作所为，叫人心寒。

第二日，潘辛贵出殡。

村民早在山窝里的一处空地上给他挖了一个大坑，准备厚葬他，但是由于前几日潘家没有一个可以主事的人来行此事，便一直搁置下来。这会儿李姐儿苏醒，潘玥朗也恢复了些许精神，于是整个村的人出钱，给老潘举办了一个盛大的出殡礼。

潘辛贵的棺椁停在祠堂已久，加上尸体本就被溺水中多时，这会儿便不再开棺观礼。潘玥朗连最敬爱的父亲的最后一面也没有见上，心中的悲恸可想而知，他细小的手臂执了一面足有他两人高的招魂幡，看得问药的心都随着幡摇摆，心里直祈求他可千万不要晕在了半路。

"李姐儿来了吗？"村长看了一会儿天色，问潘玥朗。

潘玥朗摇摇头，道："再等一会儿吧，娘说要盛装打扮了来。"

村长点点头，不置可否。

按理说，丈夫死了，做妻子的哭都来不及，她还有心情梳妆打扮？

潘玥朗也知道村长的意思，但是他了解母亲的性子，她想做的事情，没有人能阻止。她说要盛装打扮，就一定会装扮到她满意为止。

众人就这样从早上等到了正午。

狄姜怕李姐儿在家出了什么事，便去了她家寻她。等狄姜推开李姐儿的屋门，便见她正穿着一身杏花红的礼服端坐在梳妆台前描眉。想是她身上有伤，描着黛眉的右手止不住地颤抖，描了许久也没有描成她满意的样子。

"李姐儿，时辰到了，再晚一会儿就要天黑了。"狄姜催促她。

李姐儿摇了摇头，拒绝道："潘郎喜欢整洁，我要化作最美的模样去见他。"

狄姜闻言，觉得她这样说也在情理之中，于是走过去，拿起她的眉笔替她描绘。等画完了眉毛，又点了朱唇，等化完了面上的妆，李姐儿又递来一枚花钿。

那是一枚由红杏花做成的钿子，贴在眉心，煞是点睛。

"这一套妆容可真好看。"狄姜看着铜镜中的李姐儿，只觉她现在的模样又与之前不一样了。

这时的她，更多了一份从容。

"这一套装扮，是我初见他时的模样。他说，只在人群中远远瞧了一眼，便再也挪不开眸子了。"李姐儿说着，面上起了点点绯红。

狄姜耸肩一笑，表示完全同意。李姐儿的容貌别说在十里八乡属于头一份，就算放眼宣武国境也是不输于人的。出现一眼万年这样的戏码，属实太正常不过了。

这时，李姐儿又从首饰盒里拿出了十二枚珠钗，一字平铺在桌上，问道："狄姑娘会梳头吗？"

狄姜点点头。

"替我梳一个花冠髻吧，用这十二支珠钗，一支都少不得。"

"好。"

狄姜也不多问，按照自己平日所见，仔细地为她收拾妥帖。等梳完了头，又将珠钗一一簪上，她这时才发现，这十二支珠钗皆是金錾花梳，寻常人家根本受用不起。还记得前一阵见龙茗与柳枝置办嫁妆，便是在太平府那样举国数一数二的金器铺子里也拿不出如此花纹繁复的珠钗。狄姜好奇，便忍不住问她："这是李姐儿的嫁妆？"

李姐儿嫣然一笑，点了点头。

"看来李姐儿家境优渥，定是豪门千金。"

"谁说不是呢……"李姐儿骄傲道，"你是不是想问，我怎会嫁给潘郎？"

狄姜毫不避讳地点了点头，这个问题，不只她想知道，怕是全村的人都好奇不已。

"你们可能没见过老潘年轻时候的样子，但是我见过。而且在我眼里，无论岁月变迁，时光荏苒，他依旧还是当年的模样。"

"当年，他是何种模样？"狄姜实在猜不到。沧桑佝偻着背的老潘，始终一副老好人地微笑着、眼里没有光彩、怎么都好看不起来的样子。

"他啊……可臭美了。"李姐儿的思绪便飞啊飞，飞到多年前初见老潘的那一日。

"那一日里杏花开遍，渲了一池的花影，老潘就站在杏树下，穿着赤红的衣袍侃侃而谈，将身边的一众豪门贵子比了下去。从那时起，我就打定了主意，此生非他不嫁。"

"后来呢？"

"后来他果真非池中之物，被委以重任。"李姐儿说完垂下了眼帘，眉目中突然少了刚才的神采飞扬，却无端多了几分黯淡。

"但是好景不长，潘郎得罪了人，故而被他们陷害，锒铛入狱。他们还买通狱卒，在狱中打断了他的腿，我费尽了心力，才得以保住他的命，后来更是为了他与家中断绝关系，与他一齐隐姓埋名，远走天涯。"

李姐儿说完，狄姜的发簪也簪完了最后一支。

"走吧，别让潘郎等急了。"李姐儿站起身来整理衣袍，狄姜这时才发现，她的衣服是一整套的翟衣。三翟六服，翟衣古来便是为皇族贵族所用的最高礼服，能穿它之人最不济也得是个诰命夫人，否则就是逾矩的大罪。

狄姜这时才能够细看，发现李姐儿穿着的衣饰上翟衣、中单、蔽膝、革带、大带、大绶、玉佩、小绶、袜、舄等一一俱全，穿戴起来十分繁复，且一个步骤都错不得，也难怪她会耽搁了这么长的时间……

等狄姜和李姐儿到达祠堂之时，天色已经暗下，祠堂也已人去楼空。送葬的冥纸一路向山上延绵，二人循着冥纸爆竹的痕迹便到了老潘的坟前。

"掌柜的，你怎么才来呀！老潘坟冢都修葺好了……"问药见了狄姜立刻围了过来，说到一半突然愣住了，她像见鬼一样看着李姐儿，指着她的手止不住地颤抖，"你你你……你是李姐儿？！"

"正是。"李姐儿眉目冷冽，不怒自威。头上的十二珠钗明明晃晃，在烛火的映衬下，耀得人睁不开眼。

"你离我远点儿，香粉太熏！"问药捏着鼻子尖叫，"你这副装扮，是打算进宫选秀吗？老潘可尸骨未寒！"

问药话音刚落，便吃了狄姜一记拳头："你这狗嘴里真是吐不出象牙，一边待着去！"狄姜骂完问药，又侧头对李姐儿笑道，"快去吧，潘郎可等了你许久了。"

李姐儿微一点头，便提着裙摆走上前。

问药翻了个白眼，"喊"了一声："盛装打扮给谁看啊，老潘刚死就想找下家了？"

"你懂什么？再废话把嘴给你缝起来。"狄姜狠狠一瞪眼，问药立刻缩回了脖子。

半山腰的平地里，村民已经各自回家，半人高的坟冢前，只剩下潘玥朗还跪在墓碑前烧冥纸。狄姜、书香、问药就站在不远处看着，而竹林的上方，在所有人都注意不到的地方，钟旭正脚踏竹竿，将这一切瞧在眼里。

李姐儿盛装而行，一路来看见她的村民很少，故而问药那句为了勾引人而为之，实在有失公允。她这一身，的的确确只是为了潘辛贵而穿。

狄姜看着她娇美的侧颜，突然想到李姐儿说初见潘辛贵的那日，他才高八斗，甚是夺目，将一众豪门贵子比了下去。

那李姐儿呢？

她若能在豪门贵子中与老潘相遇，自然身份也是高贵的。

狄姜想象着那一幅绝美的画面：杏花红了的时节，李姐儿穿着一身华服梳了一个好看的发髻站在杏花树下，唇上嫣红和眉心那一点红，恰与杏色相仿，又怎会不是艳冠群芳？

当初的郎才女貌却最终沦落到状元乡中。一个受尽白眼，不得好死；活着的这个则受人诟病，满身是非。世事怎不叫人感伤？

李姐儿走到潘玥朗身边蹲下，杏红的华服没有让潘玥朗回头，他不言不语，自顾自地烧纸，就连李姐儿想从他手中拿些冥纸，潘玥朗也不愿意。

"爹爹有我送终就足够了，娘亲还是回去吧。从此以后，海阔天空，不论您想嫁给谁，都由您自己决定。"潘玥朗说完，仍是头也不抬。

问药在一边，竟忍不住笑出了声，她就差没有拍手称快了。掌柜总说自己嘴毒，但是潘玥朗也不含糊，这一招以退为进，真是漂亮！

李姐儿瞪大了眸子，满眼不可置信，对他道："玥儿，你……怎么会这样想？"

"不然我该怎样认为？爹爹今日下葬你不知道吗？昨日你还答应会来送他，怎的今日又迟了这么久？还有你这一身火红的衣裙，想穿给谁看？还不是这些村中的乡邻？爹爹不在了，你却还要让他颜面扫地，我真不知道，您的心肝竟这样黑。"潘玥朗一脸淡然，对待李姐儿就像对待一个陌生人，这一份的疏离，已经远到了天涯海角，毫不相干。

"事实并不是这样的，你听……"

"您不必再说了，明日我就会离开。"

李姐儿一愣："去哪儿？"

"太平府。我已经通过了省试，三年后的四月便会参加太平府的春闱。"

潘玥朗说完，李姐儿只觉脑子里轰然一响，就像一道炸雷劈在了自己身上。

"你……你一定要去？"

"明日就启程。"

"……"

李姐儿看了他良久，见潘玥朗始终不拿正眼瞧她便知道，此番家中巨变，自己的话对他是再无半点儿作用了。

"我儿，好本事……"李姐儿面上的悲怆再次浮现，那是狄姜曾经在她面上见过的，深深的绝望，和一心求死的念想。

"这李姐儿也太奇怪了，若旁人得知自己的儿子中举，谁不是放鞭炮庆祝，这李姐儿怎么跟遭雷劈了似的？"问药不敢再烦狄姜，于是向书香说道。

书香耸了耸肩，表示自己也不得而知。

潘玥朗烧完最后一沓纸钱之后便转身离去，一路快跑，李姐儿拖着华服追了一段，见他心意已决便停下了脚步，目送潘玥朗消失在夜色中后，又回到了潘辛贵的坟前。

这时，狄姜不知从何处又变出了一堆纸钱，她悄悄走过去，将纸钱放在了李姐儿的脚边。

"谢谢。"李姐儿笑了笑。

"不客气。"狄姜顺势就坐在一边的大石头上，李姐儿一边烧纸钱，一边红着眼与狄姜说话，说着说着，就落下泪来。

"今日我不是故意来迟，一来想正装见潘郎，二来不想这副模样被旁人瞧了去，我做了这许多，只为潘郎日后能得耳根清净。想我一生任性，明知脾气该改，可临到死我却还是想要再任性一回。"李姐儿指着潘辛贵的坟冢道，"潘郎一定在下面等我，我很快就去陪他。"

"老潘……"狄姜欲言又止。

"嗯？"

狄姜摇摇头，决定还是不告诉她了，只道："我很羡慕他。"

"你可千万别羡慕他，他呀……被我欺负了一辈子，连死也是为了我。"

"死者已矣，潘玥朗还需要你。"

"正是因为玥儿，我才不得不随潘郎去。"李姐儿说完，便不肯再说下去，任凭狄姜怎么追问，她都只道，"狄姑娘有通天的本领，我只求日后您能怜惜玥儿，让他不要再受伤害。"

"力所能及之处，狄姜定不推脱。"

"多谢。"

那一晚，李姐儿在潘辛贵的坟前坐了许久，直到第二日一早，在半山腰上见着潘玥朗拎着包袱出了村子才折返回家。

回家前，她去客栈寻了狄姜，她领着狄姜回家，央求她："请姑娘再为我梳一次妆。"

狄姜自不会拒绝，经过坟前一晚，李姐儿的妆容花了，头发散了，就连礼服上也沾染了许多泥土，她悉心地拍打之后，脱了下来，将珠钗衣服统统放进了一个匣子里，然后又放了许多石头进去。

"这套华服是我成年时父亲所赠，今日我托姑娘将它扔到梓江中去，离状元乡越远越好。"

听她这么说，狄姜有些惊诧，却还是点了点头。

"再请姑娘为我梳一个简单的流星髻，花钿还要是一枚红杏花。"李姐儿说完，猛烈地咳嗽起来。

狄姜拍了拍她的背，她又摆了摆手，道："不碍事，你只管继续画吧。"

"好……"

狄姜平素话不多，但见李姐儿这副模样，竟忍不住问道："你后悔吗？"

"后悔？我为何要悔？"

"世人皆以容貌取人。无人懂你，识你，就连孩儿也怨你。"

"与我毫不相干之人，我也懒得解释。"李姐儿凄然一笑，"何况，既然选了这条路，便一早知晓前路荆棘，再无人保驾护航，如果怕，我早就回家了。"

"你的家人还健在？"

"父母早已过世，兄妹也多不在了，只是那个家，始终都在的。"李姐儿抬眼看着窗外的杏花，突然抬起手指着开出墙去的那束，对狄姜道，"你看那花儿，开得多艳哪。"

"是，见了许多杏花，数你这里养得最好。"

"一枝红杏出墙来，说的可不正是我嘛？"

狄姜想附和，却又觉得有些不妥。

李姐儿又自顾自说道："可惜，花开得再美又有何用，已无人赏识了。"

"怎么会呢，你我不都还在吗？"狄姜拿起胭脂在她的双颊上扑了些许血色，又将唇上染上了丹蔻，最后拿起一支描眉的笔沾染了些许丹蔻，在她眉心细心描画了一枚红杏，栩栩如生，煞是美貌。

"狄姑娘手真巧。"

"也就是看旁人学会的。"狄姜走到她身后，为她绾起鬓角散落的发，再悉心梳了一个流星髻。

"娉娉袅袅十三余，杏花梢头二月初。春风十里扬州路，卷上珠帘总不如。"李姐儿看着镜中的自己，重又勾起一抹自信的笑容，她念完诗，又喃喃道，"潘郎的才气是我最欣赏的，他走了，他的诗总还在的。"

狄姜点点头，这诗说得一丁点儿也不错。看遍扬州所有的女子，也无一人比得上李姐儿，她有一副天生的傲骨，叫人无法忽视她的美。就算美人迟暮，她也比旁人好看上许多，在人群里，也能让人一眼先认出她来。

"我还有一事相求。"李姐儿咳嗽了两声，声音带着嘶哑，早已没有了当初的风骨，她就像沙漠里被吹散了皮肉的枯骨，再稍一践踏，便会随风飘逝。

"李姐儿请说，狄姜会尽力去办。"

"你一定要办到。"李姐儿说着，从首饰盒的夹层里拿出来一枚玉佩递给她。

狄姜接过玉佩，只见正圆的玉佩里外都裹着一层淡淡的金子，金镶玉做得玲珑有致，精巧万分，一看便知不是出自寻常百姓。玉佩的正中，更刻了一个"菀"字。

"我儿不肯认我，执意入仕，我自知见不到他最后一面了。劳烦狄掌柜，若我儿参加春闱遇到麻烦，危及性命，便将这枚玉佩交给他。若他能靠自己的实力入仕，青云直上，那就永远不要让他知道这个秘密。"

"到底是什么秘密？"狄姜很好奇。

究竟是怎样的一个秘密，毁了李姐儿的一生？

而李姐儿却只是摇了摇头，淡道："往事已矣，不必再提。我一生随性，爱了潘郎一世，却也终究对不起我儿，只念能补偿之万一。"

"……好。"狄姜做完这一切后，又陪李姐儿说了会儿话才离开。

临走前，李姐儿特意嘱咐她带上匣子和玉佩。

狄姜走出潘家的大门，便深深地叹了一口气，手中的匣子和玉佩就像有千斤一般沉重。

问药一见狄姜出来，便立即迎了上去："掌柜的，您怎么进去了那么久？"

"这一别便是永别，多说一会儿也是应该的。"狄姜颜色淡淡，问药却大吃一惊。

"永别？！"

"是。老潘辞世，她不肯独活。"

"为什么？她刚刚才沉冤得雪！这女人未免也太奇怪了！"

"不得无礼。"狄姜呵斥了一句，但问药却不依不饶。

她蹙眉道："老潘在的时候她不对他好，现在才来故作深情？当时沉河的时候她为什么不直接死了，非得我们把她救活了再死一遭，真不嫌折腾人！"

"谁知道呢……"狄姜长叹一口气，握紧了手中的和田白玉。那白玉质地温润，油性十足，触手便是温热的质感，上等的白玉只供皇室，寻常百姓哪里会得到？

李姐儿并不是一般的大家小姐，这一点她可以肯定……

三人离开李姐儿家里，原先被打落了一地的杏花又重新长了出来，开得格外耀眼。狄姜再次想起了李姐儿提起的那个场景。

潘辛贵站在树下，遥遥望着同身处满地杏红中的李姐儿。

情不知所起，而后数十载的时光，不论贫贱富贵、风霜雨雪，她都陪伴在他身旁。正如戏词里唱的那般：

花千树，今夕何处，良人顾，一笑终身误……

第十一章
杏花花神

　　回程的路，要比来时轻松许多。郡守派了一整支军队护送武瑞安回太平府，狄姜和钟旭便也托了他的福，有舒适的轿辇乘坐和成堆的仆从驱使。问药自然是最开心的，每天躺在马车上，跷着二郎腿，饭来张口衣来伸手。从未享受过此等待遇的她，在这一刻对武瑞安的崇拜达到了顶峰。问药挑开帘子，从帘缝中看到武瑞安和钟旭骑在马上，并排而行。一个是穿着锦衣华缎貌比潘安的王爷，一个是粗织麻布不解风情的臭道士，怎么看都该对王爷另眼相待才是，可狄姜的一双眼睛总也只落在钟旭身上。

　　真叫人气闷。

　　问药问道："掌柜的，依我看，这武王爷可比钟旭讨喜得多了，你怎么成天对钟旭言笑晏晏的，对王爷就没个好脸色？"

　　狄姜惊奇："我何时对武王爷没有好脸色了？"这可真是冤枉。她对武瑞安可是尊敬在前，感激在后，怎的没有好脸色了？

　　问药又问："您是没有对他横眉冷对，可也从头到尾没看过他几眼不是？就那几眼，也带着千篇一律的微笑，仿佛神爱世人，尔等都是凡夫俗子，一视同仁。这种笑等于没有笑，一点儿都不走心。您只有对钟旭，才格外不一样些。"

　　"人与人之间本就该区别对待才是，那武王爷对我不过是皮囊好看一点的过客。钟旭……钟旭可就不一样了。"问药还等着她说钟旭怎的不一样，但见狄姜笑颜一转，停了话题，"我就喜欢钟旭这样的，可好？"狄姜一句话

183

堵了问药的嘴，问药无法反驳，只得放下了车帘，眼不见为净。不然，凭她再看下去，就又要忍不住夸赞武瑞安了。

主仆二人说话的声音并不小，骑在马上的钟旭和武瑞安都听到了。当事人钟旭脸狠狠地红了，然后一夹马腹，快速向前奔去。仿佛要离狄姜越远越好。

武瑞安却越发觉得狄姜有意思。

他穿着绫罗绸缎，身上每一处的皮肤都白净透亮，嫩得能掐出水来，比之女子还要剔透，可谓手握重权又潇洒倜傥的玉面郎君。这狄姜从头到尾没将自己放眼里，一门心思扑在了钟旭身上，着实令人费解。武瑞安原本对狄姜也没大放在心上，因这么个缘故，反而越发觉得她与众不同起来。

这日，五人到达了驿馆。宋城驿在距太平府两百里外的一处山脚下，供过往商旅歇脚打尖。驿馆里人声鼎沸，过往商旅往来不绝，胡姬美姜也是不少的。片刻工夫，在狄姜主仆三人上楼梳洗的时间内，武瑞安的身边已经汇集了一群胡姬。虽是道旁随处可见的流莺，但模样也都一等一的好。她们围绕着武瑞安，正把玩着一块白玉鎏金的玉佩。

书香见了大为惊异："这武王爷还真是名不虚传，走哪都有一众美姬自发地往上凑，他也都来者不拒。"

问药满脸崇拜地："你懂什么？这叫有魅力！哪个正常女子不往上凑？"言下之意，便是讽刺狄姜不正常。

狄姜见了这幅场景，倒没有什么想法，每个人都有各自的生活方式，处世态度，武王爷自个高兴就好，无须旁人评判。只是……

"狄大夫在想什么？脸色似乎不太好看哪！是不是生病了？"武瑞安见狄姜在发呆，不由伸出手，朝她晃了晃。这下，所有女子都朝她看了过去。有好奇的，有嫉恨的，更多的则是羡慕，羡慕狄姜得了武瑞安的关心。

哪想，当事人根本没把武瑞安的关心放在心上，只对着胡姬手里的那枚玉佩道："姑娘，可否借你玉佩一看？"

"这……"胡姬抬头，迟疑了一瞬，便将玉佩放在了武瑞安手上，"这是公子的玉佩，我没有处置权，不若，您问他要吧。"

狄姜恍然，原是武瑞安拿给她们赏玩的，于是又向武瑞安讨要了一次。

武瑞安笑了笑，便将玉佩递给了她，同时道："狄大夫，你可知我宣武国，女子向男子要玉佩是何意？"

"嗯？"狄姜接过玉佩，专心打量起来，武瑞安的话便如耳旁风，左边进了右边出。

"这男子若将玉佩给了女子，那便是答应她的求爱了。"武瑞安说完，正想看到狄姜惊愕的脸色，岂料她全然没反应，过了许久才抬起头问他："武王爷，这玉佩从何而来？"

"玉佩？"武瑞安蹙眉，有些不爽，接着又道，"我武家人人都有。"说着，他似乎觉得不大妥当，便遣散了美姬。

"武家人，还是皇家人？"狄姜又问。

武瑞安细细想了想，道："皇族子女，皆有一块。"

"这枚玉佩上刻的'安'字便是你的名讳？"

武瑞安点头："正是。"

"那倘若玉佩上刻了个'菀'字，就代表玉佩的主人名字里带了一个菀？"

"没错。"武瑞安十分不耐，想他玉树临风地坐在她前头，她却看也不看自己，只顾着研究玉佩，简直是奇耻大辱。

"狄……"武瑞安还想戏她，狄姜却打断道："那皇氏宗亲这三十年来，可有一人名中带个菀字？"

武瑞安见她如此认真，便细细一想，点头道："先太和公主武菀颜，名中带了一个菀字。"

"那太和公主现在何处？"狄姜急道。

武瑞安道："太和公主早已故去多年，此刻怕已是皇陵中的一抔黄土。"

狄姜心中一凛，急道："她因何去世？"

"你很关心她？"武瑞安不动声色地凑近她，但狄姜此刻心思全都在武菀颜身上，根本没有注意到武瑞安的举动。她于是呆呆地摩挲着玉佩点点头："只是对她有些好奇。"

"具体因为什么病症去世我不得而知，只知道她是我的姑姑，刚成年就去了。"

"她可许了人家？"

武瑞安又是一细想，紧接着摇了摇头。

狄姜很有些失望，武瑞安却话锋一转，调笑道："具体的我可以回去调查卷宗，不如等回了太平府，我亲自接你过府一叙？"

"好！"狄姜满口答应，对二人距离之近毫无察觉，直到问药发现了角落中的他们，立即高声尖叫道："掌柜的！你你你……"

"我怎么了？"狄姜抬头，一脸直愣。

"你怎么会躺在瑞安王爷的怀里！"问药眼中写满了不可思议，狄姜这才惊觉自己已被武瑞安环抱住，旁人看上去就像自己躺在了他的怀中。

狄姜连忙站起身来，咳嗽了一声，俯首道："民女惶恐。"

武瑞安摆摆手，牛头不对马嘴地来了一句："狄大夫可许了人家？"

"未曾……"问药刚想替狄姜回答，狄姜却连忙打断道："许了！"

不顾问药的惊愕，狄姜又接着笑道："民女已经许了人家。"

就在这时，狄姜用眼角的余光看见钟旭正站在门边，定定地看着自己，她转过头去，便对上了钟旭明暗不清的眼眸。

武瑞安的脸色突然变得阴晴不定，微有些愠怒道："不知狄大夫许了何方人家？"

"奴家的夫君已经先去多年。"狄姜眼睛看着钟旭，嘴里却答着武瑞安。

"这样啊……真是不好意思，又提起了狄大夫的伤心事……"

"不碍事，我早已接受了这个事实。"狄姜微微一笑，"何况在我看来，只要他在我心上，死亡就不是分离。"

"高，狄大夫这境界实在是高。"武瑞安竖起大拇指，赞叹道，"您真是让人惊喜。但逝者已矣，人该朝前看才是。比如说，珍惜眼前人。"

狄姜收回看向钟旭的眸子，心不在焉地对武瑞安道："王爷说得是。"

那一副无所谓的表情，分明半点儿没有将他的话放在心上。

风月场里长大的武瑞安怎会不知？但他也不生气。

想来一场游戏若提前知道了结局，便没有意思了。冰冷的心慢慢焐热了的过程，才有趣。

夜晚，武瑞安破天荒没有坐马车，而是跟钟旭一块儿骑马赶路。等众人都睡了，才突然问他："你对狄大夫怎么看？"

钟旭皱眉："什么怎么看？"

"你喜欢她吗？"

钟旭像看怪物一样看他："你看我像瞎子吗？"

武瑞安点了点头："像。美人环绕，明里暗里地投送秋波，你仍无动于衷，不是瞎了是什么？"

"……"钟旭无奈地答他，"这世界崩塌，天河碎裂，我也不可能喜欢她。"

"这可是你说的。"武瑞安并不意外，满意地笑道，"所谓君子不夺人所爱，既然你不喜欢她，那我可就行动了。"

"嗯？"钟旭眨了眨眼睛，或许是出家人从未踏足红尘中，不懂武瑞安是什么意思。

武瑞安拍了拍他的肩膀，道："我是什么意思你无须知晓，你只需要坚定自己的初心，哪怕世界崩塌，天河碎裂，也不要喜欢她。"

武瑞安满脸"放着我来"的态度，高深莫测又满意地离开了。

这人闲散惯了，再加上大病初愈，在朝中什么事情都没有，便准备给人生找点儿苦头吃。

半月后，武瑞安回到王府，立即便着人去调了太和公主的生平，仔细瞧了一遍未发现有不妥之处，于是过了两日便去接狄姜过王府叙旧。一来是为了她打听的太和公主，二来是为了感谢当初救命之恩。

武王府后花园的凉亭里，美食佳肴摆了一大桌，样样都精致绝伦，可狄姜的心思全然不在这个上面，只顾着看卷宗。当她翻看完太和公主的卷宗，便记下了其中有一个人的名字，此人正是当年的三甲及第，状元爷沈梓墨。卷宗上书，太宗将公主许配给状元爷不久后，他便因犯纲纪而被贬官，紧接着太和公主便郁郁寡欢，身染重病，没过多久就殁了。

狄姜看完，内心的震撼无以复加。她突然想起，太宗皇帝的祭日便是前些日子，李姐儿年年那一日都会披麻戴孝，原是因为她没有能给父皇送终，便每年都会在其祭日着孝，以表哀思。她也终于知道，为什么李姐儿的气泽总与旁人不相同，问药曾说那是荡妇之气，可现在她才想明白，那是皇家的气息，不论她外表变成什么样，从小培养的高贵就是与众不同的。所以……沈梓墨应当就是改名换姓之前的潘辛贵了。沈梓墨中举之后因得罪朝中权贵，被人在狱中打断腿，还不知为何犯了死刑。行刑之后，太和公主没过多久也去世了。

狄姜这才想通，或许那时武菀颜便用死囚代替了沈梓墨受刑，而她为了追随老潘，不惜放弃皇家公主的身份，数十年来不离不弃。这也解释了她为何不允潘玥朗入仕为官，若他出现在朝堂上，必然要被人将老底都掀起来，搞不好就是诛九族的大罪！

但若是他二人死了，潘玥朗便是身家清白的寒门子弟，只要有才华，他日必也能金榜题名，平步青云。

狄姜连连摇头，直叹李姐儿太傻。叹她这些年的苦心经营，殊不知说好永世相随的潘辛贵，不，状元爷沈梓墨，早已弃她而去，那三生石旁等着她的，哪里还是沈梓墨？

而沈梓墨这样做，似乎也在情理之中。

他二人，一个是手无缚鸡之力的瘸子，一个是十指不沾阳春水的貌美公主，沦落乡间，为了拒绝旁人的暧昧，泼辣就成了她的保护伞。而她本就傲娇，几十年的清贫日子，总免不了会有些公主脾气，无处发泄便只能埋怨潘辛贵。

于是，几十年来他也是受尽了折磨。

他这世，活得实在窝囊，死对他来说，无怨无悔，反倒成了一种解脱。

也不知李姐儿知道后，又会是如何地心伤？

"狄姜尚有要事，民女告退。"狄姜突然想起什么，便急急地收起卷宗，与武瑞安道别。

武瑞安满脸惊诧，还来不及挽留她，她便连影子都瞧不见了，独留下武瑞安与这桌上一席好酒好菜。

"想本王纵横情场，还没有人能逃出本王的手心，狄大夫，我们来日方长。"武瑞安嘴角扬起一丝似有若无的笑意，独自喝起酒来，那面上的神情，就像狼王看到了猎物。

回到南大街尽头，狄姜却见钟旭在门前扫雪，问药站在他身边，一脸惊叹。

走近了，狄姜才听见钟旭道："张全德犯了淫戒和妄语，孟掌柜心地不洁，二人死后怕是要在畜生道轮回，至于县令，怕是要在无间地府困守百年，日日受刑不得回天。"

"这么严重？"狄姜张大了嘴，"地府里的刑罚也太重了些。"

"人总要为自己的所作所为付出代价，这是他应该承受的苦，不是吗？"

"那李姐儿呢？"

"李姐儿自戕是大罪，自然也不会有好结果。"

"可她是为了殉情呀……"

"殉情吗？"钟旭喃喃道，"她全了对潘辛贵的情，却让潘玥朗如何自处？自戕解脱的是自己，留下的人呢？他们的感受她在意过吗？"

"……也是。"问药点了点头，不再多言。

钟旭见她似有些难过，又道："这因果轮回，报应不爽，都是自己作的孽，你不必太在意了。百年之后，或许他们还能如誓言中所唱的那般，再做夫妻。"

"还是别了，老潘怕是受够了她了。"问药打断道，"老潘苦了一辈子，下一世，该有一个温顺体贴的娘子，照顾他一生，平平安安，顺风顺水。"

问药说到这，便迎上了狄姜喷火的目光，她被掌柜的狠狠地剜了一眼。

问药大惊，蹙眉道："难道我说错了？老潘摆明了受够她了！"

"……或许是吧。"狄姜颜色淡淡，发现自己竟无法反驳。

问药连连摇头，叹道："咱还是别提他们了，这一遭春游可真是烦人，以后还是待在家里少出门吧，否则再长的命也不够烦的呢！"

狄姜"扑哧"一笑，点头道："是啊是啊，谁承想会牵扯这么许多事端来。"

傍晚，狄姜请钟旭和长生一起用晚餐，算是报答他这些日子对自己的照顾，也借机拉近二人的关系。席间有问药逗乐，倒是相安无事。

等用完晚餐，狄姜回房洗漱完毕之后，便从枕头下拿出那本《花神录》，在第二章的抬头写上了武菀颜的名讳。随即，她的生平便跃然纸上。

　　她的杏花花神，竟也是一位皇族公主，但她相较昭和公主武婧仪来说，实在是傻太多了……

　　当晚，狄姜难得地做了一个好梦。

　　梦中的李姐儿站在奈何桥上，她连日来守着的那个不会哭不会说话的潘郎却张开了嘴。

　　他说："菀菀，这辈子欠了你的，下辈子来还，你先去投胎，我随后就来。"

　　"好好好，只要能与你一起，怎么都好。"武菀颜听话地离开，虽是一步三回首，但潘郎的话，她终还是信的。

　　潘辛贵目送着她离去，直到看她进了阎罗殿，才化作一缕青烟消散无踪。

　　那只是一缕残魂啊……

　　只此一瞬，了此一生。

　　从此你全了我的情，我守了你的诺。

　　再往后一碗孟婆汤忘尽前缘，下辈子，便再也不要见了。

三

桃林·芳菲烬

独倚阑干心绪乱，芳草芊绵，尚忆江南岸。风月无情人暗换，旧游如梦空肠断。

第十二章

九渡河

　　在京郊的九渡河，有一大片桃花林，桃花树沿着河两岸延绵数十里。一到了这开花的时节，景色便颇为壮观。狄姜从窗前日日歌咏的黄鹂嘴里得知了这一妙处，便趁着这风和日丽艳阳高照的日子，带着书香问药和竹柴来此地踏春野餐。

　　竹柴是药店的伙夫，一门心思做饭，从不踏出厨房那一亩三分地。此次头一次出门，心中十分激动，举手投足间却又显得小心翼翼。他化作人形的模样像极了一根竹竿，瘦骨嶙峋，面色不华，问药一路来都在嬉笑他拉低了见素医馆的整体颜面。闻言，他却只是一边笑，一边搓手，窘迫道："能变成凡人在街上行走，已是孤三生有幸，容貌美丑，孤并不放在心上。"

　　这时便听狄姜骂道："看看竹柴的悟性，再看看你？跟了我这么多年竟毫无改观，我还不如把你扔进后院当柴烧！"

　　狄姜说完，问药就不敢再调戏竹柴了，只不过她心中却嘟囔着："您还不是看见钟旭就流口水……"这话她只敢放在心里，没敢摆在台面上，因为只要说出来，怕是未来几日都不会好过了。

　　四人又行了一会儿，见时辰不早，便在河边寻了一处草地，在上头铺了一张青蓝碎花布，又将先前备好的瓜果点心一字排开，随后便围着食物坐下。她们一边晒着太阳，一边欣赏着两岸桃林的美景，甭提有多逍遥自在了。

　　"这才是我该过的日子呀……"问药呼吸了一大口新鲜空气，然后吃光了一盘桃酥。

她见其他三人都在看书，心中不免有些吃味，于是凑近竹柴道："掌柜和书香看书我不奇怪，怎连你都开始读书了？给我看看，你在读什么书……《饮膳正要》？什么玩意儿？"

问药一脸懵，遂放过了竹柴，随后又凑近了书香，见他还是在看那本《三界史》便更觉无趣。问药无奈，只得小心地凑近狄姜，此时见她正趴在碎花布上写着什么，便心生了好奇，一边偷看一边又忘形地念了出来："菩……提萨埵……婆耶……"

这都什么跟什么呀？太无聊了。

问药看了一会儿就坐回了自己的位子，再环顾一周，发现除了自己，其他人都沉浸在各自的世界里，全然无人搭理她。于是无聊之余又不得不翻看起掌柜已经写好的手书。她粗粗地看了几句，才发现掌柜的写的东西里百分之八十的字自己都不认识！

究竟是自己才疏学浅，还是掌柜的故作高深？

"掌柜的，您在写什么？"问药忍不住好奇道。

"报告呀。"狄姜头也不抬，继续写。

"什么报告？给谁写报告？"问药听了更加惊疑了。

"你猜。"狄姜说着，放下了笔，然后吹了吹纸上未干透的墨迹，又将手写好的部分依次摊开来。问药这才发现，短短一会儿的工夫，狄姜已经写满了一张长约一丈、宽约一尺的宣纸。纸上的小字密密麻麻，都不是寻常会用到的字眼，只有末尾处的"大悲咒"三字，让问药觉得有所耳闻。

"掌柜的，您怎么抄起佛经来了？"

"一时兴起罢了。"狄姜收起手稿，放在袖子里，又拈了一枚草莓放进嘴里，才笑道，"未免日后有需要送礼之处，早作准备罢了。这些皆可当作礼物送人，不至于损了自身钱财，又能让对方高兴。"

问药"喊"了一声，鄙夷道："谁要这破纸……掌柜也未免太小气。"

"年轻人，要学会持家啊……"狄姜拍了拍她的肩膀，便向后仰躺下去，随后又拿来帕子盖在了眼睛处，便开始午憩。

这时，忽听一声剑气破空之声，紧接着，便是一青衣男子从她们头顶掠过。看他身后背的那把长剑，来人正是钟旭无疑了。

"钟道长——"问药激动之下，猛地号了一嗓子，没叫住钟旭，反倒将狄姜吵了起来。

"钟道长在哪里？"狄姜一听到钟旭的名字，立刻坐直了身子，她拿下眼上的手帕，四处搜寻钟旭的影子，可她能看到的，便只有天边的一缕残影了。

钟旭根本没注意到她们，便从几人头顶御剑飞过。那英姿飒爽的模样直叫人心猿意马。

"他绝对是我见过的最英俊的道士，要是没有那两撇胡子就更好了。"问药道。

狄姜也跟着愣愣地点头。

"但我还是更喜欢瑞安王爷。"问药咽了下口水，这时，她又突然似想起什么一般问道，"掌柜的，为何瑞安王爷问您婚配否时，您要说已经许了人家呢？"

"我确实已经嫁人了呀。"狄姜转过头，一脸郑重。

"什么？！"问药大惊，"为何从不曾听您提起？我还以为您是随口诓王爷的呢！"

狄姜耸耸肩，一脸微笑，并不打算再答她。问药见状，自然懂了狄姜的意思，再问下去怕也只会惹来她一句："天机不可泄露。"

何必自讨无趣？

问药恶狠狠地咬了一口苹果。

"走，我们去看看。"狄姜站起身，伸了一个大大的懒腰，随后对书香道，"你和竹柴留在这里，他第一次出门，多玩一会儿，但是太阳下山之前必须要回家。"

"好。"书香点了点头，继续看书。

有了书香的保护，于是狄姜便放心地领着问药向前走去。

一路上，问药别提有多开心了，简直就像被囚禁了多年的犯人终于得以刑满释放，然后看什么都觉得稀奇，这一路来的桃花便被她夸上了天。

"此景只应天上有，人间哪得几回闻啊？掌柜的，你说呢？"

"年年都有的看，只是从前不知道罢了。"

问药想卖弄卖弄自己的才学，却被狄姜一盆凉水泼下，她也不生气，只管朝前走，一路走一路采，一路采一路簪，等到了目的地，她和狄姜的头上便都被插满了桃花。而桃花林的深处，有一户朱门大宅，狄姜循着钟旭的气息而来便寻到了此处。

只见宅院门前一左一右各立着一只巨大的铜狮，狮子的口中衔着一颗金质的圆球，就连房顶上的砖瓦也是铜铸而成，整座大宅看上去，给人的感觉就是：主人有钱，主人很有钱！

"都道太平府豪门众多，今日咱算是有幸得见其中之最了。"狄姜抄着手，十分敬仰地看着宅院牌匾上写着的"阳春烽火"四个大字，又道，"阳春山人是京内出了名的大善人，已经去世二十多年了，想不到他的家业竟这样庞大，单说这十几里地的桃林，每日来花费恐怕都够咱吃上一年了。"

"有那么夸张吗？"问药撇了撇嘴，质疑道，"我看这院子也一般嘛，就是比旁人大 ·点儿罢了。"

"只是大一点儿？"

"唔……大很多。"问药耷拉着脑袋，耸了耸肩。她不得不承认，单单这扇门，就比武王府还要大两倍，而门两侧的围墙更是一眼望不见头，里头纵深有多深，外面更是看不见，还真得进去了才知道。

狄姜注意到道旁有不少爆竹的痕迹，牌匾旁挂着的大红灯笼上也还贴着"囍"字，想是不久前才办了一场婚礼，不知是哪位少爷娶了新妇？

"咚咚咚——"狄姜上前敲打铜环，过了许久不见应门，于是又接连大力地敲了几声，这才有个小厮一脸疲惫地从里打开了一道门缝，道："姑娘有何事？"

狄姜被小厮一脸的晦气吓了一跳，只见他双目无神，面色焦黄，两只眼睛下面还各挂着一枚深深的眼袋和黑眼圈，乍看上去，还以为此人已经死去了多时。狄姜立即收起笑意，一脸凝重道："敢问府上近来可有发生怪事？"

小厮一听，立刻来了精神，两眼放光道："姑娘如何知晓？"

"我见这宅院上方乌云盖顶，妖气冲天，在十几里外便能瞧得一清二楚，故来为主人排忧解难。"狄姜说得一本正经，问药却听成了丈二和尚，摸不着头脑。

谁知小厮却二话不说，连忙打开大门，将二人迎了进来，边走边道："二位姑娘一看就是高人哪，我们这座宅子最近可凶得很！"

问药闻言抬起头，仔细地将四周打量了一遍，发现此处并没有狄姜所说的那般可怕，甚至连一丝妖气都没有。院子里亦是春暖花开，香气扑鼻，和着阳光灿烂，反倒有一种正气凛然的气场，简直是个世外桃源，又哪里来的妖物？

掌柜莫不是想钱想疯了，竟干起这江湖术士骗人的勾当了？

面对问药满脑子的疑惑，狄姜全然不在意，又对小厮问道："这偌大的府邸，只有你一人吗？"

"哪能啊！我这就领各位去后院！"小厮快步往前走，狄姜和问药紧跟在他身后，穿过一块雕满了桃花的照壁之后，才发现里头的院子别有洞天，说它大到令人叹为观止也不为过。

四合院里还有院子，将这整个宅子划分为十二个小院子，小院子里也都配有各自的大门、照壁、厢房、耳房等若干。三人一路来穿过的院子前皆种着桃树，在道路两旁接连开成了花海，看得狄姜接连赞叹："都道阳春山人富可敌国，此话不假。"

本是夸赞的一句话，小厮却又耷拉下脸来，接连哀叹了三声才又道："如今的阳春府，与从前可大不相同了。"

"究竟发生了何事？"

"从前这阳春府里住满了人，每一座院子都有主人，皆是阳春山人的遗孀和孩儿，可如今……大家搬的搬，走的走，只剩下最里头的三个院子里还住着人了。"

"怎么会这样？"

小厮欲言又止，顿了片刻才道："您还是自己去问主母吧，若被主母知道我乱嚼舌根，她非扒掉我一层皮！"

狄姜释然一笑，点头道："那就劳烦小哥带我去见上一见了。"

三人继续向前走，小厮走在前面，脸色十分沉重，他似乎挣扎了许久，越接近最末的院子，面上的表情便越沉重。最后，他稳稳地停在大院前，正待敲门小厮似是忍不住了，凑近了狄姜，在她耳边轻声道："实不相瞒，这座宅子里有鬼。"

"噢？"狄姜微微有些惊讶，其实她与问药一样，看不见这里头有古怪。她之前所说纯属胡诌，敢这样说是因为见着钟旭进了这座宅子。而钟旭到哪儿，哪儿就有怪事。她原先想的是这里有人出殡，但进来之后才发现根本没有这回事，这会儿小厮又说这里有鬼，那只能说，这鬼的道行在自己之上了……可这世上有比自己道行还高的鬼吗？

或许曾经有一个，可他已经死了又死，再不会回来了。

小厮："一会儿主母若问起来，姑娘可别说是我说的，主母不让人议论此事。"

"小哥儿放心，这本就是我想对她说的。"狄姜收起心中的疑惑，决定走一步看一步。

问药跟在狄姜身边东张西望，心中一直在盘算，若将房子上的镀金都抠下来，是不是能把整个太平府的零食都买回自己家去……对于狄姜的担忧，她全然不知，就算知道了也不会放在心上。因为有掌柜的和钟旭挡在前面，她便可高高挂起只管看戏，若真遇到法力高强之辈，自己脚底抹油的本事也总还是在的。

就在这时，院子的门突然从里打开来，一个满脸络腮胡子的男人走了出来，见着三人微微一惊，道："刘四，他们是……"

"总管大人，他们是高人哪！"名叫刘四的小厮立刻凑到管家身边，附在他的耳边说了几句，那管家的眉头便皱得更深了。

刘四说完，管家便大声呵斥道："哪里来的江湖骗子，在此胡言乱语，还不快带他们滚出去！"

刘四被吓得浑身发抖，随即跪在地上，苦苦哀求道："总管大人明鉴，我已经半个月来没睡好觉了，自从少夫人进门……"

"闭嘴！再乱说一个字，我必将你乱棍打死！"管家一瞪眼，刘四立即不敢再说话，他又道，"还不把她二人赶出去！丢人现眼，真不要脸！"说完，管家便"嘭"的一声，重重关上了院门。

刘四颤悠悠地站起身，吸了吸鼻子，对狄姜道："姑娘，对不住，你就当今天没进来过吧，我这就送二位出去。"

狄姜和问药面面相觑，如何也想不到最终会是这般结果，今日这一遭竟连个主事人都没见到就被赶了出来，真是怪哉。

二人知道这刘四并不是个能说上话的，于是便不多加赘言，跟着他原路返回，只道心中有疑惑回去问钟旭便是。

出了阳春府，天色已经渐渐暗下，二人顺着河水向下走，约莫小半个时辰便回到了野餐地。草地上只见一块餐布和其上一字排开的糕点，哪里还有书香和竹柴的影子？

"书香和竹柴呢？"问药睁大了眼睛，埋怨道，"这二人也太懒了，东西都不收拾就走了！"说着，她俯身收拾起来。

狄姜站在一侧，仔细一看，发现不只糕点未收拾妥当，就连书香从不离身的《三界史》都落在了餐布上，而餐布的一角，还染上了一层不知名的黑色物体。

狄姜蹲下身，抹了一把黑色液体，随后放在食指尖上碾磨，片刻后又放在鼻下闻了闻。下一刻，她便定住了身形，面上惊诧无比，良久不曾动弹。

问药见到狄姜的异状，连忙推搡："掌柜的，你怎么了？"

狄姜这时才回过神，一脸黑线道："你去给我找块皂角来。"

"嗯？"

"别废话！快去！"

"是！"问药不再多言，立即施展法术回了医馆，从后院的浣衣池边拿了皂角后又赶了回来，将皂角递给狄姜道："掌柜的，皂角拿来了，你要它有何用？"

"皂角当然是用来洗手了。"狄姜也不看她，径直拿着皂角去了河边，左三圈右三圈地清洗了好几遍，最后又闻了闻自己的手指，发现没有异味之后，整个人才终于放松下来，瘫软在河边。

"掌柜的，这究竟是什么？有那么可怕吗？"问药站在一旁，十分不解。

"你尝尝不就知道了？"狄姜一脸狡黠，脸黑得都能滴出墨来。

问药见状更加害怕，连连摇头道："掌柜的，你都吓成这样了，我怎么敢尝？"

"哼，算你还不太蠢。"狄姜长舒了一口气，强压住心头的恶心，淡声道，"那是尸油。"

"尸油？！"问药惊骇无比，结巴道，"光……光天化日之下，怎会出现尸油？"

"我也不知道。"狄姜摇了摇头，"看来书香和竹柴遇到麻烦了。"

"他们是不是被灭口了？"问药不知是被恶心到了还是因为担心，整个人乱作了一团，来回在草地上踱步，但踱了许久也没踱出个结果来。

"你别晃了，晃来晃去晃得我头疼。"狄姜揉了揉太阳穴，眉毛皱成了一座小山。

问药这才停下步子，急道："那我们现在该怎么办？"

"容我想想。"狄姜说完，便陷入了沉思。

此时，天色已经完全暗下，桃花林中树影耸动，问药觉得似有千万双眼睛正直勾勾地盯着自己的后背，它们伺机而动，想要将自己一口吞下。

阴风拂过，林子里没有一点儿声音，四周静得有些诡异，正在问药天人交战、牙关打战之际，狄姜突然大喝一声，笑道："有了！我们去找钟旭！"

"什么？"问药疑道，"回阳春府？"

狄姜摇了摇头："我们去他家里等他，他总会回来的。"

"为什么去找他？"问药蹙眉，"我们现在应该去救书香和竹柴，去晚了不定就有危险了！"

狄姜没好气道："此番丢了人，寻常人家要么报官，要么找道士，我们去找钟旭有什么问题？"

"可我们不是寻常人呀。"

"那你知道书香和竹柴在哪儿？"

问药将头摇成了拨浪鼓，道："不知道。"

"那不就得了？我们现在就去棺材铺里等他！"狄姜大手一挥，问药只得听话地跟她走，心中却鄙夷道："借着找人之名，行见心上人之实，真是本末倒置，不知所谓……"

"你说什么？"

"嗯？"问药眨眨眼，"我没说什么呀……"

狄姜冷哼一声，狞笑道："别拿你脑袋瓜里那些东西来想我，我坦坦荡荡光明磊落，与你不一样。"

"是是是，掌柜的最高风亮节了，是问药我自甘堕落！"问药说完，二人之间凝重的气氛倒似乎有所缓和，二人互相打趣，倒能暂时缓解此时的担心。

二人来到棺材铺，恰逢长生在关店门，他将屋外摆放的花圈一一收回，行走之间很是小心，生怕将这些纸扎弄坏了。

狄姜连连赞道："你若有长生一半细心，我就不担心了。"

"咱店里不是也有书香看着嘛，他可不比长生还细心？"问药翻了个白眼嘟囔着。

狄姜不再理会她，走过去对长生道："你家掌柜的回来了没？"

"没有。"长生摇了摇头。

"你可知道他去哪儿了？"

"今日午时，被阳春山人府的人请了去。"

"噢？谁请他去的？"

长生又摇了摇头，道："掌柜的没说，他只说是有人托梦于他。"

"唔……这样啊。"狄姜点点头道，"那小哥你先忙着，我让问药帮你一起关铺子，今日我有要事要找你家掌柜的，还需在这儿叨扰一会儿。"

"狄掌柜请便。"长生礼貌地说完，便继续自己的活计，问药努了努嘴，却还是听话地去帮忙，不一会儿便将屋外的东西都搬到了里间。

此时，屋里便堆满了大大小小的纸人，而纸人后头的三面墙上，各自摆放着三口薄皮棺材，是市面上最常见的一种。狄姜又注意到，棺材上面没有灰尘，便猜此棺材销路很好，所谓价格低，销量大，可称得上是薄利多销。

长生给二人沏了一壶茶，各自斟茶之后便道："狄掌柜可要多来走动走动，我们掌柜的只有您这一个朋友。"

"哦？"狄姜一听立即来了兴趣，媚笑道："你家掌柜的你这么跟你说的？"

长生摇了摇头："虽然我们掌柜的说您好色懒惰又贪财，但是我知道，他一定不排斥您。"

"是吗……我也不排斥他。"狄姜干笑了一声，便顾自埋头喝茶。而一旁的问药闻言，一口茶水全数喷了出来，只差没笑掉大牙。被狄姜瞪了一眼后，她便强忍着笑意，可惜笑意如何也忍不住，最后竟捂着肚子笑到了地上去。

"她怎么了？是不是肚子疼？"长生大惊，想伸手去扶。

狄姜见了却连忙拦住他，一脸淡然道："小哥莫见怪，问药有些失心疯，是老毛病了，随她抽抽就好了，不碍事。"

"真的吗……"长生还是有些不放心。

狄姜便一拍桌子，笑道："我是大夫，听我的，没错。"说着，在桌下踹了问药一脚。

问药这会子笑够了，便强忍笑意地直起身子，但她一看见狄姜一本正经的脸就又忍不住发起笑来，便索性躺在地上，继续笑。长生见她不是生病了才放下心来，继而有一搭没一搭地与狄姜聊天。

经过刚才那一遭，狄姜不想再听他说钟旭，生怕他又说出些什么不好的来惹人笑话，于是主动问道："近来棺材铺生意如何？"

"尚可。"

"很多人买香烛？"

长生摇了摇头："卖了许多副棺材。"

"哦……那可真是太不幸了。"狄姜撑着头，眸子里倒没表现出太多的悲恸。原因很简单，她已经半个月没开过张了，再算上状元乡的一个月，她已经很久没有遇到需要的人了。

这是好事啊，她该高兴才是。

三人就这样有一搭没一搭对坐聊到半夜，直到金鸡破晓、天光泛白时，钟旭才回来。门外传来车辘辘的声音，同时听钟旭喊道："长生，快来帮忙。"

趴在桌上小憩的狄姜一听见，立即坐起来，连忙与长生一起打开了铺门。门外，钟旭站在夜色里，身后还跟了一口巨大的棺材。

"狄掌柜，您怎么也在这里？"钟旭一愣。

狄姜连忙摆手笑道："我在此等候您一宿了，快进来说话。"狄姜反客为主，自己端起一副掌柜的架势迎他进屋，钟旭只觉得哪里别扭，却又说不上来。

四人合力将棺材拉进屋后，问药擦了擦头上的汗水，道："怎么这么沉？"

"金子做的，能不沉吗？"狄姜抚摸着棺材的外表，见每一寸都刻画得十分精细，每一株花草都栩栩如生，奇道，"这棺材做得真细致，不知里头什么样？"

"看看不就知道了。"问药说完，一把推开了棺材盖，此时却见一阵阴风从里头飘了出来。问药被滔天的臭气熏了一脸，定睛一看，才发现里面分明躺着个死人！

"怎么里头有人？！"问药一把合上棺材，惊魂未定道，"你你你，你怎么把死人都拉回铺子里来了！你这是纸扎铺！不是停尸驿馆！"

这边狄姜也是颇为惊骇，她虽见惯了尸体，但在这充满了阴气又黑灯瞎火的棺材铺里，突然见到这么一幕，任谁都是无法接受的。但她是掌柜的，该端庄持重，不能与问药一个模样。狄姜咳嗽了一声，强迫自己镇定下来："问药无理，请钟道长见谅。"

"不碍事。"钟旭摆了摆手，问道，"狄掌柜找我有何事？"

狄姜这才想起自己不是平白在此游玩，于是急道："我的药童书香和伙计竹柴失踪了，我想托您帮我寻人。"

"哦？人口失踪该报官，你找我有何用？今日天色已晚，狄掌柜还是早些休息，钟旭不送了。"钟旭说完，便将狄姜和问药往外赶，二人一路被他推出门，竟连还手的余地都没有。只听"嘭"的一声，钟旭便关紧了棺材铺的门，任她二人怎么敲都不开门。

绝情又粗鲁。

"掌柜的，现在怎么办？"问药十分恼火，狄姜也不平静。

她等了他一晚上，就这样被推出门？实在是无情。

狄姜想了想，道："他无情我无义，我们按凡间的法子来。"

"什么是凡间的法子？"

"私藏尸体，自然是报官。"狄姜说完，便提起裙摆，踏着清晨的微露一路向前跑，一直跑到京兆府衙门前才停下。

"掌柜的，冷静啊！能抓走书香的肯定不是善茬，我们还得靠钟旭呢！这把他得罪了可怎么好？"问药挡在她前面，只当掌柜是气疯了，才会做出这样不明智的举动。

哪知狄姜阴着一张脸，一副心意已决的模样道："让开。"

"掌柜的……"

"你再不走，我可叫你吃好果子。"狄姜冷着脸说完，问药不得不听话地退守一旁，心里盘算道，"瑞安王爷是掌柜旧识，我们于他有救命之恩，哪怕今日得罪了京兆尹，应该也不会有事吧？退一万步说，大不了离开太平府，天下这么大，到别处开医馆就是了！"问药这般想着，便又放下心来，随狄姜怎么去闹了。

狄姜走到登闻鼓前，拿起鼓杵击打起来，一声连着一声，很快便惊醒了衙门内的人，屋内传来窸窸窣窣的穿衣声，更有人直接问道："谁啊？大半夜的还让不让人睡觉了？"

衙门内很快走出两名衙役，见了狄姜和问药，见不是什么大户人家女子，便更是气不打一处来："无知妇孺，速速离开，否则别怪大爷我不客气。"

"登闻鼓放在这儿便是让人敲的，当朝辰皇说了，女子也可随时鸣冤，你比辰皇还大不成？"

"有本事你现在把辰皇叫来，否则在这里，还是我说了算！我说不管就不管！"衙门的人拒不接待，让狄姜和问药更加恼火，便是要冲进去与他们理论一番，就在这时，街角传来一个熟悉的声音。

"谁在吵闹？"男子的声音懒洋洋的，十足的酒没醒的样子，等他从黑夜中走出，众人这才认出，此人正是辰皇的第六子，武瑞安。

"参见武王爷。"有眼力见的衙役立即也认出了武瑞安来，连忙拽着头前的衙役跪拜。之所以连衙门的小厮都认得他，全要仰赖他那张脸——白日里清朗，月夜里皎洁。在宵禁之时还敢在街上乱晃，还搂着两名美姬的美貌男子，除了武瑞安没有旁人了。只见他软软地靠在两名美姬身上，神色不甚清明。那两名美姬一人拿着酒壶，一人捧着酒杯，趴在他怀里巧笑倩兮，美目盼兮，直盯得人面红耳赤，浑身发软。

"都起来吧，吵吵嚷嚷的……太不像话了！"武瑞安呵斥了一句，打了个酒嗝。

问药惊喜地望着他："王爷，又见到您了，我真开心！"

"王爷，您怎么会也在此处？"狄姜也是惊异。

瑞安听到这声，才疑惑地半睁开眼眸，他使劲揉了揉眼睛，确认自己没看错后，便立即打起了精神，站直了身子，尴尬道："狄……狄大夫？"显然他也没承想这么晚会在此处遇见她，于是立即推开两名美姬，冲着她傻笑。

狄姜亦是掩嘴一笑，道："正是民女。"

武瑞安难得有几分正形，散了会儿酒气，才走近了狄姜，握着她的手开心道："狄大夫，几日不见，甚是想念！"

"武王爷，您又喝醉了。"狄姜面不改色，嫣然一笑，不动声色地抽出了手。

"没醉没醉，本王清醒得很！"

狄姜耸了耸肩，不再多言，而问药立在一旁，一直在底下拽狄姜的袖子，眼神里迸出的精光恨不得将武瑞安连皮带骨地吃掉。在她心里啊，十个钟旭加起来也比不上武瑞安一半英俊。而武瑞安的眼里只有一个狄姜。傻子都该知道怎么选，可偏偏自家掌柜的跟瞎了眼似的，根本看不见武瑞安。

武瑞安自然知道狄姜的疏远，收回了目光，指着一众衙役道："你们在干什么？衣衫不整成何体统？"

此时，再是愚笨的人也看得出二人之间有不同寻常的关系，那衙役立刻收起狗眼看人低的模样，赔笑道："王爷明鉴，刚才是这位姑娘击鼓鸣冤，我们正准备为她申冤啊！"

"哦？"武瑞安一惊，又问狄姜，"狄大夫有何事？有事为何不来找本王？求他们可没有求我管用。"

狄姜见状，深以为然，也不扭捏，直道："民女要举报一个人。"

"谁？"

"钟旭。"

"什么？！"武瑞安一惊，为难道，"不知钟道长何事惹到您了？"他说完，又自知遣词错误，立即更正道，"不知钟道长所犯何事？"

"他私藏尸体于家中，我怀疑他杀了人。"

"什么！"

狄姜说完，众人皆震惊。此乃天子脚下，皇城境内，竟然有人当街行凶？

"快带我去！"

"官爷这边请。"

众衙役在狄姜的带领下，即刻赶到了钟旭的棺材铺前，几番敲门无人应答之后，便直接砸开了大门的铜锁。门内，一股腐败的气息迎面而来，众人纷纷捂上了口鼻。本还有些怀疑狄姜说话真假的人，此时也不再怀疑了，他们直直冲进门内，想要来个人尸并获。

可是，棺材铺里没有想象中的金质大棺，更没有死尸，房里就如同钟旭没有回来过一般，纸扎堆了一整屋。几名衙役在上下两层房屋、前院后院中细寻了数次，最终得出结论：并无不妥。

长生提着灯笼站在幽暗的楼道里，被几名衙役反复盘问，他始终都是一副丢了魂的模样，愣愣道："掌柜的还没有回来。"

"那你为何不开门？"

"睡熟了，未曾听见。"

"你说谎！"问药见状，几次三番想找他对峙，却都被狄姜拦住了。

末了，她附在问药身侧，低声道："长生被钟旭施了法术，你问不出来的。"

"现在怎么办？"问药道。

狄姜叹了口气："只能等钟旭回来再说吧。"

"狄姑娘，这……"衙役们犯了难，碍于王爷在场，没有当场发作，但他们显然很生气，气狄姜半夜戏要于人，带他们来这种地方平白找晦气。

"他们一定是卷尸潜逃了！"问药急着解释道，"我亲眼看见里头睡着个死人，棺盖一打开，别提有多恶心了！"

"可是在下寻了好几遍也没有见到踪影啊，若按照您所说，这里有一口金质大棺，他们如何能在短短时间内毁尸灭迹？"

"还不都怪你拖延时间！若不是你，他们能有机会逃走吗？"问药指着衙役的鼻子骂道。

几名衙役隐忍怒火，眼看两边就要吵起来，武瑞安立即出来打圆场："可能是个误会，这样吧，等明日钟旭回来了本王亲自审问他。你们先回去，若有事本王自会知会京兆府尹。"

"是，小人遵命。"众衙役颔首，立即如蒙大赦一般鱼贯而出。想是这棺材铺里黑灯瞎火，他们待着着实不舒服。

武瑞安、狄姜、问药也很快走了出去。

"狄大夫，这其中一定有误会，你不要着急。"武瑞安道。

"我不着急，钟旭总会回来的，但是她们……好像有些着急。"狄姜说着，看了一眼武瑞安身后。

在道路一旁，只见两名美姬衣衫单薄，站在寒风中瑟瑟发抖，还在痴痴地等待武瑞安。

"快去陪她们吧，她们等了好一会儿了。"狄姜颜色淡然地说。

武瑞安立即摇头，连忙否认道："本王不认识她们！"

"嗯？她们刚才与您一路来的呀，这才多大会子的工夫，您竟然将她们忘了！"狄姜张大了嘴，佯装吃惊道，"世人都说武王爷风流，但我看来，您不仅风流，还无情……"

这下武瑞安更加局促了，干笑道："逢场作戏……都是逢场作戏而已！狄大夫不要误会。"

"您与我解释做甚？王爷应该与她们解释。"狄姜掩嘴一笑，转身回了自己的铺子，留下武瑞安呆呆地站在大街上，眼神中充满了懊恼。

问药看了看掌柜的背影，又看了看武瑞安的眼神，最终发现了这其中的猫腻。她走到武瑞安身侧，眨眼道："瑞安王爷，我家掌柜喜欢的是钟道长，您别喜欢她了，喜欢我吧！"

武瑞安一愣，横着眼睛盯着问药瞅了半晌，将她从头到脚看了一遍，最终大手一挥，哈哈大笑起来："问药姑娘真是可爱，可惜本王虽爱万花丛，可对小丫头片子从无兴趣。你还是多长几年再想红尘情爱之事吧。"

问药看上去不过是个十来岁的孩童，还有些营养不良，发育没跟上的模样。问药本也没抱什么希望，听他这样一说，更难过了，连连在他身后嘟囔："我看着虽小，可也是几百岁的人了，再长一千年我怕也还是这副模样，真是恨不同时生哪……"

武瑞安自然是没听到问药说话，他大步走向美姬，一左一右抱了个满怀，又在她们面上各亲了一口，才又想起什么似的，转身对问药道："小丫头，本王随便招招手就有成千上万的女子竞相喜欢，又怎会喜欢一个寡妇？你多心了。"

武瑞安话音刚落，却听"吱呀"一声，见素医馆的窗户便向里打开来，狄姜站在窗户边，侧身对着武瑞安微微一笑："对了王爷，刚才狄姜有句话忘了说了，日后若您有什么疑难杂症羞于启齿，记得来找我，我给您打个八折！还保证不泄密！"说完，她又重新关上了窗户。

武瑞安惊得石化当场，原本放在美姬身上的手，这下便如放在炭上，像自己的隐私秘密被旁人瞧了去，霎时面色绯红。

问药看他搬起石头砸自己的脚，不由得"扑哧"一笑。这世间情爱，不过过眼云烟，左不过他爱她、她又爱另一个他的戏码，无趣得紧。还不若市集里的茶果子来得有意思。

问药想了想，决定等竹柴回来了，让他做十个桃花酥补偿自己，随即也转身进了屋。被欣赏的男子拒绝的难堪也霎时间丢到九霄云外去了。

·

第十三章
借尸还魂

狄姜回到店铺，便在书香房里找到一根属于他的头发丝。而后念了一声法诀，头发丝便无火自燃，火花顺着头发向上燃烧，不一会儿整根头发便连成了一条火线。狄姜的脸隐在火焰之后，火光映衬得她脸上阴森森的，忽明忽暗，越发显得神秘。

片刻后，发丝燃尽，一缕黑丝从窗户缝中飞出，向着太平府东北方而去。那里正是京郊九渡河，阳春山人府邸。

"那宅子果然有问题！"问药见状，恶狠狠道，"想不到我们前脚走，他们后脚就掳走了书香和竹柴，胆敢在太岁头上动土，我看他们活腻歪了！"

"心气平和一些，不要叫人看出你心中所想。那宅子若没有问题，钟旭也不会平白无故到那里去。你先去休息，我们等到辰时再出发。"

"好。"问药点点头，便听话地回了房。

狄姜也有些乏了，准备回房睡觉。岂料一上楼，便觉得屋子里的气息不大对劲，刚想离开，却见一把长剑架在了自己的脖颈之上。还是熟悉的气息，还是熟悉的锋芒。

"别动。"钟旭站在她身后，冷冷道。

狄姜闻声松了口气，笑道："钟道长，大半夜的孤男寡女共处一室，不大好吧？"

钟旭强压住怒气，道："我也不想来，可你平白招来官家，我无处可去，只能来打扰了。说，你有什么企图？"

"没什么企图呀……只不过是眼睁睁地看着你带了个死人回家，心中有些害怕罢了。"狄姜一脸无辜，故作为难道，"你想，我作为你的邻居，知情不报是会有麻烦的……"

"你当真没有坏心？"

"我怎么会有坏心呢？平日里我可是连路旁的蚂蚁也不敢踩死一只的呀……"狄姜笑着撩开了寒剑，转身对钟旭道，"你想，这些日子相处以来，但凡我有好吃的好喝的好玩的，哪次不是第一时间想着你……"狄姜说到一半，突然停住了，她的眼睛死死地盯在自己的鹅梨雕花大床上。只见窗幔之间隐约有个人影。那人影瘦弱，面色青黑，两侧颧骨凹陷，双目突出，显然已经死去多时。

"你你你……你为何将那死人放在我的床上！"狄姜呼吸一窒，瞳孔紧缩，险些就要背过气去。

"我来找你就是为了他。"钟旭却一脸淡然，似乎并没觉得有什么不妥。

可狄姜这会子是真生气了，床是她的命根子，岂能容忍他人踏足？何况那人还是个睡在地底多时的死人！

"刚才在铺子里不说清楚，这会儿竟将他赖在我的床上！钟旭啊钟旭，我可从未对不起你！"狄姜张大了嘴，神情激愤。

"刚才我也没弄清楚，是我的错。我见官兵已至，实在想不出好主意，于是只得借狄掌柜宝地一用。事急从权，还请狄掌柜原谅。"钟旭双手抱拳，与狄姜行了个大礼。

狄姜见他躬身勾背，态度十分诚恳，气顿时便消了大半，于是淡声道："说吧，你想让我干什么？"

"请狄姑娘为他医治。"钟旭指着床上的干尸道。

"为他医治？"狄姜惊道，"我还没有医治过像这样的死人，钟道长，您真是语不惊人死不休啊……"

"你去看看就知道了。"钟旭说完，主动让开了一条路，做了一个"请"的动作。

狄姜无法，只得强忍住恶心走到床边，可越接近床沿，酸腐之气便愈加严重，她从一开始的强忍蹙眉，到扭过头捏住鼻子，再到后来实在止不住地干呕。她想逃，却被钟旭扭住了手，强行押到床边。

"你看看，他究竟是不是死人！"钟旭说完，狄姜愣了片刻，于是回过头仔细探查了一番。她这时才发现，这个形如枯槁的老人的胸口略有起伏，再一探脉搏，竟然还有些许跳动！

"他还活着？"狄姜大惊。

"是。"钟旭点头。

"可是他身上的腐败之气……确是尸气无疑呀！"

"我也很奇怪。"钟旭道，"前些时日我夜观天象，发现东北方有异象，主大灾，可是接下来几日却未发现不妥。直到昨日天光一现，几经逼问之下，我才在九渡河发现了他，可他似乎……并不是元凶。"

"哦？九渡河？逼问谁？"

"……"钟旭欲言又止，似乎并不想说。

狄姜脸一横，道："不想说就算了，把他抬走，我治不了。"

"当真治不了？"

"看病讲求一个对症下药，我什么都不知道，如何医治？"

钟旭沉思了许久，最终坦白道："好吧，事情是这样的……"

三月初，阳春祖宅前鞭炮炸响，喜乐齐鸣。今日系孟家长房大夫人的儿子孟常乐娶妻的日子，阳春府许久没有办过喜事了，各房亲戚比肩继踵，挤满了前门的道路，场面颇为热闹。

孟常乐娶了工部侍郎张家的三小姐张思瑶为妻，她虽是庶出女儿，但对商贾出身的孟常乐来说已经是高攀了，何况孟常乐的身体从小就不大好，智商也有些问题，能娶着这样的媳妇，算是几辈子烧高香得来的。这让全家都羡慕不已，尤其是二夫人。二夫人的儿子孟常忻虽然文武双全，一表人才，但终归只是个庶出，可以结的亲家比孟常乐低了不止两个等级，这样一来心中更是不平衡。

当晚，新人拜过天地，喝完交杯酒后，孟常乐便呵呵一笑，两腿一伸，进入了梦乡，接下来的事情全然不明白。新娘子又急又气，只觉得自己被自家主母骗了来嫁给一个傻子，便是想了一通宿都没想通，失眠了一整夜。直到卯时，张思瑶忽听外头有人在念经敲木鱼，觉得甚是奇怪，于是起床去寻那声音的出处。她走着走着，便走到了祖宅最里头的一间暗房外。张思瑶穿着喜服，侧耳聆听，确定声音是从里头发出来的后，便试着去推门，哪知门根本没锁，轻轻一推就向里打开了。

她走进房中，这才发现里头别有洞天。外头看这间房，不过是山脚下的一间小房子，可实际上里头却很大，它连接着山体，掏出了一个纵深大约三十丈的佛堂。佛堂的三面墙上都是佛像，供奉了大小上百尊菩萨。在这漆黑的夜里，长明灯忽明忽暗，吓得张思瑶久久挪不动步子。更可怕的是，她发现那木鱼声是从最中心的一个白色小瓷罐子里发出，一声一声直击到人的心房。她也不知自己当时哪里来的勇气，竟然鬼使神差地走了过去，抱起罐子，揭开了盖子上的封条。

"咚咚咚——"五更的打更声传来，张思瑶如梦初醒，下意识放开了手中的瓷罐，"啪"的一声，瓷罐落在地上，碎成了瓷片渣子。这时，便有一股腐烂的气息迎面而来，紧接着便见一个黑色的人影站在自己眼前。黑影没有五官，脸上只有眼睛的部位有两个漆黑看不见底的洞。她明显感觉到了那黑影散发出的杀气，吓得跌坐在地，本以为自己活不了了，谁知，那黑影却从她眼前一晃而过，消失不见了。整个佛堂又恢复了初来时的平静，除了地上碎裂的瓷罐历历在目，旁的影像全都不见了。

张思瑶吓得魂飞魄散，哪里还能走得动？她就这样神志不清地坐在那里，口中不停地念叨："有鬼……有鬼！"直到第二日正午，大夫人久寻不到新媳妇，才派人四下寻找，最终在暗房里发现了吓傻的她。

"后来呢？"狄姜见钟旭迟迟没往下说，便催促他。

钟旭思疑了一会儿，才指了指屋顶道："后来我便在阳春孟家的祖宅发现了那口棺材。"

"那位张家小姐呢？"

"已经死了。"

"死了？！"狄姜一惊。

钟旭点了点头："前日晚间，悄无声息地吊死在了自家门前。虽说到夜间时过往之人较少，但是在人来人往的大院前，又怎会没有人发现她？可事实就是，她毫无征兆地在大家眼皮子底下上吊身亡。"

"自杀？"

"不是。"钟旭摇摇头，"她的尸身下没有可供她上吊的踩踏物，也就是说，她是凭空上去的，或者说是有人将她吊了上去。"

"工部侍郎家的小姐新婚不足月便离奇死亡，这让孟家如何交代？"

"这也正是大夫人最担心的地方，长房暂时封锁了消息，想托我寻得凶手之后再做打算。"

"这……并非鬼怪所为吧？"狄姜蔫蔫道，"昨日我在九渡河外踏春，可未见着丝毫的怨气呀。"

钟旭点头："起先我也没有看见，直到大夫人带我去过孟家祖宅之后，我才发现那里头怨气冲天，叫人惊讶。"

"那怨气来自何处？"

"就是那口棺材。"钟旭郑重道。

"所以，你将它带了回来？"

"是，我本想将它送到白云观中封印，却不想问药打开了棺盖，让我发现，他其实还没死。"钟旭说完，转头看向床上会呼吸的死尸。

"如若没死，你怎么解释他萎缩的筋骨和皮肉？"狄姜问道。

钟旭答不上来，反问她："那你又如何解释他的呼吸？"

"唔……真是怪事年年有，最近特别多。"狄姜摇了摇头，思索了片刻，又道，"我的书童被阳春府的人抓了去，等天亮了我们再去一次阳春府。"

钟旭点了点头，随即双手抱拳，与狄姜行礼道："一切拜托狄掌柜了，明日一早我们便出发。"

"等等。"狄姜叫住他，指着床上道，"你把它带走。"

"好。"钟旭说完，便背过身蹲在床边，随即将尸体放在了自己背部，背着从窗户外跳上了屋顶，不多时，便见他扛着一口大棺材，轻松地落在了街道上，然后转身进了棺材铺。这一系列动作做下来，钟旭竟连眉头都没有皱过半分，狄姜见了不禁连连摇头，心道："他还真是心宽。"

狄姜收回眸子，再看一眼自己的床，便发现如何也过不去心里这道坎了，索性下楼去了书香的屋子，连衣服都顾不得脱，沾到枕头便进入了梦乡。

今日，她算是疲累至极。

翌日，狄姜破天荒起了个大早，在问药还没起床之际，便去了钟旭的棺材铺。

铺子里，长生正在整理钟旭的包裹，包裹里放了许多的法器，多到足有二十来种，一个包袱装不下，长生又进里屋去拿了另外一个包袱。钟旭却并不领长生的情，阻止道："我有太霄足矣。"说着，抚了抚肩上被布包裹起来的桃木剑。

狄姜听了，有些诧异："你的剑名大气，竟与地府三君主之一的太霄帝君佩剑一个名字。"

钟旭身为道家中人，自然对天下道术第一人如雷贯耳。只不过太霄帝君羽化多年，他一介凡人，也不敢沾亲带故，接连道："此太霄非彼太霄，此剑是白云观传家之宝，虽有太霄之名，但无太霄之实，还请狄掌柜不要误会。"

"你怎知这把就不是那一把呢？"狄姜掩嘴而笑，"既是传家之宝，祖上从何而来，你又清楚了？"

"还请狄掌柜不要开玩笑。"钟旭神色凝重，最见不得的便是狄姜没个正形的样子。平日里开他的玩笑也就罢了，但对上位仙人不尊重，就实在是不能忍了。

狄姜连收起笑意，点了点头："钟道长教训得是，便当我没问过吧。"狄姜说完，突然脸色一变，总觉得背后锋芒在刺，有人正在盯着自己，还不怀好意。她抬起头，却发现长生不在屋里，而钟旭这会子正忙着从棺材里捞出那具会呼吸的死尸背在肩上，根本不在自己身后，更是没有回头看自己。狄姜心中惊疑，四下巡视了一圈，最终在一堆纸扎里发现了一个不寻常的纸人。

那纸扎人的眼睛是一条月牙形的墨迹，配合着弯成半圆的嘴唇，怎么看怎么怪异。

狄姜驻足，盯着他看了许久，只觉得有些面熟。

"这是你画的？"狄姜问钟旭。

钟旭看了一眼便摇了摇头："怕是长生画的。"

"唔……难怪这般丑陋。"狄姜刚想转身，却见那纸人的眼睛睁开了一条缝，眼珠飞速地左右转动，惊得她连忙跳起来，抓住了钟旭的手叫道："你家的纸人怎么还会睁眼呢！"

钟旭闻言回头，却并没有发现纸人有何不妥，淡声道："狄掌柜想是昨夜没睡好，出现幻觉了。"

狄姜此时再仔细一看，便见那纸人确实又恢复了寻常的模样，与周边一堆纸扎放在一起，根本分不出区别，而刚刚经历的就似是一场幻觉。

"没道理呀……"狄姜一边摇头一边被钟旭推着向外走，等出了铺子她便也忘了刚刚的事情。钟旭背着阳春山人跟在她身后，也没有多余的精力注意别的变化。

就在此时，那一堆大大小小花红柳绿的纸扎尽数睁开了眼睛，眼瞳止不住地在屋子里乱瞟，嘴唇勾起的弧度，就像被人强行拉开了嘴角，场面说不出的诡异。

等长生从后院进来后，纸人瞬间又恢复了寻常的模样。

"奇怪……刚刚明明听见笑声了……"长生疑惑地摸了摸脑袋，一会儿便忘了此事。他仔细收拾好店后，便打开了铺子的大门，将纸扎花圈一个一个搬到了门口，准备迎接新一天的生意。

东边初升的太阳悄然躲在了云层之后，天光开始变暗，并不如辰时那般敞亮，此时混合着阵阵北风，吹得棺材铺前的花圈冥纸哗哗作响。长生不得已，又搬出来两只薄皮棺材挡在边上，才稍稍安抚了在狂风下乱作一团的冥钱。

今日，似乎颇不太平……

长生暗暗祈祷，祈祷自家掌柜可千万别出什么事才好。

　·

这边钟旭和狄姜出了城，正顺着九渡河往下游走，两岸的桃花开得正艳，香气馥郁芬芳，若不是因为钟旭身后背着的老人正在往外呼酸腐之气，狄姜真要觉得自己如行走在仙界了。奈何那尸体比之昨日更加奇怪了，他的脸上虽然布满了死气，但不难看出双颊处隐约有了些许绯红，嘴唇也恢复了些许血色，看样子倒像是大病一场的人正在渐渐康复……

狄姜忍着恶心，又替他把了一回脉，发现一晚过后，他不只脉象恢复正常，隐约还有了几声心跳，虽然较之旁人过于缓慢，但这无疑是医学史上的一个奇迹。

"这老伯的求生欲好旺盛呀！"狄姜大赞道。

"你怎知不是借尸还魂？"钟旭道。

"借尸还魂哪是这般模样？"狄姜瞪了他一眼，笑道，"若你是孤魂，会找个这样残破的躯体还魂吗？只怕捏死一只蚊子的气力都使不上来，岂不是白费工夫？"

"有道理。"钟旭点了点头，"那依照狄掌柜的经验来看，这是怎么一回事呢？"

"照我说……他应该是被人陷害，导致魂魄强行离身，近日又回到了身体里。"狄姜想了想，又道，"那张家小姐打碎的瓷罐，说不定就是封印他的罐子，但这只是我的猜测，具体的，要等我见过封印他的黄纸之后才知道。"

钟旭默了一瞬，觉得她说的不无道理，便点头："我带你去。"

二人各怀心思，继续向前走，直到下午，才到达阳春府前。狄姜刚想伸手敲门，却不料被钟旭拦住，正要问他发生了何事，钟旭却足尖点地，拖着她飞身而起，"三人"便旁若无人地穿行在阳春府各院的屋顶上。

"门内似有些古怪，我们不要打草惊蛇。"钟旭在她耳边小声道。狄姜被他抓得手腕生疼，很想问他怎么不像背着尸体一样背着自己跑，但一想到他就算愿意背，她也不想与尸体摞在一处，便作罢。只一个劲地腹诽阳春府也未免太大了，再不到目的地她的手就要断了！

正在狄姜几欲昏厥之时，钟旭稳稳地落在了阳春府后头的半山腰上，这里是山中的一小片空地，视野极佳，可以将整个阳春府的动向尽收眼底。

"这是哪儿？"狄姜问。

钟旭："孟家祖坟所在地。"

狄姜闻言回头，这才发现这片空地靠着山的那一面，有大大小小几十个坟包，最中心的一块墓碑足有五扇门合起来那么大，"阳春山人"四字金晃晃的刻在上头，华光万丈。

钟旭放下背上的会呼吸的尸体，指着墓碑道："他就是从那里头背出来的。"

狄姜瞪大了眸子，愣了半晌，才道："你的意思是，他就是三十年前富可敌国的大善人，阳春山人孟子昌？！"

"正是。"钟旭点了点头。

"阿弥陀佛，罪过罪过。"这孟子昌死了许多年了，如今被掘坟，还发现没死透？真是怪事年年有，今年特别多。本着好奇的态度，狄姜双手合十，在活尸面前蹲下，仔细探查了一番，又道，"我确定他还活着，否则，这么多年过去，他早该入了轮回。凭他的福报，下一世该是福泽双至，名利双收。"

"狄大夫似乎对地府之事颇有研究？"下一世是如何模样，竟都能知晓？

"看过几本书罢了，猜的。"狄姜微微一笑，接道，"我们得帮帮他。"

"如何帮？"

"这还不简单吗？"狄姜隐秘一笑，"自然是送他归西。"

"什么？"钟旭大骇。

狄姜镇定地说："他早就该死了，如今魂魄又返回了尸身之上，只要再在他心口补上一刀，必然能魂归地府，转世重生，凭他这世所结下的善缘，下一世的福报，可是享之不尽用之不竭的，何必强留在这世上，饱受苦楚呢？"

"……"钟旭细思了一番，急道，"狄大夫所言有理，但我总觉得有哪里不妥……我们如果这样做，无异于杀生啊！"

"嗨，他都死了多少年了？这哪是杀生？"狄姜站起身，去夺钟旭的剑，钟旭却不答应，连番向后退去。

钟旭道："不管他之前怎么死的，他现在就是一个活生生的人，我们不可以草率了事，你既然是大夫，便拿出济世的医德来，也叫我不要轻看了你去。"

狄姜见钟旭十分的认真，于是"扑哧"一笑，道："好吧，那听你的。"

其实狄姜刚刚也不过是在开玩笑，她只不过是想试试钟旭的心性。她从前只当他是杀鬼不眨眼的道士，如今经过这几次深交下来，才发现他的脾性已经与从前大不一样。他终于肯为他人着想，明白了度化与剿杀的不同。这是她最乐见其成的地方。

"你看那是什么？"这时，钟旭抬手指着山下的一处院落道。狄姜顺着他手指的方向看去，便见院中的一处假山旁的桃树上正挂着一件衣服，此时山里已经狂风大作，而那衣服随风摆动，弧度却并不大。

狄姜总觉得那衣物有些眼熟，尤其是衣物上方那顶帽子，那是一顶碧色的平顶帽，帽尖上有个球，球是鲜红色的，甚是打眼。狄姜这才惊觉，或许……那并不只是一件衣服。

若那只是一件衣服，又怎会戴着帽子呢？

"那好像是一个人，我见过他……"狄姜怔了片刻，惊道，"是看门的小厮刘四！快，我们下去看看！"

狄姜拉着钟旭往下跑，钟旭却是不急，他挣脱了狄姜的手，走回去，将阳春山人放在墓碑下，又脱下外衣盖在他头上，道："这山间湿冷，一来防止他被雨水淋湿，二来怕他受凉。"

"钟道长可真是菩萨心肠。"狄姜由衷地夸赞。等钟旭做完这一切后，便上前拖起狄姜，怎么来的怎么向下飞掠而去，不一会儿，便飞身来到了桃树前。

钟旭放下狄姜，二人抬头一看，皆是面色一变。只见刘四眼球突出，舌头半搭在嘴唇上。双目和舌突出，这是典型上吊死亡的特征，可他也与旁人有些不同。他的嘴角高高向上扬起，端的是一副兴奋带笑的模样。头套在脖子上，吐着舌头睁大了双眼，一脸狞笑地居高临下看着身下的人，谁人看了不惊骇？谁人看了不恐怖？

狄姜双腿发软，险些站不住，幸得钟旭在她身后扶了一把，才不至于跌倒在地。

"狄大夫，您没事吧？"钟旭道。

狄姜摇了摇头："想是没睡好的缘故。"

"第四个了……"就在这时，他们的身后传来一声呓语。

二人回头，便见着一身华服的中年女子站在身后，眼神似有些呆滞。在妇人的身侧，还跟着一个碧衣丫鬟。那丫鬟低着头，浑身不住地颤抖，显然已经吓得不轻。而那中年女子面色怔忡，眼睛里带着恐惧，从一开始的喃喃自语，突然就开始发狂咆哮："逃不掉的……我们都逃不掉的……这是老太爷的诅咒！"

钟旭狄姜皆是一愣，二人相视一眼，都觉得这话并不可信。若孟老太爷真的死了，那或许真是他在作祟，但她口中的老太爷分明还在虚弱地活着。他没有法力，气息微弱，用苟延残喘来形容也不足为过。这样一个手无缚鸡之力的老人，又拿什么去诅咒他人？

狄姜忍住心中疑惑，向妇人走过去，道："夫人您好，我是城南钟家棺材铺的伙计，这是我家掌柜的钟旭，亦是青云山白云观第二十七代掌教真人。"

"第七十二代。"钟旭咳嗽了一声。

"是第七十二代，刚才是我口误，请夫人不要在意。"狄姜面不改色，清了清嗓子，接着道，"我家掌柜的一生降伏恶鬼无数，今日见您府上有大灾之相，故来解救，敢问夫人府上可发生过什么灵异之事？"

妇人闻言抬头，似是看到了救星，她连忙点头："自从新媳妇进门，咱家就没一日消停过！她还打碎了封印老太爷的瓷瓶，她定是受了老太爷的蛊惑，来找咱们报仇了！"

"新媳妇？"狄姜蹙眉，想了想才知道，她口中的新媳妇，应当就是工部侍郎家的三小姐张思瑶。可她不是已经死了吗？

"道长，您一定要救救我们呀，我还不想死！"中年妇人绕过狄姜，径直抓住钟旭的手臂，接连哀求道，"我们的老太爷就是这样死的！他死得好惨呀！一定是他回来报复我们了！"

"住嘴！"一声疾言厉呵打断了妇人的话。下一刻，便见假山后匆匆走来一行人，为首的亦是一位中年妇人，跟在她身边的，就是此前狄姜曾见过的凶巴巴的老管家。在管家的身后，还跟着三名小厮，他们身上穿着的衣服，与刘四的一般模样，想来是同一级别的家丁。

"去把他解下来，抬到后山的暗房去！"妇人说完，一人便迅速攀上了树干，在上边割开了绳子，两人在下方稳稳地接住刘四的尸身。随即管家拿出事先准备好的白布盖在了刘四的面上，扬了扬手，让他们抬了刘四从后门出去。做这一切的时候，他们的动作和神色皆没有一丝迟疑，显然已经驾轻就熟，见怪不怪了。

等他们抬着刘四离开后，妇人才看向钟旭与狄姜。老管家的目光也从狄姜身上扫了过去，却似乎并没有留意到她。狄姜心中微微有些惊讶，她自诩气质上佳，没道理他昨日才见过自己，今日就将自己忘了呀？

"钟道长，又见面了。"只听妇人微微欠身行礼道。

钟旭立即双手抱拳，亦有礼有节地回了一揖："见过大夫人。"

"妹妹她行事莽撞，胡言乱语，还请道长不要见怪。"大夫人说完，又对管家点了点头。

管家明白大夫人的意思，便走到吓得不轻的中年妇人身边，道："二夫人，有钟道长在此，您不必惊惶。老奴先带您回去休息。"

"我……"二夫人本还想说什么，却直接被管家捂住嘴拖了下去。

二夫人的婢女临走前若有若无地看了狄姜一眼，眼神中似乎带着求救的意味，但她到底不敢言语，看那模样，也是个胆小怕事的。果不其然，她未置一词，只颤悠悠地跟着二夫人离去。花园里，一时间便只剩下大夫人、钟旭、狄姜三人。

"钟道长，之前嘱托的事情可有答案了？"大夫人问道。

钟旭摇了摇头："仍是未解之谜。"

大夫人很有些失望，垂下眼帘，长叹了一声："您也看见了，这连日来发生的事情已经叫我身心俱疲，若再找不出真凶，只怕我整个阳春府都须得为思瑶陪葬。"

"大夫人请放心，钟旭能力范围之内的必当倾全力去办，可是……"钟旭顿了顿，又道，"若不在我能力范围之内，只怕就要上报官府了。"

"道长的意思是……"

"钟旭的意思是，这些事件恐怕并非鬼怪作祟，要知道，人心亦是同样可怕。"狄姜一脸淡笑地看着大夫人，大夫人这才留意到一旁的她。

"这位是？"

"我是钟道长的婢女，您可以叫我狄姜。"不等钟旭回答，狄姜抢先笑盈盈地与她打了招呼。

大夫人见钟旭不否认，便信了她的话。只当她只是一名婢女，便将她划作了下人的范畴，自当区别对待。此时她眸子里散发出的神色，便更加轻视起来。

狄姜见了也不生气，仍是一脸淡笑。

钟旭觉着此二人之间气氛似乎不大对劲，但凭他的眼力见却也看不出来具体哪里有问题，于是话锋一转，问道："刚才二夫人所说的老太爷惨死之事，究竟是怎么一回事？"

"妹妹见识寡薄，轻信了下人之间的流言蜚语，钟道长不用放在心上。"

"这样啊……那她所说的'这是第四个'又是怎么一回事？据我所知，死去的只有少夫人与刘四才是。"

"想是道长听错了，她说的是刘四，不是第四。"大夫人颜色淡然，打定了主意守口如瓶。这点狄姜看得出来，钟旭却看不出来。

"二夫人该是吓得不轻。"钟旭想要安慰几句，憋了许久却只憋出了这样一句。

狄姜在一旁捂着肚子，强忍笑意。大夫人却一本正经地点了点头，叹道："妹妹出生在小门小户，没见过什么世面，有些沉不住气也在情理之中，钟道长不要见怪。"

"不会，只希望两位夫人保重身体，不要再叫凶手钻了空行凶。"

"多谢道长关心。"

狄姜见二人说了半天都说不到点子上，不禁提醒道："寻常人看见这般形状的尸体，不管出自朱门还是小户，都会接受不了吧？大夫人心气平稳，倒叫我好生佩服。"狄姜一脸崇拜，面上露出的钦佩之情，若现在面前有面镜子，她见了怕是连自己都要相信自己的话了。

但她明显是在说反话。

大夫人挑高眉毛，端着一份修养，剜了狄姜一眼，又自持道："钟道长的婢子真是不懂事，主人家在说话，哪轮得到你一个婢子评头论足？"

"倒是狄姜唐突了，狄姜这厢给您赔不是了。"狄姜躬下了身子，嘴角却带着笑意。

大夫人身在豪门大院，早已饱经世故，自然看得出来狄姜也不过是面上客气，心中对自己怕还是疑虑为多。尤其她那双眼睛滴溜溜转动的模样，活像一只老奸巨猾的狐狸。

大夫人冷哼一声，对钟旭道："钟道长，我们去茶室详谈，闲杂人等就留在外头吧。"

"狄姜并非闲杂……"

钟旭才说到一半，狄姜就打断他，笑道："奴婢见这院中桃花开得极艳，老早就想四处去看看了，您不必担心奴婢，奴婢自会照顾好自己。"

钟旭看了她半晌，见她神色笃定，便点了点头："……好吧，你不要跑远了。"

"奴婢遵命。"狄姜言笑晏晏，在掌柜的与婢女两个身份之间自由转换。让钟旭都有一瞬间的怀疑：这人好像真是自己婢女？两人搭配默契，仿佛已经是多年的主仆关系……

第十四章
成天印

狄姜站在原地，目送二人离去，直到他二人进了里屋，狄姜才又重新走到吊死刘四的那棵桃树下，仔细观察起周边的环境来。

这里是大夫人的院子，昨日来时没能入内，今日从高处一看才知道，这个院子与其他的院子有些不同。其他的院子都是典型的院中院，以中线为轴，东西厢对称，而这一处院子，却在西北角上又多出了一个院子，从半山上能瞧见，但从狄姜现在站着的角度看过去，却什么都看不到。那个院子的门开在哪里，她不得而知。

狄姜收回目光，将注意力又集中到这株桃树上来，只见桃树下桃花散落了一地，树干上还有许多错综复杂的划痕。她对比了一下高度，发现这些刮擦很有可能是刘四垂死挣扎之时，双脚乱蹬所致。这说明，他并不想死。可那抹笑意又如何解释呢？他的脸上，分明带着一副"我等着你们变得和我一样""我在地府等你们"这般的神色，笑容里写满了阴森可怖，叫人背脊发寒。

就在这时，另一个东西却吸引了狄姜的注意。她俯下身，拨开了地上的桃花，沿着那一抹光亮开始清理，却发现地上有一小片血渍。狄姜伸出手，发现血渍猩红温热，显然是刚刚才落下去的！

狄姜霍然起身，四下寻找，却连半个鬼影都没见到。院子里，安静得有些瘆人。

这血从何而来？

它是谁的鲜血？

它平白出现在自己面前，是想对自己说什么？

一团一团的迷雾像山呼海啸一般袭来，狄姜第一次发现，自己的脑子似乎有些不够用，这其中的阴谋诡谲，自己竟连细枝末节都还猜不透。

这种如坠云雾的感觉，并不好。

她喜欢一切尽在掌控中，可事实却不尽如人意。

狄姜左手撑着头，右手抱着左手肘，正低头沉思，忽觉有人捋了捋自己额前的碎发。她下意识抬头，却没见着身前有人。

"最近是怎么了？怎么总是恍恍惚惚的……"狄姜摇了摇头，不自觉地来回踱步，谁知她刚一转身，便见到眼前陡然多了一方玄色的衣衫。她定睛一看，便见一个小童子正站在自己跟前。

"你是何人……"狄姜怔怔道。

小童子转过头，定定地看着狄姜，他的眼中带着不属于这个年纪的森然与阴冷。

狄姜突然觉得，这眼神好熟悉！

果然，下一刻便听他冷哼一声，声色俱厉地大喝道："你盗取本君的织梦铃，烧毁本君的寝宫，本君几次三番提点与你，你竟毫无所觉！此番本君显身，你竟还认不出本君来。狄姜啊狄姜，你让本君说你什么好？"

狄姜张大了嘴，"啊"了一声，咧嘴一笑道："原来那个纸人是你！我说怎么那么丑呢！"

"你！"小童子手指着狄姜，气得半晌说不出话。

狄姜又是"嘿嘿"一笑，满脸委屈道："早就跟你说了黑纱幔帐太阴森，人在里头待久了会心理变态的，我是在为你着想，你竟然还怪我……"

小童子又是一声冷哼，知她虽然长着一张玉兔般的面庞，心里却只是黄鼠狼。但是只要她肯放软姿态，他便不想与她计较。

"那织梦铃你又当如何解释？"小童板起脸，森然道。

"您有那么多宝贝，何必老盯着这一只铃铛？我见着那铃铛好看，便借来赏玩几日，等玩够了便会还给你，你就放宽心吧……"狄姜嫣然一笑，凑近了他，指着地上一摊血迹道，"这也是你的杰作？"

　　小童子一脸茫然，像看怪物似的盯着狄姜看了半晌，随即摇了摇头："不是。"

　　"这就奇怪了……竟还有旁人能在我的眼皮子底下作怪……"狄姜正沉思着，却听身后传来钟旭的疑惑声。

　　"狄姜，他是谁？"

　　狄姜回头，便见钟旭抬手指着自己身边的小童子。

　　狄姜一愣，发现自己似乎不知该如何回答，两相比较之下，她索性又玩起老把戏，装作一副看不见的样子，一脸怔忡道："掌柜的，您在说谁呢？"

　　"他……"钟旭说到一半，见身旁的大夫人亦是一脸疑惑，这才惊觉这个小童子似乎只有自己看得见，狄姜和大夫人却都看不见。

　　那必是鬼魅无疑了。

　　钟旭不想吓着她们，于是连忙摆了摆手，道："没什么，是我糊涂了。"他说完，又侧身向大夫人辞行道，"夫人的吩咐钟旭过两日便给您回复，请您不必担心，钟旭先告退了。"

　　"好，一切有劳钟道长了，我送你们出去。"大夫人说着便朝前走。

　　小童子看了她一眼，便慢步跟在她的身后，抄着手在空气里嗅了嗅，随即一脸淡然，用只有狄姜听得见的声音道："她的身上，有欲望的味道。"

　　"欲望？"狄姜不自觉轻笑出声，心道，"你在地府里蹲了那么久，还知道人间的欲望是什么味道？"

　　狄姜的笑声引起了大夫人的注意，她回头奇怪地看了狄姜一眼。狄姜被她一瞪，突然想起了什么，索性一不做二不休道："大夫人，我想验尸。"

　　"验尸？"大夫人停下了步子，蹙眉道，"狄姑娘会验尸？"

　　"不瞒夫人，奴婢自幼在义庄长大，颇通此道。"狄姜说得言之凿凿，但钟旭和小童子皆是一脸不信。尤其钟旭那一副担忧的模样，让大夫人也不禁开始怀疑。

　　"狄姑娘此话当真？"

　　"当然！"

　　"如此甚好，我正不知该去哪里请仵作，既能不惊动官府，又能得到我想要的答案，既然狄姑娘艺高人胆大，我这就领你过去。"

"有劳大夫人。"狄姜满脸带笑，跟着大夫人往后院走。

钟旭知道狄姜的主意多，于是并不阻止，他不动声色地靠近小童子，与他并排而行，时不时用余光打量对方。钟旭的手慢慢放在了剑柄之上，正想动手之际，却被小童子一个眼神所阻止。那眼神中散发的清冽和寒芒，让他瞬间动弹不得。

"你究竟是何人？"钟旭满脸凝重，轻声开口。

小童子嘴角带笑，并不答钟旭，待收回警告的目光之后，小童子的目光便始终只看着狄姜。

钟旭知道眼前的小童子不一般，便不能像对待一般顽劣的小鬼那样怒目而视，威逼利诱，他的神色里没有丝毫的轻视，反而带着十分的恭敬。他低声道："狄大夫虽然行事随性，但心性极好，你若想暗害于她，我定不会答应。"

小童子撤回了目光，突然低笑了两声，随即转过头轻笑道："本君行事还需要你答应？假如我想，你又能奈我何？"

钟旭沉默了一瞬，坚定道："就算拼上性命，在下亦会保狄掌柜无虞。"

"你这般维护她？"

"不只是对她，而是对这世上万千生灵。我见不得无端作恶，坑害性命。哪怕要用我的命去阻止，我也不会吝惜。"

小童子笑了笑，便连连摇头："你可不能死……"说完，他的表情仍是十分冷淡，眼中无波无澜。

钟旭摸不清他的底细，不敢贸然出手。正待他思量之际，小童子却突然转过头，对他咧嘴一笑："且罢，今日本君饶过你的大不敬，再有下次，便不会这般走运了。"小童子说完，眨眼的工夫便凭空消失了去。钟旭见了此情此景，心中十分震惊，半晌都没回过神来。

这是头一个在他面前来无影、去无踪的小鬼。他的身后蕴藏的，只怕是如阎罗鬼煞般的力量，弹指间他便能灰飞烟灭。

他刚刚与死神擦肩而过了。

狄姜见钟旭立在长廊中，就像是被人夺去了魂魄，便停住步子，接连唤他："钟道长，您怎么了？"

"没什么……"钟旭如梦初醒，连忙快步跟上了二人。经过这一遭，他的心情更加沉重，觉得这次的事态比以往哪一次都更为严重。他开始怀疑，怀疑自己究竟有没有足够的能力，去保护旁人的安全……

走在前头的狄姜并不知道钟旭有这番心思，如果她知道钟旭因为鬼君的缘故而开始怀疑人生，那她一定会笑掉大牙。

鬼君的威严至高无上，一个凡人，又怎能与鬼君一较高下？

真是杞人忧天了……

狄姜本想凭借这个借口去探一探西北处的暗房，谁知大夫人并没有带他们去那边。从后门出去之后，他们被带到了嵌在山体里的佛堂前。大夫人打开了佛堂的大门，带着狄姜走了进去，钟旭跟在她们身后，在门口打探片刻后，也同样走了进来。

进屋后，狄姜才发现里面真是又大又华丽。一百零八座佛像皆是镀金而成，就连佛像底下的神座也都是由沉香雕刻的，整个屋子里充满了沉静和空灵。狄姜走在这屋子里，浸润着周遭的香气，只觉得身与心都得到了放松。

大夫人走上前，在最中间的如来大佛像前上了一炷香，又虔诚地拜了三拜。

"阳春府真是财大气粗，叫人钦佩。"狄姜由衷赞道。凿空了一座山建造的佛堂，可比建造一座城还难。

大夫人却摇了摇头，道："你们见到的，不过是一个空壳。自从老太爷故去，阳春府便一直在走下坡路，如今的阳春府再不复当年盛况，下人走了一批又一批，已经连基本的供养都停止了。"

狄姜震惊，看着这满屋的佛像，才发现金碧蒙尘，似乎许久没有打扫了。这硕大的阳春府，竟连个打扫的下人都请不起吗？

狄姜心中讶异，但面色如常，又道："敢问夫人，尸体现在何处？"

"随我来。"

大夫人站起身，便带着二人往里走。绕过大佛之后，便见佛堂后还有一扇小门，进入小门，里面的暗房大约也有十米见方。由于大山之间不通风，房里便只有头顶处开了一扇小窗，更加增添了几分阴暗的气息。房间最里头停了两口棺材，棺材里便躺着刘四和张思瑶。狄姜打开了靠左的棺材，刘四死不瞑目的脸便映入了她的眼帘。

"阿弥陀佛，有怪莫怪。"狄姜念叨了一句，便开始查探他的尸身。

刘四已经全身僵硬，脸上出现了点点尸斑，配合着他狞笑着的表情，更增添了几分骇人。狄姜细查之下，发现他的身上没有多余的伤口，确实是窒息而亡。就在狄姜反复细探时，头顶忽然响起了一阵淅淅沥沥的雨声。钟旭略有些担忧地看向窗外，似乎很是焦急。

这一幕被狄姜瞧了去，她心下了然，便提点道："掌柜的，晚上您与长乐坊纸扎铺的大掌柜有约，是不是该启程了？"

"长乐坊？"钟旭疑惑。

"是呀。"狄姜眨了眨眼道，"别叫他在雨中等急了。"

钟旭一听在雨中，便明白了狄姜的意思，他点了点头，便道："我去去就回。"

"好的。"狄姜含笑答他。

临走前，钟旭又想起什么，回头嘱咐道："你一人多加注意安全。"

"掌柜的放心，有大夫人陪着我呢，你尽管去吧。"狄姜催促他。

"好，一切拜托大夫人了。"钟旭向大夫人行礼告辞之后，便转身出了门。狄姜知道钟旭是担心老太爷在大雨中被淋湿，于是焦急地想要去给他挪个地方。见大夫人的模样，想来老太爷回魂的消息钟旭还没有告诉她。狄姜心中有些欣慰，欣慰钟旭还没笨到家。

狄姜这边检查完刘四的尸体之后，并没有发现不妥，于是又走到另一口棺材前，掀开棺盖之后，发现上面还盖有一层白布，于是她又慢慢地揭开了那层白布，一张与刘四一般表情的脸便渐渐露了出来。张思瑶表情狰狞，眼球凸出，舌头搭在唇外，嘴角大张。狄姜虽然事先有准备，但是看见之后，心中难免还是有些不舒服。张思瑶虽然已经成为一具冰冷的尸体，但是狄姜看得出，她生前的皮肤应当极为白嫩细滑，五官也十分端庄，原本该是个娇俏的新嫁娘，死后的表情却狰狞得似一个吃人的恶魔。

"儿啊——"大夫人的眼泪已经断了线，她不顾心惧，趴在张思瑶的身上号啕大哭起来。

狄姜叹了口气，心中直道：不管大夫人人前如何端足了主母的架子，可一旦到了动情之时，也不过是一个普通女子，抑制不住心中的悲恸之情。狄姜本还有些怀疑她，可见她哭成这般模样，心中反倒有些动摇了。她安慰道："大夫人，死者已矣，还请节哀。"

"我儿死得好惨！"大夫人哭得肝肠寸断，任狄姜如何劝说也不听。她一直趴在张思瑶身上哀号，狄姜便无法验尸。

又过了一会儿，这时，管家突然走了进来。他看了狄姜一眼，便径直扶起了大夫人，道："夫人请节哀，太老夫人现有急事，请您过去一趟。"

太老夫人？

狄姜心中一奇，才知道在这阳春府中，竟还有一位太老夫人。

"我知道了，马上就去。"前一刻还在悲恸的大夫人下一刻便止住了眼泪，她的脸上虽然还带着泪光，但眉目间却没有了哀悼。

狄姜不禁暗暗钦佩起来。大夫人在人前永远一副铁石心肠的模样，或许这就是当家主母的姿态吧，她为整个家撑起半边天的同时，自己心中的负面情绪便统统都得收起来，一丝一毫都绝不能传染给旁人。

"狄姑娘，你一人在此……"大夫人欲言又止。

"大夫人放心，我见惯了这种场面，不害怕的。"狄姜打断道。

"那就好……倒是我多事了。那我们走吧。"大夫人说完，便在管家的搀扶下出了屋子。

房间里只剩下狄姜一人后，她反倒自在。她立刻左手在下，右手在上，中指掐了一个九乘莲花与愿印。她本想叫来二人的魂魄问上一问，却发现自己竟然叫不出他们的魂魄来。见一阵轻风吹过，卷起了地上的几根羽毛，那羽毛翩然飞了两圈，又落在了地上，房间里又恢复了平静。一时间，竟是一点儿变化也没有。狄姜心中惊异，接下来，她又接连掐了好几枚莲花印，但两具尸体上仍是毫无反应。

"莫非……她们的魂魄都被人带走了？头七未到，不应该啊……"狄姜蹙眉，又上前从头到脚仔细勘察了一番，终于在二人的天灵盖上发现了一枚青黑色的印记，是万字符文。狄姜认出来了，这是一枚简易的镇魂图。

"为什么要封印他们的魂魄？"狄姜惊骇。她实在想不出有什么理由，需要在人死后还禁锢他的灵魂。除非……是怕报复。

可就算如此，生死簿上早晚都会露出端倪，届时鬼差得了令，却拘不到魂，怕是会惹上大麻烦。

就在这时，狄姜突然听见地底下发出几声"咯吱"的声音，就像是金属板子在相互摩擦，正在她奇怪之时，紧接着便听"嘭"的一声巨响，她脚下的地板便向下打开来。狄姜一个不察，身体便开始沿着地道往下滑，下一刻，她便身子朝下，狠狠地摔在了地窖里。又是"嘭"的一声巨响，她惊慌抬头，便见自己头顶上方的金属板又猛地重新合上，光亮被它隔绝在外，此时，周身便是连一丝光线也看不见了。

狄姜忍着疼痛直起身子，她抬起手，便在手掌之间燃起了一团火焰，周遭这才变得敞亮起来。她这才发现，自己所跌倒的位置，正对着一颗腐烂了一半的人头！

饶是见过许多稀奇古怪之物的狄姜，也在突然见到这样的场景之后，被吓得不轻。周遭满布白骨，大大小小各式各样，不胜枚举，摆满了整整一屋子，场面堪比修罗地府。

这样恶心的场面，狄姜已经许久没有见过了。从这些尸体的动作来看，他们之中有一些人是在这里被饿死的，也有一些是死后才被扔了下来。腐烂程度不一，死亡年限也不同。她这才知道，原来在太平盛世，也会出现这样多的尸体。

究竟是谁干的？

此人心肠之歹毒，简直不配为人。

正在狄姜怒火中烧之际，忽听角落里传来几声"咯咯咯"轻笑，每一声都叫人毛骨悚然。

"谁在那里？"狄姜将火光扔向角落，便见刚才消失的小童子重新又出现在了自己眼前。

此时的他立在群尸之中，正满眼含笑地看着她，唇角的那一抹哂笑，似是发现了一个极其有趣的玩具。

"你不是走了吗？"狄姜皱眉，这小童子不怀好意的表情告诉她，危机正在降临。果然，下一刻，便听小童子诡秘一笑，道："我只说饶过那个道士，可没说放过你。"

"你想如何？"

"你猜？"小童子眨了眨眼睛，面上的表情天真无邪到让人真觉得他人畜无害。

狄姜却突然觉得开始头疼。这句话是她平日里挂在嘴边的口头禅，今日从小鬼君嘴里听来，才觉得这两字原是如此地惹人厌烦。

就在狄姜琢磨要不要低头认怂之时，忽听一声惊雷在地窖中炸响，紧接着，狄姜便觉得有一股移山倒海的力量从四面八方向她涌来，直压得她喘不过气。下一刻，她便觉得自己浑身被包裹在一个球里，别说施展法力了，就连抬手都成了一种奢侈。

"成天印！"狄姜大惊，"你竟用成天印来对付我，你可真是好大的手笔！"

"我不用它，又如何镇得住你？怪只怪平日里你太猖狂了些。"小童子一声轻笑，声音听来如梦似幻，显得心情极佳。

报仇的快感，真是比什么时候都强烈呢……虽然是偷袭，却有用。

狄姜放弃抵抗，索性跌坐在地上，一脸认命道："你究竟想怎么样？"

"不想怎么样，只是想给你一点儿教训。"小童子走过来俯下身子，在她耳边轻言道，"过去本君地位不稳，忍着你的欺压也就罢了，如今我已长大，早不是当初的小娃娃。你当众烧了我的床幔，让本君颜面扫地，我若不给你些许教训，还如何驭下？你便待在这里好好享受吧。"

"你！"狄姜气结，这成天印确实会让她暂时失去力量，可困得住她一时，困不住她一世，她迟早会出去的。

"你就没想过后果？"狄姜道，"得罪我的下场你比谁都清楚。"

"我清楚，也想过后果。可是再难缠的后果也要让我先出了这口恶气。这不是您从小教导的吗？在其位，谋其政，我既已为君，便该行君之道。狄姑姑，您就好好享受吧。"小童子冷哼一声，微微一笑，再一拂袖，便又消失得无影无踪。此时，地窖里便只剩下毫无法力傍身的狄姜，以及身边满地的尸体残渣。但好在这里伸手不见五指，她看不见眼前的景象，于是也不那般惊骇了。

空气里又湿又臭，一股阴寒扑面而来，冻得她说不出话来。她不顾恶心，用力挪开了几具尸体，然后爬到墙角坐下，随即双手抱着膝盖，让自己蜷在角落里。

狄姜瑟缩地吸了吸鼻子，突然觉得，自己刚刚不应该放走鬼君，该拉着他陪自己聊天才是，否则这漫漫长夜，也不知道什么时候才会有人来救自己了……

书香和竹柴生死未卜；问药独木难以回天；钟旭肯定是最先知道自己出事之人，但凭他的脑子……恐怕想不出自己会被囚禁在此。好像无论怎么想，都觉得自己这回死定了呢……

虽然她可千变万化，享众生相，可要再弄一个新的身份从头来过，又显得那么亏。

要知道，她可从不做亏本的买卖呢。

这厢，钟旭到达山间之时，恰好见着孟老太爷匍匐在雨中，双手正一前一后地抠着泥土，似乎想要努力地向山下爬去。那虚弱却又坚定的生命力让钟旭清楚地感觉到，孟老太爷的身体正在逐渐地恢复元气。不过一日的工夫，他已经可以缓慢地移动。

只是钟旭不知道的是，孟老太爷每爬出一步，都要带动全身肌肉刺痛，这是多少的疼痛都无法比拟的。这时外界哪怕有一丝风吹草动，都能对他造成莫大的伤害。从墓碑到平台，不过三步，可他却是已经用尽了一身的力气。

钟旭连忙上前把孟老太爷扶了起来，可他又已经陷入了昏迷。钟旭顾不得大雨倾盆，径直背起他向城中棺材铺飞掠而去，这一遭，他从阳春府到城南大街，只花了半刻钟。

“掌柜的，您怎么全身都湿了？没带伞吗？”长生见了钟旭这般模样，一脸心疼，立刻去后院拿了一条干净的毛巾来。

“我给您擦擦身子。”长生说着，将毛巾伸向了钟旭的额头。而他却摇了摇头躲开了。钟旭径直抱着孟老太爷放在床上，随后接过长生手中的毛巾，俯下身，细细为孟老太爷擦拭起来。

孟子昌的身上都是泥水，混合在头发上，轻轻一擦，便被他揪掉了一大块头皮。

"这是怎么回事？"钟旭心中十分紧张，他不懂医术，不明白他伤得到底有多重。但是他知道，若孟老太爷一直还活着，现在应该已经有一百多岁了。这样风烛残年的身子，就算是活人，也经不起这样的折腾，何况，他还是从坟墓里活过来的。

"你去城东买几件干净的衣裳，再去对面，向问药拿些止血散。"钟旭道。

"是，掌柜的。"

长生拿了些钱便走了出去，钟旭则继续手中的活，他不再动老太爷干皱的外皮，只小心地擦拭嵌在肉里的泥土。等他处理完这些伤口，便找来一床干净的被子，为他悉心盖上。

天色渐渐暗下，钟旭见长生还没有回来，便亲自去了见素医馆。

钟旭刚走出铺子，便见一穿得花红柳绿的男子正迈着大步向自己走来，那人见了钟旭，立即眉开眼笑的唤他："钟道长，您可回来了！"

钟旭一怔，连忙俯身行礼："钟旭参见武王爷。"

武瑞安连连摇头，立即将他扶起，道："钟道长免礼，我穿着素服，就不必将我看作王爷了。"

"王爷不管穿什么都是王爷，钟旭不敢越礼。"钟旭执意行礼，武瑞安也只能由着他了。

过了些许，武瑞安便一脸高深地凑近钟旭，悄悄附在他耳边，道："钟道长啊，此番本王来此是为了昨晚之事，您可一定要帮帮本王！"

昨晚发生的事情，钟旭皆在二楼看了个透彻，明白他要说什么，便道："王爷明鉴，昨夜只不过一场误会，狄掌柜只是与在下开玩笑，在下并没有杀人，更加没有窝藏尸体。"

"哎，本王说的不是这件事。"瑞安摆了摆手，"这件事只是小事，你别说是窝藏一具尸体，就算是十具，本王爷也能给你解决喽，何况你本就是开的棺材铺，大伙先试试好不好用还不行吗？"

"……"钟旭蹙眉，"还有旁的事？"

瑞安王爷脸色有些窘迫，清了清嗓子才道："昨日……本王无意间说了狄掌柜的坏话，被她听了去，今日她便不肯见我了，本王想道歉，真心实意地道歉！你可得帮帮我。"

"狄掌柜不肯见你？"钟旭眉头皱得更深了。

武瑞安连连点头："是啊！今天本王已经三顾茅庐，可问药一口咬定了掌柜的不在。但狄大夫怎么会不在呢？本王打听过了，狄掌柜若要出门，必定会带着问药，怎么会留下她一个人看店？"

"王爷误会了，狄大夫确实出门了，与我一道去了九渡河。"钟旭一脸坦然，可这神色在武瑞安看来就成了示威。

"哦？"武瑞安神色一黯，干笑地点了点头，又道，"你们……去赏桃花？"

钟旭摇了摇头："不是，我们去拜访故人。"

"这样啊……你们关系倒是缓和了不少，你对她……"

"请王爷放心，我与狄掌柜没有任何私情，只有江湖道义。"虽然两个人也不像同一条道上的人，但有一说一，狄姜算是个好人，于是钟旭也认下她这个朋友。

武瑞安闻言松了一口气，笑道："既然如此，本王就放心了，本王与狄大夫道个歉就走。"武瑞安说着，又要去敲医馆的门。

钟旭犹豫了一下，道："狄大夫还没回来。"

"还没回来？"武瑞安一愣，"那你怎么回来了？"

"我落了点儿东西，回来取，一会儿就回去接她。"

"哦，那正好！本王与你一同前去，也好聊表心意。"武瑞安说着就搂住钟旭的脖子，向前迈开步子。

谁知钟旭却不答应，他斩钉截铁地拒绝："不行！"

武瑞安停下脚步，一脸惊奇道："为何？"

"因为……"钟旭面有难色，不知该从何说起。他答应过大夫人对张思瑶的事情暂且保密，如果武瑞安知晓了此事，保不齐全世界都知道了这件事，那孟老太爷诈尸的事也会传了出去，到时候后果不堪设想……

正在钟旭为难之际，却听武瑞安一声长叹，他笑道："既然钟道长觉得不太方便，那本王就不去打扰了，本王在铺子里等你们回来就是。"

"如此甚好，多谢王爷体恤。"

而后钟旭便以市价三倍的价钱买了一瓶止血散，安顿好孟老太爷后，便起身回了阳春府。

阳春山人府邸门前，老管家站在门外，面上的神色十分焦急，似在等什么人已经多时。

"钟道长，您可回来了！"老管家说话有些不利索，显然被吓得不轻。

钟旭皱眉："发生什么事了？为何如此慌张？"

"狄……狄姑娘不见了！"老管家一脸担忧道。

"不见了是什么意思？"钟旭不懂，一个大活人，怎么会不见了？

老管家："大夫人被太老夫人叫了去说话，不过一炷香的工夫，等回来却不见了狄大夫的影子，四下一问，竟再找不着她！大夫人想起这些日子发生的怪事，忧心忡忡，便让我在门口等您，好第一时间通知您。"

"第一时间通知我？那为何不派人去我的铺子？"

"去了！但他可能还需一阵才能到您府上，这不，倒是道长您的脚程快，消息还没传过去，您就先回来了。"

"狄姜最后一次出现在哪里？"钟旭道。

"大夫人院子里的丫鬟说，曾在二夫人的照壁下见过她。"

"大夫人的丫鬟怎么会在二夫人的院子里见过她？"

"二夫人身体不好，大夫人经常端些补药与她，恰好就看见了。"

"……"

钟旭心中急切，立即跟着管家带着十几名丫鬟家丁，在阳春府里挨门挨院地寻找。

从前的钟旭只知道抓鬼除魔，哪里会去想这些人心险恶？阳春府里没有妖气，他便根本不知道该从何下手，于是管家怎么说，他便怎么做。可众人一直找到深夜，却还是一无所获。

到了后半夜，大家都累了一天，好几人都撑不住了，管家便让大家去休息。

"钟道长，我们给您准备了一间客房，您先休息休息，明日我再陪您到院外去寻。"管家道。

"有劳了。"钟旭一脸怔忡，脑子里乱成了一锅粥，根本不知道接下来该怎么办。

等管家离开后，钟旭便想起江湖流传的一个寻人法门，此法有损阴德，但是甚是好用，只需要被寻之人的一根头发或是一片指甲。为此，钟旭只得连夜赶回见素医馆，潜入了狄姜的闺房。

钟旭在梳妆台上翻找了一番，随即在梳子上拿到了一根头发丝，他立刻用这根发丝做引，去探查狄姜的下落。发丝牵引，道出三界无常，钟旭跟着发丝的指引，只发现她的大致方位仍是在九渡河边，任凭头发丝燃烧殆尽，也没有具体方位。这更增加了搜索难度，他们的搜寻犹如大海捞针。

问药听到楼上有响动，以为掌柜的回来了，于是连忙上楼，打开门却只见钟旭坐在窗边，一脸懊悔。

"钟道长……您怎么在这儿？"问药一愣，随即心中"咯噔"一声，急道，"我家掌柜的呢？"

"是不是狄掌柜回来了？"楼道里传来武瑞安上楼的声音，他边走边道，"早知道狄掌柜不同寻常，想不到回家都能从我们眼皮子底下经过，真是顽皮。怎么？你还不愿意原谅本王吗……"他的话语里带着十分的兴奋，可一见到楼上坐着的是钟旭后，立即也是沉下脸，蹙眉道，"钟道长，狄大夫呢？"

"狄大夫……失踪了。"

"什么？！"武瑞安和问药皆是大惊，二人将钟旭围在中间，一左一右逼问道，"究竟出什么事了？"

钟旭知道，凭他一个人不可能将她找回来，于是只得将这两日的事情和盘托出，只是没有过分描述和渲染尸体的可怕，亦没有提起孟老太爷的复活，他尽量让这件事情听上去没有那么诡异。

武瑞安听罢，勃然大怒道："真是反了天了！天子脚下，竟有人敢公然行凶，钟旭啊钟旭，你竟然还帮着他们知情不报！"

钟旭沉默，不知该如何作答。他知道现在无论自己说什么，都难逃其责。

武瑞安担心不已，而问药却不是那么担心，她道："或许掌柜的有自己的事情，明天就会回来了。"

"她一个弱女子，大半夜不回家，能有什么事？"武瑞安蹙眉，来回地在房中踱步。

三人你看着我我看着你，商量了大半夜也没有结果，索性都不打算睡了，准备来个夜探阳春府。

三月里的风凉中带寒，尤其到了深夜，配合着雨水一起，将三人都好一顿折磨。

武瑞安行走在桃花林间，雨水沾湿了鞋袜，弄得下半身皆是泥土，这对平日极其讲究外表的他简直是灭顶之灾。可是他现在没时间去想这些，他只想赶紧到阳春府，看看这传说中的府邸究竟有什么不可告人的秘密。

三人带着沉重的心情一路疾行，终于在天亮之前赶到了府上。此时，府里众人皆在酣睡，四周寂静一片。桃花一树连着一树，每一棵都开得十分艳丽，在这幽黑起雾的雨夜里，尤其显得繁盛和高大。武瑞安好几次都被飘落的桃花砸到脑袋，凉得他浑身激灵。

三人先后走了进去，由于是暗访，于是没有点燃火把和烛火，他们只能挨家挨户地搜寻，皆没有发现任何不妥的地方。尤其是问药，她丝毫闻不见任何非人的气息，便稍稍放下心来。因为她知道，只要是人为，凭掌柜的一身本领，应当就没有人会是她的对手。

最后见着狄姜的地方在佛堂，佛堂里只点着一盏昏暗的长明灯，空气里透着几分压抑，更深露重，且山体不通风，让几人都觉得有些不舒服。钟旭左右寻了一圈，便摇了摇头："这里没有狄姑娘的气息，也没有死灵。"

"没错。"问药点了点头，对他的话表示赞同。

"院子里都找了好几遍了，我家掌柜的究竟去哪了……"问药嘟囔着，捶着小腿，似乎已经累极。

钟旭看了眼天色，见天光微亮，再在院子里乱窜，或许会被人当小偷抓起来，于礼不合，于是便道："我们分头行动，我去问问管家。你们在附近的桃林找找看。"

"好。"

三人出门后便开始各自行动。钟旭去寻了管家，带人在府中寻找。问药脚程快，则去了周边的十里桃林。武瑞安以钟旭好友的身份，留在府中四下打听。他的效率极高，不到中午，便将阳春府各门各院的大小事务囊括在胸。

原来阳春府里总共有三进三出三个大院，六个小院，其中两个大院分别住了长房的大夫人和二夫人以及她们的儿子，孟太老夫人是阳春山人的结发妻子，年逾九十，则与大夫人同住一院。剩下一个大院空了下来，原本是给二房的夫人，但二房一家很早就远走他乡，十几年来没有消息。其他六个小院空了五个，皆是亲戚走走散散，都接连搬出了府。剩下的那个小院里住着食堂的伙夫和几个打扫的婆子，于是整个阳春大宅，只剩下了这十几个人，真是萧条落寞到让人惊叹。

午膳时分，三人便在约定的时间重又在大夫人院中的客房聚齐。

"王爷，您可有发现？"

"当然！"武瑞安道，"本王打听过了，这阳春府上所有的大小事务，表面上是大夫人说了算，可实际上她却以太老夫人为尊。"

"哦？王爷如何得知？"钟旭奇怪，他来这里几日，似乎所有人都防着他似的，对他守口如瓶。但武瑞安就不一样了，他似乎只需要一个微笑，就能让所有人对他放下戒心。

"随便找人一问便知晓了。"武瑞安说完，抬眼看去，便见他目光瞬间变得柔情似水，叫人浑身起鸡皮疙瘩。钟旭和问药顺着他的目光看去，便见屋外的亭台下，阁楼上，就连过道上扫地的婢女也都满目娇羞的模样。似乎每个女子都将他的柔情认作了是对自己，但实际上，他不过是广泛撒网，愿者上钩。

问药连连惊叹，一脸佩服至极的模样道："王爷真是好手段！"

当日，他们除了打听到一些鸡毛蒜皮的小事，旁的事情是一点儿也没问出来。阴霾在几人头上越积越深，先是书香和竹柴，紧接着又是掌柜的，全都此去一无消息，简直让人匪夷所思……

随着时间的流逝，他们心中便越发地担忧起来。第二日，武瑞安来回地在见素医馆里踱步，脑海中思忖着这两日的蛛丝马迹。问药站在一旁，正一脸焦急一动不动地盯着眼前盘腿坐在蒲团上灵魂出窍的钟旭。

今日辰时，钟旭在问药的咒骂与自身心里过意不去的双重压力下，只得动用本门无上心法，出动自己的元神去寻狄姜。虽然这样做会有性命之虞，可他似乎根本不关心。他只道："只要狄掌柜能安全地回来，就算自己散尽一身修为也在所不惜。"毕竟，狄姜是在他的眼皮子底下消失的，他要负全责。

钟旭靠着意念去感知，路上还遇到了两名拘魂的鬼差，他们一听钟旭在打听见素医馆的掌柜，便纷纷眉头一皱，连忙摇头道："不知。"那既害怕又恭敬的模样，让钟旭十分困惑。

钟旭的元神在九渡河周边游走了近两个时辰，待魂魄回体之后，便觉喉头一甜，紧接着吐出了一大口鲜血。问药见钟旭收功，不顾他的疼痛，立即上前问道："怎么样了？可找到我家掌柜了？"

钟旭满脸歉疚地摇了摇头："她的气息仍旧在九渡河，可是我依旧找不到她……我只知道……她的气息似乎越来越弱了……"

"废物！两日过去，你却只跟我说，掌柜的气息越来越弱？！"问药一把拎起钟旭的衣领，大怒道，"是你将我家掌柜的带走了，你却不能把她平安带回来，你拿什么偿还？"

"我也不知道自己这是怎么了……"钟旭握紧了拳头，半晌说不出话来。按照以往的经验来说，只要是他想找的人，连鬼差也会给三分薄面，而今日……却似乎不管用了。

武瑞安停住步子，转身看向钟旭："你就是这样保护她的？"他的话语里没有问药那般莽撞，而是眼神清冽如许，没有多少责备，却更加让人如鲠在喉。

钟旭更加自责，眼中净是茫然和无措。

"看来只能动用非常手段了。"武瑞安叹了口气，索性一不做二不休，说完便出了药铺径直走向了京兆府，又在府尹那里要了三百人马，一行人便浩浩荡荡杀进了阳春府。

"让所有人到前院里来，就连那两口棺材，也给我抬过来！"武瑞安一声令下，众将士立即得了令，四下着手去做。不一会儿，整个阳春府的人便都被集结在院子里，就连后院里双腿残废已久的太老夫人也被官府的人推了出来，扔在了寒风中。

冬日的太阳藏在云层之后，并不十分炙热，但洒在太老夫人的身上，她便止不住地浑身颤抖。那形状，就像是一直生活在黑暗里的老鬼被人放在太阳下蒸烤，很快就要魂飞魄散了去。

很快，只听她发出连续地三声打嗝，随即浑身抽搐，两眼一黑晕了过去。

"太老夫人！您没事吧！"大夫人连忙上前，在她鼻下探了一番，随即大叫道，"大夫，快去请大夫来！！"

官兵面面相觑，纷纷看向武瑞安，武瑞安沉着一张脸，不为所动。

"王爷——求您饶命！"

"饶命？"武瑞安冷笑一声，"我饶了你们的命，谁来饶狄大夫的命？今日你们若交不出狄姜来，谁也别想踏出这个院门半步！"

士兵气势汹汹，齐声高喊了好几声，院子里稍微胆小一些的人立刻就吓晕了过去。但是武瑞安仍旧没有多加理会，他只淡淡道："就让她们睡在地上吧，总要冻醒过来的。"武瑞安一改前日里言笑晏晏好说话的模样，像个冷面阎罗一般，让人害怕。

阳春府上下终于知道，这次惹上了大麻烦——一个比张思瑶更大的麻烦。他们一开始本想压下张思瑶的事情，却不想因此牵扯出了更大的事情，现在闹到这个局面，谁都不知该如何收场。众人一声不吭地站在院子里，心中都祈求着同一件事：祈求那个犯事的赶紧把人交出来，也好免了他们的连带责任，否则长此以往地站下去，不是冻死，也会饿死。

就这般，武瑞安带着官府之人在宅子里日夜寻找，将阳春府方圆十几里翻了个底朝天，但仍旧一无所获。

又是两天过去，加起来，狄姜已经消失了整整五日，书香和竹柴就更为久远了……

这五日里，阳春府上下都在这一个院子里用餐，就连出恭也会有两名以上的衙役跟着，他们已经站在院子里两日没有睡过觉了。

"王爷，您这样做不能服众啊！"大夫人踉跄着站直了身子，走出人群，怒道，"虽然我阳春府是市井商贾，但也不能让您这般无故践踏！"

"无故践踏？"武瑞安冷笑一声道，"你们的证供前后矛盾，让人如何信服？我今日说你们强掳民女，怕是没冤枉你们。就算此事真不是你们做的，但人是在你们这里丢的，你们也难逃其责！"

"王爷既然如此说，民妇无话可说。就让我们这些无辜平民给狄姑娘陪葬吧！"

"你们一点儿都不无辜。"武瑞安再次反驳她，朗声道，"从一开始，你们就一口咬定狄姑娘已经失踪。你们怎知，狄大夫不是回家了？"

武瑞安说完，大家的表情皆有些怪异。他又道："你们又凭什么肯定，她一定是在这阳春府中消失了去？"

"因为……因为这个府邸不干净啊！"人群中一碧衣丫鬟急道，"这些天已经死了好些人了，好多好多……他们日日夜夜都在向我们索命啊！"

"无稽之谈！休要将此事推到鬼神之说上。"武瑞安打断道，"钟道长再三确定，这里没有乱七八糟的东西，你们分明是在贼喊捉贼！"

"一个来历不明的道士的话如何能信？"老管家急道。

"哦？"武瑞安挑眉冷笑，"钟旭的话不可信，那是不是要让本王请来当朝国师，才能堵住你的嘴呢？！"

"草民不敢……"老管家垂下眼，不敢再多话。

武瑞安此时表现出的铁血与他平日里的作风大不一样，问药站在他身后，丝毫不掩饰自己对他的崇拜。

就在此时，一个小衙役慌慌张张地跑了过来，他模样稚嫩，显然刚当上衙役不久。他走到武瑞安身前，大声道："启禀王爷，后院发现了一个地窖，就在佛堂之后！"

"果真？"武瑞安双眼发光，急切道，"快带我去！"

"王爷这边请。"衙役说完，便带着武瑞安、问药、钟旭，一行约莫十几人迅速赶往了佛堂后的小屋。

他们离开之后，大夫人便像一只泄了气的皮球，跌坐在地，久久回不过神。

"夫人，别慌。"老管家想要去扶她，却被她打了一巴掌，"啪"的一声，老管家的脸上便多了五个鲜红的掌印。

"他是武王爷，你为何不早说！还有那个狄姜，你为何不查探清楚！"

"夫人切莫惊慌！让旁人瞧了去，咱就没有好果子吃了！"

"好果子？"大夫人冷笑着，眼中一片灰白，她兀自冷笑道，"怕是以后，咱们都不会有好日子过了……"

后院佛堂里，武瑞安带着问药和钟旭一齐来到了暗房。一路上，他们从那名衙役的嘴里知道，原来官差搬走那两口棺材之后，在地上发现了一枚羽毛。

那羽毛本来并不起眼，但任来回巡逻的人如何踩踏它，它都始终立在那儿，引起了小衙役的好奇。小衙役瞧了它好几次，想要把它拿走，却发现始终都没能把它拿起来，这才发现羽毛有一半嵌在地底。这根羽毛原本是张思瑶头上的装饰物，又怎么会嵌入地底呢？唯一的可能便是暗房的地板是活动的，曾经地板打开之时，这跟羽毛被不小心夹了进去。

这正印证了一句话：天网恢恢，疏而不漏。

"发现这个地窖的人，本王都重重有赏！"武瑞安大手一挥，扔给衙役一张面值百两的银票。

"多谢王爷！"小衙役见了，立时感动得无以言表，要知道他一个月的俸禄才二两银子，武瑞安随手便是一百两，他这辈子都没见过这么多钱！

小衙役跪在地上许久都不肯起身，激动得全身发抖。

而此时，地底下的狄姜也是全身发抖，不同的是，她是被冻得发抖，而非高兴。

狄姜这两日来已经放弃了呼救，因为这里距离地面太远，加上铁板太厚，上面的人根本听不见自己的声音，所有的呼救都是白费力气。她靠着墙壁，怔忡地坐着，脑海里回忆着几日前见到的场景：地窖里遍布尸体，烂了的或者烂了一半的，自己很快就会成为其中一员。

但她其实是不怕这些的。

人生在世一张皮，一把骨头，还有一丝神智。这样的场面，她从前也见过很多次，在荆棘山、在十刹海、在慈恩寺……还有这么多年来，经历过的战乱以及时不时就会闹出的饥荒，历朝历代，实在是太多了。

可不同的是，从前的她只是旁观者，现如今，自己是经历者。饥饿和寒冷剥夺了她全部的感官，她需要用十成的精力去对付他们，让它们不至于牵着自己的鼻子走。

可她越来越坚持不住了。

狄姜轻笑了几声，也不多难过，想是饿极了的缘故，现在脑子里想的全是吃的。南大街老东家的糖藕，李家铺子的肉脯，和园的桂花酒酿，还有功德坊的烤鱼以及聚贤斋的江南菜……这时候，竟然连状元乡孟掌柜烧的家常菜也让她想得食指大动。

狄姜啊狄姜，你入世这些年，可不正是越活越回去了！

狄姜呆呆地靠在墙上，这些日子以来，不知是多少日夜交替过去，她始终都保持着蜷缩的姿势，坐在角落里。一开始她还期待有人来救自己，现在也不指望了，她就如此静静地坐着，等待死亡来临。因为只要她的肉身死去，就算魂魄还被关在成天印里，身体上也不会有痛苦了……

正在狄姜弥留之际，忽听"哗啦"一声，大风猛地从头顶灌入，冻醒了昏昏沉沉的她。

她努力地抬起头，便见头顶有丝丝烛火晃动。

她十分激动，想要呼救，却发现自己没有力气张嘴。

狄姜就这样眼睁睁地看着，看着那些在黑夜里跳动的烛光离自己越来越近，随着灯火下来的，还有一个身形高挑的男子。她没有看清来人是谁，只是本能地从无数尸身上爬了过去，抱紧了台阶上的男人的脚踝。

"不用怕，我来救你了……"男人顺势蹲下身，将她搂在了怀里，他拍了拍她的背，悉心安抚。那模样，就像是在安抚一只受伤的小猫。

狄姜浑身一颤。

她突然想起在很多很多年以前，记忆中十刹海边的那个少年。少年虽然衣衫褴褛，但眼睛却十分清澈透明。他亦是如同这样一般，将自己温柔地拥入怀里，一边替自己拭去眼角的泪，一边红着脸对自己说："你放心，我决不会让人欺负你……"

此情此景，这般相同。

不同的是，那个少年已经在自己的眼前灰飞烟灭，而自己，也自他离世之后，便再不会流泪了……

狄姜就这样俯在来人的怀中，一声不吭地任自己索取他身上的温暖。一来，她实在没有力气独自行走。二来，她可以假装自己还在那一年的十刹海边。而那个少年，也没有消失不见……

"狄大夫，你还撑得住吗？我这就带你回家。"

男子的声音将狄姜从回忆中拉回了现实，她只觉得声音十分地耳熟，却想不起来是谁，因为从他的话语中听出的那份疼惜却不属于身边任何一个交好之人。那样的温柔，简直似要化成一汪温泉水，让她如坠云雾。

她努力抬起头，凭借着头顶的些许亮光，仔细地辨认了一番，这才发现，原来自己没有听错，眼前人不是书香，不是钟旭，而是辰皇第六子，武瑞安。

武瑞安一路抱着狄姜出了暗房，又在几百双眼睛的注视下，将她抱上了皇子专用的紫金四望车。四望车里早已提前备好了干净舒适的被褥，问药先狄姜一步坐上车，然后让她枕靠在自己的腿上，保护她的头不至于磕到车窗。

狄姜深深地吐了一口去，感觉到身与心的放松，心中直叹："这室外的空气，真是清新甜美到让人闻之而忘忧啊……"

此时，钟旭挑开帘子，递进来一只铜铸的汤婆子，道："把这个给狄姑娘，放在被褥里暖暖手。"

问药接过，见汤婆子通体鎏金，做工不凡，连连赞他："难得钟道长细心了一回。"

狄姜闭目听着，嘴角也浮起一丝笑意。

下一刻，却听钟旭又耿直道："是武王爷让我拿来的。"

"哦，这样啊，那还是王爷比较有心……哎呀你还杵在这干吗？还不快把帘子放下！不要冻着了我家掌柜的！"

问药埋怨了一句，便听钟旭立即道了句："对不起对不起，我这就出去。"然后便传来紫金珠帘和幔帐被放下的声音。

狄姜听了二人一番对话，想象着，这连日来钟旭肯定没少被问药欺负，他那老实巴交的模样，真是可怜可恨到让人心碎啊……

另外一头，阳春府大院上下一片寂静。大伙儿一听说人已经在地窖里找着了，一个二个皆是瘫软在地，下人们喊冤道："死定了死定了，这回我们肯定都活不了了！"

"究竟是谁做了这等好事，竟要连累全府上下给他陪葬！"众奴婢亦是纷纷哭号，直指着天咒骂。就连大夫人的儿子孟常乐都跌坐在地上，直拉着母亲的衣袖，乞求着："娘，我还不想死……"

大夫人心中一紧，将他拥在怀里，不说话，只是一下接一下地轻拍他的背部，似乎眼前五大三粗的男人还是小时候那个讨奶吃的小孩。

此时连大夫人都不禁双目呆滞，不复从前的盛气凌人。但她跟旁人也有些不同，她始终不哭不闹，似乎哪怕临到死，也不会眨一下眼睛。

老管家捂着脸站在她的身旁，面上充满了悲切。

武瑞安从马车下来后，第一件事便是下令："把他们全部带回衙门去，给本王封了这座宅子！任何人不许出入！"

"是！"

衙役在门口集结，将阳春府中所有人绑在一根绳子上串联起来，一齐押解进城。

走在最前头的是武瑞安的马车，紧接着是阳春府的犯人，以大夫人为首，昏迷的太老夫人则被人抬着跟在后头，然后是装有刘四和张思瑶的两口棺材，最后才是从地窖里挖出来的盖着白布的一车车白骨，整整堆了有三个马车。白骨上盖着白布，但一路颠簸总有些会滚落下来，或有些好奇的路人会忍不住低下身子去看，见着里头森然可怕的东西之后便大叫一声，然后止不住地在路边呕吐。

武瑞安不顾旁人的诧异，与钟旭驾着马车走在最前面，他时不时便挑开帘子往车里探头，一开始似乎有些不相信狄姜已经被找到，要仔细地确认几番。

一来，地窖里的东西武瑞安都一一检视过，他没法想象一个大活人可以跟这样的东西在一起被关了五天会是什么样的感觉，只希望狄姜千万不要落下什么病根，若是因此而心理变态了，那可就真是太可怜了。

二来，他很羡慕现在的问药，他多希望此时被狄姜枕着的是自己啊……

"掌柜的最讨厌旁人打扰她睡觉。"问药清了清嗓子，压低了声音提醒他。

"抱歉，是本王唐突了。"武瑞安被问药一骂，反而放下心来，收心不再打搅车内的人休息。接下来的一路，他的心情都似乎很好，一边驾车一边哼歌，就差没有敲锣打鼓昭告天下了。一行人浩浩荡荡，终于在太阳下山之前赶回了太平府。

钟旭和武瑞安将狄姜主仆送回药铺之后，就各自回了府。钟旭家中还有一个孟老太爷需要照拂。而武瑞安则更在乎形象，首先需要回去换身衣服，紧接着才与京兆府尹一起去皇宫大内述职。

此番阳春府发生的事情，令整个太平府皆府震惊，还不出半日的工夫，谣言便传得满天飞。此时阳春府里的众人都被渲染成了吃人的恶魔，女皇亦是十分震惊。若不及早破案，恐怕会闹得人心惶惶，令社稷不安。武王爷虽然没有公职在身，但这件事因他而起，便当仁不让地落在了他的头上，他也不拒绝，一口答应，还立下了尽快破案的军令状。

但武瑞安显然不是真心想办案，只不过对阳春府众人有气，能将狄姜伤成那样实在是可恨。武瑞安一连两日待在京兆府，除了会深夜去探望狄姜，其余时候寸步不离。这事传到女皇耳朵里，她终于发现，自己这个儿子不是成日里只知道吃喝嫖赌纸醉金迷的纨绔皇子了，他开始承担起自己该承担的责任了。龙心大悦，只不过这是后话了。

两日后，昏迷的狄姜缓缓睁开了眼睛。

问药见了欣喜不已，急道："掌柜的，您终于醒了！您怎么伤得这样重？虽说您总告诫我们，非人也可以用人的方式生活，但您没必要这样折腾自己的身体呀！"

狄姜吃力地摇了摇头，哪里是她自己想要这样？分明是被旁人阴了才导致今天的狼狈。她有苦说不出，直叹这成天印也不知靠什么能解，自己现在真是跟废人没什么两样……

狄姜一脸懊恼，闭上眼睛不多时又睡了过去，问药则守在她身边，寸步也不离开，直到第三日武瑞安过来了，才换她去休息。

武瑞安走到窗前，见狄姜的嘴唇似乎有些干裂，于是将手指沾湿了水，轻轻擦拭她的嘴唇。狄姜隐隐约约看见有人在自己面前晃，嘴唇传来指尖温热的触感，场面之旖旎，已经超过了她的承受范围。

狄姜努力睁开眼睛，见此人竟是武瑞安，便突然猛烈地咳嗽起来。

"咳咳——"一声又一声，每一声都用尽了她全身的气力，仿佛要将心肺都一并咳出来。

在地窖的这几日，寒气入体，侵入筋脉，已经让狄姜元气大伤。此时回了铺里，房中烧着炭火，一番冷热交替之下，反倒将她这几日所受的寒气都激发了出来。

狄姜咳得奄奄一息，很快便支撑不住向床下倒去。幸得武瑞安眼疾手快，一双稳健有力的大手迅速扶住了她的肩膀，将她抱在了怀中，才免于她与地板的亲密接触。

"狄大夫，您怎么这样虚弱？"武瑞安一脸忧虑，不停地自责道，"都怪我们，无数次经过那间屋子，都没有发现这般明显的线索，害得你在地窖待了这么久，伤得这般严重……"武瑞安一边说，一边一下又一下地轻抚她的背脊，阵阵暖意从他的手掌传来，让狄姜瞬间好受了许多。

"王爷，民女已无大碍，请王爷放心……"狄姜虚弱地说完，挣扎着从他的怀里爬起来。男女授受不亲，她可不想跟他有过多交集。

武瑞安知道狄姜的心性，虽然随性，但是不随便，也不再为难她，帮着她掀开被褥，将她放在床上后，又重新盖好了被子，才坐回了床边的矮凳。

狄姜心中感激，感激高高在上的武王爷居然能够仔细到连自己脖子与枕头之间都不许有缝隙，这样细心的男人，只怕一般女子都会心动吧？

可她终究不是普通人。

狄姜精神不好，躺了一会儿又沉沉睡了过去，武瑞安又陪了她一会儿，直到天光大亮才离开。

第二日，狄姜再次睁开眼睛的时候，她握了握手心，发现一个方形硬块，这意味着自己的感官回来了！

她蓦然坐起，掀开了被子便见一通体血红的印鉴出现在自己手掌之中，大小恰好是她一个巴掌大。印鉴通体赤色，红似辰砂，其上雕刻着一只嘴里衔着圆球的赤鸟，人首双足，名曰朱雀句芒。它口中衔着的圆球则寓意着浑圆太极，所谓天圆地方，可封天下。成天印，有着毁天彻地、重塑世界的能力。

狄姜大骇，原来这便是从前掌控梵天净土、撑起十方世界的上古法器，成天印了。

此种印鉴统共有四块，其上分别雕刻青龙、朱雀、白虎、玄武，每一块都有自己的名字，颜色更对应了青红白玄四色，是自帝释天划分三十三天之前，与混沌世界里先人所铸的法器，用来撑起四方天地的天柱。虽然后来天帝划分了三十三天，此后这四枚成天印便没有确切的作用，只被各路神仙拿去做了一枚收藏品，但它的法力仍是不能小觑。鬼君不知从何找来这般神兵用来对付自己……真是一时不察，在阴沟里翻了船。

狄姜盯着这枚印鉴恨恨道："算你识趣，知我此番大难不死，便早早解了我的封印，若再多玩把戏，日后我定不会轻饶你。"按照她锱铢必较的性格，待自己恢复法力后，这第一件事便是去找鬼君算账！

梦里。

狄姜左手拿着织梦铃，右手握着成天印，风急火燎地冲进了鬼君的寝殿。鬼君寝殿里依旧黑纱幔帐一重一叠，四周墙壁上乌黑的斑点依稀还能见着被大火烧过的痕迹。

狄姜将铃铛放在桌上，敲了敲桌子，朗声道："给我出来！"

鬼君显然被她这声咆哮吓了一跳，他猫着身子，从一个高柜后探出了一个头。依然是小童子的外形，可再不复在人间那般的趾高气扬，点头哈腰赔笑道："狄姑姑……您，您怎么就出来了？"

"狄姑姑？"狄姜冷笑一声，"呵，在凡间欺负我肉体凡胎，便叫我狄大夫，等我法身自由了便唤我一声狄姑姑，你这变化未免也太快太明显了些。"

"狄姑姑明鉴！都怪我年纪小不懂事，姑姑大人不记小人过，饶恕了我吧！"

"现在不称本君了？现在知道自己是晚辈年纪小了？"狄姜又是一声冷哼。

"在您面前，我哪敢啊！"鬼君皱着眉头，悔得肠子都青了。忍一时风平浪静，退一步海阔天空，可惜当时的他不懂。为了一时意气之争，多少有些唐突了。

狄姜见了他这副吃瘪的模样，心中的气已经消了大半，她一个没忍住，便"扑哧"一声笑了出来。

小鬼君见了她这番模样，心中百感交集，也不知这笑意是缘何而来。正在他天人交战之际，狄姜又道："其实我来也没有别的事，就是来还你铃铛罢了。顺便……吓吓你。"

小鬼君松了老大一口气："狄姑姑太客气了！您若喜欢就尽管拿去玩，何必大老远地跑这一趟是不是？"鬼君一边说着，一边笑嘻嘻地走过去，从桌子上拿走了织梦铃，将它小心地放在了怀里。

此时，却见狄姜扬起右手的成天印道："不过，用它来对付我，是不是有些玩笑过头了？"

"这……本君也是被人骗了。"

"哦？怎么被人骗了？"

"他明明说被禁锢之人肯定出不来！"鬼君说完，惊觉自己说错了话，于是连忙解释道，"不，他说的是开玩笑，只是只整蛊利器而已。"

狄姜看着眼前十分尴尬的鬼君，不知道他又从哪里结识了一些不三不四的人，想出这种馊主意。但这小童子虽外形小，毕竟也是鬼族之君，他年岁已大，还是不该过分欺压。于是她打了个哈欠，便道："算了，看在你解了成天印的分上，我便不与你计较了。"

"我解了成天印？"鬼君一愣，很是纳闷，他分明……什么都没做啊？不过狄姜认为是他解的，那他将计就计，当作将功补过也未尝不可，旋即笑道，"不管如何，狄姑姑安好，我也就放心了。"

"是吗？不过……这成天印我看着很是欢喜，不想还了怎么办？"狄姜笑道。

"这……"小鬼君犹豫。

"嗯？"狄姜眯着眼笑看他，鬼君立时汗毛倒立。

"既然狄姑姑喜欢，便拿去赏玩，想玩到什么时候都可以，不还了也行！"

他现在只想赶紧送走这尊佛，她说什么自己就应什么，否则，时间拖得越久越不能心安，他这千疮百孔的寝宫可再经不起折腾了……

"如此甚好，有鬼君这句话，狄姜就却之不恭了。"狄姜笑了笑，将成天印收归囊中，随后转身出了屋子。临走前，她看了这满殿飘舞的黑纱，只觉得晦气，不小心手一抖，一点点的火星便飞去了黑纱之上，很快，大火便在宫内蔓延开来，寝殿再次付之一炬。

"……"小童子看着她离去的背影，气得浑身发抖，却也一句狠话都说不出来。

中午时分，狄姜睡醒之后，问药立即端来一碗黝黑如墨的汤药。狄姜一见便舌头发苦，更别提让她喝下去了。

"掌柜的在地窖待了数日，滴水未进，太医说这些汤药必须全部喝掉，一滴都不许剩下。"

"太医？你我不就是大夫？还要听旁人的？"狄姜翻了个白眼，将药碗推向了一旁。可问药不依不饶，直言瑞安王爷担心她的身体，特地叮嘱必须全部喝掉。

"你究竟是听我的，还是听瑞安王爷的？"

"只要是正确的，我都听。掌柜的，这些可都是瑞安王爷从皇宫里拿出来的顶级药材，与我们这里卖的假药……"

"谁跟你说我们卖的是假药？"问药还没说完，就遭了狄姜一记爆栗。为了让问药不再喋喋不休，只得再次接过，硬着头皮尝了一口。她本想捏着鼻子喝掉，却发觉这药味甘而性温，与普通汤药很是不同。

问药见狄姜面色有异，便解释道："这是皇宫大内出的御药，与寻常人家所用的可是大不一样，瑞安王爷搬了两马车的药材来，让我们千万不要省！他还怕您觉得苦，特地让御医们加了足量的甘草。王爷可真是细心呢，也不怪那么多女孩子喜欢他。"

狄姜赞同地点了点头，又喝了几口，方才喝完。喝完后她伸了个懒腰，接着道："这药材不错，统统都留下，我用不着了，改明儿都标十倍的价格放店里，这才不辜负我受的这一遭苦。"

问药愣愣地点了点头，一脸惊讶。

狄姜道："看什么看，我是什么人，你还不知道吗？"

"哦，我知道了……"问药不再多言，端着盘子下去了，不一会儿又拿了许多切好的瓜果来，盘子的最中间，还有十几颗肉白色的丸子。

"这是什么？"

"王爷说这个叫荔枝，从大老远的地方运来的。"

"又是他送来的？"

"是，还都是他亲手剥开的，我看他十个手指头，都剥出血了呢。"

"咳咳咳……"狄姜一个不慎，哽住了喉咙，她连忙喝下问药递来的水，好不容易缓过来了便道，"快把这些拿走。"

"太可惜了吧……"

"拿走！"

"哦。"问药点点头，听话地拿了下去。

等问药处理完剩余的瓜果，回到狄姜房间的时候，便见狄姜站在窗前，看着下面大门紧闭的棺材铺，面色阴晴不定。

"掌柜的，您在看什么？"问药道。

"钟旭呢？"狄姜反问她。

"他啊，我也不知道在做什么，打从阳春府回来后，他的棺材铺便一直关门歇业，好几天没见着他了。"

"哦。"狄姜暗暗点头，又指着窗外的紫金四望车道，"王爷来了？"

"没有呀，他这会儿应该忙着审理阳春府的案子吧！"问药摇了摇头道。

"那这车驾是……"

"这个呀，瑞安王爷早先将轿辇留在了这，说掌柜的身体不好，若要去哪里随时可供您驱使，免费的！"

"这样啊……"狄姜思忖了片刻，又一脸迷茫道，"问药，你觉不觉得瑞安王爷似乎变得有些不一样了……"武瑞安风流多情的传言不假，可他看自己的眼神似乎……

问药弯下眼眸，媚笑道："啊……如此说来，他对掌柜你倒是十分的不一样了。他看你的眼神，就像蜜蜂看到了蜜糖一样。"

"你想多了。"

"我怎么会想多呢？掌柜的，不是谁都像你一样，跟尊六根清净的菩萨似的，你与王爷，一个是我的女神，一个是我的男神，除了身份地位，其他的简直是天造地设的一对！"

"可不正是身份有别？"狄姜笑了笑，"我看钟旭倒与我更般配。"

"钟旭怎么成呢！"问药惊道，"他可是个臭道士！"

"他哪里臭了？我看他挺爱干净的。"狄姜横了她一眼，"好了你莫说了，我与武瑞安是不可能的。"

"那你与钟旭也是不可能的！"问药叉着腰，气鼓鼓道。

"呵，我与他成不成，可不由你说了算，你个黄毛丫头懂什么？好了你去门口等我，我换了衣服就下来。"

"去哪？"

"寻书香和竹柴。"

"有他们的消息了？"问药一脸惊喜。

狄姜颔首："大概知道在何处。"

狄姜身体刚一大好，便按捺不住，为行方便，便和问药一齐，驾着马车去了阳春府。

阳春府外布满了官兵，大门口更是风声鹤唳，不过领头的侍卫见着来人架的是武王爷的马车，便没有为难她们，二话不说立即放了她二人进去。入府后，狄姜带着问药径直去了后山的佛堂。佛堂里，百余座佛像明晃晃地立在高堂之上，四处散落着瓷瓶和碎罐，长明灯的灯油忽明忽暗，只剩下一个底，想是连日来被人抄家，无人打理之故。

"掌柜的，我们怎么又到这儿了？"问药寒着脸，打了个哆嗦。她打从心底里都知道，自己没见过什么世面，承蒙狄姜相救，才能行走在阳光下，不用担心被法术高深的道士和尚收了去。她以为自家掌柜的无所不能，但经过此事她才发现，原来掌柜的也有落难的一天，也有她摆不平的事。于是这困住自家掌柜的无数枯骨，也让她由衷胆寒。

狄姜本人倒没什么感觉，只细细观察这囚室内的每一处。她盯着那高高在上的佛陀金像，道："你觉不觉得，这些佛像有些不一般？"

"嗯？"问药四下一看，摇了摇头，"并没有什么不一样啊……啊，它们都是金子做的！"

"前面的是金子做的，可后面那些不是。"狄姜说着，从侧面的楼梯走上去，在后边不起眼的三四排处停下，她道："这些是铜铸的。"说着，她一掌劈向了左右两尊佛像，佛像"刺啦"一声，表面便产生了无数的裂纹，下一刻，便化作了一片一片的残渣落在地上。其中一个铜像里，是双目紧闭的书香，面无血色，仿若熟睡。而另一个铜像里，是一根化作了原形的竹柴。

"书香？书香！"问药连忙上前，拂开书香身上的碎屑，探查他的伤势。凑近一看，才发现书香好像只是睡着了，嘴角带着笑，似乎还是一个好梦。

"掌柜的，书香怎么了？"

"中了离魂咒了。"

"离魂咒？"

狄姜点了点头："我素来奉行遇到凡人，便以凡人的生活去生活，以凡人的思考形式去思考事情，但这回我发现自己错了，我们遇到的不是山精野怪，而是……"

"而是什么？"问药急道，"这时候您可别再说天机不可泄露了，这人都成这样了，我总不能连敌人是谁都不知道！"

狄姜"扑哧"一笑："瞧你这猴急样儿。"

"我当然着急了，此番你、书香、竹柴都被人暗害，我有多担心多害怕您知道吗？"

狄姜笑盈盈地看着她，不无赞许道："嗯……让天不怕地不怕的问药有了畏惧，我们这遭受的苦也不算冤了！"

"掌柜的就知道取笑我！"问药急道，"掌柜的别打岔！那名凶手究竟是谁？"

"凶手和暗害我们的人不是同一人。"

"竟还有两名犯人不成？"

"害我们的是一位仙人，杀害张思瑶的，是一个凡人。"

"仙人！"问药大惊，"所以这整个宅子都寻不到怨气，原来此人根本不是地底下的，而是来自天上的！"

"来自哪里我不知道，可她的身份，应当是一个散仙。走吧，先把书香和竹柴安顿好，我们再去会会她。"狄姜说完，拿起竹柴缓步而去，谁知刚一出门，便听"嘭"的一声，与来人撞了个满怀。

狄姜跌倒在地，头疼不已，问药背着书香站在她身后，满脸吃惊。那人也跌在地上，素衣道袍，他逆光而行，待白光闪过，他的身影才渐渐清晰起来。狄姜这才看清，来人正是钟旭。

几人相见，皆是一愣。

"钟道长，您怎么在这？"狄姜疑惑。

"狄大夫……"钟旭一脸怔忡，喃喃道。似乎也很吃惊狄姜竟然好得这样快，此前还奄奄一息的人，只不过两日过去，现下竟已经能够站在这里活蹦乱跳，实在是让人惊讶。

钟旭连忙起身，扶起狄姜，踉跄道："狄大夫，好巧，你也在这儿。"

"你来这里做什么？"狄姜见钟旭面色不华，步态虚浮，似乎全身都没有力气，想要关心他几句，岂料他双手抱拳，匆匆道了句："我走错地方了。"便甩手而去，狄姜追不上他，看着他的背影很是奇怪。下盘不稳，中气不足，俨然一副元气消耗殆尽之态。

问药见了则是一脸不堪，嗤笑道："这个钟旭真窝囊，之前害您受重伤，救您出来后都不敢来探望您，现在见面了却又装作一副不熟的模样，实在是可气！"

"或许……他也是来救书香的呢？"

"这怎么可能！"问药断然摇头，怒道，"我看他也是空有外壳，真遇到高手了可就什么都不懂了。"

"哦？此话何解？"

"您是不知道，这几日来，他想了好几个法子找您，可结果呢？还不是靠我家王爷！真是没用！"

"他也尽力了。"狄姜叹了口气。

"一句尽力就解释了？您是在他眼皮子底下丢的，最后竟还是瑞安王爷把您救出来的，你说，要他何用？"问药争辩道，"我看瑞安王爷啊，才是心思聪颖，有才有貌，对您还是一百分的上心！"问药一路骂骂咧咧，吵得狄姜脑仁疼。

"行了，你别说了。"狄姜揉了揉额头，打断她，"你若是喜欢武瑞安，改日我便将你送给他。"

"别呀！我开玩笑的，掌柜的您不能不要我！"问药连连摇头，经此一吓，便老实地闭上了嘴，默默地背着书香上了马车。

第十五章

免死金牌

是夜，狄姜安顿好书香和竹柴后，便去了京兆府衙。为了避免打草惊蛇，二人隐去了身形，一般人看不见她们俩。当二人赶到府衙时，正巧见着工部侍郎张添淼来衙门认尸。

工部侍郎出公差三个月，平日里对张思瑶也并不是那般上心，听闻张思瑶嫁了阳春府不到半月就惨死家中，气得整个人都老了十岁。

"跟去看看。"狄姜抬起下巴指了指张家人，问药便听话地跟了过去。

"儿啊——"停尸房里，张侍郎的妾侍柳氏已经哭得没了人形，狄姜和问药心中皆是好一阵难过。若之前阳春府的大夫人那样是装的，那柳氏的悲恸肯定就是由内而外发自肺腑的了吧？有哪个做母亲的，能见着孩子惨死如斯？心中自然是要将凶手碎尸万段千刀万剐也不足为惜。柳氏在一旁哭，张侍郎便立在一旁，看着一脸害怕的妻子沈氏，更加气急。他几乎是立刻泪如泉涌，浑身抖成了筛子，沈氏见了，立即连滚带爬地爬回他身边，瑟缩道："老爷不要生气，气坏了身子不值得！"

"啪！"一记清脆的耳光，将她打翻在地。

"这就是你给我找的好女婿！"张侍郎气得说不出话来，又是一巴掌落在原配沈氏的面上，沈氏立即跪下，嘤嘤地哭泣起来。

"你干的好事！你还有脸哭！"张侍郎气得一脚将她踹在地上。沈氏立即吓得噤了声，哪里还敢哭，直躲在一旁，只怕他气极了再给自己来上一脚。

柳氏在一旁哭断了肠，张侍郎立即拥着她的肩，安抚道："为夫一定会给瑶儿讨回公道，夫人不要伤心了，保重自己的身体最重要啊……"张侍郎抱着妾侍柳氏，老泪纵横，心疼得无以复加。柳氏越哭越伤心，声音更是哀号到几乎整个衙门都能听得见，声音里不止有悲恸，更有委屈，仿佛要把这十几年来受的大房的委屈通通都哭出来才好。

"我儿死得好惨啊！凶手真是好歹毒的心哪！"柳氏说着，不时看向跪在地上的沈氏，眸子里迸发出的精光，足以杀人。

"走吧。"狄姜一声叹息，不想再看下去。她此前打听过，张侍郎家中有四女三男，沈氏只生了一男一女，柳氏生了三女二男，由此可见得宠程度自然是柳氏居多。沈氏将张思瑶下嫁给孟常乐自然是不安好心，可这柳氏看来，也未必有几分真心，就说她此番拿到的阳春府送来的聘礼，估计也足以让她赚得盆满钵满，此刻装作这般的委屈，又哪里只是单单为了短命的女儿呢？

这红尘名利场中的事情，狄姜看久了也依旧看不透，便不想再看了。

狄姜带着问药去了关押重犯的天牢，便见阳春府上下被分别关在了四个牢房里。大夫人、二夫人还有太老夫人关在一处，孟常乐与孟常忻关在了一处，最后是男家丁和女婢子又分别关在了另两处。狄姜看着这一屋子老老少少，统共也不超过二十人，只觉得阳春府真是人丁稀少，人才凋零。粗略一看，似乎也只有二夫人的儿子堪堪像个少爷，而孟常乐……哪里是智商有些问题？根本就是个傻子。

狄姜微微张大了嘴，心里头估摸着孟家为了这趟婚事，想是花费了不少的财力，不禁在算着给张家的聘礼上又添上了几十块大金砖。岂料天不遂人愿，偷鸡不成蚀把米，此次不仅没有攀上张侍郎这个高枝，连棺材本都赔进去了不说，全家老小还都进了大牢，孟老太爷一生的心血，也便如此尽皆付诸东流了。

狄姜走到最里的那间，便见太老夫人面色惨白地昏迷在墙角，她脸上耷拉着皱纹，层层叠叠，随着她的气息起伏，但是也多是只闻出气不见吸气，瞧那模样，怕是过不了这一关了。大夫人坐在一旁照看她；面色亦是忧心忡忡。而另一旁的二夫人却似乎与她们不熟，她一人独自坐在对角，将双臂交叠搁在膝头，又将头枕在手上，她双目无神，口中一直在喃喃自语。狄姜低下身，仔细地听，才分辨出她念叨着："全部都得死，全部都得死……"

狄姜听了好一会儿，可她说来说去只有这么一句，似是已经陷入魔怔一般，狄姜听得厌烦了，便对问药点点头，拉着她出去了。出了牢房，刚一进院子，问药便着急地问道："掌柜的，究竟他们之中哪一个是仙人？我实在是看不出来……"

"谁是那位作怪的仙人，其实很明显啊……"狄姜说到这，却听身后突然传来一声惊呼："狄大夫，你怎么在这儿？你的身体已经大好了？"

狄姜慌忙回头，便见武瑞安站在衙门口，正一脸惊骇地看着自己。在他的身边，还站着几名穿公服的衙役和仵作，他们的眼里分明写着："她什么时候进来的？"

"你看见了吗？"

"没看见……"几名衙役面面相觑，眼神中交换着奇怪。狄姜面色一僵，显然没想到他们能看见自己，她用眼角的余光瞥了眼问药，再看了看自己，这才发现她们的隐身咒不知何时已经解了去。狄姜尴尬一笑，索性拉着问药福身行礼道："民女狄姜、问药，见过瑞安王爷，王爷万福。"

"快快起来。"武瑞安三步并作一步从台阶上飞奔而下，快准狠地落在狄姜身前，拉着她的手将她扶起，"你身子还没好透，行此大礼做什么，凭咱们的关系，无须这般见外。"

"多谢王爷。"狄姜说完，面上的表情十分尴尬，她想要将自己的手从武瑞安手中抽出来，可对方握得紧，她挣扎了两下对方仍是不为所动。

问药看了看她俩，嘟嘴寻思着瑞安说的"行此大礼"是什么意思……假如说弯弯身子就算行大礼的话，那百官祭天五体投拜之时，那个礼应该叫什么？

狄姜被武瑞安火热的眸子惊道了，连忙咳嗽道："咳咳——"

武瑞安这才如梦初醒，慌忙放开了狄姜的手，笑道："狄大夫为何在此处？"

"我们来见凶……"问药抢先道，可还不待她说完，狄姜便打断道："民女特来感谢王爷救命之恩，听闻王爷最近公务繁忙，于是来看看可有能帮上一二的地方，作为受害者，民女多多少少也能知道一些。"

武瑞安闻言，眼中的光亮又盛了几分，明显一副感动到无以复加的表情，只听他长长地叹了一口气，道："案子已经调查得差不多了，凶手不外乎就在那十几人之中，或者他们全都是。最麻烦的是确认死者的身份，他们之中七八成是阳春府中的下人，还有一些因年代太久远，已经查不出来了……"武瑞安一边说，狄姜一边淡笑地看着他，她这才发现，他的唇边有淡淡的胡茬，双眼布满了血丝，满目疲惫，一看便是许久没有休息好了。

狄姜道："既然案子没什么问题，民女便不打扰王爷了，民女告退。"

武瑞安一愣："这么快就要走吗？"

"王爷早日结案便能早日休息，民女在这里会打扰您，他们可都等急了。"狄姜说着，看了一眼台阶上的几人，而他们看自己的神色却似乎已经习以为常。

武瑞安面有难色，他犹豫了一会儿，便也点了点头："那好吧，今日天色已晚，狄大夫早些休息，三日后便是公审之日，待此案了解本王再去看你。"

"是，民女多谢王爷关心。"狄姜说完，便领着问药福礼告退了。

"掌柜的，瑞安王爷对您真不是一般的上心哪。"刚走出没两步，问药便用手肘推了推狄姜。话未说完，便被狄姜一记冰冷的眸子给剜了一刀，于是只得乖乖地闭上嘴。二人刚一向外走，便迎面走来两名纱衣罗裙的貌美女子，二人手中一人拎了一只食盒，盒子里香气四溢，连问药都闻出了里头装着的是什么。

"掌柜的！是陈家酒铺的猴头烧，还有飘香鸡！"问药说完，一步三回头，便见那两名女子朝着武瑞安走去，将手中的食盒递给他，道："王爷，今天是我们先来的，您可得吃我们的夜宵！"

武瑞安哈哈一笑，宠溺道："谢谢美人儿的关心，本王却之不恭了！"说完，便带着二人进了衙门里，之后的事情，旁人就不得而知了。

问药瞠目结舌，怒道："掌柜的！王……王爷身边的女人怎么又换人了！"

"这不是很正常吗？若不这样，他还是武瑞安吗？"狄姜一脸淡然地笑了笑，"怪不得那些衙役见了我们不惊讶，再联想从前遇见武瑞安时的模样，哪次不是美人在怀，环顾左右？想来衙役们这几日也是见怪不怪了。所以啊，他对我们的好，我们收着便是，也不用多感激，反正他对每一个，都是很好的。"

"为什么？"问药刚一发问，又一脸恍然地自问自答道，"是了！江湖传闻，每一个与瑞安王爷交往过的女子，都无比开怀，这可真是好本事！掌柜的，您可要牢牢抓紧他！"

"……"狄姜扶额笑了笑："你对武瑞安的崇拜可真是天上有地下无。"

"掌柜的您到底是夸我还是骂我？"问药嘟起嘴。

"你猜？"狄姜嫣然一笑，心情大好地回了家。走这一遭她已经得到了自己想要的答案，而武瑞安她并不放在心上，所以他是怎么样的男人，实在是影响不了她。

又过了两日，书香依旧昏迷着，但是面色较之从前已经红润了许多，只是睡着了而已，并没有危及性命。这一日，女皇亲颁诏令，着令于京兆府中三堂会审阳春府白骨案，临到午时，几乎太平府一半的人都围在了光德坊中，将路围得水泄不通。狄姜与问药费尽了心力，才终于挤到了衙门口。

只见高堂之上，京兆尹温礼坐在正中间，大理寺卿慈文和武王武瑞安分别坐在他的左右。在他们的头顶上方，"正大光明"的牌匾被擦拭得铮亮。衙役也比平日里多了四倍，他们手持长刀，整齐地排列在四周，维持现场秩序。

衙门外，群情激愤，一半的人在痛斥阳春府为富不仁，害人性命，冷酷无情，还有一半的人在欣赏武瑞安的美。连狄姜都被惊艳，更别提其余的女子，武瑞安只要稍稍抬头，便能吸引一大片人。尤其在武瑞安见到狄姜后，向她招了招手，还抛出了一个温柔的微笑。她的身边，就连男人都呼吸一窒，霎时晕头转向，分不清东西南北了……

"咳咳……"大理寺卿慈文大声咳嗽了一声。

京兆尹这才如梦初醒，朗声道："肃静——吵吵闹闹的成何体统！"

武瑞安不得已，只能低下头，左手撑着脸，隔着袖子偷偷地去看狄姜。可对方似乎根本不看自己，她的目光飘忽，似乎在找什么人……武瑞安心中一沉，大概也猜到了她在找谁。

"钟旭没有来吗？"狄姜找了一圈没找着，问道。

问药摇了摇头："谁有工夫管他呀？还是多看看王爷吧，他比较好看。"

狄姜翻了个白眼，扔下两个字："肤浅。"

狄姜说完，京兆尹便敲响了惊堂木，随即朗声道："带人犯上堂！"

早已在偏厅等候的衙役立即押着五人上公堂，分别是大夫人、二夫人、老管家，以及孟常乐和孟常忻。这五个人，是阳春府仅剩的几位主事人，其中唯大夫人马首是瞻。工部侍郎张添淼在堂上旁听，一见着孟常乐，便气得牙根子发痒，若不是师爷拉住他，只怕是已经上前将其好一顿打。

"张大人，待定罪之后，您想怎么处置都行，可现在是在公堂之上，还是需要忍耐啊……"

"那就快些！"张添淼冷哼一声，不耐道。

堂上三人知道张添淼心中不舒服，便加快了进度，道："堂下之人可认罪？"

五人面面相觑，都不敢说话，过了片刻，便听大夫人叩拜道："此事皆是我一人所为，民妇认罪。"

"你为何要杀害工部侍郎家的三小姐，也就是你的新媳妇，张思瑶？"

"张思瑶辱骂我儿，该死。"

"你！"张添淼拍案而起，怒道，"你骗婚在先，居然还杀害我儿，毒妇！"说着，便是要冲上去，一旁的师爷连忙按下他，道："百姓都看着呢，大人千万要忍耐啊……"

京兆尹与大理寺卿对看一眼，决定加快进度，于是直接道："可有同伙？"

"没有，所有的事都是我一人所为。"大夫人不加辩驳，将此事一力承担下来，可明眼人都知道，这么大的案子绝对不可能是她一人可以做下的。

"既然你不肯说实话，本官便只能用刑了！来人——给我打！"

京兆尹扔下一根令箭，众衙役立即上前，将她绑在老虎凳上，一人一棍的杀威棒交替落下，打在大夫人的身上，不一会儿便鲜血淋漓。大夫人咬着牙，一声不吭，她的脸上有豆大的汗珠顺着面颊落下，嘴角亦有鲜血溢出，二三十棍过后，大夫人已经奄奄一息。

温礼和慈文相视一眼，都没了主意，再看看武瑞安，便见他并不在看大夫人，他的目光微怔，看着的却是人群中的一个女子。那女子着青衣，鹅蛋脸，并不算特别出挑，但也算得上是一个小家碧玉的美人。二人心下了然，知道这武王是指望不上了，于是主审官温礼只得无奈道："既然你不肯说实话，那就连他们一起打吧！你能忍得住，他们可不一定能忍。一群刁民，不见棺材不落泪，不下重刑，你们是不会招供的！"

衙役得了命令，立刻去搬来刑具，他们刚刚把孟常忻架在老虎凳上，就在此时，二夫人突然踉踉跄跄地站起身，看着奄奄一息的大夫人，发了狂地大笑起来，拍手道："打得好！你也有今日！哈哈哈哈哈——"所有人的注意力都集中在了她身上，连武瑞安都一脸惊讶，盯着她狰狞的面目，显然没发现唯唯诺诺胆小如鼠的二夫人竟然敢这样与人说话。

"你笑什么？！藐视公堂，给我拿下！"温礼大力地一拍桌子，立刻命人将她摁住，可她却似乎有无穷的力气，一群衙役围上去，却没有人能抓得住她。她就这样披头散发地站在大堂中间，指着大夫人的鼻子骂道："与我抢男人，我便让她统统不得好死！！她们那些小浪蹄子，妄图勾引老爷，被我发现了赐死又如何？那是她们该死！你难道不想她们死吗！"

二夫人突然似是着了魔一般，厉声狂吼着在公堂上咆哮道："你以为娶个有钱有势的媳妇回来家财就全是你大房的了？你再怎么变着法地维护孟常乐，他也就是个心智不全的傻子！等你死了，我忻儿才是阳春府的主子！为了忻儿，我定要与你同归于尽！"说着，她张牙舞爪地向大夫人扑去。

"快把她拿下！"京兆尹一声惊堂木拍在桌上，疾言厉色。几名衙役迅速向前去捉她，可二夫人不知哪来的力气，将三四名衙役都推开了去。

"你们帮着这贱人，我就算是死，也要你们一起陪葬！"二夫人双目血红，一手便扭断了眼前一人的脖子，众人哗然，所有衙役便一并冲了上去。二夫人发狂地挣扎着，喉咙里发出声嘶力竭的怒吼，这整条街的人都被吓了一跳。直到许多年后，这场面还一直在百姓口中相传，对待不听话的熊孩子，便吓道："你再不睡觉，小心晚上被孟府的二夫人捉了去，将你关在铜像里，生生世世做一个活死人！"不过这都是后话了。最后，那日阳春府的二夫人在十几人的围攻下，被乱刀戳成了马蜂窝。这一桩悬案，终于得以水落石出。

武瑞安松了一口气，与京兆尹大理寺卿对视一眼，三人皆是如释重负。

师爷整理了二夫人的话，将这份证供作为结案陈词递给了京兆尹，就在他准备宣布结案之时，人群中却冒出来一个不一样的声音。

"且慢。"狄姜道。

"何人喧哗？"京兆尹不耐地看了一眼，发现此人正是武瑞安盯着看的女子，便又软了下来，问，"你有何事禀告？"

"启禀大人，民女此前与尸骨在一起待了几天，发现有一些尸体的陈尸年岁比二夫人还要大，她怎么可能在没出生的时候就杀人呢？"

"哦？这……"京兆尹不是不知道，只是想赶紧了结这个案子，也好向上头交代，可谁料在这当头，被她阻止了去。

狄姜又道："大人，凶手其实很好认，这府中谁的年岁与尸体一般大，那她就有可能是真凶。"此言一出，大家都明白了，就连趴在凳子上的大夫人都不禁浑身发抖起来，显然此话切中了她的要害。

武瑞安来了兴致，大手一挥，朗声道："来人——带孟太老夫人上堂！"

孟太老夫人被抬上来的时候，依然是昏迷的模样，众人一见，她老成这个样子，如何也不能相信她会是冷血无情的幕后黑手。

"把她泼醒。"京兆尹依旧速战速决，命人对她用刑。就在此时，一旁的大夫人却挣扎着坐了起来，拦在她面前，从怀里摸出一张类似黄纸模样的东西举在头顶，泣诉道："我有太宗亲赐丹书铁券在手，可保族人豁免于罪！"

大夫人举着一张黄澄澄的铁牌，拦在老妇人身前，吓得众人谁也不敢近身。

"这……"几位官员面面相觑，一脸惊骇，就连向来不受礼教约束的武王爷也面犯难色。有了此等免死铁券在手，确实是谁也不敢动她们了。

这枚丹书铁券是开国皇帝宣太宗赐予阳春山人孟子昌的，那时黄河大水，导致民不聊生，国库空虚，孟子昌捐献了自己九成的产业用以赈灾，宣太宗特颁发此丹书铁券，表彰其功绩，成了孟家的最高殊荣。阳春府的一众人见了此铁券，都似是见了希望一般，连连爬到她身边跪着。说来也奇怪，有了这枚丹书铁券之后，孟子昌的后人们却一代不如一代，也不知这是护身符，还是催命符……

京兆尹与大理寺卿相视一眼，最后说了四个字："暂时休堂！"他话音刚落，便拿起惊堂木，刚要落下，却听一声厉喝："大人请慢！"

来人的声音里虽然充满了焦急，前两个字中气十足，后面两个字便显然开始带着些喘气，此时围观的群众纷纷给此人让出一条道。

武瑞安和京兆尹以及宰相这才看清，来人正是钟旭，他还背着一个老态龙钟的老头，那老头仰着头，抬着手，眼睛瞪得溜圆，脸上的胡子全都花白了，刚刚那一声便是出自他的口中。钟旭将他放在地上，他便俯身跪拜道："大人请慢！"声音里有丝丝颤抖，但听得出来，这些颤抖不是因为害怕，而是因为身体实在是太过苍老。

"堂下何人？"

"草民孟子昌。"

"孟子昌？那是谁？"三位大人一脸迷惑，就连众人也是面面相觑，只有阳春府上下一干人等，通体一震。

"孟子昌？阳春山人孟子昌？"

"他不是已经死了几十年了吗！"人群中爆发出阵阵讨论声，三位大人这才想起来，阳春府的第一任掌家便是举国闻名的大善人，孟子昌，号阳春山人。

"你是阳春山人孟子昌？"

孟老太爷吃力地抬起头，正色道："草民正是！"

此言一出，举座哗然，大家不禁张大了嘴，七嘴八舌道："三十年前，我参加过孟老太爷的出殡，那场面，堪称国丧啊！他分明已经死透了！"

"现在早就已经是一把骨头了，怎么可能还活着，还能跪在这里说话？"

京兆尹面色发黑，清了清嗓子，道："老伯不要开玩笑，公堂肃静，容不得你说胡话。来人——把他给本官拖下去。"

"且慢。"武瑞安打断道，"我看他不像是在说谎。"武瑞安其实并不相信这个老头是孟子昌，他只是相信他身边的钟旭。

京兆尹看在武瑞安的面子上，只能对孟子昌道："你先起来吧。"

"谢青天大老爷！"孟子昌颤悠悠地勾起身子，一举一动都显得尤为吃力。

"别叫我大老爷，叫我温大人吧。几十年前那套称呼，现在不时兴了。"其实里打从心底里不相信，不过是碍于武瑞安，于是不得不忍着气看他折腾。京兆尹顿了顿，又道："你有何事要奏？"

此时，忽然见孟子昌颤悠悠地站了起来，然后不知怎么从怀里拿出了一把小匕首。他不知道哪里来的力气，走到跪在一旁瑟瑟发抖的大夫人跟前，提起匕首便落在了铁券之上。只听"哐当"一声，黄铜铁券便裂成两块，落在了地上。

"你们！死不足惜！"孟老太爷气得浑身发抖，随即转身跪下，对三堂会审官员朗声道，"想我阳春孟家，三代为商，几十年来兢兢业业，从不曾触犯王法。想不到今时今日，却出了此不肖子孙，愧对祖宗，愧对先皇，现如今哪里还有脸面获得先皇庇佑？！我孟子昌愿以身殉法，为此等不肖子孙承担罪罚！"

此言一出，满堂震惊。

京兆尹温礼、大理寺卿慈文、武王武瑞安三人细细商量了一番，温礼便大手一挥，又道："休堂！"说完，又让衙役将京兆尹府门关上，将百姓隔绝在了外头。京兆府里便不剩下几人，温礼和慈文立即赶去皇宫报告此事，武瑞安则留在这里善后。

武瑞安走下堂，将孟老太爷扶起，道："老人家身体不好，此事事关重大，待本王禀明圣上之后再作决定，你……先在府内休息吧。"他说完，看向一旁的钟旭，又道，"钟道长，这究竟是怎么一回事？"

钟旭没有再隐瞒他，于是将这连日来发生的事情都说了一遍。武瑞安听到狄姜能医鬼之后，心头又是一颤，再联想到之前武婧仪的事情，立刻便明白了什么，也终于知道了狄姜为什么有时候会那般神秘。她身上的秘密真是越来越多了……

"王爷，贫道先带孟老太爷回房了，他见不得阳光。"

"好好好，快去吧，身体要紧。"武瑞安挥手，命人给二人留出了一间上房，随即又带了两名衙役出了京兆府寻狄姜。狄姜自然候在外头，于是他几乎没费什么力气，便将她带回了京兆府与钟旭会合，想要问出个所以然来。

"狄大夫，你一早就知道我要来寻你？"武瑞安边走边道。

　　狄姜笑着点头："那是自然，这世上能医他的，或许只有我。"经过这几日，孟老太爷的身体已经比从前好了许多，虽然说话还有些喘气，但至少表述没有问题。狄姜、问药、钟旭、武瑞安四人坐在偏房里，守在孟老太爷的床边。狄姜把脉之后，淡淡地开口，问道："你的病是心病，心病还需心药医，这究竟是怎么一回事？"

　　孟子昌神色黯了黯，缓缓道："此事……要从一百年前说起。"

第十六章

桃花花神

百余年前，宣武国还不姓武，天下间几国混战，诸侯争霸。孟子昌流亡许久，几经辗转，几乎用尽盘缠，才终于到达了太平府。彼时，太平府也不是都城，统治混乱，鸡鸣狗盗之事层出不穷。孟子昌刚来的第一天，便被小偷偷走了最后的盘缠，这也是他用来创业的根基，失了它便是失去了未来。他失魂落魄地跌坐在地，太平府的过往路人见他风尘仆仆，便将他当作了乞丐，赏了他几枚铜钱。他饿极了，拿着几枚铜钱买了两个馒头，才刚吃了一口，便见路边的角落里，躺着两个奄奄一息的女孩。两个女孩是双生子，年长的名叫桃鸳，年幼的妹妹叫桃玉。孟子昌将馒头给了二人，自己便继续饿肚子。

说来也奇怪，第二天，那偷了自己盘缠的人便把盘缠送了回来，还跪在地上直磕头，满脸忏悔道：“大仙对不起，我不该偷了您的东西，我发誓再也不偷窃了，请您大人不记小人过，原谅小人吧。”盘缠回来后，孟子昌便带着两个无依无靠的小女孩一起做生意，他照料二人长大，如父如母，含辛茹苦。但不知是他运势之故，还是天生命苦，不管做什么生意，都是开始很好，渐渐走下坡路，不出三月便会关门大吉。算命的说他天生没有财运，让他从哪里来，回哪里去。可他本就是乱世漂泊的人，如无根浮萍，随波飘流，又能回哪里去？孟子昌偏不信命，誓要在这太平府内活出个人样来。

事与愿违，五年后，年逾而立之年的孟子昌不但事业不成，还一直未娶，好不容易托媒人介绍了个小姐，那小姐还将他羞辱了一番，从此他便成了众人口中的笑柄，更加自卑。也正是这一年，桃鸳和桃玉出落成远近闻名的美貌姑娘，提亲之人踏破了门槛。孟子昌觉得自己没办法给她们良好的生活，便让她们自己在求亲名单里选一个如意郎君。桃鸳却执意反对，并直言此生非孟子昌不嫁。孟子昌如遭五雷轰顶，没想到自己养育了五年的女孩，对自己竟存着这番心思，他吓得三个月不敢回家。这三个月里，他又赔光了一笔茶叶生意。等回到家时，桃鸳给他做了一锅鸡汤，还给他补了破旧的衣裳，那一刻他突然觉得，或许自己穷尽一生，追求的也不过就是这般岁月静好了，于是便与桃鸳成了亲。

与桃鸳成亲后，生意依旧没有好转，家中再次揭不开锅。二人的生活愈加困苦，桃鸳和桃玉好几次被达官显贵欺辱，自己为她出气不成，还好几次被人打断了肋骨。再后来，桃鸳受不了，便带着桃玉离家出走了，临走前还给了他一人笔银子，告诉他："拿着这笔银子，这辈子就可以衣食无忧了。"

孟子昌说到这里，眼泪止不住地在眼眶里打转，他的身体因为极度缺水，就算想哭也流不出太多的泪水，这副模样更加让人心中一紧。孟老太爷咳嗽了两声，又长叹道："我这辈子见过最美的风景，便是桃鸳垂着眼睛，在孤灯下为我缝衣服。那时她的眼神温柔似水，举手投足间散发的都是恬淡安宁，这应该就是家的味道吧？我记得那时桌上的鸡汤冒着热气，而我就这样看呆了，一直到鸡汤冷却了，我仍是浑然不觉。那一刻，对我来说就是永远，可是她……"他的眼睛里有深深的绝望，绝望中，还有这盘桓了数十年来的思念。

"后来呢？"狄姜问道。

"后来，我再也没有见过桃鸳。我寻了她一辈子，可她，却像是人间蒸发了。"孟子昌黯然道。

"她之前可有说去了哪里？"

"一开始我打听过，只知道她嫁给了一个胡人，那胡人常年在宣武国与西域之间通商，是富甲一方的巨子，比以往求亲的任何男人都要富有。"

"哦？可你亦是富可敌国。"

孟子昌摇了摇头，苦笑道："那是桃鸳离开之后的事情了。我也不知道为什么，自桃鸳离开之后，我的生意便风生水起，不管做什么都顺风顺水，从无失手。更有一次，有一行脚商人找我订了一车南珠，刚付过全款便消失了，货也不要了，之后再也联系不上这个人。后来几十年都没有消息……这样从天而降的财路，可不止这一次。"

狄姜张大了嘴，愣愣地点头。一旁的问药听到这儿忍不住了，啧啧感叹道："许是桃鸳克了你，她一走，你便赚得盆满钵满。"

"或许吧……可后来不管生意做得再大，没有桃鸳相伴，我心中总归是空落落的……虽然她在我穷困潦倒时离开了我，可此前几十年的陪伴也不是子虚乌有，要说她是为了钱而离开我，我是如何也不会相信的。咳咳咳咳……"孟子昌说着，突然开始猛烈地咳嗽起来。

问药和狄姜看着他抖得跟筛糠似的身体，真怕他突然就这样一口气喘不上来，咳死过去。问药急忙道："孟老太爷，您不要激动，我们掌柜的一定有办法！她一定能帮你找到桃鸳，生会见人，死会见尸！"

狄姜狠狠地剜了她一眼："这把年纪，若是个人怎么着也活不了，连尸体都成了一把灰！"

"可孟老爷子不就是一个人嘛！"问药急道，"他怎的就活过来了？"

"不只是我还活着，更让我吃惊的是，桃玉竟然也还活着。"孟子昌道，"我本以为桃玉一定已经死了，但是，她为何还活着？"

"桃玉？"问药一惊，道，"当年那双胞胎中的妹妹？"

"是……"孟子昌面带羞愧道，"她在几年之后又回来了，却死也不肯说出她姐姐究竟去了哪里！"孟子昌双手握拳，满脸悔恨道，"桃鸳，一定是被桃玉害死了！"

"什么！"在座之人，面色皆是一脸惊骇。

"太老夫人，就是桃玉？"狄姜不确定道。

孟子昌点了点头，证实了狄姜的猜想，又接道："从前我一门心思都在生意之上，哪里会知道女儿家的心思？后来我才知道，原来在利益面前，连父子都能自相残杀，何况是姐妹？如果是她带走了桃鸳，那么一切都说得过去了，就连我孟府这些年所发生的事情，或许……都与她脱不了干系。"

"若那太老夫人真是桃玉，那她该有多少岁了？"

孟子昌想了想，道："她比我小二十岁，如今……也该到了期颐之年。"

"一百岁了！"问药大吃一惊，又喃喃自语道，"怪不得都老成那样了……她究竟是不是桃玉？"问药看向狄姜，"难道那个仙人……"

"她已经不是仙人了。"狄姜浅浅一笑，一脸可惜地强调道，"桃花仙子，已经不是仙人了。"

"那她是什么？"

狄姜微微一笑："我们去看看就知道了。"

三堂会审结束之后，阳春府的众人被押回了天牢，而太老夫人桃玉却因为重症昏迷，被移去了上阳馆医治。孟老太爷由于身体的缘故，不宜走动，便留在了京兆府休息。

狄姜、钟旭、武瑞安三人便立即赶去了上阳医馆。

大中午的，医馆里却安静得有些反常。钟旭下意识地将剑从身后拔出来，拎在了手中，走在最前头。武瑞安则走在中间，双手微微张开，一副护着身后的狄姜的样子。狄姜与问药相视一眼，被他这副模样给逗笑了。

进了医馆之后，便见屋里横七竖八地躺了许多人，几人心中一凛，问药立刻上前察看了一番，才又嘘了一口气，道："只是昏迷了。"

"这是谁干的？"武瑞安一脸凝重。

"还能是谁？自然是那百年不死的老妖怪，桃玉了。"问药说完，便率先冲进了里屋，狄姜没来得及拦住她，便只得快步跟了进去。

四人进屋后，便发觉屋里一片宁静，端的是一派祥和而又静好的模样，四周药香缭绕，沁人心脾。窗前，太老夫人双手叠在膝头，侧坐在轮椅上，脸上的皱纹层层叠叠，眼皮搭下来，皱得连眼睛都看不见，但她眼角那颗血痣却十分显眼，在干皱的面皮上鲜红欲滴。

狄姜能感觉得到，她的目光正从自己身上慢慢扫过。少顷，她慢慢又移开了眸子，侧过头去，看着窗外的落雨。显然这屋里的人除了问药，没有人想与她起冲突，狄姜眼神警告了她一下，她便也不敢造次。或许是她身上的沉稳和老迈，让四人都不自觉的升腾起一股谦卑恭敬的模样。

"太老夫人，桃玉？"武瑞安不确定地问道，他此前见过她的模样一直都是昏迷的，这会子居然又好好地坐在椅子上，虽然老态龙钟，但是精神似乎还不错。这让他觉得惊奇不已。

"是。"太老夫人点点头，语气里虽然遍是沧桑，但是中气十足，与缠绵病榻时的她不大相同。

"是你杀害了阳春府一众人？"武瑞安急切问道。

太老夫人并不答他，甚至连眼皮子都没怎么抬。她看着窗外的落雨，良久，才缓缓道："一到开春，便是下不完的春雨，连绵不绝，积在这山脚下，便是水雾缭绕，氤氲不绝。我腿脚不便，衣物被褥常年都是潮湿的，不太舒服。早些年有下人伺候，日子倒还好过，可下人渐渐少了，褥子便换得不那么勤快了，旁人都在抱怨，而我……我却依旧最喜欢这样的天气，你们知道为什么吗？"

狄姜摇了摇头，道："请太老夫人为我们解惑。"

"其实这个理由很可笑，因为只有在这样的天气，老爷才会早早地回来。"太老夫人面上微微一笑，顿了顿，又接道，"老爷活着的时候，几乎日日在外行商，一去有大半月都不在府中，有时候去得远了大半年也见不着一回。可就算他回了太平府，也不会在家中陪伴我，他要应酬，没完没了地应酬。我知道，他广结朋友便是为了寻找姐姐，几乎认识他的每一个人都知道，他有一位最爱的原配夫人，他找了她三十年。"

四人静静地听着，谁也没有插嘴。

太老夫人又道："他从未正式迎娶我过门。许是看在姐姐的面上，才让府里上上下下尊我为夫人。他给我一切富贵荣华，将所有荣耀加诸我身上，却无时无刻不在思念姐姐。为了让他的子孙昌盛，不至绝后，我一连给他纳了六门妾室，个个都像姐姐，可他一个都瞧不上。也难怪，就连与姐姐十成相似的我，他也是瞧不上的。"

窗外的雨越下越大，屋里的二苏旧局香气萦绕，狄姜却越听心越凉，她心头颤动，突然觉得眼前之人有着和孟老太爷一般的寂落。

"可无论他怎样对我，我还是喜欢他，只要能见到他，我便会开心。我日日坐在阳春府最高的阁楼中，守着院子，只要老爷回来，我定是最先看见他的那一个。我守着我的爱情，直到他死了，便替他守着这座宅子。可是到头来我在守什么呢？人人都道孟子昌子孙昌盛，可只有我知道，那后来的诸多子嗣，都是如何得来的。可哪怕这满院的子嗣都不是他的亲缘，他也无所谓，他依然守着这里，想来，便是为了在此等姐姐回来吧。"

"……"屋里的人听了这话，都是一片沉默。

良久，才听狄姜问道："是你封印了他的魂魄？"

"是。"太老夫人点了点头，"他迟迟不肯咽气，我不得不这样做。"

"为什么？"

"阳春府是他一生的心血，我不能叫它从此败落。那时京中已有了流言蜚语，都道孟老爷被恶鬼缠身，搅扰得子孙不得安宁，更有甚者，将他传成了吃人的恶鬼，这是我不愿见到的事情。"

"于是你请来高僧，将他囚禁在佛堂的瓷瓶之中？"

"是，若不这样做，他这二十年来，必日日受万虫噬心之苦。"

"他究竟做了什么？为何会尸身不腐，魂魄不离？"

太老夫人深吸了一口气，道："他在南闽巫师手中求了长生药，药引子便是一个血咒，血咒的内容是要再见姐姐一面，否则此生绝不断气。可那叫长生吗？若日日被万虫噬心，我怕是连一刻都不想活。但他从来没有叫过一声苦，没有喊过一声疼。他凭着这口气，撑了三年。三年里，我不愿他受苦，试过无数种方法去结束他的性命，但是没有用，他的意志力太强，强大到连我也没有法子解开。"

"于是你强行封了他的三魂七魄，使他解脱肉体之苦。"狄姜淡淡道。

太老夫人点了点头道："不错。"

狄姜叹了口气，幽幽道："你一定也很爱孟老太爷吧，桃鸳夫人有多爱他，你日日陪在左右，又怎会不爱呢？你的心中，只怕也是早已情根深种。"

"这么简单的道理，你一个外人都懂，可他不懂。"太老夫人摩挲着手背，一脸苦涩。

这时却听一旁的问药轻笑了一声，太老夫人看了她一眼，便不再说话。问药笑了一会儿，没忍住，便大笑了开去。

"你笑什么？"狄姜问道。

"笑她呀。"问药指着太老夫人道。

太老夫人面色一寒，冷冷地问："你这是什么意思？"

"我没别的意思，纯粹笑你可耻。"问药大笑道，"你将自己塑造成痴情的人，有意思吗？你不过是想让他陪着你，是你找来了这个长生的法子，你却再次贼喊捉贼。"

问药说完，太老夫人便放开交叠在膝头的双手，她并不理会问药，似乎没有必要与她交谈。她支起轮椅转身看向狄姜，道："你究竟是谁？"

"一个大夫。"

"一个大夫，哪里会知道这么多事情？"太老夫人冷笑了一声，抬手一指，四周的门窗便紧闭了起来，整个房间里突然暗下来，分明此时还不到傍晚，屋里却已经伸手不见五指，气氛比之前更加诡异和阴冷。

"太老夫人想做什么？"狄姜一动不动地站在黑暗里，依旧言笑晏晏，一脸的风轻云淡。

太老夫人亦是如此，她道："你知道的太多了，我不能留你。"

"我劝太老夫人不要再造杀孽。"狄姜摇了摇头，沉吟道，"放下屠刀，回头是岸。"

"呵，回头？我怎么可能回头？大错已经铸成，我便只能在这条路上走到底，或许……反而能有一线生机。"

"你究竟把桃鸳夫人怎么了？"问药大急道。

"你下去陪她，不就知道了？"太老夫人说着，手中突然冒出一团绿色的鬼火，迅速朝狄姜面门而去。

武瑞安当即被吓愣了，他从来都深处皇宫大院，有皇气护体，哪里见过这样的场面？他定定地站在那里，就像时间被定格，一动也不动。

狄姜也同样站在原地，却并不打算闪躲。

就在太老夫人面露诡笑，自以为狄姜难逃一死之时，却只听"哐当"一声，一把通体血红的长剑稳稳落在了她的身前，剑尖陷入地下，在狄姜面前支起了一堵剑气之墙。

绿火一接触到剑气，便四散而去，将室内四周的装饰物砸得稀碎，就连被鬼火划过的地方，都慢慢开始融化。

"好强的怨气。"狄姜微微张开了嘴，显得有些不可思议。

"这么强烈的怨恨，凶手一定就是她，她手上沾了这么多人的血，死不足惜！"问药说完，一旁的钟旭似是得了命令一般，提起长剑，便直直刺入了太老夫人的心口。太老夫人的心口有黑色的血液顺着剑尖滑落，等钟旭抽出长剑，便喷薄而出，满地都是黑色的液体，腥臭难当。

"哼，孟子昌永远都别想再见到她。"太老夫人的嘴角亦同样溢出了黑色的液体，滴滴如墨。空气里弥漫着腥臭味，狄姜瞥见钟旭的剑拔出的一刹那，连她的心都已经漆黑一片。

"见不见不由你说了算。"狄姜道。

太老夫人拼着最后一丝气力，冷笑道："我就算死，也不会告诉你，她在什么地方。"

"我不需要你告诉我，我知道她在哪。"

"什么！"太老夫人闻言，立时青筋暴起，双目凸出，面上第一次露出了惊骇的神情。

问药见状，大笑道："你不怕死，不怕孤独，唯一怕的便是孟子昌和桃鸯夫人再次见面吧？你这样恶毒的妇人，做尽伤天害理的坏事，这便是你的报应！"

太老夫人笑了笑，眼中一片凄凉。如果孟子昌与桃鸯再次见面，那便意味着她献出永生的诅咒，被破了。她咳了一口黑血，恨恨道："千不该万不该，便是放了你一条生路！"

"放我一条生路？"狄姜疑惑道，"那根羽毛……"

"呵，你不必多想了。事到如今，我已经回不了头了，我不恨，不怨！"

"你从一开始就错了。"狄姜叹息道，"相爱才是爱情，你不过是在单相思，一念起，便贪嗔痴爱恨，死而不绝。"

"呵……那又如何？我在人世这一遭，有他们陪葬，可甚是心安！"太老夫人说完，便双目圆瞪，没了气息，一缕青烟从她身上升腾而起，便散在空气里，再寻不见。武瑞安和钟旭立即去查探她的尸体，可还没等他们碰到她，便听"哗啦"几声传来，原是狄姜推门而出。

"她刚刚的话是什么意思？她放了您一条生路？"问药疑惑道。

"那枚羽毛或许是她留下的线索。"狄姜说完，便走了出去。

窗外的雨不知何时已经停了，太阳西照，一缕阳光投在太老夫人身上，她便顷刻间化为了一摊黑水，在黑水中央，是一束枯萎的桃花枝。那桃花枝横在黑水里，风一吹，便也如烟一般随风飘散在空气里，再无点滴踪迹……

"桃玉就这么死了？"问药快步追上狄姜，一脸疑问道，"钟旭怎能一剑就了结了她的性命？她可是个仙人！"

狄姜看着逐渐西沉的夕阳，黑幕渐渐笼罩大地，一如她沉到谷底的心情。她淡淡道："仙人在凡尘流连百年，染尽俗世浊气，仙气也终有耗尽之日。何况她内里估计早就已经油尽灯枯了，钟旭的一剑，未必不是她想要的结局。"

"可是……"

"好了，在去见见桃花仙中的另一位之前，先去找孟子昌，我还有一个疑问要问他。"狄姜说完，率先走了出去。

武瑞安与钟旭跟在后头，一个一脸茫然，一个一脸沉重。前者是因为惊讶，而后者是因为疲惫和无力，要知道在此之前，他可是一丁点儿的妖气也没有察觉得到，这在他看来是一件无法忍受的事。

回到京兆府内院，便见孟子昌一脸怔忡地靠着门坐在门槛上，眼睛盯着远方，眼神飘忽不定。

"孟老太爷，您怎么坐在这里？"问药上前，想要将他扶起。他却拂开了问药的手，看向钟旭，问道，"你把她杀了？"

钟旭点了点头："桃玉已经死了，化作一摊血水，这阳春府中的怪事，皆是她一手所为。"

"是吗？竟是这样吗……"孟子昌有些黯然，似在为她默哀，少顷，却又急切地问道，"那桃鸳呢？她可有说桃鸳去了哪里？！"他的眼神里充满了希冀，让人见了便心中一紧。

钟旭摇了摇头，叹道："她不肯说。"

"那……"孟子昌神色一黯，接连摇头带着哭腔道，"我知道，我就知道，她一定会如此……她从小到大都喜欢跟姐姐抢东西，她恨极了鸳儿！可她是鸳儿的妹妹，我只能尊她敬她，事事关照于她，可她还是咽不下这口气吗？"

孟子昌不知是伤心还是生气，整个人抖得跟筛子似的，很快七窍都开始往外渗血。

"孟老爷子你不要激动，我们掌柜的有办法，她知道桃鸳在哪儿！"问药一边拍打着他的背，一边安慰道。

"当真？"孟子昌提着一口气，看向狄姜。

狄姜思索了片刻，才点了点头，道："我知道她在哪里，但是带你去见她之前，我想问你一个问题。"

孟子昌颔首，急道："你尽管问，我一定知无不言，言无不尽！"

"没有那么夸张。"狄姜淡淡道，"我只想问你，假若有一天，你发现你所坚持认为的一切并不是你想的模样，你会如何？"狄姜说完，孟子昌便不说话了，身边的几人也都低下头，暗暗思索着狄姜此话的意思，但都是一头雾水，不明所以。

良久，才听孟子昌道："我此生所坚定的信念，不过是见到桃鸳而已，只要能见到她了，我还有什么信念呢？"

"那你见到她了会说什么呢？"

"我……"孟子昌顿了顿，才道，"我想问问她，为什么要离开我？我曾经那样爱她……"

"我知道了。"狄姜叹口气，继续道，"桃木驱鬼，在你的十里桃林之下，有一幽鬼，她曾是仙身，却为了给你改命，自愿堕仙。她在你的眼皮子底下不见天日地活了近百年。"

狄姜说完，所有人都是通体一震，孟子昌更是见了鬼一般地看着她。

"什……什么？"孟子昌一脸惊骇，颤颤悠悠地站起身，双手抓住狄姜的胳膊，急切道，"你是骗我的，对不对？"

狄姜摇了摇头："我说的都是实话，你若想再见她，便烧了这十里桃林，她自然会出来见你，那里有你想知道的真相。所有的真相。"

孟子昌听完，立即从她身边跑了出去，钟旭反应过来后，立刻追着他而去。

问药站在原地，目瞪口呆道："孟老爷子居然还能跑？"

"……"狄姜也是一脸惊讶，良久才道，"或许这就是爱情的力量吧，希望爱情也同样不要让他失望才好。"

"掌柜的这是什么意思？"问药一脸不解。

狄姜浅笑，摇了摇头，又对武瑞安道："王爷，烧林子这么大的事情，恐怕是要惊动官府的，请您帮一帮孟老太爷，让他完成这最后的一件事吧。"

"没……没问题！"武瑞安一拍胸脯，立刻去了前院找衙役，命令他们帮着孟老太爷一起完成这件事。

约莫半个时辰之后，京郊便火光遮天，惊动了整个太平府的人，大家纷纷驻足，抬手指着东北边天幕上冒出的滚滚浓烟，更有心者，便直接带着水盆向起火处跑了过去。他们到了九渡河，才发现这里已经被官府封锁。官兵设下重重路障，延绵数十里，不让百姓通过。于是他们只能待在关卡之后，眼睁睁地看着这漫山遍野的桃林被焚烧殆尽。残花灰烬染黑了九渡河的河水，烧了几天几夜都没烧完。

说来也奇怪，孟子昌烧尽家财之后，反而在废墟上闻到了一股熟悉的香气，此香幽然，甜而不腻，正是从前无数个日日夜夜在自己枕边环绕的香气——桃鸳的味道。

孟子昌站在河边，鼓足了气力大喊："鸳儿——是你吗？若你在天有灵，能不能再来见我一面，若能再见你一面，我才得以瞑目！"

可惜，没有回应。这香气飘然一阵，便没了味道。孟子昌不死心，在河边跪了一整日。钟旭就这样陪在他身边站了一整日，直到太阳落山之后，黑暗侵蚀大地，他的身边才慢悠悠浮起一缕暗影。

暗影之下，赫然出现一个女子的身形，钟旭立即拔出剑，对准了她。

只见女子身着黑衣，黑发，黑唇，黑指甲，面上带着一丝歉意的微笑。

"鸳儿……是你吗鸳儿？你真的还在这里！"孟子昌想要过去牵她的手，却被钟旭抓住了手腕，再上前不得。

钟旭道："她已经是食魂的鬼魅，你不可接近她。"

"什么？"孟子昌满脸愕然，看向女子。

此时，女鬼并没有说话，她只是嘴角带笑，含恨点了点头，那又恨又笑的模样，怎么看怎么诡异。

"为什么会这样……"孟子昌满脸不可置信，面上充满了痛心，道，"为什么桃玉成了恶鬼，连你也……你也……"孟子昌哽咽着，再说不出话来。

时光一晃三十载，他们的重逢足足隔了半生。见到她的那一瞬，他似乎已经认不出眼前的人。她的五官还是原来的模样，周遭的气质却不再出尘入仙，取而代之的是重重的鬼气，萦绕在她的周身。

"孟子昌，你看清楚，我究竟是谁。"女鬼阴气森森地说了一句话，只一开口，便叫孟子昌如遭雷劈。

"你……你是……"孟子昌强撑起身子，抬眼看她，随即一脸惊惧万分。她的脸上，眼角的位置，也缀着一颗红灿灿的朱砂痣，与桃玉的一般模样。

"你是……桃玉？"孟子昌说完，猛地吐出了一口鲜血，落在焦黑的桃树枝上，很快便融在了一起。

"你才发现我是桃玉吗？"对面的女子鬼气森森，笑得花枝乱颤。她笑道，"从前你不是最能分清我与姐姐的吗？怎么，她不过眼角多了一颗痣，你就认不出来啦？看来，你也并没有那么爱她嘛……哈哈哈哈哈……"

"这到底是怎么一回事？"钟旭提起长剑，指着对面的女子。

女子被剑锋一指，便收起笑脸，冷冷道："怎么，你想除了我？"

"你乃害人之物，死不足惜！"钟旭一脸淡然。正要动手之际，孟子昌连忙抱住他的腿，颤悠悠道，"钟道长且慢，我若不弄明白此事，便是死也难以瞑目。"

"死？你还想死？"桃玉掩嘴一笑，一脸可怜地说道，"姐姐的气息已经没有了，她已经死了，你再也见不到她了。"

"孟太老夫人，就是桃鸳？"钟旭双眉一皱，万年冰山脸上第一次出现了难以言喻的惊骇，这是他从未经历过的事。

而孟子昌的震惊便更加难以诉说，用惊涛骇浪来形容也不足为过。

"当初，究竟发生了什么……你告诉我！你告诉我呀！"孟子昌泪流满面，胸中钝痛，全身上下的感官都被牵扯，发出一阵一阵的刺痛，痛得他睁不开眼睛，发出类似哀号的声音。

桃玉见状，笑得更加难以自制，笑了好一会儿，才道出了当初的一段往事。

约莫五十年前，在孟子昌与桃鸳成亲后不久，他便再次倾家荡产，姐妹俩为他卜过卦象，知道他此生没有大富大贵的命，如果非要逆天而行，就必须改命。改命无异于一命换一命，桃鸳为了孟子昌，决议以自己堕仙为代价，为他改命。

桃鸳与桃玉同根一体，相伴百年。桃鸳因那一饭之恩，带着桃玉在红尘中陪着孟子昌摸爬滚打数年，竟然还要为了孟子昌堕仙！是可忍孰不可忍。桃玉百般劝阻，但桃鸳不为所动。在即将堕仙之际，桃玉用自己的命换了她的，还对她说："你为了孟子昌放弃前途，我倒叫你看清楚，他爱的人究竟是不是你！我会代替你为孟子昌改运，但是你也要付出代价！"随后，桃玉单手抚上她的面颊，摩挲着她的眼角，抬手在她眼角点上了一颗红痣。

这本是她们之间唯一的不同，此时二人便如出一辙。从此以后，桃鸳便成了桃玉。

"我要用我的仙身诅咒你，此生不得吐露真相半个字。至于孟子昌爱的究竟是不是你，未来几十年，你自己去看答案。"桃玉笑嘻嘻地说完，刺破自己指尖的血，抚在桃鸳的面上，结下了一个咒。咒的内容便是此生都不得提及自己便是桃鸳。

其实桃玉是多此一举，按照桃鸳的性子，假若桃玉是代她去堕仙，她答应桃玉的事便无论如何都会做到，桃玉完全没有必要再浪费灵力去结这样一个咒。

桃玉说完这一段，孟子昌听罢，便身形一滞，胸口开始大力地起伏，久久喘不上气，他半抬着的手指着桃玉，就像在看一个妖怪。不，现在的她本就是一个妖物。他不明白自己一手养大的孩子怎么会变成了这副模样。从前的她乖巧机敏，而现在的她，简直是个恶魔。

桃玉淡淡一笑，俯身看着佝偻的孟子昌，一脸同情道："你不要现在来怪我，怪只怪你自己被皮相蒙了心。姐姐从来都伴在你左右，可你却辜负了她一生，这就是你们双双负了我的代价。"

"双双？什么意思，我如何负你？"

"我与姐姐一同遇见你，只不过因为她先我一步表白，于是你选择了她。她要背弃我，放弃我们成仙的誓言。而你也没有选择我，你爱的人永远是姐姐！只要你身边的人披着我桃玉的皮，你也不会看她一眼！"桃玉双目发红，突然变得癫狂不堪，风吹着她及膝的发丝，将她的鬼气吹得遍地都是，她张牙舞爪地咆哮道，"为什么！凭什么！我为你堕入鬼道，为姐姐放弃仙身，我日日受尽折磨，为的都是你！可是你呢！永远都只想着桃鸳！！哪怕陪着你的是姐姐，可只要她顶着我桃玉的名字，就得不到你的爱！我恨你！我要你们付出代价，要让这阳春府毁于一旦！！"

"那些人都是你杀的？"钟旭冷冷道。

"是！这府里上上下下，你真以为他们都迁出去了？"桃玉长笑一声，道，"哈哈哈哈哈……他们都被我杀了，然后被桃鸳封在了佛像里，或者藏在了地窖中。虽然是我造的这些孽，但也有她的一份功劳！她也不要想逃过天道惩罚！！"

"你！"孟老太爷猛地一阵痉挛，钟旭一时不察，他便倒在了地上，眼睛虽然瞪得老大，但显然已经失去了意识。

"孟老太爷——"钟旭立即俯身察探。

桃玉却掩嘴一笑，不疾不徐道："你放心，他死不了，他中了我的咒，生不如死，想死无门！"

"灵咒是你下的？那个南闽巫师呢？"钟旭看着她，眼里充满了怒火。

"哈哈哈哈……哪里有什么南闽巫师，桃鸳这样告诉你们，只不过是不想让我暴露在你们的视野里，她真傻，到死还要为我挡这一劫！"桃玉的眼里满是好笑，但似乎也有一些晶莹在眼眶中打转。

她又道："是我。是我用自己的灵气为引，满足了他长生的愿望。他不是想再见桃鸳一面吗？她远在天边近在眼前！可奈何他就是看不见她，直到她现在变成了一把灰随风消散，他再也见不到她了！哈哈哈哈哈……"

"谁说见不到了？"空气里传来一声几不可闻的叹息。

"谁在那里！"桃玉一声大喝，一道极光而去，却隐在了黑雾里四散开来，就像打在了一团棉花上。

"唉，你何必呢。"那人又是长长的一叹，几人回头，便见自己的身后被雾气笼罩，紧接着自黑雾里走出一道白影，此人正是狄姜。

狄姜右手提着灯笼，左手自然下垂，手心里捏着一枝通体墨玉的桃花枝。不灭灯的火光在身前跳跃，映得她的面庞明明暗暗，如鬼似魅。

"你是何人？"桃玉怒目而视，眯着眼睛打量了一会儿，惊道："你不是人……你是……"

"我是谁不重要，重要的是，我是不会让你如愿的。"狄姜嫣然一笑，打断她，随即抬起左手，朝着墨玉桃花枝轻吹了一口气，枝干外表包裹的那层墨色便如碎玻璃一般，裂成了数块跌落。待墨色尽数褪去之后，便露出了原本的颜色，而那光秃秃的树枝上，赫然缀了一朵粉雕玉琢的白蕊桃花。

"桃鸳在这里面。"狄姜扬了扬桃花枝干。

"怎么会……姐姐她明明已经死了！"桃玉睁大了双眼，满脸不可置信，片刻过后，眸子里的惊讶便转换成了愤怒，她怒道："为什么？！为什么她可以得到所有人的帮助？你究竟是谁！"

狄姜淡淡一笑，并不回答她关于自己身份的问题，只道："堕仙并不代表什么，只要她的心还是善良的，她就依然还是从前的桃花仙。而你……已经身心坠入魔道，恐怕此身难复。"

"呵，难复就不要复！我不觉得我现在这般模样有什么不好，反而比从前更加逍遥自在，不是吗？"桃玉摇头淡笑道，"子非鱼，焉知鱼之乐？"

"你真的快乐吗？"狄姜目不转睛地盯着她的眼睛，想从那双漆黑的眼眸里分辨出些许悔意，哪怕只是一丝一毫也好。

可惜她失败了。

桃玉的眼睛里，只有怨恨、仇视、不甘以及浓烈的杀意。

狄姜又淡淡道："你们是由桃花的精气凝结而成，生而为仙，不懂世故，落在凡尘里，被红尘情爱所吸引不足为奇。"

"此话说得像你了如指掌一般。"桃玉冷笑一声，又是一阵狂笑，末了，又对着狄姜手中的桃花枝道："你以为我代你行这逆天改命之事，真的是因为我不忍心你堕仙吗？你错了！

"你我一同修行，一同成仙，一同游戏人间，竟还爱上了同一个人。可孟郎对我不闻不问，他的眼中只有你！那些年里我不是没有勾引过他，但是我从未成功过！那时我便知道，就算你死了，我也得不到他的心。于是我便下定决心，要代你去堕仙，哪怕成了幽魂野鬼，我也会活在孟郎心尖尖上，永远！！"

狄姜闭上眼睛，始终面带微笑，似乎早已知道这其中的缘由。而一旁的钟旭却似乎难以接受，他此前竟然亲手杀死了孟子昌心心念念的夫人桃鸳，这是他如何也不愿意做的事情。

"你以为人都是我杀的吗？"桃玉诡秘一笑，道，"这些年，我被镇在这座宅子下，见了多少龃龉事？孟子昌领养的后代们为了能瓜分到更多家财，不惜暗害手足，互相残杀，甚至父子也可反目成仇。这许多年下来，死的死，散的散，终致阳春府落败！"

"你胡说！"孟子昌不知何时已经醒来，对她怒目而视。

"我胡说？如今这样的局面，我为何要胡说？你以为张思瑶真是我杀的吗？你错了！杀她的本就是二夫人，我不过是因为她八字属阴，于是借她之手将你放出来，想让你受尽折磨而已。而刘四，也是因为替二夫人杀害张思瑶而被孟常忻灭口。这种事情，几十年来多不胜数！呵！这就是你悉心抚育的子孙后代！"

"那书香呢？"狄姜道，"你为何要绑了我的书童和伙夫？"

"书香？"桃玉一怔，才笑道，"你说的是那个小童子和那根烂木头？我也不知道他们怎么会出现在这阳春府中，似乎也正是他们引来了你……不过也好，事情总需要完结，这么多年的纠葛也该落下帷幕了。"

桃玉说完，又低头看着地上的孟子昌，嘲笑道："是你挑选的后人做了这些事，是桃鸳的教导让他们迷了心智，这一切都是你们咎由自取！姐姐以为是我暗中捣鬼，可是她忘了，桃木驱鬼，我被镇在这十里桃林之下，就算日夜恨得难以入眠，若不是旁人心中有意为恶，我也做不得牵引，我不过是完成旁人的心愿罢了！我在三十年前，在梦中与你结了一个灵咒，让你求生不得求死不能，不也正是完成了你的心愿吗？"

"所以咒的内容便是见不到桃鸳，则生难生，死难死。"狄姜抬起头，淡淡道。

"没错，他想长生，我便让他长生，他不想死，我就让他活！这样他便能永生永世地陪我，痛苦地陪着我，受尽折磨！只要他一日不放下姐姐，他就一日不得好死！"

"可他只是想见到桃鸳。于你，他并没有做错什么。"

"我从来没有阻止过他们见面呀，他们生活在一座宅子里，她是他的妻子，可惜他竟从来未认出她来，你说可笑不可笑？哈哈哈哈哈……"桃玉笑得花枝乱颤，可笑着笑着，眼里却一颗连着一颗，掉出许多细小的眼泪来，它们顺着脸颊滑落，落在孟子昌的手上，却激不起任何涟漪。

她只是一只幽鬼呀。

狄姜与钟旭定定地看着她，半晌都说不出一个字。

孟子昌亦是一脸怔忡，也不知是痛心还是悔恨，整个人都似被抽走了魂魄，一动也不动。眼中灰白一片，瞳孔里是死一般的沉静，痛苦之情比之前是有过之而无不及。桃玉的话像一把利剑，将他所有的希望都砍得支离破碎，四分五裂。

桃玉还在笑，笑得张狂又肆意，似是将这数十年堆积的笑意一齐抒发出来。她这数十年活在地底，一面看着姐姐受尽折磨，一面知道自己在孟子昌心中毫无分量，一面又看尽人间百态世情冷暖，今日重见天日，再遇故人，真是连苦也不知从何说起，爱恨也都已经随着时间散去……

"我要杀了你！"孟子昌突然从地上一跃而起，夺过钟旭手中的剑，再反手向上一指，长剑便没入了桃玉的身体，从她的后心穿了出来。

桃玉的笑凝固在脸上，神色里一片悲凉，她低着头，看着眼前垂垂老矣的孟子昌，他眼中的恨意前所未有地强烈，反而让她觉得安心。

做不成他最爱的人，就做他最恨的人吧。

这样，也是一种归宿。

桃玉微微一笑，闭上眼睛，两行清泪顺着她的眼角滑落，滴在孟子昌的手背上，他忽然手一抖，又松开了剑柄。

自己此刻杀了桃玉又如何呢？

如何也换不回当初纯真的两姐妹了。

她们因为自己在人间的一些执念而耽搁了一生，自己有什么立场去责怪她呢？

孟子昌想到这里，便颓然地跌在地上，再不敢去看桃玉。

桃玉却一直直勾勾地盯着孟子昌，仿佛要将他揉进自己记忆最深处去，看着看着，她的身体便渐渐成了一缕缕的流沙，或落在地上，或吹散在风中；

直至最后消失不见……

从此世间再无桃鸳，再无桃玉。

只剩下因灵咒而不得生不得死的孟子昌，他将孤独地活下去，以没有血肉心肝的模样，痛苦地活下去……

"我还是没能见到桃鸳最后一面……"孟子昌流着血泪，呢喃着。

这时，狄姜将手中的桃树枝递给孟子昌，道："这株桃花是助她成仙的那一枝，生前不得见，死后见了也是一样，只要她活在你心上，她就永远都未曾离开过。"

孟子昌抬头，颤悠悠地接过桃树枝，似拿着价值连城的宝贝一般，生怕将她磕碰了去。

他小心翼翼地将她护在心上，然后慢慢地爬到一寸高地上，双手刨着焦黑的泥土。

"我要亲手葬了她，再与她合葬。"孟子昌一脸欣慰地说着，钟旭立即上前帮忙，可还没靠近，便又听他道，"生前我没有能为她做什么，死后让我尽一尽心力吧。"

钟旭不再靠近，与狄姜二人站在一丈开外，看着他一寸又一寸，用十根干枯的手指挖出了一个深坑。他将桃鸳的那株桃花放进了墓坑，随后一把一把地盖上了土，悉心砌好了坟茔。他想是累极了，痛极了，七窍皆在流血，而挂在眼眶下的那两行血迹，便看不出来是血还是泪了。他静静地伏在坟堆上，面上竟露出了一丝笑意。那笑里带着幸福，带着甜蜜，还带着几分解脱。

钟旭和狄姜对视了一眼，皆是一叹，等二人再回头去看孟老太爷时，便见坟茔边不见了孟老太爷，取而代之的是一堆白骨。他已经化作了一堆白骨趴在坟堆之上，刚才的那一场血泪似乎也只是一场幻觉。

一切来得突兀又悄无声息。

钟旭见了，想将他也埋进坟墓，与桃鸳合葬。

"不要碰他！"狄姜立刻制止道。可惜她说得太晚了，钟旭的指尖已经碰到他的骸骨，只一瞬间，那堆白骨便化作了飞灰随风散去，顷刻间荡然无存……

"怎么回事？"钟旭神色一僵，很是惊讶。

"唉……"狄姜微微叹息了一声，道，"他三十年前就死了，三十年了，可不就成了一把灰了？"

"……"

钟旭敛下眼帘，神色怔忡，似是知道自己做错了事情一般，显得整个人有气无力。

"你不必自责。"狄姜安慰他，"其实这样也未尝不好，或许这样才是真正在一起了。"

"你不必安慰我。"钟旭神色黯然，面目怔忪，道，"他们生前不能在一起，死后也因为我而不得同葬，都怪我无能！"

"……"

狄姜见状，也不说话，径直将那坟冢推开去。

"你干什么？！"钟旭大惊，连忙拉住她，而狄姜却推开他，几步就废掉了孟老太爷费尽心思挖出的坟。

而这时，坟墓里空空如也。

"桃鸳呢？"钟旭又是一惊道。

"桃鸳和桃玉本就是桃林的仙气凝结而成，生而为仙，没有根没有原形，更加不会有轮回，死后自然也不会有尸身。"

"可我明明看见一株桃花……"

"那是我使的障眼法。"狄姜打破他最后的幻想，道，"如若不然，如何医治孟老太爷？他的尸咒的解药便是桃鸳。若不能再见桃鸳最后一眼，便永远都活不好，也死不了。你忍心看他这样活着吗？"

其实狄姜在看到那些金漆佛像时，便大概知晓发生了何事，只是没想到，这世上痴男怨女这般多，多数是背信弃义，背上一身骂名。在富可敌国的阳春山人和桃花仙这样的人的世界里，竟还存留着这样一份跨越百年的执念：你待我一丝好，我便此生不离不弃。桃鸳能守着一个誓言近百年，更为了维护桃玉而死。孟子昌也能守着一份情谊，哪怕尝尽世间至痛至苦，哪怕富可敌国，没有一个真正属于自己的血脉，也无悔无怨。

狄姜圆他一个心愿，便是度了他一程。

钟旭惊得说不出话来，良久才道："原来如此……原来这就是你的医术。"

"是，医鬼便是度鬼，鬼已经是死人了，是不会生病的。我医的是他们的心。"狄姜一脸淡然地说着，可落在钟旭耳中却变成了惊雷。她的每一个字都似乎变成了刀，生生扎进了他的心底，将他的心撕得七零八落。

他年少有为，悟性在师父的众多弟子之中是最好的一个，二十来岁便当上了白云观的掌教，从前，他只觉得让恶鬼不再害人便是最好的结果，却不知道或许活着的人比死了的更加难过。他杀过许许多多的冤鬼魂魄，是很多人的救命恩人，他从来没想过要用狄姜这种法子去解救世人，他的眼中只有杀戮。支撑他的信念便是：有妖皆斩，无鬼不烹。

而现在他突然觉得，自己的信念或许并不是那么正确。要知道一个人的信念便是支撑他走下去的唯一动力，而这一信念已经跟随了他二十年。直到现在，他开始怀疑，怀疑自己究竟适不适合做这一行……

或许他也同样需要一个机遇，一个转变。

钟旭失魂落魄地走了，恰巧遇见闻讯而来的问药。

问药见他一脸失落，便问道："掌柜的，他怎么了？"

"他需要静静。"狄姜看着他的背影，淡淡道。

"静静是谁？"问药一脸迷糊。

狄姜扶额，懒得接话。

"刚刚发生了什么？孟老太爷呢？"问药又道。

狄姜将一切悉数说与问药听，问药听罢，面色开始犯难，一脸痛惜道："她们其实也很可怜。"

"是啊，孟子昌爱着桃鸳，所以想给桃鸳好的生活。桃鸳认为孟子昌想要出人头地，便为了他萌生了堕仙改命之念。而桃玉，为了解救姐姐，也为了能得到孟子昌哪怕一丁点儿的怜悯而放弃了仙身，最终被压在桃林近百年不得见天日。他们三人互相爱着，又互相伤害，终不过因为一个'情'字。"

"有办法救她们吗？"问药急道。

"有啊，据说在佛祖的莲花座前有一盏长明灯，只需要这灯中的一滴灯油，它可以吸收万物之灵息，只需凭着旁人的一点儿思意便可重塑法身，滋养三魂与六魄，然后再去地府轮回，历三世痴儿之后，便可与常人无异。"

狄姜越往下说问药便越心凉，她无力道："唉！这法子说了等于白说，到哪里去找佛祖？就算见着了，人家也不一定给我们呀！难不成去偷？谁敢在佛祖面前偷东西？"

"是啊，所以别想了，那不在我们的能力范围之内。"狄姜窃窃一笑，背着问药拍了拍手，那手中独有两粒金黄色的水滴分外惹眼，也不知是从何而来。水滴顺着她拍手的动作飞出去，刚一落在了地上，便生根发了芽。

"走吧，此事便告一段落了，至于其他的缘法，就看她们自己的造化了。"狄姜伸了个懒腰，带着问药离去。

问药不经意回头看了一眼，便见灰烬里突然冒出来两棵嫩绿色的小草。

"野草就是野草，生命力真顽强。"她说完，也没多注意，瞥了一眼便离开了。

狄姜含笑着点头道："是啊，要不怎么说它野火烧不尽，春风吹又生呢？"

二人一前一后，一笑一哭，走在十里灰烬之上。狄姜一路哼着歌，显然心情大好。而问药跟在她后头却是一路闷闷不乐，唉声叹气，显然还沉浸在生老病死、爱别离、怨长久、求不得、放不下的人生八苦之中。狄姜只当没看见，问药便一路埋怨她铁石心肠。

其实狄姜哪里是铁石心肠？她不想对问药说太多，只是希望她能自己坚强。她总要见惯了这些，才能拥有足够强大的内心。坚强之后滋生的慈悲心，才能助人助己，否则徒留悔恨，无力回天，那又有什么意义呢？

阳春府的案子终于告一段落，官方的说法将所有的罪责都落在了二夫人的头上，旁人的罪责因丹书铁券的缘故，女皇特赦不再追究，但是阳春府被抄家，财产全部充公。

工部之人清点数次，才发现阳春府早就已经外强中干，能动用的银子不超过二百两，这个数目，不过是一户普通人家三年的存款。曾经威风八面富可敌国的阳春府，不到三十年，家财便被不和睦的子孙后代亏空殆尽。这正印证了一句古话：不争气的后人，纵使祖宗为其挣下金山银山，也不够挥霍。

当晚，狄姜趴在房间的桌子上，思索着连日来发生的事情。

绑走书香和竹柴的应该不是三人中的任何一个，也不会是钟旭，此人的法力在所有人之上，难道是小鬼君？若是他刻意将自己引进阳春府，这样的解释也通顺……可是不知道为什么，凭自己的第六感，总觉得有些不对劲。

狄姜决定不想了，兵来将挡水来土掩，想太多反而会误事。

她走到窗边，翻出枕下的花神录，竟又开始为难起来……

姐姐桃鸳，心性温良，从未害过旁人，她信守承诺，无怨无悔地守着这座宅子。唯一一次动了杀念，便是因为狄姜发现了桃玉的气息，为了保护妹妹，才不得已犯下杀戒，也算情有可原。况且她最后，终还是不忍心，以羽毛为引，放了狄姜一条生路。而张思瑶和刘四头上的镇魂图，便是她为保阳春府无虞，镇下了二人的魂魄，这才让有道行的外人看不出煞气的原因。

妹妹桃玉，一失足成千古恨，以许多人的恶念为引，算计至亲，枉造杀孽，虽手段残忍，但终归也因旁人一丝因果而生。她只不过是放大了旁人心中的恶，这些恶就算没有她的助长，也会一日一日地膨胀。她只是一个可怜的催化剂。

孟子昌，这么多年一心一意地爱着桃鸳，哪怕背弃父母为其取的"子昌"二字，落得无一血脉在世也坚决不娶二妻。拥有那样多的财富，还能孑然一身，已是世间至善。

狄姜思前想后，最终在《花神录》的第三卷，填上了孟子昌的名字，他的一段往事便显现在黄皮纸上。

写完后，她便吹熄了蜡烛，和衣躺在了床上。梦里，狄姜轻车熟路，来到了鬼君的寝宫。

"狄姑姑，您怎么又来了！"小童子嘟着小嘴，一脸见了鬼的神色。

狄姜"扑哧"一笑："你就这么怕我？"

"不能够更害怕了……"小童子的声音如蝇蚊。狄姜更加乐不可支，拍了拍他的头，安慰道："放心，我这个人不记仇，事情过了就真的过了，以后我依然会和颜悦色地对你。"

"当真？……"小童子拧眉，面上的害怕有所缓和。

狄姜又是大笑地点了点头："今天我来，是有要事拜托你。"

"狄姑姑请讲。"

狄姜从怀中拿出一幅画卷，画里的人正是风华正茂时期的孟子昌，她将画卷放在小童子手里，道："这人入了我的花神集，请你务必要保他在地府安乐无虞，直至三百年后，遇到一个名叫桃鸯的女子，再结三世姻缘。"

"小事一桩！没问题！您尽管放心，本座这就差人去办！"小童子点头如捣蒜，拿着画轴逃也似的飞奔了出去。

狄姜看着他的背影，连连赞叹："若前任鬼君有你这般的办事效率，也不至于被人取代了去……"

如此这般，阳春山人的名号在市井流传了几日，终于开始消停。

又过了几日，已到春末时节，太平府里繁花盛开，而素医馆里的几个人却再不想出去乱跑。她们一连几日都安安分分地待在铺子里休养生息，尤其是竹柴，苏醒过来后直言道："孤以后是再也不会出去了！"

狄姜深表赞同，于是带头待在铺子里，哪儿也不去。

这几日狄姜见棺材铺一直大门紧闭，到了第五日，终于忍不住让问药去看看，钟旭和长生到底在店里干什么。

谁料问药一回来，却带回了一个晴天霹雳。

"掌柜的，钟道长留书出走了。"问药踏进药铺，扬了扬手中的书信。

前一刻，狄姜正在切药片，问药话音刚落，她切药的手便顿在空中，刀尖明晃晃地对着问药，眸子里激荡的目光似乎足以杀人。

屋里的气氛安静得可怕，问药连忙取过她的刀安慰道："不就是一个臭道士嘛，您要是喜欢道士，索性让瑞安王爷去寻个道观借两身衣裳来，他一准特别乐意！而且他穿道服，肯定比钟旭要好看！您何必只想着那头榆木疙瘩呢！"

过了良久，狄姜才又缓缓地抬起眼，怔怔地问她："钟旭，他什么时候走的？"

"走了应该有好几天了，我看他屋里已经落了一层灰了！"

"是吗……他竟然连告别都懒得做。"狄姜声音很轻，一声几不可闻的叹息带着些许自嘲和不甘。

问药连连点头："就是，您还是早早地将他忘了吧！这种人，不值得您对他好！您要不要看看他写的信？"

"不必了……人都走了，信上写了什么又有什么要紧呢。"狄姜不再说话，默默地将柜台上的药材收拾好，然后擦了擦手，低声道，"我累了，先睡了。一会儿牛夫人来了，就说我不在，她要什么你就给她什么，银子就算了，她也不是什么富贵人家，按市价两倍就足够了，赚太多了，会折福的。"

"好，我明白！掌柜的好好休息。"问药点头如捣蒜，一路盯着狄姜上了楼，见她确实是和衣睡下了才下楼。

问药趴在柜台上，唉声叹气道："这凡间的七情六欲啊，真是如洪水猛兽，猜不透又打不过啊……"

书香在一旁，抬了抬眉毛，又是自顾自看书，似乎这外界的一切都与他无关。

"我跟你说话呢。"问药见书香不理会自己，便推了推他，道，"假如有一天，你有喜欢的人了，你会怎么样？"

书香看了她一眼，惜字如金："不会。"

"不会怎样？"问药蹙眉。

"我不会有喜欢的人。"

书香淡淡地说完，合上书，去了后院，独留下问药一人在店里，一整天她见着人就问："你有喜欢的人吗？"

来人见了她，都跟见了怪物似的。更有过分的如牛夫人，便直接掩嘴笑她："问药姑娘思春了？"

"去，你才思春呢。"问药拿了药便赶她走。牛夫人拿着"便宜"药材，兴高采烈地离开了。她一走，便意味着这一日的生意结束，问药不等太阳落山便关上了铺子。

之后的三日，店铺里没什么生意，狄姜也浑浑噩噩的，大部分时间都在床上睡着，醒着的时间也不过是坐在桌子边上发呆。她就像是被抽干了灵魂的躯壳，日日如行尸走肉。问药好几次进来送饭，最后却又都原封不动地拿了出来。

"唉……这样下去不是办法呀，你什么时候见过咱们掌柜的这样自暴自弃？"问药坐在饭桌上，对着书香长叹一声。

书香埋首吃饭，不回话。

问药又道："再这样下去，我怕掌柜的身体会垮的。"

书香摇了摇头："不会。掌柜的不是凡人。"

"不是凡人也不能这样废在屋里呀！长毛了怎么办？"

"长毛？"书香蹙眉，"什么意思？"

"就是发霉啊！"问药道，"你没听前些日子，大董村头那棵银杏树下，一窝鼹鼠的尸体都长白毛了，想它们也是得道成精的鼹鼠，还不是一样长毛了！"

"……"书香突然吃不下饭了，他放下筷子，定定地看向问药，问道，"那你说，我们该怎么办？"

"找王爷呀！瑞安王爷那么会哄女人，一定能让掌柜的开心！"

书香一时答不上话来，便鬼使神差地听了她的话，帮问药拟了两封手书，一封以狄姜的名义约武瑞安明日于八角楼一叙。另一封则以王爷的名义，约狄姜在八角楼追忆往昔。两封信都是同样深情款款，脉脉含情，既不点破那层窗户纸，却又看得人心痒难耐。

"行啊书香，你还有这般好文采！改明儿我要是有喜欢的人了，也托你帮我写情书！"问药拿着两封信，止不住地连连夸赞。

书香不想她再吵扰自己，便将她往外赶，一本正经道："快去送信吧，早些送到，也好让瑞安王爷早做准备，以免掌柜的在家长了白毛。"

"我这就去！"

问药一步三雀跃地去了武王府，将信交到管家刘长庆手中之后才离开。回来时，又将另一封放在了自家掌柜的床头。岂料，狄姜收到信后，脸上黑得都能滴出墨来。

"他什么时候对我有这般感情的……"狄姜如遭雷劈，头疼欲裂。

躲在房门口偷看的问药见了掌柜这副痛苦的模样，只觉得自己似乎将要闯下一个更大的祸端来，可奈何她已经做了这等事，现下是回不了头了……

翌日，八角楼。

"狄姑娘，我家王爷恭候多时了。"刘管家一脸笑意，领着狄姜主仆穿过湖面的走廊，走向了八角楼的最顶层。

最顶层处，武瑞安已经着人布了一桌御宴，不论食材还是做饭的厨子都出自深宫大内，与女皇辰墅享用着同一级别的待遇。狄姜坐在湖水倒映的光影斑驳里，眼睛弯成了一汪弦月，书香和问药安静得立在两侧。远远望去，河边尽是幽幽碧柳，映衬着衣着鲜亮的几人，落在旁人眼里，又成了一道新的风景线。

武瑞安一见到狄姜，脸上的笑容就没停过，他夹了一块七彩的糕点落在狄姜身前的银碟之中，道："狄姑娘，快尝尝这金丝玉露酥，是沈司膳最新研制出来的糕点，以百花为馅，入口香糯酥软，齿颊留香。"

"多谢王爷。"狄姜如坐针毡，面上的神情也不很自然，便没有动筷子。

武瑞安见了，立即关切道："怎么，还病着吗？"

狄姜摇了摇头："没什么胃口。"

"那就先不吃。"武瑞安放下筷子，从一旁拿出一个锦盒，他打开锦盒，便见一通体碧绿的玉璧环躺在里头。他又将手环递到了狄姜手中，道："这是骁国使团进贡的玉臂环，浑体晶莹，细腻通透，灵气逼人，是世间难得一见的玉璧。此环就连素来眼高于顶的婧仪也瞧上了它，不过婧仪一听说本王想将它赠给你，便二话不说地割爱了。"

武瑞安细细笑着，又补充了一句："婧仪十分喜欢你。"

"是吗，民女也很仰慕昭和公主。"狄姜接过玉环来看了两眼，便摇头笑道，"这玉环自是顶好的，王爷也是顶好的，只不过用来配我……都实在是可惜了。"

"狄掌柜这是什么话？"武瑞安瞪大了眸子，惊讶道，"狄掌柜气度不凡，可为世间女子之楷模，何须妄自菲薄？"

狄姜不理会他的说辞，径直摇头道："你且说这枚玉环，若戴在我的腕子上，那便是市井随处可见的充色玉髓，可若是戴在某位大家闺秀的手上，便是不可多得的老坑玻璃种，在旁人眼里，那能一样吗？"

"你不需要活在旁人眼里，你只需要活在我心里，你在我心中就是独一无二的！况这玉环有什么稀奇？竟惹得狄大夫不开心，不要也罢。"武瑞安说完，手一松，手镯便落在地上，摔成了两段。

"呀！怎么将它碎了！"狄姜的面上充满了惊讶和心疼，连问药和书香都惊了片刻，这会儿，反倒是玉的主人武瑞安一脸淡然。

他道："狄大夫不喜欢玉，下次我便送些旁的来。这大千世界，总有你喜欢的一件。"

狄姜连连摇头，发现自己怎么都说不通，于是挥了挥手，示意问药和书香出去。二人相看一眼，撇撇嘴，没说什么便下到了二楼，与楼下候着的管家婢子站在一起，悄悄偷听。

二人离开后，狄姜便拉着武瑞安坐在矮凳上，大有一副主母教育儿子的意味。

武瑞安紧张地咽了口口水。

狄姜却坦然一笑，道："王爷，问题的关键不是您送了我什么，而是送东西的人不对。"

"原是狄大夫不满意本王？"武瑞安道。

"我不是这个意思，只是……"狄姜顿了顿，道，"王爷了解我吗？"

"当然了！你可是本王的救命恩人！"

"只是因为这个？可真正救了你的，是梅姐。"

"梅姐的情谊本王此生不敢忘，但本王对狄大夫却是与她不同的。"

"嗯？"狄姜一怔，"你对我有何不同？"

武瑞安想了想，便郑重道："本王一开始尊你敬你，了解之前发现你十分神秘，与旁的女子格外不同。于是另眼看你。了解之后，发现你特立独行，强大又温柔，于是疼你爱你，费尽心思讨好与你，还不敢轻薄了你……你说，这还不是格外不同吗？"

狄姜望着武瑞安真挚的目光，这下轮到她咽了一口口水，良久，才又道："听上去倒是对我礼敬有加，可民女究竟做了什么，能得到王爷如此厚爱？"

"你……你比旁人温婉，大方，漂亮，朴实，不畏强权，不势利，不拜金……"武瑞安每说一个词，便听楼下传来一阵笑声。笑声不只是问药发出来的，就连书香都在低头窃笑。

"停，够了，不要再说了。"狄姜连忙打断他，揉着太阳穴道，"你说的这些都与我相去甚远，可能是您误会了。"

"本王怎么会误会呢？本王绝对不会看走眼！"

狄姜见武瑞安一脸笃定，不得已，只得叹道："既然如此，民女想问王爷一个问题。"

"狄大夫请讲。"武瑞安做出一副洗耳恭听的模样。

狄姜幽幽道："钟道长可以为我散尽一身修为，你呢？你愿意为我舍弃皇子的身份吗？"

武瑞安半张着嘴，过了片刻才道："身份只会令你我二人锦上添花，又为何成了阻碍？"

"身份殊途，天差地远，门不当户不对，如何相爱？"不等武瑞安说话，狄姜又接连道，"就算你一时冲动，可以为了我放弃王爷的身份，但您又能保证从此以后不拈花惹草，身边只有我一人吗？或许现在可以，但五年后呢？十年后呢？待我容颜尽老，芳华不在，我与王爷您……又会是怎样的存在呢？"

狄姜说完，二人便陷入了良久的沉默。

狄姜抬眼看着河边的柳絮，还有一束束嫣红的杏花，突然想起，或许也是在这样一个杏花红遍的时节，武菀颜遇到了沈梓墨，一笑倾人国，一笑终身误。

"我给王爷讲一个故事吧。"狄姜淡淡道。

武瑞安点了点头，侧耳倾听。

"曾经有一大户人家的千金爱上了一个穷书生，并且不顾父母兄弟的反对，毅然决然地和书生私奔了。书生对她言听计从，可她到底是大户人家的小姐，脾气使然，十几年来对书生颐指气使。就这样，再坚定的爱情也迷失在了柴米油盐之中，书生一气之下离家出走，留下小姐孤苦无依，有家归不得，有苦说不出。是谁负了谁吗？其实并没有，他忍了她十几年，可爱情之初一切美好的幻想，终还是敌不过岁月的侵蚀。"

狄姜言笑晏晏，娓娓道来："故事于你我而言，便是身份换过来了，道理却是不变的。"

"这断不可能！本王绝不会辜负你，既不会离开你，也不会对你颐指气使，我会把你放在手心里，待你如珠如宝。"

"一时的情话我听得太多了，比你还要笃定的人我也见过许多，可结局并不是那么美好，永远只适用于当下，并不适用于以后。"狄姜摇了摇头，笑道，"王爷，我不想委屈了你，你也不要辜负了我。狄姜告退。"狄姜说完，便起身离开了八角楼，在众人的惊愕中，决然而去。

武瑞安并没有追上来，问药愣愣地跟在她后面，看着她坚定决绝的背影，这才明白，她一直以为掌柜的是因春来了而思春，其实不是。掌柜的不是思春，她只是很单纯地思钟旭，旁的人就算再优秀，对她来说也只是个麻烦。

八角阁楼上的一席饕餮盛宴，便再次付诸流水，武瑞安看着她离开的背影，喝光了壶里的酒，又吩咐管家把地窖的存酒都搬了来，一直喝到了第二日才回府。此后，武瑞安便好长一段时日没有来过见素医馆，想来是那日的一席话，足够他好好细想一段时日了。

接下来的半个月里，没有旁人来打扰，狄姜又日日闲在店里，但比前几日已经好上许多。她最近经常去山里采药，有空了就去给附近的小妖物看病，有时候心情好竟连诊金都不收了。面对狄姜这一变化，问药和书香都表示十分惊奇，但是也十分开心。

至少，狄姜又重新"活"过来了。

就在店铺一日日恢复正常运转、太平府百姓安居乐业之时，辰皇一纸诏书，打破了各方平静。武瑞安自请从军，被辰皇封为将军，派往边关驻守。这一诏书无疑让各方人马都躁动起来。

从前，武瑞安是扶不上墙的纨绔王爷，体弱多病还不务正业，如今自请去边关，足以证明他改变的决心。再加上他有辰皇嫡子身份的加持，各方都向他抛去了橄榄枝。可他临行前，谁都没见，只在走的前一天晚上，在见素医馆的门前候了一整夜。他原想去见狄姜，他想着古来征战几人回，他想来与她告别，但他又没有勇气走进去。第一次见她，只觉得她是个没有什么信仰和原则的闲散大夫，后来再见，发现她与一般的女子大不相同。本想逗弄一二，却不料接二连三被她拒绝。欲拒还迎的把戏他见了不少，但狄姜绝不在此列。

屋内的烛火映着他坚毅的容颜，他在想，如果狄大夫再见着自己今日的模样，会不会就相信他已经不是从前那个纨绔子弟了？他这样做只是想证明，证明自己不是只会流连花丛。他想变成熟，让她知道，他也可以斩断情根，六根清净，也可以为自己心爱的姑娘忠贞不贰，变成一个堂堂正正顶天立地的男儿。从此，他再也不会是太平府中那个不懂世故、日日享乐的悠哉王爷了。等待他的将是大漠孤烟和黄沙漫天，还有外军进犯之时，漫山遍野的马革裹尸，累累白骨……

春雨连绵落下，沾湿了他的衣襟和鞋袜，他索性将伞丢开了去，在雨里站了一整夜，直到狄姜屋内的烛火熄灭，他都没有勇气敲响医馆的大门。

他要等。

等自己脱去一身坏习气，真正有能力去爱一个女子的时候，再堂堂正正地站在她面前。

第二日，太平府十里空巷，大半的女子都去为这位风流王爷送行，就连狄姜也不例外。狄姜坐在城门的最高处，在没有人能看见她的地方，手中握着一枝开得明艳的春海棠。

女子山呼海啸般的哭号愈来愈近，她低头，便看见皇子的车队从自己眼皮子底下缓缓驶出。狄姜素手一掷，那束海棠便落在了武瑞安的车驾之上。

离愁别绪，顾自难当；望前路漫漫，各自珍重。

……

（下）

柏夏　著

江苏凤凰文艺出版社
JIANGSU PHOENIX LITERATURE AND
ART PUBLISHING

第四卷

牡丹·绝艳

第五卷

丹若·殊途

牡丹·绝艳

名花倾国两相欢，常得君王带笑看。

解释春风无限恨，沉香亭北倚阑干。

第十七章

花开时节又逢君

三年后——

四月初，太平府里百花盛开，幽香浮动，又是一年踏春的好时节。边关传来捷报的那日，正是三年前武瑞安离开的那日。女皇第六子，武王爷武瑞安，率军大败来犯突厥，守卫边疆，名扬诸国。

女皇当即封他为正一品神佑大将军，位同整个宣武国的副元帅，掌十万兵权。一时间，武瑞安竟从一个不受宠的皇子，一跃成了当朝最热门的黄金单身郎，谁若成了他的王妃，指不定日后就是未来的太子妃，再下一步就是大宣武国的皇后了……

豪门贵胄中的各大氏族小姐纷纷伸长了脖子，跃跃欲试。稍有名望的大家族都在寻找最好的画师，希望画师能将自己家的小姐画得国色天香，等女皇下旨为武王选王妃时，便能凭借画卷上演一出见画钟情的戏码，雀屏中选。

而民间的女子也不闲着。她们听说武瑞安此前迷恋过一个开医馆的大夫，虽不知道那医馆具体在何处，但是她们知道，那家医馆的名字叫"见素"。于是太平府一夜之间，突然多出来许多家医馆。这些医馆都有相同的特点：其一，掌柜都是女的；其二，名字都很典雅。有的叫见素抱朴，有的叫少私寡欲，还有什么守真现朴之类……凡此种种不可枚举，只因"见素"这二字出自老子的《道德经》，于是她们便想方设法地在《道德经》中寻找词汇，似乎觉得只要能与"见素"一脉相承，那么武瑞安就有可能会爱上自己。

　　狄姜许久不出门，今日一出门，被这一路上的医馆给惊讶得连连问道："如今这世道怎么了？大家都疯了吗？"

　　"这世道没有疯，疯的是您……所谓窈窕淑女，君子好逑，反过来亦是这个理。这有才有貌的君子，还不让窈窕淑女追求了？瑞安王爷哪儿都比钟旭好，长眼睛的都能看得出来，可你偏偏看上个老道士，你说说，疯的人是不是你？！"

　　"……"狄姜瞪大了眼，盯着问药许久没有出声。

　　问药抬手在她眼前晃了晃，也没能唤回她的魂。

　　过了许久，才听狄姜发出一声叹息，她道："是啊，好久没见到钟旭了……"那语气，可谓既难过又失望，黯然失色里又夹杂着几分肝肠寸断的意味。

　　问药闻言，立即双手握拳气鼓鼓地立在一旁，摆出一副捶胸顿足的样子，骂道："搞了半天，我说了这么大一堆，你的重点全集中在老道士身上了？"

　　"钟旭不老，不过二十出头。"

　　"可他故作沉稳的模样确实很显老！与瑞安王爷比起来……"

　　"停！"狄姜打断她道，"这几日我耳边天天都是瑞安王爷，所有人都在夸他，我已经耳朵起茧子，不想再听了。"

　　"可他……"问药还想说，见狄姜沉下脸，像是真要动怒了，才不得已识趣地闭了嘴。

　　狄姜叹了口气，又道："我们非人就不要想这些了，武瑞安很好，可他需要的是一个与之般配的凡间女子。那人，不会是我。"

　　问药也不再多言，知道掌柜决定的事情自己是没法改变的。

　　这时，天空下起了雨。雨声淅淅沥沥，渐渐变成了瓢泼大雨，狄姜和问药出门时都没有带伞，这里又是在闹市口，二人不能使用法术。无法，只得冒雨回家。等她们二人一路小跑回到医馆时，浑身已经湿透，面上的脂粉也被冲刷殆尽。衣服沾在身上，凸显出她们的身形，显得狼狈不堪。

　　"你们没带伞吗？"书香见了她们这般模样，立即愣住了。

　　"这么明显，还需要问？有伞还能淋成这样吗？"问药翻了个白眼道，"还不快去拿干毛巾来！"

书香立刻转身进屋，去寻了两条干毛巾递给二人，又给她们烧了热水，待二人在各自房中好好地泡了一个热水澡之后，天色已经完全暗下来。狄姜看了眼窗外，不知为何，只觉得乏得很，便顺理成章地直接和衣上床睡觉，连晚饭都顾不得吃。

半夜，狄姜觉得有些饿，自睡梦中迷迷糊糊地醒来，便见一个黑影出现在自己的床头。

"啊——"狄姜被莫名一吓，下意识尖叫出声。

"别喊！是我。"黑影亦被她的声音所惊，一把捂住狄姜的嘴，将她揽在怀中。狄姜通体一震，只觉得声音很是熟悉，便渐渐停止了挣扎。黑影见狄姜不再喊，遂轻轻放开了她，又从怀里摸出火折子，点燃了放在二人面前。

狄姜这才看清楚，眼前的人不是旁人，正是现下整个宣武国最炙手可热的人物，武王爷武瑞安。此时的武瑞安褪去了一脸稚嫩，面上也不再白净，取而代之的是布满血丝的双眼，下巴上还有青色的胡茬儿在冒着尖儿，头发一绺一绺地搭在肩上，其上更是布满了尘土，看上去似乎已经有好久没有洗过澡了。

二人之间的距离很近，近到连对方呼出的热气都能清楚地感觉到。狄姜面色一红，有些尴尬，便道："你怎么就回来了？不是说大军还有半月才能到太平府吗？"

"因为……我想你啊。"武瑞安笑着一把将狄姜抱住，在她耳边轻声道，"我快马加鞭赶回来了，如今在紫金车队里坐着的是我的副官。"

"王爷……"狄姜被他突如其来的动作给惊着了，忙着想要挣脱。

"别动，让我抱一会儿。"武瑞安的声音如魔音入耳，迷迷蒙蒙的，似呢喃似呓语，又似命令。狄姜心中莫名一紧，更加想要挣脱。

可此时却听他道："我好累，求你了，让我抱一会儿，就一会儿。"武瑞安的身子轻轻压在狄姜身上，狄姜推了他两下，发现自己的推搡根本不起作用。怔了片刻，她见武瑞安没有更加越矩的动作之后，便也安静了下来，任他抱着自己，权当作是对他保家卫国的奖励。

狄姜的头枕在他的肩上，她闻见武瑞安的衣领上有着尘土的气息，这是属于边疆战场上的男儿的气息。她能闻出这里头有铮铮铁骨，有十里黄沙，有八千里征程，有伴他一路前行的云与月。

还有他的心。

素来看重外表的他，三年不见倒是变了许多。他从边关回来，第一时间便是赶来见她，甚至连铠甲都来不及换。

狄姜心中发笑，便任武瑞安抱着，也不知时间过了多久，才听他幽幽道："你怎么不回抱住我？"声音里带着委屈和失望，还有深深的疲惫。

"王爷这话倒是问得有趣，"狄姜抬起眼眸，淡淡道，"我既不是仰慕您的少女，也不是爱慕您的姬妾，以后也绝不会成为这其中的一员，何必让彼此徒增烦扰呢？"

"你怎知不会？"

"因为……"狄姜顿了顿，直言道，"我是我，我懂我。"

"你不懂。"武瑞安执拗地解释道，"世上情爱，本就难以琢磨。你若害怕，那便不求天长地久，只求曾经拥有，好歹给我一个追求你的机会，让我试一试，可好？"

狄姜摇了摇头："昙花一现，留下的是见过昙花之人，又叫那人如何自处？会不会空留一生遗憾？终身郁郁寡欢？"

武瑞安不懂狄姜在说什么，以为是自己从前的滥情造成她有这样的说辞，便道："哪怕昙花易逝，只要曾经在手中盛开过，便会余香不绝，此生难忘。当然，我绝不会是那短暂一现的昙花，我永远陪在你的身边，为了你，我做什么都可以。"

"可我并不想让您不忘，"狄姜推开武瑞安，嫣然一笑，"您只需做一个高高在上的风流王爷，我是谁，长什么模样，最好是从未放在心上。"

"可你已经在心上！"

狄姜做了一个"嘘"的动作，微微一笑，一字字缓缓道："可我的心上，从来都不是你。"

"那是谁？"武瑞安急道，"钟旭？"

狄姜神色一黯，摇了摇头："是我的亡夫。"

"……"武瑞安再无别的语言，他以为只要自己足够优秀就能俘获美人芳心。却不知美人心中早有旧人，这人还是他没办法比拟的人。假如那人是钟旭，大不了他也出家当道士，他不信自己的悟性会比旁人差，修炼个几年，定也能做到顶尖。可谁知，她心中的人……竟是一个死人。他去打听过，就连问药都没听过她亡夫的事情，他一直以为她是在敷衍和搪塞自己，可听她如今的语气，竟似真的有这样一个人存在。

武瑞安很泄气，跌坐在床边，无力道："跟我说说吧。我想知道你的故事，你和亡夫的故事。"

闻言，狄姜微微一怔，有一恍间的惊讶，随即觉得武瑞安的想法也在情理之中，如果告诉他一个故事就能让他从此绝了心意，倒也不失为一个法子。

狄姜垂下眼睫，神色变得十分黯然，刚要开口却听武瑞安打断道："算了，还是别说了，知道了也是徒增烦扰。"说完，便是起身要走。

狄姜却不依他，她起身拉住他的手腕，拦住了他的去路，笑道："王爷知道母螳螂吗？"

"螳螂？"武瑞安十分不解。

狄姜点了点头，道："饥饿的母螳螂与公螳螂交配之后，就会一点儿一点儿地把它吃掉，让他在极尽快乐后的痛苦中死去。"

"是……是吗……"武瑞安面色发黑，干笑道，"这种事本王还是第一次听说，真是一个好故事。"

狄姜摇了摇头："这不是故事，我就是那种会吃了夫君的母螳螂。"随着狄姜的一声狞笑，墙壁上渐渐多了一个投影。那影子越变越大，在狄姜双手的位置更出现了两把长长的大刀。武瑞安脸色一变，此时再看狄姜，便见她复眼突出，头呈三角，赫然已经变成了一只硕大的青皮大螳螂。她站在那里，青面獠牙，居高临下地与武瑞安对视。

"啊——"武瑞安惊起一声大叫，跌坐在地，下一刻便两眼一黑昏了过去。

躲在楼梯口偷看的问药连忙推门进来，大惊失色道："掌柜的，出什么事了？你……怎么变成这样了？"

"没事，他只是吓晕了。"狄姜恢复了本貌，淡淡道，"你把他送回王府吧。"

"这人竟是瑞安王爷！"问药先前在门前偷看，看不清房中男人是谁，此刻一见，心中惊骇无比。

况且见刚才他们在床上耳鬓厮磨，甚是融洽，怎么这会儿又成了这副模样？

问药心中有千万个疑问，哪里肯就这样离开？她不依不饶道："王爷为什么在这里？您为什么要吓他？"

"我与他开个玩笑罢了，谁叫他不懂礼数，屡屡轻薄与我？此番给他一个教训，也好让他不要再随意出入见素医馆。"

"你……"

"你什么你？你别忘了自己是谁的婢女，怎么胳膊肘净往外拐？快去！"狄姜说完，便将二人赶出了卧房，随即关上门窗，和衣上床。

武瑞安走后，屋内只余下一盏孤灯，烛火微微跳跃着，映在狄姜面上，似覆上了一层撩不开散不掉的雾。若这时候武瑞安还在，便会发现狄姜的孤独犹如漆黑的夜、汹涌的海，挣不脱也逃不开。而她并不沉醉于此，反而很痛苦、很煎熬。她的内心没有面上那样的云淡风轻，她时时刻刻都想忘掉前尘，忘掉内心深处那些声嘶力竭的哭喊……

她知道，自己承受不了这世间任何人的这番心思，像她这般的人，不配得到旁人的感情。

何况武瑞安还是世间这般优秀的男子。

她绝不能让他陨落在自己手里。

第二日晌午，狄姜刚一打开门，恰巧对面房间也打开了来，便见武瑞安一脸迷糊地从问药房里走了出来。他松垮的中衣前襟大开来，雪白的皮肤上露出了一道道血红的疤痕。

狄姜心中微微吃惊。她本以为这三年他在军中亦是养尊处优，没想到在他的身体上，在她看不见的地方，有这么多战争的痕迹。那是铁骨铮铮的男儿被战争赐予的礼物，亦是脱胎换骨的岁月的洗礼。

他如今真可算作一个顶天立地的男子汉了。

"狄大夫……我怎么在这儿？"武瑞安见了她一愣，那模样显然是忘了今夕何夕。

这时问药走上了楼，接道："王爷连日赶路太辛劳，便晕倒在掌柜的床上，她便让您睡了我的屋子，我则与书香挤了一夜。"

"原来如此……"武瑞安抱着头，记忆仍旧有些紊乱，总觉得有什么重要的事情被自己忘了，昨夜……他分明见到了一只张牙舞爪的青皮大螳螂……

狄姜捂着嘴笑，轻声问道："王爷面色不好，是不是做噩梦了？"

"啊！对！本王昨夜一定是在做梦！"武瑞安这才如梦初醒，径直上前拉着狄姜的手笑道，"早上第一眼能见到您，本王真是太开心了。"

"是吗？"狄姜抽出手，又别过头去，才红着脸佯装羞涩道，"王爷衣衫不整，民女……"

武瑞安慌忙低头，才发现自己的衣服不知何时被人扒了个干净，全身只剩下这一层半透明的中衣，好一阵尴尬。

"我这就去穿衣服，你等等我！"武瑞安说完，立即跑回了房里。狄姜与问药相视一眼，随即爆发出惊天的笑声。房里的武瑞安听了，脸色又是好一阵红一阵白，只得懊恼地跌坐在床边，一边扶着额，一边连连叹息。

这连日来的赶路叫他疲惫不已，原本想给狄姜一个惊喜，没想到惊喜变成了惊吓，自己这副模样真是让他惭愧不已，直叹自己的光辉形象算是在一夕之间倾塌了……

武瑞安拎起满是黄沙的衣服抖了抖，空气中瞬间布满了灰尘，在阳光的照射下，整个屋子的空气便显得十分浑浊。可即便如此，他却连眉头都没有皱一下，这样的条件与大漠军营比起来已经好太多，这三年间他所经历的事情，足以将自己一身的公子病洗尽。

武瑞安穿戴整齐之后便走出房门。此时，狄姜与问药已经不在门外，他顺着木质楼梯往下走，撩开后院的帘子，便见几人正坐在大榕树下用早膳。

"早……"武瑞安咧嘴一笑，几人便纷纷停下筷子，站起身来欲与他行礼。武瑞安立即上前搀起狄姜道，"我现在不是王爷，王爷正在几百里以外呢，不要多礼，把我当……邻居，对！你们把我当邻居便是了！"

狄姜又是一笑，点了点头道："饿了吧？快坐下，随便垫垫，竹柴——再多加一副碗筷来。"

"是。"竹柴在厨房中应了一声，随即打开门，在武瑞安面前摆上了碗筷，然后很快又回了厨房里忙活。

"那是……"武瑞安看着他的背影，好奇道。

"我家的伙夫，做饭的手艺相当不错，王爷快尝尝。"问药说着，十分殷勤地夹了一枚三色烧卖放在他的碗里。

"谢谢。"武瑞安点了点头，刚吃了一口，便忍不住又夹了两个放在嘴里，连一句好吃都顾不上说，只得连连点头。那狼吞虎咽的模样，活似三天没有吃饭。

"王爷慢点吃，没人跟你抢。要是不够吃，我再让竹柴做便是，可不要噎着了。"狄姜掩嘴一笑，冲书香使了个眼色，书香立即会意，走到厨房去帮竹柴。

问药和武瑞安的吃相如出一辙，都似饿虎扑食，恨不得把盘子都给吃了。

"这还是我认识的武王爷吗？"狄姜吃惊道，"我记得曾经的您，衣衫沾不得半点泥，嘴里有饭时从来不说话，一盘菜再好吃也不伸出第四筷子，这……看来军营伙食不大好啊！"

"何止是不大好？能有得吃都很不错了！"武瑞安长叹了一口气，语气里带了几分委屈，道，"安息营寨驻扎在大漠腹地，平时补给有限，一日能有一个馕充饥已是极好。若是打起仗来，更是茹毛饮血……就说这次突厥来犯，我军被困在漠关山，饿了整整五日！若不是援军及时赶到，我多半已经死在那里了。"

狄姜与问药听得一愣一愣的。

狄姜倒能想象出那幅场景，而问药却一脸迷茫。她唯一听懂的是，武瑞安很辛苦，非常非常地辛苦。

武瑞安又道："我都三年没有吃过精食了，此次回来，在你这儿是第一顿。"他说完，又狠狠地啃了一个馒头。狄姜一脸同情，脑海里想到的便是银枪白刃，刀剑无眼，曾经手无缚鸡之力的王爷在那种环境里生活了三年，难怪身上满是伤痕了……

在武瑞安和问药吃完了四打烧卖一整盆面再加一碗粥之后，终于心满意足，放下了筷子。问药贴着武瑞安坐着，一脸崇拜道："武王爷这次回来，怎么先来我们这儿了？"

"我当然是想狄……"武瑞安说到这，突然一顿，想起不能再唐突了美人，于是只得清了清嗓子，咳嗽了两声，才道，"本王甚是想念太平府的美食，于是快马加鞭赶回京中。"

"原来如此……"问药一脸嬉笑道，"可到底是想念美食呢，还是想念美人呀？"她说这话的时候，冲着狄姜使了个眼色，结果没有意外的，又被狄姜恶狠狠地瞪了一眼。

"都想念，都想念。"武瑞安尴尬地笑了笑，面色一红，"我离开这三年，京中可有什么稀奇事？"

"哪有啊！最稀奇的不过是您大破突厥，即将凯旋的事了。太平府里已经将您的威名传遍，就等着您班师回朝，来个十里长街迎王爷了！"问药眉飞色舞地回答。

狄姜自然也是开心的，可是只要一撞上武瑞安的眸子，她总觉得心里有些慌。狄姜话锋一转，道："王爷不在的这三年，京城第一公子的名号便易了主。"

"哦？"武瑞安眼眉一皱，来了些许兴致。虽然他自幼颜色出众，自信容貌天下无人可匹敌，可从狄姜嘴里夸旁人美貌，怎么都觉得不舒服："这京城第一公子是何许人？"

狄姜笑了笑，便道："这京城第一公子江琼林，人送外号牡丹公子，可谓琴棋书画样样精通，诗词歌赋信手拈来。传说才气不输给神武年间的状元爷沈梓墨，容貌与王爷您比起来也是毫不逊色……"

"是吗？"武瑞安收起笑脸，冷冷道，"世间男儿，自当上战场奋勇杀敌，琴棋书画诗词歌赋顶什么用？不过是个绣花枕头。"

见武瑞安明显不悦，问药赶忙安慰："王爷莫要生气，虽然他文采出众，可您是辰皇的嫡子，身份高贵。就算容貌在一个级别上，可身份相差悬殊。如今您回来了，这京城第一美男子的名号又要落回您头上了。"

"本王才不在乎这些虚名。"武瑞安哼了一声，偷瞄狄姜。

狄姜依然自顾自道："他的名号是天下第一美人，不是美男子，意思就是他比女人还漂亮！第一美男子的身份轮不到他，可天下第一美人也足够说明他的分量，就是比起女人来都不逊分毫。"

"真有那么美？"武瑞安狐疑。

"千真万确。"狄姜说完，又说了一件事，武瑞安听后大吃一惊。

据说牡丹公子自半年前来到太平府后，这欢宜馆的客人便如过江之鲫，他的名气也越来越大。渐渐地，牡丹公子的美名不胫而走，就连长居深宫大内的女皇辰曌也听闻了他的名号。前些日子，有一日下朝后，便饶有兴致地当着群臣的面问："牡丹公子当真如传言那般美貌？比之朕的小皇儿瑞安当如何？"

群臣面面相觑，纷纷为难道："瑞安王爷出身高贵，举世无双，哪是一介面首可以比拟？自然是王爷更为英俊。"辰曌闻言，便明白了他们的意思，在几经逼问、赦其无罪下，才有大臣直言道："容貌比之王爷，该在伯仲之间。"辰曌问出了实话，并不生气，反而掩嘴一笑，显得很是开怀。此事被传到坊间，牡丹公子的身价更是号称可登龙门，一顾千金。

"竟真有人比我更风流倜傥？"武瑞安茶杯一抖，想不到这话会从不理世事的狄姜嘴里说出来，不禁十分好奇此人究竟是何方神圣。

"是哪家的公子？"

"是欢宜馆的公子，"狄姜掩嘴一笑，补充道，"头牌花魁。"

武瑞安心中一凛，总觉得听上去不像个正经地方，更是惊讶，随即求证道："这欢宜馆是个什么地方？"

狄姜偷笑，低头不语。

问药便索性接过话："欢宜馆坐落在常乐坊的西隅，挨着花街柳巷一条街，但是那里不伺候男人，只接待女客。欢宜馆里的挂牌面首，一个二个都肤白貌美，朱唇一点，眼含秋波！"

"噗——"武瑞安一口茶水尽数喷在了问药脸上。

"哎呀，王爷您这是怎么了！"问药连连擦拭。

"抱歉抱歉，我只是没想到，狄掌柜居然好这一口，我太惊讶了。"武瑞安瞪大了眼睛，直勾勾地盯着狄姜。

狄姜脸不红心不跳，面不改色道："世人都爱美人，我自然也不例外。"

"那你怎么不……"

"爱我"两个字武瑞安没有说出口，想来是因为自己在她面前的印象太糟糕，所以她宁愿对一个面首兴致盎然，也不愿对自己和颜悦色。罢了，慢慢来吧，总有一天，她会看到自己的真诚和改变。

武瑞安又道："狄大夫，这段时日本王想在你这里叨扰一阵子。"

"这是为何？"狄姜一愣。

武瑞安叹了口气，道："大军还在几百里开外，到太平府尚需要一段时日，本王若此时回了王府，必然引起骚乱，所以……"

"所以您想住在我这里？"狄姜率先问道。

"正是。"武瑞安点了点头。

"这……"狄姜面露犹疑，推拒的意思十分明显。但武瑞安似没有看见一般，继续道："本王会支付房租，按照市价的十倍。"

"这……"狄姜心中"咯噔"一声，有些心动。

"二十倍。"武瑞安伸出两根手指，在狄姜面前晃了晃。

狄姜两眼放光，咽了下口水，但还是摇了摇头。

武瑞安索性直接张开五指，笑道："狄掌柜，咱们谁也不多说了，五十倍！这足以抵您半年的收入了。"

"成交！"一旁的问药率先狠狠地点了点头，这哪里是半年的收入，简直是三年的收入！没道理不收。狄姜也不再拒绝，伸出了右手道："先付钱，押一付三。"

"……"武瑞安愣了一下，"本王现在没有钱，不过本王人在这儿，你还怕本王赖账吗？"

"虽说您是王爷，但是这也说不准。万一哪天你走了，我连你人都找不着了，王府那么大，怎么可能让我随便进？况且我行走江湖，素来喜欢落袋为安，因为只有到了我的钱袋子里，那些钱才是真正属于我的，否则我总觉得有什么事情悬在那儿，心中不踏实。"狄姜说着，一脸抱歉地摇头道，"不好意思啊王爷，小本生意，概不赊账。"

"你……"武瑞安低头，沉默了一会儿，遂从怀中摸出了一个小袋子。这小袋子通体呈麻黄色，一看就是粗糙制作上不得台面的东西。正在狄姜奇怪武王爷身上怎么会带着这样的钱袋时，他便将钱袋打开来，拿出了里头装着的一个莹白色的手镯，放在了狄姜手上。

狄姜接过一看，这镯子虽然看上去通体莹白，但是内里飘着几缕橙黄色的金线，美轮美奂，温润得宜。

"这是？"

"这是我在戈壁沙漠里的一处绿洲发现的，本是一块金丝玉原石，我平日没事了就自己打磨打磨，想着这样一块石头，狄掌柜总该不会拒绝了吧？权且将此镯子当作我的房费吧。"

狄姜心中一暖，说不感动是骗人的，手中冰冰凉凉的触感却让她清醒过来，她道："一块破石头，怎么能抵得千金？"

"你不要小看这枚镯子，它可是救过本王一命。"武瑞安端起茶杯，高深莫测地一笑。

狄姜奇怪，便仔细观察起这枚镯子来，几经摩挲之下，才发现玉镯的一侧有一个小洞，肉眼难以辨认，但摸上去就能很清楚地感受到，那里是有缺陷的。

武瑞安见她发现了那一点，便道："这几年里，本王日日将它带在身上，那一日兵困漠关山，也正是它横在胸口，替本王挡下了一箭。"

"这个小坑是羽箭留下的？"狄姜一愣，随即笑道，"王爷不要开玩笑了，普通的镯子遇到羽箭，早就裂成几块了。"

"所以它不是一般的镯子，我相信它能带给我好运，今天我把它送给你了，当是押金。待我来日回了王府，再取千金来拿与你就是了。"

"这……"

"狄掌柜切莫推拒。"武瑞安清了清嗓子，咳嗽道，"其实这本也是想送给你的，你之前说翡翠不合适，这金丝玉总该满意了吧？世上只此一枚，还是本王亲手制作，用本王的皇气加持了三年，独一无二。"

"好吧，只得如此了。"狄姜将镯子包好，放回了自己的袖口中。

武瑞安见狄姜默默收好了镯子，便面露吃惊，急道："你不戴着吗？"

"戴在哪？"狄姜一愣。

"镯子自然是戴在手腕上了！"武瑞安嘟囔道，"放在袖子里，哪日丢了可怎么好？"

"这个你放心，我的东西都丢不了。"狄姜隐秘一笑，摆了摆双手，双袖便在她身前使劲地晃了晃，果然丝毫也看不出来宽大的袖子里装了些什么，也没有会掉出来的危险。

武瑞安叹气，虽然有点不爽，但也只能由得她去了。

"对了，我住哪间房？"武瑞安在院子里看了一圈，发现没有自己中意的，于是指着问药的房间，嬉笑道："我觉得那间就不错，采光好，床也大，还有窗户。"

"那间房离我太近了，你不能住。"狄姜摸着嘴唇，沉思了片刻，从袖子里掏出一串钥匙递给他，指了指门口道："出门往左，你住那里。"

"哪里？"武瑞安接过钥匙，满脸不解，"本王没见着这四合院里还有旁的房间呀。"

"对呀，我们都住满了，所以你的房间不在院子里。"狄姜带着武瑞安往大厅走，撩开帘子，便见药铺的对面偏左的位置有一间空置已久的房子。

正是钟旭的棺材铺。

"你住那里。"狄姜抬抬眼，指了指对面的棺材铺。

"棺材铺？！"武瑞安大惊失色道，"本王怎么能住那儿！那是给死人住的！"

"怎么会是给死人住的？那只是卖住死人的棺材而已，钟旭和长生不是人吗？他们怎么就住得好好的？"狄姜领着他走向对街，见他站在门外一动不动，便催促道，"快开门。"

"你怎么会有这里的钥匙？"武瑞安蹙眉。

"钟道长走后，就把钥匙留给我了。"狄姜面上的表情风轻云淡，看不出喜怒，但他明显能感觉到，她周身的气息往下沉了几分。

"钟旭去哪儿了？"武瑞安道。

"不知道，"狄姜摇了摇头，"很早就离开了，比你还要早。"

"这样啊……"武瑞安嘴角不自觉地上扬。他抬手去推门，只听"哗啦"一声，大门便向里打开，一阵刺鼻的霉味扑面而来，伴随着浓厚的灰尘落在二人身上，惹得二人皆是好一阵咳嗽。

"咳咳咳咳……"狄姜捂着嘴，扇了扇眼前的灰。武瑞安直接退了两步，红着眼道："这如何能住人？"

"一会儿我让书香和问药来收拾收拾便是。"狄姜强打起精神，故作无事状。抬腿走了进去，便见棺材铺里的纸扎都堆放在角落里，只剩下零零散散的三两副棺材立在墙角，桌子椅子上都积满了灰尘，一看便是许久没有人来过了。狄姜触景伤情，想起曾经自己三不五时就来送东西，每每被钟旭骂着赶出去的模样，便不自觉地笑了起来。

武瑞安走进屋，见她站在屋子正中面露微笑的模样，着实被她吓了一跳。

"你笑什么？"

"嗯？"武瑞安的话将狄姜从回忆中拉了出来，狄姜摇了摇头道，"没什么。"说完，便领着他进了里屋。

楼道里同样布满了灰尘，随处可见虫子的尸体。狄姜越看心越凉，只觉哪怕是从前被骂着赶出去也比现在好啊，如今这一副门厅寥落、灰败残垣的模样，实在是让人不舒坦，心中满满都是感伤。

钟旭家的院子与狄姜相仿，只不过朝向不同，院子里也没有大榕树。不过二人居住的主卧室都在二楼，面对面，平日里推开窗就能看到对方，只不过钟旭从不开窗户。

二人上楼之后，狄姜才第一次来到钟旭的寝室，他的房间就像他的人一般，无趣得很。一张床，一个衣柜，仅此而已。

"这也太寒酸了！"武瑞安大口地喘气，想要平息心中的怒火。狄姜也不理他，径直走到窗户边上。只听"哗啦"一声，卧室的窗户便向外敞开，从这里看过去，正好能看见狄姜床边的那一只红艳艳的灯笼。武瑞安眼睛霎时间开始放光："就这儿了！本王甚是满意！一想到以后可以和狄掌柜一起睡觉……"武瑞安说到这儿，被狄姜狠狠地瞪了一眼，才改口道，"一想到以后能看着狄掌柜的闺房一起睡，本王实在是开心得难以自制，多谢狄掌柜，本王十分满意。"

"您开心就好。"狄姜笑了笑，随即回了药铺去寻书香和问药。

"将屋子收拾干净，让王爷住着舒坦些。咱这一单生意做下来，一个月的房租就够我买下两间四合院了！你们可得将他伺候好喽。"狄姜嘱咐道。

"是！"问药一听武瑞安会一直住在这里，开心还来不及呢，哪里顾得上能赚多少钱这回事，端着盆子抹布就往对面跑去。

书香跟在她后头，一脸的恨铁不成钢。

第十八章

欢宜馆

午后，狄姜一人留在药铺里。闲来无事，她便趴在柜台上清点账目，从一堆乱七八糟的本子里翻出来一本素色带花笺的本子。一翻开来，便发现里头乱七八糟地写着一些人的名字和事迹，有梅姐，有老潘，有桃鸳，就连牡丹公子这一章，都已经写上了江琼林的名字。

虽然这本子里满满都是错别字，还有连篇的鬼画符，但是狄姜看懂了，这是问药自己写的一本花神录。本子里的人物，便是她心中的十二花神。狄姜"扑哧"一笑，被这本集子给逗乐了。她情不自禁地放声大笑起来，笑得前仰后合，花枝乱颤。

"如此看来，问药一定是已经见过江琼林了？不然又怎会将他的名字写在花神录上，她肯定去过欢宜馆，并且发现人如其名，名副其实，才会一眼便被他迷住，放在了自己花神录中牡丹花神的位置上……"狄姜心下了然，便当下有了主意。她很想看看，能让大家传得神乎其神的牡丹公子，究竟是长了三个头还是六只臂膀，怎么就连素来仰慕武王爷的问药都丢了魂？狄姜闲来无事，便索性拿了些钱财，独自一人往城东的常乐坊走去。

武瑞安一直站在二楼的窗户边上，看着药铺里一会儿发笑、一会儿惊疑的狄姜，见她鬼鬼祟祟地出了门，便立即下楼，对问药道："本王去去就回。"

"王爷去哪儿呀？"问药怕灰，所以口鼻蒙着布，此番立即追出门去，大声提点道，"王爷别忘了把脸遮起来，被人认出来可就糟糕了！"

"知道了，多谢。"

武瑞安一路尾随狄姜而去，左拐右拐，见桥过桥。渐渐地，只觉周边的景色越来越熟悉，待看到常乐坊三字明晃晃地立在牌匾之上，便只觉两眼一黑，犹如遭到五雷轰顶。要知道，他可是这里的常客，比自己家还要熟悉，就算他三年不曾踏足，也未必不会遇见熟人。武瑞安心中惊疑，将身上的衣物胡乱地扯掉了一些，让头发更加凌乱，确保不要被人认出自己来。

常乐坊九曲十八弯，挨家挨户都是独门独院的欢乐场所，其中最出名的莫过于百花院，胡姬比其余的馆子加起来还多，是文人雅士最喜爱的场所，自然也是武瑞安最常去的地方。

此时临近晌午，姑娘们大多还在睡觉，掌柜们就更是要到下午才会起床。幸亏现在没什么人，否则武瑞安一定逃不过这些人精的眼睛，一准被人认出他来。到时候后果不堪设想。

正在武瑞安内心忐忑、惊疑交加之际，忽然瞥见狄姜又拐到了一条小路上，路的尽头是一家不算太起眼，但装饰十分得宜的小院子，门上的牌匾上中规中矩地写着"欢宜馆"三个大字。武瑞安脑子里一轰，想起狄姜曾说过："这欢宜馆的牡丹公子江琼林，可是继您之后的第一美人，才貌双馨，且只接待女客。"

狄姜……她居然背着本王来此处？！

欢宜馆虽然现在名声大噪，但在江琼林来之前，并不怎么受人关注。于是整个院子从外看去，并不引人注目，尤其在这寸土寸金的地方，要生存下来，就必须出奇制胜了。

江琼林就是他们的招牌，吸引了好一众人。女人是为了一睹他的风采，而男人则是为了观察。观察究竟是什么样的人，竟能引得半个太平府的女子都对他垂涎欲滴。大家对武王爷趋之若鹜也就罢了，毕竟身份地位容貌摆在那儿，可他江琼林何德何能？

武瑞安心中也是这样想，便更坚定了要去探上一探的心思。他畏畏缩缩地站在门口，看到那个熟悉的身影趁着小厮在打盹，提着裙摆便一溜烟地跑上了二楼，然后从楼梯拐角处闪过，似乎转身便入了一间上房。他心中一凛，也依葫芦画瓢，避过门口的小厮，小心谨慎地跟了上去。

欢宜馆整座院子呈口字形，分上下两层楼，四周都是房间，中间则有个天井，天井里面搭了一方戏台子，台下摆满了桌椅。

武瑞安一边走在走道里，一边低头看楼下的戏台，想象着坐在台下的是女人，站在台上搔首弄姿的是男人，这感觉怎么想怎么不对劲，遂加紧了脚下的步伐，一间房一间房地去聆听，只想赶紧找到狄姜，看看她究竟想做什么。

最当头的一间房，房门外摆满了牡丹，一盆一盆的，显然都是经过精心修剪和打理，被或有钱或有势的女恩客送了来。毫无意外的，他在门外发现了努力向房里偷看的狄姜。

武瑞安几乎没有迟疑地上前去，径直抓住狄姜的手腕，淡淡道："狄大夫怎么会来在这里？"他说话的时候一脸郁闷，眼睛里还隐约可以见到些许怒气。

"你怎么也在这儿！"狄姜被他吓了一跳，惊叫出声。声音在这人人都在午睡的欢宜馆中，显得中气十足。

"谁在外面？"屋里传出一声懒洋洋的声音，吓得门外的二人脖子一缩。

"小声些。"武瑞安捂住她的嘴道，"被人发现了，咱俩可有得闹了。"

"知道了……"狄姜点点头，武瑞安便将她放开来，她偷偷瞥了武瑞安一眼，对方立即回了一抹寒芒毕露的目光，吓得她猛地一哆嗦。狄姜感叹，明明自己是个不喜多事的人，但是怎么在哪都能遇见他？

"你跟踪我？"狄姜凝眉道。

"谁跟踪你了？我来这儿见个朋友罢了。"武瑞安咳嗽了一声，也趴在门缝往里看。此时屋里正烟熏雾绕，窗边放了一个木质浴桶，浴桶里的热水正腾腾往外冒着热气，而那热气里，正背对着他坐着一身形高挑的男子。只见他脖颈修长，冰肌玉肤，十指纤纤，莹白若曦。他的背影惹人浮想联翩，端的是一副遗世独立的美人坯子。

"你竟然在偷看男人洗澡？！"武瑞安血气上涌，声音陡然提高了八度，他回过头定眼看着狄姜，眉目里充满了斥责。

　　狄姜哑然，怔怔地望着他，似乎很惊讶。少顷，她才又急道："王……王爷……您怎么流鼻血了？"

　　"我流鼻血？这怎么可能！"武瑞安一愣，随即抹了一把鼻子，才发现自己的手上已是鲜红一片。

　　"……"

　　武瑞安神色尴尬："想是这两日吃太好，上火。"武瑞安一激动，又忘了压低声音。此时就连旁边的屋子都传来抱怨声："谁呀？大中午的吵吵嚷嚷，烦不烦？还懂不懂规矩了？"与此同时，还有好一阵窸窸窣窣的穿衣声。二人一惊，提步欲走。

　　二人此番虽然没有看见牡丹公子的面貌，但光凭他的身姿，连见惯美人的武瑞安都会流鼻血，其绝艳由此可见一斑，于是都准备先行回家，待下次开市了再来一睹风采。岂料二人刚迈开腿，便听"哗啦"一声，头顶的房门便朝内打开来，一位身穿雪白中衣的男子便出现在二人眼前。

　　只见他黑发如瀑般垂落肩头，凤眼微微上翘，蛾眉入鬓，再配上樱唇一点，整个人虽然没有任何表情，却一举一动都显得无限妖娆，让人难以把持。

　　狄姜与武瑞安都看痴了。

　　狄姜只觉得一股暖意从鼻子落下，再伸手一抹，发现自己已是不自觉地开始淌血。她素来晕血，见不得血腥。正在她险些昏倒之时，武瑞安手疾眼快，扯下江琼林的白衣一角，塞在狄姜手中，这才让晕血的狄姜幸免于难。

　　江琼林被武瑞安突如其来的举动吓了一跳，却也不生气，只淡淡道："你们是何人？"

　　狄姜晕乎乎的，直勾勾地盯着他，说不出话来。

　　武瑞安被狄姜这副模样给气着了，遂不自觉地想要与江琼林一争高下。于是当着江琼林的面，拢了拢头发，端起一副王爷的派头来，朗声道："我们……"

　　"哪里来的乞丐！还不快滚出去！"这时楼道里走来一位穿金戴银的细腰女人，身材倒是不错，可容貌已经半老，皱纹横生。

　　江琼林见了，便规规矩矩地低头行礼，唤了一句："假母。"狄姜和武瑞安这才知晓，这女子便是欢宜馆的当家人。

"他们是谁？"假母轻蔑地看了眼武瑞安，再一看狄姜，立即向楼下招呼道，"请你们来看门的，怎么反倒让这不三不四的人闯进来了？还不快上来将他们打一顿了再扔出门去！"

"假母且慢！"江琼林急道，"他二人没有坏心，想来只是一时好奇迷了路，请假母不要放在心上，我让他们离开便是。"

假母冷哼了一声，甩着袖子道："你呀，就是心眼太好，随便哪来的山野村妇都能与你攀谈，改明儿让那些达官贵妇见了，肯定要不高兴了。你自己注意着点儿，马上就是你的开元日了，小心别叫人落了下乘。"

"是，琼林知道了。"江琼林低眉敛目，送走了假母，遂转身对武瑞安和狄姜道，"你们快些走吧，不然一会儿就走不了了。"

"本……我来这里从来都是被人捧着的，什么时候被人赶过了！她欺人太甚！"武瑞安说着，就要冲上去与她理论。狄姜立即拉住他的手腕，咳嗽道："也不看看你现在什么模样，在这销魂窝里，谁会捧你这般的乞丐？"

狄姜的话把武瑞安从冲动里拉了回来，他立即泄了气，双手握拳道："君子报仇，十年不晚！"

狄姜"扑哧"一笑，被他逗得乐不可支。一旁的江琼林见了，也听不懂他们在打什么哑谜，也不想懂，于是拢了拢头发低头淡道："二位好走，琼林不送了。"他温和地说完，又是微微一笑，才重又关上了门。

狄姜不禁又看呆了，连武瑞安的手在自己眼前晃悠都浑然不觉。她深深地觉得，江琼林与一般公子不同。他不矫揉造作，出尘脱俗的气质与生俱来，融入他的灵魂里，配合着姣好的容貌，更是相得益彰。

这位遗世独立的公子，与现在披头散发还月余没洗澡的武瑞安站在一起，毫不夸张地说，一个是身长玉立的翩翩美谪仙，一个是在泥里滚了一遭的乞丐。

狄姜和武瑞安走出欢宜馆时，免不了惹来一众人的白眼。武瑞安扶着额，叹道："你一个寡居的单身女子，出入这种场所，被人瞧见了成何体统？"

"我行得正坐得端，我怕谁瞧？我不需要向任何人解释。"狄姜睨了他一眼，大步走出了欢宜馆，相较于她的坦坦荡荡，武瑞安反而遮遮掩掩，生怕旁人将他认出来一般。狄姜见了他这副过街老鼠的模样，直笑他："何苦来这里受罪，老老实实待在棺材铺不好吗？"

"你以为本王想来？还不都是因为你！"武瑞安没好气道，"以后不许来这种地方。"

"为何？"

"你！"武瑞安气结，看了眼四周，又压低声音道，"这里是什么地方？花街柳巷！男人才能来，你来这里做什么？"

"为何男人来的，我来不得？何况我也就是好奇罢了。"

"以后不许好奇。"武瑞安沉着一张脸，郑重其事。

二人一路向南走，不多时便要回到医馆。

武瑞安再次提醒狄姜："那地方以后你不许再去。"

"知道了知道了，王爷您是不是年纪大了，人也变得聒噪了？从前您没有这般话多的呀。"狄姜蹦蹦跳跳地离去，一副没心没肺的模样。武瑞安跟在她身后，满脸伤神，似乎遇到了一个非常棘手的问题。他不知道该如何去解决，甚至连下手的地方都没有，一种深深的无力感贯穿了他的全身。

用过晚饭之后，武瑞安便回了自己租住的棺材铺，在阴森森的后院粗粗地洗了个澡之后，就爬上床睡觉了。

之后的几日，他白天在药铺蹭饭，闲暇之余有问药和狄姜陪他聊天，日子不算太无聊。可一到了晚上，他独自一人躺在钟旭的床上睡觉时，就算入了梦里，他也会情不自禁地想到楼下是一屋子的花圈纸人和香烛棺材，半夜里时常会惊醒。

此时只有打开窗户，看见对面狄姜的卧室还闪着温热的烛火，他才会稍稍安下心来。于是武瑞安索性将床挪到窗边，睡不着了就坐起来，趴在窗户上看着对面，偶尔瞥见狄姜的几缕人影，就更是惊喜不已。这足以令他开心一整晚，一觉安睡到天明。

这日夜里，狄姜照常沐浴完毕，准备焚一丸安神香，却发现香炉里还残留着白日里留下的茉香清柏丸。于是她先倒掉了香炉中的香，再打开窗，想散一散房间里的味道。谁知她刚一开窗，便看见武瑞安正趴在对面的窗户上，一脸满足地看着自己。

显然自己陡然一开窗，也将对方吓了一跳。武瑞安愣了一瞬，面色一红，立即用双手捂住眼睛，急道："对不起对不起，本王不是故意偷看的！"

狄姜这才惊觉自己只穿着单薄的素纱中衣，胸线藏在薄纱中，隐隐约约呼之欲出。她"嗯"了一声，表示自己知道了，而后淡定地关上了窗户，仿佛什么都没有发生，直接熄灯就寝。她素来不为人世间的俗事所迷，更不会拘泥于这些小节，于是很快便进入了梦乡。

对面的武瑞安这下可睡不着了，在床上翻来覆去一整晚，脑海里全是狄姜淡漠的脸。可她分明不是这样的人啊！她在看钟旭的时候，眼睛里是有光的，嘴角的笑也不是千篇一律的。只有在面对钟旭的时候，她才是个活生生的人。

想到这里，武瑞安心中更加五味杂陈，直到天光微亮才沉沉睡去。

翌日，武瑞安来到药铺，却只见问药在堂里打杂，书香在与自己对弈，狄姜连个影子也没有。

"你家掌柜呢？"武瑞安问。

"一早便出门了。"问药答。

"这倒与往日的她不符。"武瑞安觉得惊奇，连日来，狄姜都是睡到日上三竿才醒，今日倒是起了个大早。

"她经常这样神出鬼没，没事，一会儿就赶着回来了。"问药招呼着武瑞安坐下，又亲自去厨房拿来热好的饭菜和碗筷，殷勤地伺候他用完了早饭。

下午药铺里照旧没什么客人，武瑞安便与书香下了一下午的棋，每一局武瑞安都险胜了书香半子，这让问药好一顿惊奇。

"书香的棋艺举世无双，却想不到武王爷的棋艺更加了得。虽然只有半子，也很了不起！"问药竖起大拇指，连连夸赞。

坐在对面的书香却全程黑着脸，沉声道："你明明可以赢更多。"

武瑞安开怀一笑，道："没有没有，运气好罢了。"

书香也不戳穿他，双手抱拳，行了一揖道："王爷好棋艺，书香认输。"便满脸郁闷地回了房。此时，天色已经全部暗下，全城进入宵禁，而狄姜还没有回来。

　　傍晚，武瑞安再也坐不住了，决定去报官，让官府跟他一块儿找人。问药连忙拦住他，道："王爷三思，您这样去官府，恐怕连你母皇都会惊动，到时您如何圆说？"

　　"本王如何圆说是本王的事，你家掌柜若再不慎被谁捉了去，叫本王如何心安？"

　　问药想了想，咬了咬下唇，道："这次我可能知道掌柜在哪儿。"

　　"你知道？"武瑞安狐疑道，"你知道为何不早说？"

　　"我怕掌柜的怪罪……"

　　"在哪儿？快带本王去！"

　　"慢着！"问药畏缩道，"我只知道掌柜的隔三岔五就会去那里待上几天，但是这铺子里不能没有坐镇大夫。我就不去了，我给您指条路，您自己去吧。"

　　"你确定她在那儿？"

　　"八成是那儿……"

　　"那你说地址吧，越详细越好！"武瑞安催促着。问药立即找来书香，二人商量了一阵，便由问药负责画图，书香负责在图上写字标注，不一会儿的工夫，一张类似藏宝图的图纸便递到了武瑞安手中。

　　"小雷音寺？"武瑞安面色一寒，"本王只听说西天极乐净土有大雷音寺，却不知我太平府何时多了一座小雷音寺？"

　　问药尴尬地笑了笑，道："反正就是座寺庙，您按照图上走，晚上就该到了。"

　　"多谢。"武瑞安粗粗看了看，知道这寺庙在城外往南十里处，说近不近，说远也不远，于是便一个人匆匆上了路。

　　问药不敢去，纯粹是因为那里住着一位得道高僧，是货真价实的高僧，不是徒有其表的江湖骗子。问药只敢在熟人圈子里横，真遇到了高人便连看一眼都心惊，于是那地方去过一次便再不想去了。书香亦是如此，但他不是因为惧怕，而是因为不喜。不喜欢那里的气氛和香味，总觉得空气里都弥漫着一股凄凉的气味，让人感觉沉闷和悲伤。

322

武瑞安照着地图，从南大街安化门出城之后，便沿着官道往南行。一路上人很多，可能是因为时值初夏，天气转暖，不少商旅从世界各地赶来。一列列的马车排队等候着，车上载满了货物，更有些西域的胡姬也跟着商队进了城。有些胡姬见着武瑞安这么个俊俏男子，直接明送秋波，搔首弄姿极尽妩媚。可武瑞安现在哪里有心思想别的女人？他只顾着低头研究地图，生怕哪个路口走错了，迷失在荒郊野外。

城外十里亭右转之后，渐渐地，人烟开始稀少，道路两旁的梧桐也慢慢被竹林所取代。

"应该没错了。"武瑞安看着地图上画着的一根竹子，再看看四周的竹林，遂放下心来。按照图中所示，穿过这片竹林，再南行三里，在一座小山下的溪水旁，就该是小雷音寺的所在了。

此时太阳已经落山，天幕转暗且星月不明，正是月黑风高的晚上，难辨方向不说，这山野之间还偶尔传来几声狼嚎。武瑞安摸了摸口袋，发现自己此番出门竟连个可以防身的匕首都没有带，可谓是手无寸铁。原本想下午就能赶到，却不料临到夜里了自己还在山间，连盏照明的灯笼也没有，心中不禁有些着急。但再一想，狄姜一大姑娘在这样的地方过了两天，会不会已经被狼吃了？不行，活要见人，死要见尸，就算已经被吃了，也要让她葬到我的坟墓里去。

武瑞安想到这儿，便鼓起勇气打定了主意，摸黑往竹林深处走去。行了不知多久，天空中变得星云乍现，北辰星明晃晃地挂在西北边，为他指明了方向。武瑞安小心地注意着脚下，一棵一棵数着竹子前行，才不至于让自己被石头朽木所绊倒。

等好不容易出了竹林，果然便看见了一条小溪。溪流潺潺，流水叮咚，在这寂静的夜里，显得尤为动听。

武瑞安走了大半天滴水未进，口渴之际，也顾不得许多，径直走到溪水边便掬了一捧水来喝。溪水沁凉透骨，说不出的甘甜。武瑞安满足地坐在溪边，刚一抬头，却见一妙龄女子正坐在河对面的大石上朝自己挥手。

那女子穿着稀松的纱质罗裙，半明半暗，像极了只穿中衣的狄姜。她就这样突然出现在了那里，一脸妩媚，欲拒还迎。一双光洁的大腿露在裙摆外，赤足泡在溪水里，正有一搭没一搭地戏着溪流。等玩够了，便直接从石头上跳下，跳入溪水中。溪水没入她的小腿，沾湿了她的裙摆，素白的纱衣便顺着流水飘摇着，衬得她一双长腿更加无瑕。

在星辉的映照下，她踏着溪水而来，很快便走到武瑞安眼前。他这才看清楚，眼前人正与狄姜长得一般模样，只不过眉目比狄姜更加妖娆，更加魅惑。她突然环抱住武瑞安的肩颈，朱唇轻启，在他的耳畔好一通厮磨。她吐气如兰，双腿更缓缓地攀上了他的腰。武瑞安只觉口干舌燥，心动莫名。

正在女子想要探进他的口中之时，武瑞安突然一敛神，闭上了眼睛，等再睁开眼时，那眼中便再无半分情欲。武瑞安一把抓住女子的脖子，将她从自己身上拎走，再用力一甩出去。"啊"的一声惨叫在山里回响，发出惨叫的女子却已经撞在河边的大石上，顷刻间血流如注。此时武瑞安定睛一看，方才那石头上躺着的哪里是妙龄女子，根本就是一条小白蛇。那白蛇毫无生气地蜷缩在石头上，头已经裂成了两半，再不复刚才的美艳与妖娆。

武瑞安惊魂未定，不敢想象自己此前若没有守住本心，下场会是如何？

他头一次在心中生出些许感激。感激平日里狄姜对自己的严肃和推拒，才不至于让自己被这蛇精迷了心智去。

武瑞安跌坐在溪边，又迅速掬了捧清水拍在面上，瞬间觉得清醒了许多，待他再抬起头，眼前的景象便又变了一番。这时出现的不是什么蛇精美人，也不是山精鬼魅，而是一座高耸入云的九层宝塔。宝塔下为方形，上为圆形，每一层都是典型的阁楼状，有栏杆有屋檐，屋檐下还挂着一圈铜铃，在这孤寂的夜里无风自鸣。

叮叮当当的铃声霎时充斥着他的耳膜，一声声诵经声更是从四面八方涌入他的脑海，让他心中一阵烦闷。

武瑞安被眼前的景象所震撼，再摸出地图来，便见此处的位置问药画了一个三角形，书香在旁边写着四个字：小雷音寺。

这哪里小了？

武瑞安大惊失色，心中的古怪愈加旺盛。可一想到狄姜正身处这样的古怪中，便心下一凛，鼓起勇气踏着石子穿过了溪水，走到寺庙大门前敲了敲门。只听"咯吱"一声，头顶传来一阵沉闷厚重的开门声，紧接着，门内金光大亮，晃得他有一瞬间看不清眼前的事物。等金光过后，便见一队和尚从门里走出，左右各九人，中间还有一和尚，穿着金质袈裟，头顶九个戒疤。那气势，堪比当朝国师。不，比国师还国师。

"阿弥陀佛——"金衣和尚说完，其余十八个和尚也跟着双手合十，开始念起四字真言来。紧接着，不知从何处传来，又或许是天地都在跟着念"阿弥陀佛"四个字，似山呼海啸一般席卷了整个大地。

武瑞安被吵得不胜其烦，也不知怎么的，全身突然没了力气，随后便鬼使神差被这一群和尚拉进了寺庙里。寺庙大厅向上一眼望不见头，墙壁一直盘旋向上，其上画满了各式各样的动物，有些三足六翅，有些缺胳膊少腿，五颜六色种类繁多。虽然它们的外形大不相同，可表情无一不是痛苦的。武瑞安见着满墙的壁画，只觉得胸中憋闷，压抑得紧。

那群和尚将他放在一个蒲团上，便回到各自的蒲团上坐好，那金衣和尚坐在最前头带头诵经。空气里绵长的沉香味充斥着他的鼻腔，这让他昏昏欲睡。一整晚，他都蔫蔫地坐在蒲团上，任凭那些和尚怎么念叨，也提不起他一点儿兴致。但他也不得起身，仿佛有一股无形的力量将他束缚在蒲团上。不得已，他只能心急如焚地坐在那里，也不知过了多久，直到第二日日出东方，朝霞遮天，他才浑然一惊，从梦中醒来。

武瑞安睁开眼，却见自己坐在荒郊野外。此时四周哪里还有什么九层宝塔，金身和尚？就连自己身下的蒲团也变成了一块两尺宽的石头。这样的石头还有很多分布在四周，就是昨夜那些和尚团坐的蒲团。武瑞安心中一凛，这才知道原来自己昨夜该是遇到鬼打墙了。

武瑞安一脸迷茫地站起身，很显然狄姜并不在这里，这下便突然不知自己该往何处去了。武瑞安叹了口气，觉得这一日过得实在是有些晦气，不仅没找到狄姜，还被一群和尚拉着念了一晚上的经，实在是诡异非常。

"待他日我回了王府，必带兵灭了你这九层妖塔！"武瑞安骂骂咧咧地往回走，一个没注意，在本该左拐的路口右拐了去，便迟迟走不出竹林。

武瑞安一路走，心一路地往下沉，直到身处竹林深处，闻到一股熟悉的药香，心才突然开朗起来。武瑞安拨开竹子，便见眼前出现了一方低矮的竹屋，竹屋前站着一熟悉的身影，那人正是狄姜。

此时狄姜穿着一抹鹅黄色的衣裙，正一脚踏在大石上，一手扶着竹身，另一只手拿着弯刀正削着竹尖，似是要将它修剪整齐。

"狄大夫！"武瑞安喜极而泣，三两步跑过去。

狄姜闻言一惊，抬起头来，便见一团灰色的人影朝自己跑来。

武瑞安一把将她抱住，落泪道："狄大夫，我终于找到你了，我差点就见不着你了！"

"嗯？"狄姜摸不着头脑，却见他的怀中露出了一角问药画的地图，才惊道，"你去过镇灵……啊不，小雷音寺了？"小雷音寺是狄姜编出来骗问药的名字，它的真实名字，叫镇灵塔。

"是啊！"武瑞安重重地点头，哭诉道，"你是不知道啊，那寺庙实在邪门得很！"

"我当然知道那里有问题了。还好你心无旁骛，若有坏心，只怕是待个百八十年也出不来，"狄姜低低一笑，指着地上的竹子道，"你来得正好，快帮帮我。"

"做什么？"

"伐木！"狄姜献宝似的指着院子四周的篱笆，笑道，"这里的篱笆都是我做的，喜欢吗？从选竹到烘竹，再到排竹，就连结绳都是我一人所做，不过花了两三日的工夫，厉害吧？"

一看到这些篱笆，就能勾起武瑞安昨夜不好的记忆，他哪里能喜欢得起来？便连连催促道："别玩了，快些回家去吧，否则等到了夜晚，在这荒郊野外的，指不定就有些不干净的东西出来乱窜了。"

"出来乱窜又怎样？您害怕了？"

"本王有皇气护体，怎么会怕？"武瑞安咳嗽了两声，接着道，"你一个女儿家，孤身在外，我是担心你。"

"您这不是来陪我了？我有你的皇气护体，便更加有恃无恐了。"狄姜嫣然一笑，俯身抽出一个竹排，又添了两根竹子上去，用麻绳捆绑紧实了，才道，"帮我把多出来的那块切掉，这样一会儿排列起来才好看。"

武瑞安愣在那，不知如何下手。

"愣着做什么？戈壁待了三年，连木工也不会？你们安营扎寨都是手底下的小兵做的？"

"当然是他们去做，本王哪里需要费这么多工夫？"武瑞安嘴里虽然在抱怨，却还是蹲下了身，从一旁拿来锯子，开始一寸一寸地割竹子。

二人谁也没有再多话，狄姜一边扎竹排，武瑞安跟着将竹排锯整齐，二人配合有序，便赶在天黑之前扎好了来。等将竹排放置在门上后，这破旧的小屋便算是修整妥帖了。

"这样王二娘以后就能睡个安稳觉，不必担心门会漏风了。"狄姜拍拍手，擦了擦额头的汗。

"王二娘是谁？"武瑞安蹙眉道。

"就是这间屋子的主人呀。"狄姜看向屋子的左边，只见靠山体的一侧有一棵大树，树下有一座低矮的坟包。她道："这间屋子原先是给林里的猎户歇脚用的，王二娘的丈夫在竹林中打猎，不幸被豹子抓伤了颈部，去世多年。王二娘为了陪伴她的丈夫，便买下了这座小竹屋。不分寒暑，不分春夏，只要活着一日，就会守着他一日，就算死了，也还是想永远在这里陪伴他。"

"倒是个感人的故事。"

狄姜颔首："我路过这里的时候，想起她曾托梦给我，说家里的门坏了，她和夫君都觉得晚上吹着冷，让我帮着修理修理。前些时日有事耽搁，给忘记了。此番正巧路过，便来帮她修修房子。所以这三天，我就是在这儿给他们扎竹门了。"

"托梦？"狄姜说了这么多，可武瑞安的心思都放在了"托梦"二字上。他觉得很奇怪，寻常人还会给人托梦？

武瑞安疑惑着，打开了竹屋的窗户。

"别看！"狄姜话音刚落，武瑞安已经瞧见了屋内的景象。

"啊——"一声声惊天动地的叫声撕裂了狄姜的耳膜，武瑞安跌坐在地上，许久才平静下来。

武瑞安指着屋里的腐尸，惊魂未定道："里……里面的人都烂了！"

"谁说不是呢。"狄姜点点头，"王爷没见过死尸？您将我从地窖里抱起来的时候，腐尸可比这里多多了。"

"那不一样！"武瑞安连连摆手，道，"那时本王心中只记挂着你的安危，哪里会在意其他？何况那时我也有所准备，而这……你明明是来说帮她修房子，还说她夜里冷，我怎会想到她已经死了！"

"所以是托梦呀，"狄姜言笑淡淡，上前扶起武瑞安，道，"好了，我要做的事情已经做完了，我们回去吧。"

"那这尸体呢？"

"这里本就是荒郊野外，平时也不会有人来，王二娘喜欢住在这里，就让她继续住着吧。"

武瑞安咽了口口水，定定地看着她，严肃道："你究竟是什么人？"

"大夫呀，"狄姜不耐道，"怎么人人都喜欢问我这个问题？我不过是他人有难，便能帮则帮，难道就凭这点，你就觉得我不是人了？"

"你是人……"武瑞安想不出该如何说，良久才道，"但不是普通人。"

狄姜弯起眉眼，掩嘴一笑："钟旭也不是普通人呀，我与他做的事情，从本质上来说没有什么区别。"

"嗯？"

"他捉鬼，我医鬼，从根源上来说都是希望他们不要去害人，了结自己的一方因缘罢了。"

"你也是道士？"

"你也可以这样认为。"狄姜从道旁提起灯笼，不灭灯立刻在手中亮起了光芒，在这昏暗的夜里显得尤为温暖。

武瑞安走在狄姜身旁，虽然心中惊疑未定，但仍是将她护在周身。不知为何，他心中就是笃定，狄姜是需要人保护的。

他很乐意充当她的护花使者。

二人就着夜色，踏着月光，一路向北，或许是因为轻车熟路，又或许是因为旁的原因，回城的路比之前要快上许多，天还没有大亮两人便已经回到了太平府。他们入城之时，守门的士兵都睡着了，进城之后，一路上也没有遇到宵禁时巡逻的武侯，就好像整个城里只有他们两个人。

"待我回府之后，定要好好管管这群值夜班的武侯，如此消极怠工，简直可恶！"武瑞安愤愤道。

狄姜"扑哧"一笑："若不是他们消极怠工，我们今夜就要露宿街头了。"

"我们不一样！我们是正经良民，又不是偷鸡摸狗的贼，遇到我们可以消极怠工，若以后遇到不法分子呢？随他们这样保卫皇城，也太叫人不放心了。"

狄姜摆摆手："好啦好啦，等你回到王府继续当王爷之后再说吧。"

二人继续向前走，不一会儿便到了南大街的尽头。狄姜站在药铺前，一边开门，一边与武瑞安道别："多谢王爷来寻我，委屈您了，晚安。"

"这有什么委屈的？"武瑞安一拍胸脯，笑道，"只要能与您在一起……"武瑞安还没说完，却听"嘭"的一声，药铺大门便已经关上了。狄姜闪身进屋，他所有的甜言蜜语就都被堵在了肚子里。

"好听的话就留给那些仰慕您的女子吧，民女睡了，王爷也早点睡吧。"狄姜在门里喊了一句，便上楼回房睡觉了。这种话，她懒得听，也不想听。

武瑞安一脸郁闷，只得转身回了棺材铺。一刻后，武瑞安洗漱完毕换上中衣上了床，照例打开了窗户，果不其然，对面的烛台还亮着。此时狄姜又燃起了安神香，像突然想到什么似的，又披了件外衣推开了窗户，果然看见武瑞安正趴在窗户上看自己。

她一如既往地镇定，但笑容却深了两分。她冲他浅浅一笑道："王爷累了一天，还是早些休息吧。"

武瑞安面色一红，定定地点了点头，道："晚安。"

"您也是。"狄姜关上窗户，吹熄了蜡烛，心情平静地进入了梦乡。

对面的武瑞安更是如此，心满意足地一觉到天亮。

第二日早饭时间，四人各怀心思吃完早饭，问药见狄姜和武瑞安之间气氛融洽了不少，便忍不住凑近狄姜压低了声音，高深莫测地谄媚道："掌柜的，您和瑞安王爷孤男寡女，在外留宿一天一夜，发生了什么呀？"

"你猜？"狄姜喝了一口茶，对她的谄媚不为所动。

"我哪里能猜到您的心思呀，求求您了，告诉我吧！"

"你还好意思问？"狄姜没好气道，"你将武瑞安骗到小雷音寺，是想要了他的命吗？"

"当然不是啦，有您在那里，他怎么会出事呀！"问药呢喃了一会儿，惊道，"您不会没去那里吧？"

狄姜摇了摇头："路上有事耽搁了，便没有去。"

"您居然没有去！您不是隔三岔五就去那儿打坐静修吗？"问药惊呼道，"那瑞安王爷怎么出来的！"

狄姜扬起嘴角，微微一笑，一脸赞赏道："只有拥有纯净心灵的人，才能不为九层镇灵塔的梵音所困，武王爷便是这世间少有的真君子，朗朗胸襟，叫人钦佩。"

问药一拍大腿，惊喜道："我就说王爷举世无双嘛！您现在喜欢他了？"

"我从来就没有讨厌他呀，只不过你说的那种喜欢，我过去不曾有，现在不曾有，以后也不会有。"狄姜一盆冰水浇灭了她将燃起的希望。

狄姜转过身来，对武瑞安道："王爷的车驾很快就要回京了吧？"

"应该就在这几天了。"武瑞安耷拉下脸，愁眉苦脸道，"届时就不能这样随兴所至地生活了，估计到哪儿都有许多人跟着。"

"您是武王爷，素来随性，没道理挣得功与名之后，反而畏首畏尾了呀？不开心了便来找我，我见素医馆的门随时向你敞开。"

狄姜说完，武瑞安眼前一亮，喜道："真的随时都可以来吗？"

"当然。毕竟我们是朋友啊。"

"哦……"武瑞安面色一喜，听到后半句的时候又收起了笑脸，蔫蔫地点了点头。

就这般，日子匆匆而过，几人朝夕相对的日子很快便过去，明日就是大军班师回朝之日。武瑞安的车驾已经在城外驻扎，等待明日从明德门入城。届时，大军会从安平大街直入皇城，女皇在太极宫设宴，随行二十名副将都在被邀请之列，并趁此机会犒劳三军。

坊间传言，女皇钦赐一等殊荣，命百官出城相迎。如此荣耀已经五年未曾得见，上一次轰动全京城的大事还是女皇登基之时。于是大臣纷纷开始关注这位不受宠的皇子，猜测女皇是否有意将太子之位定在武瑞安身上。他凭借自身战功，一夕之间成了文武百官争相讨好的对象。但是朝堂上的风起云涌沾染不到狄姜这里，她每日依旧忙活自己的事情，要么去东家采买药材，要么去西家赏赏花听听曲，武瑞安一个大活人整日跟着她晃悠，她却只将他划在了问药书香一流，对几人一视同仁。

武瑞安一边觉得泄气，一边又觉得温暖。泄气在狄姜的不重视，温暖便是觉得只有在她这里，才能享受一夕安宁。这几日，狄姜和武瑞安每晚都会在窗前互道晚安，默契地一笑，然后一起熄灯就寝，不过三五日，这已经成了他人生中最重要的时刻。所以就算一会儿要赶回城南大营，他也仍然穿戴整齐，站在窗前，等着哄狄姜睡觉了再离开。

这夜似乎过得尤其快，不一会儿已经快到子时。狄姜清点完楼下的账目，回房梳洗完毕之后，照例打开了窗户。当她看见武瑞安穿着盔甲抱着头盔，整装待发地站在窗前时，心中一凛，这才惊觉，原来已经到了分别之时。

烛火映衬着狄姜的面庞，她朱唇轻点，眉目柔和，仿佛就是世间最温暖的一道光。

武瑞安将她这副模样映在心上，微笑挥手道："晚安。"

狄姜亦是一笑，却道："再见。"说完，她关上了窗户。

武瑞安长长地舒了一口气，想他等了一个时辰，却只等到一个"再见"，实在是让人泄气。正在他准备离去之时，对面的狄姜忽然又打开了窗户，一脸的焦急与不舍。

"狄大夫……"武瑞安心中一暖，刚要说出依依不舍的惜别之语，却听狄姜急道："记得把欠着的房租给我补上，五十倍。"她说着，张开了五指，使劲地晃了晃。

武瑞安几欲晕厥，愣愣地点了点头。

狄姜这才放下心来，飞速关上窗户，安心地去睡了。

看着对面暗下的烛光，武瑞安无奈地耸了耸肩，苦笑着摸黑出了城，去与冒充了他半月的副官会合。

第二日，午时，旭日当空。太平府百花齐放，在安平大街的道路两旁开成了花海，人们或将自己家中的花盆搬出来，或采摘了野花抱在胸前。这是民众自发的行为，只为了迎接他们的护国英雄，兼京城第一美男子。

花神录

文武百官下朝之后，便从含光门而出，整齐划一地从安平大街出了明德门。

在明德门外，神佑大将军武瑞安的车驾早已在此等待。只见武瑞安坐在一匹扎着五花三络，戴着金鞍玉辔的白马上，更加凸显他的气质不凡与英武十足。

此时的他确实与从前的弱不禁风大不相同，明明是同样的武官却让人觉得更为耀眼。他只需要一个浅浅的微笑，便能让候在街边的女子晕厥过去。而他的身后，随行的二十名副官也同样帅气逼人，清一色地坐在骏马之上，将他衬托得无比高大，叫人移不开眸子。

兵部尚书侯文理亲率百官站在道旁，拱手行礼道："下官侯文理，恭迎神佑将军凯旋。"

"多谢侯大人。"武瑞安抬起手，示意他免礼平身。武瑞安抬起头，看着眼前高大的城门，想到自己虽然早已经回来过，但是此时给他的感觉却有些不同。从前，在他离开太平府之时，就算有民众夹道欢送，也不过是女子恋慕一个男子的行为而已。而现在，他回朝一事竟是举国同庆的大阵仗。他这一刻才觉得，自己是太平府的主人，是大家寄予厚望的王爷。

就在大军准备进城之际，他突然看见城楼砖瓦之上有一抹熟悉的身影，虽然因太远而看不清眉目，但她的穿着却十分眼熟。只见她头戴一顶白纱质地的幂篱，宽大的帽檐边直顺地垂着素纱，风一吹，便随风起舞。看那形状，正是狄姜挂在房中的那一顶。当然，这样的幂篱很多见，甚至可说是这世上的每一个女子出门都会备着的东西，武瑞安必不会因为这个而迷茫。但让他惊异的是，在那女子的幂篱之下，两肩处分明绕着一条浅绿色的束带，胸线以下，则穿着一件鹅黄色的长裙，而外罩的披帛是几近透明的云锦，其上秀着海棠花，它将束带和裙子的柔美敛在一处，瞧上去俏皮又不失庄重。正是狄姜平日里最喜欢的一套。

武瑞安心中震惊，再仔细一看，城楼上又没了身影，别说是女人了，就连一只鸟儿都没有。武瑞安摇头失笑，只叹定是自己太过思念的缘故，才会在青天白日之下看见此番幻影。那么高的城楼之上，一个弱质女流如何能攀得上去？

侯文理候在一旁，看着武瑞安面上的表情，一会儿惊一会儿笑，侯文理十分紧张，生怕是自己哪里做得不好，惹他如此，便试探道："武王爷笑什么？"

"没什么。"武瑞安摇了摇头，道，"走吧，不要让母皇等急了。"

"是。"侯文理垂首，请武瑞安先行。

于是以武瑞安为首，跟着的是两位副将，再是文武百官，最后便是那二十名副官，一行人浩浩荡荡，从安平大街昂首而过。一路上山呼海啸的尖叫足以刺透耳膜。武瑞安双目一路搜寻，却再也没看见穿着鹅黄衣裙的女子。

巡游队伍到了朱雀门，武官们纷纷下马。一行人经朱雀门入了皇城，穿过一片白玉铺成的广场之后，从承天门入了太极宫。女皇辰曌设下的宴会便在此举行，这里亦是文武百官每日上朝的地方。辰曌一早便穿着翟服，端坐在大殿上，静候皇儿携众将归来。

武瑞安上殿之后，随即单膝跪地，双手抱拳，携众人一起山呼万岁。辰曌立即抬手，在珠帘之后，笑道："皇儿请起，众卿平身。"

伴随着太监的一声高呼，众人起身入席。武瑞安的位置离辰曌最近，辰曌可以轻言细语地与他交谈。二人相见甚欢，略微闲聊家常之后，辰曌突然和煦一笑，对众卿朗声道："此番突厥欲与我宣武国和亲，突厥会派一位貌美的嫡亲公主来我宣武，修百世之好，免两国百姓遭战火波及，颠沛流离。"

此话一出，满堂齐齐恭贺，唯独武瑞安面露不解，蹙眉道："为何儿臣不知此事？"

"皇儿在行军途中，自然不知国之政事，"辰曌扬了扬手中的国书，笑道，"此国书乃是由八百里加急直送大明宫，你意下如何？"

武瑞安摇摇头："儿臣觉得并不怎么样。"

"你从军三年，武力见长，可规矩倒是忘了不少，"辰曌虽然语带斥责，但眉目里却没有丝毫怪罪，又道，"此次大破突厥，你是主帅，又是皇子，娶突厥公主为侧妃，倒是最为合适。"

"儿臣不娶！"武瑞安脱口而出，惊了周围一众官员。

"越来越没规矩了。"辰曌板起脸呵斥。

武瑞安咳嗽了一声，深呼吸后，才郑重其事道："他们随意塞个公主来堵我大宣武的嘴，简直是司马昭之心，路人皆知！"

"哦？那你倒说说，他们存了什么心思？"辰曌莞尔一笑。

"突厥发兵在先，是他们理亏，而后又战败，自然是要割地赔款，此番才来议和，早干吗去了？现在才派公主来和亲，不过是想免了那些赔偿，用一女子来交换十里城池，万千黄金，他倒是想得美！"

"安儿有理。"辰曌满意地点头。

"何况……"武瑞安欲言又止。

"何况什么？"辰曌道。

"何况本王英俊潇洒，想要嫁给我的女子，从这排队到楼兰恐怕都不止，他突厥公主想嫁给我，何德何能？"

武瑞安脸不红心不跳地说完，惹得满堂哄笑，就连辰曌都笑得不可自制，连连摇头道："朕这皇儿啊，真是能说会道，偏偏还都说到了点子上，让朕不得不服。"

武瑞安骄傲地一仰首，拿起了桌上的酒杯，准备敬众人一杯酒。等众人笑罢后，却闻辰曌又道："不过，朕已经同意了他们的议和。"

"为何？！"武瑞安一惊，手一抖，酒杯中的酒便洒出去大半。辰曌使了个眼色，立在一旁的太监便将国书送到了武瑞安手上，他铁青着一张脸看完，越看到后头，心越凉。

"他们居然愿意赔偿两倍的损失？！"武瑞安惊道。

辰曌点了点头："如此有诚意的议和，朕没有理由拒绝，突厥使团将在四日后入京，届时，突厥公主天香将会与朕之儿女们同住大明宫，由你日日带她赏玩。不、得、推、拒。"

辰曌一字一顿地说完，武瑞安便如遭雷劈般瘫软在凳子上。他知道现在自己说什么也没有用了，因为在国之大义面前，他一人的婚娶又算得了什么呢？既然承了皇家的利益，就得担起相应的责任。

武瑞安失魂落魄地参加完国宴，紧接着回到王府，却见府上也张灯结彩，活像自己立即要娶亲一般。

"结这么多彩花做什么？你想结亲不成？"武瑞安回到王府，一腔怒火无处发泄，便逮着谁骂谁。管家刘长庆也不知道发生了什么，竟惹得王爷这般大的火气，便支支吾吾道："奴才是个阉人，如何结亲？张灯结彩自然是恭贺王爷凯旋。"

"撤了！都给我撤了！"武瑞安破口大骂道。

"王爷……撤不得呀！"刘长庆急道，"一会儿百官就该来道贺了，您好不容易回来，自然要将王府修整一二，也好图个喜庆不是？"

"喜什么喜？本王现在最烦有喜！"武瑞安翻了个白眼，入了后堂。

刘长庆不敢跟上去，便找来副将问了一二，才知道女皇意欲给武瑞安赐婚，对方还是一位和亲而来的突厥公主。刘长庆本想恭贺，但见自己主子吃了炮仗一样的神色，便知道自己还是不要去触霉头为妙了。于是索性张罗着人守在门口，等到晚些时候，王府大宴宾客之时，再做打算。

武瑞安回房脱下盔甲，便直挺挺地倒在床上，看着天花板上面雕龙画凤的一切，突然觉得很是陌生。他已经习惯了塞外沙漠里黄土漫天的景象，也习惯了阴暗狭小的棺材铺里孤枕难眠的滋味，现在，他对生活了十年的自己的王府有了陌生感。这让他如坐针毡，难以入眠。现在，他总算深切地体会到，什么叫一日不见，如隔三秋。若不是门外有一堆人恭候着，他早就溜出去，到见素医馆找狄姜主仆喝酒谈天了。

武瑞安深深地叹了一口气，随即认命地穿上三年未着的朝服，去往前厅接待宾客。

是夜，晚宴结束后，武瑞安送走了满堂宾客后，刚松了一口气欲回屋就寝时，却见一素衣女子仍旧坐在厅中。见她的梳妆打扮，应是某位大臣的内眷。只见她双手不自觉地搅着手帕，东张西望，一脸的焦急。

"这位夫人是……"武瑞安站在门柱后头，问管家道。

刘长庆也不认识她，便派了一人去问，片刻后才有人回禀，道："那是龙将军的妻子，柳氏。"

"哪个龙将军？"武瑞安疑道。

"正是三年前风靡一时的龙茗，龙大将军。"

"哦，他啊。"武瑞安暗暗低头，沉思道，"她这么晚还坐在这儿干什么？

不知避嫌吗？”

"她的婢子回说，龙夫人想问问王爷，龙将军为何没有回朝。"

武瑞安哑然，失笑道："本王与龙茗根本不属同一大营，本王回朝，与他何干？这柳氏竟连自己的夫君在哪个军营都不知道，真是平白地惹人发笑。"

"是了，龙将军在京中无亲无故，若塞外通信不好，龙夫人收不到信也是情有可原。"刘长庆一声叹息，都知道二人夫妻不睦，这样登高跌重，真真让人连嘲笑都觉得多余。

"原是婧仪的婢子，难怪有些眼熟，你去打发她走吧，客气些，不要失了礼数。"

"是。"

武瑞安说完，便转身回了房。

当晚，果然又是好一通失眠。他习惯性地打开窗户，却发现窗外是一湖池水，此时月朗风清，景色宜人，说不出的悠然。可再好的景色，也弥补不了他心头的失落。

武瑞安看着湖中的凉亭，想起曾经也与狄姜在此游玩，不禁心惊，扪心自问道："自己这是真的坠入爱河了？"

好像还真是。

接下来的三天，武瑞安除了早起上朝之外，下朝之后先是被右丞相长孙无垢请去用午膳，晚间又不得不应左丞相公孙渺的邀约。总之去过一位大臣的宴请，就得把当朝六书二丞的宴会通通接受，否则就是得罪人。

武瑞安在母皇的唠叨下，这三日连早膳都是在旁人家中度过。显然这些大臣并没有将突厥公主放在心上，知道就算要娶也不会是正妃，王妃的位子只能出在这些豪门贵胄之中。所以不管是早膳、午膳还是晚膳，大臣家中的帘子后面总有蠢蠢欲动的声音，那是女子的谈笑和惊呼。毫无例外，众位大臣都竞相来推销自家的女子。说得好听是宴请，说直白了就是相亲，可武瑞安现在心里根本容不下旁人，就算再是国色天香，也入不了他的眼。反而在见惯了这些豪门贵女之后，再想起狄姜那一双清亮的美眸时，更是觉得熠熠生辉。

第四日正午，突厥使团准时从通化门来到皇城前，围观的百姓自是不少，可他们非但没有表示出欢迎，还个个都面露鄙夷。

"突厥发兵在先，现在来提和亲，真是黄鼠狼拜年，不安好心。"

"可不是？武王爷带兵在外，命悬一线，可不就是被他们害的？照我说，就该把这公主拉出来剐了！"

"哎，此言差矣，"也有人道，"一介女流或许只是政治的牺牲品，不远万里来到我宣武，自然要以礼相待，才可使我国礼仪之邦的威名远播，致万国心甘情愿地来我朝臣服。"这人说话时一脸骄傲，正是在家无聊了许久的问药。她的话语惹得周遭人好一通瞩目，看她就像在看一个怪物。

问药却用手肘戳了戳狄姜，道："掌柜的，我说的还可以吧？他们都在佩服我呢。虽然这话是您跟我说的，不过我能一字不漏地记下来，也算是很厉害了，对不对？"

狄姜低头扶着额，想要装作不认识她。有些话能私底下说，但是摆在台面上就没什么必要了，人的思维和境界不同，看待事物的角度也就不尽相同。你若非要去与他理论，那就只能是鸡同鸭讲，对牛弹琴，毫无作用。

突厥使团行至丹凤门，使者下车之后，便带着公主以及一行女婢从丹凤门入了大明宫。事先在此等候在内的女官立即带领公主一行人进大明宫安顿，由于内宫只留女眷，突厥大使便由原路返回，到永福坊的驿馆与使团其他人会合。午膳由礼部尚书负责，晚宴才是使团与女皇正式宴会之时。

武瑞安站在皇城上，看着突厥使团一行人来了又走，皱着的眉头就没有松开过。辰嫕不知何时出现在他身后，也未让人通传，走近了才道："皇儿。"

武瑞安一惊，立即躬身行礼："儿臣参见母皇。"

"不必多礼，快快起来，"辰嫕柔声道，"今日，你我只当是寻常人家的母子，朕想与你说说心里话。"

"母后请讲。"虽然武瑞安大致已经猜到她想说什么，但仍是做出一副洗耳恭听的模样。

辰嫕缓缓道："朕知你心中有气，但是男儿当以国事为重，朕对你寄予厚望，你切不可再依着儿时的性子胡乱莽撞了。"

"儿时的性子？儿臣从前是什么性子？"

"开心了让你做什么都可以，不开心了连园子都放火烧过，是也不是？"

"是……"武瑞安耷拉着脑袋，觉得母皇教训得不错。

辰嫯又道："这次突厥使团来访之事，务必做到妥妥帖帖，让邻邦都知我宣武国度量不俗，只要愿意与本国和平相处者，我国也将以礼相待。"

"是，母皇。"

"你长大了，朕对你抱有很大的期望，不要让我失望。"辰嫯伸手去抚武瑞安的鬓角碎发，岂料他却一把推开了她的手。

他突然抬起头，满眼不解，道："从前母皇只当儿臣会早夭，从未给过儿臣任何机会。如今皇兄一个死，一个废，一个尚在东都静养，您身边无人可用，现在才叫儿臣努力？什么寄予厚望，根本是无稽之谈！母皇，您扪心自问，可有一日想过儿臣究竟如何才得幸福？"

"你！放肆！"辰嫯震怒，一拍城墙，惊得身后跟着的太监宫女都缩紧了后背，生怕被牵连。

武瑞安深呼吸，收起脾气，淡淡道："所以儿臣该怎样做，母皇才满意？"

辰嫯见武瑞安情绪缓和，也不愿多加斥责，便也和颜悦色道："你只需好好招待突厥的天香公主，早日成婚。至于旁的事情，有母皇替你做主。"

"呵，说得好似娶突厥公主不是您做主的一般，儿臣领旨谢恩便是，儿臣告退！"武瑞安嘟囔了一句，在辰嫯发怒之前，率先起身离去。

依然是我行我素的性子，不将任何人放在眼里。过去因为无人在意他，所以没有人放在心上，只当他性子骄纵。可如今，当所有人对他寄予厚望时，他的一举一动、一言一行，就都显得格外惹人注目。这个皇儿……还有很长的路要走。

辰嫯看着他离去的身影，揉了揉眉心，长长地叹了一口气。

晚宴时，突厥使团被奉为上宾，朝中二品以上大员皆列在席，众人相谈甚欢。女皇辰嫯着正装翟衣，端坐在皇位之上，她的头上缀着二十四支金簪，看上去雍容华贵，端庄典雅，虽是女子，却也显出了一国之王者风范，叫人心中生不起半点轻视之意。而在她的身前，更垂着一道水晶珠帘，她的眉目便敛在这帘后，堂下之人只得听其浑厚有力的圣音，而不得窥明其本人。

突厥议和使者坐在天香公主右侧，紧挨着右丞相。在他们对面，武瑞安一脸不悦，似乎每个人都欠了他不少钱，辰嫚好几次咳嗽都没能将他点醒。

天香公主身着胡服，披金戴银，眉心一点吉祥痣与发际红线交相辉映，更显得双眼深邃有神。她坐在椅子上，双膝交叠放在一侧，凸显出她腰细腿长的曼妙身材，再加上今日浓妆艳抹，端足了异域风味，这让在座所有男人的眼睛都止不住地往她身上乱瞟。唯独武瑞安似瞎了眼，正眼都未曾瞧过她。

不过这也不奇怪，武瑞安什么样的西域胡姬、新罗婢女没见过？清纯有之，风骚有之，从小到大就光研究女人去了，如今就算天仙下凡，他也未必多放在心上。尤其当他一想到自己将要娶她时，更是郁闷得难以自持，桌上的酒杯一杯接一杯地往嘴里送，压根没停过。天香公主的双眼一直火辣辣地盯着武瑞安看，见他不看自己显得很是生气，可武瑞安只当没看见，面上摆明了就是一副"你喜欢我，是你的事，与我无关"的模样。

女皇辰嫚坐在高处看着这一切，心中十分尴尬，若不是左右丞相见识广博，与突厥来使交谈甚欢，她真是不知该如何安慰天香公主。

晚宴进行到最后，就要开始具体谈双方诉求。只见突厥使者左手搭肩，出席行礼道："女皇陛下，可汗愿意交付三倍的赔偿金，换取两国和亲，结秦晋之好。"

"哦？"辰嫚奇怪道，"此前修书曰双倍，为何又多了一倍？"虽说这是大好的便宜，但是天下没有平白掉馅饼的好事，便接道："贵国可还有旁的要求？"

"可汗希望女皇首肯，释放我国战俘三十人。"

突厥使臣明格说完，一众武将纷纷抬头，尤其是武瑞安，大手一挥，激动道："绝对不行！"

"为何？"辰嫚看向武瑞安，压抑着怒气道。

"这些战俘，骁勇善战，其中更有领兵作战的将领，就连主帅羯厉也身在其中，如此放回，无异于放虎归山！"武瑞安说完，武官纷纷表示赞同，文官则皆陷入沉默。

这时，使臣又道："突厥意欲与宣武结百世之好，迎武将回国，也在情理之中，武王爷英明睿智，盖世不凡，却是杞人忧天了。"

"哼。"武瑞安冷哼一声,又开始饮酒。

此时,却见天香公主樱唇一张,开口道:"王爷,我是父汗最疼爱的嫡亲小女儿,有我在这里,你怕什么呀?"她说完,武瑞安通体一震,惊愕地抬头,再仔细一看,才发现这天香公主不止声音让人耳熟,连五官也是那么熟悉。

此刻不止武瑞安,连他身后坐着的两员副将也是一脸狐疑。只因此人音容笑貌,都像极了突厥大营里羯厉的谋士。而羯厉之所以被俘,就是为了救那个谋士,此时一看,细细想来,那谋士可不就是天香公主女扮男装所为?

三人对她另眼相看,不再将她当作一介女流,反而开始钦佩。钦佩她在沙场上运筹帷幄、英姿飒爽的模样。

武瑞安心下有了主意,便松了一口气。他举起酒杯,敬了她一杯酒,天香公主大大方方地回敬,二人算是一笑泯恩仇。

女皇辰嫛见二人关系有所缓和,心中的开心溢于言表,端起酒杯与众臣同庆,道:"在座皆是我宣武的中流砥柱,今日只当是家宴,不谈国事,政事留在改日再与诸位爱卿具体商议。今日只管饮酒谈天,欢迎各位使臣远道而来,也算是为天香公主接风洗尘。"

"陛下万岁万岁万万岁——"众卿举杯高呼,武瑞安与天香公主对视一眼,又是默契一笑,全然忘了此前在战场之上不是你死就是我亡的场面。

之后的几天,武瑞安竟老老实实地陪伴在天香公主左右,鞍前马后,十分殷勤。就连他的副官也调侃他:"您怕是在战场上就看上她了吧?下官记得,您还夸过她'聪敏机慧,不似寻常只懂蛮力的胡人',当时她穿着男装,现在您发现她是女人,还是自己的未婚妻,便更加爱不释手了吧?"

武瑞安高深莫测地一笑,学着狄姜的语气,吐出了两个字:"你猜?"

副官自然是觉得自己很有道理,便也当真了。一传十十传百,武瑞安天天带着公主在太平府游玩,闹得人尽皆知。茶馆的说书先生说得一个比一个真,一个比一个仔细,小到武瑞安替天香公主拢头发,大到为她脱掉湿了的鞋袜,事无巨细,口若悬河地向听众道来。活像每每他二人外出游玩时,他都跟在二人身后似的。总而言之,所有的故事都告诉着民众:武王瑞安将不日大婚,新娘便是突厥来的天香公主。

"武王爷才不喜欢那个胡姬呢！他什么样的女人没见过？管她是胸大还是腿长呢，咱们王爷看不上！"问药叉着腰，与茶馆的说书先生大打一架之后，转身回了见素医馆。她刚一到家，便走进柜台，拉着狄姜的手急道："掌柜的您听说了吗，武瑞安要娶妻了！"

"噢？他终于要娶妻了？"狄姜继续切着佛手，将果子一片一片地割下，分装在油纸包中。问药见狄姜不紧不慢不急不躁的模样更是激动，立刻伸出手锢住她的肩膀，将她强行扭转过来看向自己，一字一句道："掌柜的，武瑞安娶妻了，您可不要后悔！"

"他娶妻我为何要后悔？"狄姜一愣，又道，"何况他是王爷，已经过了弱冠之年，这对一个豪门子弟来说，已经是不可思议，他娶妻是早晚之事，我们需要讨论的只是他要娶几个的问题。"狄姜见问药被自己堵得哑口无言，一副憋屈的模样，心中便一个不忍，为了满足她的唠叨欲，才道："说吧，他要娶哪家的姑娘？"

"还能有哪家？当然是那个突厥来的天香公主了！"问药手舞足蹈道，"你都不知道，最近坊间已经传遍了，他们日日游山玩水，纵情高歌，感情好得不得了！"

"是吗？那很好啊，夫妻感情和睦，互相欢喜，才是婚姻的基石。"狄姜转过身子，继续研究药方，又从高阁之上取了几钱枸杞堆在油纸上。

问药一脸失落，认命道："天下第一公子要结婚了，以后我就只能喜欢京城第一公子了。"

"江琼林？"狄姜转过头，表示一脸赞同。

"掌柜的也见过他了？"问药微微惊讶。

狄姜也不隐瞒，点了点头："找了空当，顺路就去看了看，果然是名不虚传。"

"是吧！掌柜的也喜欢他？"问药一脸媚笑，似乎全然忘了此前因武瑞安娶妻而带来的不快。

"喜欢谈不上，欣赏罢了。"狄姜拍了拍手上的灰，转过头来细细打量着问药，见她一身水渍，眼带泪痕，便道，"你与人打架了？"

"没有！"问药心虚地缩起头，想转身开溜。

狄姜一把拎起她："因为何事？"

"真没有……"

"因为武瑞安？"

问药被狄姜盯得发怵，索性心一横，点头道："谁让那些说书先生乱说的，他们造谣！我便让他们知道乱说话的下场！"

"你干什么了？"

"也没干什么……就是扔了他的扇子，拔了他的胡子，然后我临走时，被他泼了一身水……"问药嘟囔着，又道，"我没做什么错事儿，掌柜的你要相信我！"

狄姜深深地叹了一口气，戳了戳她的眉心，心疼道："你呀，太莽撞了。"她说完，知道问药不好受，便也不再责骂她，反而话锋一转，道，"今日是初九，江琼林的开元日，你想不想跟我去看看？"

"真的吗？"问药两眼放光，激动道，"掌柜的真的要花大价钱带我去？"

"算是安慰安慰你，谁让你的王爷要与人结亲了呢？"

"掌柜的万岁！"问药激动得跳起来，抱着狄姜又亲又啃，惹得狄姜好一通嫌弃。

欢宜馆的掌柜人称徐娘。"徐娘半老，风韵犹存"这句话，放在她身上真是再恰当不过。传言她从前也是常乐坊中的一名舞女，能文能舞，相貌不俗。攒了些钱财被良人赎了身之后，也没过上几天好日子，那位为她赎身的老爷子便去世了。此后家中便再无人为她一介贱民撑腰，在那大院里，整日被当家主母虐待。一气之下，她索性买了一座小宅子，开了欢宜馆，专接待女客。

欢宜馆虽然规模不大，但名声在外，少有女客明着来此，但经常会有人送来帖子，着令将人送去某家某院里，不问姓甚名谁，不问美丑，只伺候个一两日，拿了钱财回来，也算是安身立命的法子。这花街柳巷里，时常有人打趣徐娘，道："徐阿娘许是上半辈子被男人虐待怕了，下半辈子倒立意新奇，翻身做起男人的主来了！"

徐娘总是秀帕一挥，掩嘴大笑，道："不过都是讨碗饭吃，多谢各位姑娘

花
神
录

给薄面儿了！"徐娘此言一出，再无人敢打趣她。只因这欢宜馆中的生意，大多都是被这花街柳巷中的姑娘点了去，她们平日里伺候人不舒坦了，便偷偷摸摸地叫男人也伺候自己一回，旁人或许不知道，但徐娘是欢宜馆的当家人，谁家姑娘做了什么，她都一清二楚。有把柄落在人家手里，怎还能说长道短呢？何况据说徐娘因手中那几个公子，在这太平府中混得风生水起，好几位诰命夫人都被她紧紧攥在手里，地位之稳固，叫人望尘莫及。是以欢宜馆虽然规模不大，但是影响力之深远，自有内行人瞧得门儿清。

当然，隐于地下的日子那都在江琼林出名之前，自江琼林来欢宜馆后，欢宜馆的名声便时常被人挂在嘴边，津津乐道。所以，在江琼林开元这日，则昭示他即今日起，正式开门迎客了。对他垂涎欲滴的女子就有机会成为他的入幕之宾，更有出得起钱财者，便能将他包下，不必再被旁人点了去。

当晚，欢宜馆一楼和二楼的三面走廊都被数道屏风和珠帘隔成了一间一间的雅房，这是给不愿透露姓名长相的客人准备的包间，价格不菲，狄姜闻之却步："要不，我们先回家，改日再来？"

就在狄姜打退堂鼓之时，问药却坚定地摇了摇头，她一脸哀求地看着狄姜，道："今天是开元日！我们怎能错过！"

狄姜叹了口气，心道自己哪里是怕错过？只不过是想满足问药的好奇心，让她开心开心。赚了这么多钱，不就是为了花得开心吗？想到这里，狄姜便一狠心，买了张一楼戏台前靠着边角的座位。在这里，怕是连牡丹公子的五官都瞧不见。可就算相距甚远，也花费她三个月的收入，让她好一通肉疼。

渐渐地，欢宜馆中高朋满座，人声鼎沸。每一张桌子边都坐满了人，原本只是四人座，到后来一张桌子或许要挤上七八人，就连角落里的狄姜都被挤得不胜烦扰。狄姜艰难地夺回桌上的一席之地后，便单手撑着头，与问药抱怨道："花了这么多钱，还坐得如此憋屈，可见江琼林的名声之大，身价之高啊……"

"可不是嘛！我才知道，原来喜欢江琼林的不止有女人，还有这么多男人！"问药伸长了脖子，东张西望，见这屋里七八成都是男人，又道，"都道太平府民风开放，但抛头露面的女子到底还是少见。"

"女子出门大多扮作男装，为了不引人注目，这里头怕都是女扮男装出门的吧，"狄姜摇了摇头，数着钱袋里为数不多的银子，叹息道，"何况能来这里的，还都是要花得起钱的女子，那么她们要么有钱，要么有势，但无论是其中哪一种，就更加不会轻易地抛头露面了。"

"那您这样是不是太引人注目了？"问药小心地四处观察，发现还真有人在看她们。狄姜对这点倒是不担心，笑道："反正也没人认识我们，而只要是认识我们的，八成也都成了死人，有什么好怕的？"

"也是！"问药重重地点头，遂放宽了心去。

就在戏台上红绸纷飞之际，身旁本就挤得水泄不通之时，小厮却又往里带了两个男人。这两人一个深眉紧蹙，一个满眼新奇，身上衣着皆为上等，看得出他们地位不凡。二人拿着两个小凳挤了进来，小厮在他们身后嚷道："最角落！最角落是你们的位子！"

"居然还要进人！"狄姜拍案而起，刚要发怒，却见来人是一个老熟人，一个天天被问药挂在嘴边的老熟人。

武瑞安。

"王爷，您怎么也来了？"狄姜一愣。

"狄……狄掌柜！"对方也是一脸惊讶，原本握着的身后那人的手也立即放开了去，面上的表情着实精彩。

狄姜将眸子放在他身后跟着的人身上，只见那人浓眉大眼，姿态妖娆，虽然是一副男装扮相，但仍掩饰不了她的身段曲线。就如同这在座的女子一般，大多也都是蛾眉换上了男装，生怕被人认了出去一般。这便是市井传言，武瑞安日日不离左右的天香公主吧？狄姜看了两眼，便不再看她，微笑点头便算打过了招呼，转而继续看着台上，紧紧盯着掌柜的一举一动。她生怕错过了江琼林的一颦一笑，那可都是白花花的银子啊！

江琼林上台之时，身穿一袭红衣，面上覆着一抹白纱，映衬出他的眼波流转，顾盼生辉。他上台后，向台下扫视了一圈，那眼中藏不住的悲戚，连问药都能看得分明。她揪着狄姜的袖子蹙眉道："掌柜的，江琼林怎么好像不大高兴的样子？"

"若是你被人当街叫卖，你会高兴吗？"

"哦，不会。"问药缩回脖子，继续看江琼林。

这时，江琼林抬起手，解下了面纱，大厅里立即响起山呼海啸一般的惊呼声，大家纷纷倒吸一口凉气。赞叹声、惊叫声此起彼伏，久久不能平息。虽然武瑞安和狄姜他们都曾见过江琼林的面目，但此时的他与素面朝天时又大不相同。彼时的他纯白干净，出淤泥而不染，而此时的他盛装打扮，极尽魅惑，可说是琉璃惊鸿，千绝万艳。

"琼林不愿开元夜被人竞相叫卖，只愿与喜欢之人共度春宵。"只听江琼林淡淡地说完，便素手一指。众人齐刷刷地顺着他手指的方向看去，便见角落里坐着一个着青绿衣衫的女子。只见那人年纪不大，衣着光鲜，模样也在中等偏上，似乎是个小家碧玉，只不过却是个生面孔，应当不曾在这个圈子里厮混过。大家纷纷猜测，那或许是太平府中某个新晋的贵女吧？

武瑞安却觉得脑子一轰，气血上涌，险些晕厥过去。只因他食指所指的地方，不偏不倚，正是狄姜。狄姜全身一抖，微微张开了双唇，面上的表情瞬息万变，她与周围人一样，也显得十分吃惊。

"我？"狄姜指着自己，问道。

江琼林嫣然一笑："我见姑娘面善，就是你了。"

"哈哈哈……哈哈……"狄姜尴尬地笑了几声，又道，"我何德何能，竟能成牡丹公子入幕之宾，您不要与我开玩笑了。"

"琼林没有与你开玩笑，还是说，姑娘看不起琼林？"

"不是不是，我很欣赏你，只不过……"狄姜连连摆手，一脸怔忪，但见自己越摇头，江琼林的美眸里便越发晶莹，站在台上，仿佛全世界都弃他而去。狄姜一个不忍心，便鬼使神差地点了点头，"好吧，江公子，我答应你便是。"狄姜说着，右手伸进袖子里，摸了摸为数不多的银子，心凉道："还没焐热呢，就要拱手让人了，实在是可怜可叹……只恨自己定力不够，舍不得美人落泪呀……"

武瑞安面露不善，胸中更是激雷涌动，心肝似乎在油锅里滚了一遭，躁郁难平，却还苦于无法表达。他直勾勾地盯着狄姜，可哪知对方看都不看他，一双眼睛只盯着台上的江琼林。真真叫一个是可忍，孰不可忍。

江琼林说完后便走下台去，众人自发地为他让出了一条道来，他便径直走到了狄姜身前。狄姜被他的美眸盯着，面上霎时泛起红晕，心中更有一种飘飘欲仙的感觉。也不知是不是因为她在人间待得太久，看到这般出尘脱俗的男子竟按捺不住心中的崇拜。武瑞安看着狄姜一脸花痴样，气得牵起天香公主的手掉头就走。

"我还没看够呢！"天香公主哭诉道，武瑞安也不理她，只管自己往前走。天香公主恋恋不舍地一步三回首，眼睁睁地看着江琼林朝狄姜伸出手，羡慕得一塌糊涂。

狄姜情不自禁地将手搭在江琼林的手上，他便牵着狄姜往后堂走去。问药兴冲冲地跟着他们，心中的激动溢于言表。直到三人消失在众人的视线里，人群中这才爆发出惊天的议论声。

江琼林入了后院之后，便将狄姜主仆安顿在一间客房中，又对狄姜道："姑娘在此休憩片刻，我先回房更换衣裳，除尽妆容，一会儿会有人来请您过去。"

"公子请便。"问药踮着脚，含情脉脉地替狄姜回答。狄姜剜了她一眼，又对江琼林点了点头。等他出了门，问药终于抑制不住心中的激动问道，"掌柜的！他怎么就看上您了！"

狄姜想了想，清了清嗓子道："爱美之心人皆有之，于人群中，我皮相不差，也不扭捏。坦荡清白的女子，谁不喜欢呢？"狄姜没有告诉她此前的一面之缘，或许因为见过，所以能放心些许。再者狄姜原本就长得面善，与谁都投缘。

小半个时辰后，江琼林的侍从差人来请狄姜，问药自知不该跟上去，便识趣地说在楼下等。上楼后，狄姜轻车熟路地来到江琼林的房门前，她知道进去意味着什么，但是她也明白自己对江琼林并没有什么非分之想，只是她天生好美人，想近距离一览光彩罢了。

狄姜深吸一口气，正准备敲门时，突然有一只手握在了她抬起的右手腕上，力气甚大，不容挣脱。狄姜侧头一看，见此人全身都笼罩在女人的幂篱中，叫人看不清面目。但幂篱下的身段显然不是妖娆的女子，而是一个英武有力的男人。

"走。"他低声喝了一句，狄姜立即听出，此人便是刚才带着天香公主离开的武王爷，武瑞安。

"我为什么要走？"狄姜耸肩，满脸好笑。

武瑞安却带着十分的怒气吼道："你走也得走，不走也得走，这事由不得你。"说罢，一把搂住她的腰，再顺势将她扛上肩，然后足尖一点，便翻身上了屋顶。

"放我下去——我给了钱的！很多很多钱！我连他的袖子都没摸到！"狄姜越想越窝火，双手猛烈地捶打他的后背，但他似乎打定了主意，不管她怎么闹都绝不放她下来。二人在各式各样的屋顶上穿梭，直到远离了花街柳巷一条街，脱离了人群，武瑞安才选了个风景秀丽的湖边将她放下。

狄姜努力地平复心情，许久之后，却还是忍不住怒道："你知道我花了多少钱吗？"

"我都会赔给你，十倍。"武瑞安说完，狄姜心中这才好受了许多，突然觉得今晚不仅没亏，似乎还赚了许多，当即心情好了不少。

"你笑什么？"武瑞安疑惑道。

"我花了和江琼林共处一晚的钱，却赚了十倍的钱，你说我能不开心吗？"狄姜显得心情很好，但武瑞安的脸色黑得能滴出墨来。

"你很喜欢他？"

"喜欢啊，美人谁不喜欢？"狄姜大方地承认道，"从长相到气度到才华都叫人无可挑剔，对待女人还一等一地温柔，试问哪个女人会不喜欢？"

"你！"武瑞安看着狄姜双唇张合，眼波镇定，毫无悔过之心，被怒火冲昏了头。他几乎再也按捺不住，突然上前用左手将她一把搂住，让她紧贴在自己身上，与此同时，右手更勾起她的头，而后双唇印了上去。

在二人距离不到毫厘时，狄姜"啪"的一巴掌，快准狠地落在了武瑞安的面颊上。这一巴掌倒是将他从怒火中给打醒了。

"对不起……我……我也不知道自己是怎么了……"武瑞安放开狄姜，低下头去，不敢看她。

狄姜从惊愕中回过神后，倒并不想责骂他，那没有意义。她努力地平复心情，待心平气和之后，才抄起双手，靠在树干上低头沉思。于是一时间，二人谁也没有再说话。

也不知道二人沉默了多久，武瑞安刚抬起手，想去握狄姜的手打破尴尬时，狄姜却不动声色地转过身去，抬眼看向河边的垂柳，淡声道："王爷，听闻您要大婚了，可几日不见，您却还是老样子。"说完，她顿了顿，又接连补充道，"登徒子的样子。"

闻言，武瑞安的手便半悬在空中僵了片刻，然后也不加躲避，似是已经习惯了狄姜这般。他一边淡然地缩回手，一边摇头失笑道："对不起，是本王唐突了。"

"王爷知道就好，"狄姜轻咳了一声，正色道，"你我以后还是不要再见面了。"

"狄掌柜当真狠得下心？"

"不是我狠心。是我原本就没有心。"

"是了……否则依照本王这般对你，就算你的心是块石头，也该焐热了。"武瑞安神色黯然，再提不起半分力气，知道自己今日莽撞，说什么都是多余，于是提起步子转身欲走。

"等等。"狄姜叫住他。

武瑞安眼含惊喜地转过身子，刚要开口，却见狄姜扔来一个小布包。他双手接住，便见手中多了一枚金丝团线绣成的布包，里面装着的正是此前他送给狄姜的那枚金丝玉镯子。

"既然王爷已经给了我租金，这个东西民女便用不着了，王爷还是拿回去吧。"

"拿回去？送给别人吗？还是放着睹物思人呢？"武瑞安苦笑道，"旁人配不上我的这份心，我放着也是碍眼，扔了便是。"他说完，便将布包扔了出去，只听"扑通"一声，布包便落在了湖里，不消片刻，便沉到了湖底。

狄姜眉也不抬一下，只微笑着看着他，淡淡道："王爷的东西想如何处置民女都没有意见，民女告退。"说完，转身离开。

"狄姜。"

这一回，是武瑞安叫住了她。

"王爷还有何事？"狄姜背对着他，轻言道。

"本王只想问你一句，今日我见你，是兴起而为之，你既然把金丝玉带在身上，是不是意味着，你日日都……"

"王爷您多虑了。"狄姜打断他道，"我只是习惯把杂七杂八的都带在身上，你看，这样的杂物我还有很多。"她说着，又从袖子里抽出了一把剪子，一根戒尺，还有梧桐书院的院规和一个碧色琉璃杯，到最后，竟还拉出来两条半尺长的咸鱼，那味道，可说是十里飘香，经久不散，别提有多提神了……

"你怎么会带着这些？"武瑞安惊得目瞪口呆，此时看她就像在看一个怪物。狄姜背影一颤，似是强忍笑意，许久，才听她正色道："因为我喜欢啊。"说完，她把东西都塞了回去，然后头也不回地离开了。武瑞安看着她的背影，这才知道为什么她的袖子比旁人宽大了许多，原来里面竟装了这么多乱七八糟的东西……

武瑞安闻着空气里强烈的咸鱼味，突然觉得，以前看她是顾盼生风，现在……是顾盼生咸鱼。而且，估计未来很久都会是这个味道。

他这时再回忆前尘，便深深地觉得，自己以前……脑子是不是被驴踢了？

第十九章
微服私访

第二日，御花园中，太液池旁，辰曌正拉着天香公主闲聊家常。

天香公主："陛下，您若是有机会，一定要见见牡丹公子！我还是头一次见到这么漂亮的男人！"天香公主口若悬河，将牡丹公子江琼林夸上了天，惹得周边一众宦官宫女都开始想入非非，就连辰曌也是掩嘴微笑。

"陛下您别不相信！武王爷昨夜还吃味离去了呢！"

"噢？还有这等事？"辰曌惊奇。

"我也奇怪呢！似乎是武王爷的一个朋友被牡丹公子选中了，他把我放在大街上就离开了，临走还说：我就不信一介面首能比本王的魅力还大！"

辰曌面露惊讶，堪堪地点着头，似乎听到了不得了的事情。此时，淑太妃的銮驾便停在不远处，见几人相谈甚欢，便只带了贴身婢女走了过来。

"臣妾参见陛下，陛下万福。"淑太妃点头行礼。

辰曌板起脸，淡声道："淑太妃请起。"

气氛在这一刻有些诡谲，辰曌与淑太妃素来不睦，这是举国上下都知道的事情。原因很简单，淑太妃是辰曌的亲外甥女，二人先后入宫，淑太妃却后来者居上，深得皇恩。二人之间矛盾的根源是献帝，而催化剂是所有人都知道的一件宫闱秘事。

二十年前，辰曌因献帝落入牢狱之时，令熹微被辰家掌家送去了当时还是献王的献帝身边，没过多久便封为了令淑妃。献帝对她爱不释手，成日里腻在一起，就算辰曌回到他身边，他也不再对辰曌如从前那般恩爱。渐渐地，无论献王身边的美人如何更迭，令熹微永远都在他的心尖尖上。久而久之，便有废了辰曌，改立令熹微为后的打算。也就在这时，献帝突然病重，没过多久就撒手人寰。死前留下一纸遗诏，直言：无论令熹微犯下多大的过错，都不得废其妃位，且要永远留在伴月宫，颐养天年，直到老死。伴月宫系历朝历代皇后的居所。这一记耳光，可说是扇尽了辰曌的脸面。

令熹微的身后本就有令家，虽然令家光华不复昨日，但是在朝中盘根错节的实力也不可小觑。如今得了这一纸诏书，辰曌为了顾全大局，无论对她恨得有多深，明面上都不能真正对她做什么。

献帝去世后，辰曌的长子继位，三月便暴毙，死因不明。而后二儿子继位，更因玩忽职守，被辰曌废去。同年，辰曌在武官及一众寒门高官的推举下，登基称帝，改国号为宣武。可就算她当了皇帝，那一帮顽固的守旧派仍是将淑人妃捧在了制高点，时不时就写文章，称她孝端正敬，仁义德顺，为当世女子之楷模。借着夸她，而暗讽辰曌牝鸡司晨，罔顾礼法。辰曌每每见到淑太妃，脑海里想到的都是丢尽颜面的过去。

淑太妃知道辰曌心中所想，但也知道她不能拿自己怎么样，便成日像个没事儿人一样，在辰曌面前晃。她直起身，和煦一笑："天香公主果如传闻一般貌美，汉话也十分熟练。"

"谢太妃夸赞。"天香公主俯身行礼，淑太妃立刻将其扶起。

"你们在聊什么？这般开心？"淑太妃又问道。于是天香公主又口若悬河地将刚刚的话重复了一遍，淑太妃的眼里立刻亮起异样的神采，活似铁树开了花。

辰曌坐在一旁，欣赏御花园中的美景，并不插嘴。她素来知晓，淑太妃对貌美的男子情有独钟，今日这般关心牡丹公子也在意料之中。淑太妃久居宫中，经常有些假太监出入其中，至于夜晚干了什么勾当，她懒得管，也不便过问。反正有那一纸遗诏在手，无论她犯了什么错都是可以被原谅的。

这时，日日来请天香公主的武瑞安也来到太液池边，给众人行礼问安之后，淑太妃立即亲切地拉着他的手道："安儿，你来得正好，听闻你昨日带天香去见过'牡丹公子'了？他为人如何？果如市井传言？"

武瑞安一脸黑线地点了点头，沉声道："那人实在是丢我大宣武国男儿的脸面！"武瑞安说完，又转头看向母皇辰曌道，"儿臣请奏，奏请母皇下旨一锅端了那欢宜馆，将此不正之风扼杀在摇篮里，绝不能任其滋长！"

"是吗？"辰曌高深莫测地笑了笑，"此前朕听闻牡丹公子翩然若仙，本还不信，今日再见你这般吃味的模样，看来他真是美得不似凡人了。"说着，几人互看了一眼，皆是低头暗笑。

"……"武瑞安面色一窘，发现被看穿了心思，便不再接话。

"此风确实不可助长，但若没有犯太大的过错，又有什么道理查封他呢？况且朕也是女儿身，此前几千年，也未曾有过女帝。此举亦是在我朝开了先河，又有何不妥？"

武瑞安心中一惊，知道自己说错了话，便连连认错道："儿臣不该妄言，请母皇息怒。"

辰曌"哈哈"一笑，摆了摆手，风轻云淡道："不必紧张，朕也只是与你谈笑而已。"

武瑞安无奈，见满座皆是女子，自觉无趣，便叹了口气道："儿臣还有事，先行告退了。"

"去吧。"辰曌摆了摆手。

"天香也告退了！"天香公主见了，也跟着武瑞安一同离去了，二人的感情看上去甚是和睦，让辰曌好歹有些欣慰。

二人离去后，御花园里只剩下女皇辰曌与太妃令熹微二人。两人模样相仿，年龄却差了十五岁，如今辰曌正值不惑，而淑太妃不过而立，正当青春。辰曌看着半明半媚的令熹微，欣羡道："淑太妃貌美，青春依旧，叫朕好生羡慕。"

"陛下何必羡慕？"淑太妃懒懒道，"本宫还记得陛下盛年之时，发长七尺，其光可鉴的模样，可谓是日日神采艳丽，宠冠后庭。虽然时间已如白驹过隙，弹指逝去，可您的光彩永远都留在本宫的心上。一如这园中的牡丹花，始终艳冠群芳。"

辰曌摇头一笑："艳冠群芳是好，可终究不过是女子之间的互相比较，且容颜易老，芳华易逝，不过都是镜花水月罢了。"

"陛下甘心就这样过一辈子？"令熹微道，"您日日殚精竭虑，也未必有人领你的情，何必活得这样不洒脱？前些日子，底下人刚送来了两位肤白貌美的小倌，您……"

"不必。"辰嫛摇摇头，笑道，"有先皇遗诏护身的你可以放纵享乐，但是朕不行。"

"您是皇帝！如何不行？"

"登基之后朕才晓得，原来世界可以如此宽阔，女子也不必每日囿于女红和儿女情长之间，大可以如男儿一般指点江山。男子于我而言，不过是绊脚石，没什么意趣。"辰嫛笑了笑，也不管她听不听得懂，说完便转身离去。经过令熹微的车驾边，只见一旁立着俩唇红齿白的小太监，看那模样，似乎就是令熹微口中底下人送来孝敬的。

"参见陛下。"二人颤悠悠的，浑身发抖。二人声音洪亮，并不似净过身的太监，辰嫛便确定了二人的身份。

"抬起头来。"辰嫛驻足道。二人缓缓抬头，真是唇如朱砂，眸似星辰。其中一人吓得紧咬下唇，口齿之间似呢喃似害怕，只一眼，便看得人心痒难耐。

辰嫛回头看向令熹微，便见她正微笑地看着自己，眼神中似乎在说："陛下若是喜欢，尽管带走，臣妾绝不心疼。"

呵，凡夫俗子，美则美矣，却没什么意思。

辰嫛拂袖离去。

当夜，伴月宫中的歌舞响了半宿，辰嫛躺在床上，听着远处传来的乐声，睁眼闭眼都是那俩唇红齿白的小倌，无法安寝。一旁的侍女素云掌起宫灯，问道："陛下可有不适？"

辰嫛叹了口气，摇了摇头。

她走下床，坐在镜前。铜镜里的自己虽然姿色还在，但褪尽一切铅华之后，难免觉得憔悴。尤其近来鬓角生了一缕银发，虽然不起眼，但是却刺痛了她的心。再看如今的令熹微，她不仅没有年老色衰，反而愈加娇艳，若说从前的她含苞待放，那如今便是盛开了，叫人好生嫉妒。而自己正值壮年，怎到了这把年纪，成了当世第一人后，还活得不尽潇洒呢？

她可以在朝堂上将天下的男人都踩在脚下，可到了夜里，她终究只是一个女人。

没有哪个女人是不需要滋润和呵护的。

"陪我出去走走吧。"辰嫚道。

"去御花园，还是太极宫？"素云问道。

辰嫚摇了摇头道："你去拿两件男装来，朕要出宫走走。"

素云一惊，迟疑道："这么晚吗？要不要通知禁军？"

"随便走走，不必宣扬。"

"是。"

辰嫚一边梳头，一边突然想起什么似的，叫住她，道："去取韩悦的《春树百花斗艳图》来。"

"是。"素云得了令，立即着手去准备。

一个时辰后，当素云驾着马车来到欢宜馆时，已近子时。二人一身男装，跨下马车。徐娘见二人气度不凡，立即摇着手绢招呼上来，笑脸迎道："二位公子可是来我这欢宜馆中寻乐子的？"她在"公子"二字上加重了音调，自是一眼看出了二人女扮男装的身份。

二人也不加掩饰，素云直言道："我家夫人听闻牡丹公子的大名，欲得见真颜，还请假母行个方便。"

徐娘一听二人是来找江琼林的，立刻脸色一变，重新仔细地打量起二人来。见二人头戴纱帽，全身上下连一块像样的装饰物也没有，心中便起了疑心，生怕她二人出不起银子，白白浪费了表情。面对徐娘的审视，二人沉稳自若，不疾不徐，气态从容。本着阅人无数的底气，徐娘便知定是富贵人家出来的，又赔笑道："敢问夫人如何称呼？"

"月华。"

"原来是月华夫人，快先里面请。"徐娘让出了一条道，遂簇着二人往里去。

"多谢。"

"夫人小心门槛。"素云提点了一句，月华便一点头，淡然地跃了过去。这个时间点其实已经很晚了，太平府有宵禁，晚间甚少有女子在外闲晃。月华的气度是一回事，这个点儿还敢在外头走动的，身后一定有非常厉害的背景，否则被武侯抓了去，也不是那么容易摆平的事，于是徐娘心中对她还是敬畏居多。

"月华夫人，您是不知道啊，昨天是我们公子的开元日，但是昨夜那位姑娘不辞而别，咱们公子还算是未接过客人呢！这不，今早上又病了，这会子不知道身体好没好透，恐怕是不能服侍夫人了……"徐娘一脸无奈，感情真挚，不似在说谎。

"素云。"此时，月华一声低唤。

素云立刻会意，从袖子里掏出一颗拇指宽的南珠放在桌上。徐娘一看，连眼睛都直了，这么大颗的南珠，足以抵够她一个月全部的收入了！

"江公子的身体可见好了？"素云淡淡道。

"好了好了好了！见到这颗南珠啊，可是什么病都好了！"徐娘点头如捣蒜，捧着珠子便上楼去了。不一会儿，徐娘便耷拉着脸走回来，又叮嘱道，"月华夫人，一会儿您去了江公子的房里，若他惹您生气了，您不要怪罪，他是真病了。"

"那我改日再来吧。"月华叹了口气，提步欲走。

这下徐娘不干了，江琼林脾气差，得罪人是一回事，可到手的银子怎么能还回去呢？徐娘立刻上前拦住她，好说歹说，终于说动月华亲自上去看上一眼。至于后续，那就看江琼林自己的造化了，总之她是不能亏的。

徐娘领着月华主仆上了楼，在牡丹花丛中推开了江琼林的房门，一进门，就闻到一股淡淡的药香飘散在整个屋子里。

"你们慢慢聊，我先退下了。"徐娘呵呵一笑，顺势关上了门。其实她多虑了，月华送出去的银子，就算是时机不巧见不到，也断不会有要回来的道理。

月华不着急，只是一脸淡然地坐在屏风前的客椅上，侧头看着屏风后的罗汉床上那似是睡着的人影。房中烛火跳动，闪着幽暗的光芒，在这旖旎的室内，让人的呼吸都不自觉地跟着沉重。

谁都未曾开口。

素云立在一旁不敢说话，月华却好兴致地坐着，随手拿起桌上放着的一册《凉风诗选》来看。

时间就此如流水般匆匆而过。外头传来更声，素云惊呼："夫人，已经三更了。"

"不急。"月华眉也不抬，继续看书，一页连着一页，似乎真是看见了有趣的内容。

此时床上的人却不淡定了，他颤悠悠地直起身子，走下床来，慢慢地绕过屏风，来到她的身前。只见熠熠烛光将江琼林包裹在光晕中，她看不清他的眉目，却能看见他微微向上弯曲的双唇，还有脖颈下若隐若现的锁骨。

他穿着单衣，摇曳若仙。月华见了江琼林，久久不得言语，竟不自觉地看痴了去。

"夫人。"素云在一旁轻咳了一声。月华这才回过神，歉意一笑，眼露丝丝怜惜，心疼道："公子真是倾国倾城貌，多愁多病身。"

江琼林闻言，见她谈吐不俗，这才抬起眼眸，拿正眼打量起眼前的女人来。只见她虽身穿男装，但仍看得出端庄雍容、高贵典雅。这是他对她的第一印象，除此之外，他或许是因为天生抵触，对来欢宜馆的客人都不太喜欢，便施然一笑，拒绝道："琼林带病，不能伺候夫人，让夫人久候，请夫人见谅。"

江琼林一连说出三个"夫人"，傻子都听得出他心中有气。月华却浅浅一笑，不疾不徐道："没关系，能与你说说话，也是一桩美事。"

闻言，江琼林突然有一种错觉。他竟然恍惚地觉得，似乎这世上的一切尽在她掌握中，因此她才能一颦一笑都这般云淡风轻。二人沉默了少顷，月华便让素云将《春树百花斗艳图》在桌上打开来。江琼林一愣，直勾勾地看了半晌，难掩兴奋道："此图乃是前朝大文豪韩悦所作。用色艳丽，繁花多姿，尤其最上一朵牡丹，花开似锦，雍容华贵，连每一瓣茎叶都栩栩如生。可见画者下笔之细腻，心思之缜密，将百花构于一图之上，却又圆润不突兀，确是一件不可多得的宝贝。"

"公子好眼力。"月华欣赏地点了点头。

江琼林又莞尔一笑，道："不过传言此图原是束在大明宫的高阁之上，您这一幅，怕是某位高人临摹的吧？"

月华一愣，遂"哈哈"一笑，摆手道："真也好，假也罢，此是我的一番心意，便赠予公子了。"

"多谢月华夫人。今夜天色已晚，我送您出去吧。"江琼林一拱手，起身相送。

月华也不留恋，起身便走，可她还没走出几步，却听江琼林在身后又轻轻唤道："等等。"

"嗯？"月华转身看着他。

只见江琼林支支吾吾，欲言又止。少顷，终是一狠心道："要不，今夜还是留下来吧？"

面对江琼林突如其来的话语，月华却甚是不解，蹙眉疑惑道："公子为何改变了主意？"

江琼林这才将自己与徐娘的约定和盘托出。二人约定的内容无非是围绕着一个"钱"字。江琼林是她的摇钱树，他答应徐娘，日后无论接待什么样的恩客他都毫无怨言，但是开元日一定要按照他自己的喜欢，挑一位合自己眼缘的女子。徐娘没有理由不答应，便由着他的性子，举办了一场开元庆典，只为了日后他能真正让她赚得盆满钵满。可谁知那女子放着大好的机会不要，临阵脱逃了。江琼林郁闷不已，当即病倒，今日本也和旁人约定好了，但是因为身体不适，便将所有的约会都顺延了。

"那我倒是来得正巧了？"月华掩嘴一笑，对素云点了点头。素云立刻便会意，退出了房去。屋里就只剩了月华与江琼林两人。

"到床榻上去坐吧。"江琼林幽幽地道了一句，落在月华的耳朵里，就似是魔音，她几乎是任他摆布，坐到了他的身旁。二人离得有些远，中间完全可以再坐一个人，身体也都有些僵硬，一时间更是无语。月华就侧着身子，目光柔和地看着他姣好的侧颜，沉醉在这一室美景里。江琼林被她盯得久了，见她始终没有下一步动作，才转过身淡淡道："夫人不想吗？"

"想什么？"月华眸中一派澄澈，没有一丝情欲，倒叫江琼林面色一窘。他摇了摇头，话锋一转，问道："是什么让夫人您这样平静？"

"你呀。"月华说的是实话，看着江琼林，她就觉得世界都安静了。

江琼林又是一摇头："您知道我不是这个意思，我知道你心中一定有故事。"

"这世上，谁没有故事呢？"月华反问道。

"是呀，这世上谁没有故事呢……"江琼林叹了口气，点点头。又是好长一阵的沉默，月华才淡淡地开口："就用顾贞观的一句词来回你吧。"

"嗯？"江琼林不料她还知道顾贞观，于是不动声色地靠近了她几分，侧耳聆听。

月华淡道："我亦飘零许久，十年来，深恩负尽，死生师友。"月华一边说一边笑，虽然眉眼温和，但仍藏不住眼中那一抹凄凉。

"对不起……"

"你没有对不起我，为什么要道歉？"月华婉转一笑，"哪个女人在豆蔻梢头的年华里没有幻想过爱情？我自然也不例外。"

"那究竟是什么让你变了？"江琼林的话渐渐多了起来，他觉得眼前的女子就像一本翻不完的书，胸有沟壑，不坠青云志。

月华敛睫，眼波流转，想了片刻，便直言道："若你生为女儿身，在明事之后，便会有所有人告诉你，女人这一生，不过是在豆蔻之年，凤冠霞帔，将自己托付给一个自认是天下最好的男儿。我自然也不例外，可当你寄予厚望的夫君背叛你之后，能剩下来的，也就只有冷淡、怨恨和愤怒了。情爱如浮云，只有握在手里的权力，才是立身之本。"

"原来如此……"江琼林不想再聊这个话题，于是话锋一转道，"那你现在，也打算一直这样下去？"

"我这不是有了你吗？你是我的解忧花。"月华温柔一笑，突然按捺不住心中的欢喜，凑过去，在他唇上浅浅地印下了一吻。江琼林似被她清冷的眼神所诱惑了一般，反而全身燥热起来。他顺势便将她推倒在床上，双唇自然而然地覆上去，在她的唇上辗转流连。

二人也不知究竟是谁先动了心，或者都是一眼万年，一见钟情。她垂涎他的美色，他欣赏她的才华与不俗。二人皆似烈火，都是一点就着。

不知怎么，月华突然睁开双眼，眼中复又恢复了一派清明。她拂开江琼林放在自己身上的手，将他推离了几分，直勾勾地盯着他的眼睛，与他对视，一字一句道："你甘心吗？"

"什么？"江琼林一脸不解。

"浪费这样大好的年华，你甘心就这样蹉跎一生？"月华的眼中满含笑意，不温不火，但她所说的每一句话、每一个字，都如滚烫的油落在江琼林的心上，灼着他的心。

他怎么可能甘心！

可不甘心又能怎样？他是官奴，在他的后肩上，甚至烙着一个永远也去不掉的贱籍，他想挣扎又如何？死很容易，而想要活着，他就只能活在这欢宜馆里。

"月华夫人说得倒是轻巧，您有良好的出身，有钱有势，自然胸有激雷，脚踏青云。可琼林此生，只要还能活着，就已是感恩，又怎敢去想如外头人那般堂堂正正地活着呢？"江琼林说话时始终带着嫣然的笑意，说完，他站起身，褪尽了自己的衣裳，整个人赤裸地站在她面前。

江琼林笑道："你来这里，难道是为了与我说教？难道不是想要得到我吗？你成功了，我很喜欢你，我想要你。"他说完，再次将月华推倒在床上，她双眼迷离，也顾不得再细想，依着本能回抱住他的身子。可就在这时，她突然摸到了他后肩上的一枚印记。那是烙铁留下的痕迹，下九流的官奴之印。热情在一瞬间冷却，她推开他，将他推离了自己，随即飞速地合上自己的衣襟，走下床榻。

月华再也无法平静。她坐在桌前，喝下了之前斟下的茶。此时茶已经凉透，可用来降火倒是极为适宜。

"你到底是来做什么的？"江琼林穿上衣服，在月华身边坐下。月华胸口大力地起伏，垂着眼，强迫自己不去看他。

"你难道真的是来与我聊天谈心的？"见月华不答，江琼林又道。

月华索性闭上了眼睛，许久才道："如果我说自己真的只是这样想呢？"

"那你也太侮辱我了，"江琼林耸肩一笑，"亦是在侮辱你自己。你不要忘了，刚刚是你先吻我的。"月华面色一滞，难得露出窘迫的神色，这在江琼林看来却是可爱得紧。

"月华夫人是第一次？"

"当然不是。"月华断然否认。

江琼林又换了一种说法："是第一次来欢宜馆，亦是第一次接触像我这样的人？"

"……"月华怔了半晌，点了点头，立刻又摇了摇头，"我亲自尝试，确是第一次。"

这时，四更的更声在窗外响起，月华掬茶的手怔住。片刻后，她放下茶盅，站起身来告辞道："你好好休息，待养好身体，我再来看。"

"……"江琼林不说话，静静地看着她整理好衣衫，走出门去。离开欢宜馆前，月华又示意素云留下了一袋南珠给徐娘，颗颗都跟刚才那颗一般大小。

"江琼林公子日后就只和我家夫人来往了，旁人的钱财就都退了吧。"素云道。

"好好好！没问题！请夫人放心！"徐娘连连点头，乐得合不拢嘴，一送走二人，便立刻跑去江琼林的房里，放下了两颗南珠，再一通猛夸。

之后，江琼林再不曾接待其他女客。没有人知道月华是谁，她来无影去无踪，徐娘凭着自己的关系网也查不到丝毫关于她的信息。她唯一知道的是，月华出手大方，肯豪掷千金。不过只要这点就足够了，只要她有钱，徐娘哪里管得着她的钱是从何处来的？

第二天晚上，月华又来了，依旧一身男装扮相，身边只带了一个女婢。女婢素云直挺挺地守在门外，并不打算进屋。徐娘好几次路过，想拿给她一张凳子，或者叫旁人来伺候，她都摇头回绝了。

"主子怪，婢子更怪。"徐娘摇了摇头，下了楼去。

这日，江琼林的身体倒是大好了，他昨日病倒，其实也不过是被落跑的狄姜给气出来的。当他遇见了更加喜欢的月华之后，气也就消了大半了。尤其她带来的那幅《春树百花斗艳图》，真是戳中了他的心坎，脑海里一整日盘桓的，都是她那双清冷孤傲的眸子，似乎拒人于千里之外，却难掩心头的热情。

"您为何总是深夜前来？"二更的更声已过，江琼林倚着栏杆，悠哉地摇着羽扇，他的发丝软软地搭在肩上，胸前的衣襟大敞，凤眼含春，面上的神色慵懒且随意。月华见着他这般模样，立时又屏住呼吸。她被他绝美的模样迷住了眼，迷乱了心，一肚子想说的话这会儿全然不知该怎么开口了。

"问您话呢。"江琼林的手在她面前晃了晃，才将她从怔然中唤醒。

"哦……最近科举有些忙。"月华漫不经心地回道。

"科举？朝廷开科取士，似乎还没有向女子开放，您忙什么呢？"

"最近往来的学生比较多，我有几座宅子要出租。"月华随便编了个理由搪塞了去，江琼林听了也并不怀疑。像她这样出手阔绰的妇人，必然富甲一方，在京中有几座空闲的宅子，实在算不得稀罕事。

江琼林放下羽扇，摆弄起那两颗南珠。月华见了，便道："喜欢珍珠？"

"别人送的不喜欢，你送的，才珍贵。"

"数你会哄人。"月华一嗔，掩嘴一笑。江琼林伸出双手，揽住了她的腰，再往自己怀中一带，她便顺势倒在了他的怀里。江琼林的吻似雨点一般落在她的唇上，轻柔又细腻，一次一次轻点朱唇，也不深入，倒是更为勾魂。他的手也不闲着，让她好一通抓心挠肝，欲求不得。他的技巧非常纯熟，让月华不得不去想，是谁教会了他这些？

"是徐娘吗？"

"什么？"江琼林一愣。

"你的这些本事，是你的假母徐娘教你的吗？"月华眼中恢复一丝清明，"你与她……"

"没有。你不要忘了，我是一个男人，我懂女人。"江琼林闻言，微微一笑。

可当月华明显感觉到他身体的火热之时，情欲又再次褪去。她伏在他的肩头，手指摩挲着那枚青黑色的烙印，沉声道："你想永远顶着这枚奴印生活吗？"

"不然呢？"江琼林身形一滞，停下了手中的动作。

月华又道："你堂堂一七尺男儿，学富五车，才貌双馨，却偏偏要待在这欢宜馆中，来日到了九泉之下，你如何还有脸面面对自己的生身父母？"

闻言，他胸中猛然钝痛，突然想起自己生辰前一夜，父亲在月下问他："琼林，来日必要做一国之栋梁，为百姓请命。"

"若能去考科举，必一举夺魁。"少年的自己，眼里充满了憧憬。他甚至还记得，省试放榜那日，自己爹娘面上那骄傲的神情。可好景不长，大厦一夕倾覆，霎时烽火四起，一城失守。三年后的自己，便成了这大海上的一株浮萍。此时的他，除了做作虚假的笑意，竟找不出半颗真心。少年时那个胸怀天下的自己，早已经随波逐流水，最后溺死在了河底，连尸体都没能浮起来。

江琼林满不在意地笑了笑，将衣服随意披在身上，露出半面香肩来，淡声道："那又怎么了？这天下间有那么多我这样的人，受淑太妃赏识的赵显之和赵子庭，出入宫廷如入无人之境，坊间都传遍了，就连礼部大员见了他们都无法置喙，我就想过那样的日子，不可以吗？"

"你真的这样想？"月华面露心痛。

"没错。"江琼林毫不犹豫地点头。说到底，他从小到大，都是受惯了众人的追捧。他耽于这样的生活，只等着遇着不错的女子，为他赎身出去，也算是得一良木而栖。而若是现在就走出这里，他就真是沦为社会最底层的贱民，连活下去的理由都找不到了。

"我本以为你与一般的面首不一样，也罢，算我看错你了。"月华叹了口气，自顾自穿上了衣衫，走了出去。

江琼林并不打算挽留，也不打算问她话里的意思。因为他知道，古来恩宠如流水，留得住的不会走，要走的留不住。

翌日，用过晚膳，月华早早便屏退左右，与素云去了欢宜馆。她以为自己会很生气，但是没想到昨夜一出了欢宜馆便后悔了。今日不仅没忍住见他的欲望，竟还比前两日早了两个时辰去，只叹自己真是入魔了。不过，也多亏她早了两个时辰，否则见不到如此精彩的场景——只见欢宜馆的大门外，驻守了一众打手，瞧上去似是哪个府的家丁，很不好相与的样子。

"去看看，出什么事情了。"月华隐在角落中，旁人若不仔细瞧，便看不见她。

"是。"素云点头，立即上前去查探，片刻后，便来回禀道，"工部侍郎的长姐在馆中闹事，直言要江公子陪她，江公子不允，正在里头吵闹。"

"前些日子他女儿死在阳春府的那个张添淼张侍郎？"月华疑道。

素云点了点头："屋里的人是他的长姐，夫君已去多年，前些日子刚送上来的折子，赐了贞节牌坊，敕封从四品诰命夫人。"

"这倒有趣。"月华哂笑道，"看来是压抑许久，才会这般张狂。"她几乎没有多想，便道，"去请京兆府尹来。"

"是。"

素云刚要转身，却听月华又道："等等。"她细想之下，还是决定息事宁人。

"且看看他们想做什么。"

"是。"素云唯命是从，不敢有逆，便寻了一处小巷子，领着月华从后院走了进去。

此时欢宜馆中已经乱作一团，江琼林被几名家丁束在桌上，身上的衣物被除了个干净，只留下一件单衣，衣上还隐约有些水渍。

"你有什么资格与我讨价还价？让你陪酒而已，就这般委屈吗？"张诰命不忍鞭打他，却忍心着辱他。她提起江琼林的衣领，伸手扒下他的衣服，当着众人的面露出他后肩上那枚青色的奴印，笑道："你不过是最下等的贱民，有什么资格拒绝我？大伙看看，这再是洁白如玉、再是光亮无瑕的身体，只要我想看，你就得脱光了让我看！"

张诰命顺势脱下了他的衣物，他便赤着身体趴在桌上。江琼林的眼中一片灰败，似是在极力地隐忍。

月华微微一怔。

这一刻，她清晰地从他的眸子里读到她想要的不甘、委屈还有愤怒。

她竟觉得无比开怀。到底，他还是有血性的。

"为何旁人你接得，我却接不得？"张诰命说完，一巴掌扇在江琼林的面上。惨白的脸颊上，立时浮起一道鲜明的五指印。

"啪啪——"几声响起，张诰命又接连打了他三下。可不过三下而已，她自个儿已经因肥胖累得气喘吁吁，遂不得已停了下来。张诰命已经不年轻了，年逾五十，体态臃肿，稍稍一动便会喘气。只见她方脸宽额，眉毛眼睛却挤在一起，呈倒八字形，看上去十分凶狠。

月华隐在黑暗里，连连摇头："三月前，加封一众诰命夫人时，我居然没有瞧出来她眉目紧凑，凶恶有加。是我看走了眼，才致使琼林今日受辱。"

"世人皆有两张脸，对上是笑脸迎人，对下则偏狭刻薄。"素云淡道。

"你倒比我还通透。"月华哂笑。

"素云不敢。"素云垂首，少顷，又追问道，"要不要救？"

月华摇了摇头："受辱未必是坏事，只要没有真的伤到他，些许辱没，或许会让他因祸得福。"

"奴婢知道了。"

"夫人，不要再打了，再打就要打坏了呀！"欢宜馆内，徐娘不知是第几次上前为他求情，却被张诰命一个眼神所吓退。

"再上前一步，我连你一起打！"说完，张诰命一把抓住江琼林的头发，将一枚圈狗的绳环套在他的脖颈上，一屋子人，便只得看着牡丹公子赤身裸体像只狗一样趴在大圆桌上。

"你以为你很骄傲吗？你在这里不就是为了求得富贵吗？那你清高给谁看？"张诰命一连串的发问，其实不过是想当着所有人的面告诉他：我捧你，你就是高高在上的牡丹公子，我要踩你，也是轻而易举。

"来人！把他拉到门口去遛遛，让大伙都看看，这牡丹公子的身体，究竟有多美！"张诰命说完，一旁立着的家丁便围了上来。

"且慢。"就在此时，围观的人群中走出一位身穿鹅黄纱衣的女子，看着很面生，看打扮也并不像是出自多富贵的人家。

"你是何人？"张诰命眯起眼打量她。

"我叫狄姜，是个大夫。"狄姜淡淡一笑，众人的视线便在这刻集中在了她身上。此时已经有几人认出了，她就是开元日那天被江琼林选中的女子，张诰命自然也不例外。

"一个小小的大夫竟敢插手我的事？你不要命了？"张诰命喝道。

"我当然要命，可我不是想要插手您的事情，我是想要救您的命呀！"狄姜咧嘴一笑，"牡丹公子身价高，世所皆知，所以素来都是明码标价，价高者得。您出得起钱，牡丹公子就归您，您出不起钱，他当然就不会服侍你了。"

"哼，他能值多少钱？"张诰命怒道，"开元夜之后十五日，他全都被我选了！起先说是病了，现在竟还说仍在病中，可你看他这样，像是病了吗？！"张诰命说完，又对徐娘道，"一早就把钱给你了，你现在又说不干了？真是岂有此理！"

"夫人见谅！琼林真的已经被人选了，钱小人也已经派人送去您府上了，您就大人不记小人过，放了他吧！"徐娘声泪俱下，想是真的心疼。

江琼林白璧蒙尘，在场之人谁不心疼？

狄姜这时也转过头，对徐娘道："你倒说说，是谁选了江公子？去请了她来，与这位夫人解释清楚，事情也就过了，您和江公子也不必夹在中间，难以做人。"

"可小人真的不知道呀！"徐娘急得不知所措，可张诰命全然不信她。

"还有你徐娘不知道的人？我看你就是存心想要耍弄我！"张诰命怒道，"你们还愣着做什么？还不快动手！"

"不许动手！"狄姜拦在江琼林身前，急道，"徐娘，就算你不知道那人是谁，可那人总该有些信物在你这儿吧？又或许拿了银票银子？"

徐娘如梦初醒，立刻跑回房里，拿出来一袋南珠，递到张诰命眼前，道："夫人您看，这是月华夫人带来的钱财，这可是足够买下我整个欢宜馆了！我真没有骗您！"

张诰命一肚子怒气，却在看见南珠的一瞬间消散了。她的眼睛里爬满了惊惧，良久才道："你，你说那人叫月华？"

"是！"徐娘大力地点头。

张诰命吞了口口水，又道："她是不是还带了个婢子，叫素云？"

徐娘点了点头："夫人您认识月华夫人？"

张诰命忽然身形一滞，如遭雷劈，立刻哆哆嗦嗦地摆了摆手，示意家丁们通通都走。

"请……请徐娘不要将今日发生的事情宣扬出去，我不过是与江公子开个玩笑，这就走，这就走！"张诰命说完，不等徐娘回答，便踉踉跄跄地走了出去。留下一屋子的人莫名其妙，摸不着头脑。

徐娘见他们都走了，立刻上前给江琼林披上了一件外套，又摘掉了他脖颈上的皮链。

"你没事吧？"徐娘关心道。

江琼林摇了摇头，眉目中却是一片死一般的寂静。

"你们几个，快扶江公子回房去。"徐娘招呼着几人搀扶起江琼林，将他送回了房间。等她忙活完了再去寻狄姜道谢时，却发现狄姜已经不知在什么时候离开了。

月华便是在这时从角落里走了出来，装作刚到欢宜馆的模样。徐娘一见，立刻似是见到菩萨一般围上去，道："月华夫人，今日这么早就来了？"

"嗯，今日没有前些日子那么忙。"月华淡淡地答道，便提起步子，欲上楼去。徐娘连忙拦下她，道："琼林今日身子不适，恐怕不能伺候夫人了。"

"生病了？"

"也不是……"徐娘支支吾吾道，"琼林刚跟我说，不想以这副病容见人，特地嘱咐我不要让您上去，我……我这两边为难呀！"

"我去瞧瞧他。"月华说完，不顾她的拦阻，走上了楼。

徐娘想跟上去，却被素云握住了手腕，如何也挣脱不得。她这才发现，这位看上去娇小的婢子手力却很大，似是练家子。徐娘再一想张诰命的模样，立刻心中便升起疑惑来，细想着，这主仆究竟是哪里来的大佛？

"咚咚咚——"月华上楼后，在江琼林门上敲了三下，里头的仆从以为是徐娘，问也没问一句，便直接打开了门。

"你……"仆从一脸惊讶，月华却做出一个"嘘"的手势，让他不要声张。月华顺手从手上取下一枚玉指环递给他，再摆了摆手。仆从立刻会意，笑逐颜开地捧着玉指环，躬身退了出去。月华转身插上门闩，房间里便只剩下她，以及背对她泡在浴桶里的江琼林。

"是徐妈妈吗？"江琼林发觉身后传来似女子般轻柔沉缓的脚步声后，虚弱地问道。月华不回答，只蹲下身子，用手指触到了他的背上，贴着他的身体，抚摸那枚奴印。江琼林全身一僵，回过头看去。月华趁着他愣怔的片刻，抓住机会，吻在他的唇上。

江琼林先是怔住，然后开始挣扎，月华却紧紧地把他抱住。江琼林坐在浴桶里，身上因鞭打伤痕使不上力气，便放弃了挣扎，任她索求。

月华感受到了他的冷淡，便停下来，只将头靠在他的肩上，安慰道："对不起，我不该勉强你。"

"没什么好对不起的，这是我该做的，"江琼林神色一黯，"只是琼林今日一身污浊，不想污了夫人的身子。"

"我不是嫌你脏，"月华抬起头，盯着他的双眼道，"在旁人眼中，或许你是一朵牡丹，那般耀眼，那般夺目。可在我心中，你就是一株白莲，出淤泥而不染，濯清涟而不妖。"

"是吗……谢谢。"江琼林低下眸子，不敢看她。

月华又抬起他的下巴，强迫他看着自己："现在我问你，你老老实实地回答我。"

"夫人请讲。"江琼林淡淡道。

"你甘心吗？沦落风尘，零落成泥，你真的甘心吗？"

江琼林沉默。

"回答我。"月华捏住他的脸颊，直视他的双眼，让他无法回避。

"刚刚的一切我都看到了，上位之人对待你们，就如碾死一只蚂蚁，你甘心就这样沦落下去？"月华一字一句，铿锵有力。江琼林的眼眶渐红，月华心中不忍，却还是在他的伤口撒盐，接着道，"今天张诰命可以将你扒光了游街，明天李诰命就能让你上街乞讨，后日赵诰命也可以将你拉出去，剐了喂狗，此命如草芥，你……甘心吗？"

"我当然不甘心！"江琼林吼道，"我怎么可能甘心！"

他说着，眼眶微红，极力隐忍才让眼泪没有夺眶而出。他自嘲道："阿爹阿娘从小将我悉心抚育，细心教导，他们教我诗词歌赋，教我治国安邦，却从未教过我该如何讨人欢心！我怎么可能甘心？"

月华扬起嘴角，放开了他，敛眉笑道："不甘心就好，我就怕你已经没了斗志。"

江琼林叹了一口气，失落道："可是不甘心又如何？已经走到了这一步，我肩上的奴印会随我一生，直到被我带到棺材里去，待我化作一堆白骨，或许才会消散。"

月华话锋一转，打探道："你曾是天和年间的举人？如此年轻，你是头一个。"

"那是曾经了，贱民没有资格参加科举，我现在只是一个官奴。"江琼林趴在浴桶上，一脸自嘲，眼底写满了无奈。他不是没有挣扎过，他试过逃跑，可都会被抓回来。他也想过要死，绝食过大半个月。可是一想到自己这条贱命是父母的死换来的，只怕死后无颜面对二老，最终还是苟延残喘活了下来。其实说到底，应该还是不甘心吧。总觉得来了人世一遭，要看清楚这大世界究竟有多娇艳美丽才是。

"只要你想，旁的事情就交给我来做。接下来，你只需要好好休息、多多读书，他日……未必没有殿前扬名的时候。"月华一边说，一边拿起澡帕，为他擦拭身体。他怔怔地看着她，任她的双手在自己身上游走。

他一点儿也不排斥与她接触。

此刻，二人的眼里都没有情欲，有的只是一分默契，就像认识了许久的朋友，也像在一起生活了多年的亲人。

她心疼他。

他依赖她。

月华没有久做逗留，在替江琼林擦干及腰的长发之后便离开了。走前，她从婢女素云那里拿了一柄匕首放在了江琼林的枕下，道："以后有人羞辱你，便拿它保护自己。"

江琼林趴在床上，愣愣地点了点头。

等月华离开之后，江琼林才将匕首拿在手上，细心打量。这把匕首通体细长，从剑鞘到剑柄都是墨玉制成，入手温凉，剑柄处镶嵌了一颗赤色宝石，瞧上去价值不菲。他将匕首拔出，又放了一缕自己的头发上去，只见发丝才轻轻一碰，便齐齐断裂。他心下便道："既然能做到吹毛断发，或许也能削铁如泥，就算不能削铁如泥，伤人总是轻而易举。"

江琼林似乎拿到了一枚护身符，心中有一种说不出的别样情绪，在这欢宜馆中，头一回睡了个踏实觉。

第二十章
科举

之后的几日，再没有人来打扰江琼林，就连月华也没有来。徐娘好几次遣人来问，江琼林都装作尚在病中。

三日后，月华遣婢女素云送来了一张文书，江琼林这才第一次走出房，下了大堂去取。徐娘见了，好几次伸手想拿去看看，却都被江琼林挡了去。

"情书而已，徐妈妈不会以为是银票吧？"江琼林笑道。

徐娘一拂手绢，嗔道："去，我有那么多的南珠，一颗就抵得过十张银票，我稀罕吗？何况，你们这些读书人就喜欢咬文嚼字，遣词用句晦涩难懂，我才懒得看！"

"那琼林就不打扰您了，我先回房了。"江琼林心情不错，三两步便上了楼。

回房后，他迫不及待地打开来，却发现它不是情书。那是一张绢帛做的卷轴，四周都有黄色龙纹压印，正中书着三个大字：仕子书，其下便是他的名字以及一行小字。江琼林拿着绢帛的双手颤抖，面上表情凝固，这不是情书，却比情书更加让人惊喜。只是这惊喜太大，让他全然不敢相信。这是殿试的通行证，也就是科举考试的准考证！一旦通过考试甄选，便有可能连中三元，甚至状元及第。

仕子书上写的日期很快便要到了，其实不需要写，他也都知道是哪一日。剩下的时间还有不到七日，江琼林突然就不想如平日里那般读书练字了。他的才气是公认的好，过去他为科举做了无数努力和准备，早已是胸有成竹。他此刻只想搞清楚，究竟这张纸是真还是假？他联系不上月华，他只能等月华来见他。

江琼林不再称病，当夜便坐在馆中，坐在台前抚琴。这些日子，客人一见江琼林又出来弹琴了，立刻一传十十传百，很快，欢宜馆中又宾客满座。一连七日过去，月华却始终没有出现。

这日晚上，欢宜馆中人烟寥落，只剩几个寡妇坐在厅中。只因明日就是三年一次的开科取士之日，稍微有些权势的女子，家门中皆有第二日要参加科举的氏族子弟，总要在家照看些。江琼林这才能将旁人的对话清楚地听在耳中。

离他最近的一女子道："张诰命对江琼林开元日没有属她一事，可是气了好些时日。"

"应该是被旁人抢先了，只是这人是谁，无人清楚。"

"哎，你听说了吗？也不知张侍郎得罪了什么人，竟被调去了塞北，虽然名义上是升了官，但在京中可说是实权旁落。照我看，一时半会儿怕是回不来了。"

"竟然发生了这等事！"

"我说呢，那张诰命自从大闹欢宜馆后，已经接连七日没有在府中摆下宴会，原来是家中出了变故。"

"这下好了，没有人在我们面前指手画脚，我们也可以舒坦舒坦了。"

说者无意，听者有心。江琼林坐在一旁抚琴，将这些全都听了去，心中更是惊诧。张侍郎官途亨通，张诰命也是深得皇恩，怎会突然就被架空了去？他可不会天真地认为，是自己运气好，老天爷都对他百般照拂。这其中一定有问题。

会不会是那个姑娘？

叫什么来着……好像叫狄姜。

江琼林想着，立即又打消了这个念头。仕子书是月华的婢女素云送来的，那日张诰命突然像是见鬼了一般，也是因为月华留下的那一袋子南珠……

江琼林回房后，又将那两颗南珠拿了出来，仔细看了看，发现它们除了个头比东市场上买的大了几圈，圆润了几圈外，没什么区别，也瞧不出这其中有什么秘密。

江琼林心中的疑惑更甚，但这丝毫也不影响他的考试。

第二日，阳光正好，微风不燥。江琼林起了个大早，与徐娘告了假，说是要外出散心。徐娘没有多心，有那一袋南珠在，他就算是跑了她也不亏了，近日便看得松了些。江琼林换上一件干净的衣裳，兜里揣着那纸文书，惴惴不安地去了城东的贡院。

贡院外已经挤满了应考的仕子，他们三三两两围坐一团，等待着贡院大门打开。贡院大门为三阙辕门。正门五间大小，正中门上为朱匾黑字"贡院"。左额"辟门"，右额"吁俊"。门前石狮一对，两旁有牌坊各一座，书曰："明经取士""为国求贤"。只听三声浑厚的锣响，贡院三扇大门缓缓打开，从里走出一行人，分别侧坐于门柱旁。紧接着，士子们纷纷上前，掏出文书，排列而入。

江琼林在旁人的侧目下，最后一个走进了贡院大门。直到手书被官员收走，催促他进门后，他还是觉得自己在做梦，恍如行在云端。

"愣着做什么？还不快进去！马上就要开考了！还不快进去准备着！"官员在身后催促，江琼林这才如梦初醒，提步向前行。

一路上，见门内有二碑亭，碑上书着"整齐"与"严肃"四字。东西有官房各三间，为官员休息之所。略西为二门，门对盘龙雕照壁，照壁便是贴"金榜"的所在。金榜为御制，在主考出京时由皇帝颁发，四周有龙凤飞舞、彩云呈祥，正中上方印有皇帝玺印，以示国家重视人才。一切都是那么地庄严肃穆。

江琼林跟着旁人往前行，进了大殿之后，有官员问道："姓名？"

"江琼林。"江琼林话音刚落，就有人回头看了他一眼，只一眼，就确定了这个江琼林必然就是传说中的那一位。

"肤白貌美，眼含秋波"是所有见了江琼林的人心中的第一感觉。

他在众人的注视下，走到了自己的座位上坐定。空气里隐约飘着几缕墨香，这是他过去最熟悉的气味，属于书本的气息。这一刻，他确定自己不是在做梦了。四周都是这一届的士子，除了家中本就有钱的世家子弟，大多数都是寒门学子，穿着打扮都显得有些土气。

江琼林的穿着美则美矣，与他们相比，却太鲜艳了些。鲜艳到一眼就能让人看出他在勾栏院里待过，因为这些衣物上的绣花，与那些娼妓的扮相如出一辙。

"他就是江琼林？"

"真是人比人气死人。"

"下九流怎么能考科举？"

"他不是官奴吗！"

四周议论纷纷，但旁人的眼光影响不了他。他深知，不管月华怎样手段通天，这次科举都是他唯一的希望了。

打开试卷，他看了题目之后，几乎没有多做揣测，便下笔如有神。比起在勾栏院里对人婉转承欢和曲意逢迎，执笔落书才是他最擅长的事情。他几乎不需要思考，就能行云流水般应答如流。

江琼林是最先一个完成考卷的人，却是最后一个走出贡院的考生。他觉得能在这里多待一分一秒，都是不可多得的福气。

出了考场，他便走到"金榜"的壁照之下，上面刻了数十人的名字，都是开国以来，每一届三元及第的人名。他伸出手，抚摸着上面凹陷的小字，一点儿一点儿悉心触碰，就像触碰自己新生的孩子那样让他爱惜。虽然他还没有为过人父的经历，但是他曾有过一个弟弟，弟弟尚在襁褓中，便在那场大火里失去了生命。

他是江府唯一幸存的人。

他的父亲曾是江南盐运使的下属，优官禄厚，家中条件素来很好。直到三年前江南一场大火，没来由地烧掉了朝廷囤积的粮仓，他们一家都在那场大火中丧生，独留下他，背下了那场大火的黑锅，沦为官奴，被四处贱卖。

他来欢宜馆之后，被侮辱、被欺凌。

之前他经历过的，却比欢宜馆要黑暗十倍。

他从来就不是一个干净的人，比月华想象得要肮脏得多。但是不要紧，都过去了，到金科放榜那日，他的名字定然会出现在这面墙上，他有绝对的把握，信心十足。

江琼林在贡院大门关上前一刻才离去，他突然不想这么快就回欢宜馆，但也不知道自己可以去哪里，接下来想做什么，他通通都忘了。他的脑海里始终盘旋着贡院里的一切，大到每一张桌子，小到桌上摆着的玄铁镇纸和笔筒，每一处都瞧得真真切切，提醒着自己不要忘记。这是最美好的一场梦，就算明日梦醒了，苟延残喘这些年也不算冤了。

随后几日，朝廷春闱放榜，头名状元的名字被公布在照壁上时，所有人都吃了一惊，就连等候在一旁准备给各家报喜的宦官都一时没了主意。

江琼林……莫不是欢宜馆那个江琼林？！

"就是他！考试那日我见过他，论容貌，确实无人能及！"

"何止是容貌，这会儿连才学都将我们一众学子比了下去！真是羞煞人也！"

落榜的学子羡慕有之，愤恨有之，各种情绪充斥着贡院，几家欢喜几家愁。宦官们四下道喜，为中举的士子发放文书，轮到欢宜馆时，一行人浩浩荡荡，引得众人侧目。要知道常乐坊是花街柳巷一条街，这里的人不睡到下午是不会醒来的，今日鞭炮齐鸣，礼乐炸响，几乎整条街的人都探出脑袋，看着这一路的欢天喜地，爆竹连绵。

道喜的队伍来到欢宜馆前停住，惊得徐娘以为犯了什么事，连忙迎上去，笑道："各位官爷有何贵干？"

"江琼林可在府上？"

"在在在，不知有何事？"徐娘面上带笑，可心里头却是忐忑不已，她什么时候见过这样的阵仗了？可看几位官爷的眉目，也不像是来找事儿的呀？

徐娘很快派人去请了江琼林来，岂料这日，他似乎早就准备好了一般，下楼时已经穿戴整齐，一袭白袍，出尘若仙，看得一众人都呆了。几位道喜的宦官一瞧，不禁面上爬上绯红，直叹这状元郎真是古往今来第一俊俏的状元。按照他这个容貌，实该点个探花才是。但或许又因为他的才学，让人无法将他放在探花的位置上。

为首的宦官躬身，递上金册玉牒以及朝服玉冠，道："江公子春闱夺魁，高中状元，下官给您道喜了！"

"中状元？！"徐娘双目一瞪，连带着四周围观的人群都是好一阵愕然。

江琼林却不以为意，大大方方地接过朝服，道："多谢公公。"

"请公子更衣，女皇下午会亲自策问贡人于洛承殿，请公子早做准备。"

"多谢，我这就去更衣。"江琼林点头，抱着衣服走了进去。

徐娘恍恍惚惚地跟在他身后，一直追问道："这是什么意思？你怎么就成状元了？"

"前些日请假，便是去参加春闱了。"江琼林走到房中，示意徐娘出去。

徐娘极不情愿，一肚子的问题还没有答案，怎么甘心出去？她拉着江琼林的手道："你是奴籍，怎能参加殿试？"

江琼林摇了摇头，道："我也不知道，文书是素云送来的，该是月华手段通天。"

"原来如此……原来如此……"徐娘放开了他的手，失魂落魄地走出了门去，江琼林立刻关上门，在里头换好了衣物。再出来时，便见徐娘一脸怔然，她拖住江琼林的手，道："琼林，你说，徐妈妈对你好不好？"

江琼林扬起嘴角，淡笑道："徐妈妈对我是极好的，琼林感念恩德，来日必不会忘了您。"

"你还是忘了我吧……只要不找我们欢宜馆的麻烦，我已经谢天谢地了。"徐娘摆摆手道，"走吧，别让他们等急了。"

"是。"江琼林躬身，拱手作揖，对徐娘道，"琼林拜别假母。"

"走吧……走了就不要回来了。"徐娘一副虚脱的模样，等江琼林走后，她便滑倒在地，一脸木然。她庆幸，庆幸自己将他买来的时候是当作儿子来疼爱的，而不是动辄打骂。她不敢想，如果她对江琼林颐指气使，她这会儿会如何自处？想想都不寒而栗。不过她初见他的那一日，便知道金鳞岂是池中物，却不想这金鳞竟然飞到了太极宫里，从最下等的奴籍，一跃成了新科状元，真是古来未有，闻所未闻。

江琼林在喜官的簇拥下坐上了去贡院的轿子，在那里等候的还有榜眼和探花，他们三人将一齐骑马游街。探花林书阳，榜眼周豪，二人皆是出自豪门大户，而状元爷却出自寒门，说他是无名小卒亦可，说他名声斐然也行，此人便是现下红极一时的欢宜馆小倌，江琼林。

人如其名，三人一前两后，骑着御马在御街游行，探花和榜眼跟在江琼林之后，又羞又躁。羞的是，豪门巨子还不若一介官奴。躁的是，一介官奴居然也敢走在自己前头？

而江琼林一路都是面无表情。他淡然地看着街道两旁围观的人群，虽然他们群情激动，但自己很是茫然。前几日还在欢宜馆中被人羞辱，今日却能殿前夺魁，在御街上招摇过市。一切来得突兀又美好，恍如一个梦境。

江琼林内心一路忐忑，前往琼林苑赴宴。琼林苑里，这一届的进士皆列于席上，他们往来谈笑，笑中多有苦楚。只道江琼林不该出现在春闱之上，谈笑间，仿佛只要江琼林不在，自己就能当状元似的，往来多嫉妒。

江琼林被他们孤立在一旁，无人与他说话。反倒是榜眼和探花郎受人追捧，风头盖过他许多。他对此毫不在意。这一路来，他已经受尽了白眼，只道自己本该是受人祝福和欣羡的，但就因为他官奴的身份，他的身上已经被贴上了下九流的标签。旁人只能看见他不入流的身份，却看不到他身上闪烁的光华，眼里只有嫉妒和愤恨。

但是这样的愤恨他见得少吗？

从来就没有少过。

他不在意别人的眼光，现在只想见到月华。

他迫切地想知道这个只手遮天，能给自己截然不同的人生的女人，究竟是何方神圣？

第二日上朝，三元齐齐到殿接受敕封。江琼林穿戴整齐、风流俊逸的模样让人眼前一亮，若不认识的人不知道他从前是个小倌，那一定会想先入为主地认为他是哪个世家出生的子弟，气度非凡。

"江琼林，封翰林院修撰，从六品。"素云站在御座前，面无表情地将圣旨念完，江琼林却已经汗如雨下。他这才知道，原来月华的婢女素云，竟然就是太平府内赫赫有名的女官上官云。上官云是内宫中官职最高的女官，那么月华是何人就不需多说了。

他这时才想起，女皇辰曌，曾有乳名曰明月。

明月之姿，灼灼其华。

月华。

"下官江琼林，谢女皇陛下隆恩。"江琼林一身冷汗，明明看不清珠帘之后的人，却总觉得一双看透世事的眼睛正在打量着自己的一举一动，一颦一笑。

"慢着！"就在江琼林上前接受官印时，一道修长的身影突然横亘在他身前。

二人身高相当，同着朝服，一文一武，一人朝服上绣着仙鹤，一人朝服上绣着吉祥云纹，一阳刚一温柔，但容貌皆当世无双，震人心魄。来人正是武王爷武瑞安。

"武王爷有何事启奏？"辰曌沉声道。

众人都听出了辰曌的不满，但武瑞安似乎是一心寻死，直言道："近口常乐坊中有一欢宜馆十分出名，馆中男儿皆不知廉耻。一个二个唇红齿白，阳刚不再，阴柔有余，实乃我宣武国铮铮男儿之奇耻大辱。臣启奏，将此馆封闭，永不再开！同时，儿臣也不承认这贱奴是金科状元，更加不同意他一入朝便被封为从六品大员，他根本不配与我们站在同一殿堂之上！"武瑞安此言一出，朝野上下立即哗然，官员们都交头接耳，窃窃私语，一时间气氛有些暧昧不明的诡谲。

辰曌忍着怒气，没有说话。

武瑞安紧接着又道："江琼林这样的贱奴，如何能与本王、与众大臣一齐共处一堂，共商国是？"

江琼林这才发现，传闻中的武王爷虽然容貌出众，但内底也不过如此。此前他曾在自己门前见过他，后来又在开元日见他，再细细一想，突然就明白他为什么对自己这样仇视了——因为那个名叫狄姜的女人眼里没有他。于是他将怒火发泄到了自己这里。

江琼林并不生气，亦不畏惧。他憋屈了几日，也正愁没有人当出气筒，此番武瑞安主动挑衅，他也不想再退缩。江琼林转过身，淡笑着看向武瑞安道："下官出身不好，举国皆知，但是下官文采斐然，亦不是自夸，下官与王爷站在一起，并不觉得自己有哪里落了下乘。"江琼林的不卑不亢，让在列之人皆是一凛，更有一大半的寒门子弟差点就拍手叫好了。

而武瑞安亦不让步，怒道："本王与你一介下九流如何相提并论？"他目光灼灼，恨不得将眼前人生吞活剥。

"王爷与下官确实不能相提并论，但下官知道，陛下开科取士，广纳天下寒门学子，有能者皆可从之。下官虽为奴籍，被几经转卖，但幼时便已是举子，我在千万人之中，也是不输于人的存在。假如下官有王爷这般出身，想必，下官不会把时间浪费在臣这样的人身上。"这意思就是武瑞安目光短浅，因一介女流与他过不去。江琼林淡淡一笑，这一刻，便让殿上繁花都跟着自惭形秽。

"你！"武瑞安气结，久久不能言语。

"下官可说错了？"江琼林无所畏惧，但一众大臣却已经冷汗淋漓。谁敢这样跟武王爷说话？他手握重兵，红极一时，如今怕是只有天不怕地不怕的江琼林了。

是了，江琼林确实不怕死，他顶着奴籍都能殿前夺魁，拔得头筹，此生已经无憾，死对他来说根本不算什么。江琼林又道："王爷不过一介武夫，胸无点墨，全然不知国家大事，亦不闻百姓疾苦，却能站在这朝堂之上大放厥词，下官并不认为您未来会是一位好皇帝。下官相信陛下也不会把江山交在你这样的人手中，所以旁人怕你，我却不怕，只要陛下圣明，必会护下官周全。"

武瑞安气得浑身发抖，却说不出半个反驳的字。江琼林又是一声哂笑："若您没有显赫的身世，落在那勾栏中，恐怕还比我不如。"

大臣纷纷看向武瑞安，目光中皆露出一丝同情。武瑞安胸无点墨，这是世人都知道的事情，他不喜读书，也不爱舞刀弄剑，成日里就喜欢流连花丛，这是整个宣武国都知道的事情。

可那只是从前。

"够了！"辰嫚铁青着脸，面色不善，终于忍不住发声道，"这里是朝堂，岂容你二人斗嘴？如此毫无章法，简直不知所谓！二人皆罚俸半年！"

"母皇，他可是个……"武瑞安大吼道。

"住口！"辰曌一声冷喝，霎时朝堂上鸦雀无声。

"武王爷，革去神佑大将军之职，贬为工部侍郎，从三品。江琼林，贬为大理寺丞，从六品下。"辰曌冷冷地说完，便走下了御座。武瑞安还想说什么，可被身旁的副将拉住了，他不再与女皇争执，转而看向江琼林，二人四目相对，火光四溅。

"退朝——"这时，掌事女官上官云朗声宣布，随后退出了太极殿。

"恭送陛下，陛下万岁万岁万万岁——"大臣们立刻齐齐俯下身，山呼万岁。

辰曌走后，大臣们屏息以待，并不急着离开，而是看着武瑞安和江琼林二人——只见他们身材相仿，容貌相当，气质谁也不输于谁。但是外表始终是外表，无论外形多么俊逸，也改变不了他们一个是勾栏出身的下九流贱民，一个是辰皇的嫡子，他们这样唇枪舌剑，谁也不让谁，也不知该说江琼林太自大，还是武瑞安太小气……

不过大家也都看出来了，女皇辰曌对江琼林却是十分地袒护。此事虽是武瑞安挑起，但是江琼林也出言不逊，最后却只罚了武王爷，将他从一品贬为三品，而江琼林只是平级调动。可见她心中的天平还是倾向于状元爷。

大臣们下朝之后，文官们将此事当成调笑，笑笑就过了，也有几个年轻些的官员忙不迭地去安慰武瑞安，巴结道："王爷，陛下这么做，也是不得已而为之，您确实是太不给状元面子了！消消气……消消气……"

"滚开——少来多管本王的闲事！本王才不稀罕什么神佑大将军之位！母皇随意拿去便是，本王不在乎！"武瑞安丝毫不给旁人面子，也不怕旁人笑话他。

武瑞安说完，眼一横，瞪着江琼林的眸子始终没有从他身上挪开过。

这个江琼林，真是让他恨得牙痒痒！

总有一天，本王会叫你从哪里来回哪里去，此生再不得翻身！

随后，看戏的官员们便纷纷四散打道回府，新晋榜眼和探花则被同级别的官员们簇拥着走了出去——他们早已在状元楼定好了宴席，要在那里给两位新晋官员庆功。他们离开时，将江琼林晾在了一旁，看也没看他一眼，只当他不存在。而江琼林也满不在乎，他连武瑞安都不怕，还会怕他们？

等所有人都离去之后，江琼林独自走出勤政殿，向着初升的太阳深深地吸了一口气——看着眼前大气空旷的太极宫前殿，他依然觉得不甚真实。广场上列着四道横跨河面的大桥，汉白玉的栏杆上雕龙刻凤，将这皇城中渲染得庄严又肃穆。他喜欢这里，哪怕武瑞安之流再不喜欢他，再厌恶他排挤他，他也无所谓。至少此生他已经来过这里，凭借自己的文采和实力，堂堂正正地来过这金銮殿，完成了父亲多年前未能一举夺魁的遗憾。

江琼林长舒一口气，刚准备要离开，便被辰曌身边的贴身宦官师文星留了下来，他躬身道："江公子，陛下传您御花园中面圣。"

"劳烦公公带路。"江琼林颔首，跟在师文星身后。此时的他想见月华，但是又怕见到月华，顿时心中百感交集，说不出是个什么滋味。他就这样静静地跟在师文星的身后，往深宫大内走去。

二人从太极宫勤政殿出来后，往东行经过伴月宫，便见一华服女妇人站在楼阁下，她手扶着栏杆，目光灼灼地看着自己。她的身边还跟着两个眉清目秀的小宦官。

"那是淑皇太妃，陛下的亲外甥女。"师文星指着女妇道。

江琼林点了点头，未加多看便走远了去。而他身后，那一双饶有兴趣的眸子透着晶亮的光芒，直盯着他的背影，直到他消失了才意兴阑珊地离去。

随后，江琼林便由丹凤门入了大明宫。二人顺着御花园的湖水往北走，不远处是装饰奢华的皇帝寝宫。湖边约有百丈长的长廊，从丹凤门一直延绵到大明宫深处，江琼林走在长廊之上，便见长廊顶部雕刻繁复，既豪华又不失雅致。这里曾在辰曌登基之后被重新翻修过，此前是妃嫔所居的宫殿，而皇后所居的伴月宫却被献帝赐给了淑皇贵妃，辰曌一直遵循先皇的遗愿，并未予以褫夺。

一路来，不乏宫女向师文星行礼，宫廷礼仪之烦琐，也让江琼林好好地上了一课。当今女皇是献帝的结发妻子，在献帝杀文帝夺位之后，便子息单薄，只有辰曌为他生育了四子三女。而现在皇子公主们大多已经长大，在宫外赐了宅子，一路上除了打扫的宫女外便没什么人，显得有些冷清。

走出长廊，便见御花园的凉亭外站了一众婢子，她们整齐地排列在台阶下，低眉敛目，很是恭敬。辰嫛独自坐在凉亭之中，远远看去，便觉得她修眉广颐，艳丽独绝，气势十足。这是江琼林从未见过的端方沉稳模样。

"微臣江琼林，参见吾皇万岁万岁万万岁。"江琼林走进凉亭后，便跪地请安。

"爱卿快请起。"辰嫛伸手去扶，他却有些颤抖地躲开了去。

"多谢陛下。"

等师文星等奴婢退下后，江琼林便低着头立在一旁，既不亲近，也不疏离。此刻的他若再是如在欢宜馆那般的孤高冷艳，便显得有些矫情了。他是真的心生畏惧，发自内心的恐惧。女皇辰嫛，是这当世第一人，不仅是女人中的首位，更凌驾于所有男人之上。他没有理由不臣服。

"琼林现在容体整齐，辞气和顺，倒更让人欢喜了。"辰嫛笑道。

"谢陛下抬爱。"

"哎……爱卿此话差矣。"辰嫛缓缓道，"朕不过是给了你一个平台去施展你的才华，并没有偏心于你，你的状元之位皆是因你自身努力得来，爱卿切莫妄自菲薄。"

"多谢陛下夸赞。"江琼林依旧惴惴不安。

辰嫛低头轻笑，伸出手握住他的手，这才发现江琼林的手心里已经满是汗水。

辰嫛又是一笑，道："爱卿紧张什么？"

"微臣……臣……"

"爱卿不必拘束，你只当朕还是月华便好。"

"……"江琼林咬着牙，并不答话。

"怎么？不愿意？"辰嫛又道。

江琼林摇了摇头，良久，他才终于鼓起勇气抬头看着辰嫛的双眼："月华夫人不会自称朕，所以臣没有压力，但是面对陛下时，微臣却不得不谨慎。"

辰嫛淡然地看着他，满目温柔。

江琼林接着道："您是君，我是臣，做臣下的就该有臣下的礼节，乱不得身份，才不会越了规矩。"

"朕明白你的意思了。"辰嫛松开江琼林的手，重新在桌旁坐下，"以后朕会把握好分寸，不会让爱卿有困扰。"

"陛下……"

"你退下吧。"辰曌揉了揉额心，摆了摆手。

师文星便立即上前，对着江琼林做了一个"请"的手势。

江琼林见辰曌面色有变，便欲言又止，细想了想，也不敢再有赘言。

"微臣告退。"江琼林说完，便起身离去了。

此次重逢气氛并不算好，但也不坏，至少辰曌没有因为他之前的轻薄而恼怒。她所做的一切，似乎真的是因为欣赏自己的才华。江琼林忐忑的心终于放下，安心地走出了皇宫。

出宫之后，师文星领着江琼林穿过长乐和大宁两坊，最后在永兴坊中的一间大宅前停了下来。永兴坊位于兴庆宫与大明宫之间，属于太平府的高端住宅区，这里的宅子贵得离谱，且没有些权势也不会有人敢卖给你。此处大多数都被皇室征用，用来赏赐予朝中有建树的大臣。宅院大门外，两盏簇新的红灯笼挂在横梁之上，"江府"两个字明晃晃地写在牌匾上。江琼林心中一凛，下一刻便听师文星道："江大人，此是陛下钦赐的宅子，是您以后的居所。"

师文星说完，上前敲了敲门，立刻就有人打开了大门。门里走出一中年男子，以及四奴四婢，为首的那人衣着相对华丽，便是管家张四海了。

"小人张四海，给大人请安。"

"奴婢月季，芍药，碧锦，青衣，给大人请安。"

"奴才们给大人请安。"

江琼林一愣，怔道："这是……"

"回大人的话，这四名奴婢皆是陛下钦赐，由素云姑姑一手调教。四名奴才也是选了宫中最得力的太监。管家是从户部调来的，管理府中大小事宜最为得心应手，以后便由这九人服侍大人，若您觉得人手不够，赶明儿奴才再回禀陛下，请她再多派人手即可。"

"谢陛下隆恩，九个已经足够多了。"江琼林点了点头，对众人道，"都起来吧，以后便是一家人，不必多礼。"

"谢大人。"几名婢子见了江琼林便不由自主地心猿意马，面上飞起红霞，提起裙摆的手微微发颤，显得兴奋不已。

　　师文星差事圆满，便告退回了宫。江琼林被众人簇拥着进屋之后，才发现这座宅子虽然外表看上去并不奢华，但内里却装饰得十分精致。小到一棵花草树木，大到卧室里罗汉床上垫着的褥子，都是精挑细选而来，比之皇帝的居所也不输几分。尤其院子里的池子边，那一簇簇艳红的红牡丹，花开富贵，艳丽无二，叫人好生欢喜。可见辰嫠用了十成的心思，想要他过得舒心。江琼林非常喜欢这间宅子，心中对辰嫠的恐惧和隔阂陡然又少了些许，只觉得从这一刻起，他终于再一次地拥有"家"了。

　　这一切，都是辰嫠给的。

第二十一章

无头公主

　　江琼林被赐豪宅的事情不胫而走，更是惹来朝堂上诸多大臣的嫉恨，其中为最者，当属武王爷武瑞安。旁人对江琼林的不满最多是放在脸上，平日里见了不打招呼，或者眼睛长在头顶，只当没看见他。武瑞安却是见他一次奚落他一次，恨不得将他在欢宜馆中的一颦一笑都拿出来数落一番。

　　这样的情景被女皇辰曌撞见过几次，无一例外，武瑞安皆被要求给江琼林道歉。久而久之，武瑞安索性称病不再上朝，也没有去工部报到，管他侍郎还是侍中，他通通不放在眼里。他似乎又变回了三年前的那个他，整日流连花丛，游戏人间，什么朝堂政务，家国大事，全都抛在了脑后。就连对释放战俘历来不松口的他，也扬了扬手，自暴自弃道："放了就放了，来日突厥卷土重来，挥师南下，本王再重新披甲上阵便是。到那时，也让那些只知道在京城中享乐的人知道，若没有本王在前线守卫疆土，他们根本就没有太平日子过！或许也只有到了那时，才会有人念起本王的好。"

　　突厥的俘虏被释放后，天香公主便更是对武瑞安感激涕零，成日里围着他转，扰得他烦闷不已。没过几天，武瑞安便绕着她走，又回到了自己长大的花街柳巷中。

　　这日，江琼林陪女皇外出狩猎，引来许多百姓围观。大多数的人都去了京西大街，就连狄姜也忍不住去凑了个热闹。皇家车队打马而过，江琼林坐在骏马之上，身穿绛红色朝服的他更显天人之姿，没有旁人的阳奉阴违，也没有故作扭捏，那从容不迫的模样就连坐在八角楼上的武瑞安见了，内心也不得不承认，他真是仪表堂堂。

如果他不是出身勾栏的话，或许自己真的要对他刮目相看了。

车队过后，民众四散而去。湖边春来迤逦，繁花似锦，叫人心中好生畅快。

"掌柜的，你看那是不是瑞安王爷呀？"问药指着八角楼道。

狄姜顺着望去，便见八角楼上有一对璧人正依偎在一起，女子躺在武瑞安的怀中，正剥了一颗葡萄递进他的嘴里。

"都说武王爷消极怠工，看来此话不假。"问药摩挲着下巴，轻轻道了一句，便提着衣裙走了上去。

"回来！"狄姜低喝了一声，而问药却像没听到。她上楼之后，便对着武瑞安好一阵说道，然后指了指楼下狄姜的所在。

武瑞安见了狄姜，便扬起嘴角，他大方一笑，对狄姜打招呼，道："狄掌柜真巧，上来坐坐？"

"不必了。"狄姜摇摇头，转身就要走。

谁知武瑞安却直接翻身跳下八角楼，稳稳地落在她身前，拦住了她的去路："狄掌柜，这么久不见，就算是朋友，也不必这样冷漠吧？"

狄姜心中暗叹一口气，不得已只得跟他上了楼。上楼后，便见一华服女子斜倚在栏杆上，施施然地看着狄姜，笑道："这位姑娘是……"

"这是本王的老朋友，见素医馆的掌柜，狄姜。"武瑞安说着，俯下身，在美姬脸颊落下了一吻。问药蹙眉，面露厌恶。狄姜却毫不在意，自顾自地端起桌上的茶水，为自己斟了一杯热茶。

"原来你就是见素医馆的掌柜呀，真是久仰大名。"美姬掩嘴一笑，往武瑞安的怀里又贴紧了几分。

狄姜回之微笑，不多赘语，看她的眼神里没有丝毫怒气。见什么都激不着她，武瑞安更加不高兴了。

"狄掌柜，许久不见，你还是老样子。"武瑞安冷冷道。

"嗯？我是什么样子？"狄姜喝了一口茶，不疾不徐道。

武瑞安："重剑无锋，大巧不工，无招胜有招。"

"王爷真是太抬举民女了，哪有那么多有的没的，不过是我不在意罢了。"狄姜耸肩，并不接受他的此种夸赞。

这时，一旁的问药狡黠一笑，道："我们掌柜的哪有王爷说的那么神秘，对她而言就四个字：落！袋！为！安！"

"非也，"武瑞安却摇了摇头，又道，"你家掌柜的心性就如诗魔的诗中所言，所谓'心中万事不思量，坐倚屏风卧向阳'。"

狄姜蓦然抬头，便见他仍是一脸淡笑，仿佛刚刚这句只是无心之语。她正想说话，却见他怀中抱着的美姬手握成拳，在他胸上轻轻捶了两下，嗔道："讨厌，王爷就知道盯着美人看！丝丝要吃醋了！"

"吃醋？"武瑞安抓住美姬的双手，唇便落在了她的双手之上。美姬被他控制在怀里，象征性地挣扎了两下，便开始享受起来。一道道几不可闻的声音从她的嘴里发出，看得问药一愣一愣的。

问药的笑容僵在脸上，许久，她才艰难地咽了下口水，费力道："掌……掌柜的，他他他……他怎么这样？"

狄姜眼色一沉，淡笑道："武王爷风流之名，十二岁便传遍了太平府，你第一天认识他？"

"可他明明喜欢的是……"问药不依不饶。

"好了，人家的事情，我们哪有资格管？走吧。"狄姜打断她，说完，便对武瑞安微微欠了欠身，就算是行了告退礼。随即转身，头也不回地离开了。

问药跟在她后面，一步三回头，却发现武瑞安似乎全然没有察觉二人的离开，仍是与美姬玩闹得如火如荼。

"武瑞安！你怎么对得起我！！"就在这时，身后传来一声尖厉的骂声，惊得狄姜与问药耳膜刺痛，她们转身，便看见了闻讯而来的天香公主。

只见公主一身翟衣，穿金戴玉，领着一票人风风火火地赶到了八角楼，见到的便是武瑞安抱着名唤丝丝的美姬，不知今夕何夕的场景。

那厢充满了情欲，这厢充满了醋意。

天香公主见着此情此景，面色立时变得铁青，气得浑身颤抖，她呆呆地立在那，过了片刻，二人似没听见她的话一般，仍旧坐在一起。

"你们还不快给本公主分开！！"天香公主素手指着他们，大怒道，"光天化日，朗朗乾坤，你们……你们实在是太不要脸了！"

嗯，确实不要脸。狄姜腹诽，一副等着看戏的模样。

"天香公主？"这时武瑞安才抬了抬眼皮，直起身子，转头看向她，淡淡道，"你为何在此？"

"你还好意思问我？我问你，这个贱人是谁？！"

"她不是贱人，她的名字叫柳丝丝。"武瑞安说着，宠溺地看了柳丝丝一眼。

这个眼神更加触怒了天香，她憋红了脸，急道："不过是一个花街柳巷中的女子，不是贱人是什么？！"

"您贵为一国的公主，张口闭口都是贱人，你与丝丝相比，到底谁更惹人厌恶？"武瑞安面色一寒，冷冷地看向天香公主，"你现在这般模样，怎么担得起一国公主之名？"

丝丝伏在武瑞安胸前掩嘴窃笑，亦向天香公主投去一个怜悯的眼神，那神色里分明写着：男人都喜欢柔情似水的女人，你实在太不懂温柔了。

狄姜站在不远处，不知从哪里摸出来一把瓜子，一边嗑瓜子一边围观道："哎呀，二女争一夫的戏码最好看了。这天香公主仗着自己有名有分，在外头全然不顾武瑞安的面子，肯定争不过柳丝丝，啧啧啧……她会不会一气之下回国带兵南下？我大宣武国莫不成要打仗了？那我可得赶紧回去收拾细软，也好随时准备逃亡。"说着便要转头离去。

问药瞠目结舌，结巴道："逃？逃去哪？真的要打仗了？"

狄姜横了她一眼，沉默了片刻，失笑道："你也太没有幽默感了。"

"什么意思呀，我已经完全看不懂如今这副局面了，"问药撇撇嘴，欲哭无泪道，"明明前阵子他还抱着你，跟你赌天发誓说喜欢你……"

"你怎么知道的？"狄姜"嗯"了一声，弯着眼看她。

问药被这眼神吓了一跳，这才发现自己说漏了嘴，于是立即干笑道："路过，纯属偶然！那天我路过您的房门口，就不小心听到了……"问药越说，声音越小，明显心虚。

"这样啊……"狄姜笑了笑，一巴掌拍在她的背上，"张二奶奶家的牛病了，今晚你就去帮她犁田！"

"什么？牛病了？那咱帮她的牛治病呀！"

狄姜摇摇头："牛太累了，该歇歇了。它不像你，成天吃饱了饭没事干，若不让你劳动改造一下，只怕会愈加没规矩。"

"掌柜的我错了！"问药耷拉着脑袋，一脸乞求。

"走吧，"狄姜叹了口气，摆手道，"这里没我们什么事了。"

"哦……"问药一步三回头，跟着狄姜离去，可她脑子里盘桓的，满满都是武瑞安与美姬玩闹得如火如荼的场面，实在是羞死人了。

问药心中难过，却也无可奈何。奈何狄姜对武瑞安不来电，否则依照狄姜的手段，勾勾手指头他就死心塌地，再不会看旁的凡夫俗女了！

当晚，在太名山的山脚，皇家车队在此驻扎。随行人员除了一众武官之外，辰曌并没有叫其他人参与春猎，就连女皇的营帐边也被特地吩咐不许人靠近，只有素云守在帐外。她始终是一张万年不变的冰山脸，泰山崩于前而面不改色。

此时，女皇的营帐里便只剩下了辰曌与江琼林。

辰曌宠幸江琼林的谣言早已传得满天飞，外界都传言牡丹公子是辰曌的入幕之宾。为此，女皇更是特别关照，许诺了他状元之位，坊间闹得沸沸扬扬，就连武瑞安的话题度都被他压了一头。此次春闱辰曌独带了他一名文官，更是坐实了坊间的传闻，二人之间的逸事传得更加玄乎其玄，香艳无边。可当事人胸怀坦荡，毫不遮掩。对江琼林来说，月华是恩客，辰曌却是君王，二人之间他分得很清楚，不会让自己有任何逾越的想法。而他亦是靠自己的真才实学夺得春闱魁首，无愧于心，无愧于人。

但江琼林不知道，在辰曌的眼中，他始终都是那个能博自己欢心的牡丹公子。一个大美人成天在自己眼前晃悠，她怎么可能不心猿意马？

辰曌盯着他看了许久，见他连睫毛都不曾抖动，便向他招了招手："你过来。"

"微臣不敢。"江琼林直接跪在了地上，那模样，活像一只受到惊吓的白兔。

"从前你对朕百般温柔，如今……"辰嬰不想再与他打哑谜，便截破了二人之间的窗户纸，"就因为朕是皇帝，所以你怕朕？"

"微臣惶恐，彼时微臣不识龙颜，让陛下受惊，请陛下饶恕微臣大不敬之罪——"江琼林五体投地，额头贴着地面，诚惶诚恐。

"什么大不敬，哪里有那么严重？"辰嬰笑了笑，站起身来。她洁白的皮肤宛若瓷器，虽然年逾四十，但是身体仍无半分赘肉，保养得十分得宜。

"喝杯酒，暖暖身子。"辰嬰从一旁的矮几上端来事先备好的酒水，递给江琼林。

江琼林如履薄冰，饮尽了杯中酒。少顷，两团红晕便染上了他的眼角眉梢。

"还是很怕我？"辰嬰压低了声音，柔声道，"你说过，我自称'我'的时候，你就把我当作月华。"

江琼林也不知自己是怎么了，本是千杯不醉的他这会儿却有些不清醒了，他看着眼前人褪尽铅华、不施粉黛的模样，像极了坊间普通的貌美贵妇。不，她比普通的妇人更加顺从，举手投足都尽显风流。她对自己就像对自己的夫君那般温柔。

江琼林借着酒意，似醉非醉，看着眼前的人，双唇微张，扬起嘴角笑道："我不是因为害怕才躲着你。"

"那是为何？"辰嬰定定地看着他，眼含秋水，柔声道。

"因为你重要，"江琼林回握住辰嬰的手，摩挲着手中传来的温热，轻声言道，"因为你重要，所以我不敢轻佻，不敢怠慢。"

辰嬰微微一愣，眼中的热情褪去了大半，怔怔地看了他半晌。江琼林亦是沉默，许久，才走下床，在一旁的置物架上拿来披肩，仔细地替辰嬰穿上，又将围脖裹在她的身上，道："陛下，山里更深露重，小心不要着凉。"说完，他将火盆又整理了一番，让炭火远离辰嬰，却又让她感受到温暖。做完这一切，才道："陛下，今夜已经很晚了，您早些休息，微臣先告退了。"

辰嬰看了他半晌，终是摆了摆手："你下去吧。"

"是，微臣告退。"

江琼林出了帐篷，素云微微诧异，但这诧异也仅仅是一闪而过，随即她又变回了一座冰山，除了辰曌，任谁都不愿多搭理。

江琼林回到自己的帐篷，躺在床上大口大口地出气。他的极力隐忍只是想告诉她，自己有梦想有抱负，不愿再浑浑噩噩地度日。

但更多的是希望她不要看轻了自己。他有能力，不仅仅在侍奉女人上。

第二日一早，一封太极宫送来的急信终止了尚未正式开始的春猎。信中书：天香公主于昨夜子时，在瑞安王府中被人割掉了头颅，命丧当场。突厥使团震怒，在武王府大闹不休，禁军临时调遣三百人，才暂时稳住了局面。

"朕这几个皇儿，真是没有一个能叫人省心！"辰曌大怒，当即宣旨拔营回宫。

正午时分，包打听问药匆匆跑回药铺，打断了正在用午膳的狄姜。

"掌柜的，不得了了！出大事了！"问药风急火燎地闯进来，将狄姜和书香都吓了一跳。

"咳咳咳……"狄姜放下碗筷，猛烈地咳嗽了几声，才好不容易将噎到的饭菜咳了出来。

"站直了！好好说话！"狄姜红着脸怒道，"如此慌慌张张做什么？天还能塌下来不成？"

"这比天塌下来了还严重！搞不好真的要打仗了！"问药手舞足蹈，急道，"天香公主暴毙了！死无全尸！"

"什么？"狄姜和书香皆是一惊。

"她在武王府里被人砍了脑袋，听说那血呀可流了满地呢！就连王府中的水池都被染成了血红色！"问药又道。

"竟有这等事？"狄姜蹙眉，回想起昨日见到天香公主时，尚还是一个活生生的人。虽然她的举动让人觉得很霸道，但是一个如花似玉的美人突然没了，还是会叫人不忍唏嘘。

"你仔细地说。"狄姜正色道。

"听说早间里发现公主的是一个打扫的小婢女，发现天香公主尸体的时候，她正仰躺在武王府后花园的一座假山上，已经死了好几个时辰了！脖子上有碗大的一个疤！着实是骇人听闻！"问药说得十分玄乎，书香和狄姜都听得一愣一愣的。

"最大的犯罪嫌疑人便是瑞安王爷了，"问药又道，"昨天他与天香公主在八角楼冲突之事，早已在坊间传遍了，他现在已经被女皇停了职，不知道接下来会怎么样……"

"瑞安王爷怎么会杀天香公主？"书香疑道。

"对呀！不喜欢就说嘛，为什么非要杀了她呢，虽然她是突厥送来的，瑞安王爷必娶无疑，但是也没必要杀了她呀！"

"……"

问药如此一说，房内陷入了沉默。是了，这几日瑞安与天香公主不睦，吵得人尽皆知，武瑞安若是因不想娶而杀人灭口，这也说得过去。

"总之突厥人已经按捺不住怒气，直言若七日内找不出真凶，就要与我宣武血战到底！这下要生灵涂炭了……"问药捧着脑袋叹气。

狄姜小是唏嘘，叹道："本是一桩美事，却不想竟还闹出了命案，实在是匪夷所思。"

"可不是嘛！这下王爷肯定要不开心了，他之前就已经被贬了一次，这次索性连闲杂事情都不给做了……"问药的话匣子一打开便合不拢了，滔滔不绝道，"我听说啊，瑞安王爷这些日子以来，整日都在花街柳巷里买醉，还经常口无遮拦，说什么这花街柳巷中的人也能成状元，我跟你们厮混，没准他日，你们也会成为朝中大员！"

"是吗？"狄姜摇头失笑，"他倒是不着急。"

"真是皇帝不急急死太监，他这种行径已经满大街的传遍了！女皇震怒不已，可他却还不知收敛，今日竟闹出凶案来，以后的日子怕是真的不好过了。"问药长叹一口气，显得忧心忡忡。

狄姜听罢，又是一疑，道："瑞安王爷何苦跟江琼林过不去？朝中有的是老顽固，哪需要他出头？"

"就是，虽然江公子比王爷有才华，但是王爷也武艺了得呀！他们一文一武，谁也碍不着谁！除非……"

"除非什么？"狄姜道。

"除非他是吃味，"问药顿了顿道，"吃味掌柜的对江琼林比对他好。"

狄姜双唇微张，显得有些吃惊，但仔细一想，似乎……还真有这个可能。当夜为了江琼林开元夜一事，闹得十分不愉快，甚至还将他亲手雕琢的手环给扔了，实在是伤人心。他若真因为这个而一蹶不振……那她可真是难辞其咎。

"掌柜的，您一定要帮帮瑞安王爷呀！他在您最需要帮助的时候，次次挺身而出，如今他蒙难，您可不能坐视不管哪！"问药哭丧着脸，哀求道。

"知道了知道了，容我想想。"狄姜点了点头，连喝了两杯春花酒之后，便思忖着走出了药铺，临走还嘱咐谁也不许跟着。

傍晚时分，狄姜走在及膝的湖水里，双手不停地摸索。两个小时之后，终于功夫不负有心人，她在湖底摸到了一枚小袋子，袋子里躺着的，便是武瑞安亲自打磨雕琢、更被他的美貌和勇气加持了三年的金丝玉手镯。

狄姜拿着手镯便去了武王府。可到了之后才发现，武王府里已经被重兵把守，三步一哨五步一岗，连只苍蝇都飞不进去。狄姜想了想，心道武瑞安不可能让自己生活在这样的环境里，依照他的脾性，他现在八成是在常乐坊花街柳巷一条街中，于是又往下一处寻去。

狄姜到达常乐坊时，已经入夜，常乐坊灯火通明，十分喧闹。她一家一家酒肆找过去，果不其然便在第三大街边的一家酒肆里见到了武瑞安。此时，他的身边簇拥着一众美姬，一个美过一个。她们勾魂摄魄的眸子直勾勾地盯着武瑞安，手上也不闲着，斟满美酒的酒杯一杯接一杯地往他嘴里送。好一个酒池肉林，好一番纸醉金迷。

"还没喝够哪？"只听"啪"的一声巨响，狄姜走上前去，猛地一拍桌子，让在座女子皆是一惊，就连正在喝酒的武瑞安也侧头看了过来。

"哟，是狄大夫呀。"武瑞安见来人是狄姜，立即眉飞色舞冲她咧嘴一笑，这就算是打过了招呼。他不再似从前一般整理着装，严阵以待，双颊潮红，看上去确实是喝高了。

狄姜沉下脸，道："别喝了，我送你回去。"

"现在天色尚早，本王还未尽兴，你也一起喝一杯？"武瑞安眯着眼摆了摆手，一个不慎，便一头栽在了桌上。

"喝什么喝？跟我走！"狄姜说完，上前去拉他。可武瑞安就似得了软骨病一般，就那样趴在桌边，说什么都不肯起来，狄姜拖也拖不动，拽也拽不走。

"我说这位大婶儿，您是谁呀？"一旁的美姬看不下去了，掩嘴笑道，"王爷都说不走了，你怎么还强拽他呢？"

狄姜看了美姬一眼，也不与她计较，但是也不再做无用功。

狄姜索性也在桌旁坐了下来，正对着武瑞安。

"武王爷，我知道你听得见我说话。"狄姜喘着粗气道。

桌上的武瑞安轻轻一颤，但仍没有抬头。

狄姜又道："就算你现在被解了职，但你好歹也还是个皇子，辰皇身边唯一的嫡子，且战功赫赫，大可不必如此消极。"

武瑞安闻言，霍然抬头，冷笑道："皇子又怎样？战功赫赫又怎样？本王还不是被江琼林比了去，在大殿上丢尽了脸面！"

狄姜见状，不怒反笑："不学无术的武瑞安终于意识到自己胸无点墨连江琼林都不如，真是活该！"狄姜一句话，将武瑞安和一众姬妾都震惊了，他们似乎不敢相信有人敢这样与王爷说话。狄姜不仅没收敛，紧接着又道，"谁叫你眼高于顶，整日游手好闲？今日被寒门子弟看扁了去，那也是你自找的！"

"寒门子弟？"武瑞安冷笑道，"他哪里称得上是寒门子弟？寒门子弟是一步一个脚印踏出来的前程，他呢？以色侍人，不知所谓。"

"非也。"狄姜摇了摇头，"他曾出身勾栏这点不错，可他到底是陛下钦点的状元郎，亦是靠自己的真才实学当上的状元郎。"

"真才实学？真是笑话！谁不知他是靠攀龙附凤得来的？你当文武百官都是瞎子？"武瑞安冷笑道。

"旁人说的话不可信，这里头多是嫉妒居多。江琼林究竟有才无才，早在他蜚声常乐坊时就已见分晓，"狄姜叹了口气，道，"常乐坊中人才济济，不论是风流才子抑或是都知校书，谁人不夸赞他才气逼人？您这样不承认他的才学，一来，你是在自欺欺人，为自己的不学无术找借口。二来，你是故意不愿给陛下面子罢了。"

"本王做错了何事？"武瑞安突然站起身，勃然大怒道，"母皇护着江琼林也就罢了，可昨日是那天香公主自己死缠烂打地跟本王回了府，我赶也赶不走，有什么法子？她大半夜死在了本王的府里，本王还没嫌她晦气！你们倒好，一个二个都来落井下石。就连母皇都听信了市井流言，认为本王真是恨极了突厥人，才一时激动，杀人泄愤！可本王根本犯不着这样做！若本王真想泄愤，早就带着兵马冲出漠关山，直取突厥国都了！你说说，本王这一腔怒火朝谁撒？"武瑞安说着，端起碗来又干了一杯酒，随后似是不解恨，将酒杯摔在了地上，"啪"的一声，裂成了数块。

一桌人都愣愣地看着他，就像在看一个怪物。唯独狄姜颜笑淡然。

武瑞安见着这一众胭脂俗粉被狄姜比到山脚旮旯窝里，突然气急败坏道："都给本王消失！立刻！马上！"一众美姬受到了惊吓，立刻作鸟兽散。等她们都走了，武瑞安才长舒了一口气，重新坐回了扁凳上。

"王爷，何必动这么大的气？"狄姜说完，便唤来小二，又多要了一坛子酒。

"本王如何能不气？"武瑞安翻了个白眼，急道，"本王戎马三年，驰骋疆场，这期间受了多少辛苦，本王可喊过一句疼？本想回了太平府便能苦尽甘来，岂料遇到这等事，就连心爱的女人都……咳！"武瑞安顿了顿，又道："总之，本王的好没有几人记得，母皇恼我怨我，你也不信我。总之本王这一遭回来，仍是无人赏识，无人问询，无人信任。"

"我信呀。"狄姜抱起酒坛，倒酒的那一刻，左手上一枚明晃晃的金丝镯子吸引了武瑞安的注意。

"这镯子……"武瑞安睁大了眼睛，一脸不可置信。

"这个啊……"狄姜笑道，"我从湖里捡来的，也不知是谁扔了，我见着它好看，就戴着了。"

"你下湖里去捞回来的？"武瑞安一激动，握住了狄姜的手腕。

狄姜笑着挣脱开去，指着自己湿掉的鞋袜，道："还好湖水不算深，否则我可不会游水。"

武瑞安心中一暖，恨不得立刻抱起眼前人，但他知道狄姜不喜欢他动手动脚的毛病，便将心头的冲动强压了下去。

"狄大夫……现在也只有你还相信我了。"武瑞安话锋一转，突然带着几分哭腔道，不知是因为感动还是欣慰，他的眼眶也跟着开始泛红。

狄姜连忙打断他："我只是觉得王爷生性纯良，干不出这样伤天害理的事，女皇陛下是您的生母，自然也是相信你的。只不过碍于突厥使团的面子，只得暂时将你革了职，等案子查清了，自然会让你官复原职，王爷请宽心。"

"母皇似乎听信了江琼林的谗言，并不信本王。"武瑞安有些泄气。

"我看得出来，江公子亦不是坏人，王爷不必事事都将他想得那样坏。"狄姜说完，见武瑞安面色不豫，立刻噤了声，不再多言。

许久，武瑞安才长叹一口气，道："走吧，我送你回家。"

"您不是说天色尚早吗？"狄姜一愣。

"姑奶奶，你的鞋袜都湿了，本王若不知道也就罢了，若知晓了还赖在这里不走，让你饱受苦楚，岂非禽兽不如？"武瑞安放下酒钱，提步向前走。狄姜这才恍然，快步跟了上去。

二人一前一后，一路沉默，武瑞安不开口，狄姜便只跟在他后头微笑。或许这是最好的相处模式，他想说话的时候，她陪他发泄。他想安静的时候，她乖乖地待在一旁。她是一个很好的聆听者，也是真心拿武瑞安当好朋友。

"狄掌柜，到了。"武瑞安站在见素医馆门前道。

"啊，多谢王爷了。"狄姜微微一笑，转身进屋。就在她刚要关门的时候，却见武瑞安扭扭捏捏，少顷，才听他道："狄掌柜，棺材铺的钥匙能再借给本王一些时日么，本王暂时不想回府，你知道……"

武瑞安刚想好了说辞，本想解释一堆，岂料狄姜二话不说，直接从怀里掏出了一把钥匙扔在他的怀中，笑道："早就知道王爷受不住那些官兵的闲气，一早就给你备下了。不早了，快去歇息吧。"她说完，便转身合上了大门。

当晚，狄姜洗漱完毕后，突然心血来潮，打开了房间的窗户。这时武瑞安还在沐浴，她等了他片刻，才见他耷拉着长发出现在房里。他的发丝上还蓄着水珠，一滴一滴地落在衣襟和地板上。他见了狄姜，很是惊讶，怔了片刻，连擦头发的动作都停了下来。

"王爷，今天有些迟了，我可等了你许久，那……晚安了。"狄姜摆摆手，关上了窗户，随即熄灭了蜡烛。武瑞安怔了片刻，便也和衣躺下了。许是因为酒精的缘故，他这会儿躺在生硬的木床上，竟然也不觉得难受，反而很快进入了梦乡，且难得的一夜安眠，一夜无梦……

之后的两天，武瑞安就像是回到了自己的家，与狄姜同吃同住，什么烦扰都暂且抛诸脑后了，日子过得无拘无束自由自在。虽然在这里需要隐姓埋名遮遮掩掩地生活，但与性格和顺的狄姜朝夕相对，倒也怡然自得。每晚一次的例行开窗道晚安，让他觉得此前月余发生的所有不愉快都只是在做梦。自己好像还没有班师回朝，仍是那个受人敬仰的神佑大将军。殊不知，朝堂之上却已经因他翻了天。

自从天香公主的命案发生之后，女皇辰曌第一时间便派了京兆府尹温礼、大理寺卿慈文以及大理寺丞江琼林三人共查此案。同时，为保万民生计，使百姓远离战火，辰曌又下令右丞相长孙无垢以及礼部尚书周礼，让二人务必要安抚好突厥使团，让他们多加宽限时日，好彻底查清此案。在他二人的多番斡旋之下，突厥使团打消了立即起兵的念头，最终定下了七日之约。七日后，凶手生要见人，死要见尸。

礼部暂时安定下了突厥人，但是查案这边却遇到了瓶颈。仵作尸检之后得出结论，公主的死亡时间是在子时一刻。王府中下人不多，大多都在酣睡，下人居住的房间里大多是大通铺，最少也是四人一间房，他们都说没有听到异常的响动，睡醒时也没有见谁不在自己的床位上，相互之间也就都算有了不在场证据。而公主的尸体便在王府最中心的位置，只要稍稍一喊，四周都能听到打斗，那么公主没有呼救的原因便是只有一个可能了：凶手是公主极为熟悉的人，且此人身手了得，可用利刃在顷刻之间砍掉一成年女子的头颅，不拖泥带水，手起刀落便尸首分离。这是午门外对砍头最为熟练的刽子手也难以达到的速度。所有的证据都指向了武瑞安，但是武瑞安却突然失去了踪迹。没有人知道他去了哪里，想问话也无从问起，看起来就像是畏罪潜逃。

查案的时间只剩下五天，江琼林作为新晋官员，话语权不多，就算有疑问也没有人给他机会说，但是对于武瑞安的行踪，他倒是隐约有了些主意。他曾得知武瑞安对见素医馆的掌柜情有独钟，后者是这许多年来唯一一个与他有长久交集的女子，可这见素医馆究竟在哪里，却无人说得出。

江琼林在太平府各处寻找，才终于在南大街的尽头看见了见素医馆的牌子。南大街的尽头，人烟稀少，暮色四合，天边升起片片火烧云，火光遮天。这是初夏时节最常见的景象，从前他身在欢宜馆，自然无心爱良夜；等考上状元之后，便更是没有时间去欣赏美景；像今日这般，能好好看一看太平府暮色下的景致，倒是大姑娘上轿头一回。

他从前不觉得太平府美丽，觉得这世上的人性都只剩下肮脏和丑恶。直到这一刻，他才突然发现，其实不是人心丑恶，自己曾深处泥潭，便将世上的一切美好都否决掉，剩下的就是自己无限放大的污秽。这一切的遐想，从他科举扬名之后悄然褪去。他发现世界仍旧很美，只要自己的心还干净。

江琼林敲响了见素医馆的大门，门很快向内打开，一身鹅黄纱衣的女子开门，见着江琼林，面色一喜，但很快又暗下："江大人，您怎么来了？"

江琼林见了她，也是一喜："竟然是你……"江琼林得知狄姜就是见素医馆的掌柜，对武瑞安的行为又有了更深一层的理解。看来他对狄姜还真是宝贝得紧，那么对他的敌意也可见一斑了。江琼林怕自己突然造访会引起武瑞安反骨，也不提查案，只道："我对太平府不太熟悉，想出来找酒喝，却不想迷了路。这里只有你一家店铺，所以想来讨杯水喝，不知方便与否。"

狄姜也未多想，忙让开了身子："方便方便，不仅有茶有水，更有好酒！"

"那琼林就却之不恭了。"江琼林拱手作揖，提步踏入了见素医馆。

后院里，书香和竹柴已经备好了一桌酒菜，问药因为外出送药，而不在店中。江琼林撩开后院的帘子，便见在长桌旁有一人分外惹眼。此人生得玉树临风、潇洒倜傥，动作却并不那么文雅，只见他食指大动，正对着眼前的饭菜流口水。正是已经消失两日，身穿素服的武王爷武瑞安。

"武王爷？"江琼林佯装一愣，"您怎么也在这里？"

武瑞安亦是一愣，随即似看见妖怪似的转过身，跳脚道："怎么哪儿都有你！"

"他来讨杯酒吃。"狄姜掩嘴一笑，立刻走到武瑞安身边安抚道，"来者是客，你不要太小气了，好歹拿出些主人的风范来。"说完，又是一拍，将他的脚从凳子上拍了下来。

武瑞安一听狄姜把自己当作了自己人，将江琼林比作了外人，心中突觉无比受用，便不好再拒绝。他一脸不耐地点了点头："赶紧吃，吃完了赶紧走，别磨蹭等到宵禁了借机赖在这儿！"

"多谢武王爷。"江琼林俯了一礼，走到他对面坐下。

"别叫我武王爷，如今本王就是个通缉犯，也就能躲在狄掌柜这儿，才可稍稍安静些，"武瑞安冷冷道，"你若是敢将本王的行踪呈报上去，看本王不扒了你一层皮！"

江琼林颔首一笑："王爷多虑了，琼林不过是闲来无事找酒喝，没那么多心思。"

"真没有？"武瑞安盯着他的双眼，狐疑道。

"真没有。"江琼林一脸无辜地摇了摇头，"他们本就看不上我，就算是陛下钦点我查案，他们也不给我机会，我何苦自讨没趣，两边不得好？"

"算你识相！"武瑞安点了点头，重新拾起筷子。

江琼林点了点头，低眉敛目恭敬道："从前是小人有眼不识泰山，得罪了王爷，还请王爷不要怪罪。"

"本王才不会与你一男……与你区区从六品小官计较。"武瑞安冷哼一声，虽然嘴里说着不在意，可面上的表情却显得十分受用。

江琼林见自己的低声下气已经打开了二人之间的话匣子，便趁热打铁，又道："不过下官也很好奇，王爷既然没有杀人，为何不去与陛下说清楚？"

"你怎知本王没杀人？"武瑞安睁开双眸，目光灼灼。

"按照王爷的性格，杀了就会大方承认自己杀了人，没有就说没有，不会骗人。"江琼林说完，武瑞安神色一黯，苦笑着摇了摇头："连你都知晓的道理，母皇居然不晓得。"说完，他便不再开口，只一个劲地喝酒。

这时，狄姜又捧来了一瓶陈年的梅子酒，对二人笑道："这是三年前酿下的果酒，香味正浓，馥郁芬芳，快尝尝。"她说完，将酒塞拔了下来，一时间芳香醉人，撩人心脾。江琼林和武瑞安一时间都被这酒香吸引了去，全然忘掉了此前的不睦，只顾着与狄姜讨酒喝。

"好酒！"武瑞安一饮而尽，恨不得将酒坛子都拿来捧着喝。江琼林亦是十分开怀，直道："此酒只应天上有，人间能得几回尝？"

狄姜见他们酒兴正浓，也不打扰，接连搬了三坛子来，但其中大半都被武瑞安喝掉了。狄姜无奈，只得又去柴房沏了一壶七子花茶来与他们解酒。武瑞安不愿喝茶，仍旧捧着酒觞。江琼林喝了一口茶后，发觉茶香扑鼻，半点不输梅子酒，便不与武瑞安抢酒喝了，自顾自地抱着茶盅，看着天上的月亮。

"古人有九雅：焚香、品茗、听雨、赏雪、候月、酌酒、莳花、寻幽、抚琴。"江琼林说完，看了狄姜一眼，立刻便得到了狄姜的附和。

狄姜道："韩熙载云，'花宜香故，对花焚香，风味相和，木樨宜龙脑，荼蘼宜沉水，兰宜四觉，妙不可言'，今日我店中便是焚了荼蘼沉香，是以玫瑰为引，混合沉香屑制成，香味优雅清淡，悠然独绝，算是占了莳花、焚香两桩雅事。"

江琼林点头："这七子花茶茗香不绝，透人心脾，亦算是一桩品茗之雅事。"

"你们真是时时刻刻都不忘咬文嚼字！欺负本王不喜诗书？不就是寻雅事吗？有什么了不起？我也会！"武瑞安清了清嗓子道，"这陈年的梅子酒，也算是让人唉而忘忧，回味悠长了，算得上是酌酒的雅事了？"

"不错，"江琼林点了点头，"于是我们三人对坐在月下，焚香，品茗，酌酒，再看遍园中莳花，或入香，或下酒，在这小院中，也算是不可多得的美事了，这时候就只差雨雪和琴了。"

江琼林说完，他和武瑞安都看向了狄姜。

"琴能养情，可我不会，我只是市井一大夫。"狄姜耸耸肩，摇头笑了笑。

此时，武瑞安与狄姜又非常有默契地看向江琼林，便见他也是一耸肩，无奈道："我会抚琴，可是这里并没有琴呀……"

"谁说没有？"狄姜朝楼上喊道，"书香——去取我的琴来。"

"狄掌柜不是不会琴吗？"江琼林疑道。

"不会归不会，但有归有。"狄姜悠然一笑，说完，书香便将琴摆在了长桌上，随后又告退回了屋。

"这琴如何？"狄姜道。

江琼林双手抚上琴弦，霎时间睁大了眼睛，半响没有说话。他的眼睛从琴出现的那一刻起，便再也没离开过。眼神说明了一切。

"此琴莫非是'绕梁'？"他惊道，"余音绕梁，三日不绝，其声袅袅，循环不已。"

"江大人好眼力，只可惜……"狄姜微笑着摇了摇头道，"可惜名琴'绕梁'已经在千百年前损毁，如今这一把，只是我找人做的仿制品。"

"那也十分可贵了。"江琼林捺不住性子，很快便上手抚弄起来。他的十指不疾不徐地在宫商角徵羽之间转换，所弹奏出来的音调更是和着今晚的夜色一起，时而明媚，时而微茫。高亢有之，低靡有之，让人仿佛可以透过琴声，闻见他过去的种种悲欢离合。久来，让人不禁潸然泪下。

大片大片的花瓣落下，经风一吹，便纷纷扬扬地飘在空中，飘在江琼林的身边，这一幅画面，就连武瑞安都不禁看呆了。这一刻，没有江琼林，没有狄姜，也没有武瑞安。有的只是抚琴的公子，闻琴的姑娘，还有在一旁假装嗜酒，实则钦佩抚琴人的他。

狄姜一边听琴，一边不自觉靠近武瑞安，淡笑道："江大人是不是很厉害？"

"一个男人琴都弹得这样好，可你呢？空有好琴在手，却不会弹，真是替你脸红。"武瑞安借着酒气，白了她一眼。狄姜一愣，险些要翻脸。武瑞安并不打算放过她，又接道，"本王很好奇狄掌柜究竟会不会女儿家的事情？莫非您只会给人诊病骗银子？"

"你都知道了？"狄姜惊道。

"本王无所不知，"武瑞安高深莫测的一笑，"你坑蒙拐骗起来，倒真是脸不红心不跳，连本王都不得不佩服到五体投地。"

"谁说我只会坑蒙拐骗？王爷觉得替人诊病很简单吗？"狄姜怒道，"我看过的每一本医术都有城墙那么厚，堆起来可以放满好几十间屋子，我日夜背诵，身体力行，您以为我只会空口说白话，只会卖假药？"

"本王可没说过你卖假药……这是你自己不打自招。"武瑞安耸耸肩，一脸无辜。

"……"狄姜怒不可遏，却发现自己无法反驳，只叹这武瑞安似乎变了一个人。从前他对自己毕恭毕敬，这会儿竟当着旁人的面拆穿自己，真是叫人好一通生气。

江琼林三支曲毕，恰好传来一更的更声："大鬼小鬼排排坐，平安无事喽——"

江琼林闻言，便停下了双手，道："今日天色已晚，明日早些还有政务要处理，琼林先告退了。"

江琼林如今是辰嬰面前的红人，狄姜与武瑞安都清楚，也便没有挽留。他收拾好绕梁琴，临走前正色道："武王爷，您拼死才立下赫赫战功，被陛下封为神佑大将军，您就甘心从此远离朝堂，整日在市井买醉吗？"

"战功算什么？"武瑞安眼皮也没抬，摆了摆手道，"此次大破突厥，本也不是我一个人的功劳，神佑大将军这个位置，该属于每一个与我上阵杀敌的将士。"

"凭君莫话封侯事，一将功成万骨枯，"江琼林赞赏地点了点头，"王爷体恤下属，倒让我刮目相看。"

"那你呢？"武瑞安突然抬头，淡淡道，"你又为什么去考科举？没记错的话……你应该是奴籍，你想方设法地参与科举，并且殿前夺魁，难道不是别有用心？"

江琼林神色一黯，摇头道："我考状元不是为了显名，也不是为了做官。"

"那是为何？"武瑞安道。

"不知武王爷对某事可有过一份执念？"江琼林低头看他，思绪开始飘忽。此时武瑞安和狄姜都是沉默，静静地等他继续往下说。过了许久，他似是鼓足了勇气，才又柔声道："我的名字是父亲取的，琼林即是琼林宴的琼林。我父亲是盐运使手下的一名官员，曾是二十余年前一场科举中的探花郎，后来迎娶了江南书香世家孔家的嫡出千金为妻，也就是下官的母亲。我父自诩才高八斗，是不二之才，从小我便耳濡目染，也一心奔着科举而去，为的就是殿前夺魁，弥补我父当年未能得中状元的遗憾。后来江南一场大火，烧掉了半边粮仓，母亲为了救我死在了火场。当晚，父亲为了救灾，也死在了那里，而我……苟活于世的我被烙上了奴印，四下变卖。"

江琼林本是高高在上的世家公子，沦落勾栏，任人玩弄，却还因身上背着母亲一条性命，而不得以死明志。由奢入俭难，这样的遭遇，或许比一开始就活得潦倒的人更加难受。

"对不起……"武瑞安长叹一声，发觉自己竟一时间词穷，说不出旁的安慰的话来。

"都是过去的事了，"江琼林摇了摇头，淡笑道，"说出来反而比较舒服。"

武瑞安放下酒瓶，侧头看他，便见他完美的侧颜里氤氲着一圈说不清道不明的阴霾，那是一种淡淡的忧郁，似是与生俱来的凄凉。他终于知道这份忧郁从何而来了。没有人的不快乐是与生俱来的，人性向喜。他游戏人间了半世，却发现，这世上更多的是自小奋发向上、为未来拼搏努力的人。可这些人，却始终逃不过命运的捉弄。

武瑞安清了清嗓子，二人齐刷刷地回头看他，便见他抬起手腕，与江琼林敬了一杯酒。江琼林也不扭捏，端起桌上的酒杯便一饮而尽。武瑞安亦是如此，便是一杯酒泯恩仇，一切都在不言中了。

"下官告辞。"江琼林道。

"好走。"武瑞安勾起嘴角，微微一笑。

江琼林从见素医馆出来后便遇到了巡逻的武侯，他因这几日查案之故，有畅行无阻的腰牌，武侯并没有多加拦阻。回到江府，管家立刻迎了上来："大人您可回来了！宫里头都来人催了好几次了，说是陛下急召，宣您立即进宫。"

江琼林闻言，便不再耽搁，马不停蹄又往皇宫赶去。他的腰牌是辰皇亲赐的令牌，任何时候进宫都不会受到拦阻，他很快便从最近的丹凤门入了宫。

经过淑太妃居住的伴月宫时，江琼林走在亭台楼阁下，看着不远处太极宫的穹顶，便继续顺着白玉栏杆往前行，心里估算着还有半刻钟便能到达太极宫勤政殿。此次辰曌半夜急召他入宫，还是这些天来的头一次。他步履如飞，生怕在她需要自己的时候，自己却不在。

他对这份感情很迷惑，辰曌是君，可是他总是忍不住对她想入非非。但是也仅止于想，他一刻都不曾忘却，他们之间有着无法逾越的鸿沟。但是他仍然想好好地对她，至少在她需要自己的时候，自己能为她尽些绵薄之力，以报答她对自己的提携之恩。

就在这时，只听"哗啦"一声，打破了这一宫的平静，紧接着江琼林便觉得一盆凉水倾盆而下，全数倒在了自己身上，将他的头发、衣襟和鞋袜全都打湿了。

"对不起对不起对不起，奴婢不是有意的！"

江琼林抬头，便见一宫女扮相的女子在台阶上伸出了半个身子，她的手中还端着一个空掉的木桶。婢子很快将身子缩了回去，不消片刻后，她又出现在了江琼林面前，跪地道："奴婢是负责淑太妃起居的婢子，每日在此倾倒沐浴水，却没想今日此时江大人会从这里路过，全都是奴婢的错，请江大人责罚！"

"你怎知本官姓江？"江琼林面色一沉，淡淡道。

"因为……"婢子趴在地上瑟瑟发抖，许久也不肯说下去。

"因为什么？"江琼林催促她。

"因为江大人的容貌举世无二，奴婢自然认得……"婢子的声音愈来愈小，江琼林却松了一口气。

"你起来吧。"江琼林道。

"多谢江大人。"婢子战战兢兢地起身，此时，身后又传来一柔弱的女声，"嬛儿，你在与谁说话？"话音刚落，便从门里走出一华服妇人，年纪不大，模样娇媚，还有着与辰曌相似的五官。此人便是淑太妃了。

淑太妃与辰曌的眉目很相似，但是气场却大不一样。辰曌属于有气魄和气场的一类，坐在那里就有一股无形的压力，不怒自威。而淑太妃则完全相反，她属于贴心温婉型，一颦一笑都和声和气，温温柔柔，让人见了便如沐春风，心花怒放，连带着心情都变好似的。

江琼林就算身上凉透，但也不敢有气。他恭恭敬敬地拱手作揖，道："下官江琼林，参见淑太妃。"

"江大人快请起。"淑太妃迎上前将江琼林扶起，一摸他的袖子，发现已经湿透了，便连忙拉着他的手腕，急道，"江大人深夜湿身可是因为嬛儿？"

江琼林不动声色地抽回手："她也不是有意为之，请太妃饶恕。"

"江大人真是大人有大量，"淑太妃说完，又是一凝眉，对嬛儿道，"你这婢子，整日就知道偷懒，以为将这浴水泼在宫外，明日干了就看不见了？还好你遇到的是江大人，若是长孙大人，非扒了你一层皮。"

"太妃饶命！奴婢下次再也不敢了！"嬛儿吓得"扑通"一声跪倒在地。

淑太妃叹了口气，摆了摆手："罚俸一月，自己去跟掌事宫女说。"

"是……"嬛儿长舒一口气，退了下去。

等嬛儿走开后，淑太妃又是一柔声，浅浅笑道："江大人这是要去哪儿？"

"回太妃，下官奉旨入宫，陛下在勤政殿召见下官。"江琼林老实地回答。

淑太妃听了一惊，连连咋舌道："这可如何是好，衣衫不整可是大不敬之罪，还是去本宫宫中换一身衣裳再去吧。"

"这……"江琼林低头一看，见自己确实无法以这副模样面圣，便只得点了点头，"下官多谢太妃恩典。"

"谢什么？本就是本宫的婢子脏了你的身子。"淑太妃一嗔，随即转身，领着江琼林进了主殿。

伴月宫历来是皇后居所，进殿后，一切规模皆比大明宫中大了几倍。主殿中，右侧是寝殿，左侧是盥洗室，此时浴桶里的水还存有一整缸，其上飘着几许玫瑰花瓣，浴桶旁边还散落了几瓣，一看便是刚有人从浴桶里出来的模样。再看淑太妃，此时的她穿了一身单衣，长发披下，面上却仍化着精致的妆容，似乎是在等什么人。

她见江琼林盯着自己，面上有些不自在，便走近了他道："本宫习惯就寝时才卸妆，如此可让自己看上去每时每刻都充满了活力，此时天色尚早，江大人不必奇怪。"

"下官不敢。"江琼林躬身，拉开了二人之间的距离。

淑太妃也不再向前，径直唤来婢子送来了一套男装。衣裳薄如蝉翼，素如白雪，是一件上乘的云萝纱衣，一尺可抵百金。

"这样贵重的衣服，下官不敢受。"江琼林放下衣物，拱手作揖道。

"哎，这只是借给江大人，来日你洗干净了再给本宫送回来便是。"淑太妃掩嘴一笑。

"这……"江琼林有些迟疑，总觉得有哪里不妥帖。

"大人不必推辞，还是速速换上去回了陛下吧，若让她等急了怕是要连本宫也一起怪罪了。"淑太妃催促道。

"好吧！"江琼林不得已，只得换上了新衣，又在淑太妃温柔如水的目送下，匆匆赶去了太极宫。

江琼林本就因为在见素医馆饮酒而耽误了时辰，如今又被淑太妃的婢子这样一闹，迟了整整一个时辰才到达勤政殿。

勤政殿里，女皇辰曌独自坐在孤灯下，正批阅着身前堆成了几座小山高的奏折。烛火跳跃，映得她眉头更显紧蹙，显得忧心忡忡。

江琼林站在门边，就这样静静地看着，不知不觉便看痴了去。直到素云捧茶归来，见着门边的他，才冷冷道："江大人站在门边做什么？"

辰曌闻言抬起头，便见江琼林一袭白衣靠在门边，眼带迷茫，出尘入仙。

"爱卿还是着白衣最好看。"辰曌见了他心情大好，夸赞之后便向他招了招手，"爱卿来得正好，你辞藻斐然，快来帮朕看看，朕这样写妥不妥当。"

"下官遵旨。"江琼林走近，站在御座前。

"站那么远做什么？"辰曌拍了拍身侧，指着龙椅道，"坐到朕身边来。"

"下官不敢。"江琼林躬身却礼，再抬头时，便见辰曌一扫之前的愉悦，满脸被阴沉所替代。江琼林不得已，只好提步走上御座，却仅仅只是站在女皇的身侧，始终不敢乱了规矩。

辰曌知他处事小心，对事恭敬，也由着他去。她将一本明黄色的奏折递给江琼林："为表哀思和歉意，朕决定亲自修书一封与突厥可汗，你看看朕写得如何？"

江琼林接过，逐字逐句地阅读起来。

辰曌看了一晚上的折子，这会儿才得以休息片刻。

辰曌长舒一口气，揉了揉眉心，此时，却隐约闻到空气里传来一阵熟悉的栀子香。她细细一嗅，才发现此香出自江琼林的身上。

"陛下用词贴切，情感真挚，是一篇上佳之作，只是臣觉得，这个'愁'字不妥，'愁'代表忧愁和焦虑，应该让突厥可汗知我国对此案有十足的把握，而不是担忧和焦灼……"江琼林说着，看了辰曌一眼，却发现她并没有将注意力放在奏章之上。

"陛下，您在看什么？"江琼林疑惑。

"将才你去了哪里？"辰曌没有回答他的话，却冷冷地问出了这样一句。

江琼林见她面色不豫，再一想起坊间的传闻，便觉得传言或许是真的。坊传辰嫛与淑太妃不睦已久，淑太妃抢了辰嫛的伴月宫，是辰嫛最想除之而后快的人。江琼林心中暗悔，刚刚自己经过伴月宫时换了一身衣裳的事情，是不是做错了？

"朕在问你话，如实回答朕！"辰嫛一声低喝，在这安静的大殿之中，显得十分突兀。

江琼林被这一喝，立即跪倒在地，俯首叩头道："微臣经过伴月宫时，被伴月宫中的婢子泼了一身水，于是淑太妃赏了微臣一身衣物。臣不是有意耽搁，只是想快些见到陛下才会如此，求陛下宽泽。"电光石火间，江琼林还是决意不隐瞒此事，位高如辰嫛，本就见惯了众生皮相，听惯了言不由衷的赞语。自己绝不能如旁人一般，欺骗于她。

"你倒是坦诚。"辰嫛阴郁着一张脸，唤道，"来人，除去江琼林的衣物，把他给我扔去太极宫前示众！未得我诏令，不得饶恕！"

"陛下恕罪！"江琼林战战兢兢，汗如雨下，可如何也求不来辰嫛的宽泽。

素云得令，立即招来侍卫将他拖走。

"陛下——"江琼林情急之下，握住了辰嫛的脚踝，"求陛下宽宥！"

辰嫛面带嫌恶，一脚将他踢开，看也不看他，随即又对侍女道："你再去查查，伴月宫中是哪个不长眼的婢子泼的水，查到之后，就地杖毙。"

"是。"素云颔首，吩咐侍卫将他带走。

"陛下恕罪，陛下饶命，陛下——！"江琼林的呼声很快被隔绝在门外，辰嫛再听不见他的只言片语。

侍卫将江琼林带到了太极宫的大殿前，随后便扒掉了他身上的衣物。他全身赤裸，只余一条里裤。他就这样光溜溜地站在太极殿外，一站就是一整个晚上。但更可怕的是，女皇的怒气并没有在一夜之间消失，就连到了第二日上朝时，仍旧没有原谅他。

早朝之前，宫女太监早早便赶来此处，本是例行打扫，可今日，打扫的同时还有余兴节目。赤裸的江琼林抱着双手，站在空旷的广场上，他背上的奴印显得那般突兀。他就像一棵没了枝叶的树，说不出的荒凉和萧索。

美人终究是美人，不穿衣服更是如此。匀称的线条，白皙的大腿，还有精致中略带苍白的脸蛋，无论看哪里，都是美不胜收。他就这样孤单地站在太极殿外，渐渐地被上早朝的大臣们争相围观。有人同情，有人不耻，但更多的是侮辱和谩骂。尤其与武瑞安交好的一众武官，更是什么下流的话都说得出来。

"江琼林就算当了状元爷，也抹不掉他身上的奴印。"

江琼林浑身一颤。

这半日，任北风萧瑟，在这天里虽然不觉得很冷，但是他心中的寒意从头侵染到脚趾。除此之外，更让他甚感悲凉的，是一种侵入骨髓的羞耻感。就像在欢宜馆中被人扒光了衣裳，供众人取乐时一般模样。

不，此情此景，比之更甚。

若他从来都只是一个供人玩乐的下人，或许还不会这般难受。可他从前是高高在上的世家子弟，沦落之后得女皇宠幸，再次参与科举，更一举夺魁成为状元爷。他游过御街，赴过琼林宴，也曾被旁人恭敬地唤他一声："人理寺丞，江大人。"

可这一切，都是那人给的。

她一句话，就能让他扶摇直上平步青云。

她一句话，也能让他从云端跌入十八层地狱。

美好如落瓷，在这一刻支离破碎，土崩瓦解。

第二十二章

盛宠

　　第二日一早，见素医馆。问药又是十分激动地从外头回来，一进屋子便惊声尖叫："掌柜的！您一定要救救江公子呀！"

　　"又出什么事了？"狄姜蹙眉。一旁的武瑞安也是一脸疑惑，道："江琼林是母皇跟前的红人，有母皇的庇佑，谁敢说他一个不好来？也只有本王敢了。"

　　"可就是女皇昨日夜里下的令，让他在太极宫前罚站，还不许穿衣服！坊间传闻昨夜江公子回府晚了，女皇陛下又几次急召，他却没能按时去到勤政殿，据说……好像是因为他和淑太妃在一起，被陛下发现了，所以才赤身裸体出现在太极宫前，站街示众。"问药像个包打听，事情经过前因后果一字不落，都打听得明明白白。

　　"可昨夜……江大人不是与我们喝酒至深夜？"狄姜思索道，"江公子那么晚才回去，怎么可能会是和太妃在一起？他一定是被人冤枉了！"

　　"我也觉得是。那淑太妃久居深宫，听说是个不安分的，她昼夜寂寥，主动找江公子也说不定啊！这样惩罚他一个，未免也太不近人情了，以后让他如何做人？如何再抬得起头？"问药嘟着嘴，一脸的不满。

　　问药说完，狄姜一脸凝重，就连武瑞安也是好一阵沉默。许久，武瑞安道："本王去为他作证，证明他昨夜与本王在一起！"

　　"王爷！您可真是大人有大量，江公子一定会感激您！"问药一脸欣喜，感动不已。狄姜听罢，却哑然失笑。

"你笑什么？"武瑞安道。

"王爷打算回去当阶下囚吗？您现在自身都难保，怎么救他？"狄姜叹了口气，郑重地分析，"您与江琼林不睦已久，这是满朝文武都知道的事情，您此时为他作证，只怕会被人趁机说您意图不轨。"

"为何？"武瑞安一愣。

狄姜叹了一口气，道："现在全天下都知道，他是彻查天香公主无头案的三名官员之一，现在的您，于情于理，还是不要去招惹他的好。"

武瑞安思忖了许久，发现自己竟然无法反驳，于是跌坐在凳子上，无奈道："那现在本王该怎么办？就放任江琼林被人冤枉，面子里子丢了个干净？"

狄姜想了想，道："调查清楚天香公主无头案，然后安安稳稳地做你的逍遥王爷，到那时再救他亦不迟。"

"从何查起？"武瑞安一愣，"大理寺和京兆府联合办案，都未能发现端倪，我们从何得知？"

"既然他们查不出凶手，那我们就去问问天香公主本人好了。"狄姜微微一笑，半张脸隐在烛火映不到的黑暗里，神色说不出的诡谲。

武瑞安打了个激灵，面色有些为难，少顷才道："狄掌柜的意思是……"

"掌柜的意思很明显，她会通灵！"问药急不可耐，插嘴道。

"就你话多。"狄姜睨了她一眼，然后对武瑞安一笑，"也差不多就是这个意思。"

"此事当真？"武瑞安疑道。

"千真万确。"狄姜这点信心还是有的。

"可需要什么条件？"

"最好是能看见尸体，或者去命案现场。"

狄姜说完，武瑞安陷入了长久的沉默，半晌过后才又道："这种事情本该由国师来处理。可最近国师不知怎么了，一直将自己关在明镜塔里，谁也不让进，谁也请不出他来，否则早让他来问一问也好呀……"

"现在不是有我了吗？"狄姜自负一笑，"通灵本也不是什么难事，不是吗？"

"可是让你见到那样血腥的场面，本王于心不忍……"

"这有什么于心不忍的？再惊悚的我们掌柜的也见过！"问药兴奋道。

武瑞安吞了下口水，想起从曾经在竹林中发现的腐尸，还有她在尸骨累累的地窖中待了好几天，心理仍没有变态这一点来看，狄姜应该是不怕血腥和尸体的。

"好吧……晚些时候本王带你去。"武瑞安擦了擦冷汗，终还是点了点头。

子时三刻，是人最困顿的时候，武瑞安带着狄姜和问药趁着守卫换岗之际，从武王府东边的围墙翻墙而入。三人又一路佝偻着身子，小心谨慎地躲避着巡逻人员，才最终到达了命案发生现场——后花园湖中心的一座假山旁。其实狄姜已经在三人身上布下了隐身咒，他们看得见别人，可别人看不见他们。武瑞安不知道其中的奥义，便一路来小心翼翼。狄姜和问药心照不宣，看着他卖力的表演，亦不戳破。

三人到达湖心亭之后，便将自己的身形隐藏在黑夜中，从这里向前望去，依稀可见假山前方有一座湖心亭，亭子外站着两名守卫。虽然只能看见守卫的背影，但也能看见湖心亭中清晰的血迹。隔了老远，狄姜心中亦浮现出了九个字：手起刀落，尸首分离，一刀毙命。

"好身手啊。"狄姜暗赞。

"你说什么？"武瑞安疑道。

"我在夸那个凶手呢，他的身手的确了得。"狄姜一脸诚意，武瑞安却觉得脖子一冷。一般女子看见这样的场面，早就捂着嘴尖叫了吧？她胆子也忒大了。

武瑞安扶额，又道："接下来该怎么办？"

"唤魂。"狄姜轻轻地吐出两个字，武瑞安又是全身一冷。他点了点头，缓缓道："这不是我能理解的范畴，狄掌柜请便。"说完，自觉地让出了一条道，让狄姜在假山后能有更大的施展余地。狄姜口中开始念念有词，全是武瑞安听不懂的话，但是当她念出"乙巳年七月初九亥时三刻"几个字的时候，他听懂了。这是此前她找自己要的天香公主的生辰八字。

　　狄姜一遍唤魂咒念毕，周身刮来一阵凉风。风声呼啸而过，卷起片片树叶沙尘，阴风阵阵，在这命案现场尤其显得骇人。武瑞安裹紧了身上的衣裳，显得很害怕。

　　"有掌柜的在，不怕！"问药十分期待，期待见到天香公主的魂魄。她迫不及待想要知道，真凶究竟是何人！

　　可是过了许久，空气里仍未有旁的动静。风依旧在吹，但也只是吹过假山山洞的呼号声而已。天香公主的鬼影子连头发都没看见一根。狄姜蹙眉，又接连念了两遍咒语，结果仍然是毫无作用。

　　武瑞安哑然一笑，道："莫不是唤魂咒失灵了？"

　　"没道理呀……"狄姜抚摸着下巴，寻思着这其中的奥义。

　　"会不会因为天香公主是胡人，所以我们这宣武国生辰八字这一套，在她身上就不管用了？"问药说完，被狄姜睖了一眼。

　　"唤魂咒对哪个地域出生的人都一样，生辰八字九宫十二格，就代表了此人的命格，不可能出错。"狄姜想了许久才道，"除非，你给的生辰八字是错的。"

　　"不可能！突厥送来的和亲国书上，红纸黑字，写得清清楚楚，就是乙巳年七月初九亥时三刻！"武瑞安非常笃定，这让狄姜再次陷入了沉思。

　　"如果是这样的话，那就只有一个可能了。"狄姜想了想道，"死者不是天香公主，有人狸猫换太子，做了她的替死鬼。"

　　"什么？！"问药大惊失色，急道，"她不是天香公主？那会是谁？"

　　武瑞安凝眉，表情有些怪异，狄姜看了他一眼，他才道："本王亲自查探过，她必是天香公主无疑。"

　　"为何？"

　　"胡人身上有特殊的香气，她身上的味道与公主无二，且不说穿衣打扮，就连手腕上的骨镯都与天香公主所饰无二。而那骨镯是天香公主亲手杀死的第一匹狼的狼头骨所制，早就已经取不下来，更别说是戴在旁人身上了。"

　　"你倒是十分了解她。"狄姜幽幽道。

　　问药嘟起嘴，哼了一声，道："毕竟曾是王爷的未婚妻子。"

　　"……"武瑞安耸肩，表示沉默。他觉得自己这时候再多说，可能会适得其反。他根本摸不清这主仆二人的性子。

与此同时，在太平府北部，深处皇宫大院内的辰璺已经在寝宫批阅奏章好几个时辰。直到这会儿她才看完最后一本。她在奏章上写完今日最后一笔之后，才长长地舒了一口气。她走到床边，着婢女为其更衣。素云仔细地整理她的龙袍，刚一解下外衣，却听辰璺道："今日没看见琼林，他莫不是在与朕赌气？"

"……"素云欲言又止。

"怎么？还有旁的缘由不成？"辰璺见她不作声，催促道，"他人呢？"

"他……还在太极殿外站着。"

"什么？"辰璺愕然回头，愣道，"你是说，他已经在外头站了一整日了？"

"是。"素云低头敛眸。

辰璺这才想起自己一日前的口谕："除去江琼林的衣物，把他给朕扔去太极宫前示众！未得朕的诏令，不得饶恕！"

那该是怎样万箭穿心、撕心裂肺的伤害啊！

辰璺心急如焚，连御辇也顾不上，拿起龙袍便赤着脚出了勤政殿，向太极宫前广场跑去。

太极宫前，赤身裸体的男子背对着辰璺，迎风站在台阶下。他的身影单薄，左手抱着右手臂，头发因一日的风吹日晒，已经变成一绺一绺结在一起。一眼看去，只有说不清的凄凉。他微微低着头，辰璺就算看不到他的双眸，也能从他的背影里读出一种深深的绝望和无助。

辰璺解下自己的披帛，快速走下台阶，将自己的披风披在他的身上。她的右手环住他的肩膀，发现触手皆是火热。他的身子热得烫手。

"琼林……"辰璺心中焦急，却不知该从何说起，良久才迟迟道，"对不起，是朕不好……"

江琼林浑身一僵，侧过头，便对上辰璺关切的面容。再低头一看，便见她将自己的龙袍披在了他的身上。那一瞬间，他突然就像被抽干了力气。

413

他这一日受尽嘲笑与白眼，为的就是让辰曌消气。

他等了这么久，终还是等来了她的宽恕。

"您终于肯原谅我了。"江琼林嘴角含笑，眼里一片灰暗，可却没有丝毫的怨怼。他长长地舒了一口气，突然觉得自己再使不上力气，紧接着便两眼一黑，浑身一软，整个人倒在了辰曌身上。

"快！宣太医！"这是江琼林失去意识之前听到的最后一句话。辰曌大急，就像失去了最心爱的宝物。

辰曌将他扶上御辇，回寝宫后，不顾下人劝阻，直接着人将他放在了自己的龙床之上。当值的三名太医会诊之后，为首的张太医道："江大人感染风寒，外冷内热，放放血就会好起来，请陛下将其挪至偏殿，莫要让血腥气沾染了陛下的寝宫。"

辰曌摇头拒绝："你尽管放血便是，朕不怕什么血腥味。"

"这……"张太医顿了顿，终是点了点头，"微臣遵旨。"

太医不得已，当着女皇的面诊治完毕，立刻便退了出去。这段时间，江琼林一直在睡梦中说胡话："走开！不要碰我……滚开……"

辰曌听不大清楚他在说什么，只能看见他一直紧皱着眉头，双手时不时便在空中乱抓，抑或是紧紧揪着被子。此时的他就仿佛身在地狱，不断地被火烧、被油炸、被炭烤……他的眼睛上，长长的睫毛微微颤动，眼角似有晶莹，时不时就会顺着眼角落下来。这样一个楚楚可怜的落难美人，无论谁见着了，都会心生怜惜。

辰曌看着他惨白的容颜，心中万分愧疚。她就这样坐在床边，握着他的手，悉心地安抚，为他拭去额上的汗水。不多时，太医派人送来了一大碗姜茶，嘱咐宫女让江琼林喝下。

"让朕来。"辰曌从宫女手中接过碗，又拿起勺子一口一口地喂他喝。江琼林此时已经烧糊涂了，哪里喝得进去？辰曌试了几次，发现他根本不张嘴，于是索性一低头，自己喝了一口，对着江琼林的嘴喂了进去。

一旁的婢女见状，都瞪大了眼睛，只看了一眼，却又都识趣地低下了头。辰曌宠幸江琼林也不是一日两日了，只不过从前都没有当着众人的面这样亲密过，此时女皇这样做，实在是因为心中太着急了吧……江琼林的地位，可见一斑。

辰曌一晚没睡，照例早朝之后，推拒了一些肱骨大臣的要事，立刻又赶回了寝宫中。此时江琼林正要喝第二碗汤药。

江琼林仍旧在昏迷，辰曌接过药碗，正想如昨夜一般喂食，岂料才刚一覆上他的双唇，他便微微张开了眼睛。他的眼里迷茫一闪而过，紧接着是惊讶，然后是害怕。他猛然推开辰曌。辰曌一个不慎，跌坐在床上，药碗没拿稳，便落在地上，碎了一地。

"你醒了？"辰曌大喜，非但没有责怪他的不敬，反而非常开心地凑到他身前，双手覆上他的肩膀，将他揽在怀里。

"太好了，你没事就太好了。"辰曌的开心发自肺腑，心中的大石头总算落了地。

江琼林愣了一瞬之后，立刻反应过来自己的处境，连忙低头，跪在床上，俯身行礼道："罪臣参见陛下，陛下万岁万岁万万岁——"

"不必多礼，"辰曌长舒了一口气，摆了摆手，"这里没有旁人。"

素云见状，立刻唤走了宫中所有随侍的婢女。空旷的寝殿里只剩下辰曌与江琼林二人。

"琼林对不起，我不是故意的，我只是……"辰曌此刻没有再称"朕"，她现在只希望自己是他心中的月华。

江琼林一脸不解。

辰曌看着他放空的眼睛，眼里充满了失望，可尤是如此，他的眸子依然清澈透亮，美目如画。看着这样一双眼睛，她更加哽咽。想必自己如何道歉，也弥补不了他心中的失望了吧？她若此时告诉他"朕将你遗忘在太极宫前"，这恐怕比对他说"朕只是气极了"还要伤人吧？

"陛下，臣累了，想歇息了。"江琼林缓缓道。他并没有说谎，他也不是矫情，他只是真的很累，身子乏了。

辰曌这才不得已放开了他，道："那改日再说。"

"改日？"江琼林一愣，疑惑道。

"爱卿今日身子不爽，朕不会勉强。"辰曌眼中略有些失望，江琼林捕捉到这一点，立刻会意。他在勾栏中流离了这么久，怎会不知她眼中的欲望？

"陛下需要微臣服侍吗？"江琼林直言道，"就算微臣身子不爽利，可是只要陛下想要，臣都会满足。"

"不是……朕不是这个意思，"辰曌连连摆手，面对他这一句话，她感到很无助，少顷才道，"朕的意思是，朕会弥补你所受的伤害，希望你能原谅朕。"

"微臣不敢，"江琼林低着头缓缓道，"您是陛下，生杀予夺，都在您一念之间，下官不敢不满。"

"……"

辰曌深深地叹了一口气，道："你休息吧，朕晚些再来看你，记得把药喝了。"辰曌说完，走了出去，大殿的门开了又关上。

一扇门所隔的，又何止是天和地？

像他这样的人，哪怕零落成泥，也是他该有的下场。

江琼林想着想着，等辰曌走远，便走下了龙床。他穿着单衣，径直走出了大明宫，回到了自己的府邸。一路上，他都觉得浑身发热，疲乏无力，好几次在晕倒的边缘挣扎。可就算是如此，他也仍然坚持要回府。途中有宫女来搀扶他，都被他婉言谢绝了。经过此事，他才明白，宫里的人事，不管职位大小，不论男女，能远离的都要远离。离得越远越好。

江琼林拖着疲惫的身子，步履虚浮地走回府。在他心中，身后的大明宫中水太深，他怕自己这时会因情绪失控而又犯下过错。

他惹不起了。

江琼林到达自己的府邸之后，便催促婢子烧了一缸水，水还没有热透，他却着急地开始沐浴。泡完之后，身体倒不发热了，却畏起寒来，风一吹，就全身颤抖。他到底还是没好彻底，若他此时照照镜子，就能知道自己的皮肤如纸般惨白。虽然仍是美貌，但神色看上去，却活像从地狱里爬出来的饿鬼。现在这时候，他不适合做任何事情，可他并不安于休息。昨天一整日，他没有过问天香公主一案，他已经心急如焚。江琼林匆匆换上朝服，便直奔大理寺。

大理寺中，慈文不在，江琼林便命人调来昨日的卷宗查看，细查之下，才发现与前两日相比，可以说是毫无进展。他十分清楚七日后若没有结果，他们三人被撤职是小，引起两国交战事大。

江琼林放下案本，回头却见两名底下官员正凑在一起，被自己一看，眼神又迅速躲闪开去。他们的脸上有好奇，有惊讶，有鄙夷，也有怜悯。

江琼林当然知道他们目光中的意思，并不放在心上。回过身子，他又拿起另一本仔细翻看起来。这样的嘲讽他经历得多了，不是不伤心，而是知道伤心也没有用。他只想做好自己的本职工作，其他的，想多了也无用。

这时，大门外走来一人，身材魁梧。正是大理寺卿，慈文。

"参见慈大人。"几人站起，齐声行礼。

"你怎么在这里？"慈文看到江琼林，蹙眉道，"你不是在大明宫前头罚站吗？"昨日的种种，他可都看在眼里，江琼林的身材……可是他最讨厌的一种。所谓的小白脸，风一吹就能飞走的，说的就是他了。

江琼林恭敬道："承蒙陛下恩赦，下官已经可以继续查案了。"

"这里没你的事，你回去歇息吧。"慈文一招手，立即走来四名侍卫将江琼林团团围住。

"慈大人这是何意？"江琼林不解。

"本官看见你就觉得晦气，你不要在本官眼前晃荡。"慈文冷冷道。

"……"江琼林一脸愕然。这样赤裸的鄙夷，倒是不多见。

慈文见他仍不打算走，又道："从前你是陛下跟前的红人也就罢了，此番既已失宠，更在殿前荣辱丧尽，留你在此，只会扰本官心神，滚。"

慈文疾言厉色，一点儿商量的余地都没有。

"下官告退。"江琼林不再纠缠，深吸一口气，提步走出了大理寺。他的身后是无边的嘲笑，他能感觉到投在自己身上的是怎样轻蔑的目光，可他并没有能力改变什么。

原来想继续做自己的事情都不可以。

大理寺外，人烟稀少，与热闹的东西两市形成鲜明的对比。他看着眼前空旷的街道，突然不知道自己可以去哪了。

他能去哪儿呢？

他突然酒虫上脑，很想喝上一杯。

啊，有了，见素医馆。

也只有那里，才能得一夕安宁。

见素医馆里，狄姜和问药都尚在睡梦中，她们昨晚折腾到半夜也没有结果，可说是身心俱疲。此时，便只有书香开了铺门，正坐在店中看书。江琼林到了见素医馆，只见书香一人，很有些失望。

"你家掌柜的不在吗？"江琼林问道。

书香摇了摇头："掌柜的还未起身。"

"是吗，那是我来得不巧了。"江琼林叹了口气，正准备离开。

"江大人。"这时，书香却叫住了他。

"小哥有事？"江琼林回头。

"掌柜的临睡前让我把这个交给你。"书香从柜台后头拿出一本册子给他，"她说您看了就会明白。"

"这是……"江琼林疑惑。

"掌柜还说，她昨夜与武王爷夜探武王府，发现死者并不是天香公主，于是去礼部拿了突厥使团送来的名单集子，发现名单上所列陪嫁人员少了一名婢女。这婢女儿时曾经摔到过小腿骨，留下一寸长的伤疤，与天香公主尸体上文身部位几无二致，由此推论，或许是其婢女代死，而主犯……很有可能就是其主，天香公主。"

"果真？"江琼林大惊，连忙拿过集子翻看起来，果真在婢女朗珠那一页的最下边发现她曾摔断小腿的记录。每位陪嫁人员从出生到现在，所有大事皆列其上，以验明正身。"啪"的一声，江琼林将集子重重拍在桌上，大怒道："岂有此理，突厥使团贼喊捉贼，其心可诛！"

"江大人可有主意了？"书香头也不抬道。

"替我多谢狄掌柜，改日琼林必当登门道谢，告辞。"

江琼林拿起集子，便匆匆离开了。

医馆二楼，狄姜房间的窗户开了一条缝，她隐在房中，向外看去，恰巧能看见江琼林的背影渐行渐远。等江琼林彻底消失在自己的视野之后，狄姜才抬起头，刚想再睡下，却见对面棺材铺的卧室窗户同样打开了来。

武瑞安和狄姜对视一眼，会心一笑。

"你给了他什么？"武瑞安道。

"你猜？"狄姜眨了眨眼。

"你行事诡秘，本王怎能猜到？"武瑞安撇撇嘴，一脸不满。

狄姜微微一笑："很快您就会知道了。"

狄姜关上窗户，继续睡觉。

她之所以选择不见江琼林，是不想横生枝节。这一切不过是她的猜测而已。不过，她一般不胡乱猜测，所以每当她有了猜测之时，那么十之八九都是准的。若不准，她也会想方设法让它准确无虞。比如说，伪造一本集子。

此时，太极宫勤政殿里，女皇辰嫛正坐在御座上听左丞相公孙渺汇报突厥使团的情况。公孙渺直言道："使者最近与突厥通信频繁，一日修书三封，相信消息很快会传到可汗面前，之后会出现怎样的情景，臣无法估算，只希望能尽快破案，否则与我宣武会愈加不利。"

"朕知道了。"辰嫛头疼不已。此事干系重大，她岂会不知？若无稳妥的解决方法，只怕会使民众遭战火波及。

"去宣大理寺卿慈文和京兆府尹温礼来。"辰嫛说完，一旁随侍的小太监得了令，立刻派人骑马去宣召。不多时，勤政殿上，便聚集了一众官员。他们大多分属大理寺和京兆府，还有些是礼部、户部，及左丞相门下官员。这些人连日来都不得安寝，头上整日都像悬着一把重剑。

慈文和温礼到齐之后，众人一番商榷之下，最终制定出两套应急方案。其一，赔偿突厥百万两黄金，以及牛羊马匹无数。其二，找一替罪羊交与突厥，总之武王爷不能有事。当然，在座也都不希望真凶是武王爷，但是案件进展到如今，也只有他嫌疑最大。若突厥人不接受，那便只能再派武将与其血战到底。无论是哪一种方案，都是大伤元气的事情，反对者大有人在。就在辰嫛被一干官员吵嚷得头疼欲裂之时，却见江琼林如一抹春风，快步走上了大殿，俯首跪拜道："微臣参加陛下，吾皇万岁万岁万万岁。"

"琼林？你怎么就起来了？"辰嫛内心一恸，疾步走下御座，将其扶起，关心道，"身子可大好了？"

"回禀陛下，臣已经无碍了。"江琼林低头道。

"无碍便好，无碍便好。"辰曌喃喃说着，松了一大口气。

此时大臣们都一脸错愕。尤其是慈文，面上一阵红一阵白，显得很是精彩。他们的眼中都有着同样的疑惑：昨日江琼林才被女皇罚站示众，怎的今日的恩宠较之从前不减反增，更有大盛之势？辰曌不理会他们的疑惑，淡然地重又回到御座，咳嗽了两声，才将众人的魂给唤了回来。

"江爱卿有何事要奏？"辰曌正色道。

"启禀陛下，微臣发现了天香公主一案的线索。"江琼林道。

"哦？快快道来！"辰曌面色一喜，就连一众官员也被他的话勾起了兴趣。

江琼林道："这是礼部此前备下的陪嫁侍女名单，其中一名叫朗珠的婢女已经消失四日，典册记载，朗珠儿时曾摔到过小腿骨，所以小腿上有一寸长的伤疤，与天香公主小腿处的伤痕相仿。"

"胡说！"慈文道，"仵作此前验尸，明文记载天香公主身上没有伤痕，一国公主，高高在上，怎会无端有此伤口？"

"下官先前也有此疑惑，所以来此之前，特意去京兆府中查探过公主尸身，"江琼林看向慈文，丝毫也不退让，"公主尸体上确实没有明显的伤疤，但是在小腿同一位置有一枚文身，大小刚好覆盖朗珠的伤疤。下官令仵作将其剖开，便发现她骨头中的裂痕。"

"果真？"辰曌龙颜大悦。

江琼林颔首："下官不敢欺君。"

"好好好，这是朕三日来听到过最好的消息，快，下令今夜宴请突厥使团，朕要当面审问他们。"

"是。"礼部官员立刻退出去着手布置今晚的宴席，留下京兆尹和大理寺卿一干人等站在殿上，面面相觑。

"爱卿们可还有事？"辰曌冷冷道。

慈文和温礼被她眼神所慑，立即跪倒在地急道："陛下，是臣等办事不力，求陛下恕罪。"

"卿等何错之有？"辰曌蹙眉，面色不华。她并不清楚此前慈文给江琼林穿小鞋的事情，若知晓，便能理解慈文和温礼的小心翼翼了。

这时，一旁的江琼林跟着跪倒道："此事并非臣一人之功劳，慈大人和温大人皆全力相助，他们现在想将功劳都让给下官，下官断不敢受。"

他话音刚落，慈文和温礼皆齐刷刷地看向他，眸子里多有错愕。他们似乎不敢相信，江琼林非但没有在这时落井下石，还助他们一臂之力，胸襟之广阔，绝非池中之物。这会儿如若换成旁人，怕是早就在陛下面前参自己一本了……

"行了，都起来吧，"辰曌闻言，和煦一笑，"你们都是朕的左膀右臂，谁的功劳都不可小觑。后面的事情，还要继续仰仗各位爱卿了。"

"是，臣等领旨。"三人起身，稍显尴尬地相视一笑，随即一同出了殿门。

走到殿外，慈文刚想对江琼林表示感谢，岂料对方根本不想搭理自己。江琼林朝他拱手作揖，给足了颜面，便转身离去。独留慈文站在他身后，一脸错愕。良久，却也只得摇头，叹息而去。

当天夜里，突厥使者奉命进宫，与女皇辰曌共用皇家盛宴，以此联络感情。列席大臣皆是当朝身居要职的高官显贵，属于宣武国的政治核心人物。其中以左丞相公孙渺、右丞相长孙无垢为首，其下更有户部尚书长孙齐、礼部尚书周礼、大理寺卿慈文、京兆府尹温礼以及下属一干官员，约莫有二三十人。江琼林亦有席位，只不过他在众人已经酒过三巡之后，才姗姗来迟。

江琼林的席位上，酒菜已经上齐，他的对面，正坐着突厥使臣明格。明格第一次见江琼林，首先是惊讶于他的外表，发现他确实如坊间传言那般美貌动人、风姿绰约，是一个不仔细看便分不出男女的妙人儿。可他却觉得，江琼林美则美矣，实在太娇弱了些，并不是他们草原男儿所喜欢的铁汉模样。况且，他对江琼林昨日的丑闻也有所耳闻，面对他今日的故意迟到，便显得有些不满。这几日来，所有人都将自己供着，没道理一小小从六品官员还对自己摆谱……

明格举起酒杯，调笑道："江大人来迟了，按照宣武国的规矩，应自罚三杯。"

江琼林酒量不错，三杯实是小儿科，于是点了点头。岂料这时，明格却又放下了杯子，唤人将酒杯换成了大碗，倒了满满三碗之后才道："你看，我差点忘了，江大人此前在常乐坊中随侍，酒量该是不浅。本官用杯子，实在是太小瞧你了，得罪了！"此言一出，辰曌的脸色顿时沉了下去，其他人也都屏住了呼吸。不知道今日下午之事的明格，或许不知自己脑袋上已经悬了一把重剑，仍在此高谈阔论，对大祸临头浑然不觉。

江琼林也不拒绝，径直上前饮尽了明格所斟的三碗酒，喝完之后仍是脸不红心不跳。

"江大人好酒量，明格佩服。"明格右手握成拳捶在左肩，与他行了一个突厥礼。

"明格大人，下官不是故意迟到，而是关于天香公主一案，有了突破性的进展，还请大人为下官解惑。"江琼林说完，起身来到明格身前。明格这才发现，江琼林虽然看上去瘦弱，但他的身高比自己还要高，身形不算魁梧，但也说不得他是风吹便倒的瘦弱公子。他除了远远看上去有些虚弱，但眸子里迸射出的寒芒却叫人无法忽视。

明格展手："江大人请讲。"

"据下官所知，和亲使团每一人都记录在册，包括天香公主在内，她的起居注，您可曾看过？"江琼林道。

"当然看过，"明格大方地点头道，"这是经由本使亲自整理，随后交去礼部的文书，一式两份，两份之上皆有本国国印。"

"大人如此说，下官便放心了，"江琼林说完，从袖子里拿出两本册子，"这是下官去礼部誊抄来的册子，其上明明记录着，天香公主身体完好，白璧无瑕。可这具尸身的小腿骨处，分明有一道明显的伤痕，是陈年旧伤，并不是近日所致。"

"你这是什么意思？"明格蹙眉，怒道，"你该不是想说，死者不是天香公主？"

"大人明鉴，下官就是这个意思。"江琼林不疾不徐，缓缓道，"大人您只需要回答我，天香公主是否全身没有伤疤，且没有胎记？"

"是。"

"你说谎。"江琼林气场镇定，不怒自威，沉声道，"天香公主自幼生长在军营，这一份名册是假的，而这一份才是真的。"江琼林"啪"的一声，将两本册子摔在桌上，"两本册子表面看上去没有区别，但是内容相去甚远，一份上显示公主高床软枕，从未受伤；一份显示公主自幼流连军营，与军官同吃同住，身上的伤口多如过江之鲫。"

"这！这不可能！"突厥使臣明格急道，"天香公主尊贵无比，怎可全身是伤！"明格捡起集册，细细翻看，越看心越沉。这两本集子都不是他所写，但是其上的国印分明是可汗亲自印上去的！

难道是自己的记忆出了问题？明格心中惊异不已，却无法肯定究竟是自己的记忆出了问题，还是这两本集子被人做了假。

江琼林又道："天香公主擅使兵器，左手虎口处有茧，虽然近日已经想尽方法去除，但是若细心查探，还是会发现这其中的端倪。尸体上显示，她左右手掌里皆有茧子，那是常年干粗活的粗使婢子才会有的茧，与公主善使刀枪产生的茧大不相同。"

"那你如何解释那枚骨镯？！公主手腕上的镯子，可是她佩戴了十年之久，其上血心图案，是狼王的骨髓，不可复制。"明格放下集子，面上阴晴不定。

"镯子的问题更好解决了，"江琼林扬起嘴角，浅浅一笑，"你去东市，随便找一巧手工人，任你想要什么样的镯子，他都能拿出来。"他这一笑如春风拂面，却让明格背脊发寒。

"这不可能！"明格断然摇头。

"在突厥或许不可能，但在我宣武，能工巧匠不胜枚举，随便去寻一隐于闹市的贩夫走卒，皆可能有绝技傍身，"江琼林从怀中摸出两枚狼骨制成的镯子，"将才下官途经东市，在市场里顺手买来了两枚骨镯，再让他们按照我的想法雕刻了血心图案，你看看，是否与公主所佩一般无二？"

明格接过手镯，惊讶之情溢于言表，双瞳中充满了不可置信。

"这……这怎么可能……"明格满目震惊，却连一个反驳的字也说不出来。此时的大殿之上，寂静无声，所有人都被江琼林侃侃而谈的模样所震慑。

他一直都是这样一个人，不顾旁人的想法，不理旁人的眼光，自己想要做的事情，不会被旁人所阻挠。

他本该就是这样光彩夺目的人，这一刻，他能将被旁人脱去的衣裳，一件一件地穿回来。

江琼林并没有打算停下，他走回自己的位置，又从桌旁拿来两本集册，道："这两本册子，是大理寺统计的战俘集册。这一本，是下官下午去驿馆所统计的人数，上面人数一般，但有一人外形与样貌相去甚远，此人的名字，明格使者应该比下官更加清楚。"

江琼林将集子扔在明格面前，"啪啪"两声接连响起，打碎了明格心中最后一道防线。他几乎立刻跪倒在地，匍匐到御座前，叩首道："陛下恕罪，下官不该有意隐瞒，下官也不知事情会如此发展，请陛下恕罪，求陛下开恩——"

辰嫛胸有激雷而面如平湖，她不动声色，沉声道："究竟是怎么一回事？"

"下官听闻公主死讯，立即悲从中来，修书与可汗。可谁曾料想，第三日，也就是昨日上午，下……下官……"明格说到此，说不下去了。

"从实招来！"辰嫛一掌拍向桌子，"啪"的一声，大殿随之一颤。

明格更加惶恐，身体抖成了筛子，道："下官在驿馆水井内，发现一带血的头颅，头颅正是陪嫁的四十八名婢子之一的朗珠。由于平时与她交好之人不多，这三日来驿馆乱作一团，也没有人留心到她的失踪，直到看见她的头颅，下官才意识到，或许……或许是……"

"或许是什么？"辰嫛眯起眼。

明格心一横，内心建设无数，却发现自己始终不能将事情说出口。作为突厥使者，他代表的是突厥，若说出来，只会让自己面上无光，以及整个突厥面上无光。

这时，江琼林拱手道："下官清查驿馆人数，发现此次被俘主帅羯厉已然失去踪迹，羯厉与天香公主二人自幼交好，或许便一齐使了一出狸猫换太子之计，私奔了。"

此言一出，满座哗然，皆震惊无比。辰嫛尤其面色不善，正是大怒的前兆。

"可有此事？"辰嫛看向明格。

明格匍匐在地，深吸了一口气，最终认命地点了点头。

之后，大殿之上的在座高官都松了一口气，尤其是右丞相长孙无垢和礼部尚书周礼，二人此前对突厥使团低声下气百般安抚，这会儿地位却全然变了一番。看着眼前的突厥使团，现在说他们趾高气扬也毫不为过。之后就不再是商量本国割地赔款了，而是该向突厥人讨要个说法才是。

负责外交的官员更是觉得扬眉吐气，翻身做主了。他们看向江琼林的眼神也发生了细微的变化——从前是赤裸裸的看不起，现在则是多有钦佩和赞叹。但是几位豪门贵胄却仍是面色不惊，看上去没有多大变化，似乎是觉得江琼林这样做是理所当然，他依然是个下等人。这一想法在左丞相公孙渺的面上尤为明显。但好在江琼林并不在意他人的眼光，他心中仅仅只是想为辰嫛排忧解难，如此而已。

宴席结束之后，众人离去，辰嫛独留下江琼林，邀他夜游御花园。

御花园位于大明宫与伴月宫之间，花园里，曲水流觞，蜿蜒不绝。湖中心假山林立，古柏清奇，为这烦闷的初夏时节里增添了数抹清凉。二人一前一后走在园中，素云率众婢女宦官，不疾不徐地跟在二人身后，始终保持着三丈的距离。

"琼林，你让朕很惊喜。"半晌之后，还是辰嫛先开了口。她信步走在园中，江琼林跟在一侧，显得十分恭敬。

面对辰嫛的夸赞，他不知该如何回答。思索良久，才道："这并非是琼林的功劳。"

"爱卿不必谦虚，你在宴会之上的表现有目共睹，朕深感欣慰。"

"琼林不敢邀功，"江琼林老实道，"这是一药铺掌柜告诉下官的线索，而这位掌柜的，与武王爷交好。"

"哦？竟还有这等事？"辰嫛停下步子，一脸惊疑。

江琼林点了点头，道："或许这一切是武王爷的授意，他为了证明自己的清白而为之。"

"他为何不直接来跟朕说？整整四日过去，朕连他的影子都没有见到，"

辰曌叹了口气，扶额道，"朕这几个皇儿，真是没有一个能叫朕省心。"

"武王爷只是碍于面子的缘故而不愿表达，臣相信假以时日，他必会向陛下禀明一切。"

"希望如此，朕的身边，也只有他这一个皇儿了。"辰曌淡淡地说完，眼中尽是一片荒凉。一种深深的孤独隐在坚强的外表下，那是看不见摸不着却又挥不去的孤独。

但是那种孤独江琼林读懂了，从在欢宜馆见她的第一眼就看明白了。

二人随意地又聊了几句，待到子时，江琼林打道回府时，他途经伴月宫，却发现从前灯火通明的伴月宫如今宫门紧闭，宫中一片漆黑。江琼林心中虽有疑惑，但也不敢去好奇，只觉得这件事或许跟自己有关……

第二日，明格便率领突厥使团匆匆离去。他们走得匆忙，连向辰曌辞行的时间都没有，只留下了投降文书，还有全部的战败赔款。突厥人此行，可说是赔了夫人又折兵。辰曌龙颜大悦，于太极殿宴请百官同乐。

江琼林被安排在了与她最近之处，比之一品大员公孙渺和长孙无垢更近了几分。面对辰曌的厚宠，大多数人表示心服口服。但他们也在心中盘算，盘算江琼林能得宠多久。会不会突然哪一天，又被扒光了扔在宫门口示众？

众人猜不出圣意，但大抵都明白，这一出好戏，只不过刚刚开演。

用过晚膳之后，江琼林照例被留了下来，陪辰曌在御花园中散步。他们从太极宫出来后，经过伴月宫时，发现伴月宫仍如昨日一般黑灯瞎火。江琼林心中纵有疑问，却也闭口不提。

辰曌眼尖，看出了他的异样，于是微微一叹，淡声道："你以为这是偶然吗？"

江琼林一愣，对上辰曌明镜似的眼眸，显得有些不明所以。

辰曌又道："你被泼一身污水，你认为只是偶然？"

"确实只是偶然。"江琼林低眉顺目，拱手作揖道。

"朕不过是在与你闲聊，你不必如此紧张，"辰曌浅浅一笑，"淑太妃深居伴月宫，怎么可能会在宫门边的偏殿沐浴？何况沐浴之后的水会有专门的下人处理，又怎么会恰巧就泼在了你的身上？你那么聪明，连突厥人的阴谋都能查出来，却偏偏看不透女人的那点小心思。或许，这是男人的通病？"辰嫛回眸一笑，笑中带着自嘲与微微的愤怒。

"……"江琼林垂首，不敢接话。

"朕处死宫女，她或许有冤，可若朕能处死幕后指使者，才叫大快人心。"辰嫛自顾自说完，也不管江琼林听不听得懂，转身在凉亭中坐下。

江琼林心如明镜，怎会不知这其中的意思。只是从前他没有将心思放在这个上头，不明白为何辰嫛对伴月宫的那位心中竟芥蒂至此。

"素云，去取些酒来。"

辰嫛吩咐上官云拿酒，自然不是一般的酒。拿来的是开国太宗皇帝登基时，着礼部埋在地窖中的一千坛杜康酒，是鉴喜年间的好酒，堪称酒中之王。将才二人在宴席上，已经喝了个微醺，此时在月下对饮，面对陈年好酒，更是越发畅快。一坛喝完之后，二人已经醉了七八成，辰嫛仍觉不够，又着人去领了两坛杜康来。

江琼林看着眼前人，直觉她红粉玉淑，容貌艳丽，煞是好看。盯着她看得久了，辰嫛便笑道："朕的脸上有什么？"

江琼林一窘，不知该如何回答，索性随处一指，指着她身后的一座高塔，道："臣在好奇，那是何处。"辰嫛回头，顺着他手指的方向望去，便见有一座白色的宝塔修建在景山的最高处，整座宫殿与之相比，便显得它更加雄伟迤逦。

辰嫛答道："那是明镜塔，乃当朝国师的居所，他昼夜不休，为朕保护大明宫的安危。"

江琼林愣愣地点头，心中大概知道了是什么意思。这种安危关乎阴阳两界，并不是一般侍卫可以做到的。

"国师已经闭关许久未曾露面，倒是让朕有些担心，等忙完了这一阵，朕带你去见见。"辰嫛和煦一笑。

"是。"江琼林颔首。

二人喝了三坛之后，终于昏昏欲睡。辰嫛被宫女抬回宫前死拽着江琼林的手，不让他离开。素云便自作主张，将二人一起送回了寝宫。当晚，二人都难得的一夜安眠，一夜无梦。

第二日，辰曌自梦中醒来，便发现自己躺在一个人的臂弯里。她头枕着那人的手臂，竟然酣睡至天明。

这绝不仅仅是酒精的作用。

辰曌转过头，伏在他的胸膛上，便能看见江琼林完美妖娆的侧颜。白瓷一般的肌肤晶莹剔透，长长的睫毛搭下来，煞是好看。再配上他嫣红的唇瓣，这样的画面，简直可以用美不胜收来形容。就连她这样一个生性冷淡寡泊的人，也不禁为其疯狂。

耳畔是他淡淡的体香，清高寡淡，不黏不腻，十分好闻。辰曌一个没忍住，食指便轻抚上了他的唇，细细地在唇上摩挲。没过多久，江琼林便皱了皱眉头，微微睁开眼睛，侧头看了一眼，又闭上了眼睛。

"别闹。"江琼林呢喃了一声。

辰曌"扑哧"一笑，像个孩子似的继续抚摸。江琼林不耐烦，便用右手扣住辰曌的手腕，左手将她抱紧，将她整个人束缚在自己怀中不得动弹。

辰曌想逃，却发现自己逃不开。

可就在江琼林即将逾矩之时，她却突然张开嘴，一口咬在江琼林的脖颈上。鲜血溢出，血腥味充斥着她的鼻腔。

江琼林亦是一惊，猛然清醒了过来。他看了眼前人一眼，便双目睁大，下一刻，几乎是连滚带爬地从床上翻了下去，跪在床边瑟瑟发抖。

"陛下恕罪，微臣……微臣……以为自己尚在梦中……"江琼林止不住地颤声求饶。

"你起来吧。"辰曌淡淡道。

"微臣不敢！"江琼林摇头，打死都不愿意起身。

辰曌叹了一口气，自顾自穿好衣服之后，又将他从地上牵起，扶到了床上。而江琼林始终低着头，不敢看她。

辰曌此时也不多话，只是捡起他散落的衣物，一件件为他穿戴整齐。整个过程中，江琼林就像是一只提线木偶，任她摆弄。

待穿好江琼林的衣裳之后，辰曌才道："你不必紧张，朕不怪你。"

"微臣惶恐。"江琼林闻言，又跪在龙床上，瑟瑟发抖。

辰曌再次将他扶起，又让他重新躺下，给他盖好了被子。自己也如将才一般，顺势躺在了他的臂弯中，头枕着他的手臂，靠在他的脖颈旁。

"不要害怕，我很喜欢你。"辰曌第一次说出自己的心意，是以一个女人的身份，而不是一个君王。

"我不喜欢被旁人碰触，但是你的爱抚，我并不抗拒。"

"陛下……"

"嘘，"辰曌手指轻点，阻止他说话，又道，"有些话，我想现在说给你听，我怕过了这一刻，就没有心思再说起了……而这些话，我从未对旁人提过。"

江琼林微微诧异，但听她如此与自己聊天，终于还是停下了身体的颤抖，安静地躺在一边，等着辰曌继续往下说。辰曌接着道："我十三岁就嫁给了当时还是献王的武延。彼时，开国太宗皇帝将皇位传给了皇太孙，但是皇太孙年少，难当大任，先帝便在宣武门起兵，夺下了皇位。夺位之争总共耗费了六年，我被幽禁在东都的地牢整整十八个月，那近两年的牢狱之灾里，我受过许多的苦难，忍过常人所不能忍，我甚至可以告诉你，我并不是一个贞洁的女子……"

辰曌说到这里，江琼林浑身一颤。她拍了拍他的胸脯道："不必紧张，都已经过去了。"辰曌说着安慰的话语，就好像受伤的不是自己，而是江琼林似的。

江琼林内心颤动，回握住她的手掌，将她的手牢牢地攥在自己手心。手心传来的温度稍稍有些凉，他心中更是心疼。辰曌也任他握着，宽慰道："那两年之间发生的事情，我已经不想再去回忆，也没有那个必要。我的时间宝贵，可没有精力回忆那些丧气的事情。"

江琼林抱着辰曌的肩头，抚弄着她的发丝。此时此刻，他只是一个聆听者。他只需要安静地在一旁，听她用风轻云淡的语气，去谈起过去那些惊心动魄的往事。

辰曌接着道："嫁给武延之后，朕统共为他生下了七个孩子，其中三个在乱世中降生，一名公主早夭。皇长子在登基之后不久便薨了；次子被我废除，幽禁东都；长女已经嫁人；而三子因为胎里不足，自幼便在东都休养。如今留在身边的，便只剩下六子瑞安与小女婧仪。

"我有这样多的孩子，恩宠自然不必说。可是古来红颜未老恩先断，也就是在献帝意欲起兵的那几年，我为了送献帝出城，佯装成他，而后被俘。我被俘的那两年，辰家为了巩固地位，又联合令家送去了外室的女儿令熹微，她也是我的外甥女，现在的淑太妃。

"令熹微年轻貌美嘴又甜，很会讨人喜欢，他全部的心思都放了她身上。后来，我被几位心腹大臣所救，迎回了宫中。我好不容易才等到夫妻团聚，却不想那时，他已经封了令熹微做淑皇贵妃，位同副后，掌管六宫事务，更入住皇后所居的伴月宫。"

辰嫚深吸了一口气，叹道："若不是当年我仍健在，辰家亦权势滔天，只怕皇后的位置也不会留给我。毕竟在东都大牢之时，我俨然已经是一枚弃子，就连我的孩儿也被人诟病血统不纯，被武延赐了一碗堕胎药。"辰嫚说到这儿停了下来，因为她感受到抱着自己的那只手越收越紧，仿佛恨不得要将自己揉碎到他心尖尖去。

江琼林心疼莫名，不知该如何宽慰。他只依着自己的直觉，在她的额上轻轻印下一吻。这吻之中，带着无尽的怜惜与爱。

辰嫚全身一颤，淡笑道："从前他也会这样抱着我，吻我的额心，可是经过东都那两年之后，他再也没有这样温柔地对待我。他把他全部的爱都给了淑妃。

"之后几年，皇太孙那一系兵败，献帝挥师南下，将其一举剿灭，而后改国都为太平府，在太平府登基称帝。没过多久，当两大势力没有了共同的敌人，辰家与令家便生了嫌隙，可到底是辰家积累广博，最终令家走向衰落。

"后来武延怕辰家一家独大，功高盖主。又恰巧在此时，淑皇贵妃有了身孕，他便有了废后之意，更想夺去我皇长子的太子之位。在淑妃孕期，武延便多次在朝堂上提及，只要淑皇贵妃诞下皇子，太子之位就是他的。"

"可我怎会将辛苦守下的江山拱手让人？"辰嫚眼中一寒，面露决绝。

"陛下，该上早朝了。"就在此时，门外突然响起素云的呼声。

"朕知道了。"辰嫚应了一声，一瞬之间，便收起了眼中所有的寂寥，重新换上了作为高高在上的女皇的面具。她的面上自信张扬、气定神闲，似乎刚刚那个伏在江琼林胸口的是另一个人。她低下头，居高临下地看着江琼林，缓缓道："之后的事情，天下人都知道，你也一定很清楚。"她笑了笑，一脸的云淡风轻，"朕不择手段，排除异己，最终登极。"辰曌说完，走下了床榻，打开寝宫大门，让一众宫女入内伺候穿戴。

江琼林亦被人簇拥着整理着装，而后二人便一前一后出了宫门。

此时走出去的，是手握江山的女皇。杀伐果决，冷血无情。那温柔细腻的语调，便都被留在了窗幔之间，恍如隔世……

此番破获天香公主案之后，辰曌立即派人去查探天香公主的下落，四面八方皆派去了人手，声势浩大。而后紧接着又宣召，恢复了武瑞安的官职，还他清白。面对此番峰回路转，民众皆是好一阵错愕，但他们心中亦是开怀的。虽然死者是突厥公主，但谁也不想承认，风流倜傥、武功盖世的武瑞安会是一个草菅人命的暴徒。

武瑞安官职恢复之后，仍旧拒绝上朝，只修书一封与辰曌，信中道："本王决定放大假，归期未定。"

辰曌收到之后，心中有愧，也不想逼迫他，便也由了他去，只当是放个假，让他散散心。

日子渐渐恢复了平静，人也跟着舒心起来。此次风波过后，江琼林在辰曌心中的地位更是不可同日而语。她特升江琼林为正五品官员之后，二人更是日夜同吃同住，形如一人。朝廷内外风声四起，坊间传闻更是香艳绝伦。只有两位当事人才知道，他们只是同吃同住，却从未有过夫妻之实。他只是在政务上，用自己的才学为她尽一点绵薄之力，也让她日日枯燥的生活多了一抹亮色的点缀。他不会动念轻薄她，她无处安放的心也有了一个栖息之所。二人之间这样的相处模式，倒是十分融洽。

这一日午时，辰曌请来了最好的十余位画师，一齐为江琼林作画。

"诸位随意发挥，画得叫人满意了，朕重重有赏。"辰曌特地吩咐了一句，便回了勤政殿处理政务。

两个时辰过后，所有的画师都作画完毕，江琼林在十余幅画里挑出了自己最喜欢的一幅，随后便带着画向勤政殿走去。此时虽仍是下午，勤政殿里阳光明媚，但辰嫛的桌案上亦点着宫灯。她就坐在暖暖的光晕后凝眉看书，许久都未曾动弹。

江琼林未让人通传，悄悄走近后，便从一侧绕到她身后，然后突然捂住她的眼睛。辰嫛毫无意外，都不用细想也知道来人是谁。在她这里，也只有江琼林能离自己这样近。

"画好了？"辰嫛放下书，扬起嘴角笑道。

"画好了，陛下要看吗？"江琼林放开她，从袖子里抽出画卷。

"当然。"辰嫛伸手去拿，江琼林却躲开了去。

"太容易得到的东西，总是不会被珍惜，"江琼林又将画卷换到另一只手上，"陛下与微臣玩一个游戏？"

"数你调皮，快拿来！"辰嫛愠怒一声，从御座上站起身，与江琼林玩起了你躲我夺的游戏。奈何辰嫛终究是个女子，纵然踮起脚尖仍是只达江琼林的肩头，手就更加够不着他高高举起的双手了。二人推搡了一会儿，便从御座追逐到了一旁的床榻边，辰嫛再向前一扑，便将他抱了个满怀。"扑通"一声，二人一起跌在床上，辰嫛伏在他的胸前，手里终于抓到了那纸画卷。宫人见状，立即让人都退了出去，还顺便关上了殿门。

"陛下许是很久不运动了，这么点儿小事就能让您面红耳赤，气喘不已？"江琼林调笑道。

"朕一会儿再与你算账。"辰嫛说完，仍旧懒懒地伏在他的肩上，并不打算起身。待得气息稍稍平和之后，她便打开了画卷。画中的江琼林一袭白衣，翩然若仙。

"这一幅，将江琼林的仙姿绰约画了出来。"辰嫛赞赏地点了点头，又沉吟道，"不过美则美矣，可总觉太过凄清，似乎少了些什么。"

江琼林思索片刻，于是走下床，从御坐上拿来画笔，又在右下角添上了一朵盛放的红牡丹。如此一来，鲜花配美人，倒是相得益彰。

"陛下艳如牡丹，陪在琼林身旁，实在是最好不过了。"江琼林明艳一笑。

"数你嘴甜。"辰嫛满脸和煦，眉眼中那娇羞的模样，就像豆蔻梢头初尝恋爱滋味时一般。此后她命人将这幅画像挂在了自己的寝宫龙床边。

第二十三章

惊变

四日后，见素医馆。

狄姜这几日来，每天天还没大亮便早早地起床，从后门的小路走了出去。武瑞安接连三日听到动静，第四日便忍不住跟了上去。小巷里，是一条青石板铺成的小路，蜿蜿蜒蜒，还有许多前些日落雨积下的水洼，脚下稍微不注意便会溅起一脚泥。

"她来这里做什么？"武瑞安心中惊异，摸索着向前行去。又走了几百米，便见狄姜趴在一棵大树前，对树洞自言自语道："不要心急，我这有很多，够你们吃的。"

武瑞安悄悄走过去，凑近了才发现，在那树洞里有一窝小奶猫，四只黄色一只黑色，与死去的那只母猫花色相仿。

"你这几日起大早就是为了它们？"武瑞安道。

狄姜抬头，便见武瑞安靠在树上，随之一脸惊讶："你怎么在这里？"

"好奇，跟来看看罢了。"武瑞安耸肩，摆了摆手。

狄姜愣愣地点点头，赞道："武王爷好身手，我竟没察觉到身后有人在跟踪。"

"本王可是在军营里练了整整三年！都是实打实练出来的真功夫，当然不可小觑了！"武瑞安一脸骄傲，就像一只张开了屏，准备去求偶的孔雀。

狄姜撇撇嘴，不再看他，转身又从怀里摸出了些许细碎的小鱼干，一点儿一点儿地铺在了奶猫们的面前。这些奶猫才刚睁开眼睛，母猫出去也不过是为它们觅食，可谁知一去不复返了。

"你平时对本王那般冷淡，现下对这些小动物却充满了爱心，啧啧……狄掌柜实在叫人伤心啊，它们可不会在你遇到困难的时候帮助你，照顾你。"武瑞安一脸痛心疾首，一副生无可恋的模样。

狄姜点了点头，满不在意地说："同时，它们也不会在我那蹭吃蹭喝蹭住，我养它们一个月的花费呀，还赶不上王爷您一顿饭钱呢！"狄姜毫不留情，直接顶了回去。

"你……"武瑞安面色阴晴不定，最终"哼"了一声，掉头走了。

"这就生气啦？王爷您去哪儿呀？"狄姜在后头吆喝。

"去给你取银子！省得你总理怨我在你这儿白吃白喝。"武瑞安高举手臂，摆了摆手。

武瑞安是确实太久没有回土府了。寻他的人不少，可是偏偏就是没有人知道见素医馆这个地方。他们就像被鬼遮了眼睛，始终不得其门而入。武瑞安没想那么多，只当乐得清闲，现在被狄姜这样一激，倒萌生了回去看看的念头。

武瑞安回到王府之后，没有多做逗留，换了身朝服便进了宫。进宫后，他听闻辰嫛在寝宫午休，便直接去了她的寝宫。这几日，他的气也消了大半了，今日来，确实是想与辰嫛好好说说话，承认自己冲动的过错。谁知他刚一走到殿外，便听见里面传来嬉笑打闹声。

"这样写好不好看？"

"好，但还可以更好，我来教你。"

好听的男声从寝宫中传来，武瑞安觉得有些耳熟，走近一看，便见江琼林正站在辰嫛身侧，弯着身子，紧紧贴在她身旁。二人手把手地握着一支笔，正在绢帛上书写着什么。

"奴婢参见武王爷，王爷万福。"素云立在门口，第一时间行礼问安，也给屋内的人提个醒。

辰嫛和江琼林抬头，便见武瑞安沉着脸站在门边，眸子里的神色复杂，说不清是个什么意味。

"皇儿，你终于肯回来了？"辰嫛和煦一笑，似乎并不生气。她当然不生气了，武瑞安捅下的娄子已经被一众官员修补，而且事实证明这并不是武瑞安的错，他也是受害者之一。

"既然母皇眼下有事，儿臣便不打扰了，儿臣告退。"武瑞安淡淡道了句，连寝宫的大门都没踏入便转身离开了。

辰嫛看着他的背影很快消失在门外，良久，才长舒了一口气，摇头叹息道："朕这个皇儿，素来不服管束，朕为他也是煞费心神……"

"武王爷是不是误会了？"江琼林一脸愕然，显得忧心忡忡。

辰嫛摇了摇头："安儿自小与朕不睦，与爱卿无关。"

"王爷何故如此？"江琼林凝眉。

辰嫛放下御笔，吹了吹宣纸上未干透的墨迹，才缓缓说道："安儿之所以与朕不睦，是因在安儿年幼时，朕忙于政务，对他便疏于管教。平时，他反倒是见淑太妃的时间比较多。久而久之，瑞安、婧仪都与淑太妃较为亲密，朕也好几次想拉近母子关系，却都以失败告终。记得曾经有一次，安儿提着剑，怒气冲冲地来到朕的寝宫。

"朕还记得那天的月亮很圆，可惜月圆人不圆，他手提重剑，指着朕的脖子，问道，'淑妃娘娘说的可是真的？是您为了争宠，一碗堕胎药，害得三皇兄胎里不足，寿元早夭？'，朕想解释，可是不知从何解释。

"朕总不能告诉他，'你的父皇听信淑妃的挑唆，赐了朕一碗堕胎药？'那该多叫他伤心啊……"

就在这时，门外突然传来好几声掌掴声，"啪啪啪啪"几下甚是沉重，似是下了狠手。

"素云，出什么事了？"辰嫛低喝一声。

过了片刻，便见素云拖着一个婢女走进来。

"陛下，奴婢连着几日来，发现此婢一直鬼鬼祟祟地在窗边偷看，她定然动机不纯，经奴婢盘问之下，她才承认自己已被淑太妃收买，日日报告……"素云说到此处，突然顿住了。

"报告何事？"辰嫛催促道。

素云深吸了一口气，淡声道："报告您与江大人的一举一动。"

江琼林立在一旁，心中一凛。

"果真如此？"辰曌凝眉，看向那名婢子，"你抬起头来。"

宫女全身颤抖，缓缓地抬头，便见她两个腮帮子肿得老高，嘴角亦有鲜血淌出。显然是被人施以重刑，恐怕嘴里已经不剩下一块完整的皮肉。

"陛下饶命！奴婢只是偶尔拿了太妃一些赏钱，太妃也只是问问江大人何时进宫，何时出宫，日日憩在何处而已，奴婢没有说旁的呀！"宫女一说话，便有血星子从口中飞出，看得辰曌心中更加恼火。

"把她拉出去，在伴月宫前剐了，"辰曌摆了摆手，淡声道，"让这满宫的宫女太监都去观刑，叫他们看清楚，这就是帮太妃传话的下场。以后，朕看谁还敢乱传话。"辰曌语气淡然，杀人不过就像捏死一只蚂蚁。这宫女本来罪不至死，只因辰曌刚刚被武瑞安气着，心中不豫，也算这宫女自己运气不好，撞上了火药口。

宫女听闻，直接两眼一黑晕了过去，可是很快，她又被素云从地上提起，就像提着一摊烂泥。她的身子被拖曳在地上，将她的旧伤磨破，霎时鲜血淋漓。她疼得不得不睁开眼睛，看向辰曌的眼睛里充满了悔恨和害怕。

"陛下饶命啊——"婢子止不住地求饶，面上鼻涕眼泪和血交杂在一起，淌了一脸。

"拖出去。"辰曌面无表情道。

"且慢！"江琼林突然开口。他说完，素云停下了步子，她回头看了辰曌一眼，辰曌做了个"停"的目光，随即，她便又将宫女扔在了地上。

"请陛下手下留情，饶恕了她吧！"江琼林回握住辰曌的手腕，央求道。

"你心疼了？"辰曌的脸黑得能滴出墨来。

江琼林摇头："我心疼的是陛下你。"

"哦？"辰曌一挑眉，沉声道，"她对朕不尊，若朕不严加惩治，往后该如何统御六宫？"

"治国齐家安天下，都靠一个'德'字，琼林不希望陛下的手上再沾有无辜的鲜血，何况……陛下本不是这样铁石心肠的人，不是吗？"江琼林看着她的双眼，充满了祈求。

辰曌沉着一张脸，许久都不说话。过了半晌，才对地上瑟瑟发抖的人道："你抬起头来。"

女婢颤颤悠悠地抬起头，两行泪痕清晰可见，端得是一副人见人怜的模样。

"模样不错，到底是淑太妃宫里教出来的，一个比一个狐媚。"辰曌又一拂袖，素云便将其拖了下去。江琼林知道她凶多吉少，自己说什么也是多余，便立在一旁，不再多言。

辰曌见江琼林一脸失落，想了想，却又舒展了眉目，道："等等。"

素云闻言，停下了脚步。

"把她打发到太妃宫中伺候，就说是江大人为其求情，才可免于一死。"

"是。"素云颔首，很快便依诏行事。

面对辰曌突如其来的改变，江琼林喜不自胜，接连道："多谢陛下开恩。"

可这份欢喜并没有持续很久，辰曌转过头，冷冷地看着他，不着一语。那目光，比罚跪那一日还要森然。江琼林不知自己又犯了什么忌讳，不敢再说话。

辰曌道："你是不是以为我拿令熹微没有办法？因为先皇遗诏，所以我只能让她在我眼皮子底下搅惹是非？"

"我……"江琼林当然不会这样想。辰曌假如真的想杀令淑妃，她有一万种死法。但她一直好好地活在那里，就说明，她背后的保护伞其实是辰曌。

"杀人没意思，诛心才有趣。"辰曌没头没尾地说完，便提步走出了寝宫。独留下江琼林站在原处，惴惴难安。

辰曌独自回到勤政殿，想了一整晚，几乎一夜未眠，临天亮才做出了决定。

这对她来说，已经是一件不可思议的事情。

遥想当年在东都，为了献王能脱困，她以身赴死只是一念之间的事情，到如今任何国家大事，也不过是她执手落笔的时间。她从来没有像昨夜那般，因为一件事、一个人而辗转反侧，难以入眠。

辰曌下朝之后，依旧没有宣召江琼林如往常般入寝宫侍奉，半夜，却独自一人去了他所居住的盈晖阁。

盈晖阁中，江琼林正在临摹先朝大家的画作。辰曌走进屋里，没有让人通传，在门边盯着他看了许久。江琼林的侧颜一如初见他时那样美好，怎么也看不够。许久之后，等她腿有些发麻了，辰曌才走近他，道："这里不需要你了，你即日起，去伴月宫伺候。"

"陛下要我去伴月宫……伺候淑太妃？"江琼林抬头，一脸愕然。他的手一抖，墨汁便自笔尖滴落，临摹了好几日的《春霜画月图》便毁于一旦。他索性放下了手中的画笔，绕过桌子，走到桌前，盯着她的眼睛，一字一顿道："你真的希望我那样做？"

"是。"辰曌定定地看着他，点了点头道，"这几日来，伴月宫那人见你与朕疏离，便蠢蠢欲动，将你身边大部分的宫女收买，只为知道你的一点儿消息。既然她如此喜欢你，你便去伺候好了。今夜，不必回来了。"辰曌面无表情，眼神平静无波。

江琼林愣了许久，见她神色坚定，目光沉敛，没有丝毫玩笑的意味，他的心猛然一沉。

他突然觉得，她或许是真心地希望自己去服侍太妃。

他本以为辰曌原谅了自己，才会来见他，却不想等到的是这样一个诏令。

不过若是这般，那么一切都说得通了。他终于不用再日日胆战心惊地猜测，辰皇既然不近男色，又费尽心思与自己交好是为何了。辰皇如此大费周章地将自己抬到高位，与自己装作亲密的模样，其实都是做给伴月宫的那人看的。她接近自己的目的，也不过是想让自己在合适的时机，去诱惑太妃。他从头到尾，只是一颗会被她指派的棋子。

一个借以控制太妃的棋子。

他曾经以为自己自由了，能陪在喜欢的人身边，侍候她一人终老。临到此，他才发现，他此生的命运早已注定。他素来都身不由己，始终逃不掉被拱手让人的命运。

江琼林坚定道："下官不能眼睁睁地看着您被过去的仇恨蒙蔽了眼睛，若您因此想要下官的命，下官亦会顺从，陛下只管拿去就是。"

江琼林说完，深吸了一口气，在她身前跪下。

辰嫛却迟迟没有下一步的举动，半晌过后便径直转身离去。

她不想逼他。她知道，逼他也没有用。

往后的日子，二人之间似乎生出了嫌隙。江琼林日日宿在大明宫西角落的盈晖阁中，辰嫛既不让他离宫，也不宣召他到御前侍奉。江琼林心中虽有忐忑，但是也只当作是她为了太妃宫婢的事情而不开心，想着等她气消了也就云开雾散了。

可是，他怎么都没想到，此后，他再也没能等到她气消的那一天。

辰嫛再也没来瞧过他，反倒是淑太妃变着法子来看他。一会儿扮作小宫女，一会儿又扮作小太监，心思昭然若揭，可江琼林并不敢有一丝一毫的逾越。而辰嫛则突然准了一官员的折子，下诏大兴土木，在御花园北面的湖中心，新翻修了一座岛屿。岛屿上建了一座红砖绿瓦的宅子，十分奢华，原先叫赏春台，现在被辰嫛更名为鸾台。

连接鸾台与湖岸的是一条蜿蜒在湖面的白玉廊桥，雕工繁复，用料不俗。那鸾台里住着的，也都是这世上精挑细选的男儿，拣选过程声势浩大，无异于过去皇帝选妃。被挑选上来的小倌，楚楚动人者有之，阳刚威猛者有之，皆是世上难得出其右的极品男儿。这些人终日待在鸾台中，等待辰嫛临幸。可明眼人都知道，这些人加起来也比不上江琼林的一根手指头，辰嫛宿在鸾台的时间一日超过一日。夜夜酒醉金迷，不知今夕何夕。

鸾台之事传得满城风雨。素来不近男色的辰嫛，在与江琼林不清不楚地过了月余之后，竟然开始大行此道，日日沉迷于男色。江琼林听闻后，连着几日去往鸾台，却始终不得奉召入内。直到第三日，他索性心一横，直接在鸾台前长跪不起，朗声直言道："臣知道陛下不是这样的人。陛下一日不拆除鸾台，琼林便一日不起。"

而辰嫛也是狠心，只淡淡吩咐下去："江琼林喜欢跪，就让他跪着吧，什么时候跪死在台前了，拉出去埋了便是。"

这些话自然一个字也不差地传到了江琼林的耳朵里。可他浑不在意，始终不死心，一直跪在鸾台大门前。几日来，太平府连番下了好几场大雨。他就这样跪在雨中，连身子都不带摇晃一下。这件事很快便传扬出去，此时就连坊间的垂髫小童也知道，陛下与江琼林之间徒生嫌隙，恩宠已经不复从前。

"掌柜的，江琼林不会真的就这样跪死过去吧？"见素医馆内，问药看着屋檐下连成的雨幕，忧心忡忡道。

狄姜正坐在桌边与武瑞安下棋。她正思考黑子该如何落下，便没有工夫搭理问药。

武瑞安闲来无事，接道："不过是情人之间闹闹小矛盾罢了，你多虑了。"

"咦？难不成王爷知道内幕？"问药眼睛放光。

"本王哪里会知道？本王已经许久不过问朝政，"武瑞安撇了撇嘴，轻笑道，"不过嘛……前些日子，本王见他们缱绻情浓时，母皇眼中的笑意，是本王出生到现在从未在她脸上见到过的欢心。能让她这样开怀的人，应该没那么容易死吧？"

问药闻言，遂放下了心。

与此同时，御花园湖心亭中，淑太妃将这一切看在眼里，痛在心里。她见江琼林被冷落，一直冒雨跪在鸾台前，辰罂也不闻不问，心中好一通抓心挠肝。心中恨道："只许州官放火，不许百姓点灯。"

淑太妃埋怨辰罂收走了自己身边所有的公子不说，更重要的是她暴殄天物。江琼林这样如玉的美人，该是要日日夜夜抱在怀里好好疼爱才是。

淑太妃一日日地来瞧他，一日日地在等。等江琼林支撑不住了，她便能第一时间赶去救他。终于，在这日晚间时分，江琼林身形一晃，一个趔趄便一头栽倒在雨中，不省人事。

令熹微顾不得撑伞，孤身跑进了雨中，立即将他抱在怀里，为他披上了自己的斗篷。随后又着人将其带回了自己的寝宫。

而鸾台内，辰罂正在批阅奏章。素云走进来躬身汇报道："启奏陛下，淑太妃已经带走了江琼林，留于伴月宫中照顾，要不要派御医前去？"

"不必。"辰罂头也不抬，一边批折子，一边淡声道，"他的病拖得越久，那么他与令熹微相处的时日便越久，这不正是朕所期望的？去告诉太医署，让他们集体称病，只留一人来鸾台侍奉。"

"是。"素云颔首。

两日后，江琼林凭借着自身的毅力与病魔对抗，险胜之后，终于从高烧中恢复神智。他一清醒过来，便挣扎着走出了伴月宫，往鸾台走去。淑太妃一人拉不住他，唤好几名太监才将他重新绑回了床上。江琼林更因此与淑太妃大吵一架。此事很快便传到了辰曌耳朵里。

"看来，他还是对朕不死心，朕该叫他断了念想……"辰曌沉思了片刻，对素云道，"去把那些奏章搬到鸾台来。"

"是。"素云应了一声，立刻着手去做。

当天傍晚，江琼林果然又趁人不备，偷跑出了伴月宫。他来到鸾台，见侍卫不在，便径直闯进了鸾台最顶层。鸾台小筑总共有三层，第三层只有一间房，房间里只有正中放着一张圆床。当他赶到时，辰曌正与赵显之和赵子庭三人衣不蔽体，见了他都是一愣。

"你怎会在此？"辰曌面上绯红褪去，剩下的满是愤怒。赵显之和赵子庭有些惊讶，眼带期许，他们已经听闻江琼林的大名多时，今日一见，却发现他并没有传说中那般貌美。

江琼林病了这么多日，精神状态萎靡，怎么可能还有当初那般的惊艳？

江琼林没有回答辰曌的问题，反而大怒道："你现在在做什么？你根本不爱他们！"

"爱？"辰曌哈哈一笑，"朕早已过了谈情说爱的年纪，朕想要的不过是一时欢愉，江爱卿是不是误会了？"

"你根本不喜欢男女之事！你为什么要逼自己到如此境地？"江琼林步步紧逼，靠近她，盯着她的眸子道，"若你只图一时欢愉，我能给你的，要比他们多得多！"

"不，"辰曌缓缓扬起嘴角，一字一句道，"你比他们要脏。"

江琼林身形一颤，险些站不住。他不可置信地望着辰曌："陛下……您这是何意？"

"还需要朕说明白吗？那只会让你我难堪，"辰曌淡淡道，"朕的意思你明白，你比谁都明白。"她说完，从一旁的桌上拿来一堆奏本，遂将奏本扔到他的身前，"这是各地送来的，皆是参你过去的种种事迹。"

"……"江琼林呆立当场，无法言语。

"说不出话了？"辰曌冷笑道，"好一个牡丹公子江琼林，朕竟不知，你从宜香院的凝香，到牡丹园的牡丹，然后跟了江都御史夫人，最后又被她夫君给赶了出来，不得已只能再次流落勾栏。直到半年前，你才又被欢宜馆的徐娘买了来，改名换姓成了牡丹公子江琼林！这一切的一切，可真是精彩啊！"

"陛下……我……"江琼林双唇张合，不知是因病还是羞愧，尝试了好几次，却都发不出声音。

"你真当朕是三岁孩童吗？任由你欺耍？"辰曌说着，冷哼了一声，一字一句道，"你不过是一个几经转手、肮脏不堪的东西。"

江琼林如遭雷劈，过去的一切被人翻了出来，就像被人脱光了衣服，任人亵渎。过去百般受辱的场景如山崩海啸一般向他袭来，他孤零零地站在那里，费尽了全身力气，才不至于让自己跌倒在地。

赵显之和赵子庭左右俯在辰曌肩头，双眼含笑，看着江琼林，就似在看一个笑话。

是啊，他本来就是一个笑话。

"你还有脸站在这儿？还不快滚！"辰曌怒吼一声，顺势抄起床边一方铜铸的烛台，扔向江琼林。烛台不偏不倚落在了他的额头，将他的额上砸出一个拇指大的窟窿。鲜血顺着他的脸颊落在衣襟上，染红了一片白袍。

"下官多谢陛下赏赐……下官告退。"江琼林虚弱地说完，便是要走，转身前，他突然抬头，紧盯着辰曌的双眸，"陛下，臣确实隐瞒了许多过往，可是微臣本名江琼林，这一点，从来都没有骗过您。"

"朕知道，"辰曌哼了一声，"那又如何？"

江琼林紧咬着嘴唇，想要说什么，最终却还是摇了摇头。他走到门边，临走前，似乎突然又想起了什么似的，手扶着门，背对着辰曌，缓缓道："如果有一天您想要我死，记得不要用匕首，刀剑无情，那会让我尸首不全；也不要赐白绫，它会让我的脖颈变得很难看；我要完完整整地来，完完整整地去，死了也只当是睡着了。"他说完，便头也不回地离开了。

鸾台殿外是一片死一样的安静，由白玉铺成的皇宫大殿如初升的朝阳一般干净，是像他这样污秽的人一辈子也无法企及的未来。

他知道，辰嫕这么做的目的不过是要借他之手逼死太妃。杀人没意思，诛心才有趣。辰嫕要的，是通过自己逼死淑太妃。自己如果踏上这条路，迎接他的只会是死亡。

他只道辰嫕是被过去的梦魇迷住了心神，要知道在这世上，除了她自己，没有人能让她痛苦。她本可以活得比谁都要潇洒，都要自在。

他不忍辰嫕画地为牢，便仍不死心，不想就此放弃生机，更加不想离她而去。

他想一直陪着她。

第二日，辰嫕下朝之后，便见北边天幕浓烟滚滚。她急急朝御花园赶去，一到湖边，便见湖中的鸾台大半已经付之一炬，而江琼林立在鸾台前，冷冷地看着救火的众人，面带着解气的笑意。

江琼林纵火烧掉了鸾台，此事几乎不需要调查便水落石出。但是他没有被辰皇处以重责，只是被禁足。紧接着，素云便捧着圣旨晓谕六宫："陛下有令，江琼林倚仗陛下恩宠，目无遵纪，以下犯上，纵火行凶，罚入盈晖阁中禁足，未得诏令，不得出入。"

辰皇对江琼林的偏爱再次凸显，纵然他放火烧宫，也不过是区区一个禁足。在火中苟活下来的赵显之对江琼林恨极，可无论他如何哭诉，辰皇也充耳不闻。她不打算因此处死江琼林，但是她也需要给赵显之一个交代。

辰嫕从此独宠赵显之，将他日日带在身边。

这一厢，盈晖阁中伺候的宫女和太监本就不多，禁足的圣旨下达之后，又被撤走了大半，宫外便是只留下一对老太监把手宫门。淑太妃几乎不需要再费力气，便能轻而易举地进去。

她顺利得就似是被人请入瓮中，却浑然不觉。

江琼林额上的伤口没有人医治，过了几日倒是自己止住了鲜血，只剩下一个血口留在面上，瞧上去触目惊心。太妃便是在这时，又换了一身宫女的衣物，提着食盒溜进了盈晖阁。

盈晖阁中空落落的，只余下一盏孤灯在床边，江琼林便跌坐在床沿下，双目无神，似是被人抽干了身上的力气。

"江大人，你大病初愈，快吃些东西吧。"令熹微慢慢靠近他，见他没有抗拒自己，便更近了一步，索性坐在他的身旁。

"江大人，您的额头怎么流血了？"令熹微关切道。直到现在面对面地看着他，她才能借着昏暗的灯光看清他一身血污，模样煞是骇人。

"本宫这就去给你拿伤药来！"令熹微说完，便是要离开。这时，江琼林却突然拉住了她的袖口，缓缓道："她不要我了……"他声细如蝇，双目通红，缩在那儿的模样，像极了一只流浪的野猫。可就算如此，仍旧遮不住他美艳的五官。

江琼林在欢乐场中流连多年，自然知道要怎样去讨一个女子的欢心，甚至只需要一眼，就知道眼前的人想要的是什么，这是他除诗词歌赋外最擅长的事。

这一幕直击到令熹微的心坎里。他比她见过的任何一个男子都要漂亮，也更加深情。她立即蹲下身，将他抱在怀中："她不要你，自有本宫要你。有我在，你也能享得一世荣华。"

"真的吗？"

"真的。"

"你永远不会舍我而去吗？"

"绝不。"

"就算是死呢？"

"就算是死亡，也无法将我们分离。"

"那好。"江琼林点了点头，回抱住了她，"我相信你。"

之后的日子，辰曌就似忘记了江琼林，她照常上朝，照常批阅奏章。鸾台付之一炬后，独留下赵显之一人，他便受了独一份的恩宠。辰皇对他怜爱有加，于是，哪怕他在宫中横着走也无人敢说个"不"字。甚至连朝中大员见了他也得恭敬地垂首行礼，道一句："下官参见鸾台御史。"

鸾台御史，是辰曌特赐给赵显之的殊荣，为了平复赵显之心中对大火的创伤。一时间，他成了比江琼林更炙手可热的人物。而这段时间以来，江琼林则安然地待在盈晖阁中，一来是因为辰曌的禁足令，二来为了养伤。

这些日子，江琼林有淑太妃日夜相伴，故而饮食不缺。可他夜夜都被噩梦缠身，连梦里都在哭喊："君要臣死，臣不得不死……"

太妃听闻，更加心疼，对他怜爱有加，三十多岁的人了，在他面前却活似个情窦初开的小女儿家。这一切都被素云看在眼里，并汇报给了辰曌。

辰曌面上看不出喜怒，只问她："太医院可有消息？"

素云摇头："回禀陛下，淑太妃并没有去太医署求避子汤。"

"可有托人从宫外带药材？"

"未曾。"素云面无表情，眼中的寒芒却森然欲滴。

"呵，她竟胆大包天至此。"辰曌冷笑，抬头看着窗外一缕残阳如血，面上并没有语气中那般沉凝，心中更是百般的畅快。她就像是久坐河边的垂钓者，一根被她抛下许久的渔线，等了多日，才终于被大鱼咬住了鱼钩。

傍晚，南大街尽头，见素医馆。

狄姜带着问药到邻镇出诊半月之后，回来便见武瑞安坐在坐诊大夫的台子上，正百无聊赖地翻着问药的花神录。

"王爷！您怎么随便翻人家的东西！"问药面色一红，便伸手去夺。

"这是什么东西？"武瑞安举起花神录调笑道。

"掌柜的写了一本，我就跟着写了一本罢了！"问药说完，武瑞安一怔，随即看向狄姜。

狄姜耸耸肩，并不否认。

"原来狄掌柜也有一本。"武瑞安愣愣地点了点头，随后把本子还给了问药。他凑近狄姜，好奇道，"狄掌柜的花神录写了些什么？"

"你猜？"狄姜解下包袱，扔下两个字后便去后院洗了洗手。

等她再回来时，便见武瑞安拿着自己的《花神录》在翻看。可任武瑞安翻来覆去地看，却见集子上一个字也没有。

"怎么什么也没写？"武瑞安蹙眉道。

"关你什么事？"狄姜睨了他一眼，气道，"王爷是不是闲得过分了？竟然乱翻女子的私物？"

"就放在那儿，顺手拿来看看。"武瑞安干笑了两声，见问药和书香都不理他，显得有些尴尬。他咳嗽了两声，话锋一转，又道，"写《花神录》可有什么说法？"

"没有！"狄姜断然否认，随即怒目相向，"王爷这是铁了心要赖在我这儿了？朝中无事吗？"

"有事啊，但是本王见了心烦，懒得去管。"武瑞安一摆手，坐在凳子上，突然间变得无精打采。

狄姜见状，疑惑道："朝中出什么事了？"

"也没什么大事，不过出了一个小妖孽，妄想惑乱朝纲罢了。本王才不信，他还能翻得了天不成？"武瑞安嘴上说无事，可面上却显得怒气冲冲。

狄姜没有多问，但武瑞安却从此打开了话匣子，将这半月来宫中发生的事悉数说了出来。问药在旁，听得气愤不已，卷起袖子就是要去拼命。

"你去哪儿？"狄姜手疾眼快揪住了她的衣领。

"当然是去会会赵显之了！"问药怒道，"他竟能将牡丹公子比下去，我倒要看看他长了一张多祸国殃民的脸！"

"你镇定一点！"狄姜怒喝一声，问药才猛然清醒过来。大明宫有国师镇守，她跑去造次什么？她像是不知自己刚刚有多冲动一般，愣愣道："掌柜的，我刚刚怎么了？"

"你有些忘形了！"狄姜白了她一眼。

"我……我也不知道自己，怎么会这样冲动，或许是因为太喜欢江公子了？"问药愣道，"掌柜的，您不着急吗？"

"我急什么？"狄姜冷哼一声，"牡丹公子那样举世无双的男子都有失宠的一天，我不信那赵显之能嚣张几日。"

"对哦！我怎么没想到呢！"问药点了点头道，"陛下一定会原谅江公子，与他重修旧好的！我这就去跟菩萨求求情，为江公子祈祷一番。"说完，她一蹦三跳地跑了出去。

狄姜叹了口气，揉了揉眉心，只觉得自己店里自从来了武瑞安，有他与问药两人一唱一和，自己的日子似乎就再也无法消停了。而问药……似乎也越来越暴躁了。狄姜头疼，索性第二日关了铺子，在武瑞安来叨扰前，带着问药和书香去九层镇灵塔聆听梵音，洗净心灵。

三人在塔中入定之后，便两耳不闻红尘事。一晃时间匆匆而过。

一个月后。

辰曌刚用过晚膳，素云便走进殿里，凑在辰曌耳边道："陛下，据下人来报，淑太妃的癸水已经晚了十日。"

"果真？"辰曌挑眉，转过身子，看着窗外轻快飞过的鸟儿，淡笑道，"那还不快去宣太医给她请平安脉？记住，要请她最熟悉的那一位，不要打草惊蛇。"

"奴婢明白。"素云躬身退下。

又过了半月，淑太妃宫中伺候的下人都被她打发到了别的宫里，身前伺候的人顿时少了一大半。对外她也开始称病。看那形状，似乎真想将孩子生下来。

她真是走火入魔了。

辰曌觉得时机已然成熟，便在一个冷月夜，带着一众宫婢浩浩荡荡去了盈晖阁。此时盈晖阁中，淑太妃正躺在江琼林怀里，与他耳鬓厮磨，说着体己话。

"这个孩子，就叫意庆吧，情意的意，欢庆的庆，你说好不好？"淑太妃柔柔道。

"你喜欢就好。"江琼林虽然声音温柔，可眉目里看不见几分欢喜。这个孩子的到来，不过是一张催命符。他哄骗她许久，为的就是这张催命符。

就在这时，大门被"哗啦"一声打开来，紧接着传来一干人等的脚步声，很快，辰曌便率领着一众宫婢走进了寝殿之中。

"陛……陛下？"淑太妃全然没想到辰曌会在这个时候闯进来，霎时间被吓得魂飞魄散，双手一紧，拉着江琼林连滚带爬地跪在了地上，"陛下恕罪，我们、我们……"

"你们好大的胆子！"辰曌一见，佯装震怒。

"陛下饶命，我们……"淑太妃根本不知从何解释，也根本没法解释。

这些年，辰曌对她十分纵容，几乎两不搅扰，她放肆到以为无论自己做什么，辰曌都不会放在眼里。因为她已经到达权力的巅峰，是任何女人达不到的高度。她完完全全地胜了自己，根本没有理由再回头来看她这只蚂蚁。

于是，她放松了警惕，却不想今日被人赃俱获，半点抵赖不得。

"把他们给朕拖下去！任何人不得为其求情！"辰曌打断淑太妃的话，随后早已在殿外等候的侍卫便鱼贯而入。淑太妃连衣服都没能穿戴整齐，便被侍卫拖出了盈晖阁。

淑太妃因先皇遗诏，只是被禁足伴月宫。而江琼林就没有这般好运了。辰曌震怒，与宠臣赵显之商议之后，认定此风不可长，必须严加惩治，遂将江琼林关进暴室，让他尝遍世间至苦，以儆效尤。

江琼林进暴室的那一夜，满朝文武都在津津乐道，坐等看戏。素来与江琼林不睦的武瑞安却闻讯进了宫。他径直拦在了侍卫跟前，与辰曌对峙道："母皇，江琼林定是被人冤枉的！"

"冤枉？"辰曌冷笑道，"二人赤身裸体不着片缕，被本宫瞧了个真真切切，秽乱宫闱实属罪大恶极！"

"这绝不可能！江琼林明明对您……"武瑞安话到嘴边，却说不下去了。

"怎么不接着说了？"辰曌一挑眉，"你从小就喜欢忤逆朕，此番竟为了他与朕恶语相向，真是毫无礼教规矩，简直不配为皇子！"

"母皇的心难道是石头做的？"武瑞安被辰曌一骂，脑子一热，便再顾不得脸面为何物，直当着所有人的面质问辰皇，"江琼林的为人品行如何您不清楚吗？他这样做一定有原因，他怎么可能跟淑太妃搅在一起？"

"朕不需要清楚，朕只知道，朕看到了事实。"辰曌面无表情，毫无动摇之意。

武瑞安见状，索性豁出去了，直言道："您说淑太妃秽乱宫廷，您何尝不是？您与江琼林日夜相伴的时候，怎么不见你跳出来说他秽乱宫廷了！"

"你！放肆！"辰曌勃然大怒，"朕的夫君从来都只有先皇，江琼林原系低贱官奴，怎可与朕同床！"

"是吗？好好好，既然母皇如此说，儿臣无话可说。可是来日到了地府，您可千万不能说谎，否则入了拔舌地狱，可就再也出不来了！"

"闭嘴！你给朕滚出去！滚！"辰嫚说完，见武瑞安并不打算走，立即喊道，"来人！把武王爷给朕扔出去！禁足一月！"

"属下领旨。"侍卫们很快便围了上来，武瑞安不打算再做无用的挣扎。他或许可以放倒这一室的禁军，却无法说服自己的母皇，若不能让她收回成命，那么一切都只是无用功。

"儿臣走容易，您良心能安吗？！你负了父皇，亦负了江琼林，你爱的从来都只有你自己！就连我、婧仪、三皇兄，都是因为你，是你名位不正，才让我们遭受报应，让我自幼有劫，婧仪天生鬼目，三皇兄体弱多病，如今你又要再增加一份罪孽吗？！"武瑞安大吼大叫，还没等他说完，便被四人仰面架在肩上，抬了出去。

辰嫚被气得身形一晃，险些吐血，可就是这样被自己的儿子辱骂，她也没有动摇分毫。

她很快便站直了身子，让侍卫将江琼林带走。

江琼林从始至终没有为自己求情一句，这是他早已知道的结局。他只是看到辰嫚被武瑞安骂，觉得十分痛心。

哪怕她身处人群，哪怕她众星捧月，她做了那么多事情，站在了权力的巅峰，却依然也弥补不了当年献帝背叛对她造成的打击。

江琼林如一摊软泥匍匐在地，毫无生气。就连被侍卫带走，他也没有什么反应。他的一双眼睛半睁着平视前方，看不出心中所想，只有道不尽的深深的绝望。

恨自己没能早一点儿出现，或许时间再多一些，辰嫚能解开心结……

当晚，在辰嫚的授意下，江琼林将暴室的刑罚浅尝了一遍。可就算是浅尝，也叫人去了半条命。最后他已满身是血，奄奄一息。

"淑太妃想见江琼林，便让她来见吧。"辰嫚淡淡吩咐素云道。

"是。"

素云领首，领旨退下后，很快便去伴月宫，将禁足的令熹微请到了暴室。几天过去，她仍是如前几日见到时的那般披头散发，面上再不复往日的光彩。

等她从暴室出来之后，整个人都变得疯疯癫癫、恍恍惚惚起来。

她不敢相信那是她心爱的江琼林！

从前的他，无论落入什么样的绝境，都仍是一个艳光四射的美男子。

可现在的他，坐在暴室的囚凳上的他，简直不能被称为是一个人。他的全身洒满了鲜血，指甲盖都已经剥落，一条一条的鞭痕在他的背部错综交杂，他在重刑之下已经完全失去了意识，嘴里却一直念叨着一句话："放过太妃娘娘……"

令熹微如遭雷劈。江琼林闷声细语，却字字诛心。他竟到死都还在为自己求情！

令熹微心中悲痛欲绝，感觉自己整个人都被撕成了碎片，一缕一缕地剥落开来。她腹痛如绞，泪水霎时断了线，浸满了整张脸。她花了妆，脱了颜，跪在辰曌脚边，苦苦哀求道："陛下……臣妾求您了！放过江琼林吧，他是被臣妾逼迫的！"

"不管他是否被你逼迫，秽乱宫廷都是事实。"辰曌睨了她一眼，淡笑道，"既然朕不能对你怎样，那便让他将你的那份一起受了吧。"

"陛下！"

辰曌一拂袖，径自离去了，任淑太妃在身后怎样哀求，亦充耳不闻。

辰曌没有命人将她带走，反而将令熹微与江琼林关在一处，由两名侍卫看守，好吃好喝地伺候着，却让她始终不得上前，不得阻止。

她要她亲眼看着，看着江琼林受尽折磨，生不如死。

又是一整晚的折磨之后，江琼林双腿被废，以后再不可能正常地行走，他的脚呈现出不正常的弯度，淑太妃捂着耳朵缩在角落里，瑟瑟发抖。

辰曌走进暴室，便见这一对苦命的鸳鸯一个精神崩溃，一个身体残废。可就算是如此，江琼林仍喃喃自语道："放过太妃娘娘……放过她……"

辰曌不顾血腥，捏起江琼林的双颊，冷笑道："你对淑太妃的感情，倒是忠贞。"

江琼林睁开眼，看了她一眼，仍是有气无力道："放过太妃娘娘……就是……放过你自己……"他眼神涣散，可无论多疼多痛，嘴里念叨的始终只有这样一句。

"你现在还要替她说话！"辰曌听烦了，"啪"的一巴掌，狠狠地扇在他的面上，怒道，"朕告诉你，淑太妃好得很！倒是你，自身难保，还是自求多福吧！"

这边的动静惊醒了令熹微，她抬眼见着辰曌，立刻清醒过来，连滚带爬地到她脚边，哭道："陛下——臣妾求求您，求求您放过他吧，只要您放了他，臣妾什么都愿意做！"

淑太妃的嗓子嘶哑晦涩，显然已经苦苦哀求了一晚上。可这暴室中的狱卒早已得到素云的关照，便是无论如何也是不会手软的。她就这样眼睁睁地看着江琼林从此成了一个废人。

辰曌不理她，又向狱卒点了点头。他们得了命令，又拿来了另一种刑具。那是一桶烧得滚烫的油，热油正在桶里突突地冒着气泡。

"陛下！陛下不要——！"令熹微的话被此起彼伏的"刺啦"声所淹没，她就这样愣愣地看着那桶油倒在了江琼林的后颈里。

白烟窜起，江琼林倒吸一口凉气。他双目一睁，便疼晕了过去。

与此同时，一旁的令熹微尖叫了一声，亦是两眼一黑，晕倒在了辰曌的脚边。她的手紧紧攥着辰曌的鞋袜，眼角一如江琼林一般，仍往外淌着血泪……

淑太妃再醒过来时，发现自己已经回到了伴月宫主殿的大床之上。这里是为皇后修建的居所，宏伟庄严，金碧辉煌。过去怎么看怎么觉得美，怎么看怎么喜欢，可如今……怎么看怎么空旷、凄凉。她躺在高床软枕之上，享受一生荣华，而自己心爱之人在暴室里受尽了折磨。

琼林的心里，满满的都是自己啊！

他为自己受尽苦难，而自己却高枕安乐？

江琼林的惨叫和对自己的维护在令熹微的脑海中交叠响起，她的内心起伏难平，悔恨和内疚侵占了她全部的心思。

无论如何，她都一定要救下江琼林。

令熹微内疚不已，立刻又动身去了勤政殿。

勤政殿外，素云将淑太妃拦在宫外不得入内："陛下说了，不见你，太妃请回吧。"

"那本宫就一直跪到陛下肯见本宫之时！"令熹微一狠心，"扑通"一声便跪了下去。此刻的她不顾疼痛，亦顾不上腹中的孩儿。她唯一的想念，便是将江琼林给救回来。

令熹微从日出一直跪到了日落。这期间的每一分每一秒，她只要一想到江琼林在暴室里所受的苦难折磨，便也痛得直不起身子。而辰曼却是不疾不徐，只顾着与朝臣议会，待政务都商谈妥当之后，又开始批起堆成小山高的折子来。门外的淑太妃对她而言就像是一个透明人，无论她如何哭闹，都是充耳不闻。

直到傍晚时分，内监来报："陛下，江大人快不行了！要不要宣御医？"

淑太妃闻言，两眼一黑，险些又要晕厥，可她心系江琼林的安危，便是强打起精神，苦苦哀求："陛下！求求您救救琼林！他与臣妾是真心相爱的！求求您给他一条活路吧！"

辰曼头疼不已，揉了揉额头，细细一想，沉声道："宣，当然要宣，朕还没有解气，可不能让他就这么死了。"

"是。"

殿内传来辰皇与内监的对话，淑太妃闻言，如遭雷击。

"陛下！您为什么要这样对他！"令熹微激动不已，这一刻，她似是忘却了一切礼仪，不管不顾地冲进了殿内，大怒道，"您曾经也是喜欢他的呀！您舍得他这样难受吗！"

"可他现在喜欢的是你，你们珠胎暗结，叫朕颜面何存？"辰曼说完，摆了摆手，示意素云等出去。宫女们皆颔首，尽躬身退下，一时间，大殿内便只剩下辰曼与淑太妃。

"陛下，臣妾求您，放过琼林！只要您肯放……"

"江琼林于朕并不重要。"辰曼打断她，"他对朕不尊，秽乱宫廷，实乃罪不可恕，朕本想一刀杀了他，给他一个痛快。但是朕见你竟为了他这般痛苦，便改了主意。"

"什么？"令熹微不解。

"如果折磨他能让你长长久久地痛苦下去，朕不介意让他在暴室待一辈子。"辰曌淡淡一笑，喝了一口茶。

"为什么！"令熹微满眼哀戚，"臣妾究竟做了什么？竟让你这样恨臣妾！"

"朕不恨你，朕只是单纯地不喜欢朕的男人一次又一次地被你夺了去。就算是朕不喜欢的玩物，也不能落在你的手里。"辰曌抬眼看了她一眼，又继续批本子，良久，又道，"既然他能让你痛苦，朕自然乐在其中。"

"原来如此……原来如此！"令熹微浑身一颤，这才如醍醐灌顶道，"你一直觉得是我抢了你的男人？你一直认为当年三皇子是我害的吗？那一碗堕胎药，是陛下送给你的！与我无关！这么多年，你恨错人了！"令熹微怒吼道。

"就算是陛下赐的药，那也是因为你与他吹枕边风，你曾无数次地说过，说朕的三皇子是从东都天牢中带来的，血统不纯，不是吗？"辰曌闭上眼，想起曾经那一段灰暗的时光。那时的她与武延分别两年，再见面后很快便传出了有孕的消息，后来肚子一日日隆起，比寻常要大很多，宫中便有人传言说孩子不是武延的。渐渐地，传言不胫而走，传到了朝堂和市井之中，之后，武延便疏远了她，更赐了她一碗堕胎药。

可那怎会不是武延的？那是一对双生胎啊！

她已怀胎七月，就因那一碗堕胎药，三皇子生下来便胎里不足，身体孱弱，病魔缠身。而他在辰曌腹中的双胞胎弟弟，则生下来就是一个死胎。后来，三皇子渐渐长大，与武延像极，从那之后，她证明了自己的清白，但也与武延再不复从前的情谊。

武延没有脸面再面对她，终日与宠妾妃嫔腻在一起。辰曌心中有恨，觉得不见他确实最好，便也只将全部的心思都放在了政务上。渐渐地，她把持朝政，独揽军权，到最后，她甚至开始变得不择手段，将武氏皇族残杀殆尽，更将曾经迫害过她的所有人送上了死刑台。

武延在一众老臣的进言下，想要收回皇权，但为时已晚。辰曌军权在握，朝中唯她马首是瞻，武延成了一只傀儡。武延死的那一夜，二人之间到底发生了什么，谁也不知道，只知道从那之后，辰曌再也没有开怀地笑过。

但是至少也没有人能再让她哭了。

两相比较之下，她觉得自己还是赚的。

如果再给她一次重新来过的机会，她还是会那样做，只是那碗堕胎药，她是无论如何也不会再喝了。

辰皇走下御座，来到淑太妃身前，居高临下地看着伏在地上面如死灰的令熹微，淡声道："知道为什么从前朕是皇后，而你只能是妃吗？"

令熹微抬头，无力地看着她。

"唯有牡丹真国色，而芍药纵使再像它，也不过是形似而已。不论是气度、尊容，抑或是身份，差距都摆在那里。而你，纵使十分像朕，也不过是相像。"辰曌高深莫测地一笑，"一个替代品，它终究只是朕的影子而已，又能成什么气候？只怪你看不清现实，被虚妄的情爱迷了心智。假如我是你，便继续舒舒服服地当你的太妃，什么江琼林、赵显之，这些不过是过眼云烟，不必放在心上。"

辰曌的一席话没有引起令熹微的愤怒，她反而嘴角一扬，苦笑道："可是你拥有天下又如何？我拥有琼林，便觉得拥有了天下。你只不过是日日夜夜坐在御座上的可怜虫，身边连一个真正能说心里话的人都没有。辰曌，你与我相比，要寂寞得多吧？"

辰皇一怔，旋即朗声大笑："哈哈哈哈……"

"你笑什么？"令熹微蹙眉道。

"朕笑你仍是听不懂朕的话，"等辰曌笑够了，收起笑意，一脸郑重道，"朕心头所爱的人，从来不是江琼林，又怎会寂寞呢？"

"不是琼林？"令熹微一怔，满眼愕然，"竟不是琼林？那你为何如此这般愤怒？"

"朕的夫君，从来就只有一人。"辰曌居高临下，冷眼看她，嘲笑道，"江琼林只是朕身边的一条狗，也只有你将他当作宝贝。"

"竟然是这样……"令熹微蓦地睁大了双眼，惊惧道，"竟然是这样！你爱的人竟是被你亲手害死的武延！"

"不错。"

"所以……你恨了我这么多年！"令熹微睁大了眼睛，显得尤为震惊。

"是！是你夺走朕的一切！才让朕不得不痛下杀手……亲手杀死了朕最爱的人！"辰曌被她戳中了心中最痛之处，恨不得现在就将眼前人一刀一刀地剐掉。可事实上，有了武延一道遗诏，纵然她万般想将令熹微千刀万剐，她也不能这样做。她要让令熹微自食恶果，绝不脏了自己的手。

"呵呵呵……哈哈哈……竟然是因为这个！"令熹微趴在地上，笑得狰狞扭曲。

"你笑够了吗？"辰曌面色一冷。

"不够。"令熹微突然变得不再害怕，她放声大笑，笑得不能自抑，直到许久之后，她笑着笑着，竟笑出了泪来。

她这才渐渐收起了笑意，道："当初族长先将你送入宫中，你成了嫡妻。后来武延造反，你被扣东都，生死未卜之际，族长为了巩固皇权，于是令父亲又将我送给了武延，可他再爱我又如何？你始终欺压在我头上！你亦同样逼死了我的孩子！"

"先帝之所以对我宠爱有加，不过是你所做的一切，伤透了他的心！"令熹微一脸悲切，怒道，"自你堕胎以后，你每日忙于政务，对他不理不睬，他可是一个皇帝！你一日一日冰冷地对待他，他怎么可能一次又一次地低头来求你？你敢说事情发展到最后，那一切没有你的原因吗？！你本就是不择手段心狠手辣之人，又凭什么将一切都怪在我的头上！"

令熹微一连串的问话让辰曌无言以对。她承认，过去自己对武延有种种不是，但若没有令熹微从中作梗，她与武延不会发展到后来兵戎相见的地步。

"无话可说了？被我说中了吧？"令熹微凄厉地斥道，"既然你不喜欢琼林，为什么不把他还给我？我从来就没有想要跟你抢！"

"没有？"辰曌眯起眼，"若没有，你又为何会与江琼林珠胎暗结？若朕没记错的话，琼林是朕的人，你敢说不是你先觊觎他的吗？"

"我……我一开始只是想逗逗他，谁知，竟就此沉沦……这世上，只有他是真心爱我！我求求你，放了他吧！"令熹微说着说着，豆大的眼泪流了下来，她见辰曌面色有所动容，又是跪倒在地，磕头求道，"求求你，把他还给我！"

辰曌叹了口气，森然一笑，摇头道："先帝遗诏，不能对你下手，那便从你心爱的人身上下手吧。”

“什么……”令熹微睁大了眼睛。

“你越喜欢他，朕越要折磨他，暴室的刑法多达千种，每日一种，便够他消受三年了。”

“你……”令熹微颓然地跌坐在地，一脸绝望，脑海里浮现的，是江琼林在暴室里受尽折磨，百般求死的模样。

可他到死还护着自己，不愿连累自己。

她此刻，亦同他一般，只想保护自己所爱之人。

“您要怎样才肯放过琼林？”令熹微一脸绝望，却仍是不愿就此放弃。

“这是朕的事情，轮不到你来管，”辰曌冷冷一笑，“只不过朕唯一可以确定的是，只要你死了，朕的气也就消了十之七八了。”

“当真？”

“君无戏言。”

“好！我愿意！我愿意代琼林赴死！”令熹微急道。

“呵，你死了，只怕又有人要参朕一本了，朕不怕人诟病，只怕麻烦。”辰曌说完，长舒了一口气。她扶着额头，想了想，又道，“如果你要死，就死得越远越好，不要让人以为是朕脏了手。”

“我会死得干净利落！不留痕迹！”令熹微言之凿凿，神色中充满了坚定，毫无玩笑的意味。

“你想得通便好。”辰曌显得很是满意。这便是她最想要的结果。

“臣妾死前只求您一件事，在我死后，不要再折磨琼林……”令熹微沉默片刻，又突然发了疯似的抓住辰曌的袖子，乞求道，“给他寻一个鸟语花香的地方颐养天年也好，赐死也罢，只求您不要再折磨他！他此生所受的苦已经够多了。”

“那要看你的死法，能否让朕开怀了。”辰曌一脚踢开她，冷哼了一声，拂袖离去。

令熹微看着辰曌的背影，发现她的背影一如二十年前第一次见到她时的模样。虽然此时的她身穿龙袍，但是她身上的气质从来没有改变过。

那一种与生俱来的冷漠，让人难以忘怀。

当时，辰嫛牵着还是孩童的大皇子，三人瘦骨嶙峋地出现在自己眼前。她盯着自己看的那双眼睛中充满了疑惑。是了，从那一刻起，她便恨上自己了。

在武延起兵的那年，辰嫛被困东都，独自带着孩子在天牢待了两年，受尽折磨。当她被迎回宫中时，武延心尖尖上的位置却已经被自己所占据。令熹微这时才清楚地知道，辰嫛之所以这么愤怒，并不是因为自己与江琼林珠胎暗结，而是因为二十年前，就已经埋在了她心中的仇恨。哪怕她现在终于后知后觉，发现原来这一切都是辰嫛设下的一个局，摆明了要借江琼林的身子来逼死自己。可就算知道了又怎样呢？

她到底不能放下琼林。

他是一个受尽折磨仍旧在保护自己的男人啊……

他比十几年前表面上对自己百般疼爱的献王可要真心多了……那时因辰家的逼宫，献王为了保住皇位，在自己怀胎九月时便让自己早产，生下了一个死胎。从此之后，她再也没有怀上过孩子。

那一日日的避子汤真苦啊，献王就在自己身旁，一碗一碗地劝自己喝下，临了给一颗蜜枣就算是安慰。

哦，对，不止蜜枣，还有绫罗绸缎，以及数不尽的金玉珠宝。

不要说他窝囊得不配为君王了，根本连一个合格的丈夫都算不上。而她也明白，自己只是家族政治斗争中被抛出的灰烬，纵然曾经荣耀加身，却没有人真正爱过她。

直到现在她才发现，江琼林才是她一生中，最顶天立地的那一个。

他到死也是记得维护自己的。

"也好，从此以后，我也再不用留在这深宫中，受尽骨肉分离、挚爱远离的苦楚，也不用在凄冷的夜里守着一盏孤灯遥望天明。只要自己死了，琼林就解脱了，我死也算是值得了……"令熹微笑得凄凉悲怆，她唯一恨的是没能再见琼林一面，然后亲口告诉他，"我只是可惜，如果我们的孩子能出生，他一定会是这世上最漂亮的孩子……"

是夜，令熹微将自己关在伴月宫后的一座小院子里。院子外头，放着她的贵妃金册、金典、金印，金印下，是一封写给江琼林的遗书，除此之外，还有一整套的贵妃服制。

　　她将屋里四处泼满了酒，然后推倒了烛台，"哗啦"一声响，霎时火光充满了整间屋子。火光中，她笑得猖狂……

第二十四章

牡丹花神

　　伴月宫伺候的人不多，等有下人发现火势时，令熹微已经在火场里被烧得面目全非。宫中伺候的禁卫军似是算准了时辰，撬开着火的宫门之时，大火不偏不倚，正将淑太妃烧得只剩下一堆骸骨。可就算是只剩下骨头，也能看出她仍是蜷缩成一团，双手紧紧地抱着自己的肚子，似是在保护最重要的东西。

　　辰曌将她的遗书公之于众，二人之间的丑事被摆在了台面上，皇权受到了极大的挑衅。淑太妃名誉丧尽，被剥夺了贵妃礼制，只悄悄葬去了城外九里坡的乱葬岗就算了事。令熹微死后，江琼林被带离了暴室，移到盈晖阁养伤。

　　辰曌从此绝口不提他的罪状，更没来由地将风头正盛的赵显之扔进了暴室，不消两个时辰，他便被酷刑折磨得断了气，尸身被草草卷了个草席便扔了出去。几日后，等江琼林伤势渐好之后，素云捧着那纸遗书来到他身前，问道："江大人，这是令熹微死前留下的遗书，您要不要看看？"

　　江琼林摇了摇头："我从来都知道自己的目的，这是她选的路，亦是我选的路，走到头了，于我于她都是解脱，何必再徒增烦扰？"

　　"是，江大人想得通透，奴婢告退。"

　　素云面无表情地离开后，没过几天，江琼林又迎来了另一位访客。

　　左丞相公孙淼。

"下官参见左相。"江琼林拖着残败的身子，跪地行礼。

"你在暴室待过一阵，出来之后竟还能识礼数，倒是让本相对你刮目相看，"公孙渺扬起嘴角，淡淡道，"你知本相为何而来？"

"为劝下官自愿赴死而来。"江琼林眼皮也没抬，一语道破公孙渺心中所想。

公孙渺赞赏地点了点头："先帝亲封令熹微为淑妃，贤良淑德是她的名号，你与淑太妃珠胎暗结，侮辱的便是先帝。而你起先是辰皇跟前的红人，而后又与淑太妃相交，你是两代陛下人生中的污点，可帝王，她不能有污点。"

公孙渺一字一句，将江琼林的心戳成了筛子，也夺走了他最后求生的欲望。

是啊，他早知结局是如此了。

他只是可惜，日后在这波谲云诡的深宫中，自己再不能帮她一二。

他从来都不想成为她人生的绊脚石的啊。

他一直都将陛下的利益放在制高点，他一心想要成为她的助力，辅佐她成为千古一帝。

他从来都是抱着这样的心态去做，可不得已，到最后还是成了她的拖累。

她不愿处死自己，所以公孙渺才会出现在自己面前，多费这几句唇舌。光凭这一点，他已然觉得自己这一遭不冤了。

"下官知道该怎么做了，多谢公孙大人提点。"江琼林说这话时目无焦距，一字一顿。

"你是个聪明人。"公孙渺说完，便拖着年迈的身子离开了。

公孙渺离开后，江琼林写下了一纸认罪书，写完后便由等候在外的侍卫递了出去。等做完这一切后，他整个人似虚脱一般躺在了床上。

他实在太累了，这一刻是自家道中落之后最轻松的一刻。他不会再有噩梦缠身，不会日日在泥泞中挣扎，也不会再有心系之人整日在自己眼前，抱着她不喜欢的人四处晃悠，自己也再不用伺候不喜欢的女子。当然，他也不会再有明天了。

但是他觉得死得其所。

这是他的终点，他喜欢的终点。

第二日早朝，公孙渺便公布了江琼林亲笔写下的供词。

供词上，他坦承自己冒犯皇室尊严、秽乱宫廷、无人臣礼、贪财纳贿、目无法纪、对上不敬、对下不和、妄自尊大、结党营私、排除异己等十项大罪。通篇下来，可谓字字珠玑，言之凿凿，连遣词用字都完美到无可挑剔，是一篇难得的罪己文章。读过之人，无不觉得此人简直是罪大恶极，让人难以原谅。公孙渺当朝将此文公之于众，辰曌越听心越痛。

旁人可能不知道，但是江琼林的为人，她最清楚。

"公孙渺，你不要逼人太甚！"辰曌陡然站起身，撩开珠帘。她站在御座之前，与公孙渺怒目而视。

"微臣是为了陛下的名声考虑，史官不会喜欢江琼林还活着，他的存在，只会使您为世人所耻。"公孙渺抄着手，一脸淡然。

"世人所耻又如何？朕还怕旁人的诟病吗？"辰曌道，"早在朕取皇位而代之之时，朕已经是众矢之的！朕要做这天下独一无二的帝王，朕不怕他们！"

"你可以不怕他们，但是只要有微臣在一日，就绝不会让江琼林活在这个世上。您要保他可以，踏着微臣的尸体去便是！"公孙渺不疾不徐，瞧上去铁面无私，叫人无法反驳。

"公孙渺！你……"辰曌指着他，许久说不出话来。

"微臣附议。"

"臣等附议。"

大殿之上，一半的文官举皆跪下。

"好好好，你们一个二个，好好好……"辰曌颓然跌坐在龙椅上，身子摇摇欲坠。

早朝过后，江琼林再次被打入天牢。

平日里，他独来独往，没什么人情牵挂，在天牢之中，便是独自一人等待处决。行刑前一晚，他本以为今晚可以睡个安稳觉，却不想大半夜还有人来探监。

武瑞安拎了一只烧鸡和一坛仙人醉来，扔到他身前："没什么好送的，给你送点吃的，路上也好做个饱死鬼。"

"多谢王爷。"江琼林耸耸肩，会心一笑，随即大方地拿了一只鸡腿开始大快朵颐。

"武王爷带来的，真是尤为美味。"江琼林边吃边啧啧称叹，眼里是说不尽的满足。

"有那么好吃吗？"武瑞安疑道。

"当然！"江琼林笑了笑，一脸风轻云淡，"我本就是孤儿，父母已经先我一步而去，我在京中更加没有什么亲朋挚友，临死前还有武王爷惦记我，为我送来美酒佳肴，我也不算冤了，否则明日在黄泉路上做个饿死鬼，那可真是太凄凉了……"

武瑞安越听越觉心凉，他似乎完全不怕死，也毫无遗憾。

"你早就知道自己会有这个下场？"武瑞安道。

"嗯。"江琼林点了点头，嘴里塞满了鸡肉，便不太顾得上说话。

"你既然一早就知会如此，你为何还要去伴月宫？为何还要不清不楚地和淑太妃在一起？"武瑞安陡然提高了音调，显得有些生气和失望。

"这是陛下召我进宫的目的。或许在某时某刻，她犹豫过，但最终，她依然放不下这段往事。我所能做的，就是听她的话，让淑太妃痛苦。"江琼林满不在意地笑了笑，仍是只顾着吃鸡。

"你为什么不躲？"武瑞安蹙眉。

江琼林想了想，往自己嘴里灌了一大口酒，将嘴里的食物都吞咽之后，才缓缓道："我也试过要逃避，可若是我逃了，她就会继续沉沦下去，我不能让仇恨毁了她的生活。"

"什么意思？"武瑞安一脸迷惑。

"我的意思很难懂吗？"江琼林笑道，"陛下不是一个耽于享乐、沉迷男色的帝王。她勤政爱民，是千古一帝，她的心思应该放在国家大事上，这些儿女情长的牵牵绊绊，便由我来替她解决。"他说完，满不在意地微笑，紧接着又灌了一大口酒。

"嗝"的一声，他恣意地打了一个响亮的酒嗝，与平时端着姿态的他极为不同，倒是平添了几分男儿姿态。他借着酒意，又缓缓道："如此这般，在往后的日子里，她便能开怀了吧？我这也算报了她对我的提携之恩，对吗？"

"只是提携之恩？你们明明……"武瑞安欲言又止，发现自己找不到一个妥帖的词语来形容二人的关系，而自己的身份也似乎有些尴尬。

"明明什么？"江琼林一愣，旋即又道，"明明日夜同行，仿若一人？"

武瑞安点了点头："是。"

"可是我们之间，清清白白，什么都没有发生过呀。"江琼林微微一笑，笑得倾国倾城。

"……"

武瑞安不知是被他说的话所震骇，还是被他的笑容所惊艳，许久都不曾说出一句话来。

江琼林见武瑞安怔忪，又继续说道："她是一个好皇帝，一个好女人，亦是一个好母亲。"

武瑞安一脸惊讶，沉默了许久，愣愣道："你是第一个这样评价她的人。"

"因为懂，所以不舍她难过。只要是她想要的，我便尽力去满足她，就像你之于狄姑娘，这是一个男人对自己心爱的女人的保护，亦是我不枉此生的意义之所在。"江琼林说完，闭上了眼睛。

二人沉默良久，江琼林又舒了一口气道："我从来都不怕死，过去也曾有无数次想到过要去了结自己的性命，直到后来遇到陛下，我的人生才有了翻天覆地的变化。渐渐地，我又开始怕死，倒不是因为不舍这世间的荣华富贵，也不是为了我自己。我只是觉得，如果我死了，陛下就又成了孤家寡人了，我怎么舍得她难过。"江琼林摇头失笑，待他径自说完了心中所想，才发现站在武瑞安的角度，或许并不适合听取自己这一番言论。他到底是辰曌与献帝的儿子。

"抱歉，你就当没听过吧，往后的日子，也就没有我这个人了。"江琼林喝完最后一口，将酒壶重新放置规整，递到了武瑞安脚边。

武瑞安和他说这么多，已经知道自己说什么也没有用，事情发展到这一步，谁也救不了他。他见江琼林这副满不在意的模样，却觉得更加生气。他宁愿他指着天骂，指着地骂，指着所有人咒骂，骂命运不公，骂天地不仁。可是他没有。

他反而怡然自得，乐在其中。

江琼林见他脸色不豫，又是淡淡一笑，安慰道："打透了生死关，生来也罢，死来也罢；参破了名利场，得了也好，失了也好。不过红尘一遭，知道自己想要的是什么便好。我想要的已经得到，你不必为我难过。"

武瑞安听罢，心中却更加发堵："但愿你是真的不难过。"说完，他觉得自己待不下去了，便转身走出了牢房。

"不要怪陛下，她很爱你。"江琼林在背后喊了一句。他说完，武瑞安已经不见了踪影，天牢的石门在他身后重重地落下，将外头自由干净的天空隔绝在外。

陪伴江琼林的，便又只剩下无边的黑夜与寂静。

第二日下朝后，辰曌在太极宫中坐了许久，直到掌事女官来问："陛下，白绫已经备下，要送吗？"

辰曌怔忪地抬起头，眼中一片悲凉。又过了许久，她才不得不摆摆手，点了点头。

她终不会为了江琼林得罪一群肱骨大臣。她对他究竟是什么心思，连她自己都不明白。

就在素云捧着白绫退下时，辰曌叫住了她，道："不要白绫，换成鸩酒。"

"是。"素云颔首，躬身退了下去。

当素云捧着鸩酒来到江琼林面前时，他正捧着那幅《春树百花斗艳图》摩挲，他的嘴里哼着愉悦的曲调，一声一声，在幽暗的地牢中回响，就似地狱里回荡的梵音，安抚这牢里即将赴死的死囚，还有自己即将结束的生命。

"奴婢请江大人上路。"素云淡淡道。她的声音里没有感情，只是机械地宣布他的死刑。

江琼林看着这杯泛着幽光的毒酒，松了一口气。

他的眼中没有害怕，没有犹豫，反而充满了柔情。

他笑了。发自内心的开心。

因为辰曌还是记得。记得自己曾经对她说过："如果有一天你想要我死，记得不要用匕首，刀剑无情，那会让我尸首不全；也不要赐白绫，它会让我的脖颈变得很难看；我要完完整整地来，完完整整地去，死了也只当是睡着了。"

"请姑姑帮我带一句话给陛下。"江琼林淡淡道。

素云没有说话，既不点头，也不摇头。

江琼林也不管她答不答应，仍是固执地说着："请您帮我转告陛下，'是你给了我一个美好的希望，一个让人欣羡的前途；是你给了我光明的未来，让我曾经尝试过张开羽翼。虽然你也同样折断了我的翅膀，但是我永远记得，没有你，我就从未体验过翱翔'。"

江琼林说完，未再多言，也不希冀素云会回答。

他将鸩酒一饮而尽。

从此世间再无牡丹公子，再无江琼林。

有的只是一个传说，沦为世人茶余饭后的谈资，为世人所不齿。

大明宫里，素云缓步走来，行礼道："陛下，已经办妥了。"

辰曌手一抖，怔忪了许久，眼中从无助到迷茫，再到充满温柔。她这才缓缓地抬起头，微微一笑："令熹微死了，就没人来打扰朕和琼林了。"

"陛下……淑太妃早就死了，今日赐死的是……"

"闭嘴！"辰曌怒极，随手拿起玉案，扔下了台阶。

素云垂首立在下方，不敢说话。

玉案砸在她的身前，裂成了数块。

"琼林还在寝宫中等朕回去呢。"辰曌的眼角眉梢充满了柔情。

那是素云从未见过的温柔。

"这些日子苦了他了，你去叫御医来，为他好生医治。"辰曌说完，素云却迟迟未动。

"还不快去？"辰曌催促道。

"江大人……他刚刚已经去了啊！尸首已经送往了城西的……"

"你胡说！"辰曌一拂袖，御案上的奏章便散落了一地。

素云万分惊恐，立刻跪倒："奴婢惶恐！"她全身颤抖，倒不是怕辰曌怪罪自己，她只是害怕辰曌的精神就此垮下。

可是她多虑了。

辰曌是一个帝王，她知道自己什么该做，什么不该做。

她的情绪失控，也仅仅只是一夜而已。

当晚，她用了一夜的时间来悼念倾城祸国的牡丹公子，回忆着他们之间的点点滴滴，仿佛他就陪在自己身旁，从未离开。而这夜之后，她再也没有露出过悲伤的情绪。她早已将真实的自己埋在心底，面上有的，始终是一副泰山崩于前而色不变、先天下之忧而忧，后天下之乐而乐的模样。

她是一个合格的君王。第二日，她仍能照常上朝。

她扔掉了寝宫中所有关于江琼林的东西，就连那幅美人图也收了起来，再不许任何人提起他。

只不过偶尔，她批奏章批乏了，会对身边人脱口而出道："琼林，这件事你怎么看？"

但是旁人不敢接话，她久未听到回音，一转头，见身边的人是内侍，便会愣住许久，再一声叹息，然后看着窗外的苍穹出神，只当是自己癔症又犯了……

七日后，江琼林下葬之时，没有几个人到场。反倒是武瑞安穿了一袭白衣，忙前忙后地指挥着众人将他妥善安葬。他看似闲来无事，可面上的表情却十分复杂，旁人看不明白那是个什么意味。似可惜，似同情，但更多的，好似是欣赏。

世人都道江琼林花心，秽乱后宫，这才惹得龙颜大怒。但是知道事情始末的武瑞安心中明白，他所做的一切都是为了辰曌。在江琼林心中，这份感情真的可以做到无关风月，无关身份地位，只是为了完成自己心爱的女人的一个愿望罢了。

在此之前，淑太妃总是辰曌喉头的一根刺，咽不下去，拔不出来。到如今，母皇终于用自己的方式报复了淑太妃，也不知，她现在究竟开不开怀？

武瑞安带着这份疑惑，却不打算去找辰曌求证。

因为无论开怀与否，都是如人饮水，冷暖自知，他无法干预，也不能去嘲笑。

　　狄姜静听梵音四十九日后，回到太平府时，满大街听到的都是江琼林的死讯。民众议论纷纷，言语里嘲笑、不齿、可惜间或有之，不胜枚举。

　　狄姜对此并不吃惊，反倒是问药，激动地立刻拉着狄姜，去武王府寻了武瑞安来问个清楚。武瑞安知道得也不多，他将自己所知的和盘托出后，又道："江琼林到死也无悔，似乎是早已预料到自己的结局，自愿为之。"

　　"我竟连他最后一面都没有见到……"问药虽然难以接受，但她再难受，也只不过是自己趴在桌子上，哭了一下午。

　　这些日子以来，问药在镇灵塔中听了四十九日的梵音，多多少少对改正她莽撞的性子起了些作用。也或许在江琼林走进见素医馆的那一刻起，她就已经做好了心理准备吧。

　　江琼林既然美得不似凡人，便不会长久地留在凡间……

　　再往后的日子，旧闻渐渐被新的故事所取代，江琼林就像一个从未出现过的人。他虽然在这太平府中，曾进过勾栏院，红极一时；又参与殿试一举夺魁，成为这届的魁首；他赴过琼林宴，当过四品大员；再到后来的登高跌重，香消玉殒……不管他的一生怎样精彩，可他终将会被时间所遗忘，被人尘封在记忆中。这样起伏的一个人的一生，最后竟然在心爱的人身上，却连一个怀念的神情也没有得到。

　　"他真傻。"问药道。

　　"他不傻，他只是太在意了。"狄姜淡淡一笑，对问药说了一个故事。她说，"在很久很久以前，久到可能是上辈子，也或许是上上辈子。有个生在乱世却蕙质兰心的孩子不幸暴毙，惨死街边。在那样一个饿殍遍野的年代，根本没人有心思管他，直到后来，有一富贵人家的小姐，解下了自己的衣裙，盖住了他暴露在空气中的尸身，而后，这个孩子便许愿，来世当结草衔环，报她一裙之恩。"

　　"所以江琼林的上辈子是辰曌殓葬了他？"问药疑惑。

　　"我只是打个比方，"狄姜摇了摇头，"或许具体的事件不是这样，但道理都是相通的。这辈子他爱她，是还了她上辈子的裹尸之恩；而被辰曌所爱的让她甘心付出一生的男人，或许就是上辈子殓葬了她的人。世事就是这样奇妙，周而复始，因果循环。"

"原来如此……"问药张大了嘴，很快提起小竹篮，跑了出去。

"你去哪儿？"狄姜一愣。

"我去看看有没有需要帮助的人，为下辈子积积福！说不定下辈子就有个绝世无双的公子对我一心一意了！"

"……"狄姜扶额，哑然失笑。

他们这样的人如果有来生，那该是一件很可怕的事情吧？

她多希望有来生，可是他们只此一生，只此一世。

当夜，三年没有翻开过的《花神录》再次被揭开了来。

在第四卷的开头，大朵大朵的牡丹花明艳地开在纸上，雍容华贵，让观赏之人恍若置身于大片的牡丹林中。她突然想起，问药第一次同自己说起牡丹公子的时候。

她说："牡丹公子国色天香，艳冠群芳，只稍稍往那一坐，便将常乐坊中所有的美姬都比了下去，他那一张脸啊……真是祸国殃民。"

狄姜见过江琼林在欢宜馆的样子，也见过他眼带孤高的样子。她也能从旁人的嘴里，见到他在三殿之上侃侃而谈、在大明宫前舌战群臣的样子。还有那日在地牢里，他手捧着鸩酒杯，跪坐在肮脏的地牢里，背脊挺直、不卑不亢，不自怜也不自艾，却眼带温柔、含情脉脉的样子。

这或许就是她心中的牡丹，曾有过盛放到极致的艳丽，也有面对凋零时无畏无惧的勇气。狄姜嘴角含笑，摇头叹息，终在《花神录》上填下了江琼林的名字。他的生平出现在《花神录》上，他在这世上的最后一席话没有说出来，但是在《花神录》上显现了出来。

他说："曾经沧海难为水，除却巫山不是云。我这一生见过最美的风景，到过最高的山巅，爱着的亦是这当世第一人，我有何恨有何怨？我爱的是世上最好的女子，我保护了我最爱的女人，我无悔，无怨。"

狄姜嘴角含笑，手捧《花神录》，拈来白玉笔，在第四卷的末尾处，又亲自加上了一首前人赞一宠妃的诗词。

诗道："名花倾国两相欢，常得君王带笑看。解释春风无限恨，沉香亭北倚阑干。"

此后，当江琼林入了鬼府，跪在鬼殿面对十殿阎罗之时，鬼君问他："可还有心愿未了？"

"不曾有。"

江琼林摇了摇头，直言自己不愿意入轮回，只愿留在鬼域中，一直等候。几殿阎罗讨论了一番，最终没有定论，便将他送往了一狱，在苦寒绝境之地，终日等待。

这里没有昼夜更替，有的只是无边无际的冰雪世界。他也不知自己在这里待了几日，也不知世上今夕何夕，直到满目皑皑白雪的天地间，突然走来一名绿衣女子。

她行走如风，娉婷妖娆，可他无论如何也看不清她的脸。

她问他："你入了我的《花神录》，我可满足你一个心愿，无论前世今生还是来世，我都可以送你过去。"

江琼林大喜，眉目中复又恢复光亮，直道："我只愿能做她御座前、宫灯中的一缕灯芯，日夜相伴，焚烧不绝。"

"只是想要陪伴？"女子诧异。

"是，"江琼林颔首，"能静静地伴她左右，余愿足矣。"

女子浅浅一笑："若我能让你看得见她，摸得着她，日夜守候于她呢？"

"当真？"江琼林蹙眉，显得不可置信。

"不过这需要付出一点儿代价。"女子又道。

"我愿意！我愿用我三世福禄因缘，去换陪她一世长安。"

女子想了想，便缓缓点了点头："好，我满足你的心愿。"

凡间，太平府，见素医馆。

狄姜在药铺里，连夜写完《花神录》之后，便手书了一封信，再烧掉了它。这封信便在化为灰烬的同时，被送到了小阎王的手中。

此时小阎王正在与十殿阎罗开会，他板着脸听着这十个下属争吵不休，正觉无聊。待看完狄姜的信之后，便敲了敲桌子，将信扔给泰森王，道："按照上面说的去做。"

仨月后，在凡间太平府的通济坊中，有一老妪，因家中贫困，会将她的第九个孙子，送入宫中净身房净身。他本会在净身之后死去，但是江琼林与他换了命，便能平安渡过一劫。而后三月，一日，他会在御花园中替掌事太监挨一顿板子，遂被掌事太监带在身边日日调教。又三年，掌事太监年老，无疾而终，他便成了辰嬰身边最受宠的宦官，一直陪她终老。

他记得她。

她不识他。

但是这有什么关系呢？

陪伴是最长情的告白，如此已是最好。

当然，这是后话了。

五

丹若·驿途

密幄千重碧，疏巾一捻红。
花时随早晚，不必嫁春风。

第二十五章

杀人鸟

时间匆匆而过，一转眼已经到了夏末。

江琼林被赐死一事，在朝堂之上并没有引起太大的波澜。或许早在江琼林夺魁那一日，他的身上就被贴上了关系户的标签。不论他是否有真才实学，不论他是否官居高位，在旁人眼里，他到死也只是一个供人玩乐、可随意摒弃的人。

没有人知道他真正经历过什么，也不知道他来太平府这一遭改变了什么，只道他不识好歹，辜负女皇厚爱。而淑太妃自戕后，辰曌没有搬去伴月宫，仍旧住在大明宫中。皇后所居的伴月宫便从此空置下来，宫门落上重锁，再未启开。或许江琼林的死带来的唯一变化，就是久不上朝的武王爷武瑞安开始日日按时上朝下朝，悉心聆听圣音，认真参与国事了。之前对武王爷抱以厚望的朝臣又开始竞相攀附，一下朝，便邀着他四处应酬。

武瑞安再没能经常来叨扰狄姜，见素医馆里终于又恢复了清静。狄姜每天闲来无事便喂喂猫，摘摘药，日子过得倒是十分安逸。可真正闲到只能坐在药铺里发呆的时候，却又会觉得有些无聊。这会儿问药又不知道上哪儿玩去了，书香则与竹柴在后院打扫卫生。狄姜无事，便站在柜台后头，呆呆望着窗外苍穹上时不时飞过去的鸟儿，数着那鸟儿的尾巴后头有几根毛。她就这样从清晨站到了日暮。待窗外飞过去不知道多少只鸟儿后，她突然看见一只身披五彩羽衣的鸟儿落在了门口的树干上。

"叽叽——"鸟儿低头,在翅膀里啄着什么。而它的尾巴上一根毛都没有,光秃秃的,依稀还可见点点的血迹,似乎是被什么人给拔光了尾羽。狄姜微微惊讶,抬手一指,那鸟儿便从树干飞到了她的指尖。恰在此时,武瑞安手捧着一大束红灿灿的丹若花走了进来,他立在门边,正好将这一幕瞧了去。

"你怎么来了?"狄姜一愣。

"本王园子里的花都谢了,园丁在打扫之余,发现还剩这么些丹若,我看着好看,便拿来送与你,也算是初秋的一抹点缀。"武瑞安将丹若搁在桌上,看着她手中的鸟儿道,"你养的?"

"路过我家罢了,见它受了伤,便给它看看,"狄姜摇了摇头,疑道,"我倒是从未见过这种鸟。"

武瑞安心中一疑,仔细看了一看,便怪叫道:"这可是只好宝贝呀!"

"王爷识得它?"狄姜疑惑。

"这是从前流行过一阵的宠物,京中门阀世子都十分喜欢,"武瑞安凑近狄姜,嬉笑道,"你看见它五彩的羽毛了吗?漂亮吗?"

"漂亮啊,确实稀奇。"狄姜低头,仔细观察起手中的鸟儿来。只见鸟儿瑟瑟发抖,一个劲地朝自己怀里钻,似乎眼前人很可怕似的。狄姜心中一软,避开它尾上的伤口,缓缓地将它从头摸到尾,悉心安抚起来。

"知道它值多少钱吗?"武瑞安狞笑道。

"嗯?"狄姜眨了眨眼睛,等着他继续往下说。

武瑞安很快便伸出了一根手指头,在狄姜的眼前晃了晃。

"十两?"狄姜猜测。

武瑞安摇摇头,再摇了摇手指。

"不会要一百两吧?"狄姜狐疑。

"错!是一千两!"

"什么!"狄姜手一抖,将鸟儿吓了一跳。它蹦蹦跳跳地从狄姜手里钻出来,飞到了她的肩膀上站着。

"你说她值多少钱?"狄姜瞪大了眼,希冀地看着武瑞安。

"一千两。"武瑞安郑重地重申。

"这是什么鸟儿啊?竟值一千两银子?"狄姜一脸惊讶。

武瑞安："确切地说，这鸟儿不是五彩，而是七彩。五彩的身子，金色的喙，还有赤红的一羽，在它的尾部。当然，你肩上这只还没有长出尾巴来，等它喋血而长出赤色的尾翎，那么这只鸟儿，至少也该值三千两银子。"

"当真？"狄姜双目放光。

"本王一言九鼎，绝不骗你。"武瑞安说完，狄姜立刻将鸟儿从肩头取下，捧着它的双手止不住地微颤，眼放精光地咽了一下口水。看那模样，仿佛手里捧着的已经是三千两雪花银。武瑞安捧着丹若花，将它们一枝一枝悉心地插在花瓶之中，随后在他最喜欢的那张藤椅上坐下，又熟络地给自己倒了一杯凉茶之后，发现狄姜还是目不转睛地盯着那鸟。

武瑞安见狄姜对只鸟都比对自己好，心中很是不悦，便跷着二郎腿，叹息道："不过就算它再是值钱，本王还是劝你将它放了。"

"为什么？"狄姜蹙眉，被武瑞安这样一盆凉水浇下，突然觉得这三千两银子似乎又变回了一只鸟。一只好看的鸟而已，若上火烤了怕是连肚子都填不饱。

察觉到狄姜的不舍，武瑞安又道："这种鸟是前几年时兴的宠物，因它五彩斑斓，煞是美观，便经常有人花大价钱从黑市上买了来养在家里，据说可以辟邪。"

"那不是挺好的？"狄姜心头复又燃起希望之光。岂料武瑞安却摇了摇头，接道："前几年很受欢迎，可是这几年却没有人再养了。因为……养过此鸟的人家，主人都暴毙身亡了。"

"什么！"狄姜如坠冰窟，手一紧，那鸟儿便被她扼住了脖子。

"叽叽——"鸟儿吃力地大声尖叫，这才唤回了狄姜的神。狄姜连忙将它放开，抱歉道："对不起对不起……我不是故意的。"鸟儿高傲地晃了晃脑袋，又重新回到了她的肩上，因为只有这里才是最安全的地方。狄姜带着鸟在武瑞安对面坐下，"究竟在这鸟儿身上发生过什么？"

"本王也不太清楚，当年因鸟死亡的都是朝中一品大员，刑部怕引起民众恐慌，为了安定民心，很快就封锁了消息，对外只宣称他们是病亡。所以，这几件案子到现在都还是无头公案。本王可以偷偷告诉你其中的细节，但切莫外传。"武瑞安清了清嗓子道，"本王听说啊，这鸟儿名叫喋血鸟，它的主人都逃不过死亡的噩运，且死后尸体皆泡在一摊血水里，模样恐怖极了。"

"所以……喋血的意思，就是因为鸟儿喝了主人的血，所以才长出了赤色尾翎？"狄姜惊愕道。

"这个本王就不知道了，此案到现在仍是一桩悬案。不过本王唯一可以确定的是，此物不祥，如今再有谁敢送这鸟儿于本王，本王一定治他的罪。"武瑞安说完，淡定地喝了一口茶。狄姜缩了缩脖子，伸手去赶那鸟儿，却发现怎么赶都赶不走了，它就像长在了自己的肩上一般。就算把它抓住扔出窗外头去，不一会儿它也会自己飞回来，照旧坐在她的肩上。

"它……似乎缠上我了，怎么办？"狄姜咬着嘴唇，眸子里迸发出异样的光芒。看似害怕，实则激动。她似乎很是期待，期待这无聊的日子里，终于有一件有趣的事情将要发生了。

而此时武瑞安却沉下了脸。

"不应该啊……"武瑞安一脸沉重，蹙眉道。

"怎么了？"狄姜疑惑。

"这鸟儿似是将你认作了主人？"武瑞安思疑道。

狄姜肩上的鸟一仰头，似是听得懂他的话，极为骄傲地看着他，点了点头，眼神里似乎在说："算你聪明。"

"那么，下一个被鸟儿杀死的，就是我了？"狄姜佯装出一副要哭了的模样，可眸子里的光芒却比之前明亮十倍。

武瑞安沉思了一会儿，疑道："看来，还真是有人想要你的性命……"他说完，随即一拍桌子，霍然起身，"本王这就回去调查卷宗，看看有没有化解的法子。在本王回来之前，你哪儿都不要去！"武瑞安说完，便匆匆离开了见素医馆。他走后，狄姜反而恢复了镇定。

狄姜将鸟儿从肩膀上取下，放在桌上，左左右右上上下下仔仔细细地看了一遍，可无论怎么看，都看不出它的杀伤力在哪儿。而它那一对碧蓝色的眼睛，闪着幽幽的光芒，瞧上去真是艳不可言。狄姜笑了笑，嘴里哼着不知名的轻快曲调，从后院柴房里拿来了一碗玉米粒，扔在桌上，对鸟儿道："吃吧，多吃点，不要等以后到了黄泉路，却是只饿死鸟。"

鸟儿闻言，恰巧一颗玉米粒哽在喉咙里，半天咽不下去也咳不出来。接连"叽叽"好几声，它难过地大叫，憋得眼睛都变红了。狄姜看着好笑，便帮它拍了拍背部，为它顺过来这口气后，便又回到柜台边继续发她的呆了。

昏黄的天幕上，时不时有鸟儿成群结队地飞过，每一只都模样普通，再未出现过五彩的鸟儿。而自己店里的这只，身上的羽衣就像丛林中的毒蘑菇，外表越是鲜艳，就越是致命。可是……她才不怕呢。

杀人鸟？

若敢在她的地盘撒野，小心变成烧鸡。

狄姜想到这里，桌上的鸟打了一记响亮的喷嚏。

当天夜里，问药从外头回来，带回来许多的零嘴吃食。她献宝似的拆开一个个盒子，对狄姜道："掌柜的，这些都是东市里新开的零嘴店买来的，全是好东西，快尝尝看。"狄姜无聊了一整日，嘴里确实觉得无味。刚要伸手，却见一鲜艳的东西从自己眼前一闪而过，紧接着径直扑到了零食盒里，左一口右一口，吃得酣畅淋漓。正是那只六彩的鸟儿。

"什么东西！"问药一惊，还没看清楚便伸手去赶。然而那鸟动作十分敏捷不说，还胃口大好，一整包蜜饯很快便被它消耗一空，连渣滓都不剩。

"掌柜的！它哪来的？"问药一脸凝重，怒气冲冲。显然，这鸟半点也不客气，很是自来熟。

"呃……"狄姜想了想，不知该如何解释，索性心一横道，"瑞安王爷说是它是一只会杀人的鸟。"

"瑞安王爷？王爷来了？"问药喜上眉梢，在堂前堂外找了一遍，随后失望道，"王爷在哪呢？"

"下午来过一会儿，很快就走了，"狄姜说着，见问药很是失望，又安慰道，"不过你放心，有这鸟儿在，他应该很快还会再来。这几日，你就守着这只鸟儿过吧。"

"当真？"

"嗯。"

问药喜不自胜，飞奔出药铺，从外头买了一鸟笼来，又在鸟儿吃饱喝足动弹不得之际，往它头上那么一罩。鸟儿便被关在了笼中，不得自由。问药捧着鸟笼，狞笑道："鸟儿啊鸟儿，再见王爷就全靠你了。"问药一门心思都在武瑞安上头，根本没在意狄姜说的"杀人鸟"三个字，只当它是一只会吸引武瑞安的道具，危险全都抛在了脑后。

反正她也不是人，杀人鸟？

管他呢，又不是杀她的鸟。

问药将它拿去后院，书香见了这鸟，眼神直接从它身上略过，看到了也当没看到。问药将鸟笼挂在榕树枝干上，路过的竹柴见了倒是十分激动。他眼里迸发出的精光里，似乎在说："这么肥的鸟？放孜然还是辣椒面？不不不，还是爆炒比较好……"

鸟儿闻言，似听懂了般一缩脖子，只觉得这一家子的人都有些不正常，而自己的生命，似乎将受到前所未有的威胁……

第二日下朝后，武瑞安拉着整整一车卷宗来到了见素医馆。

"王爷这是要搬家？"狄姜见了连连惊叹。武瑞安摇摇头道："这些是死去的四名大臣的卷案，他们死状相近，皆是因失血过多而死，且家中都养了一只喋血鸟，于是此案统称为喋血鸟案件。这是当年关于这几宗案子的详细调查记录，本王连夜看了一半，剩下的一半，便拉来与你同看。"武瑞安说完，狄姜这才注意到他眼皮下厚重的黑眼圈，心中一乐，便笑着点了点头："也好，就照王爷说的办。"

狄姜招来问药和书香，将卷宗全部搬去后院后，便与武瑞安相对而坐，一人拿起一册开始仔细阅览。狄姜这才知道，喋血鸟在过去十年间曾经地位超然，盛行一时。京中达官显贵为求得一只，甚至不惜花上万金。可是此鸟稀少，有价无市，被大家所见过的，统共也就那么几只。此鸟幼时身长约一掌，乖巧可爱。而后越长越大，最大的一只据说有半人高，可以与孔雀相较。而死去的官员家中，喋血鸟皆长出了赤色的尾羽，身长约两米，昂首阔步，美艳绝伦。但这些鸟性格变得十分暴戾，见人就咬，后来只得将其关在笼子里，或者当场斩杀。卷中记载，喋血鸟死后，全身血流不止，三日不绝，甚至曾染红过礼部大员后花园中的湖水。那一阵的太平府，似是掀起了一场腥风血雨。坊间传言，是因为辰皇牝鸡司晨，夺了武家的帝位才导致天降灾星。

直至后来，辰嬰请来国师，将喋血鸟集中起来就地焚烧，此事才算是告一段落。但卷宗上记载，喋血鸟被火焚烧过后，升腾在天幕中的灰烬亦是血红。

"它真有这么大的威力？"狄姜内心大惊，回头看了被关在笼子里一脸不知所谓的呆头鸟，觉得实在是图文不符。

"它应该还是只宝宝，等长大了……"武瑞安比画了一下，指了指桌子道，"应该比这桌子还要长。"

"那应当甚为肥美。"狄姜点了点头，决定今晚和竹柴商量一下，将此鸟交给他豢养，等它长成之后，若有害人之心，就在这园子里办一次烧烤晚宴。一只比羊还大的鸟儿，整只拔毛上烤架之后，应当能够全家吃饱了，没准还能请瑞安王爷一起。

阿弥陀佛，真是我佛慈悲啊……

武瑞安指着户部侍郎死状可怖的画像，对正在幻想的狄姜道："狄掌柜，此时国师仍在闭关，钟旭不知去向，没有可靠的道家高手能保护于你，你不如搬来王府？王府中有皇气守护，本王才好放心。"而狄姜却似乎没有听见他说的话，整个人流着口水笑得狰狞，不知道脑子里在想些什么。

"狄掌柜？"武瑞安晃了晃她的肩膀，才唤回她的神。

"嗯？"狄姜一愣，"王爷刚才说什么？"武瑞安一脸沉重，将刚才的话又重复了一遍。狄姜这才微微张开了嘴，扬起嘴角，笑道："没事，过阵子若有异动，民女请王爷吃烤鸡。"

"都什么时候了，你还想着吃烤鸡？"武瑞安叹了口气，将四位大员的死状图扔到狄姜面前，急道，"你看看，他们可都失血过多而亡，且全身上下找不到伤口！本王可不想等哪次再见你时，是在大理寺的停尸房！"

武瑞安的高声一喝，惊到了在前厅坐诊的问药。问药着急地撩开帘子，却见二人好端端地坐在凳子上，这下更是疑惑，道："出什么事了？我在前头都听见王爷在喊，我还以为你们吵架了……"

"没有，我们在说笑话。"狄姜摆摆手。问药"哦"了一声，缩回了身子。

武瑞安深吸一口气，顺了顺气，少顷，又低声叹道："本王知道，狄掌柜不怕精怪，但是现在与过去不同，国师闭关许久，太平府内千精百怪再次蠢蠢欲动。我们宁可信其有，不可信其无，不得不未雨绸缪啊！"

"不会的。"狄姜轻声道。

"嗯？"武瑞安凝眸，盯着狄姜看，眼神里充满了关切。

"不会有事的，"狄姜摇了摇头，正色道，"这几位大人未必是死在了鸟的手上，比鸟可怕的，是人心。"

"此话何解？"武瑞安蹙眉。

"你看它像是会杀人的样子吗？"狄姜指着头顶的鸟笼。此时，它正低头吃玉米，见武瑞安抬头盯着自己，便抬起了头来。它愣了片刻，下一步，便慢慢地……慢慢地咽下了嘴里的玉米粒。一人一鸟四目相对，它脚爪子却仍不忘抓起盆里另外一颗玉米，不动声色地往嘴里送去。这是一个十足的吃货。

武瑞安看了许久，才扶额道："本王说过，它还只是个宝宝，长大之后未必……"武瑞安说到此，突然顿住了。这一刻，他的脑海里浮现的，竟然是一只两张桌子那么长，胖得瘫在地上走不动路，仍抱着盆子吃东西的呆头鸟，与卷宗里写的喋血鸟实在相去甚远。而这一形象深入脑海后，便再挥之不去……

狄姜笑道："王爷，与其防着一只鸟儿，不如查查这鸟的背后，究竟是被谁人所操纵。"

"操纵？"武瑞安蹙眉，"你是说，这鸟是被人操纵的？"

狄姜点了点头，从堆成几座小山的卷宗里，抽出其中两册书，道："这两卷供词中，他们都提到了同一个人，这人是黑市里卖鸟儿的人。虽然他的名字不同，可是形态描述却大体相同，皆身高六尺，头发枯黄，右手背上还有一颗黑痣。这是户部和刑部官员的两起命案里，除了死状一般又都养鸟之外的第三个相同点，民女私以为，这不会是巧合。就算他只是黑市商人，这人亦与此鸟有着脱不开的干系，毕竟这鸟儿不多见，究竟是什么物种，谁也说不上来，他或许就是创造此鸟的人？就算他不是，只要找到他，再顺藤摸瓜，或许就能知道其中的原因所在了。"

"对啊！"武瑞安一拍手，立刻便向外走去，边走还边摆手道："等本王找着这人，一定押他来给你请罪！居然敢动本王的朋友，本王要他吃不了兜着走！"

武瑞安信心满满，立刻着手派人去调查这件事情，并奏禀朝廷，要求重审当年的案情。死在喋血鸟之手的官员身居高位，门下关系盘根错节，很多官员都曾经受过他们的恩惠，自然是赞成者居多。可是辰曌却不同意，一票否决了他的提议，直道："此案牵连甚广，若再翻出来调查，只会引起更大的波澜，为了稳定民心，此事只能就此尘封。"

武瑞安不仅没有得到辰曌的支持，反而被其训斥，心中郁闷不已。手下能动用的人不多，他便自己参与其中，最终在半月后的一个晚间，查到了这个黑市商人"赖三儿"的居所——位于太平府城外，往南三十里的李家村后山的茅屋。

可是很不巧，当武瑞安赶到那里时，赖三儿已经在家死去多时，整个人都已经变成了一具干尸。他活着的时候整个人便阴气重重，故而也没有人敢接近那个屋子。他素来一个人，无亲无友，久而久之，大家都忘了他的存在。而这间茅屋确实也是许久不曾有人出入的模样。那么他究竟在这里死了多久，没有人知道……

就在武瑞安研究赖三儿的干尸时，狄姜家里的这只鸟儿突然变得焦躁不安起来。它一日日地在笼子里踱步，无论喂它什么都不吃。直到半个月后的一个早晨，竹柴起床后，却发现它竟然自己啄开了鸟笼，已经不知去向。笼子里除了翻倒的玉米粒，还有一根细小的绒毛。毛色通体赤红，猩艳刺目。狄姜一见，便面色一沉，道了句："糟了。"

正在狄姜盘算着这几日京中又会有血案发生的时候，喋血鸟居然在离家出走后不到半天的时间，又自己飞回来了。正午时分，它直挺挺地落在狄姜的窗前，并向她扔去一块铁牌。狄姜接过，仔细一看，便发现牌子上雕刻着右丞相长孙府的花纹。

"你的意思……是让我去长孙府？"狄姜思索了片刻，问道。

鸟儿点点头，"叽叽"叫了两声。

"唔，越来越有趣了……"狄姜摸着下巴，笑得一脸隐晦。

用过午饭，狄姜便带着令牌去了武王府。若想进右相府邸，可不是凭借一块下人的令牌就可以的，还得找找关系。而她认识的朝中大员，统共也就一位武瑞安了。

狄姜到了武王府后，守卫不认得她，还道："像你这样的女子，一天要来百十来个。若人人都让进去，我家王爷岂不是得忙死？"说完，便将她拦在外头，如何也不给进去。

狄姜无奈，想着反正也不着急，便靠在武王府门口的石狮子上，百无聊赖地玩着头发。来来往往的过路官员见了她，眼中或多或少都闪着些奇异的光芒，好似在说："武王爷门府前总有女子逗留，此话不假，但如她这般赤裸裸地求爱，真是好胆量啊！"也有来来往往过路的女子见了她，总会向她投去杀人的目光，这让她时不时觉得锋芒在背，好一阵心惊。王爷的声望，从来没低过。

就这样等了半个时辰之后，狄姜实在觉得有些累了，便忍不住伸了一个大大的懒腰。恰在此时，一位身着武服的将领从门里出来，一眼便见到她手腕上戴着的金丝玉镯子。那一抹暖洋洋的金色……似乎与武王爷在行军途中，日日把玩的那只一个模样？

"姑娘，你在等人？"骆非白走到狄姜身后，嬉笑道。

狄姜一个懒腰还没有伸完，双手仍举在头顶，就这样直愣愣地看着他，感觉有些尴尬。狄姜慢慢地收回手，回之一笑："有事？"

"是这样的……"骆非白说着，不动声色地绕过来，单手撑着石狮，将她半环在身前，笑道，"我朋友日前丢了一只镯子，与你手上这只长得很像，方便的话，能不能给在下看看？"

"这个？"狄姜很大方地伸出手，将镯子在他的眼前晃了晃。骆非白定睛一看，发现不论水色还是润度，又或是内里的金丝，都与武王爷之前把玩的那只一模一样！

骆非白猛然向后跳了一步，提剑指向她的脖颈，怒道："好你个小偷，快把我们王爷的镯子还来！"

"什……什么？"狄姜一愣。

"王爷说镯子不知掉哪儿了，原来是被你偷走了！"骆非白再使了几分力，剑尖便是要没入狄姜的皮肉。

"你误会了！"狄姜连连摆手，"这镯子不是我偷的！是……"

"不是你偷的？！"骆非白陡然提高了音量，打断道，"我管你是偷的还是捡的还是买的，总之这是我们王爷的！是他花了三年的时间做给未来媳妇的！岂料一回太平府便被人偷走，此番既然被我看到了，我就不能放过你！"

听到这，狄姜总算听明白了这是怎么一回事。想来，这镯子对武瑞安的意义非凡，当日这镯子被自己扔进湖里后，武瑞安为了面子，便只同好友说："镯子被盗，不翼而飞。"后来自己将镯子捡了回来，武瑞安也没跟底下人解释，这便有了今天这一幕：自己被当成了偷镯子的"小偷"。

狄姜深吸一口气，刚想解释，便被骆非白反绑住手，拎着往王府大门走去。门口的侍卫见了二人并没有阻拦，立刻便开门放行。如此这般，等了半个多时辰的狄姜总算是进了王府。她见状，突然不想解释了，被人误会虽然不美好，但是结果很美好。她终于不用等在大门外，在太阳的暴晒下喂蚊子了。

骆非白押着狄姜，风风火火地闯进了议事厅。厅里，武瑞安正和三四名官员围坐在一起，在他们的身前，摆放着小山一样高的卷宗，每个人手里都拿着好几本书，正在认真地翻看，就连他二人进来也未有察觉。

"王爷！属下抓到偷你镯子的贼了！"骆非白猛地一吆喝，将几人都吓了一跳。尤其武瑞安，愕然抬头之后，眼里先是疑惑，等见了骆非白身边的狄姜，疑惑便成了震惊。他立刻从山一样的卷宗后拍案而起，一巴掌拍在骆非白的后脑勺上，怒道："你这没眼力见儿的，什么偷镯子的贼！有这么漂亮的贼吗？这是本王的……"武瑞安说到此处，突然面色一红。他咳嗽了一声，停顿了片刻，才道，"这是本王的至交好友，见素医馆的掌柜，狄姜！"

这下子，骆非白终于明白，狄姜手里这个镯子不是偷的，而是武瑞安亲自送的。骆非白腿一软，就势要给狄姜跪下，他"王妃"二字没来得及说出口，便被狄姜扶住。狄姜干笑道："大人不必惊惶，这只镯子原是前些日子，因王爷欠了民女的钱，故而用来抵债的，没有别的意思，您不要想太多。"

骆非白半跪在狄姜身前，他的手搭在狄姜的手臂上，起来也不是，不起来也不是，满屋子的人看着他，都有些无所适从。

"你的手还打算握多久？"武瑞安冷冷地说完，便见他的脸色比刚才还要难看。骆非白一惊，这才如梦初醒，连忙松开了狄姜。他笔直地站在武瑞安身前，敬了一个军礼，随即赔笑道："王爷，属下不是替您着急嘛，见了王妃……"

"嗯？"武瑞安猛然一瞪。

骆非白立即改口："属下见了狄姜姑娘，实在是太激动……王爷不要见怪，原谅属下吧……"说到最后，他的话语里已经带了几分哭腔。

"你还杵在这儿做什么？还不快滚！"武瑞安怒目相向。

"是！属下告退！"

武瑞安一声令下，骆非白如蒙大赦，二话不说便脚底抹油，很快就消失得无影无踪。

武瑞安叹了口气，转身扬起嘴角，对狄姜道："狄掌柜不要见怪，他就这毛毛躁躁的性子，十二岁时便从军跟了我，在大漠黄沙里摸爬滚打了三年，如今也不过十五岁。但胜在武艺超群，人也老实，算是个不可多得的人才。"

"看得出来他对您很忠诚。"狄姜笑着点了点头。

"狄掌柜怎么遇见他的？"武瑞安疑惑。

"这其实是一个误会……"狄姜说着，便将那鸟飞回来的事，以及在门口被人拦住的事统统说了一遍。

"本王这就去教训那几个不长眼的守卫！"武瑞安听罢，卷起袖子便往外走。狄姜连忙追上前，道："我已经三年没有出入过王府，他们不认得我也在情理之中，何况现在最要紧的是探探长孙府最近可出了什么怪事，我怕去晚了会出事。"

"哦，也对。"武瑞安愣愣地点头，立刻派了几个人去长孙府询问。很快，他们便得到了想要的答案。

长孙无垢是宣武的开国元老，四十年前便是宣武国的国相，四十年后，他仍稳稳地坐在这个位子上。他不弄权，不结党，不营私，在朝廷内外声望都很高。就连辰曌亦要给他三分颜色，恭敬地称他为"相国公"。现在长孙无垢已经很老了，老到上朝也成了一项奢侈的事情，如今长孙府的当家人换成了他的大儿子长孙齐。长孙齐资质平平，但有一貌美的嫡出么女，名曰长孙玉茗，蜚声朝野。长孙玉茗年方不过十四，家教严谨，知书达理，为人谦和婉约，是许多达官显贵之家竞相看好的准儿媳。可是最近她却突然病倒了，半月来未能下床，请来宫里宫外许多名医也未能诊出她的病症所在，反而是一日一日地消瘦下去。

所以当第二日武瑞安携狄姜以诊病为由送上拜帖时，二人很快便被奉为上宾而迎进了长孙府。

长孙齐只有一位夫人沈氏，玉茗便是沈氏最小的女儿。女儿病弱，沈氏心中自然最是焦急，狄姜二人在前厅坐了不到半盏茶的工夫，便被她带去了玉茗的闺中。由于男女有别，武瑞安只能在前厅等待，狄姜则与夫人一起进了后堂。

穿过屏风，便见一张雕花大床上，躺着一气若游丝的小女儿。这便是长孙玉茗了。长孙玉茗的面色苍白，双唇没有血色，整个人瞧上去虚弱无力。狄姜上前，探了探脉搏，随后又翻开她的眼皮，便发现她的眼底亦被灰白之气所覆盖，呈现出一派死气。

长孙夫人红着眼，坐在床边，一脸忧心，但好歹忍住了没有失态。而玉茗的奶娘却早已经泪眼婆娑，她见狄姜把过脉之后，便着急道："大夫，可有法子救我家小姐？"

"我们出去说。"狄姜淡淡地说完，便起身离去。老婆子马上搀着夫人跟在她身后走了出来。几人穿过屏风，绕到了前厅。

"怎么样？可找到病因了？"武瑞安见状，立刻迎上去。

狄姜点了点头："病症很清楚，不过还需要问几个问题。"

"这样啊……"武瑞安看了长孙夫人一眼，不敢在她面前造次，便捺着性子坐回了桌旁。

"狄大夫，有话坐下说吧。"长孙夫人友好地伸出手，邀狄姜坐下。

狄姜也不推辞，紧挨着武瑞安坐下。她沉思了一会儿，便对老婆子道："小姐的病情似乎是失血过多……她近日来可有受伤？"

大夫人摇了摇头："小姐整日大门不出二门不迈，肩不用挑手不用提，怎么会受伤呢？"

"这就奇怪了……"狄姜疑惑，低头沉思。

老婆子见了，急道："这失血的原因……或许是……"

"许是什么？"狄姜问道。

老婆子迟疑了片刻，看了眼武瑞安。

武瑞安大喝一声："有什么就直说，扭扭捏捏的！还想不想救她了？"

老婆子被他一喝，立即敛下眉目，直叹道："小姐的癸水，已经……已经三月未止。"

"什么！"狄姜一惊，打翻了身前的热茶。

武瑞安见狄姜如此激动，却是一愣，疑道："什么是癸水？"

武瑞安此话一出，满屋子使唤的丫鬟婆子神色都有些怪异。狄姜亦是一脸狐疑："王爷久经欢场，竟不知女子癸水是何意？"

武瑞安这下更是奇怪了，直言道："本王需要知道吗？"

"唔……"

"还请狄大夫为本王解惑。"武瑞安恭敬地一低头，显得十分谦卑。

狄姜也不含糊，清了清嗓子，直道："《神农本草经》中言，女子腹中，有一胎孕之所，上有两岐，为女子之胞，未孕者，具有定期藏泄出纳的功能，每月流红三到五日，是为癸水。王爷，您听明白了吗？"

武瑞安闻言，怔了片刻，随即面色一红，对着老婆子一拍桌子，指着她的鼻子大骂道："好你个老婆子，直说长孙姑娘流红不止便是，还什么癸什么水的，真是白白耽误本王工夫！"武瑞安这一嗓子叫得满院子的人都听见了，就连里屋中的长孙小姐此时亦是面色绯红，羞愧难当。

屋子里一时间安静了下来，武瑞安见满屋子人都强忍着笑意的模样，这才自知有些失态，便咳嗽了两声，老实地在桌旁坐了下来。狄姜翻了个白眼，直摇头。武瑞安知道自己又犯了个不小的乌龙，急着想要为自己洗刷耻辱，就在这时，他突然瞥见角落中有一圆形的物体，其上被罩着金丝绒的绢帛，看外形猜不出来里面是何物，便借此转移话题，问："那是什么？"

"那个啊……是小姐养鸟的笼子。"

老婆子说完，武瑞安和狄姜都是一惊。武瑞安霍然起身，三两步跨过去，掀开了绢帛。眼前便出现一个巨大的金质鸟笼，鸟笼里放着三个大碗，但除此之外，别无他物。

"既是鸟笼，为何笼中没有鸟？"狄姜道。

老婆子自叹了口气，道："小姐素来身子不好，闺中只有它一个玩伴，养了它七八年了，却不想它在前些日子离家出走了，此事让小姐很是伤心，便病得越发沉重了。"

狄姜和武瑞安相视一眼，心底都有了几分主意。狄姜开了几服补血的药方留下后，便与武瑞安一起回了医馆。

医馆里，问药正在午睡，书香在前厅里看书。他见了武瑞安只点了点头，便算是行了礼。书香对他始终颜色淡淡，既不失礼，也不亲近，眉眼之中甚至还有一丝疏离，但他对旁人似乎也是如此。武瑞安早已习惯，没管他，径直跟着狄姜去了后院。

后院的榕树枝上，挂着一方鸟笼，与长孙小姐的鸟笼相比逊色许多，但是这也更加凸显出笼中喋血鸟的艳丽来。狄姜走到鸟笼前，逗了逗里头正在酣睡的鸟，它蔫蔫地抬起头，满含期待地看着狄姜。

狄姜含笑道："放心，我知道你的意思了。"狄姜一说完，那鸟儿像是打了鸡血一般，一个鲤鱼打挺便跳了起来。

武瑞安见了大为惊奇，讶异道："你知道它是什么意思？"

狄姜点了点头："这鸟儿不是来伤我性命的，它是来求我救命的。"

笼里的鸟儿闻言，一个劲地点头。

"这究竟是怎么一回事？"武瑞安瞪大了眼睛，缠着狄姜问。

狄姜宠溺地摸了摸它的头，笑道："它是一只公鸟。"

鸟儿亲切地拱了拱她的手。

武瑞安愣愣地点头："看出来了，所以呢？"

狄姜道："长孙小姐温婉貌美，贤良淑德，连我见了都喜欢，何况是异性？"

"你是说它爱上长孙小姐了？"武瑞安大惊失色，仿佛听到世上最好笑的笑话。

狄姜郑重地点头："爱是可以跨越种族的。"她并不觉得这是一个笑话。

"那你怎么能断定它是公的？毕竟，有时候爱也是能跨越性别的。"武瑞安撇了撇嘴，脸色有点发绿。

狄姜闻言，哈哈一笑："王爷说得有理，可这只鸟确是公的，一只爱上了主人的杀人鸟。"狄姜说完，便将他向外赶，"长孙小姐服用过我的止血药后，再过七日，若还不见好，我们再去探她。这段时间，王爷暂且放宽心，回王府去等消息吧。"

武瑞安一听鸟儿也能爱上凡间女子，这下更加不放心了，临走前一而再再而三地强调："你、离、它、远、点！"

"知道了知道了，您可真啰唆！"

送走武瑞安之后，狄姜将鸟笼从树上取下，随后将它捞出来肚子朝上放在手心。只见它的尾部，已经有好几根红色的绒毛长出，这是喋血鸟开始嗜血的证据。

这并不是一个好兆头。

时间匆匆而过，七日后，武瑞安带来了一个不好的消息——长孙玉茗病重，已经三日不省人事，不论多好的补血药，吃得越多，流的血越多，眼看就要香消玉殒了。狄姜听闻后，立刻带着鸟儿，与武瑞安去了长孙府。

长孙府中，下人们人人耷拉着脸，所有人头上都似被阴云笼罩了一般。长孙玉茗对所有人都一视同仁，在下人心中的威望很高，人缘极好，此番她重病难医，谁都觉得痛心不已。尤其是这些看着她长大的下人们，个个都可说是痛心疾首，恨不得跟她一块儿去。

"玉茗小姐平日里对我们又和顺又体贴，夏日里到了夜间，下人房里酷热难当，她会特地嘱咐管家在我们房里添置两盆冰块降温，到了冬天天气转冷了，又会记得为我们多添置两床棉被，这样好心肠的小姐……怎么这样命苦呀！"老婆子说着说着，又开始眼角抹泪。

狄姜与武瑞安跟在一旁静静地听着，外界都盛传长孙玉茗貌美心善，近日一接触，却不想她对待下人竟也能做到一视同仁。这样乖巧和顺对人恭敬的世家小姐，若是十四岁就此夭折，也着实是太可惜了……

此时长孙玉茗的闺房外聚集了许多人，大多数是往来的下人，以及来探病的各家夫人们。她们没有进屋去打扰，只是坐在花园里，陪着长孙夫人沈氏聊天，一个二个的眼睛里，多少都带有些水氤，那是真心流露出的悲痛。

"民女狄姜，见过长孙夫人。"狄姜走上前，拱手道，"民女斗胆，想再探一探小姐的病症。"

长孙夫人见了她，又是悲从中来，拿起帕子一抹眼泪，道："春红，带狄大夫进去。"长孙夫人的婢女立刻点头，领着狄姜进了屋，这满院子的夫人见了武瑞安，却不肯再放他走。

"武王爷，玉茗小姐心慈貌美，我家的女儿也不差呀！"

"是啊，您要是喜欢这样的病弱美人，我家有两个！"

"玉茗小姐大限将至，您还是不要太难过了，太医院的许太医都说没药医了，您还是看看别家的姑娘吧！我家有个十三岁的嫡出幺女，比之玉茗小姐可是分毫也不差呀！"

诰命夫人们一个二个光顾着推销自己家的女儿，根本没看到武瑞安和沈氏愈渐阴沉的脸。也或许是看到了也当没看到。平日里她们根本没有机会接触到武瑞安，这会子见了他可不得好好巴结巴结？虽然她们的话语里大多是对长孙玉茗表示惋惜，但是言语之间时不时提及自家的女儿，嘴里说出来的大多是美貌无双、才气逼人一类的词语，总之是一家比一家的美。直听得武瑞安耳朵起茧子，好几次想告辞，却又被她们拖住了。

他现在哪里听得进这些？

一颗心全在狄姜那儿了！

而此时的狄姜，正在给长孙小姐把脉。她的脉搏已经几乎探不到了，端的就是一副过不了今日的模样。狄姜并不打算隐瞒，直道："玉茗姑娘怕是不好了。"

"奴婢明白，宫里的太医也是如此说。"奶娘在床边，连连垂泪，惹得狄姜铁石一般的内心也有些松动，隐约有些发堵。

"我有一法子，或许可以救小姐。"狄姜说完，奶娘的眼睛里立即复又升起了希望。

"狄大夫此言当真？"

"是，不过我有一个要求。"

"姑娘请说！老奴一定办到！"奶娘一着急，拉起狄姜的手一个劲地摇晃。

狄姜被晃得头晕，好一会儿才道："不是什么大事，只是我救人的时候，不喜欢被旁人看见，希望你能让她们都出去。"

"这……"奶娘有些犹豫，"一定要如此？"

"嗯。"狄姜微笑，其实也不一定要如此，只是一会儿场面或许不太好看，不想惊着她们。奶娘知道她是武瑞安带来的人，也不会有什么坏心思。一咬牙，便挥挥手，带走了一票奴婢。

等房间里的人都退出去之后，狄姜便打开窗户，朝天幕画了一道符。画完之后，她便坐回床边，静静等候。屋外，奶娘着急地去花园里禀告大夫人此事，武瑞安一听，立刻寻了个空子跑了出来，又趁人不察，溜进了屋中。

此刻，狄姜的手里立了一只鸟儿，那鸟儿乖乖地待在她的指尖，眸子里的神色与屋外守着的丫头婆子一般模样，透着一股深深的难过和绝望。

狄姜淡淡道："玉茗小姐的病因你而起，你不死，便是她死。此咒无人可解，你可明白？"

鸟儿垂泪，点了点头。

武瑞安见了便是一脸惊奇，连连惊道："它要害的人竟然是玉茗小姐？"

狄姜侧身，向武瑞安点了点头。

"那本王一掌拍死他便是！"武瑞安说着，便向它飞去了一个杯子。鸟儿也不躲，杯子砸在它身上，将它从狄姜的手背砸到了床上，落在长孙玉茗的胸口。

鸟儿晕头转向，愣了好一会儿才缓过神。此时，玉茗似乎是感应到了什么，睁开眼睛，便见鸟儿正趴在自己胸口。

"你终于回来了，我担心……担心了好久。"玉茗虚弱地笑了笑，眼睛里有止不住的欢喜意味。鸟儿闻言直起脑袋，拱了拱她的下巴。可是玉茗说完这一句话后，就像是回光返照一般，很快又闭上了眼睛昏睡过去。

"叽叽叽叽——"鸟儿一阵急切的哀鸣，可是于事无补，长孙玉茗根本听不见。

狄姜叹道："不要白费工夫了，她的命，系在你的身上。"

鸟儿看着狄姜，满眼绝望，再看了看玉茗昏睡的脸庞，似乎又充满了勇气。下一刻，它突然飞身而起，紧接着撞向了墙壁，留下一个血印之后，直直落在地上。但是很快，它又摇头晃脑，昏昏沉沉地站起来，飞到空中，再次猛烈地撞向墙壁。一下接一下的自杀式撞击之后，直到墙上和地上都落满了鲜血，直到它再也站不起来。

鸟儿终于死在了血泊中。很快，它的尸身上的羽毛便开始凋零，落在血中，被血液染成同样的红色。而它的身体却突然开始变得通体墨黑，外形与乌鸦相类。

"这是它的真身？"武瑞安惊疑。

"或许是。"狄姜点了点头，低下身子，伸出手。

"你做什么？"武瑞安连忙上前拦住她，"这东西邪门得狠，你不要碰。"

"没事的。"狄姜不听劝，拂开武瑞安的手，又从血中捞起鸟儿的尸体，将它抱在怀里。她摸了摸它乌黑的身子，就像在抚摸一个孩子。

"你……"武瑞安内心焦急，生怕狄姜会被这秽物所累。

"王爷不必担心，我只是想葬了它罢了，不管它的同类做过什么，至少它一心想要保护玉茗小姐，宁死不悔。"

"……"武瑞安感受到了它的情绪，不再说什么，将事情粗略告知沈氏之后，便招来轿辇，送狄姜回了见素医馆。

临别前，武瑞安问道："你要将它埋在哪里？"

"后院的榕树下即可。"

"它就算死，仍会血流不止，切记要先将它焚烧，而后骨灰埋在哪里都可以，知道了吗？"

狄姜微微一笑，宽慰道："这是小事，王爷不必挂怀，您明日还需早朝，还是快快回府去歇息吧。"

"那你自己小心，有事尽管来找本王。"武瑞安说完，又想起什么似的，从怀中摸出一道白玉质地的令牌，约莫半掌大小。武瑞安将它交在狄姜手中后道，"这是本王的印鉴，有了它，王府没有人敢为难你，你可通行无阻。"

"多谢王爷，民女恭送王爷。"狄姜看了一眼，没多注意便收在了怀里，随后下了逐客令。武瑞安走后，她没有如约将鸟儿埋到地里，她甚至连衣服都懒得换。此时，她的衣裙已经被喋血鸟尸体里溢出的血液染红，整个人乍看上去，就像是在血池子里滚了一遭似的。

问药和书香都惊呆了。

"掌柜的，你受伤了？"问药尖叫了一声，立刻来扶她。书香则从柜台里拿出十几瓶止血药来，问她："哪里受伤了？快把衣服脱了，我帮你包扎！"

"不是我，"狄姜淡淡道，"这些血不是我的，是它的。"

书香和问药一惊，吊着的一颗心刚一松下来，立刻又收紧了去。

"鸟儿哪来这么多的血？"问药道。

狄姜不再理她，而是将鸟儿放在桌上，随后单手掐诀，念了一个符咒，在它的身上隐了一圈银色的万字符文。下一刻，鸟儿突然猛地张开了双目，赤红的双眼缀在乌黑的身体上时，更显得狰狞和凶狠，眸子里迸发出的精光仿佛足以杀人。它随即抬起头，张开翅膀，扑腾着从窗户飞了出去。

鸟儿离开后，狄姜才舒展了眉头。

"掌柜的，你在做什么？"问药十分不解，怎么明明没了生气的鸟儿又能飞了？

狄姜咧嘴一笑，狰狞道："这鸟儿有怨，便让他有冤报冤，有仇报仇。"她说完，便不再理会他们，径直去后院脱下了血衣，随后回房去沐浴更衣了。

"还能这样？"问药愣愣地看向书香。

书香则闭上眼，面朝天幕双手合十，低声念了句："阿弥陀佛。"

当晚，一声凄厉的鸟鸣响彻了东北边的天幕。鸟声哀号，经久不绝。负责巡夜的武侯比平日多了三倍，他们在城中四处寻找，仍找不到声音是从何处发出。直到三声凄鸣过后，天空中红光一现，数万只鸟儿扑打着翅膀，不知从何处腾空而起，乌泱泱地飞上了苍穹，导致月光无法透出，将本就昏暗的天空衬得更加漆黑。

见到这一幕的人都被吓得不轻，武侯一个二个抱着头，生怕鸟儿俯冲下来伤着自己。但其实他们多虑了，这些鸟看上去与寻常的鸟儿无异，可实际上，它们只是这世间的一个幻影、一道残念。当长久禁锢它们的囚笼消失之后，便齐齐飞了出来，它们也只是一闪而过，随即彻底消失在这个世上。

不过好在这一幕发生的时候已经将近子时，见到的人其实并不多。第二天，当人们口口相传这一件奇事时，狄姜却在担心另一件事。

那反噬的喋血鸟最后去了哪里？

总有人要为它的怨气埋单。

当这只鸟再次出现之时，大明宫后的明镜塔下已经血流成河，鲜血染红了四周的草地，更大有一副即将要蔓延到皇宫的趋势。看守的侍卫及时发现，找到了血液的源头——明镜塔塔门之内。那里是当朝国师的居所，而国师已经闭关多年，谢绝见客。

京兆府尹上奏朝廷之后，女皇当即下令强行开塔，温礼立刻找来工匠十数人，将明镜塔的塔门拆除。明镜塔门打开后，一股浓烈的血腥味扑鼻而来，腥臭难当。那不是人血的味道，而是多种羽毛混合的味道，就像是鸡鸭被拔光了毛，然后泡在血水里发酵许久才会产生的气味。这样残忍恶心的场面叫人终生难忘，在场之人无不呕吐。

京兆府的人全线败退之后，辰璺立即调来禁军。一队训练有素的皇城禁军走进塔内，便在塔中正对塔尖的位置发现了国师的尸体。国师的身上已经看不见属于人类的皮肤，取而代之的是鸟儿的羽毛，各式各样，五彩缤纷。在他的尾椎骨处更有数十枚赤色尾羽拖曳在地，延绵一丈有余。而他已经没有了呼吸。

国师最后一次出现在人前，是替武皇烧掉喋血鸟尸体之时，却不想他再次出现时，自己却变成了一只喋血鸟。他的表情狰狞痛苦，到死也没有闭上眼。他的身下则是血流成河。

此事一出，女皇辰璺当即封锁了消息，嘱咐一个字也透露不得。由于武瑞安曾经提及过喋血鸟的事情，这件案子便顺理成章地落在了他的头上。早朝之后，辰璺特别交代他："喋血鸟之事必须秘密查访，不得宣扬，绝不能引起民众恐慌。"

武瑞安得了令，这第一件事便是独自一人来见素医馆找狄姜。他照例坐在窗边的位置，将今早发生的事情完完整整地对狄姜复述了一遍，末了，还心有余悸道："你要是看见了，估计三天前的晚饭也得吐出来。"

"这么可怕？"狄姜佯装惊讶。

"那是！"武瑞安长舒一口气，"你知道吗？尸检的时候本王才知道，原来那些血不是国师的，不，只能说不仅是国师的。"

"那是谁的？"

"是那只鸟的！就是长孙玉茗养的那只，仵作在国师的嘴里发现了那只漆黑的鸟，那鸟的尸体还源源不断地在往外渗血。你说，就那么小的一只鸟，它哪来的这么多血？"他说着，对着狄姜比了一个手掌大的物体。

狄姜凝眉，摇了摇头："它外表看上去是一只鸟，但它的身体里可不只一只。"

"什么意思？"武瑞安一脸懵怔。

狄姜倒了一杯茶水放在他面前，又端起自己的杯子喝了一口，思索了片刻，才道："王爷知道藏獒吗？"

"吐蕃獒？"

狄姜点头："对，一种体形巨大、性格凶猛的藏犬。"

"知道啊，可是它跟这鸟儿有什么关系？"

"看上去毫无关系，但是它们的成因类似。"

"哦？快给本王说说！"

狄姜凝眉，深吸了一口气，轻声念了句"阿弥陀佛"才道："传说中，藏獒一开始不过是普通犬类，它与同一窝产下的小狗关在一起，饿极之后互相残杀，最后剩下的那只，再与另一批次同样残杀而剩下的犬关在一处，经此血腥历练而至成年后，杀戮千百只藏犬而来的这一只，才可称之为獒。"狄姜说完，武瑞安已经脸色煞白。他的眸子里闪烁着复杂的光芒，除了深深的同情之外，亦有痛心和愤怒在交叠。

"那喋血鸟呢？也是这样得来的？"武瑞安冷冷道。

"或许更复杂一点儿。"狄姜咬了咬嘴唇，终是一狠心，决定和盘托出。

狄姜解释着："我看不明白它的肉身为何物，但是我知道，它身体里的魂魄很多，多到数不清。或许它身上有多少根绒毛，就有多少只鸟儿，鸟身的每一种色彩都是经过厮杀而来，那些死去的鸟不仅没有离去，反而成了它身上的血肉羽毛，与它融合在一起，故而喋血鸟的怨气强大，咒力惊人。"

"竟有这等事！"武瑞安大怒道，"此人简直丧心病狂，不配为人！"

狄姜赞同："所以他死后亦被喋血鸟所反噬，成了一个……鸟人？"狄姜本是想要缓解一下压抑的气氛，说完才发现自己说错了话，但是想要后悔也来不及了。

"你的意思，创造喋血鸟的人，就是悟真国师？"武瑞安一脸震惊。

"不错，"狄姜点了点头，淡淡道，"喋血鸟吸的是人的血气，导致人流血不止。血液从每一个毛孔溢出，自然不会有伤痕。"

"那它身上的血，就是……就是被它吸食的主人的？"

"不是，"狄姜摇了摇头道，"这些血，是属于被它吃掉的鸟儿的，但从根本上来说，都只是幻觉而已。"

"幻觉？！"武瑞安大惊。

狄姜颔首："那些血就算不清理也会消失，如果你不相信，可以再回明镜塔去看一看。"

"事关重大，本王这就去！"

武瑞安从医馆离开之后，立刻去了明镜塔。为了让案发现场保持原样，明镜塔外除了有里三层外三层的重兵把守，还有巡防营在最边缘处巡逻，在这样的状态下，连一只蛾子也飞不进去。但武瑞安到达之后，才发现这会儿明镜塔内确实已经干干净净，毫无血迹。明镜塔中只剩下被强行拆除的塔门七零八落地散在地上，还有里间散落了一地的经卷。

"这是怎么回事？下官明明吩咐过不允许任何人打扫，王爷……下官我……"

"这不关你的事，你放心吧。"武瑞安打断他，随后招来守卫，命他们将塔中的经书全部搬回了王府去。接下来的日子，武瑞安便埋首在这些经卷里，想从中找到前因后果，以及个中秘密。终于功夫不负有心人，五日后，被他在百卷经书之中，找到了一卷悟真国师的手札，手札中详细地记载了喋血鸟的由来——

那是千余种鸟儿，数目多以万计，它们被关在同一间屋子里，屋子里点着一种名曰殷血草的香料，闻之可以让它们的性格变得血腥暴戾，嗜血食肉。三月后，屋子里还剩下的鸟，在吞噬旁的鸟儿之后，会长出五彩的羽毛和金色的喙，便称之为喋血鸟。如果想要对谁下手，便在他的身上放下殷血草的花种，种子极小，肉眼不可辨，久而久之，便会被鸟吸尽精血。表面上看起来似是失血过多，实际上在相处的每一天里，他的生气已被蚕食殆尽。

武瑞安带着这些手札又去了见素医馆。狄姜看罢之后，淡淡道："喋血鸟便是那些死在他手中的鸟儿的精魂所化，会迷惑人心，按照人心的意愿，变成主人想要的模样。根本目的是留在主人身边吸食精气。所以最后被咒的人死在血泊里，不过是为了掩人耳目，混淆视听。"

"是。"武瑞安点头道，"后来悟真国师发现自己已经不能驾驭它们，便一把火烧光了那些鸟儿，但是有一只漏网之鸟，不知逃往何处。长孙玉茗豢养的应该便是当初跑掉的那一只。这七年来，喋血鸟未有太大变化，足以证明它的主人天性善良，心地纯洁，不然玉茗小姐不可能安然度过这么多年。"狄姜眸子里的赞赏一览无余，连武瑞安也开始暗自钦佩起来。长孙玉茗的心境，竟比那些朝中大员要高尚许多。

狄姜又道："它的原身应当就是一只乌鸦，它吃尽笼中鸟后，鸟儿的羽毛长在自己身上，而后生出六彩，怨气深重，但是遇到长孙玉茗之后，她的性格不但没有被喋血鸟所牵累，反而感化了鸟儿本身。它不吸食玉茗的血气，本不应该生出尾羽，可是在玉茗初来癸水之后，便再不能停下。所以它来找我，求我救她。"

"可它怎么知道找你会有救？"武瑞安疑惑。

狄姜想了想，耸肩笑道："可能是因为我很美？"

武瑞安"哈哈"一笑，道："它果然是公的。"

笑罢，武瑞安见天色不早，便拿着手札去皇宫复命了。

悟真国师死亡的真相让辰曌震怒不已。辰曌本以为悟真对自己忠心耿耿，却不想，几年前便是他亲手暗害了自己的几位心腹大臣，民间更是因此传出了女帝不得上天庇佑之说。那一阵子所发生的事情，现在回想起来仍让她心有余悸，本以为这一切真是上天对自己的惩罚，却不想是被身边亲近之人所陷害。

辰曌暴怒，立刻设下控鹤台，对京中大臣一一展开调查。这使得朝野上下都开始惶惶不安，尤其是举荐真悟国师的左丞相公孙渺，在听到风声的第二日，便脱掉了上衣，背了一捆荆跪在勤政殿前。荆条长而重，其上有刺，五十多岁的丞相爷就以这副模样跪着爬到了辰曌面前。

"陛下——是老臣有眼无珠，不能识人善任，请陛下赐臣死罪！"公孙渺痛心疾首，跪在御座前，谁劝也不肯起身。辰曌面无表情地盯着他看了许久，直到一众元老大臣闻讯赶来，多番劝解之下，辰曌才让他起身。

"陛下，您一定要相信老臣，老臣也是被他蒙蔽了呀！"公孙渺声泪俱下，言辞恳切，看上去确实不像说谎。

"你起来吧，"辰曌长叹一声，终是一挥手道，"把悟真剁碎了喂狗，所有亲近之人就地活埋，而后三族尽皆杖毙！"

"吾皇英明——"一众臣子颤悠悠地山呼万岁，谁也不敢劝说。他们都知道，在这个时候，谁若敢帮悟真说话，谁就会以同党罪被处死，谁也不想此事牵连自身。大臣们扶着半晕的公孙渺退出了勤政殿后，才发现大伙都是手心手背全是汗，就连衣衫，也大多被汗水所浸透。天子震怒，连左相都负荆请罪，遑论旁人了。他们怕是连余怒也消受不起。

半月后，明镜塔内伺候悟真国师的一干人等被全部处死，此前与国师走得颇近的两三位大臣同样受到牵连。辰曌本着杀一儆百的原则，宁可错杀，也不能放过。悟真国师之前所出家的庙宇也被查封，又因此牵扯出他此前利用自身的便利，搜刮民脂民膏等罪行。女皇怒不可遏，将他的尸身剁碎了喂狗还不够，又下令将他的一众信徒吊在城门之上，以示惩戒。

国师的所作所为被公之于众，更连累了身边的所有人不得好死，虽然有人觉得女帝太暴戾，但是更多的人对此事持支持态度。这正验证了一句话：天理循环，报应不爽，任何做了亏心事的人，最终会被自己酿出的恶果所吞噬。

过了一段时间，朝堂之上因悟真国师引起的骚乱已经渐渐平息。这日，武瑞安收到了长孙府的请柬，原来是玉茗小姐身子大好了，于是便在府中办了一个小型的宴会，邀请救命恩人武瑞安和狄姜过府一叙，希望能当面致谢一二。武瑞安便带着狄姜欣然前往。

傍晚，长孙府里灯火通明，数十盏宫灯被放置在后花园中，将园子里照得流光溢彩。长孙玉茗站在长桌前，身穿水红色的礼服，头戴步摇，不施粉黛，却将一众精心打扮的女子比了下去。她一颦一笑都动人心弦，吸引了在场所有人的眼眸。就连狄姜见了也赞她一句："腹有诗书气自华，千秋芙蓉色，未能有比肩。"

问药听了，直直地翻了个白眼，道："她穿得这么好看，不就是想勾引王爷嘛！"

"咳咳。"武瑞安听闻，猛烈地咳嗽了一声，生怕狄姜听了不高兴。可下一刻，却听狄姜道："非也，旁人或许是如此，但是玉茗小姐不会。"

"为什么？"问药疑惑。

"她的眼睛里没有欲望。"

"……"问药蹙眉，一脸狐疑，但见掌柜的如此说，心下对她的敌意便少了几分。而一旁的武瑞安闻言，更是放下了悬着的一颗心。来之前，他生怕狄姜会吃味，不过事实证明，自己真是想太多了，狄姜不仅不会吃味，甚至还会夸她一番。

聚会进行得十分融洽，狄姜紧挨着武瑞安而坐，他们的对面坐着长孙齐夫妇，宴席上还有长孙家旁系的几位小姐，但无论是谁，都没有长孙玉茗有气质。她的美，千灯照露，玉眸凝珠，神态动作里，似乎都烙着端庄娴静的印记。细瞧下来，只觉此女心无秽物，颜如明镜，是世间难得的内心全然澄净的女子。而且她无论对谁，哪怕是对狄姜的婢女，也始终投以和照的微笑，无论从哪一方面都让人挑不出她的错来。

"她真像一位母仪天下的皇后。"狄姜止不住地赞她。

武瑞安闻言，侧身对狄姜道："长孙府曾经出过一位皇后，太宗的第一位夫人便是长孙无垢的亲姐姐。自宣武国开国以来，他们一族可谓是占尽了先机，算得上是我国最高贵的氏族了。"

狄姜点头："怪不得长孙小姐家教如此严明，长孙大人确实教女有方。"

武瑞安听闻狄姜的夸赞，不知为什么，非但不觉得开心，反而觉得不爽利。他想来想去都觉得，狄姜是不是过于出尘脱俗了？

晚间，宴席结束之后，武瑞安送狄姜主仆回到医馆之后便告辞离去了。

狄姜看着武瑞安离去的背影，沉思道："玉茗小姐温婉懂礼，娉婷无双，与天香公主相比，是截然不同的性子，与武王爷倒是极为般配。"

"你胡说！我觉得你一点儿也不比她差！"问药气嘟嘟地鼓着腮帮子，显得很是生气。

"你觉得我哪一点比得上她？"狄姜"扑哧"一笑，"是容貌？学识？家世背景？还是心地善良？"

"……"问药一时哑然，许久才道，"虽然掌柜的哪儿都比不上她，但就冲王爷喜欢的是你，这一点她就永远都比不上了！"

"你可真是太会夸人了。"狄姜不想再跟她继续说下去，翻了个白眼便径直回房去了。

第二日早朝，辰曌听闻长孙府宴请了武瑞安，便趁此机会对他论功行赏，除了赏赐之外，更大大地夸赞了他一番。

"皇儿办案机敏，洞察力惊人，不仅将长孙小姐的病治好了，更将当年的冤情昭雪，朕心甚慰。"辰曌面上透着十成的欢喜，这是自江琼林被赐死之后头一回露出发自肺腑的笑意。这更是武瑞安凯旋归朝之后，第一次得到如此褒奖，武瑞安的内心里自然有些骄傲。

一众大臣们见了也乐于其成。毕竟如今在京中的嫡出皇子只剩下武瑞安一位了，从前他的心思不在国事之上，故而不得重用。如今他的声望日益高涨，未来的太子之位怕是跑不出他的手心了，大臣们巴结讨好的目标也变得更加清晰和明确了。

下朝之后，辰曌留下武瑞安于勤政殿共用午膳。用膳时的气氛一开始十分融洽，可不知为何，辰曌突然勃然大怒。在外恭候的小太监只听宫中谁人猛然一拍桌子，"啪"的一声，随后辰曌便朗声招来侍卫，将武王爷拖出去狠狠地打了一顿板子，直打得他屁股开花，皮开肉绽也没有停下。

不过武瑞安也是个硬骨头，全程都咬着牙，未哼过一声，女皇遣素云来问了好几次，可他如何也不松口，直道："儿臣宁愿孤独终老，也不愿娶长孙玉茗！"

辰曌当即封锁了消息，不许任何人将他拒婚之事宣扬出去，对外只说武瑞安目无君上，出言不逊。就连辰曌也不得不忌惮长孙无垢的势力，只要武瑞安娶了长孙玉茗，那么太子之位就无出其右，可谁知他竟然拒绝了！这样大好的机会，她双手奉上的江山，他居然拒绝了？！

辰曌气得说不出话，就连晚膳都没有心情吃，一个人在勤政殿里看奏章到深夜，几乎没有睡过便继续早朝了。

武瑞安被送回王府后，立刻有御医来为其诊治。侍卫们没敢下重手，除了受伤的部位血肉模糊，看上去不太雅观之外，其实并没有伤筋动骨。

武瑞安面如死灰地趴在床上，总觉得自己似乎有些倒霉。每次母皇一夸赞自己，紧接着而来的就是一顿训斥，这次更惨，直接挨了一顿板子。但是塞翁失马焉知非福，值得庆贺的是，接下来三天他都可以卧床休息，不用上朝了。

武瑞安正寻思着什么时候去见素医馆溜达溜达，这时，却听到一个熟悉的声音在自己床头响起。

"王爷，您这是怎么了？"狄姜掩嘴一笑。

武瑞安闻言一惊，回头便见狄姜与问药不知何时进了屋，正盯着自己的屁股看。

狄姜眉眼带笑，似是极力隐忍笑意。问药立在一旁，亦是乐不可支。

"你怎么来了？"武瑞安面色一窘，连忙拿锦被护住自己的身体，牵扯之间又带动了身上的伤口，疼得他龇牙咧嘴。他更觉窘迫，连连怒道："守门的侍卫呢？都哑巴了？来客人了也不知道通传？"

"是我让他们不要通传的，想看看王爷究竟被打得有多惨呀。"狄姜笑道。

"怎么连你都知道了？"武瑞安蹙眉。

"市井可都传遍了！王爷您好可怜哪！"狄姜嘴里说着心疼，可眉目间并不觉得惋惜。

"这时候你居然还来笑话本王？"武瑞安冷哼一声，气得七窍生烟，"本王变成这般模样，还不都是因为你……你的那只破鸟！"

狄姜"扑哧"一笑："来之前我本还有些担心，但现在瞧来，见王爷中气浑厚，精气神良好，应当只是皮外伤了。"

"那是，这点小伤，本王还不放在眼里。"武瑞安自负一笑，露出些许狡黠。

"是吗？那真是太好了！"狄姜笑着说完，一掌拍在他的腰上。武瑞安霎时间哀号一声，眼泪立即在眼眶里打起转来："你在做什么？伤口上撒盐？"

"民女哪敢呀，民女这是在给王爷治病呢！"狄姜趁他不察，掀开了锦被，他的身子便赤裸地呈现了出来。不过好在他的腔上已经不剩完好的皮肤，便也不会觉得尴尬了。他的背部亦有不少伤痕，不过都是陈年旧伤，应当是过去这三年里在军营中历练而来的。

狄姜接过问药递来的金创药，均匀地涂在了他的伤口处。武瑞安只觉得被她的手抚过的地方都有一阵冰凉拂过，原本火辣辣的屁股立刻就感觉不到疼了。再反手一摸，便发现原本皮开肉绽的皮肤表面已经凝成了一道一道的血痂，伤口已经在她的手里快速愈合了。

"这是什么药？竟这般管用？"武瑞安惊喜之下，起身扭头，正面对着狄姜。

"呀！王爷自重！"狄姜面色一红，连忙扭头。可问药却是不管不顾，直勾勾地盯着他看，只觉得十分养眼，不自觉地舔了舔嘴唇。

"……"

武瑞安这才想起自己正一丝不挂。他连忙缩回被子里，一脸郁闷地看着眼前的二人，道："你们能不能先出去，待本王穿好衣服了再来？"

"王爷，您已经被我看光了，还怕什么呀？"问药瞪大了眼睛，一脸不解。

"咳——不得无礼，"狄姜咳嗽了一声，"我们先出去。"说完，便催促着问药走了出去。等二人彻底离开后，武瑞安这才松了一口气，连忙穿上衣服走下床去。

"竟一点儿也不疼了？"武瑞安发现自己这一整套动作折腾下来，居然完全感觉不到疼痛，心中直叹，狄姜那药真是神药啊！

等武瑞安来到前厅，却遍寻不到狄姜与问药，招来下人一问才知道二人刚才已经离开了。武瑞安本还想与狄姜聊聊天来着，这下又是有些自作多情了……

武瑞安郁闷不已，心烦意乱，索性拿起长枪，在院子里好一通发泄，才感到身心舒畅。

第二十六章

丹若花引

又过了两日，武瑞安身上的伤已经痊愈，他心情大好，立即着人在湖心亭布下一桌宴席，让骆非白去请了狄姜，他想当面致谢加道歉。

骆非白去请狄姜之前，武瑞安特意叮嘱他："务必要告诉狄掌柜，本王的伤是因她而起，若不是为了帮她解决掉喋血鸟的隐患，本王就不会被长孙家的人盯上，也不会被母皇下旨赐婚。再者，长孙玉茗贤良淑德、温婉恭敬，是世上绝好的女子，更是获得皇位的一大助力，本王为了她放弃了这大好的机会，她得负责。"

"是！末将领命！"骆非白颔首。

"记住，言辞一定要既恳切又委婉，务必让她觉得愧疚难当，让她主动对本王感恩涕零。"

"末将定不辱命！"骆非白立下军令状，头也不回地出了府，直奔太平府南大街而去。可他万万没想到的是，他转悠了大半日，依然找不着见素医馆。不得已，又只能回去央求管家，这才终于到达了见素医馆。

"奇怪，这里我来了许多次，没见着有个医馆啊？"骆非白站在见素医馆前，看着对面的棺材铺，无比确定自己经过这家棺材铺许多次，可每一次都没有发现这家医馆。

"许是医馆大门开在侧面，你没注意。"管家乐呵呵地说完，同他一块儿进去请狄姜。

话术当然还是那套话术，骆非白将武瑞安说成天上地下头一号的痴情男儿，爱美人不爱江山，让狄姜万望珍惜，前往武王府与武瑞安一叙。狄姜并没有推脱，只是去往武王府的路上，反过来劝他们："长孙玉茗犹如天上的旭日明月，我也觉得武王爷与她甚为般配，你们作为他的嫡系下属，该好好劝劝他接受长孙玉茗才是。"

骆非白听了，霎时觉得这狄姜确实与众不同。旁人都恨不得将武瑞安拢在身边，捧在手里怕碎了，含在嘴里怕化了，她倒好，一个劲地将他往外推。莫非王爷就吃这一套？

到达王府后，骆非白径直带着狄姜去了湖心亭。

这是狄姜第二次到湖心亭饮宴。上一次还是在调查武菀颜一案，距离现在已经过去了三年多。她又不自觉地想到，当年在状元乡与钟旭朝夕相对的那段时光。那是她离钟旭最近的一次，原想着一切能往好的方向发展，却不料他一去无消息，已经三年未返。

"唉。"狄姜忍不住一声叹息。

"狄掌柜似乎有些不开心？"

"嗯？"狄姜回过神，笑道，"没有，我在想别的男人。"

"别的男人？！"骆非白震惊不已，武瑞安一个国士无双的男子摆在她面前，不论从颜值还是权力还是才华，三方面都无懈可击的一个男子，她不在意，还想别的男人？是可忍孰不可忍。

骆非白道："狄掌柜，王爷非常期待您的到来，末将还从未见王爷这样喜欢过一个人！您可千万别在他面前说不该说的话。"

"是吗？我看他对每一个女子都还挺好。"何况，这些话当着武瑞安的面她也照样说，有什么问题？

骆非白见状，更加着急，接连道："王爷为了您连陛下的赐婚都拒绝了！不仅是放弃了江山，更是抛弃了弱水三千，森林万顷，您必须要对他负责！"

狄姜"扑哧"一声，再忍不住，笑得前仰后合。她还是头一回听说，男子要女子负责的。

"咳咳——！"只听一句中气浑厚的咳嗽声传来，便见武瑞安从假山后走出来，一脸的痛不欲生。

"王爷！您怎么了？旧伤发作了吗？"骆非白立即围上去。武瑞安摆了摆手，绿着一张脸，看也不想看他的模样，从牙缝里挤出三个字："你，下去。"

"王爷……"

"下去！"

"是……"骆非白满眼委屈和担心，担心狄姜又欺负自家王爷，故而一步三回头地走出了湖心亭。湖心亭中此时便只剩下武瑞安和狄姜二人。

武瑞安头戴白玉冠，身穿紫红袍，乍一看上去只觉玉树临风；再一细看，更觉潇洒倜傥，真是怎么看怎么养眼、怎么让人心神荡漾。显然为了见狄姜，他精心打扮了一番。这会子就连府里一众见惯了他貌美的婢女都不禁羞红了脸。

武瑞安对骆非白不带脑子的白话感到很是尴尬，那些用在旁人身上可以信手拈来的甜言蜜语愣是憋了半晌都没能说出口。他干笑了许久才道："今日天气还不错。"

"是。"狄姜点头，抬眼看向天幕。时值傍晚，彩霞遮天，武王府里烟景弥漫，配合着大型假山石林边随风摆动的杨柳，景色自是一等一的优美。可亭中的两人却显然不在一个调上，武瑞安寻思着怎么跟狄姜道歉，而狄姜却在想钟旭。

钟旭一去三年没有消息，也不知究竟过得怎么样了？

他还会回来吗？

就在狄姜出神的片刻，武瑞安不动声色地靠近她，贴着她坐下，右手自然地往她肩上搭去。但他想了一下又收了回来，右手便落在了她的凳子扶手上。虽然他们靠得很近，但他终还是不敢再像从前那般造次。

狄姜转过头，二人四目相对，近到连对方的呼吸也能感受得到。武瑞安心头狂跳，而狄姜内心却一片澄净，似乎无论武瑞安做什么，狄姜都不以为然。

"你……不觉得本王很英俊吗？"

"很英俊啊。"

"你不觉得本王有钱有势又高大威猛又武艺超群吗？"

"觉得啊。"

"那本王含情脉脉地看着你，你怎么全然没有反应呢？"武瑞安猛然瞪大了眼睛。

狄姜眨了眨眼，笑道："因为……虽然您有钱有势又高大威猛又武艺超群，但这跟我没有一个铜板的关系呀。"她的眼睛里透着真诚与确定，看得出她内心确实是这样想的。

武瑞安欲哭无泪，仰起头来，决定不再看她。湖边清风徐徐，带着一派青草香袭来，二人浸润在良辰美景里，微风时不时吹起她的发丝，轻轻拂在武瑞安的脸上，就像拿鸿毛搔痒，让他心痒难耐。而狄姜却浑然不觉，一脸淡定地只顾着吃。

武瑞安不禁有些泄气。

难道这一桌子菜要比他这个英俊潇洒的王爷还吸引人？

说好的秀色可餐呢？

武瑞安只道自己连裸体都被她看光过，而她在自己面前居然还能够做到淡定自若？

说实话，他觉得自己有些失败。

这一刻，他有点想哭。

武瑞安请她吃席，她竟然真的就能只当是吃席，认认真真从头吃到尾，连多看他一眼的时间都没有。也不怪她，王府的菜肴十分精致，色香味俱全，宫廷御宴到底与狄姜平日里在家中所食的不同。这一遭换了口味，她用起膳来，觉得十分受用。尤其在一道一道的点心上桌之后，她更是食指大动，恨不得全部打包了回去，叫问药和书香也尝尝，也让竹柴学习一番，好将来造福见素医馆。

"王……"狄姜刚开口，想要提打包之事，抬头却见武瑞安一脸黑线地看着自己。

"王爷怎么了？"狄姜疑惑道。

"没什么。"武瑞安看着别处，没好气地回答。

"到底怎么了？"狄姜不依不饶，伸手撩起他的下巴，强迫他看向自己。

"你嘴角有芝麻。"武瑞安眯起眼，答非所问。狄姜一听，刚想伸手去拭，武瑞安却拦住她，然后从自己怀中拿出一抹手帕，替她拭去了嘴角的脏污。

"多谢。"狄姜一双美目紧紧地盯着他，认真道谢，却是半点旁的情愫都没有。武瑞安脸色一红，别过头去，不敢再看她。他看见狄姜这双人畜无害的无辜大眼睛就心猿意马，可恨这双眼睛里却没有自己，一丝也没有！

二人这一动作落在岸上的一行人眼底，只觉亲密无比，且感情浓厚到了旁若无人的地步。直到武王府的一等侍女金玉喊出第三声"皇帝驾到"时，武瑞安才浑然一惊，蓦地清醒过来。武瑞安抬起头，便见辰曌领着一票宫婢太监出现在岸边，她抄着手，不怒自威，周遭的气氛便都被她冷峻的气场带着一起压抑了起来。

此时，辰曌正冷冷地看着武瑞安，确切地说，是看着他身边的狄姜。辰曌面上阴晴不定，眼神里更透露着几分杀机。

武瑞安是辰曌身边唯一的嫡子，他的身边只能出现世家贵胄的小姐，其余人做个通房丫头粗使婢女没关系，可若想登堂入室，却是万万不行。

武瑞安捕捉到辰曌眼中的不悦，立刻起身快步走出了湖心亭，留下狄姜一人坐在亭中。狄姜见武瑞安神色匆匆，便自发退到一旁，与院子里其余婢女一般，自然而然地匍匐跪地。

"儿臣参见母皇。"武瑞安来到辰曌跟前，躬身行礼。

"那是何人？"辰曌手指狄姜，并未叫武瑞安起身。

"儿臣叫来陪酒的姑娘，儿臣这就打发她走。"武瑞安说完，对金玉道，"把她轰出去。"

"奴婢遵命。"金玉走进湖心亭，对狄姜说了几句，狄姜便眉头深蹙，跟着她走出了府。临走前，还看了好几眼餐桌，很是恋恋不舍的样子。

狄姜走后，辰曌才让武瑞安起身："朕听闻你高烧不止，故来看望，现在见皇儿无事，朕便放心了。既有宴席，便陪朕喝两杯罢。"

"儿臣多谢母皇记挂，儿臣遵旨。"武瑞安福手作揖，恭敬有加。将辰曌迎进湖心亭后，他又很快着人备了新的菜式和碗筷。一系列动作做下来又快又准，但他也确信，辰曌依然注意到了狄姜曾与他饮宴。

也不知道母皇会不会放在心上。

他实在想不到，辰曌居然有空来自己的府邸探病？！

母皇转性了？说好的母子情分凉薄呢？

武瑞安内心惊疑，却也只得陪着辰曌月下喝酒，闲话家常。

这厢金玉将狄姜送至大门，临走时不忘扬了扬嘴角安慰道："将才王爷说您是陪酒的姑娘，请您不要在意。王爷几次三番宴请您，可见是将姑娘您放在心里的，虽然他嘴上说您是勾栏院里的人，可心里应当不是这样想的。"

狄姜微张着嘴，愣愣地点头。她在湖心亭里其实根本听不清他们在说什么，且不论武瑞安说她是什么，她也觉得无所谓。反正，她是谁、在做什么、要做什么，可不是他人三言两语就能左右的。她很清楚自己是谁。金玉如此急切的解释，其实没有必要。

见狄姜没什么反应，金玉又道："王爷素来不喜留女子在府中，从前不论多晚都会派软轿将姑娘们送走，今夜女皇陛下驾临，王爷无暇顾及，便只能委屈姑娘自己回去了。"

"好，我认得路。"狄姜冲她扬起一个大大的微笑，面上没有丝毫的不快。金玉见她沉着冷静，是个难对付的，更是没有好脸色。面色一冷，匆匆转身就进府了。

狄姜看着头顶武王府三个大字，只觉好笑，便摇着头慢悠悠地走开了去。

月色洒在路上，照亮了她前行的路。

她的心也一如这当空的皓月，干净、清亮又透彻。

翌日，旭日当空，狄姜大中午还赖在床上犯迷糊，总觉得自己没睡够。正想着要不要翻个身继续睡时，楼下突然传来一阵乒乒乓乓的响声。随之而来的是瓷器落地碎裂的声音，哐哐当当的，扰得狄姜霎时清醒了过来。

"你们在干什么？不想活了吗！"问药喘着粗气的声音传来。狄姜下楼，便见问药双手叉腰，指着面前一众五大三粗的男子开骂。狄姜这才发现，楼下的药铺已经被一群地痞流氓砸了个稀巴烂。就连一旁的问药和书香，二人的衣裳上也多有被人推搡而导致破损的痕迹。尤其是问药，只见她发丝垂落，双目泛红，手上隐隐泛出几根青筋。

不好！这是她狂暴的前兆！

狄姜心中大骇，连忙上前拦住她，又对来人赔笑道："各位，是不是有所误会？"

"谁是狄姜？"地痞头头扬起下巴，朗声一喝。

"我是狄姜。"狄姜微笑道，"我是见素医馆的掌柜。"

"找的就是你！"地痞头子眼一横，提起斧头便朝着狄姜面门砍去。只听"喔"的一声，斧子便稳稳落在狄姜头上的橱柜上。

"这只是给你一个警告，"地痞头子扬起下巴，在狄姜身前狞笑道，"以后不要再癞蛤蟆想吃天鹅肉，世上没有这样的好事！自己是什么档次就穿什么档次的衣服，别净做些麻雀变凤凰的春秋大梦！"

狄姜面不改色，仍是一脸淡笑，但她眼底里泛起的冰冷却让地痞们皆面色一变。

"再瞪我把你眼珠子都挖下来！"地痞头子说完踢飞了一张椅子，惹得一众流氓皆哄堂大笑。他们见狄姜不说话，便自以为吓住了主仆三人。

"今天只是第一天，接下来我们每天都来陪你玩！看你还有没有空去勾引人！"流氓头子说完，几人大笑了一阵，又踢翻了一张桌子和一张问诊台之后，便叫嚣着离开了。

这会儿，狄姜却仍是一脸淡然，始终是一副言笑晏晏的模样。她的手上缠绕着一缕赤色的氤气，这一缕氤氲一直从她的指尖飞出去，缠绕在那地痞头子的颈上，可那人却浑然不觉。

"掌……掌柜的……要不要吃了他们？"问药眼神发直，五根手指的指甲盖变得又尖又长。

"你不要冲动！"书香两手握住她的手腕，急道，"跟几个凡人计较什么？"

"他们实在是欺人太甚！"问药暴怒一声，额头和双颊处便长出了一片片墨色的鳞片。狄姜眼前一黑，差点吓晕过去。但很快她便稳住了自己的神志，连忙伸出右手食指，将指尖的氤氲放在问药的鼻下绕了两圈。

下一刻，问药脸上的鳞片便悄然褪去，取而代之的是极尽扭曲的五官。她只觉鼻腔里充斥着一股恶臭，提神醒脑，令人作呕。问药捂住肚子，只觉胃里翻江倒海，紧接着，便听"呕"的一声，将昨天的早饭都一并吐了出来。

"掌柜的，这是什么？怎么这么臭呀？"问药只觉得臭味掩盖了她此前受到的屈辱，这会子，就连刚才那些流氓长什么样都忘了。

狄姜扔给她一枚干掉的石榴花，道："吃了它就不觉得臭了。"

问药如遇救命稻草，看也没看便把花给一口吞掉。果然，下一刻她便觉神清气爽，空气里再没了恶臭，有的也只是淡淡的青草香。

"这是什么？"问药连连称奇。

"丹若花引。"狄姜道。

"丹若花引？"问药疑惑。

狄姜点头："所谓知己知彼，百战不殆，那些流氓之所以能无所顾忌，就是觉得他们了解我们，而我们却不清楚他们的底细。可是大多数的流氓也有亲人，也有朋友，也不会无缘无故来找咱们麻烦，只需要靠这花引找到他的上家，再对症下药，这样既不破坏人间规矩，也不会牵连旁人。"

"这还不叫牵连旁人？我怕是连前夜的晚饭都吐出来了！"问药叫苦不迭，姣好的面容惨白得就如一张随风飘零的纸。狄姜和书香都被她这副模样给逗笑了。

就在这时，刚在左相家里用罢午膳的武瑞安阔步走来，一进药铺，便眉头一皱，面色发绿："你们这是怎么了？被一群臭鼬打劫了？"

"王爷怎么来了？"狄姜一愣。

"昨日狄掌柜走得急，今日来看看。"武瑞安忍着怒气，指着变成废墟的见素医馆道，"这是谁干的？"他虽然知道不可能是臭鼬干得好事，但是想来想去，也只有臭鼬能带来这样清奇的臭味了。

狄姜也摇了摇头："我也不知道是谁派来的，但是那伙人中了我的丹若花引，等下次再闻到这个味道时就能知道主谋是谁了。"

"丹若花引？那是什么？"武瑞安捏着鼻子道，"还有，你家有草席烂掉了？还是胳肢窝半年没洗了？不对，确切来说，应该是半年没洗胳肢窝的人睡在铺满了鸭毛的烂草席上……"

"这就是丹若花引的味道呀。"狄姜苦笑着点头。

"丹若花？"武瑞安疑惑。

"丹若花就是石榴花呀，石榴花本身没有香味，但是经掌柜的与舌草花加工成"引"之后，丹若花引便会在人的身上留下特殊的气味。与之接触过的所有人身上都会烙下这种味道，花香刺鼻，独一无二，且愈走得近，香味愈加浓烈。"书香解释道。

武瑞安闻言"喊"了一声："请不要侮辱'香味'这个词好吗？本王怕是未来半月都要食不下咽了。"

问药在一旁赞同地点了点头。狄姜却与书香相视一笑，眼神交会处似乎在说："万事俱备，只等贼人上钩了。"

武瑞安在狄姜那儿帮着收拾完之后便回了王府，接下来两日，他派骆非白带人驻守在见素医馆前，倒也相安无事。

这日晚间，武瑞安在食欲离家出走两日之后，脑子里终于逐渐淡忘了那股恶臭，便发觉有些饿了，遂着人在膳厅布下了一桌膳食。武瑞安看着满桌佳肴，食指大动，刚要动筷子，却又闻到一股熟悉的气味。

"半年没洗胳肢窝的人睡在铺满了鸭毛的烂草席上"这句话浮现在他的脑海，充斥着他的鼻腔，他一个没忍住，又呕出了一堆酸水，两眼开始直冒金星。

"王爷您没事吧？您是不是病了？"掌事丫鬟金玉立即扶住他，不住地拍打他的背部，为他顺气。武瑞安却被愈渐浓烈的腥臭熏得脑子里一片空白。他这时才发现，这股味道的源头便是来自身边的金玉。

"你……你离我远点！"武瑞安连连将她推开去。

"奴婢……奴婢告退。"金玉听他驱赶，露出一副快要哭出来的模样。她虽然很担心武王爷，却也不敢再逗留，立刻便出门去寻刘管家。不多时，刘管家闻讯而来，立刻派另外两名婢女扶着武瑞安去了卧房。

刘管家一路都听武瑞安嚷嚷着："好臭，熏死我了，怎么能如此恶心……"之语，虽然他闻不到，却还是着人点了一炉气味浑厚的奇楠沉香，想要中和一下空气里的味道。此时没了金玉在身边伺候，又有沉香绕鼻，武瑞安才稍稍能够稳住呼吸。他刚一恢复清醒，便道："去把骆非白给我叫来。"

"是。"

骆非白从见素医馆赶回王府后，便得了武瑞安一个密令，密令要他去调查府中一名叫"金玉"的婢子，骆非白不敢耽搁，连夜便赶着出去了。

第二日午时，当骆非白拎着四五个小混混进入见素医馆认人后，问药点头如捣蒜，直指着肥头大耳的地痞头子大骂道："就是他！我家的桌子就是他砸的！"说完，又指着头顶的壁柜道，"还有这道印记，就是他拿斧头砍的！"

"姑奶奶饶命啊——"地痞头子被绑住双手，"扑通"一声便直挺挺地跪在问药身前，哀求道，"小人不过就是财迷心窍，拿了人家一点儿银子，吓唬吓唬你们而已，没有别的意思！您大人不记小人过，饶恕小的吧！"

"现在知道哭了？"问药冷笑道，"你还是先谢谢武王爷吧，若不是他先找到你，请了骆非白他们护佑你们，若先落在姑奶奶我的手里，定让你比现在痛苦十倍！"

骆非白在问药认人完毕之后，便带他们去了武王府。一行人一进府邸，便引来众人侧目。金玉知道自己劫数难逃，便早早地跪在了武瑞安书房前，不停地磕头认错道："王爷，奴婢一时被鬼迷了心智，求您念在奴婢伺候您十年的分上，饶恕奴婢这一回吧！"

武瑞安则是对此充耳不闻。等到骆非白一行人赶到，地痞头头立刻便指认金玉："就是她！前些日子给了我三十两银子，让小人去见素医馆吓吓掌柜狄姜，是小人见钱眼开，王爷饶命！"

武瑞安坐在书桌前，冷眼看着乌压压跪着的一地人。金玉素来勤恳，做事本分，模样也好，家世虽比不上豪门大家，但是也出身不俗。她是前任工部侍丛洪齐豫的庶出小女，遥想当初她来武王府时，自己还觉得委屈了她，便让她跟在自己身边，做了掌事丫头。却不想十年过去，她竟能和府外的地痞流氓混在一起，做起了恐吓威胁的事情，对象还是他最关切的女子！若不是狄姜的丹若花引，他实在想不到，伺候了自己十年的大丫鬟金玉会是这次恐吓事件的主谋。

"把他们送入京兆尹，国法论处。"武瑞安说完，又看向金玉。

"王爷恕罪！"金玉一着急，又是一个响头磕在地上，额头立即磕出一个血窟窿，鲜血直流。

"金玉拖下去，杖责四十大板，掌嘴二十。"武瑞安冷冷地说完，一扬手，便让人将他们拖了下去。

"王爷饶命！王爷饶命啊——"金玉被府兵拖在地上，拽到后院，随即便被架上了刑凳。她的哭喊便淹没在一声声的杖责声里，四十大板过后，紧接着又是二十下掌嘴。掌掴声一声接一声地响起，每一下都将她打得头晕目眩，到最后，她已是连哭喊都失去了力气。

当天夜里，武瑞安便去了见素医馆，向狄姜报告这一好消息，顺便在她那讨了些吃食。他也不知怎的，在狄姜那喝了一杯花茶之后，胃口便又好了起来，此时再回想丹若花引的味道，便又觉得它似乎是一股淡淡的青草香，而不是烂草席了。

临走前，狄姜给了武瑞安一个两寸长的木盒子。他打开来，发现里头装着一根香。

"这是？"武瑞安疑道。

"回梦香，安神用的，王爷若是睡不好，便试试它。"狄姜站在门口，对他微笑。烛火从她的身后透出，看不清她的面容，却能映出她的神态，比之往常更显淡泊从容。

"多谢了。"他吃得好睡得好，虽不知这香有什么用处，但还是收下了。

翌日，武瑞安出门时，见侧门有些嘈杂，细问之下，刘管家才叹道："金玉去了。"

"去了？"武瑞安蹙眉，"去哪儿了？"

"去世了。"

"什么？"武瑞安一愣，"四十个板子便要了她的命不成？"

"想来是她面子薄，又不肯吃药的缘故。"刘管家摇了摇头，叹息道，"今早奴才派人去通知了洪大人，但他只说自己当没有生她这个女儿，让我们随意处置便是。"

"……"武瑞安微微发愣，面上表情有些怔住，看不出喜怒。

"王爷节哀。"刘管家安慰道，"这是她的命，只怪她自己心术不正，王爷不要想多了。"

"厚葬了吧。"武瑞安一声叹息。

"是。"刘管家颔首。

当晚，武瑞安没能睡好。他的眼前似乎总有金玉的身影在晃悠，她放下床帘，吹熄蜡烛，然后对自己浅浅一笑："王爷，奴婢就在屋外候着，有事尽管唤奴婢……"武瑞安翻来覆去睡不着，摸到枕头下有狄姜送的香盒，便将它打开来，拿出香点燃了去。

香味幽然，安神助眠，狄姜总是能在他最需要的时候送来最适宜的东西。武瑞安很快便进入了梦乡，还做了一个梦。

梦里，金玉趴在床上，四周门窗大开，被褥上沾满了鲜血。她的呼吸薄弱，意识模糊，嘴里却一直在喊："水……我想喝水……水……"

可她的身边一个人也没有。

门外时不时有婢子路过，可是见了她这副惨状却当没看见似的，没有一个人来帮她，没有一个人来关心她。就这样过了半日，她便断了气，尸身被草席一卷，便拉了出去。

武瑞安醒来时，发现自己浑身已经被冷汗浸湿。虽然这是一个梦，梦里的场景却十分真实。真实到每一个婢女的面容他都能看得一清二楚，甚至包括她们面上的表情。那些婢女们最轻的是冷眼旁观，再深一层便是冷嘲热讽，更甚者便打开了门窗，让冷风灌进金玉的房间，加速了她的死亡。

他无法想象，过去其乐融融的王府，怎么一夕之间所有人都变得陌生了？

那些巧笑嫣然的婢女转过头就是这样一副嘴脸？

武瑞安忍不住将这一梦境说给刘管家听，说完，他无奈道："你说，这是为什么呢？"与武瑞安的迷惑不同，这一切似乎都在刘管家的意料之中。

刘管家道："金玉从前得王爷重用，自然有人嫉妒她。此番她落难，便墙倒众人推罢了。说到底，还是王爷这张祸国殃民的脸的错啊……"刘管家一声叹息。

"此话何解？"武瑞安一愣。

"你让她们日日看得见，却摸不着，岂不是怀璧其罪？"

"……"武瑞安蹙了蹙眉，"你接着说。"

刘管家咧嘴一笑，接着道："若是大家都摸不着也就罢了，只当您高高在上，只可远观不可亵玩便是。可偏偏您最近带着狄姑娘四处晃悠，狄姑娘本也不是什么大家闺秀，不过与她们一般，是个平头百姓而已。不，确切来说，她是个日日抛头露面的生意人，出身或许比府内的婢子还不如，她们见了能不吃味吗？"

"本王可未曾考虑这般多……"武瑞安板起脸，一脸凝重道，"那本王该怎么做？"

刘管家见武瑞安作出洗耳恭听的模样，便索性打开了话匣子，用他多年的经验告诉他："以后不要与某一女子太过亲近，做到雨露均沾便皆大欢喜了！就算不能皆大欢喜，也能暂且缓解狄姑娘受到的压力不是？"

"女人真是麻烦。"武瑞安摸着下巴思索了半晌，突然灵光一闪，心中有了主意，旋即对刘管家点了点头，"行了，本王知道该怎么做了。"

"王爷英明。"刘管家腆着肚子，摸着胡须，端足了一副"过来人"的模样。

午膳过后，武瑞安便招来一众仆人，让他们将武王府所有的女子，不论美丑，不论年纪，不论职位大小，全部集合在前院里。

刘管家跟在他身后，急道："王爷，挑几个就可以了，不必所有人都沾染，这样更乱！"

武瑞安不理会他的话，等人都到齐了，才道："此前发生了丫鬟金玉的事情，相信大家都知道了，本王不希望再看到此类事情的发生。为了杜绝此种情况，本王细思之下决定，将所有女子遣散出府，武王府内只余男子伺候，本王会一次发给你们三年的薪水，你们领了赏钱便收拾东西回家吧。"

此言一出，众女哗然。就连刘管家脑子里紧绷的弦都突然崩裂开来，他哼都没来得及哼便直挺挺地倒在地上，晕死过去。

"把他抬回房去，找个大夫来看看。"武瑞安扬手一挥，便不再管他，转头吩咐另一掌事太监开始发放散伙钱。平日里与武瑞安走得相对近的几名婢女见他是认真的，当场就号啕大哭起来，跪在地上直哀号："奴婢宁愿吊死，也不愿离开武王府！"

武瑞安充耳不闻，毫不留情。毫无意外，当晚就有婢女跳湖的跳湖，上吊的上吊。好在骆非白提前收到了消息，领了一百禁军来盯着，这里救一个，那里捞一个，忙活了几日，才终于将所有婢女都平安地遣散出了府。

这一出阵仗之大，闹得人尽皆知，就连辰曌这一日上朝，也不禁问他："皇儿可是受了刺激？"

武瑞安心一横，淡笑道："儿臣发现自己不好女色。"

"什么？你……真是胡闹！"辰嫛惊得牙关打战，不耐烦地扔下一句"退朝"之后，便匆匆出了太极宫。辰嫛虽然面上气急败坏，可看她离去的背影，却更像是落荒而逃。

左丞相公孙渺转身见了一脸坦然的武瑞安，连连指着他摇头苦笑，长孙齐亦是同样的模样。二人从前政见难以统一，今日在武瑞安这件事上，却是出奇地默契。

有了这二人的带头，连带着文武百官都忍不住开始发笑。

若说自幼流连花丛的武瑞安是断袖，那真是世上最不可思议的事情了。他这一出，明摆着不过是在揶揄女皇陛下罢了……

第二十七章

和亲

　　武王府里闹出来的小插曲很快就被人忘记，日子似乎又回到了从前平淡如水的模样。时值七月末，天气一日日地热了起来，狄姜的睡眠也从六个时辰增加到了八个时辰。

　　太平府内共有一百一十个里坊，大街纵横交错，俱以青石板砖铺砌，干净整洁。见素医馆位于南大街某条小巷子的尽头，虽然不比贫民窟，但是也好不到哪里去，因与秽气冲天的午门相连接，故而被世人所厌弃，甚少有人在此经过。寻日里若没有重要的事情，狄姜便要睡到中午才会睁开眼。这一日，巷子里一大早便传来嘈杂的声音，狄姜睡眼惺忪地推开窗，便见对面的棺材铺前正站着几个人。

　　"这是一间古老的四合院，远离喧嚣，生活清静，文化底蕴丰厚，在这里居住，孩子读书都能分外用心些。"一年轻男子嘶哑的声音传来，透着几分世故与圆滑。他紧接着又道，"您再看看这小院，南北通透，冬暖夏凉，一家三口居住是再好不过了！"

　　"五十两。"

　　"您再给加一点儿？"

　　"就五十两。"中年女子的声音浑厚低沉，听上去是多一个子儿也不愿意出。

　　"这……"年轻人闻言开始踟蹰，犯了难。

中年妇人又道："这儿从前可是一间棺材铺，虽说是青云山道长的房产，可也还是晦气，五十两，不能再多了。"

"正因为是得道高人的房产，所以说什么精怪都不敢靠近哪！安心！靠谱！"

"就五十两。"妇人再次重申。

这一连串的对话，让狄姜始料不及。钟旭……在卖房产？

又见楼下的妇人拿出一袋银子，放在男子手中，语重心长道："不瞒你说，这房子住人是不成的，我也就拿来做个仓库。一个仓库五十两，已经是天价了，况且我也打听过，青云山的道士将这处房产交给你的时候，卖价是四十两。我现在给你加了十两，已是大赚。"

"夫人你……唉！好吧！"男子没想到女子居然这样会做生意，便只得点了点头。

"且慢！——"

二人正要签单，却见从天而降一包雪花银，银子稳稳落在地上。袋子里不多不少，正是纹银五十一两。

"这房子我要了！"狄姜一声怒吼，最终以一两之差，将棺材铺据为己有。

她从前算过，无论钟旭去了哪里，最终还是会回到太平府，自己只要在这里等，就必然能等到他回来。可如今他连房产都托人变卖了，以后还怎么回来？这其中究竟出了什么岔子？狄姜百思不得其解，连忙摆了一个听水阵法，可无论她怎么算，都算不出其中的症结所在。不仅如此，这会儿她发现就连自己的五行八卦术也算不出钟旭的所在地了……

狄姜心急如焚，在药铺里魂不守舍了一整日。傍晚时分，一个同样魂不守舍的人走进了药铺，正是武瑞安。二人相视一眼，不约而同地发出一声长叹："唉……"

武瑞安将这儿当作自己家似的，径直去后院搬了坛酒，边喝边道："突厥……又派使者来请求和亲了。"

"什么！"问药一惊，急道，"这回派来的是哪位公主？"

武瑞安吸了吸鼻子，说："本王现在倒希望是突厥派公主来，而不是我宣武嫁公主而去。"

518

"这是何意？"狄姜闻言蹙眉。

武瑞安继续说道："当初天香公主初来和亲之时，本王便知道她动机不纯，定然有后手，故而日日跟在其左右，就想看看她究竟在玩什么把戏，直到后来她假死私奔，本王才松了一口气，可如今……"武瑞安说到此，声音变得有些哽咽。他又喝了一大口酒，平复了一会儿，才缓缓道，"如今突厥与我宣武联姻之心不死，此次送来城池十座，地七百里，求娶我宣武朝嫡公主下嫁。"

"什么！"三人异口同声地惊呼。这会子，狄姜彻底从担心钟旭的情绪里苏醒了，问药和书香亦惊讶不已。

"嫡公主，岂不就是……"问药与狄姜面面相觑，眸子里皆写满了不忍。

"没错。"武瑞安点头道，"如今宣武国只有一位待嫁的嫡公主，本王的亲妹妹，昭和公主武婧仪。"

"陛下怎么可能同意？"问药皱着眉头问道。

"一开始本王也这样想，可是后来看过他们的求亲文书，本王就觉得，婧仪多半是凶多吉少了……"武瑞安说完，长叹了一声，饮尽了杯中酒。

原来，在宣武国与突厥之间，有一片荒芜之地，称陇西戈壁。陇西戈壁占地七百里，随后往西三百里，便是突厥的国都北甲之所在。此前因武瑞安大破突厥，老可汗便宣布将都城向西退了一千里地，撤出陇西戈壁，定新都为高阙城。

突厥地广人稀，属游牧民族，兵强马壮，骁勇善战，百年来不断骚扰中原边境，百姓不堪其扰。曾有文官谏言，若能将陇西戈壁收归己用，迁十万民众定居于此，一来可以抵御突厥，二来到了征战之时，将士以及粮草补给，皆可在当地征用，是百利而无一害，有利于万世的功绩。此次突厥派天香公主和亲失败之后，突厥可汗桀舜自知有愧，故而双手奉上陇西戈壁，只求得嫡公主下嫁，诚意之深厚，让人无法拒绝。

武瑞安深知自己母皇的心性，此次和亲，她十有八九会同意。而且不仅是辰皇，就连文武百官乃至老百姓也都乐见其成。毕竟拿一个女子与地七百里、两国和平百年相比较，孰轻孰重，一目了然。

武瑞安道出心中惆怅，而后问狄姜发生了何事，怎么也闷闷不乐的样子？狄姜并不打算告诉他，只摇了摇头，道："我的困难无人能解，说出来也只是徒增烦恼。"说完，便一个劲儿地喝酒。当晚，武瑞安和狄姜都烂醉如泥不省人事，等第二天醒过来的时候，不知怎么的，两人竟躺在狄姜的屋里，相拥而眠。

入手一片柔软，武瑞安暮地一惊，趁狄姜还没醒，便连滚带爬地下了床。武瑞安面上瞬间绯红一片。而此时的狄姜仍在熟睡，长长的睫毛搭在面上，配合着均匀的呼吸微微颤动，嘴角轻轻勾勒出弧度。这是他在大漠里幻想过无数次的场景……睡醒就能见到她最天然不施粉黛的惺忪模样。奈何美则美矣，却不合时宜。

为免打扰到旁人，武瑞安轻手轻脚地打开窗户跳了下去，踏着晨霞赶去了太极宫。

今日，是辰曌宣布会否同意和亲的日子。武瑞安到了宫门前，承天门的侍卫官却阻止他进入皇宫。

"陛下有令，今日武王爷不必早朝，不得入宫。"侍卫官道。

武瑞安似乎不敢相信自己的耳朵，揪起侍卫的衣领怒道："你再给本王说一次？"

"陛下有令，今日武王爷不必早朝，且下早朝之前，不得入禁宫。"侍卫官低眉敛目，一字不差地再说了一遍。这一日，承天门的侍卫比过往多了一倍不止，且都是一等一的高手，武瑞安自知这定是辰皇下的旨意，硬闯无用。他冷哼一声，拂袖离去。

接下来，武瑞安又接连去了分立两侧的广运门和长乐门，结局都一样，被侍卫阻拦在外，不得入宫。武瑞安不得已，只能回到承天门等待早朝结束。

巳时三刻，早朝结束，比平日晚了半个时辰。下朝的官员陆陆续续从门内走出，率先出来的便是户部、礼部、工部三部的尚书。三人结伴而行，见了武瑞安，皆是双手抱拳，摇头叹息。武瑞安心中知晓，几人如此这般，便是辰曌已经下达了和亲的诏书了。

此时的他想进宫便没有人再阻拦，他一路疾行，径直去了勤政殿，连君臣之礼都顾不得行，直勾勾地盯着辰曌，怒道："您同意和亲了？"

素云见武瑞安来势汹汹，立即拦在二人中间，将辰曌护在身后。

"素云，你先下去。"辰嫛摆了摆手。

"陛下……"素云闻言迟疑地看向她。

"下去。"

"是。"

素云走后，辰嫛长舒了一口气，她一脸坦然地看着武瑞安："朕没有理由拒绝。"

"理由？这还需要理由吗？婧仪是您亲生的女儿！是从您身上掉下来的肉！您怎么舍得让她去戈壁荒漠，过着茹毛饮血的日子！"

"婧仪是朕的掌上明珠，朕视她如珠如宝，从小到大皆疼爱有加，朕心中之痛，不会比你少半分。"

"您真的心疼她吗？您若真的心疼她就不会让她去和亲！"武瑞安心头大恸，难过之情溢于言表。辰嫛看着他，语气仍是不疾不徐："朕做到了一个母亲可以做到的一切，朕问心无愧。何况朕除了是一个母亲，更是一个帝王，朕不仅是你们的母亲，更是这天下万民的母亲。这整个宣武都由朕一人来掌管，江山安定，才该是朕毕生所求之最重。"

不等武瑞安反驳，辰嫛又道："此前献帝登基，举国陷入战火，而后突厥、月氏、东瀛、高句丽皆虎视眈眈，屡屡犯我宣武边境，兵荒马乱，战火连连，百姓可说是吃足了战事之苦。突厥是这些不安定的因素里最让朕忌惮的一处，如今既然诚心修好，朕没有理由不同意。"

武瑞安道："那就从宗室里挑一个女子，代婧仪出嫁便是，何苦一定要送她去大漠戈壁受苦！何况那桀舜可汗已经年近五十，二人无论哪一方面皆不般配。婧仪若嫁与他，怕是后半生都再不得安乐！"

"你说的这些朕都知道，可是代嫁一法并不可行。"辰嫛摇头道，"突厥人送来的是嫡亲的公主，若找宗室女子代嫁，想必他们不会同意，更会觉得我宣武不懂礼数。"

"那就不要告诉他们！找一女子假扮婧仪便是！"

辰嫛又摇头道："婧仪一言一行皆有起居注记录在册，她的身份无可更改。此法太过冒险，若被发现，必然引起两国交战，实不明智。"

"这也不行那也不行，总之我堂堂宣武，一定要依靠一名弱质女子来维系和平？这对儿臣而言，简直是奇耻大辱！"武瑞安双目赤红，勃然大怒道，"若要以婧仪来换取和平，那么儿臣此前大破突厥，逼迫他们退出陇西戈壁一千里地的意义又何在？我宣武国威在外，竟还要牺牲她一个小女子吗？"

"需不需要，你随朕去一看便知。"

"去哪里？"武瑞安蹙眉。

"跟朕来。"辰曌不回答，只敛下眉目，转身离开。

武瑞安心中有疑，却紧跟在她身后，想看看她究竟还能用什么借口来掩饰她的自私。

辰曌与武瑞安一行人穿过太极宫，离了掖庭宫，再经过一条青石板大街，最终来到了位于辅兴坊的户部。此时户部尚书不在，只有侍郎与侍中几人正在商议和亲陪嫁人员名单之事，几人一见辰曌，立即匍匐在地，叩首道："下官参见陛下，吾皇万岁万岁万万岁——"

"平身。"辰曌扬起手，又转过身对武瑞安道，"户部掌管我宣武的国库，一年税收如何，支出如何，皆有明细记载，你看完之后，再来与朕商议。看看再次发兵漠北剿灭突厥究竟可不可行。"辰曌说完，便端坐在尚书的位置上，其余人等在堂下垂首以待。

武瑞安也不含糊，跟着侍郎走进内库，在堆砌得密密麻麻的册子里一本一本地翻看起来。每看完一本，他的眉头就皱得更深一层，等到了中午，他基本将所有总结性集册翻阅完毕。

末了，武瑞安颓然跌坐在地，一脸不可置信地喃喃道："为什么会这样？"

"为什么……国库会空虚至此？！"武瑞安冲去前厅，大声地质问辰曌。

"很难理解吗？是不是不看不知道，一看吓一跳？"辰曌一脸淡然，与武瑞安的激动相比，她展现出来的是截然不同的气场。她从头至尾都淡定自若，从容不迫。

辰曌又道："近二十年来战事频发，国库虚耗无度，百姓不堪其扰，税收无法正常征收。加之献帝在位时吏治混乱、税法不全、官员贪腐……凡此种种不胜枚举，可这些还只是人祸。"

"朕再来说说天灾。"辰曌说完，喝了一口茶，又接着道，"十七年前，黄河决堤，淹没麦田千里，朝廷拨下三百万两赈灾银两；九年前，长江洪涝，致江南一带颗粒无收，再次拨款两百万两白银赈灾；七年前，太液府瘟疫，致三万民众被……"

"停！不要再说了！"武瑞安打断辰嫛，求她不要再说下去。

"这些你都觉得很陌生对不对？"辰嫛扬起嘴角，笑道，"那时的皇儿尚且年幼，长大之后亦多是流连花丛、不问国事，不知民情亦在情理之中。朕不怪你。"

"……"

辰嫛见武瑞安不说话，又自顾自道："朕此前收到消息，月氏亦准备送一位和亲公主去突厥。月氏与突厥两国皆与我宣武相邻，且都属游牧民族，民风彪悍，若两国结成姻亲，对我宣武实属不利。桀舜可汗既然不远万里求亲，必然是更加属意与我宣武结盟，朕不能放弃这个机会，朕承担不了拒绝的后果。我宣武看似兵强马壮，实则外强中干，民众需要休养生息，吏治改革更加刻不容缓。"

辰嫛说完，长长地舒了一口气，而后缓缓道："现在，你能理解朕为何会同意将嫡出公主婧仪远嫁万里和亲了？"

武瑞安全身无力，发现自己竟连一句反驳的话也说不出来。他现在能做的只有深深的自责，怪自己当初没有追敌千里，手刃突厥可汗于长剑之下，如此就不会有今日和亲之事。

可现在说什么都晚了。宣武承担不起再次发动战事的后果，用一场结亲来化解后世的干戈是眼下最明智的选择。昭和公主和亲之事已是板上钉钉，势在必行。

武瑞安离开户部之后，便去了大明宫找武婧仪。他知道自己没办法劝动母皇，如今他所能做的就是尽可能地多陪陪皇妹了。否则此一别山长水远，只怕此生再难相见。

武瑞安走进紫极殿，便见殿前一紫衣女子手执长枪，在数枚假人之间舞动。长枪尖细，枪头扎着红璎珞，在她的手中却被舞得苍劲有力，自带锋锐。她身手凌厉，比一般男子也不输分毫。

武瑞安止不住地鼓掌叫好，道："本王还以为皇妹在闺阁绣花呢，却不想你竟在练功夫。"

"何止是练功夫？"武婧仪停下来，冲他扬眉一笑，"本宫武功了得，还熟读兵书，就算是在战场上也未必会输给你！"

"怎么突然转性了？"武瑞安摸了摸她的头，发现三年不见，她竟然还长高了不少，头顶已经能抵到他的下巴了。

"许你转性，不许我露出本性？"武婧仪叹息道，"你从军三年，从前是肩不能挑，手不能提，哪晓得回来就变成了神佑大将军，叫人好一阵欣羡，我自然也不能落了下风。"

"数你嘴贫。"武瑞安在石桌前坐下，立刻便有婢女奉上茶点。他执了一杯茶送到嘴边，一饮而尽。武婧仪回屋换了一身干净的衣裳，亦在他身边坐下，表情镇定又坦然，半点没有难过。武婧仪嗔怪道："皇兄今日怎么得空来看我了？你回太平府这些时日，来看我的次数屈指可数，你说说，你都干什么去了？"

"……"武瑞安一时语塞，发现自己似乎真的是冷落了她。

武婧仪又是一叹气，佯装愠怒道："那天母皇还问我，可识得一个名叫狄姜的女子，说你与她走得颇近。怎么，连母皇都知道你喜欢她？这次是真爱了？可别怪皇妹没提醒你，狄大夫可不是一般人，你未必能降得住她。"

"管好你自己，现在倒有空打趣起本王来了！"武瑞安翻了个白眼道，"何况世间情爱，讲求一个互相喜欢，怎么能有降服一方之说？爱人，要互相尊重、相互喜欢。"

武婧仪弯起眉眼，笑道："你能这么想我就放心了。原先觉得你对感情太过随意，怕你耽误狄掌柜，如今看来你已经懂了爱情的真谛。如此，我也可放心远嫁突厥了。"

武瑞安一挑眉，冷哼了一声，算是答了她。

武婧仪又道："狄大夫人不错，可是与我们却不大一样。身份地位毕竟悬殊，你若是爱她，亦要保护好她。"

"知道了知道了，你什么时候变得这般啰唆了？"武瑞安叹息道，"不说本王的事了，本王来此，是想听听你的真实想法，你……真的不难过吗？"

"难过？本宫为何要难过？"武婧仪瞪大了眸子，咧嘴笑道，"听说出了戈壁荒漠，便是一派风吹草低见牛羊的美景，突厥男子亦高大威武，正是皇妹喜欢的类型，以后的以后，本宫终于不必束缚在这深宫大院内，一日日地虚度光阴了，我为何要难过？我该高兴才是！"

武瑞安一愣，道："可是……桀舜可汗已经年逾五十，在我宣武，做你祖父亦绰绰有余。"

武婧仪笑容凝固在了脸上，愣了一会儿神，又笑道："我倒是想知道，与祖父恋爱，是怎样一番光景？"

"你……罢了。"武瑞安连连摇头，察觉到她打定了主意不会与自己交心了。况且和亲已经是所有人都达成共识的事实，他无可改变了。只不过此后的每一天，他都会抽出半天的时间来陪武婧仪说话聊天，仿佛想要将这一生的话都在这为时不多的日子里说完。

而他离开后，他身后的武婧仪便垮下脸来。她的嘴角不再扬起微笑，她的眼眸里也瞬间不见了轻松与愉悦，取而代之的是深深的绝望和冰冷。仿佛一潭化不开的冰，冰层里冻着的都是这世上最肮脏的污秽。

阴霾笼罩着她的宫殿，这红砖绿瓦之间少了武瑞安，便少了唯一的欢声笑语。

和亲诏书下达的当天，武婧仪又被加封了一系列的封号，最后定封号为：宸国明懿昭和长公主。"宸"字在过去，只作为帝王专用字眼，如今之意，便是通晓各国，宸国公主武婧仪乃辰皇掌上明珠，系一国国威之所在，绝不容轻视。

宸国明懿昭和长公主的出嫁之期很快便由礼部与钦天监商议定下，送嫁之日定在中秋节的第二日。此时距离中秋只有一个月的工夫，各部门都加紧准备着陪嫁物品和人员。

武瑞安自请送亲，一来为显诚意，二来便是要以他神佑大将军的身份震慑胡人，意为婧仪红妆在前，而她的身后，亦还有着宣武国十万铁骑恭候，叫突厥人不得委屈了公主。除此之外，远在千里之遥的北面国境线，深处岐黄大营中的大将军龙茗亦递上帖子，请求辰皇准他在国境线送公主入突厥腹地。

辰皇为了彰显公主脸面，决议让两位大将军一同送亲，直入大漠。大军送至高阙城中，确认公主无虞后再折返。如此一来，武婧仪的送亲之行可说是威武不凡，与天香公主嫁入太平府时的寥寥数人相比，可说是皓月与星辉之别。

中秋节晚宴时，武婧仪缺席了。她与辰皇告了假，说自己唯一的要求便是在这日出宫去看看。她道："母皇不放心可以派人在暗中跟着，但是不要叫儿臣发现便是。"

辰皇应允了。

当晚，武婧仪换了普通百姓的衣裙，在太平府西郊的湖畔边待了许久。她什么也没干，就只是站在那里，呆呆地看着湖面。

湖边有花灯会，花灯连绵数丈看不见头，灯影重重，映得人五官明暗不定。她便是在这里遇见了年少时的龙茗，少年的气息让她一眼便相中。跟在他身边，便再也看不见山精鬼魅。只要心里有他，便有一世安宁。

但这份安宁最终也被他亲手打破了，于是他只能长久地存在于她的记忆里，永远年少，永远俊朗，与现实的他没有什么干系。

狄姜便是在湖边遇到的武婧仪。狄姜和武瑞安一人提了一只花灯，亦只是在她身后远远地看着，几人思绪都不在眼前的美景里。

武婧仪沉浸在过去的回忆里，或许也在与太平府做最后的告别；狄姜则饶有兴致地研究着武婧仪，知道她眼睛里写着相思。她与龙茗分明是天注定的缘分，不该就此结束了才是……

而武瑞安的两只眼睛就没离开过狄姜，只是很可惜，狄姜的目光并没有落在他身上。

一次也没有。

第二日，太平府扎起十里红绸，从承天门一直铺到了明德门外。午时，武婧仪坐在太极宫的偏殿里，已经穿戴整齐，并画上了最精致的妆容。武瑞安牵起她，二人并排走出了偏殿，来到太极宫前的广场上，接受文武百官的朝拜。

在盖头落下的前一刻，武婧仪咬了咬红唇，一动不动地看着武瑞安，悠悠叹道："皇兄，为什么你不是皇帝？你要是皇帝，那该有多好啊……"武婧仪这一刻终于忍不住说出了心底的声音。她眼里噙着泪水，在控诉自己的母皇，恨不得武瑞安能取而代之。

　　武瑞安略有些惊讶，公主在这种时候才终于绷不住，说出了内心的真实想法。随之而来的便是深深的自责。他知道，且不说自己能不能取而代之，就算这一刻他是皇帝，他的选择只怕亦是与母皇一般无二。国之大利，确实比儿女情长重得多。

　　武婧仪的嘴角微微向上扬起，自嘲一笑后，认命地披上了红盖头。大红色喜帕落在她的头上，明艳艳的，可周遭的人都笑不出来。这是武婧仪第一次将凤冠霞帔穿戴整齐，在她的身后摆放着数不尽的绫罗绸缎、珠串首饰，陪嫁的一干仆人则乌泱泱地跪了满地。

　　这里的人那么多，可是没有人能成为她的依靠。她的夫君，远在万里以外的突厥。

　　桀舜可汗是一个比她死去的父皇还要老的人。传闻他杀伐果决，雷厉风行，他的铁骑曾折损大唐将士上万人，更让大唐数十万百姓流离失所。

　　可是现在她要嫁给他了。为了日后不再有战火，为了江山安定，为了千万百姓以后能安居乐业。牺牲她一个，似乎也是值得？

　　武婧仪素来清楚自己的命运，唯一一次想要为自己争取，也只是在龙茗一人身上。而她自从被龙茗拒婚之后便一直深居简出，做着一个让任何人都挑不出错误来的嫡公主。她临行前的这一句，对她来说，已经是一件不可思议的事情。

　　辰翚上前紧紧握住武婧仪的手："此一去，别太平府、西出潼关、横渡黄河、再过雁门，往西千里，才是日后所居之地。从此山长水远，一别便是永诀，此系你父王赠予朕的第一件礼物，于朕意义非凡。母皇的思念，便由这枚铜镜传达，望儿在突厥，珍重切切。"

　　武婧仪不动声色地抽出手，福礼道："儿臣多谢母皇。"她接过铜镜，随手便扔在陪嫁婢子的手中，随后照着礼官的嘱咐，三拜别了辰皇。

　　而后她由武瑞安牵着，坐上了送嫁的马车。

　　辰翚虽然心中哀恸万千，可面上却始终维持着一副母仪天下的威严。她就像一尊没有悲喜的佛像，永远端坐在朝堂上，她的心里装着千里江山、千万百姓，她不允许自己有弱点，更加不能在人前落泪。

和亲使团载着珍宝金玉无数，绫罗绸缎上万匹，金玉书橱八十副，经卷经典三千卷，卜筮经典三百种，营造与工技著作六百种，治四百种病的医方千种，医学论著四十车，花草种子三十车，浩浩荡荡地从太平府出发。行驶路线延绵千里，车队西出阳关，途经陇西戈壁，穿过北甲往西七百里之后，再长途跋涉翻越漠关山，最终才会到达深处草原腹地，到达那被绿洲包围的突厥的新国都，高阙城。

和亲使团出了太平府，向西行了一日后，当晚在汉庭驿歇脚。除了公主近从之外，其余人等皆在驿站外就地扎营。八月处暑，天气炎热，武婧仪在人前始终都要头顶红盖头，赤艳艳的一片在人群中十分打眼。武瑞安几乎是寸步不离地守在她身边，鞍前马后嘘寒问暖，直到她回房沐浴后才又回到大营里去巡视。

此次送亲，他打起了十二分的精神，这也是他除了带兵出征外第一次如此认真地去做一件事情。狄姜混在人群里，远远地看着武瑞安，发觉不过月余不见，他竟苍老了这么多。

"真叫人心疼。"问药蹲在树上，一脸难受。

狄姜睨了她一眼，又将一箩筐的衣服扔给她，没好气道："有空看武瑞安，不如赶紧去洗衣服！把我的这份也一起洗了！"狄姜说完仍觉不解气，又唉声叹气道，"我真是吃饱了撑的听了你的话，竟沦落到这送亲大军里当起了浣衣女，被旁人知道了一定会被笑掉大牙！"

"谁会知道呀？这乌泱泱的几千人里有几个认识咱们的？可别说您不担心武瑞安和武婧仪，真不担心的话您也不会来！何况咱们去青云山也是要往西，顺路送一程而已，也不会损失什么，您的活儿我全包了就是！"问药一手拎起一个衣篓，每一个都有她半人那么高，而她竟全然不觉得费力。

"是是是，他们去西北，咱们去西南，真的很、顺、路！"

狄姜担心武婧仪不假，但是更多是想趁着这次出巡，去西南边的青云山看看。不管钟旭现在在不在青云山，那里总该是会有他的线索，毕竟前些日子，他的棺材铺是青云山来了道人托着变卖的。却不想临行前她竟鬼使神差地听了问药的话，女扮男装混入大军后，被人安排的却是浣衣打杂洗碗这类的粗活。早知如此，她还不如去找武瑞安，作为他的婢女一路吃香喝辣的跟着呢！

狄姜唉声叹气，后悔不迭。

问药拿着衣篓离开后，狄姜索性也爬上了树，整个人趴在树干上歇息。这一日的赶路让她体会到了许久不曾有过的累，双脚已经近乎残废，现在她只想回到自己的大床上，睡成一个大字形。但奈何条件不允许，有这么一棵树已经是顶好的待遇。不管怎么说，这都比回去跟三十个五大三粗的男人挤通铺的强。

狄姜很快便进入了梦乡，迷迷糊糊间，只觉得有人正在戳自己的腰，且一下比一下重。

"你！怎么不睡帐篷？"

"说你呢！还不快下来！"

"再不清醒，不要怪本官将你军法论处！"

狄姜一脸蒙地抬起头，便见骆非白带着一票人，正站在树下看着自己。他的手上握着长枪，眼看着又要打在自己身上，狄姜下意识便握住了枪头的红璎珞。

"你！大胆！"骆非白刚要发作，却见树上那人的手腕上有个十分熟悉的物件。

一只内含金丝的玉镯子。

不会吧……难道又是……

不会的不会的，军营里怎么会有女人呢……

可是男人怎么会戴镯子？

这一定是巧合，对，巧合。

骆非白内心建设无数，却被树上那人的一句话所摧毁。

"将军恕罪……我实在是太累了，本只是想歇息歇息，却不想竟然睡熟了！我这就回去！"狄姜压着嗓音，努力装出一副男人的声音。然而这并没有什么用，骆非白一下便听出来，这人正是见素医馆的掌柜，武王爷的心上人，狄姜。

他脚一软，又差点给她跪下了，幸好狄姜从树上一跃而下落在他身前，让他清醒了些许。眼前的狄姜一身男装，正是军中最底层的伙夫扮相。

"吵吵嚷嚷的，成何体统！"

一行人的身后，武瑞安阔步而来。

"参见大将军！"众将士立即转身，抱拳行礼。

武瑞安的眸子落在骆非白身上，不耐烦地问道："出什么事了？"

"末将……您还是自己看吧。"骆非白行了个军礼，招呼着一票人撤退。几人听话地离开后，武瑞安的注意力便放在了低头扶额的伙夫身上。他的手腕上，戴着一只分外熟悉的金丝玉镯。

"狄掌柜？"武瑞安一愣。

"是……是我……"狄姜干笑了两声，缓缓抬起头来，"好巧……啊哈哈……"

"你怎么会在这里？"武瑞安一脸的不可置信。

"我担心你们呀，所以跟着来看看。"狄姜刚一说完，就恨不得抽自己俩大嘴巴子。她不想惊动武瑞安，是因为在她的计划里，五日后，她将在黄河岸与送亲使团分别。从此他们向北，自己向南。可如今……似乎是走不了了。果然，下一刻便听武瑞安吸了吸鼻子，随即一脸感动地走上前，一把抱住了她，顺势又将头靠在了自己的肩膀上。

"本王竟不知你这般用心良苦！"武瑞安眼眶一红，蓦地号啕大哭起来。

"嗯？"狄姜一愣，很是不知所措。

"你一定是想默默地守护本王，才不告诉本王，你为本王做饭洗碗洗衣服洗袜子，这不正是妻子对丈夫所做的吗！"

"……"狄姜突然觉得自己也想哭。

"你也是来与婧仪道别的对不对？本王以后再也见不到婧仪了！突厥人吃生肉，喝冷血，婧仪怎么受得了？而本王却什么都做不得！只能眼睁睁地看着她做出一副识大体、重大局的模样！可是本王知道，她心中不愿意！一千个、一万个不愿意！"

"……"狄姜明显地感觉到，有灼热的液体顺着他的脸颊落在自己的衣襟里，一滴一滴连成了线。

这是一个男人的眼泪，里头充满了无助。

这是她从来没有在武瑞安身上见过的痛苦，哪怕从前他在重病之时，也没有替自己流过一滴眼泪。今日会这般，怕是因为难过在他的心中生根发酵，郁结难消。

既然自己是他仅有的发泄口，那就让他哭个够吧……

当晚，武瑞安哭了很久很久，哭累了就靠在狄姜的身上沉沉睡了过去。

狄姜则靠在树干上，一夜不眠。在身体极累的前提下，她的内心几乎是崩溃的。不过被武瑞安发现之后还是有好处的，至少她们不必再做伙夫的活计，而是能换回女装，日日跟在武婧仪身边，赶路有马车乘坐，出入皆是与公主享用同一级别的待遇。

唯一的麻烦是每每武婧仪看向她，眼睛里都带着几分暧昧不明的笑意。好似在说："本宫到底该叫你狄大夫呢，还是皇嫂呢？"

"就叫我狄姜吧。"狄姜亦用眼神答她。

如此，一行人浩浩荡荡渡过黄河，西出阳关，终于在一月之后到达了宣武的国境线。明日，他们将与在国境线上等候多日的龙茗将军的军队会合，最终送亲队伍将达到三千人，这无异于一次小型的行军作战所配备的人数。

可越是接近，武婧仪眼里的苍凉便越是深重。

这份难过，怕是只有狄姜才会看明白。

和亲使团出了阳关之后，便是与塞外通商的丝绸之路，此路三通三绝，屡次兴废，直到年前再次历经战火之后，终于沦为废墟。广阔的戈壁滩，天地皆是一抹金黄，大漠景色粗犷苍凉，道不尽的壮美。

狄姜很少来这种地方，无边无际的黄沙犹如静止的大海，橙黄色的沙堆就似一道道的海浪，波澜壮阔，却又满目荒凉。可谓是广漠杳无穷，孤城四面空。

武婧仪苦笑，语气里满是失落："今夜不知何处宿，平沙万里绝人烟。"

狄姜听懂了，武瑞安和问药相视一眼，皆是一脸莫名。少顷，武瑞安才接道："放心吧，有本王在，不会让你们没地方住的！"

他话音刚落，狄姜和武婧仪皆是双肩一抖，憋着笑意。武瑞安见状，知道自己肯定又闹出了笑话，脸一红，索性带着副将去巡视大营。

和亲使团再往西行两日，便会到达宣武的国境线，龙大将军的送亲兵马届时会在那里等待，等他接手送亲使团后，武瑞安此前所带领的两千禁军便会返回太平府。

这一路长途跋涉，可以明显地看出武婧仪的身子骨较之先前又消瘦了许多，下巴更加突出，腰肢更是不盈一握。武瑞安看在眼里，疼在心里，连日来面上露出的笑容屈指可数，也就在见狄姜的时候能勉强扬起丝丝笑意。

问药看不下去了，便问狄姜："掌柜的，昭和公主会得到幸福吗？"

"'幸福'这个字眼很笼统，你认为的幸福可能她并不在意，她想要的幸福你也理解不了，如人饮水，冷暖自知。"

"哎呀，您说得太深奥了，能不能浅显些？"问药蹙眉。

"我的意思是，就是让你不要多管闲事，瞎操闲心，有空操心武婧仪，还不如想想我们找个什么理由回去的好。"

"掌柜的要是想回去还不简单？这里三千人可没有一个能拦住您，您要是想回去早就回去了，现在已经陪着快到了国境线，不也正说明了你心里其实也是在意的吗？为什么要找诸多理由，却不正视自己的心呢？"

"……"狄姜被她说得无法反驳，细思下来，发现好像确是如此。

自己其实也是关心武氏兄妹的。

等想清楚了这一点，她决定不挣扎了，便陪他一遭，也算是去突厥见识见识风土人情吧。

是夜，大漠苍穹星云万里，干净得连一丝云雾也瞧不见。辽阔的土地与天幕连成一线，仿佛这里便是天涯海角。

晚膳时，武婧仪特地嘱咐让狄姜进帐一同用餐。餐食简单，两荤一素一汤，且分量亦被严格控制。虽然量少，但胜在味道不错，在这荒无人烟的戈壁大漠里，已经算是难得的美味。

用完膳，武婧仪正拿着几块手掌大的玉石，对狄姜笑道："这是裸露在地表的戈壁石，它们塑造了戈壁滩奇特的外形，而其中极少数的一些，经过长年的风吹日晒，石质生长出细腻柔润的外表，形成玉石，便被塞外行脚队伍称为金丝玉。"

"啊……原来如此，公主学识渊博，民女佩服。"狄姜点头，不动声色地拉下了袖子，将手镯严严实实地捂在衣袖里。

武婧仪又接道："从前金丝玉因其产量巨大，所以并不值钱，可是皇兄凯旋回朝之后，金丝玉的身价便一跃百倍，千金难求。尤其是其中泛着金丝的镯子，被人誉为'雨后透过层层树枝遮挡渗透下来的阳光'，那般炫目，那般耀眼。"

"是吗？听上去是挺美的……哈哈哈……"狄姜干笑。

"而你手上这只，可算是上品中的孤品。"

武婧仪一语点破，狄姜的笑意凝固在脸上。

武婧仪掩嘴笑道："狄大夫不要紧张，本宫只是想知道，您究竟是怎么看待皇兄的？"

"……"狄姜被问住了，半晌不知道该如何回答。

不等狄姜开口，武婧仪又道："本宫此番远嫁突厥，怕是今生无缘再见，自然担心皇兄的安危，而本宫知道，您……您并不是一个普通人，您真的会好好对待皇兄吗？"

狄姜端起茶，将脸隐在杯子后，没有即刻回答。而武婧仪就这般目光灼灼地盯着她，似乎此番心思已经困惑许久，今日并不打算再放过她，一定要知道结果才行。

良久，狄姜才放下茶盅笑道："如果我会害他，当时就不会救他，但是我救了他，也并不代表我就会喜欢他。"

武婧仪眼中泛着惊讶道："世上女子竟还有人会不喜欢皇兄？"

"笃笃笃笃——"

就在这时，帐篷外突然响起一阵急切的窸窣声，隐约还伴有侍卫的呼喊。狄姜凝神一听，便听见武瑞安在外高声喝道："把她扔到闪车里去，明日不招，就地处决！"

"去看看，是何人在外喧哗。"武婧仪看了一眼帐帘，对婢子道。

很快，婢子进来回禀："回公主的话，好像是武王爷抓到了一名刺客。"

"刺客？"武婧仪蹙眉，"你去请武王爷过来。"

"是。"

婢子退下后，很快便见武瑞安一路疾行而来，他挑开帐帘，对武婧仪和狄姜微微一笑，道："放心，没什么大事，不过就是大营里突然闯进来一名女子，问她有何事她却不肯说，本王已经将她先行关押，待明日与龙茗大军会合之后，再做商议。"

"不是要就地处决吗？"武婧仪疑惑道。

武瑞安搔搔头，哈哈一笑："吓一吓她罢了，这不是行军时对待细作的惯用手段嘛？"

"大多细作都是抱着必死的心态而来，这等吓唬没有用，皇兄日后还是不要这样了。"

"嗯……本王知道了。"武瑞安抱起双手，很有些心虚似的准备离开。

狄姜觉得他神态有异，微微眯起了眼睛。

武瑞安在隐瞒什么……

一个女子……莫非是……

正在狄姜思疑之际，却听身旁的武婧仪道："王兄留步，你去请她到本宫的帐里来。"

"什么？"武瑞安一愣，急道，"她来路不明，可不像什么好人，你……"

"不必多说，去请她进来吧。"武婧仪打断他。

此时，武婧仪的面色淡然，看不出喜怒，但声音却有些颤抖。这或许说明，她的淡定只是作为公主历年来的训练而强做出来的，她的内心，并没有表面这般坦然。

显然，她也猜到了那人是谁。

很快，那女子便被人扭送到了帐里，跪在了武婧仪的身前。女子衣衫褴褛，遍布黄沙，脏得连衣衫本身的颜色也辨认不出，她的头发结成了一绺一绺的，互相纠缠在一起，显得十分狼狈。

武瑞安搬了把椅子坐在狄姜和武婧仪身边，做出一副"只要此女有异动，立即斩杀"的模样，大有一种一夫当关，万夫莫开的架势。

狄姜觉得好笑，再看武婧仪，却见她此时全部的注意力都集中在了那名女子的身上。

"你抬起头来。"武婧仪淡声吩咐道。

女子闻言一颤，犹豫了片刻，似乎鼓起了很大的勇气，才终于一咬牙，昂起了头。

二人四目相对，下跪女子的双手骤然收紧。

女子的面上被泥土所覆盖，显然是因为长期跋涉才导致如此，但就算是如此，也能从她的眼睛里读到熟悉的情愫。

她的眼底里似乎有千万种情绪想要宣泄。有悔，有悲，有痛惜，但是更多的，是一种莫名的恨意，仿佛想要将眼前的武婧仪碎尸万段。

"果然是你。"武婧仪一声叹息，言语中带着几分轻蔑。狄姜虽然已经认不出眼前的女子，但从她们的眼神交会里看得出，此人不是旁人，正是鸠占鹊巢，害得龙茗与武婧仪天各一方的罪魁祸首。

柳枝。

狄姜真是万分惊讶。且不说柳枝身上的狼狈和脏污，只凭她一双苍凉老成的眸子便令人惊讶，一个妙龄女子竟能老得这样快。柳枝眼底的泪痕也足以说明这三年间，她一定终日以泪洗面，过得悲苦万分。

一时间，帐篷里的气氛有些沉凝。不知发生何事的武瑞安一脸莫名，咳嗽了一声后，率先开口道："你是何人？鬼鬼祟祟跟着我军，究竟有什么目的？"

"王爷恕罪！奴婢……奴婢只是想再见夫君一面！"柳枝眼底的恨意尽数收起，只留下浑身的娇弱与自怜，哀求道，"奴婢听说龙茗自请送亲，知道在这里能见到将军，这才不得已一路尾随至此！求王爷公主恕罪！"

武婧仪抬了抬眉，不着一语。

此时，武瑞安才后知后觉地惊道："你是柳枝？龙茗的夫人？"

"正是奴婢。"

"太平府距此八百里，你竟一人长途跋涉，翻山越岭至此？！"武瑞安大骇。

"是……"柳枝声音纤细，身子孱弱，弱到似乎连大一点儿的声音都能将她吓破胆。

武瑞安定了定神，恢复了些许平静，道："你说说看，这一路来，你如何吃住？"

柳枝道："草根、树叶皆可为食，使团拔营之后，所剩残羹冷炙骨头也可为食，寝则以天为被，地为席。柳枝不怕苦，只盼有一日能与家夫团聚！"柳枝说完，帐篷内寂静一片，在座之人的内心都五味杂陈。

尤其是狄姜。

狄姜在三年前，见过柳枝与龙茗恩爱、当街采买婚礼用度时的模样，也见过她凤冠霞帔，在无人观礼的府邸与龙茗成亲的模样，那时的他们，可说是恩爱无双，羡煞旁人。可如今呢？她为了见龙茗一面，就连吃树皮草根，亦是甘之如饴。时间愈久，改变的事情愈多，可是她对龙茗的喜欢或许从不曾减少，反而一日一日地越发刻骨铭心。

"你起来吧。"武婧仪闭上眼，长舒了一口气。

"奴婢不敢。"

"不要再自称奴婢了，你是龙将军明媒正娶的夫人，在太平府也算是有头有脸的人物，不必这般妄自菲薄，"武婧仪说完，朗声对帐外道，"来人，为龙夫人沐浴更衣，好生伺候。"

"奴婢多谢公主。"柳枝垂首，额头贴着地面，旁人虽看不清她的神色，但她的身体不再颤抖了。两名婢子搀扶柳枝出帐之后，帐篷里只剩下武瑞安、狄姜、武婧仪三人。

武瑞安与狄姜相视一眼，都是一声叹息。而武婧仪从始至终一脸淡然，直到柳枝离开后，便恢复了笑意。

"我们刚才说到哪儿了？"武婧仪对狄姜笑道。她的眼眸里的笑意带着苦涩，她极力地想要掩藏，可是狄姜看得出来，那并不是发自肺腑的开心。

如今这样的情况下再见柳枝，无疑是在她的心上插刀子。要知道当初，如果没有柳枝从中作梗，她与龙茗说不定孩子都已经会背三字经了。可现在她却要作为政治的牺牲品，被送往万里以外的突厥，嫁给一个素未谋面的老头子。

她恨。

翌日，国境线上，龙茗带着两千精兵已经等待多日。

龙茗站在队伍的最前头，三年不见，他瘦了，憔悴了，年少的英武消失了大半，取而代之的是挥之不去的沧桑，他的眼睛里不再有光。

他盼着能再见公主一面，可武婧仪始终在帐内不曾露面，也并不打算招将领入内谈话。

龙茗在帐外徘徊了许久，直到午夜将至才转身回了自己的营帐。问药在武婧仪的营帐里，从帐帘之间的缝隙向外看去，见他终于死心离去后，才惊奇道："三年不见，龙将军怎么瘦成这样？是不是吃不好、睡不好？"

"他究竟想做什么？鬼鬼祟祟的，一会儿抬手，一会儿放手，一会儿叹气，一会儿扶额，真怪。"问药不停地嘟囔，惹得狄姜哑然失笑。

狄姜看了一眼武婧仪，却见她一脸淡然，波澜不惊，似乎只当他是寻常将领对待。过去年少时期的种种似乎全都与她毫无干系。

往后的几天，几乎夜夜都是如此。龙茗始终在昭和公主的营帐前徘徊，武瑞安撞见过几次，也曾有过言语冲突，但到了后头，也只是叹息一声，当没看见了。

武婧仪和龙茗之间的羁绊，他这些日子听问药说了个明白。

问药道："我家掌柜的说，昭和公主必然不想在这样的时候再见到龙茗，而龙茗既然娶了柳枝，也应当没有脸面求见吧？于是夜夜都只能徘徊在帐篷外头，妄想与公主来个偶遇，一解相思之苦罢了！"

武瑞安闻言，捧腹大笑："哈哈哈哈……"

"王爷笑什么？"

"本王笑他如此怂包。"武瑞安收起笑意，眯起眼，一本正经道，"若是本王遇见了自己喜欢的女子，必然直接推倒，哪会天天在帐外徘徊？真是丢人。"

"可龙茗喜欢的是即将和亲的公主……"问药嘟囔着。

"那就抢亲啊！"武瑞安沉下脸，阴笑道，"从前错过了，是他的错，如今带着婧仪私奔，免婧仪嫁去番邦之苦，也算是弥补了他从前的过错不是？"

"辰皇若是怪罪下来怎么办？"

"那本王就亲自带兵追杀他，再随便找一个替罪羊杀掉便是，届时大军随处搜回来两具尸体，当作是他二人便是！只不过……"

"只不过什么？"

"只不过他们从此就要过上隐姓埋名的日子，王权富贵皆化作烟消云散了。"

"他们肯定不会在乎！"问药一拍胸脯。

"为何？"武瑞安疑道。

问药道："公主从前喜欢的可是什么都没有的龙茗，龙茗以为自己爱的是身为婢子的柳枝，便义无反顾地推拒了辰皇的赐婚，不惜得罪天家执意娶了个婢女。这还不够说明，二人都不是贪恋权贵之人吗？"

"既然如此，那他二人私奔了就是，本王绝不拦着，反而相助到底！"

"这真是个好法子！"问药点头，朝武瑞安竖起大拇指，"王爷真厉害！"

二人对话的声音特别大，有心人完全能听个清楚。显然，他们是故意说给龙茗听的。武婧仪面无表情地坐在帐里，不做置喙，只当没听见。而帐外龙茗握剑的手骤然收紧，便再没放开。

当夜，龙茗挑选了军中跑得最快最持久的一匹战马，将它洗刷干净，喂足了粮草。这是他为武婧仪挑选的坐骑，期盼着它能载着他的心上人，冲出大漠，冲过身份的羁绊，摆脱和亲的噩运。

龙茗将战马缚在大军半里外的一块大石之上，随后返回军中，调走了轮值的士兵之后，径直去了武婧仪的大帐。岂料他刚鼓起勇气挑开帐门，却听帐中传来一阵银铃般的笑声。

"柳枝多谢公主抬爱，谢公主赏赐。"

龙茗挑帘的手停住，可帐中人已经瞧见了他。此时，武婧仪坐在正中，狄姜坐在右首，她的身边站着问药。而在她们的对面，一白衣女子正掩嘴而笑。虽然她眼睛带笑，但仍不难看出，她面容憔悴，眼中透露出的是无尽的凄凉，显得很是沧桑。

就在这时，一屋人除了武婧仪，都看向了闯入帐中的龙茗。当柳枝与龙茗四目相对时，龙茗双眉紧蹙，仿佛看见了这世上最可怕的东西。而柳枝却恰恰相反。她的眼中，有思念，有哀怜，还有数不清道不尽的爱意。这时候，就连瞎子都能看出来，龙茗对她有多重要了。

"夫君，你……你瘦了……"柳枝的眼中噙满了泪水，下一刻，便像断了线的珠帘落在衣襟上，落在地上，最后统统落在了龙茗的手背上。柳枝钻进龙茗的怀里，双手死死地抱住他，生怕再与他分开。

龙茗就这样直挺挺地站着，任她抱着自己，却不回抱她。

他的眼睛，始终都在武婧仪身上。

武婧仪却只顾着低头看锦书，书上皆是突厥语言。她这些日子每日都在研习突厥文字，如今已经可以看懂大部分的文书，做一些简单的翻译也不是问题。感受到龙茗的目光，她终是叹了口气，决定不再逃避。她抬起头，合上书，嘴角微微抬起，露出一个端庄优雅的微笑，道："龙将军有事？"

"为什么她会在这里？"龙茗强作镇定，说完，一把推开柳枝。也不知是龙茗用力过大，还是柳枝实在太瘦弱，她一个没站住便跌倒在地。她的手肘部位蹭在砂石上，立刻磨破了一大块皮，鲜血很快便沁了出来。柳枝咬牙，知道龙茗不会搭理自己，便只得自己探察伤势，她撩起袖子，不经意便露出了手臂上大大小小的伤疤。这些都是她这一路来餐风饮露导致的伤痕。

龙茗看着柳枝，面上充满了不解。

柳枝咬牙，不再看龙茗，反而一脸委屈地看向武婧仪。

武婧仪冷笑，暗哂一声，轻声道："龙将军若是有事，也等明日再说吧。今日，你先带龙夫人下去疗伤吧。她这一路，为你吃得苦也够多了。"武婧仪的语气始终平淡，似乎她对他从来都只有君臣之谊，毫无男女之情一般。龙茗闻言，深吸一口气，随即听话地转身出了营帐。而柳枝连告退之礼都顾不得行，跌跌撞撞地跟了出去。

不同于武婧仪的冷漠，狄姜的眼中写满了无奈，仿佛在笑："这一对冤家，看来还得再折腾一些时日。"

后来，二人先后入了龙茗的营帐，问药和狄姜还特地悄悄躲在帐篷外听墙角。可是他们失望了，龙茗和柳枝没有吵架。龙茗不管柳枝如何哭闹，待请来军医治疗之后便离开了。

当晚，他没有再回自己的营帐。

第二日，太平府的禁军将和亲使团交接完毕之后，便由副将骆非白带领，原路返回太平府。武瑞安仍与龙茗一齐，作为宣武使者亲自送亲到突厥国都。

狄姜看着离去的禁军步伐整齐划一，激起黄沙漫天，望着他们渐渐远去的背影，心里好一阵羡慕。她也想跟着他们返回，然后去干自己的事情。可是每当她不经意看见武瑞安独自一人时空洞落寞的神情，还是不舍。心想就这样陪他兄妹一遭吧，也费不了她多少时日。

"拔营——"随着一声号角，大军整顿完毕，向着阴山出发。

就在使团穿越阴山之际，在七百里外突厥的东部国境线上，已经有突厥精兵三千扎营以待。相较于宣武军中的愁云惨雾来说，突厥人倒是显得十分高兴。他们除了即将迎来貌美的王后，还有王后带来的巨额陪嫁。那些都是突厥没有的东西，种子、医术以及各种农耕用具，都是能让他们受益无数的财富，比金银珠宝更为珍贵。

和亲使团行进十日后，这一日早间，狄姜从帐篷出来后，便又见到龙茗靠在一块石头上睡觉。他在睡梦里仍然皱着眉头，显得疲惫不堪。

"龙将军又没有回营帐歇息，这样长途跋涉下去，他的身子能受得住吗？"问药有些心疼，刚要上前唤醒他，却被狄姜拦住了。

狄姜道："让他再睡会吧，如今有柳枝在帐中，怕是谁人劝说也不会听的。"

"那就另搭一顶帐篷呀！哪有叫大将军露宿街头的道理？"

"你倒是聪明。"

"那当然啦！"

"呵。"狄姜睨了问药一眼，轻笑道，"如果可以那样做，龙茗早做了。他们夫妻二人不曾同床共寝之事若传了出去，柳枝的名声扫地不说，龙茗亦会被旁人诟病，便只得装作每晚都巡夜，于此只是暂歇的模样。你呀，也只当没瞧见便是了。"

"……"问药惊得目瞪口呆，良久才嘟囔道："凡人的规矩真多，没来由地就喜欢画地为牢，自掘坟墓。"

"可不是？凡人就是这样，想得多，规矩也多。其实啊，世上本无事，都是庸人自扰之。"狄姜失笑，很是无奈。

和亲使团翻越阴山之后，黄沙渐渐被绿地所取代，放眼望去，净是无边无际的草原。一路上，草原的风景美不胜收，时不时便可见着牛羊成群，湖水涟涟，依稀还可瞥见毡房点点。蓝天白云下，碧浪随风起舞，弯弯的小河，静静地流向远方。这一切给人的感觉清新又平静，端的是一派与世无争的世外仙境模样。

"好漂亮啊!"问药由衷地赞叹。

"是啊……"狄姜见了这幅景象,心中顿觉开阔无比,笑道,"这就是坊间胡姬歌声里所唱的'天苍苍,野茫茫,风吹草低见牛羊了'?"

"可我只看见草地,没见着牛羊呀!"问药说完,突然又是一惊,道,"你们看那是什么?"顺着她手指的方向看去,便见天地相接的尽头有一条延绵数里的黑线,瞧上去只能看见乌压压的一片,其余的什么都看不清楚,只是觉得气氛在那一处沉凝,与前处与世无争的大草地形成了鲜明的对比。

"那是突厥的迎亲大军。"武瑞安和龙茗头一次不约而同地说道。

龙茗看了武瑞安一眼,武瑞安对他一点头,他便扬起马鞭,带了一队精兵向突厥使团策马行去。很快,不到半个时辰,突厥军收到消息之后,三千铁骑便整齐划一地策马而来。

队伍的最前头是此次迎亲的主帅,突厥王最小的儿子,舒曼。

舒曼高大威猛,轮廓鲜明,斧劈刀削的面上,鼻梁高耸,眼神深邃,只看几眼,便叫人不自觉被他粗犷豪迈的眼神所吸引。只有在广袤无垠的草原上才能养出这般强壮的臣民,这是宣武国大多数的男儿无法比拟之处。

"要是昭和公主要嫁的王汗是舒曼王子,那该多好啊……"

"是啊,年纪要比桀舜可汗适宜多了。"

"真是太可惜了。"婢子们绕在帐篷外边,眼睛止不住地往舒曼王子身上瞟。

舒曼隔着珠帘觑见过武婧仪之后,便在龙茗和武瑞安的带领下整理嫁妆,检阅随军人员名单。这一路上引得侍女们连连侧目,就连狄姜也不由得多看了两眼。她由衷得有些惊讶,原来胡人身上除了茹毛饮血的豪气,也有不输文人墨客的沉稳。人中龙凤四个字,仿佛写在了舒曼的脸上。

当天傍晚,和亲使团便由突厥大军接掌,负责主要人员的一应膳食。晚膳时布置了一桌子奶茶、奶干、奶皮子、奶酪、炒米,除此之外,还有一只烤羊羔横架在后,这比一路行来的吃食显得丰盛许多。武婧仪看着觉得十分新奇。

"一起用吧,本宫一人食用只怕是要浪费了。"武婧仪笑着招来狄姜和问药,就连柳枝也被她邀请在列,女眷们边吃边闲聊,言谈间较之从前轻松了很多。

入了夜，袅袅炊烟将熄。帐外，将士们脱下战袍，有人喝酒，有人吃肉，也有人燃起一堆篝火，架起马头琴，奏来一首首悠扬的牧歌。

草原的夜色最是迷人，微风拂人、草香袭人、月光诱人、水波撩人、鸟声动人。

或许草原的美景和美食感染了她们吧，一切看上去似乎并没有想象中那样的糟糕。武婧仪的内心宽慰了许多，面上也难得露出了一分笑容。

翌日，大军继续开拔，向北行去。越向北行，昼夜温差越大，使团里有不少体弱的人都病倒了，柳枝便是其中之一。她从入了草原就一直卧病在床。龙茗嘱咐军医好生照料，却始终都不愿入她的营帐半步，若柳枝执意追出来，那她便一整天都不会再见到龙茗的影子。他要么是在巡视使团，要么是在与将士们聊大。总之，柳枝这一趟算是白来了。三年不见，龙茗心中的恨不减反增，尤其是在这送亲路上，只怕每时每刻都是在剜他的心、蚀他的骨。

她真不该出现的。

三日后，和亲使团临近高阙城，宣武大军留在城外的贝鸣湖边扎营，使团陪嫁清单交割完毕，一众宫女婢子则分批被派遣到户籍处入籍。城里城外一派繁忙的景象，独独武婧仪端坐在自己帐中，什么事也不想，什么事也不问，做出一派听之任之的模样。

突厥有不少王公大臣好几次在未经通传的情况下，想要进到武婧仪的帐中窥探一二，但是几乎都被龙茗和武瑞安所阻。

"按照我宣武国的规矩，成亲双方非到成亲当晚，不得掀开红盖头，否则视为不吉，请各位尊重我宣武的规矩。"武瑞安朗声一喝，威严的声音便在草原上传开来。龙茗站在他的身旁不说话，但他沉着冷静的眸子里迸发出的气息便让旁人都觉得呼吸一窒。

突厥人都知道神佑大将军的威名，也听过龙大将军的事迹，他们之中也不乏将领在他们的手底下吃过大苦头。此次送亲派来两员大将，足以说明辰皇对武婧仪的看重，这比任何女子带来的荣耀都要深远。

第二十八章

柔然公主

使团正式入高阙城那天，亦是突厥王定下的大婚之日，更适逢突厥一年一度的敖包大祭。

祭祀塔设在城门外的丘陵之上，用石头堆成一座圆锥形的实心塔，顶端插着一根长杆，杆头上系着牲畜毛角和经文布条，四面放着烧柏香的垫石还有一个巨大的圆形石磨。

突厥汗王在日头高升之时，带领一众臣子从城门而出。五十岁的桀舜可汗身穿战时铠甲，将花白的头发与胡须各自收拾齐整，整个人看上去精神头尚佳，并不像是一个老态龙钟的老头，甚至比自己的大儿子更加意气风发。

武瑞安与龙茗对桀舜可汗行过点头之礼后，双手都不自觉地握紧了拳头。若不是因为他们代表的是宣武国，只怕这时二人已经将他摁倒在地，比较着是谁扒皮拆骨更为迅速。

突厥婢子入了昭和公主的帐中，躬身行礼道："阏氏，汗王来接您了。"

武婧仪早已收拾齐整，凤冠霞帔一件不落，大红的喜绸覆在面上，端坐在帐中。背脊直挺，整个人就算看不见容貌，依然高贵又神秘。

桀舜可汗大步迈向帐内，却不敢唐突，学着汉人的规矩恭恭敬敬地走上前，收起自己的大腹便便，轻言细语道："阏氏，请。"武婧仪从盖头下方看到他苍老年迈的手随着话语探到了自己身前。

"谢可汗。"武婧仪迟疑了片刻，才将自己的手搭了上去。她伸出手去，虎口处那枚梅花印愈发娇艳，就像是一枚赤色的文身。桀舜见了心中觉得很惊艳，要知道突厥人自古有文身之习，常文图腾在身上，就连他自己也有满背的狼图腾。

桀舜可汗没有细看使官递上的文书，不知此印记是一枚疤痕，只当是这位嫡公主与普通宣武女子不同，性情应当也更为开朗豪迈。

"把盖头摘了吧，让本汗的臣子都看看，我突厥新来的阏氏是多么美丽！"桀舜说着，就要去摘她的红绸。此时喜婆在一旁连忙拦住，笑道："启禀大汗，盖头要在新婚之夜才能摘，否则视为不吉，何不等到今晚再掀开呢？"

这是出发前礼官再三叮嘱的事情，武婧仪虽对这场和亲不喜，但是老祖宗留下的规矩却是不敢忘，亦点了点头，劝说道："大汗，桂嬷嬷此话不假。"武婧仪声音温婉好听，是草原女子所没有的娇柔。桀舜听着小娇妻柔美的声音，连心都跟着柔软了去。

"听你的，都听你的！"桀舜爽朗一笑，牵着武婧仪走出了帐篷。

二人携手出现之时，人群爆发出山呼海啸般的叫好声。他们被突厥婢子簇拥，来到了祭祀用的石磨之前。而石磨前跪着一名女子，她双手被反绑，束缚在腰后。这实在不像一个喜庆吉利的姿势。

武婧仪因盖着红绸故而看不见，可她身旁的婢女却"咦"了一声，她们身后的宣武人亦是同样迷惑。狄姜站在武瑞安身后离得较远，可尤是如此，也可以看出那名女子生得貌美，属于世间不可多得的美人。她穿金戴银，衣着华丽，苍白的面孔上，眼睛里写满了惊惧和愤怒，看上去如一朵在风雨中顽强抵御肃杀之气的铿锵玫瑰。

"掌柜的，她全身都被血气笼罩，好像……"问药蹙眉，低声犹疑道，"好像……好像要死了。"

"不是好像，"狄姜摇了摇头，凝重道，"是的确如此。"

就在宣武人疑惑之际，桀舜可汗突然牵起武婧仪的手，走到女子身前站定。他居高临下，不带任何感情地说道："这就是宣武来的嫡公主，即将成为我突厥汗国的新阏氏。柔然来的公主，临死前，你可有话要与她说？"突厥汗王没有叫她的名字，只道她是柔然的公主。这是上一任的阏氏，他连名字都不曾记住。

"什么？"

"她是柔然公主？"

"大好的日子，她为什么要死？"宣武国的人群里议论纷纷，就连武婧仪也忍不住想要掀开盖头，看一看眼前的究竟是什么人。可她终究是忍住了。她并不想多管闲事，横生枝节。

女子的身后有一彪形壮汉，他的手里是一把宽大而又锋利的斧子，形状就像在午门前常年拿着大刀的刽子手。女子的脖颈被摁在石磨上，在刽子手的刀下，显得那般纤细。

女子无惧，失声大笑："以狼为图腾的部落，就如狼一般，外貌丑陋！生性贪婪、凶残！"她侧过头，对武婧仪凄冷一笑，"你觉得你比我幸运吗？来到突厥成为新王后很开心吗？呵！我只想要告诉你，我惨死的今天，就是你的明天！他们没有心！"

"啪"的一声脆响，不等女子说完，桀舜可汗高高扬起手，一巴掌落在女子面上，怒道，"死到临头还出言不逊，本汗命令你，给阏氏道歉！"

"道歉？不可能！"女子努力直起身子，又是凄怆一笑，鲜血顺着她的嘴角流下，显得煞是诡异。她道："卑劣的突厥人！你们不要忘了，你们都曾是柔然的走狗！今日你们违背誓言，我死不足惜，我只恨不能亲眼看到你们灭亡那一天！"

宣武国人这才想起，这名女子或许就是柔然国送来的和亲公主，突厥可汗的前任阏氏。彼时柔然和突厥达成同盟，一同挥兵南下。可战败之后，突厥果断抛弃了同盟，转而与宣武国人结亲。此时，桀舜可汗为了表示自己对宣武公主的器重，打算当众处死柔然公主，和柔然国划清界线。

在列的宣武国人看着怒目而视的柔然公主与桀舜可汗，无论如何都想象不到，这二人曾经也是亲密无间的夫妻。过去，他也曾像手捧明珠一般待她如珠如宝。可现在，他下定决心赐死她，也只不过用了一晚上的时间考虑。下定决心之后，她的死就成了讨好武婧仪以及她身后的宣武国的一种手段。她到死，都在被作为一种工具来利用。

柔然公主跪在石磨前，双眼一动不动地紧紧盯着突厥可汗，她眼中的恨意仿佛要将眼前人生吞活剥，再诅咒突厥所有的臣民，叫他们也如自己一般不得好死。

而桀舜可汗早已见惯了大风大浪，恨自己的人比比皆是，他从未放在心上。如今多她一个小女子而已，又能掀出多大的浪来？

桀舜可汗自负一笑，朗声道："本王要将你的头颅永远放在高阙城的城楼之上，本王要叫你睁眼看着，我突厥汗国将在这片草原上生生不息，世代繁荣！"说完，他一声令下，刽子手得了令，便挥起长刀落下，快准狠地斩断了柔然公主的头颅。

"咕咚"几声，她的头颅便带着温热的鲜血落在草地上，滚了两圈，最终落在了离她最近的武婧仪的脚边。

"呀！——"武婧仪的婢女们哪里见过这样的阵仗，纷纷吓得花容失色。武婧仪顶着红盖头，入目所及，便是柔然公主娇美的容颜下有碗大的一个疤，还在向外淌血。

她的面上，那一双大眼睛始终瞪得浑圆，一动不动地恶狠狠地盯着自己。她的鲜血顺着石磨台流淌下来，染红了草地，染红了在座宣武人的眼睛。

刽子手走来，拾起了柔然公主的头颅，将它高举在头顶，大声呼喊道："桀舜可汗万岁——武婧仪阏氏万岁——"

"可汗万岁——可汗万岁——可汗万岁——"突厥大军响起一阵阵山呼海啸的高歌，赞扬着他们独一无二的汗王。

武婧仪听着这些四面八方传来的，仿佛来自地狱的魔音，她的脑子里再容不下其他的东西。只有柔然公主那一双死不瞑目的双眼，在脑海里盘桓，挥之不去……

她并不害怕自己有一天会如柔然公主一般身首异处。

她只是不希望自己的夫君，是一个会坑害手无缚鸡之力的柔弱女子之人。

她到现在才不得不认清，他的夫君，不是一个生杀予夺杀伐果决的君王，他根本就是一个彻彻底底的恶魔。

武婧仪再承受不住，两眼一黑，昏死过去。

"阏氏——"

"公主殿下——"

"皇妹！"

众人都被武婧仪突如其来的昏倒所惊吓，只有龙茗手疾眼快，最先一个跨步上前，将她稳稳扶住，避免了她倒在血泊里的命运。龙茗这才发现，武婧仪的体重比他想象的还要轻得多，腰肢抱在怀中简直不盈一握。他心疼地看着武婧仪，眼睛里迸射出的关切，灼烧了临近的几人，落在突厥汗王的眼中，更加显得刺目难当。

桀舜可汗立即招来婢子，沉声道："将阏氏送回城中休息，其余闲杂人等就不必前往了。"婢子们立刻搀扶着武婧仪离开，武瑞安跟着她们一起去了，其余人则继续留下，观看祭祀典礼。

之后的祭奠中规中矩，除了将柔然公主的头颅挂在高阙城楼之外，还能让狄姜和问药咋舌的便是可汗处置柔然公主的一众奴婢了。

约莫二十几人被吊在木桩上抽打暴晒，借此郑重地向宣武国人告罪。

狄姜看了一会儿便离去了，倒不是觉得场面血腥，而是觉得好笑。她笑一个曾经铁骑铮铮，让中原百姓闻风丧胆的突厥汗国，竟然沦落到要靠一群老弱妇孺明志的地步，真不知这桀舜可汗是不是老糊涂了？

狄姜走到城楼下，抬头看着柔然公主滴血的头颅，嘴角扬起一丝不可捉摸的笑意。她隐在宽大袖口中的右手指尖轻点，一抹精光便从指尖飞出。与此同时，柔然公主的双眸中便泛起一抹幽森的绿光，一闪即逝。

既然你想看着突厥灭亡，便睁大眼睛，好好地看着。

武婧仪这一病，病来如山倒，高烧三天也未曾退下。突厥人几次三番来催促完婚，皆被随军太医堵了回去，直言道："昭和公主水土不服，忧思惊惧，生命危在旦夕，实在不宜劳累，大婚之礼恐怕要推后几日，具体康复之期还未可知。"

突厥各部落汗王皆因此次盛典而聚集于此，大婚之礼推后实在是让所有人始料不及，各部落王臣也无法耽搁太久，随着时间的推移，越来越多的部落王离开。桀舜可汗觉得颜面尽失，怒气在见到柳枝的那一刻全面爆发。

那一日在皇城中，他忽然瞥见一名身着麻料衣衫的女子从武婧仪下榻的院子里匆匆走过，她虽是背对着自己看不清容颜，但是她虎口处的那一抹梅花烙印却深深地印在了他的脑海里。不是武婧仪又是谁？

桀舜可汗勃然大怒，带着一票人冲进武婧仪的房间里，隔着珠帘朗声怒道："本汗明明亲眼见到昭和公主在王城中走动，现在却仍佯装病危，只当我们突厥人是好糊弄之辈？"桀舜可汗怒目而视，对一干侍者朗声道，"今天晚上，本汗不管昭和公主是活着还是死了，成亲之礼必须准时举行，否则我突厥大军必然挥师南下，与你宣武国来个不死不休！"

"大汗恕罪——"婢子嬷嬷跪了一地，浑身颤抖。而床上的武婧仪只闻出气不见进气，连呼吸都成了困难，又怎么会在帐外流连？

突厥汗王懒得与女子纠缠，下达命令之后便怒气冲冲地离开，随后，婢子立刻出去寻了武王爷和龙大将军来，将桀舜可汗的话一字不漏地告知二人。二人听闻后，皆震怒不已。

"简直欺人太甚！本王这就修书母皇，与他们血战到底！"武瑞安一拳砸在茶几上，"哗啦"一声，茶几立刻从中裂开，碎成数块。

"末将这就去杀了桀舜可汗，还婧仪自由！"龙茗双拳紧握，拔出长剑便冲了出去。

"夫君不要！"龙茗刚打开门，柳枝便冲了进来，一把抱住他的腰。柳枝的泪水模糊了眼眶，她苦苦哀求道，"夫君，我求求你，你不要蹚这浑水了！汗王是公主的夫君，您就算再厉害，身在突厥国都，也孤掌难鸣啊！"

"让开！"龙茗一声怒吼，可柳枝如何也不让。

"我不能让你去送死！你若要去，就踏着我的尸体去吧！"柳枝死死扒住龙茗，如何都不放开手。龙茗抬起手，直接将她推倒在地。她本就病了许久，这一推直接让她吐了一口鲜血，差点昏死过去。这是龙茗第一次对她动粗，已是忍无可忍到极点。

"住手……"这时，一声虚弱无力的声音传来，房间内的几人都停止了动作，齐刷刷地看向珠帘里头。发出声音的，正是昏迷几日的昭和公主武婧仪。

"皇妹！"武瑞安几步跨到床边，握住了她的手。龙茗亦是收剑入鞘，不顾礼仪来到她的身边，虽然不说话，但眼神里的心疼和关切却不输于武瑞安分毫。

"不要吵了……本宫身子已经……已经渐好……迟早都是要嫁的……早

一些……晚一些……都是一样的……"武婧仪似乎是用尽了力气才说完这句话,说着便是要挣扎着坐起来,但是被武瑞安强行摁了下去。

一旁的嬷嬷劝慰道:"现在时辰尚早,成亲大典在晚上,待太阳落山了,再起床梳妆亦不迟。"

武婧仪松了一口气,闭上眼睛,虚弱道:"他们都出去吧……本宫……想清静片刻……"

武瑞安回头瞪了龙茗一眼,示意他赶紧带着柳枝出去。

"下官告退。"龙茗颔首,将柳枝拖了出去。

"婧仪,他们都走了,本王留下来,陪陪你……"

"皇兄也出去吧,"武婧仪打断他,缓缓道,"我没事的。"

"可是……"

"出去吧……我想一个人静静。"武婧仪摆摆手,随即别过头去。武瑞安无奈,只得与婢子嬷嬷们一起悄声退了出去。待他们都离开后,武婧仪才睁开了眼睛。她的眼角有泪但神色中却没有害怕。

她不怕苦,也不怕死,只是不希望真正关心自己的人伤心难过,可是她现在似乎有些无能为力。一股深深的挫败感贯穿了她的身心,她哭着哭着,哭累了便又昏昏沉沉地睡了过去……

武瑞安心里郁闷,便去找了狄姜。此时,狄姜正坐在城外宣武大军的营帐里,悠闲地喝着奶茶。

"你似乎心情很好?"武瑞安"啪"的一声,将佩剑砸在桌上,吓了狄姜一大跳。狄姜睨了他一眼,没好气道:"半个时辰之前,问药问了我同样一句话,你猜我怎么答她的?"

"如何答的?"武瑞安蹙眉,预感她不会说什么好话。果然,下一刻便听她道:"此时山川依旧青绿,江河照常流淌,日月星辰仍高挂在苍穹,我有什么理由心情不好?"

武瑞安愣愣地看了她半晌,才道:"山川江河,日月星辰,都与你何干?"

"当然与我有关。世界如此美好,我没有理由难过。"

"没有理由难过?如今哪怕河水倒流,也没有婧仪的事大!她要嫁给桀舜可汗那个凶残无度、暴虐无道的昏君，简直是暴殄天物！"武瑞安愤愤不已，怎么想都觉得自己忍不下这口气。

"婚事不是已成既定事实吗？"狄姜淡定地呷了一口茶，"难道你刚刚知道桀舜可汗残暴？还是你才知道昭和公主会嫁给他？"

"本王当然一早知道桀舜的脾性，却没想到会这般的蛮横！前几日斩杀柔然公主时可以不眨眼睛，谁知道日后会不会如此对婧仪？"

狄姜笑道："位高如王爷都没有办法救公主于水火，那小女子又有什么法子呢？想多了不是自寻烦扰吗？人生苦短，想做的事情就不要后悔地去做，无能为力的事情，就不要浪费时间去想。王爷，草原的酥油奶茶味道还不错，您尝尝？"说着，狄姜递给他一杯奶茶。

武瑞安发觉自己无法反驳，只得沉默地看着狄姜清澈冷静的眸。慢慢地，他却发现自己原本躁郁难纾的心情，竟跟着狄姜舒缓的眸子渐渐平复了下来。可他也并没有接过狄姜递来的茶，而是朗声唤来底下的士兵，搬来了两大坛子酒，一口接一口旁若无人地喝了起来。

狄姜嘴角含笑，一直没有再说话，只是静静地陪着他。

二人便一直沉默，直到夕阳西下。

而柳枝跟着龙茗回房之后，二人在房中亦是沉默。龙茗坐在桌旁，双拳紧握。柳枝则坐在床上嘤嘤哭泣，时不时看向龙茗的一双眸子里，带着凄凉哀怨，还有深深的爱慕。

龙茗见了她这副模样更加生气，强忍着怒气，道："你要的富贵我都给你了，你大可以永远高枕无忧地坐在龙夫人的位置上，不会有人撼动分毫。你还要我怎么样？"

"你还不明白吗？我爱的是你，不是你的身份！"柳枝哭诉道，"我若是只图你的钱财地位，我为何要追到这千里之外的突厥来？我可以不做龙夫人，但我希望你能原谅我，正眼看看我，就跟从前一样。"

"你敢说喜欢我不是因为我的身份？"龙茗站起身，一步步走近柳枝，俯下身盯住她的双眸，森然道，"从最开始的花灯会相遇，那时的我什么都不是，你可是从那时起，就喜欢上我了吗？"

柳枝被他的眼神所惊吓，久久说不出话来，头上冒出豆大的汗珠，顺着脸颊流下。面对龙茗咄咄审视，她突然记起，他一穷二白时也是同样一双皎洁的眼睛。可那时，她不仅没有看上龙茗，甚至还屡次在公主面前贬低龙茗。只觉得他空有少年的抱负，所说的不过是骗女儿家的说辞。柳枝知道自己骗不过他，低声道："我承认，从前公主喜欢无名的你时，我并没有喜欢上你，甚至觉得你耽误了公主的年华。她每每写信于你，我都曾劝她不要与你有过多往来，直到后来你从军，得到将领的赏识，再一步步被提拔最终成为大将军之后，我才发现自己对你的心意，已经在你与公主无数的信件往来中无法自拔！

"我也承认，若你没有之后的一番成就，我不会喜欢你，可是现在的我很爱你呀，明明你也曾那么欢喜于我，怎么一夕之间就全然变了一番模样呢？"柳枝声泪俱下，哭诉着，"公主与你的书信都是经由我的手传递出去，你们在一起的每件事情我都知道，我对你的了解不比她少！只要你喜欢，我可以变成任何模样！哪怕是学做公主，我也甘之如饴！"

"可你并不是她。"龙茗闭上眼，长舒了一口气，随即从怀中拿出一张纸，放在桌上，道："我已经决定，我接下来要做的事情，或许会引起两国交战，触动辰皇。从此你要的优官厚禄，出人头地，统统都会化为乌有，甚至会被株连九族。但就算如此，我也仍要去做，否则此生良心不安。你再与我在一起，结局只会是身首异处，变成人人喊打的过街老鼠。这封信我从见你第一天便拟好了，今天把它交给你，你便拿着它，离开吧，否则来日到了万劫不复之境，你休要怪我。"

柳枝愕然抬头，便见桌上那一张纸上，写着狂草疾书的两个大字：休书。

很快，龙茗便不再看她，转身离去。

"你不许去！"柳枝拉住他，"你想带武婧仪走对不对！我不许你去！你现在还是我的夫君，你凭什么要为了别的女人去送死！我不许你去——"

"你再不松开，我便斩断你的双手。"龙茗眼神冰冷，眸子里发出刺骨的寒意，没有一丝情谊。柳枝被他一瞪，便知道他不是在开玩笑。

柳枝愕然地放开双手，龙茗提步就走。

上一次分别，她也是这样望着他的背影，然后目送他远去。可这一次分别，比上一次来得还要决绝。龙茗若带走武婧仪，等待他们的，只会是颠沛流离、不复往昔。

下一刻，柳枝突然就下定了决心，陡然抄起桌上的花瓶便砸在了他的后脑勺。"啪"的一声，龙茗从不觉得柔弱的柳枝会对自己出手，所以未曾有防备，他哼都没来得及哼便应声倒地。

柳枝看着地上一动不动的龙茗，眼泪停留在眼眶中，在这一刻，她吓得就连哭都不知该怎样去哭了。可再是惊吓，她的脑海里却始终有一个声音在反复回旋："无论如何，龙茗都不能去！"

柳枝虽然外表柔弱，可内心却从来都不是柔弱的人，她生在内宫，内心坚韧无比。她看着桌上的休书，冷笑了两声，三两下便撕掉了休书，再心下一横，走出了营帐。

这一次，她走得比过去任何时候都要坚定。

傍晚时分，奴婢和嬷嬷们走进武婧仪的营帐，可意外的是，武婧仪已自己收拾妥帖，穿着凤冠霞帔，端坐在梳妆台前。盖头之下的她看不清眉目表情，可挺直的背脊代表着她一往无前的决心。

婢子们见了心中更加心疼，不由得都跟着鼻头眼眶泛红。

从前武婧仪待她们很好，素来温言以待，不在小事上纠缠。加之她性格豪爽，人也风趣，在她身边当差十分舒坦愉悦，深受宫人们的羡慕。而她此刻受到的惊吓和委屈，怕是比从前大半生的加起来还要多，被龙茗悔婚与如今的生死威胁比起来，可说是不值一提。

武婧仪沉默着不说话，旁人再多的安慰也成了苍白，便一起跟着沉默。

屋子里四处挂着红绸，本该是欢喜的气氛在这一刻却沉凝至极，任谁的脸上都挂着十分的忧愁，根本不像是要办喜事的样子。表情比奔丧还要寡淡。

酉时一过，桂嬷嬷便道："公主，时辰到了，咱们走吧。"

武婧仪不说话，只点了点头，随即被人搀扶着走出了屋子。

一行人在突厥使女的带领下，从王城大道里缓缓步入了王宫主殿。

突厥王宫建立在贝鸣湖边的山坡之上，与大明宫相比不算大，但是异域风情浓厚，整座王宫由六十四根需八人环抱的圆柱托起，远远瞧去，有一种别样的威严气势，震人心魄。

宣武送亲使臣只有极少数应邀在列，其中以武瑞安为首，坐在汗王的右手边，紧挨着突厥四大王子。狄姜则垂首立在武瑞安的身后，对外称作是他的婢子。

突厥人知道，在宣武人的军纪里，行军打仗长途跋涉时，军营中不可能会出现女子。武瑞安这样心疼地将她时刻带在身边的，只会是小妾或者通房丫头，于是看待狄姜的目光纷纷有些暧昧。狄姜毫不在意旁人投来的询问的目光，只嘴角带笑，似乎在等待一场好戏。

很快，只听一声长号鸣响，礼官宣布新婚大典正式开始。

大殿之外，缓缓走来一抹红衣似火的身影，格外鲜艳耀眼。武婧仪按照中原习俗，身穿凤冠霞帔，头盖大红绸缎，一路颤抖着从大殿前门走到了王后宝座之上。

她的身形单薄，双肩微颤，看得出每走一步都甚为艰难，若不是身旁有婢子搀扶，她好几次都差点踉跄摔倒。

所有人都看得出，她大病初愈，身体仍未大好，迟疑的步伐里还透着几分害怕。

可也没有人在乎她的惊悸和害怕。

她是宣武的和亲公主，身上肩负的便不仅是一个女子的儿女情长，身在帝王之家里，就一早该有抛弃小我的觉悟。

桀舜可汗这一生娶过四个女子，武婧仪是第五个。他砍掉了前任王后柔然公主的头颅，将所有的荣宠都给了继任的王后。不管她喜不喜欢这样的"荣宠"，她都必须接受，这是她身为和亲公主的使命和职责。但成亲之礼用外邦的却是第一次。为了让昭和公主觉得舒服，突厥方尽量让一切成婚大礼都根据宣武的习俗来完成。

桀舜可汗与武婧仪坐在一起，饮过交杯酒，吃过合卺米，接受王孙贵族朝拜之后，又根据宣武国的规矩，将二人送入了洞房。

洞房花烛夜，一对龙凤烛烧得正旺，映照得整间屋子都明晃晃的。

桀舜可汗喝多了酒，正满面红光，春风得意。

"大汗，掀盖头吧，"桂嬷嬷拿着喜秤，递给桀舜可汗，笑逐颜开道，"掀起了公主红盖头，这婚礼就算成了！"

"多谢嬷嬷，传本王命令，全都有赏！"桀舜可汗说完，接过喜秤，迫不及待地掀起了武婧仪的盖头。

可盖头掀开的那一刻，满屋子的婢女嬷嬷们皆倒吸了一口凉气。

桀舜可汗蹙眉，回过头，狐疑地看着桂嬷嬷一干人等，便见她们一个二个都跟见了鬼似的惊惧。

"你们……"桀舜可汗刚说出两个字，很快，他便说不出话来，面上的表情也似她们一般惊恐。

但他的惊恐与嬷嬷们的惊恐不同。

嬷嬷们因看到武婧仪的脸而惊骇，但桀舜可汗却是因为看见桂嬷嬷的身后，正飘着一抹白色的影了。

影子满脸血污，张牙舞爪，死不瞑目。下一刻，她的头却突然离开身子，飞了起来。

头颅带着鲜血划开一个弧度，稳稳地落在了自己手里。

头颅上，她一双漆黑的眸子里没有眼白，嘴角朝自己咧出一个大大的微笑，可声音却是在哀号。惊声尖啸，让人耳膜震裂。

"啊——"桀舜可汗惨叫一声，发了狂似的用力甩手，想要将那颗带血的头颅扔出去，可那颗头颅就像长在了自己手上，怎么甩也甩不掉……

第二十九章
丹若花神

　　当晚，突厥可汗桀舜便一病不起。

　　两国的国医都来瞧过，只说他寒气入体，才引得突发顽疾，高烧不退，开了许多药都不见好。阏氏武婧仪暂掌内宫，部落中的事情暂由舒曼王子负责。二人井水不犯河水，倒是相安无事。

　　很快，大婚之夜老可汗因喝多了酒陷入高烧昏迷之事便传开来。武瑞安与龙茗得了消息后，数次求见，却都被武婧仪拒绝。不仅如此，武婧仪又颁布诏令，命武王爷和龙大将军立即带领宣武送亲大军遣返归国，不得逗留。

　　武瑞安百思不得其解，去找龙茗商量，却发现他仍在床上睡着，整个人似疲累至极，怎么叫都叫不醒。武瑞安无人可以商量，便在午膳之时问狄姜道："婧仪为什么会这般急切地要本王离开？"

　　狄姜淡淡道："怕是见一次便会伤感一次，索性不见了吧。"她随口一说，在武瑞安听来却煞有其事，心想这或许就是唯一的理由了。

　　但武瑞安仍不死心，派人传话给武婧仪，道："若不得见最后一面，绝不回朝。"

　　武婧仪最终还是答应了他的请求，大军拔营前一天，武瑞安与武婧仪隔帘而望。她弱弱地伸出一只手，想要挑帘子，可她刚一露出手上的梅花印，要去握住武瑞安的手时，便一个没忍住，缩回手掩面低声哭泣起来。

　　"王爷，您还是回去吧……公主见了您，怕是只会哭了……"桂嬷嬷一边为武婧仪擦拭眼泪，一边叹息。武瑞安的手扬在半空中许久才放下，随后转身出了大殿。

武瑞安虽然极想见妹妹最后一面，但是继续留在此处，他也怕自己会失态，到时候怕是要引得婧仪更加难受了。如此遥遥一别，或许对双方来说才是最好。

武瑞安终是选择死心离开。

龙茗转醒之时，已是大军开拔之际。武婧仪站在高高的城楼之上，看着沐浴在晨曦下的宣武国送亲大军。大军里的马匹五颜六色、昂首挺胸，粗犷而井然有序，坐在马上的精兵亦是满脸喜悦，与自己的愁眉不展形成了鲜明的对比。她的心中自然是万般不舍。可是再是不舍，也只能舍。

长痛不如短痛。

龙茗亦是如此，现如今生米已经煮成了熟饭，他连靠近武婧仪的机会都没有了，更不要说在重兵把守的突厥皇宫里救下一个不愿意跟自己走的人。龙茗无奈，带着大军齐齐向远处的城楼方向行礼，随后，送亲精兵踏着朝霞，闻着草原清冷的空气，对昭和公主做了最后诀别。龙茗告别了这位和亲公主，也告别了他此生唯一爱过的女子。

"出发——"副官喊了一句，马鞭声便不绝于耳，由近及远呼啸而去。

城楼上的人眼睛虽然微微泛红，但却再没有一滴泪流下。

她的脸上只有一往无前的决绝与坚定，再无往日的彷徨。

此人却不是武婧仪。

她是昨夜大婚时，顶了武婧仪和亲公主身份的柳枝。

"唉……你这是何必呢？"桂嬷嬷满目愁容，几次拭去眼角的泪，但是她倒不是因为不舍，而是因为害怕。

"收起你的惊惧，从此本宫才是你的主子，才是宣武国的嫡公主。你们现在与我已经缚在一根绳子上，若被人发现了，谁都逃不过一个'死'字，明白吗？"柳枝沉着一张脸，脸上没有丝毫的害怕。

"奴婢明白。"桂嬷嬷颔首，柳枝这话昨夜已经与她们说过一次，她们权衡过后，也知道这里头的利害关系，自然不敢乱说。为今之计，也只能将计就计，与柳枝一齐，在这突厥王城里相依为命地活下去。

与大军一同被特令遣返的，还有武婧仪的一个贴身婢子，红乔。遣返理由很简单，红乔水土不服，公主希望她能回去嫁人生子，好好活下去。武瑞安没有理由拒绝，突厥人也很大方，何况红乔的相貌也只是中人之资，他们不在乎陪嫁一千人中少了区区一个婢女。

四季的轮回自然而然地到来，这一遭行来，不觉已是深秋。草原昼夜温差较大，到了落日时分，大军便不得已寻了一处蜿蜒流淌的小河边扎营，明日再继续启程。

此时，军营里只剩下狄姜、问药、柳枝和红乔四个女子，狄姜和问药多在武瑞安的身边，甚少在外走动。而柳枝尚在病中，龙茗无心管顾，便派了两名精兵打发了她，红乔的行踪便让人分外关注起来。

用过晚饭之后，红乔额外多要了些汤饮去了柳枝的帐中，这不禁让武瑞安和龙茗觉得很是奇怪。狄姜也是觉得好笑，喝了口茶，打趣道："听闻红乔与柳枝都是从小跟着昭和公主的婢子，自从柳枝背叛公主之后，二人便决裂了，前几次红乔见了柳枝都是一脸鄙夷，这会儿该是仇人见面分外眼红才对，怎么红乔却开始照顾柳枝了？"

她这一句犹如惊雷一道，劈在了武瑞安和龙茗心尖。

武瑞安和龙茗急匆匆地冲进了柳枝的帐中，此时营帐里只有红乔坐在床边暗自垂泪，而床上躺着的哪里是柳枝？根本就是仍在大病中昏迷的昭和公主武婧仪。

"本王就觉得奇怪，婧仪不该如此急切地让我们离开！"武瑞安面上的表情瞬息万变，双目通红，显得动容无比，但喜悦仍然爬上了他的心头，对于失而复得的妹妹，他喜不自胜。

龙茗的表情也如武瑞安一般激动，但是内心深处却有一个声音咆哮着，愈渐变大："如果武婧仪不可以和亲，那么柳枝就可以和亲吗？她会不会也希望自己回去救她？如果我要带她走，她一定会跟我走吧？"

柳枝和武婧仪，他都对不起，他都想救。

龙茗也不知道自己是着了什么魔。

犹疑了半夜，终于在破晓时分、众人还在休憩之时，他独自跨上白马，朝着高阙城疾驰而去。可他还没有走出两里地，便见一碧衣女子突兀地站在草原高地之上。她逆着晨曦，就那么独自一人立着，似乎在等什么人。她的四周是一望无际的草原，仿佛是立在了天与地的尽头。

"吁——"

马匹急收前肢，在女子面前一丈处收住了前行的势头。可女子半点也不觉惊惶，立在原处，发丝被马儿带起的风声吹动、飘拂。

待发丝回落，龙茗这才发现此女正是武瑞安的婢女，狄姜。

"狄姑娘为何在此？"

狄姜颜色淡然，一脸微笑："我在等你呀。"

龙茗蹙眉，也不管她找自己有何事，直道："此处离大军有些距离，晚间天气寒凉，到了夜里更有狼群出没，很是危险，你还是快快回大营去吧！"

狄姜依然微笑，分毫也不打算退让的样子。她直勾勾地盯着他的眼睛，问道："那您呢？更深夜凉，龙将军又是要去哪里？"

"当然是去救柳枝！"

狄姜无奈道："龙将军真的觉得，柳枝需要你救吗？"

龙茗蹙眉道："你这是什么意思？"

"您真的觉得，跟着柳枝去突厥，是一件好事？"狄姜陡然提高音调，她目光灼灼，厉声问道，"你若跟她去，你们的结局逃不过一个'死'字，且不说突厥宣武两国会否大乱，只说当她侍奉突厥可汗的同时，却要看见你成天地在跟前晃荡，看到你的同时，怕是只会让她更加痛苦，您真的是在为她好吗？"

龙茗本就木讷的脸上更显迷茫，看得出他似乎从来没有考虑过狄姜说的这些问题。良久，他才厉声一喝："不管怎样，我不能看着她嫁给那样的人！你让开！"

"这是她自己选择的路，如今已经没有办法弥补，为什么你到现在还不知道如何去珍爱一个女子？从前你将柳枝认作了是对你有提携眷顾之恩的女子，遂拒绝了辰皇的赐婚，抛下武婧仪娶了柳枝，此是错一；后来当你发现是自己弄错了人，便将全部的罪责落在柳枝身上，将她弃于太平府，往来不顾整三年，这是错二；如今你若再因为她的代嫁而引起两国交战，便是错上加错，万死也难辞其咎了。"

"你懂什么！快给我让开！"龙茗扬起马鞭，马蹄急抬，眼看就要落在狄姜面上。

狄姜却一面扶住马儿额头，一面抓住马鞭，马儿便安分下来，龙茗也发现自己的右手再使不上半分的力气。他不可思议地看着狄姜，只觉身前的女子身形单薄，纤若无骨，可自己分明用尽了力气，也无法抽动马鞭丝毫。

龙茗无力地坐在马背上，瞪眼看着她，狐疑道："你究竟是什么人？"

狄姜道："我是什么人不重要，重要的是你要看清楚，自己是什么人，以及如何去爱一个人。你一直都知道，自己爱的人，从来都是那个灯会下温柔体贴的女子，无论她的背景如何，你爱的从头至尾都是武婧仪，为何现在又心疼起柳枝了？"

"若柳枝没有代嫁，你会理她吗？这月余以来，你与她说过的话，恐还没有昭和公主与她说的话多吧？你有什么脸面谈情说爱？"

"温言细语，体贴相伴，这些都不难。难的是你真正站在她的角度去考虑，乐她所乐，苦她所苦，而不是一厢情愿去给予，给予你自己认为的深厚的感情。那不是爱，而是剥夺，以及你的自我感动。"

"而且，"狄姜顿了顿道，"爱也不是怜悯。"

当晚，龙茗最终还是没有去找柳枝。

狄姜回营之后，问药便拉着她，急道："掌柜的您大晚上的去哪儿了？"

"去找一只迷途的小狼。"

"狼还能迷路？"问药蹙眉，气道，"您一定有事瞒着我。"

"哪儿能啊？"狄姜笑了笑，还是将龙茗欲去寻柳枝之事告诉了问药。问药听罢，更加生气，怒道："龙将军真是太感情用事了！"

"是啊，可这是他的缺点，亦是他的优点。这悠悠世上，有情有义的男子能剩几人？"

"他有情有义？我看他是吃着碗里的，看着锅里的，鱼和熊掌都想要！贪心！"

"看你如何理解了，旁人的眼光也没什么用，此事最紧要的还是要看昭和公主如何想了。等她身子大好之后，或许反应会比龙茗还要激烈呢？"狄姜写了一服治疗风寒的药方，交代给问药，"军医此前见过武婧仪，不能让他再见到柳枝，此事越少人知道越好，去把这服药方交给红乔，让她去找军医领药吧。"

"掌柜的……"问药面露难色。

"还不快去？"狄姜瞪了她一眼。

"一定要去吗？"

"跑个腿如此简单的事情，你为何扭扭捏捏的？"狄姜没好气，低声怪道。

"掌柜的……您不是说不救活人吗？您现在给公主开药方，是不是她……"

狄姜啊了一声，隐秘一笑："你说对了，武婧仪会死。"

狄姜说完，问药的脸便垮了下来："竟真是这样……"

狄姜见她难过，又是一笑，道："昭和公主以后都会端坐在高阙城中，成为突厥的王后。武婧仪以后都不能再叫这个名字了，对她来说，过去的武婧仪可不就是死了？"

"您是说……"问药的脸上复又惊喜。狄姜笑着颔首："是啊，武婧仪往后无论用什么身份活下去，都不能再做公主了。"

"那就好，只要还能活着就好。"问药笑逐颜开，拿着方子便去了柳枝的营帐。

当夜，狄姜捧出一本花团锦簇的簿子，在第五栏里写上了一句诗词：

"密幄千重碧，疏巾一捗红，花时随早晚，不必嫁春风。"

"什么意思？"问药一脸迷糊，表示有些看不懂。

狄姜道："这是咏赞石榴的诗句，石榴即是丹若，诗句的意思大概是石榴花层层叠叠的密枝浓叶，就像千重碧绿的帷幕，枝头的花像簇挤的疏巾火红。花时本来有早有迟，不必赶着季节，委身于春日的东风。你看，石榴花不与百花争时，任自己在夏季开花，不是也把夏日装点得很美吗？"

问药托着腮帮子，很是不解："话虽如此，可丹若花神为什么是柳枝？她从前可是做尽了坏事！为什么连一个心眼坏透的婢女也能封花神？"

"婢者，卑也。她也是身不由己。"

"悲？"问药更加奇怪了，"为什么要悲？我也是您的婢女，我每日就很开心。"

"你当世人都如你这般没心没肺？都有我这样好的主子？"狄姜被她逗笑了，"婢女不过是奴仆，她们的地位有时比奴仆更加低微。她们没有单独的户籍，就像牲口一样，可以被贩卖、被奴役，她们有时还会充当家中男主人的发泄物，随意抛弃者有之，共享玩乐者有之。总之主人想让你往西，你就不能往东，一切生杀大权都在主人手里。她们没有安全感。"

"所以呢？就因为她是一个可怜的婢女，所以得了您的怜悯吗？"问药道。

"天下可爱之人，都是可怜之人；天下可恶之人，亦皆是可惜之人。"

"太深奥了。"问药撇撇嘴，表示自己听不懂。

"柳枝从前确实身无长物，毫无可取之处，可如今却有了让人怜惜之处。"她那一句"身为下贱，心比天高"，让狄姜现在还记着，这是曾经让梅姐羞愤致死的一句话，也是禁锢了无数身份低微的女子的噩梦。门当户对这一说，让多少人望而却步，有几个能如她一般为自己拼搏？

"柳枝从小伺候昭和公主，与公主同行同住，过的日子却是一个天一个地。谁都想要更好的生活，谁都会有获得自由的权利，拼搏不是坏事，只是君子爱财，取之有道。柳枝从前的'道'偏了，如今愿意回到自己的'道'上来，这是值得被原谅的。她亦是可怜的女子。"

问药愣愣地点头，慢慢被说服了，有了些许赞同。

狄姜又道："曾有《婢女诗》：'赤脚蓬头年复年，青春渐渐忙中过，汲水昏随虎队行，抬薪晓踏鸡声破，事冗日长半饥饿，夜绩五更身上衣，打扫堂前犹未了，房中又唤抱孩儿。'足见为奴婢者的不易。且宫里的婢子大多是官婢，处境怕是比私婢更为艰难。宫女不许涂胭脂，不许穿红带紫，日常衣物也只许着素色质朴的衣裳。就连睡觉也受到限制，不许仰面朝天，不许劈开腿，这些都是冲撞神灵的姿势，视为不吉。陪嫁婢女多作媵女，地位比通房丫头高不了多少，且限制颇多，更加不自由。"

"那又如何？当年若不是她误了昭和公主的春风，今日便不会被秋风所误，一切都是她自找的。"问药冷笑道，"况且这世有婢女千千万，您救得过来吗？"

"见不到的不去想，见到了，那我就来吹散这一抹误人的秋风吧。"狄姜淡淡一笑，拈来白玉笔，在簿子上添上了柳枝的名讳，她的生平事迹便跃然纸上。

"您想怎样做？"问药蹙眉。

"我只是给了她一个机会，吹散笼罩在柳枝身边的阴霾。"

"什么机会？"

"突厥人血气重，没有中原那么多的规矩。可一旦让他们看见超过自己认知的事情，恐惧便会在心中滋生蔓延，最终吞噬他们的身体和灵魂，我便是给了她这样一个机会。"

问药以为狄姜说的是柳枝，可是非也。

狄姜嘴里说着"她"，却连她的名字都不知道。

第二日，突厥可汗的高烧退去，却开始剧烈地咳嗽起来。咳得心肺俱裂，直到口吐鲜血仍不能停止。当天深夜，一缕白色的烟雾缠绕着血线飘飘荡荡，到了百里之外狄姜的帐里。

"白月多谢姑娘相助，大恩大德无以为报，请受白月一拜。"空气里飘来一缕叹息声，狄姜只闻其声，不见其人。随着声音的消散，一红一白的两道光晕也跟着消失不见。

狄姜始才知道，原来这位柔然来的和亲公主的名字，叫白月。

这一刻，在高阙城城楼正中挂着的头颅上，白月那一双瞪得浑圆死不瞑目的眸子，终于闭上了。

与此同时，桀舜可汗薨。享年五十四岁。

两日后，桀舜可汗薨逝的消息传来，武瑞安和龙茗皆大惊。他们本想调转大军回去游说突厥接回柳枝，却又接到突厥人快马加鞭送来国书，国书上言：桀舜可汗薨，舒曼王子不日继位，将重新举行大婚典礼，仍尊昭和公主武婧仪为突厥唯一的王后。

众人得了消息皆面面相觑，脑海里不自觉便浮现出舒曼王子潇洒俊逸的面庞。柳枝若能与他举案齐眉，伉俪情深，或许还真是一段佳话了。

当武婧仪从病中转醒，得知此事之后，第一反应竟不是开心。

"本宫的人生，为何几次三番都要被一个婢子所执掌？"她长长地舒了一口气，随即咬牙切齿道，"本宫两次被她所左右，她以为自己是谁？她以为这样做，本宫就会感激她吗？"

武婧仪又道："况她也不是为了救我，只不过这样做可以让她心中好受一些，在龙茗那里，或许也只有这样，她才能得到原谅。说到底，她是为了她自己。"

"我永远也不会原谅她的。"

武婧仪激动不已，誓要回高阙城，武瑞安劝说许久，仍是无法平复她的心情。最终，在她即将冲出帐篷时，武瑞安只得忍痛将她打晕，送回了床上。

龙茗和武瑞安深知武婧仪的性子，在帐中商量了一晚上仍没有应对方法。

狄姜却是不急，优哉游哉地听他们讨论了一整晚，最后，只悄悄在她的汤药里又加了一束"忘忧草"。

翌日，等武婧仪再醒来时，她记忆便回到了十二岁，成天满心欢喜地叫唤着"龙哥哥""龙哥哥"，只追着龙茗一人跑的时候。

她的记忆里只剩下了最快乐的那一段日子。

"她怎么变成了这副模样？"武瑞安疑惑，问狄姜。

狄姜耸肩道："或许是连日来受到的打击太大，便忘记了那些痛苦的回忆，只剩下美好的记忆了。"

"嫁出去的妹妹泼出去的水啊……"武瑞安无奈，却终于放下了一颗心，只要武婧仪健健康康开开心心，她记得什么不记得什么，那又有什么关系呢？

半月后，大军翻越阴山，度过荒漠。回到关内之后，龙茗便交出了虎符，辞去了大将军之位。武瑞安接受了他的辞官，这一日晚间，第一次请他吃了一次酒席。

酒过三巡之后，武瑞安才正色道："婧仪不能再回宫了，就连太平府最好也不要再回去。"

龙茗点头："婧仪好不容易才得了自由身，自然不能回去，我不会再让她涉险，变成笼中之鸟。"

"接下来你有什么打算？"武瑞安问道。

龙茗想了想，道："婧仪已经享尽了世间荣华，过去皆化为尘土。等她身子大好了，我就带她去看一看我宣武的大好河山，用自己的余生带她走遍名山大川，江海湖泊。"

"好……好好，如此最好。"武瑞安止不住地点头称赞，说着说着，眼角亦有晶莹闪烁。

第二日，龙茗带着武婧仪和红乔与大军分别，寒冬降至，他们想去江南避寒。龙茗在驿站买了一驾马车，自己亲自驾车，载着武婧仪和红乔一路向南，打算去到惠州。

送行之时，只有武瑞安与狄姜问药主仆到场。武瑞安看着他们渐渐离去的背影，不无忧虑地问狄姜："她多久能恢复记忆？"

"一月？三月？一年？"狄姜笑了笑，"待龙茗带她踏遍九州，访遍名山大川江河湖泊，待天地间他们只容得下彼此，到那时，或许就会恢复记忆了。"

"那还不如永远想不起来呢，"问药摇了摇头，担心道，"按照昭和公主那火爆的脾性，指不定会做出什么出格的事情来……"

狄姜耸肩，微笑道："可是边境少不了龙将军呀，他总会要回来的。当他回来时，带回来的就是从前那个健健康康的公主了，不过那时，该叫她龙夫人才是。"

"守卫疆土自有本王在，怕什么？"武瑞安叹息，最担心的莫过于妹妹过得开心与否，从此，国家大事由自己一肩扛下便是。此时，狄姜便不再说话了，只是微微笑着。那笑意里似乎揉进了四季荏苒，光阴变迁，眸子深邃到让人根本猜不透她脑海里在想什么。

武瑞安也不想问了，反正经历了这一遭变故，他终是开心多过难受，而狄姜的无法捉摸也不是一日两日了，习惯便成了自然而然。

毕竟，船到桥头自然直。

当夜，狄姜便不辞而别，与问药轻装简行一路南下，寻找深处云梦泽腹地的青云山。

那里，曾是钟旭的故乡。

番外

夜谈

　　龙茗将虎符交到武瑞安手里的那天夜里，是他第一次近距离与武瑞安深谈。

　　他们一个是从底层踏着尸山血海一路厮杀出来的寒门大将，一个是含着半块玉玺出生的辰皇贵子。他们一个君、一个臣，本不该交心，但那一夜，或许是因为都爱着武婧仪，在那一刻，他们终于敞开心扉，交了心。

　　"我从来都没有真正看得起你过。"龙茗没有喝酒，却说出了连酒后都不敢说的话。

　　武瑞安也出乎他的意料，并不生气。

　　"本王知道。"武瑞安淡淡道。

　　"你知道？"龙茗不解。

　　武瑞安点了点头，笑道："这很难猜吗？在你们眼里，本王不论身在哪里，都会是众星捧月般的存在。哪怕深入敌腹去打仗，也会是被众人簇拥裹挟，里三层、外三层保护的人。本王与你们的起点截然不同，于是在你们看来，本王的成就，也就没有与你们相当的可比性。你们看不起本王，也在情理之中。可是你们看得起本王与否，对本王而言，根本不重要。"

　　龙茗苦笑："是啊，你也不需要我们的尊敬。反正不管我们是否真心地尊敬你，至少表面上，大家都必须臣服于你。你永远是君，而我们只能是臣。"

　　"非也。"武瑞安摇了摇头，道，"不是你们的想法不重要，而是你们根本不了解我。"

565

武瑞安说完，当着他的面，一件件除去了自己身上的盔甲。先是头盔，而后是护臂、护颈、护肩、护胸。软甲剥离，露出了里衣。在龙茗不解的目光中，里衣也被他除去，而后，便露出了斑驳的上半身。烛火映衬下，那些陈年伤痕纵横交错，有刀伤、剑伤、灼伤，还有被羽箭贯穿胸背的箭痕。每一处，都是他无畏的证明，在浴血奋战中，不抛弃也不放弃的证据。

他与战场上的每一个人一样，都面临着死亡的威胁。甚至，敌国的探子知晓他后，会有意针对他。他的军旅生涯中，吃上位之人白眼的苦肯定比龙茗少，但是生与死的威胁，未必比龙茗少几分。

这些，都是他从未向旁人袒露过的曾经。

"我若只是拿了辰皇嫡子的身份在军营混日子，想来确实没有人会尊重我。但是我知道，我从来没有'混'过什么。我从进入军营的那一日起，便告诉自己，尊重要靠自己挣，功名要靠自己拿。我与你们一样，关爱战友、保护同胞、效忠国家。我付出的努力，不比你少分毫。

"但同时，我也知道，我努力不是为了让你们看得起我。我努力是为了我自己，以及我心中真正在意之人。在她的眼里，我希望我是值得被她喜欢、被她尊重的人。这才是我努力的意义。"

聊着聊着，武瑞安竟然也没有再自称本王。这是他头一回在狄姜之外的人面前放下身段。

龙茗的眼里不再有桀骜，也不再有丝毫的轻视，他真真正正像对待战友那样，给他递去了一坛子酒。武瑞安没拒绝，接过就喝了一大口。很快，他便上了头，打开了话匣子，再也关不上了。

"可是你说，她怎么就那么无动于衷呢？"武瑞安十分不解。

龙茗见武瑞安这模样，大抵也猜到对方是什么人了。

"你是说，狄姑娘？"龙茗心中虽然已有答案，但还是问了一句。

武瑞安点头："可不就是她？这些年，本王钱也花了，关心也够，陪伴也足，可谓面子里子都给了，但是她对本王，始终若即若离……不，不是若即若离，是一直远离。本王进一步，她就退一步。甚至，本王都没看见她怎么退的步子，但她与本王的距离，始终就是没有拉近过。你说她……怎么就那么飘忽呢？！"

龙茗："……"

龙茗在感情方面也是个榆木疙瘩，见武瑞安突然苦恼万分的模样，不由得就想起了自己。

这些年，他何尝不是与他一样，深夜里借酒消愁，但是愁更愁。他好不容易才把婧仪带在了身边，可是她完全忘记了自己！他们会像寻常夫妻一样生活，却没有了过往的共同记忆，这样的痛苦，与武瑞安的始终得不到相比，也不知究竟谁更可怜一些？

"想不明白就别想了，做好自己，顺其自然，总有一天，她会回到你的身边。毕竟，在这个世界上，比你好看，又比你有钱、有权，还对她好的人，应该不多了。我相信，狄姑娘总有一天会认清现实的。给她时间，也给自己时间吧。"

龙茗嘴上虽然如此安慰，但也并不真的有这份底气。毕竟在这世上，比他好的人太多了，武婧仪不也就认准他了？所以这个世界上，感情一事，不可强求。他能做的，只是让武瑞安心情好受些罢了。毕竟，他也是武婧仪的哥哥，也不好太打击他……

龙茗想着想着，不知不觉也喝光了自己的酒。再然后，他们的关系就更近了些。

男人们的友谊总是在一起谈论女人之后便拉近了许多。等第二天酒醒的时候，他们已经双双脱了铠甲，四仰八叉地从榻上醒来。头发稀乱、胡茬冒尖，二人都再无往日的半点英明神武。

"娘们儿才那么在乎仪容仪表，男子汉粗糙一些，也没什么大碍。"

"本王觉得你说的甚是有理。"

他们看着对方，惊讶一瞬，而后各自大笑而去。从那以后，他们之间的距离缩小了许多，不仅是君臣，也是朋友，更是兄弟。

"照顾好婧仪，否则我绝不会饶过你。"临行送别前，武瑞安穿戴整齐后，却又板起脸，拿起了王兄的架子。

龙茗亦点头："我会的。而您……武王爷，您也要担负起自己的责任。否则，若未来有哪一日，你做了对不起国家的事情，我也一定会回来，不顾一切，推翻你。而婧仪，也定不会原谅你。"

武瑞安十分自负，道："你放心，就算全天下背叛宣武，我也不会。我是母皇的嫡子，是宣武的希望，我永远也不会忘记自己的责任。"

"记住你今天说的话。"龙茗点了点头，便抱着一身红衣、一脸怔忪的武婧仪上了马。

马蹄声声，绝尘而去，再往后可有相见之日？

武瑞安不知道，但他由衷地希望，武婧仪能真的幸福安康。

马上，忘记一切的武婧仪问龙茗："为什么你要提醒皇子不作恶？"

龙茗："因为皇子作恶，比旁人更加难管束。"

武婧仪："那他会作恶吗？"

龙茗："现在看不会，但往后……谁知道呢？人心会变，武王爷会因为狄姑娘而变好，那作恶，或许也是一念之间。毕竟，他身居高位，可他的心思根本不在仕途上。"

武婧仪："那他的心思在哪里？"

龙茗："在狄姑娘那里……"

"不……不好了！狄姑娘不见了！"武瑞安回到军营中，骆非白立即来禀。他大声嚷嚷，让整个大营的人都知晓了。

而整个大营的人，似乎也都知道武瑞安对狄姜感情不一般。所有人都恨不得一齐高声大喝："不……不好了！狄姑娘不见了！"

武瑞安还没回来，就已经听到了空气里传来的喊声，撼天动地。

"王爷，怎么办？"骆非白急切地问。

武瑞安想了想，满不在意地说："还能怎么办？追！"本来骆非白不喊还可以偷偷行事，如今被他一嚷嚷，刀都架在脖子上了，他不追都不行了。

不追，岂不是整个大军都知道，他媳妇不告而别，自己跑了？

骆非白迟疑："军中没了您可怎么办？"

"那不还有你吗？"武瑞安翻了个白眼，道，"一个女子我都追不回来，我都不敢说自己是岐山大营出来的人！追！必须追！天涯海角，我都得把她追回来！"

武瑞安骑虎难下，便直接一扭马头，向着狄姜离去的方向策马疾行。

滚滚黄沙中，前路无边。

——未完待续

【敬请期待《花神录·终章》】

图书在版编目（CIP）数据

花神录：全 2 册 / 柏夏著 . — 南京：江苏凤凰文
艺出版社，2024.2
ISBN 978-7-5594-8109-2

Ⅰ . ①花… Ⅱ . ①柏… Ⅲ . ①长篇小说 – 中国 – 当代
Ⅳ . ① I247.5

中国国家版本馆 CIP 数据核字（2023）第 229707 号

花神录：全 2 册

柏夏 著

责任编辑	项雷达
特约编辑	周子琦　张开远　宋艳薇　张禾伊
装帧设计	安柒然
责任印制	杨　丹
出版发行	江苏凤凰文艺出版社
	南京市中央路 165 号，邮编：210009
网　　址	http://www.jswenyi.com
印　　刷	天津鑫旭阳印刷有限公司
开　　本	680 毫米 ×970 毫米　1/16
印　　张	36.25
字　　数	555 千字
版　　次	2024 年 2 月第 1 版
印　　次	2024 年 2 月第 1 次印刷
书　　号	ISBN 978-7-5594-8109-2
定　　价	69.80 元